KRALLARIN ÇARPIŞMASI

KISIM II

Kralların Çarpışması II

Orijinal Adı: *A Clash of Kings*
Yazarı: George R. R. Martin
Genel Yayın Yönetmeni: Aslı Tunç
Çeviri: Sibel Alaş
Editör: Yasin Özdemir
Düzelti: Buse Özlem Bay
Sayfa Tasarım: Çağla Yön
Kapak Uygulama: Berna Özbek Keleş

26. Baskı: Eylül 2025
ISBN: 978-9944-82-465-1

Baskı ve Cilt:
My Matbaacılık San. ve Tic. Ltd. Şti.
Maltepe Mah. Yılanlı Ayazma Sk. No: 8/F
Zeytinburnu / İstanbul
Tel: (212) 674 85 28
mymatbaa34@gmail.com
Sertifika No: 47939

Yayımlayan:
Epsilon Yayınevi Ticaret ve Sanayi A.Ş.
Osmanlı Sk. Osmanlı İş Merkezi 18/4-5 Taksim / İstanbul
Tel: (0212) 252 38 21 Faks: (0212) 252 63 98
İnternet Adresi: www.epsilonyayinevi.com
e-mail: epsilon@epsilonyayinevi.com
Sertifika No: 49067

KRALLARIN ÇARPIŞMASI

KISIM II

GEORGE R. R. MARTİN

Çeviri
Sibel Alaş

epsilon®

SANSA

“Onu ne kadar çok bekletirsen senin için o kadar kötü olur,” diye uyardı Sandor Clegane.

Sansa acele etmeye çalışıyordu ama düğmeleri ve kopçaları kapatmaya uğraşırken parmakları dolanıyordu. Tazı her zaman sert dilliydi ama bugün bakışındaki bir şeyler Sansa’yı dehşetle dolduruyordu. Joffrey, Sansa’nın Sör Dontos’la buluştuğunu öğrenmiş miydi? *Lütfen, hayır*, dedi içinden saçlarını fırçalarken. Sör Dontos onun tek umuduydu. *Güzel görünmek zorundayım. Joffrey güzel görünmemden hoşlanıyor. Bu elbisemi her zaman beğenmiştir, bu rengi*. Elbisesini düzeltti, göğüs kısmı dardı.

İşi bittiğinde, yüzünün yanık tarafını görmemek için Tazı’nın soluna geçip yürümeye başladı. “Ne yaptığımı söyleyin.”

“Sen değil, kral ağabeyin yaptı.”

“Robb bir vatan haini.” Sansa bu cümleyi ezbere söylüyordu artık. “Her ne yaptıysa benimle ilgisi yok.” *Tanrılar merhamet edin. Kral Katili olmasın*. Eğer Robb, Jaime Lannister’a zarar verdiyse bu Sansa’nın hayatına mal olurdu. Sör Ilyn’i düşündü ve adamın çiçek bozuğu yüzündeki acımasız bakışlı sulu gözlerini.

Tazı güldü. “Seni iyi eğitmişler küçük kuş.” Sansa’yı alt avluya götürdü. Avludaki ok hedefinin etrafında insanlar toplanmıştı. Kalabalık, Sansa ve Tazı’nın geçmesi için yol açtı. Lord Gyles’ın öksürüğünü duydu Sansa. Aylak aylak dolaşan seyisler küstahça ona bakıyordu ama Sör Horas Redwyne, Sansa önünden geçerken başını başka tarafa çevirdi. Kardeşi Hobber, Sansa’yı görmemiş gibi davrandı. Kaburgalarının arasına ok saplanmış sarı bir kedi yürek paralayan sesler çıkararak yerde yatıyordu. Sansa hayvanın etrafından dolaştı, kendini hasta hissediyordu.

Turnuva sırasında savaş atına binemeyecek kadar sarhoş olan Sör Dontos, süpürge sopasından yapılmış atının sırtında Sansa’ya yaklaştı; kral eski şövalyenin asla atsız dolaşmamasını emretmişti. Kolunu hafifçe sıkarken, “Cesur olun,” diye fısıldadı Sansa’ya.

Joffrey kalabalığın tam ortasında durmuş işlemeli yayını geriyordu. Sör Boros ve Sör Meryn yanındaydı. Adamların görüntüsü Sansa'nın bağırsaklarının düğümlenmesine yetiyordu.

"Majesteleri." Dizlerinin üstüne çöktü.

"Diz çökmek seni kurtarmayacak," dedi kral. "Ayağa kalk. Ağabeyinin son hainliğinin hesabını vermek için buradasın."

"Majesteleri, ağabeyimin yaptıklarında benim bir rolüm yok. Bunu biliyorsunuz. Size yalvarıyorum, lütfen..."

"Şunu ayağa kaldırın!"

Tazı, çok da kaba olmayan bir şekilde Sansa'yı çekip ayağa kaldırdı.

"Sör Lancel," dedi Joff. "Sansa'ya ağabeyinin kabul edilemez suçunu anlatın."

Sansa, Sör Lancel'in nazik ve cana yakın biri olduğunu düşünmüştü her zaman ama delikanlının gözlerinde acıma ya da nezaket yoktu. "Ağabeyiniz Robb bir çeşit kara büyü kullanarak kurtlardan oluşan bir orduyla Sör Stafford Lannister'ın üstüne yürüdü, Lannis Limanı'na üç günlük mesafede. Binlerce iyi adam uykularında katledildi, kılıçlarını çekip kendilerini savunacak şansları bile olmadı. Katliamdan sonra, kuzeyli adamlar ölülerin etleriyle karınlarını doyurdu."

Korkunun soğuk elleri Sansa'nın boğazını sıkıyordu.

"Söyleyecek bir şeyin yok mu?" diye sordu Joffrey.

"Majesteleri, zavallı kızın aklı şaşkınlıktan uçup gitti," diye mırıldandı Sör Dontos.

"Sessiz ol soytarı," dedi Joffrey. Yayını kaldırıp oku Sansa'nın yüzüne doğrulttu. "Siz Starklar da en az kurtlarınız kadar tuhafsınız. Canavarının beni nasıl parçaladığını unutmadım."

"O, Arya'nın kurduydu," dedi Sansa. "Leydi size zarar vermedi ama yine de öldürdünüz onu."

"Hayır, baban öldürdü," dedi Joffrey. "Ben babanı öldürttüm. Keşke kendi elimle yapsaydım. Geçen gece babandan çok daha iri bir adamı öldürdüm. Kale kapısına yığılmış, sanki ben bir *fırıncıymışım* gibi benden ekmek istiyorlardı. Derslerini verdim. Sesi en çok çıkan adamı boğazından vurdum."

"Öldü mü?" Okun çelik ucu yüzüne doğrultulmuşken söyleyecek başka bir şey düşünememişti.

"Elbette öldü, okum boğazına girdi. Taş atan bir kadın vardı, onu da vurdum ama kolundan." Kaşlarını çatarak yayı yere indirdi. "Seni de vururdum ama annem sana bir şey olursa Jaime dayımın öldürüleceğini söylüyor. O yüzden seni cezalandırmakla yetineceğim. Eğer bağlılık yemini etmezse sana neler olacağını da ağabeyine bildireceğim. Tazı, vur ona."

"İzin verin kızı ben döveyim!" dedi Sör Dontos ileri fırlayarak. Baş kısmı kavundan yapılmış bir "gürz" taşıyordu. *Benim Florian'ım*. Şövalyeyi o anda öpebilirdi; lekeli tenini, çatlak damarlarını, her yerini. Bindiği süpürge sopasını Sansa'nın etrafında sürükleyerek, "Vatan haini, vatan haini," diye bağırmaya başladı, kavun başlı gürzüyle Sansa'nın kafasını dürtüyordu. Sansa elleriyle yüzünü kapatmaya çalışıyor, kavun kafasına her çarptığında sendeliyordu. Saçları meyvenin suyuyla yapış yapış olmuştu. İnsanlar gülüyordu. Kavun parçalara ayrıldı. *Gül Joffrey*. Kavun suları suratından mavi ipek elbisesine akarken dua ediyordu. *Gül ve tatmin ol*.

Joffrey sadece sırıtıyordu. "Boros. Meryn."

Sör Meryn, Dontos'u kolundan yakalayıp sertçe yana itti. Kırmızı yüzlü soytarı; süpürge sopası, kavunu ve her şeyiyle birlikte yalpalayarak gitti. Sör Boros, Sansa'yı yakaladı.

"Yüzüne dokunmayın. Yüzünün güzel görünmesini istiyorum."

Sör Boros, Sansa'nın karnına bir yumruk attı. Sansa iki büklüm öne eğilince şövalye saçlarını yakaladı ve başını kaldırıp kılıcını çekti. Sansa, korku dolu bir an boyunca boğazının kesileceğinden emindi. Şövalye kılıcının kör tarafıyla Sansa'nın baldırına vurdu. Sansa darbenin şiddetiyle bacaklarının kırılacağını düşündü. Çığlık attı. Gözlerinden yaşlar boşanıyordu. *Birazdan sona erecek*. Bir süre sonra darbelerin sayısını karıştırmıştı.

Tazı'nın, "Yeter," diye kükrediğini duydu.

"Yetmez," dedi kral. "Boros, şunun kıyafetlerini çıkar."

Boros şişman elini Sansa'nın elbisesinin göğsüne sokarak sertçe çekti. İpek yırtılarak bedeninden ayrıldı, Sansa beline kadar çıplak kalmıştı. Elleriyle göğüslerini örttü. Zalim kahkahaları duyabiliyordu. "Kan çıkana kadar vurun," dedi Joffrey. "Bakalım ağabeyi..."

"*Bütün bunlar ne anlama geliyor?*"

İblis'in sesi kamçı gibi yankılandı ve Sansa o anda özgür kaldı. Kolları göğsüne sarılmış hâlde dizlerinin üstüne düştü, zor nefes alıyordu. "Sizin kahramanlık anlayışınız bu mu Sör Boros?" diye sordu Tyrion Lannister öfkeyle. Paralı askeri ve vahşi adamlarından biri yanındaydı, yanık gözlü olanı. "Ne çeşit bir şövalye savunmasız genç kızları döver?"

"Krala hizmet eden çeşit, İblis." Sör Boros kılıcını havaya kaldırdı ve Sör Meryn de şövalyenin hemen yanına geldi, kılıcını kınından çıkardı.

"Bunlarla oynarken dikkatli olun," dedi İblis'in paralı askeri. "Gösterişli beyaz pelerinlerinizin kan lekesi olmasını istemezsiniz."

"Kıza örtünebileceği bir şeyler verin," dedi İblis. Sandor Clegane pelerinini çıkarıp Sansa'ya attı. Sansa pelerini yakalayıp göğsüne bastırdı, parmaklarını beyaz yüne geçirdi. Kaba dokuma tenine batıyordu ama daha önce hiçbir kadife bu kadar iyi hissettirmemişti.

"Bu kız senin kraliçen olacak," dedi İblis, Joffrey'ye. "Onun onurunu hiç mi düşünmüyorsun?"

"Onu cezalandırıyorum."

"Hangi suçtan ötürü? Ağabeyinin savaşlarında o dövüşmüyor."

"Onda kurt kanı var."

"Sende de bir ördeğin aklı."

"Benimle bu şekilde konuşamazsın. Kral istediği her şeyi yapabilir."

"Aerys Targaryen da istediği her şeyi yaptı. Ona neler olduğunu anlattı mı annen sana?"

Sör Boros Blount ateş püskürerek, "Kimse Kral Muhafızları'nın önüne Majesteleri'ni tehdit edemez," dedi.

Tyrion Lannister tek kaşını kaldırdı. "Kralı tehdit etmiyorum sör, yeğenimi eğitiyorum. Bronn, Timett! Ağzını tekrar açarsa öldürün Sör Boros'u!" Cüce gülümsedi. "İşte *bu* bir tehditti sör. Aradaki farkı anlayabiliyor musunuz?"

Sör Boros'un yüzü koyu kırmızıya dönüştü. "Kraliçe bu olanları duyacak!"

"Duyacak şüphesiz. Neden bekliyoruz ki? Joffrey, anneni buraya çağırtmalı mıyız?"

Kral kızardı.

"Cevap vermeyecek misiniz Majesteleri?" diye devam etti İblis. "Güzel, kulaklarını daha fazla, dilini daha az kullanmayı öğrenmelisin, aksi takdirde hükümdarlığın benim boyumdan bile kısa sürer. Sebepsiz zulüm, halkının sevgisini kazanmana yardım etmez... ya da kraliçen olacak kızın."

"Annem korkunun sevgiden daha önemli olduğunu söylüyor." Eliyle Sansa'yı işaret etti. "O benden korkuyor."

İblis içini çekti. "Evet, anlıyorum. Stannis ve Renly'nin de on iki yaşında birer kız çocuğu olmamaları üzücü bir durum elbet. Bronn, Timett, kızı götürün."

Sansa bir rüyanın içindeymişçesine hareket ediyordu. İblis'in adamlarının onu Maegor Hisarı'ndaki odasına götüreceklerini düşünmüştü ama El Kulesi'ne doğru gitmişlerdi. Sansa babasının ölümünden beri bu kuleye adım atmamıştı ve o basamakları tekrar tırmanmak bayılacak gibi hissetmesine sebep olmuştu.

İki hizmetçi kız, titremesini geçirmek amacıyla boş teselli sözleri söyleyerek Sansa'yla ilgilendi. Biri parçalanmış kıyafetlerini ve iç çamaşırlarını çıkardı, diğeri banyo yaptırıp yapış yapış olmuş saçlarını yıkadı. Hizmetçi kızlar sabun ve ılık suyla vücudunu ovarken Sansa'nın görebildiği tek şey avludaki yüzlerdi. *Şövalyeler güçsüz olanı savunmak, kadınları korumak ve adalet uğruna savaşmak için yemin ederler ama hiçbiri kılını bile kıpırdatmadı.* Sadece Sör Dontos yardım etmeye çalışmıştı ama o bir şövalye değildi artık. İblis de şövalye değildi, Tazı da... Tazı, şövalyelerden nefret ediyordu. *Onlardan da nefret ediyorum*, diye düşündü Sansa. *Hiçbiri gerçek şövalye değil, biri bile.*

Sansa temizlendikten sonra kızıl kafalı Üstat Frenken geldi. Üstat, bacaklarının arkasındaki kırmızı kılıç izlerine merhem sürerken Sansa yüzünü yatağa gömdü. Yaşlı adam daha sonra rüya şarabı hazırlayıp, kolay yutulması için içine bal kattı. "Biraz uyu çocuğum. Uyandığında bütün bunlar kötü bir rüyadan ibaret olacak."

Hayır, olmayacak seni aptal adam, diye düşündü Sansa ama yine de şarabı içti ve uyudu.

Nerede olduğunu anlamadan uyandığında hava kararmıştı. Oda tuhaf bir şekilde hem yabancı hem de çok tanıdıktı. Kalkmaya çalıştığında bacaklarında bıçak gibi bir ağrı hissetti ve her şeyi hatırladı. Gözleri yaşlarla doldu. Biri yatağının kenarına bir sabahlık bırakmıştı. Sansa sabahlığı giyip kapıyı açtı. Kapının dışında kahverengi derili, sert yüzlü bir kadın bekliyordu. Kadının cılız boynunda üç kolye vardı; biri altın, biri gümüş ve üçüncüsü insan kulaklarından yapılmıştı. "Bu küçük hanım nereye gittiğini sanıyor?" diye sordu kadın uzun mızrağına yaslanarak.

"Tanrı korusuna." Sör Dontos'u bulmalı, onu *şimdi,* daha geç olmadan evine götürmesi için yalvarmalıydı.

"Yarımadam odandan çıkmaman gerektiğini söyledi," dedi kadın. "Burada dua et, tanrılar duyar."

Sansa boyun eğerek gözlerini yere indirdi ve tekrar odaya girdi. *Beni Arya'nın eski odasına getirmişler, babam Kral Eli'yken kaldığı odaya. Arya'nın bütün eşyaları gitmiş, bazı şeylerin yeri değişmiş ama yine de aynı…*

Kısa bir zaman sonra hizmetçi kızlardan biri odaya peynir tabağı, zeytin, ekmek ve bir sürahi soğuk su getirdi. "Geri götür," dedi Sansa ama kız tepsiyi masaya bıraktı. Sansa susadığını fark etti, attığı her adımda bacaklarına bıçak saplanıyormuş gibi hissediyordu ama odanın diğer ucuna kadar yürümeyi başardı. İki bardak su içti, kapı çaldığında bir zeytini kemiriyordu.

Gergin bir şekilde kapıya döndü, sabahlığını düzeltti. "Evet?"

Kapı açıldı ve Tyrion Lannister içeri girdi. "Leydim, umarım sizi rahatsız etmiyorum."

"Sizin esiriniz miyim?"

"Misafirimsiniz." Birbirine bağlanmış altın ellerden oluşan El zincirini takıyordu. "Konuşabileceğimizi düşündüm."

"Lordum nasıl emrederse." Sansa cücenin yüzüne bakmaktan alamıyordu kendini. Adamın yüzünün çirkinliği Sansa'yı tuhaf bir şekilde büyülüyordu.

"Yiyecekler ve giysi sizi memnun etti mi?" diye sordu. "Bir şeye ihtiyaç duyarsanız istemeniz yeterli."

"Çok naziksiniz. Ve bu sabah… bana yardım etmeniz büyük incelikti."

"Joffrey'nin neden o kadar öfkeli olduğunu bilmeye hakkınız var. Ağabeyiniz altı gece önce amcam Stafford'ın tepesine bindi, Casterly Kayası'ndan üç gün kadar uzaktaki Öküzağzı Kasabası'nda kamp kurmuştu. Kuzeyliler ezici bir zafer kazandı. Haberi bu sabah aldık."

Robb hepinizi öldürecek, diye düşündü Sansa, iftiharla. "Bu… bu çok korkunç lordum. Benim ağabeyim bir vatan haini."

Cüce belli belirsiz gülümsedi. "Küçük bir geyik yavrusu değil, bunu yeterince açık bir şekilde gösterdi."

"Sör Lancel, Robb'un bir kurt ordusunu komuta ettiğini söylemişti..."

İblis havlamaya benzeyen alaylı bir kahkaha attı. "Sör Lancel matara şövalyesidir, bir kurtla kuzuyu birbirinden ayıramaz. Ağabeyinizin ulu kurdu yanındaymış, korkarım ki hepsi bu. Kuzeyli askerler amcamın kamp alanına gizlice yanaşıp atlı hattını kesmiş. Robb da kurdunu atların arasına salmış. En iyi eğitimli savaş atları bile çılgına dönmüş. Şövalyeler çadırlarının içinde ezilip ölmüş. Ayaktakımı da korkuyla uyanıp kaçmış, daha hızlı koşabilmek için silahlarını bile atmışlar. Sör Stafford atının peşinden koşarken öldürülmüş. Lord Richard Karstark'ın göğsüne bir mızrak saplamış. Sör Rubert Brax da ölmüş, Sör Lymond Vikary, Lord Crakehall ve Lord Jast da... Elliden fazla adam esir alınmış. Jast'ın oğulları ve yeğenim Martyn Lannister da esir alınanlar arasında. Kurtulmayı başaranlar, eski kuzey tanrılarının ağabeyinizle birlikte yürüdüğüne dair çılgın hikâyeler anlatıyorlar."

"Yani… büyü yokmuş?"

Lannister güldü. "Aptal adamlar kendi kifayetsizliklerinin tadını bastırmak için başarısızlıklarının üstüne büyü hikâyelerinden hazırlanmış bir sos dökerler. Görünüşe göre benim koyun kafalı amcam kampın dışına nöbetçi askerler yerleştirmeye bile zahmet etmemiş. Ordusu çırak çocuklardan, madencilerden, tarla işçilerinden, balıkçılardan ve Lannis

Limanı'ndaki süprüntülerden oluşuyordu. Buradaki tek esrar, ağabeyinizin orduya nasıl ulaştığı. Lannister kuvveti Altın Diş'teki karakolu hâlâ elinde tutuyor ve ağabeyinizin oradan geçmediğine dair yemin ediyorlar." Cüce gergin bir şekilde omuz silkti. "Neyse, Robb Stark babamın sorunu, Joffrey de benim. Söyleyin bana, kral yeğenimle ilgili ne hissediyorsunuz?"

"Onu bütün kalbimle seviyorum," dedi Sansa bir çırpıda.

"Gerçekten mi?" İblis ikna olmuş gibi görünmüyordu. "Şimdi bile mi?"

"Majesteleri'ne olan aşkım her zamankinden daha büyük."

İblis yüksek sesle güldü. "Birileri size iyi yalan söylemeyi öğretmiş. Bir gün bu yetenek için şükran duyabilirsiniz çocuğum. Hâlâ bir *çocuksunuz* değil mi? Yoksa çiçek açtınız mı?"

Sansa kızardı. Bu çok kaba bir soruydu ama insanların ortasında çırılçıplak kalmakla kıyaslanınca hiçbir şeydi. "Hayır lordum."

"İşte bu iyi. Eğer bilmek sizi rahatlatacaksa Joffrey'yi sizinle evlendirmeye niyetim yok. Olan bunca şeyden sonra, Lannisterlar ve Starklar'ın arasını hiçbir evlilik düzeltemez korkarım. Bu evlilik Kral Robert'ın iyi fikirlerinden biriydi ama Joffrey her şeyi mahvetti."

Sansa bir şeyler söylemesi gerektiğini biliyordu ama kelimeler boğazında düğümlenmiş gibiydi.

"Sessizleştiniz," dedi Tyrion Lannister. "İstediğiniz şey bu mu? Nişanınızın bozulması?"

"Ben..." Sansa ne diyeceğini bilemiyordu. *Bu bir tuzak mı? Gerçeği söylersem beni cezalandıracak mı?* Cücenin dışarı fırlamış alın kemiğine, sert bakışlı siyah gözüne ve yeşil renkli diğerine, çarpık dişlerine, tel gibi sakallarına baktı. "Ben sadece sadık olmak istiyorum."

"Sadık olmak," dedi cüce eğleniyormuş gibi. "Ve Lannisterlar'dan olabildiğince uzak. Sizi bunun için suçlayamam. Sizin yaşınızdayken ben de aynı şeyi istiyordum." Gülümsedi. "Bana her gün tanrı korusuna gittiğinizi söylediler. Ne için dua ediyorsunuz Sansa?"

Robb'un zafer kazanması ve Joffrey'nin ölmesi için... ve eve dönmek için. "Savaşın bir an önce bitmesi için dua ediyorum."

"Çok yakında bitecek. Lord babam ve ağabeyiniz Robb arasında bir çarpışma olacak ve o çarpışma meseleyi çözecek."

Robb onu yenecek, diye düşündü Sansa. *Amcanı ve ağabeyin Jaime'yi yendi, babanı da yenecek.*

Cüce, Sansa'nın aklından geçenleri kitap okurmuş gibi okumuştu sanki. "Öküzağzı'nı fazla ciddiye almayın leydim, o sadece bir çarpışmaydı," dedi, nezaketini bozmamıştı. "Çarpışma, savaş değildir ve babamın da amcam Stafford'a benzediği söylenemez. Tanrı korusuna bir dahaki gidişinizde, ağabeyinizin akıllanıp diz çökmesi için dua edin. Kral kuzeyde huzuru sağlandığında sizi evinize göndermek niyetindeyim." Sandalyeden aşağı atladı. "Bu gece burada uyuyun. Sizi korumaları için kendi adamlarımı bırakacağım, Taş Kargalar'dan birini..."

"Hayır," dedi Sansa dehşet içinde. Eğer Kral Eli Kulesi'nde, cücenin adamlarıyla sarılmış hâlde kalırsa Sör Dontos onu nasıl özgürlüğüne kavuşturabilirdi?

"Kara Kulakları mı tercih edersiniz? Eğer bir kadın tarafından korunmak daha rahat hissetmenizi sağlayacaksa size Chella'yı veririm."

"Bir an önce kendi yatağıma dönmeyi tercih ederim." Yalan aniden aklına gelmişti ama o kadar *gerçek* gibiydi ki bir anda ağzından çıkıvermişti. "Babamın adamları bu kulede katledildi. Hayaletleri bana korkunç kâbuslar verir ve ne yana baksam onların kanını görürüm."

Tyrion Lannister, Sansa'nın yüzünü inceledi. "Ben kâbuslara yabancı değilim Sansa. Belki de sen düşündüğümden daha akıllısın. En azından seni güvenle odana götürmeme izin ver."

CATELYN

Kasabayı bulduklarında hava tamamen kararmıştı. Catelyn bu yerin bir adı olup olmadığını merak ediyordu. Bir adı varsa da septteki mumlar dahil sahip oldukları her şeyi toplayıp kaçan kasaba halkı, bu bilgiyi de alıp götürmüştü.

Septin yedi duvarı da çatlak ve eğri büğrüydü. *Tanrı birdir*, demişti Rahip Osmynd, Catelyn küçük bir kızken. *Yedi siması vardır, tıpkı septin yedi duvarlı tek bir yapı oluşu gibi*. Şehirlerdeki varlıklı septlerde Yedi'nin heykelleri ve her heykelin kendi mihrabı olurdu. Rahip Chayle, Kışyarı'ndaki septin duvarlarına tanrıların maskelerini asmıştı. Catelyn bu kasabanın septindeki duvarlarda sadece kömürle çizilmiş resimler olduğunu gördü. Sör Wendel kapının hemen yanındaki meşale demirine kendi meşalesini yerleştirdi ve Robar Royce'la birlikte beklemek için dışarı çıktı.

Catelyn yüzleri inceledi. Baba her zaman olduğu gibi sakallıydı. Anne gülümsüyordu, sevgi dolu ve korumacı. Savaşçı'nın yüzünün hemen altına bir kılıç resmi çizilmişti, Demirci'ninkine bir çekiç. Bakire güzeldi ve Yaşlı Hatun bilge.

Ve yedinci surat... Yabancı ne kadındı ne de erkek... Her ikisiydi aynı zamanda. Hep dışlanan, uzaklardan gelen, neredeyse insan, bilinmeyen ve asla bilinemeyecek olan. Bu septteki yüzü siyah ve ovaldi. Gözlerinin yerinde yıldızlar vardı. Catelyn huzursuz olmuştu. Aradığı teselli bu suratta değildi.

Anne'nin önünde diz çöktü. "Bu savaşa bir annenin gözleriyle bakın leydim," dedi. "Onların hepsi evlat. Onların canını bağışlayın. Benim oğullarımın canını da. Robb'a, Bran'a, Rickon'a göz kulak olun, ben yanlarındaymışım gibi."

Anne'nin sol gözünün altında bir çatlak vardı. Ağlıyormuş gibi görünüyordu. Catelyn, Sör Wendel'in yüksek sesini ve Sör Robar'ın fısıltılı cevaplarını duyabiliyordu, önlerindeki mücadele hakkında konuşuyorlardı. Bunun dışında gece sakindi, bir cırcır böceği sesi bile duyulmuyordu ve tanrılar sessizliklerini koruyordu. *Eski tanrılar sana hiç yanıt verdi mi Ned?* diye düşündü. *Yürek ağacının önünde diz çöktüğünde seni duydular mı?"*

Meşalenin ışığı duvarlarda dans ediyordu. Yüzler yarı canlı gibi görünüyordu; hareket ediyor, değişiyorlardı. Büyük septlerdeki tanrı heykellerinin yüzleri taş ustaları tarafından oyulurdu ama bu küçük septteki kabaca çizilmiş simalar herhangi birilerine ait olabilirdi. Babanın yüzü Catelyn'e Nehirova'da ölüm döşeğinde yatan babasını hatırlattı. Savaşçı, Renly ve Stannis'ti, Robb ve Robert'tı, Jaime Lannister ve Jon Kar'dı. Çizgilerin arasında bir an için Arya'yı bile gördü. Sonra kapıdan esen rüzgârla meşale sönecek gibi oldu ve benzerlikler turuncu pırıltılar arasında kayboldu.

Duman gözlerini yakıyordu, yaralı elleriyle gözlerini ovuşturdu. Başını kaldırıp tekrar Anne'ye baktığında gördüğü kendi annesiydi. Leydi Minisa Tully, Lord Hoster'a ikinci bir erkek evlat vermeye çalışırken doğum yatağında ölmüştü. Bebek de annesiyle birlikte yok olmuş ve babanın canından bir parça da onlarla birlikte gitmişti. *Her zaman sakindi*, diye düşündü annesinin yumuşak ellerini, sıcak gülümsemesini hatırlayan Catelyn. *Eğer yaşasaydı hayatlarımız bambaşka olurdu*. Leydi Minisa, önünde diz çöken büyük kızı hakkında ne düşünürdü acaba? *Binlerce fersah yol geldim ve ne uğruna? Kime bir faydam oldu? Kızlarımı kaybettim, Robb beni istemiyor, Bran ve Rickon dünyanın en soğuk, en umursamaz annesi olduğumu düşünüyorlardır. Öldüğünde Ned'in yanında bile değildim...*

Başı dönüyordu, sept hareket ediyormuş gibi hissediyordu. Gölgeler salınıp yer değiştirdi, çatlak duvarların üstünde sinsi hayvanlar koşuyordu. Catelyn bugün hiçbir şey yememekle akılsızlık etmişti belki. Kendi kendine yemek için vakit bulamadığını söyledi ama gerçek; Ned'in olmadığı bir dünyada bütün yiyeceklerin tadını kaybetmiş olmasıydı. *Onun başını kestiklerinde beni de öldürdüler.*

Arkasındaki meşale cızırdadı. Catelyn'in duvarda gördüğü yüz, kardeşi Lysa'nın yüzüydü bu sefer ama gözleri hatırladığından daha sertti; Lysa'nın değil Cersei'nin gözleriydi. *Cersei de bir anne. O çocukların babası kim olursa olsun karnındaki tekmeleri hissetti, onları acı ve kan içinde dünyaya getirdi, emzirdi. Eğer çocuklar gerçekten Jaime'ninse...*

"Cersei de size dua ediyor mu leydim?" diye sordu Catelyn, Anne'ye. Kraliçe Lannister'ın kibirli, soğuk ve güzel yüz hatlarını pürüzlü duvarda görebiliyordu. Çatlak hâlâ oradaydı; Cersei bile çocukları için gözyaşı dökebilirdi. "Yedi'nin her biri, bünyesinde bütün Yedi'yi barındırır," demişti Rahip Osmynd. Yaşlı Hatun'da da Bakire'de olduğu kadar güzellik vardı. Anne, çocukları tehlikedeyken Savaşçı'dan daha vahşi olabilirdi. *Evet...*

Robert Baratheon'ın Joffrey'ye karşı şefkat beslemediğini Kışyarı'nda anlamıştı Catelyn. Robert, çocuğun Jaime'nin tohumu olduğunu öğrenseydi onu da annesiyle birlikte ölüme gönderirdi ve bu yaptığını çok az insan ayıplardı. Piç sahibi olmak yaygındı ama ensest eski ve yeni tanrıların gözünde günahların en büyüğüydü. Böyle bir kötülükten doğmuş çocuklar hem septlerde hem tanrı korularında zelil olarak anılırdı. Ejderha kralları kendi kız kardeşleriyle evlenirdi ama Targaryenlar farklı dinlerin kabul gördüğü eski Valyria'nın kanını taşırdı ve onlar ne insanlara ne de tanrılara hesap verirdi.

Ned biliyor olmalıydı ve ondan önce de Jon Arryn. Kraliçe'nin her iki adamı birden öldürtmesi şaşırtıcı değildi. *Ben olsam daha azını mı yapardım?* Catelyn ellerini birbirine kenetlerken, oğlunu suikastçıdan korumaya çalıştığı sırada hançer yüzünden kemiklerine kadar parçalanmış olan parmaklarındaki sertliği hissetti. "Bran da biliyor," diye fısıldadı başını öne eğerken. *Tanrılar, merhamet edin. Bir şey görmüş olmalı, bir şey duymuş olmalı. Onu bu yüzden hasta yatağında öldürmeye çalıştılar.*

Yorgun ve kafası karmakarışık Catelyn Stark kendini tanrılarına bıraktı. Kırık şeyleri tamir eden Demirci'nin önünde diz çöktü ve tatlı Bran'ın güvende olması için dua etti. Bakire'ye gidip Sansa ve Arya'ya cesaret vermesi, masumiyetlerini koruması için yalvardı. Baba'dan adalet istedi; arayabilmek için güç ve bilmek için akıl. Savaşçı'dan Robb için kuvvet ve kalkan. En son, elinde bir fener taşıyan Yaşlı Hatun'a döndü. "Bana akıl verin leydim," dedi. "Bana yürümemem gereken yolu gösterin ve önümde uzanan karanlık patikada tökezleyip düşmememem için yardım edin."

Sonunda adımları ve kapının dışından gelen sesi duydu. "Leydim," dedi Sör Robar nazikçe. "Beni affedin ama gitme vaktimiz geldi. Şafak sökmeden geri dönmüş olmalıyız."

Catelyn kaskatı kesilmiş hâlde ayağa kalktı. Dizleri zonkluyordu, kuştüyü bir yatak ve yastık için çok şey verebilirdi. "Teşekkür ederim sör, hazırım."

Denizden uzağa doğru sarhoşça eğilmiş ağaçlardan oluşan seyrek ormanda sessizlik içinde yol aldılar. Atların tedirgin kişnemelerini ve çelik seslerini takip derek Renly'nin kampına döndüler. Sıra sıra atlar ve adamlar karanlığı zırh gibi kuşanarak sıraya dizilmişlerdi, sanki Demirci geceyi çelikten dövmüştü, simsiyahtılar. Catelyn'in sağında, solunda ve önünde sıra sıra sancaklar vardı ama şafak öncesi karanlığında ne renkleri ne de armaları seçiliyordu. *Gri bir ordu*, diye düşündü. *Gri sancakların altında, gri atlı, gri adamlar.* Renly'nin gölge şövalyeleri mızraklarını havaya kaldırarak atlarının sırtında bekleyen Catelyn ve yanındakiler için yol açtı. Catelyn yapraksız ve cansız, uzun çıplak ağaçlardan oluşan ormanın içinden geçti. Fırtına Burnu'nun olduğu yer daha derin bir karanlığa gömülüydü, hiçbir yıldızın parlamadığı karanlık bir duvardan ibaretti. Arazinin tam karşısında, Lord Stannis'in kampında yanan meşaleleri görebiliyordu.

Renly'nin çadırının içinde yanan mumların titrek alevleri ipek duvarların üstünde ışıldıyor, büyük çadırı zümrüt yeşili ışıklarla canlanan sihirli bir şatoya dönüştürüyordu. Kral çadırının kapısında Gökkuşağı Muhafızları'ndan iki şövalye nöbetteydi. Yeşil ışık, Sör Parmen'ın mor erik rengi cübbesinin üstünde tuhaf bir şekilde pırıldıyordu ve Sör Emmon'ın her noktası ayçiçekleriyle kaplanmış sarı mineli kalkanına mide bulandırıcı bir ton katıyordu. Şövalyelerin miğferlerindeki uzun ve ipeksi kuştüyleri uçuşuyor, gökkuşağı pelerinleri omuzlarından dökülüyordu.

Catelyn çadıra girdi ve Brienne'in kralı mücadele için giydirdiğini gördü. Lord Tarly ve Lord Rowan savaş taktikleri hakkında konuşuyorlardı. Çadır sıcaktı, bir düzine demir maltızın içinde yanan kömürlerden ısı yükseliyordu. "Sizinle konuşmam gerek Majesteleri," dedi Catelyn, Renly'ye ilk kez böyle hitap etmişti, genç adamın onu dinlemesi için ne gerekirse yapardı.

"Birazdan Leydi Catelyn," diye karşılık verdi Renly. Brienne kralın dolgulu tuniğinin üstüne sırt ve göğüs kalkanlarını yerleştirip birbirine bağladı. Kralın zırhı koyu yeşildi; bir yaz ormanındaki yaprakların yeşili, öyle koyuydu ki mum ışıklarını yutuyordu. Zırhın altın bağcıkları o yaz ormanında yakılan ateşler gibi parıldıyor, kralın her hareketiyle göz kırpıyordu. "Lütfen devam edin Lord Mathis."

"Majesteleri," dedi Lord Mathis, Catelyn'e yan gözle şöyle bir bakarak. "Dediğim gibi, hazırlıklarımız tamam. Neden şafak vaktini bekliyoruz? Bu üstünlüğümüzü kullanalım."

"Hileyle, kahramanca olmayan bir saldırıyla kazandığımızı söylemelerine izin mi verelim? Seçtiğimiz vakit, şafak vaktidir."

"Stannis'in seçtiği vakit," diye hatırlattı Randyll Tarly. "Bizi doğan güneşin dişlerinin üstüne yürütecek. Yarı kör olacağız.

"İlk saldırıya kadar," dedi Renly kendinden emin bir şekilde. "Sör Loras onları dağıtacak ve sonrası kaos olacak." Brienne yeşil deri kayışları sıktı ve altın tokaları kapattı. "Ağabeyim düştüğünde cesedine saygısızlık yapılmasın. O benim kanım, kafasının bir kazığa geçirilip ortalıkta dolaştırılmasına izin veremem."

"Ya teslim olursa?" diye sordu Lord Tarly.

"Teslim olmak mı?" Renly güldü. "Mace Tyrell, Fırtına Burnu'nu kuşattığında Stannis kapıları açmak yerine fare yemeyi tercih etti."

"Hatırlıyorum." Renly, Brienne'in boyunluğunu bağlayabilmesi için kafasını yukarı kaldırdı. "Sonlara doğru, Sör Gawen Wylde ve üç şövalyesi kalenin yan kapılarının birinden kaçıp teslim olmaya çalışmışlardı. Stannis adamları yakalayıp mancınıklarla kale duvarından fırlatılmalarını emretti. Gawen'ın mancınığa bağlanırkenki yüzü hâlâ gözlerimin önünde. Adam silah ustamızdı."

Lord Rowan kafası karışmış gibi görünüyordu. "Kimse duvardan fırlatılmadı. Böyle bir şeyi mutlaka hatırlardım."

"Üstat Cressen sonunda ölülerimizi yemek zorunda kalabileceğimizi ve taze eti ziyan etmenin bir kazanç sağlamayacağını söylemişti." Renly saçlarını geri attı. Brienne kralın saçlarını kadife bir kurdeleyle bağladı ve miğferinin ağırlığını yumuşatması için dolgulu bir başlığı kafasına geçirip kulaklarına kadar çekti. "Soğan Şövalyesi sayesinde ölülerimizi yiyecek raddeye gelmedik ama yiyebilirdik de. Hücresinde ölen Sör Gawen için çok yakındı."

"Majesteleri." Catelyn sabırla bekliyordu ama zaman azalmıştı. "Benimle konuşacağınıza söz vermiştiniz."

Renly başıyla onayladı. "Yerlerinize gidin lordlarım... ve Selmy Barristan ağabeyimin yanında savaşıyorsa onu canlı istiyorum."

"Joffrey tarafından kovulduğundan beri Sör Barristan'dan haber alınmadı," dedi Lord Rowan.

"O yaşlı adamı tanıyorum. Koruyacak bir krala ihtiyacı var, yoksa ne yapar? Buna rağmen bana gelmedi. Leydi Stark, Robb'un yanında da olmadığını söylüyor. Stannis'ten başka kiminle birlikte olabilir?"

"Emredersiniz Majesteleri. Şövalyeye bir zarar verilmeyecek." Lordlar reveranslarla çadırdan ayrıldı.

"Söyleyeceğinizi söyleyin Leydi Stark," dedi Renly. Brienne kralın geniş omuzlarına pelerinini serdi. Altın iplikle dokunmuş ağır pelerinin üstüne işlenen oltutaşı pullarının arasından Baratheon geyiği görünüyordu.

"Lannisterlar oğlum Bran'ı öldürmeye çalıştı. Kendime binlerce kez bunu neden yaptıklarını sordum. Cevabımı ağabeyinizden aldım. Bran'ın düştüğü gün av partisi vardı. Robert, Ned ve adamlarının çoğu bir yabandomuzunun peşinden gitmişti fakat Jaime Lannister Kışyarı'nda kaldı, kraliçe de öyle."

Renly imayı anlamakta gecikmedi. "Yani, oğlunuzun onları ensest ilişkilerini yaşarken yakaladığını düşünüyorsunuz..."

"Size yalvarıyorum lordum. Gidip ağabeyinize şüphelerimden bahsetmem için izin verin."

"Hangi amaçla?"

"Robb tacını çıkarıp bir kenara bırakır, eğer siz ve ağabeyiniz de aynı şeyi yaparsanız," dedi Catelyn söylediklerinin doğru olmasını umarak. Mecbur kalırsa doğru olmasını *kendi* sağlardı; lordlar dinlemese bile Robb onu dinlerdi. "Üçünüz birlikte, diyarın yüzyıldır görmediği Büyük Konsey'i toplarsınız. Kışyarı'ndan Bran'ı çağırtırız ve gördüğü her şeyi anlatır. İnsanlar asıl işgalcinin Lannisterlar olduğunu anlar. Diyarı bundan böyle kimin yöneteceğine Yedi Krallık'ın lordları karar verir."

Renly güldü. "Söyleyin leydim, sürüye kimin liderlik edeceğini seçerken ulu kurtlar da oy verecek mi?" Brienne kralın çelik eldivenlerini ve boyuna kırk santim daha ekleyecek altın boynuzlu büyük miğferini getirdi. "Konuşma zamanı bitti. Şimdi kimin daha güçlü olduğunu görelim." Renly altın ve yeşil renkli eldivenini sol eline geçirirken, Brienne kralın uzunkılıcı ve hançeriyle ağırlaşan kemerini takmak için önünde diz çöktü.

Catelyn, "Size Anne adına yalvarıyorum," diye söze başladığında çadırın kapısı ani bir rüzgârla açıldı. Catelyn bir hareket gördüğünü düşündü ama kafasını çevirdiğinde gördüğü şeyin kralın ipek duvarlara düşen gölgesi olduğunu anladı. Renly'nin bir şaka yaptığını duydu, gölgesi hareket ediyordu, kılıcını kaldırıyordu, yeşil üstüne siyah, mumlar titriyordu, tuhaf bir şeyler vardı, yanlış bir şeyler ve sonra Renly'nin kılıcının hâlâ kınında olduğunu gördü. Ama gölge kılıç...

"Soğuk," dedi Renly kısık ve tereddütlü bir sesle; çelik boyunluğu, orada olmayan bir kılıcın gölgesi tarafından tülbent bezi gibi yırtılmadan bir kalp atışı önce. Boğazından oluk oluk kan akmaya başlarken pes ve kısa bir soluk sesi çıkardı.

"Maje- *hayır!*" diye çığlık attı Mavi Brienne akan kanı görünce. Sesi, korku içindeki her küçük kızın sesi gibi çıkmıştı. Kral genç kızın kollarına doğru yalpaladı. Boğazından akan kan, yeşil ve altın renkleri yutan kırmızı bir dalga gibi zırhının önüne yayılıyordu. Birkaç mum daha söndü. Renly konuşmaya çalıştı ama kendi kanında boğuluyordu. Bacakları çözüldü, artık sadece Brienne'in gücüyle ayakta duruyordu. Genç kız başını arkaya atıp acı dolu sözsüz bir çığlık attı.

Gölge. Karanlık ve şeytani bir şey olmuştu burada, Catelyn biliyordu. Anlayamadığı bir şey. *Renly'nin gölgesi değildi. Gölge şu kapıdan girdi ve ölüm üfledi, mumları söndüren rüzgâr gibi, hızlıca.*

Robar Royce ve Emmon Cuy sadece birkaç saniye sonra gürleyerek içeri girdi; gelmeleri saatler sürmüştü sanki. Arkalarında meşaleler taşıyan iki asker vardı. Brienne'nin kollarındaki Renly'yi ve onun kanıyla ıslanmış Brienne'i gördüğünde, "Seni iblis kadın!" diye bağırdı Sör Emmon korku dolu bir sesle. "Ondan uzak dur seni şeytani yaratık!"

"Tanrılar merhamet edin, Brienne, *neden*?" dedi Sör Robar.

Brienne gözlerini kralın bedeninden kaldırıp baktı. Kralın kanını emen gökkuşağı pelerini kırmızıya boyanmıştı. "Ben... Ben..."

"Sen bunun için öleceksin." Sör Emmon çadırın kapısındaki silah yığınının içinden uzun saplı bir savaş baltası aldı. "Kralın canını, kendi canınla ödeyeceksin!"

"HAYIR!" diye bağırdı Catelyn Stark sonunda bir ses çıkarmayı başararak ama geç kalmıştı. Adamları kan çılgınlığı sarmıştı. Catelyn'in sözleri, bağırarak ileri atılan adamların seslerinin arasında kayboldu.

Brienne, Catelyn'i hayrete düşüren bir hızla hareket etti. Kendi kılıcı elinde değildi, kralın kınında duran kılıcını çekti ve Sör Emmon'ın balta darbesini karşılamak için havaya kaldırdı. Çelik ve çelik, kulak tırmalayan bir çarpışmayla buluştuğunda mavi beyaz bir kıvılcım çaktı. Brienne kralın bedenini kenara iterek sıçradı. Sör Emmon genç kıza yaklaşmak için hareketlendiğinde cesede takılıp tökezledi. Brienne'in kılıcı şövalyenin savaş baltasının ahşap sapına indi. Askerlerden biri yanan meşalesini kızın sırtına dayadı ama gökkuşağı pelerin kanla ıslanmıştı, alev almadı. Brienne döndü ve kılıcını indirdi, hem meşale hem meşaleyi tutan el havaya uçtu. Alevler halının üstünde yürümeye başladı. Yaralı asker çığlıklar atıyordu. Sör Emmon savaş baltasını atıp kılıcına davrandı. İkinci asker bir hamle yaptı, Brienne hamleyi savuşturdu, kılıçlar birbirine çarparak dans ediyordu. Emmon Guy ayağa kalkıp dövüşe tekrar dahil olduğunda Brienne gerilemek zorunda kaldı ama her iki adamı da güvenli bir mesafede tutmayı başarmıştı. Yerde, Renly'nin başı iç bulandıracak bir şekilde yana dönmüştü, boğazındaki geniş kesik iyice açılmış ikinci bir ağız gibi görünüyordu, kanı daha ağır akmaya başlamıştı.

Sör Robar ne yapacağından emin değilmiş gibi bir kenarda beklemişti ama şimdi kılıcına uzanıyordu. "Robar, hayır, beni dinle," diyerek delikanlının kolunu yakaladı Catelyn. "Hata ediyorsun, kız yapmadı. *Ona yardım et!* Dinle beni. Bunu yapan Stannis'ti." Bu isim nasıl olduğunu anlamadan çıkmıştı dudaklarının arasından ama Catelyn ismi söylediği anda doğru olduğunu biliyordu. "Yemin ediyorum. Beni tanıyorsun. Kralı *Stannis* öldürdü."

Genç şövalye solgun ve korku dolu gözleriyle delirmiş kadına baktı. "Stannis? Nasıl?"

"Bilmiyorum. Sihir, kara büyü, bir gölge vardı, bir *gölge*." Sözleri kendi kulağına bile çılgınca geliyordu ama arkasındaki kılıç sesleri arasında ağzından dökülmeye devam etti. "Kılıçlı bir gölgeydi, yemin ederim. Gördüm. Kör müsün? Kız, krala *âşıktı! Ona yardım et!*" Arkasına baktı. İkinci askerin yere yığıldığını gördü, kılıcı kesik parmaklarının arasından düşmüştü. Çadırın dışından bağrışmalar geliyordu. Az zaman sonra çadırın içi öfkeli adamlarla dolacaktı, biliyordu. "Kız masum Robar. Sana kocamın mezarı üstüne, Stark onuru üstüne yemin ediyorum!"

Söyledikleri Robar'ı ikna etmişti. "Ben adamları tutacağım," dedi "Kızı buradan uzaklaştırın." Döndü ve dışarı çıktı.

Alevler duvarlara ulaşmıştı, yangın çadırın dışına yürüyordu. Sarı mineli çelik zırhının içindeki Sör Emmon yün giysili Brienne'e saldırıyordu. Catelyn'i unutmuştu, demir maltız kafasının arkasına çarpana dek. Başında miğfer vardı, darbe kalıcı bir zarar vermeyecekti ama adamı dizlerinin üstüne düşürdü. "Brienne, benimle gel," dedi Catelyn. Kız fırsatı görmekte gecikmedi. Yeşil ipek, tek kılıç darbesiyle yırtıldı. Şafak vaktinin karanlığına ve soğuğuna çıktılar. Çadırın diğer tarafından yükselen sesler duyuluyordu. "Bu taraftan," dedi Catelyn. "Ve yavaş. Koşmamalıyız, yoksa sebebini sorarlar. Hiçbir gariplik yokmuş gibi yürü."

Brienne kılıcını kemerine takıp Catelyn'in peşine düştü. Hava yağmur kokuyordu. Arkalarında kalan kral çadırı yanıyordu, uzun alevler gökyüzüne yükseliyordu. Kimse onları durdurmaya çalışmadı. Bağrışarak cinayetten, yangından ve büyüden bahseden adamlar aceleyle yanlarından geçip gidiyordu.

Diğerleri küçük gruplar hâlinde bekliyor, kısık sesle konuşuyorlardı. Gencecik bir yaver dizlerinin üstüne çökmüş hıçkırarak ağlıyordu.

Havadis ağızdan ağıza yayılmış, Renly'nin ordusu çoktan dağılmıştı. Doğudan yükselen ışık, Fırtına Burnu'nun devasa kütlesini taştan bir rüya gibi aydınlatırken gece ateşleri yavaş yavaş sönüyor, soluk renkli bir sis tabakası rüzgârın kanatlarında araziye yayılıyordu. *Sabah hayaletleri,* derdi Yaşlı Dadı sis için, mezarlarına dönen ruhlar. Renly onlardan biriydi şimdi, ağabeyi Robert gibi gitmişti ve Catelyn'in biricik Ned'i gibi.

"Ona sadece ölüm anında sarılabildim," dedi Brienne, gittikçe artan keşmekeşin ortasında yürürlerken. Sesi her an kırılabilirmiş gibi çıkmıştı. "Bir an gülüyordu, sonra her yer kana bulandı... Leydim, anlayamıyorum. Siz gördünüz mü? Siz..."

"Bir gölge gördüm. Önce Renly olduğunu sandım ama ağabeyinin gölgesiydi."

"Lord Stannis?"

"Onu *hissettim*. Biliyorum, çok mantıksız..."

Brienne için yeterince mantıklıydı. "Onu öldüreceğim," dedi gösterişsiz uzun boylu kız. "Lordumun kendi kılıcıyla, onu öldüreceğim. Yemin ediyorum. Yemin ediyorum. Yemin ediyorum."

Hal Mollen ve diğer adamlar atlarla birlikte bekliyordu. Sör Wendel Manderly neler olduğunu öğrenmek için sabırsızlanıyordu. "Leydim, kamp çılgına döndü," dedi Catelyn'i görür görmez. "Lord Renly, o gerçekten..." cümlesini tamamlamadı, üstü başı kan içindeki Brienne'e bakıyordu.

"Öldü ama bizim elimizden değil."

"Mücadele..." diye başladı Hal Mollen.

"Bir mücadele olmayacak." Catelyn atına bindi ve korumaları yanındaki yerlerini aldılar; Sör Wendel solunda, Ser Perwyn Frey sağında. "Brienne, sayımızın iki katı kadar atımız var. Birini seç ve bizimle gel."

"Benim kendi atım var leydim ve zırhım..."

"Onları bırak. Bizi aramak akıllarına geldiğinde buradan iyice uzaklaşmış olmalıyız. Kral öldürüldüğünde ikimiz de yanındaydık. Bunu hatırlayacaklar." Brienne tek kelime etmeden döndü ve kendisine söyleneni yaptı. "İlerleyin," diye emretti Catelyn bütün adamları atlarına bindiğinde. "Bizi durdurmaya çalışan olursa öldürün."

Şafağın uzun parmakları araziye uzandıkça renkler dünyaya geri dönüyordu. Gri atların sırtındaki gölge mızraklı gri adamların olduğu yerde, on bin mızrak ucu soğuk gümüş renginde parlıyordu. Catelyn, dalgalanan sayısız sancağın üstündeki kırmızıların, pembelerin ve turuncuların sıcaklığını, mavilerin ve kahverengilerin yoğunluğunu, altın renklerinin ve sarıların alevlerini gördü. Fırtına Burnu'nun ve Yüksek Bahçe'nin bütün gücünü, sadece bir saat öncesine kadar Renly'ye ait olan gücü. *Şimdi Stannis'e aitler*, diye düşündü. *Henüz kendileri bile bilmiyor ama ona aitler. Son Baratheon'a dönmezlerse nereye dönecekler? Stannis her şeyi tek bir şeytani darbeyle kazandı.*

Ben gerçek kralım, demişti demir kadar sert çenesini sıkarak. *Ve sizin oğlunuz da tıpkı benim kardeşim gibi bir hain. Onun da günü gelecek.*

Catelyn'in vücudundan bir ürperti geçti.

JON

Rüzgârın aşındırdığı sırtı millerce uzaktan görülebilen tepe, sık ormanın üstünde tek başına yükseliyordu. Korucular, yabanılların bu tepeye İlk İnsanların Yumruğu dediğini söylemişti. *Gerçekten* bir yumruk gibi göründüğünü düşündü Jon Kar, toprağın ve ağaçların içinden çıkıp gökyüzüne kaldırılmış, çorak kahverengi bayırları kayalarla boğumlanmış…

Lord Mormont ve diğer yüksek rütbelilerle birlikte at sırtında tepeye tırmanıyordu. Hayalet'i ağaçların altında bırakmıştı. Tırmanışa başladıklarından beri Hayalet üç sefer kaçmış, iki kez Jon'un ıslığıyla isteksizce geri dönmüştü. Lord Mormont üçüncü seferde sabrını kaybedip parlamıştı. "Bırak gitsin delikanlı. Akşam olmadan zirveye varmak istiyorum. Kurdunu daha sonra bulursun."

Yukarı çıkan yol dik ve taşlıydı. Zirve, göğüs hizasına gelen kayalardan oluşan bir duvarla taçlanmıştı. Atların geçebileceği büyüklükte bir boşluk bulmak için batıya doğru duvarın çevresinde dolaştılar. Sonunda tepe noktasına vardıklarında, "Bu arazi iyi Thoren," dedi Yaşlı Ayı. "Daha iyisini zaten umamazdık. Yarımel'i beklemek için burada kamp kuracağız." Lord Kumandan atından indi, omzundaki kuzgun şikâyet eder tonda bir ses çıkararak havalandı.

Zirveden görünen manzara gözalıcıydı ama Jon'u asıl etkileyen şey çemberduvardı. Rüzgârla aşınmış gri taşların üstü yosun köklü beyaz mantarlarla yamalanmıştı. Yumruk'un, İlk İnsanlar'ın Alacakaranlık Çağı'ndaki çemberkalesi olduğu söylenirdi. "Yaşlı ve sağlam bir yer," dedi Thoren Smallwood.

"Yaşlı," diye bağırdı Mormont'un kuzgunu başlarının üstünde gürültülü çemberler çizerken. *"Yaşlı, yaşlı, yaşlı."*

"Sessiz ol," diye kükredi Mormont kuzguna. Yaşlı Ayı yorgunluğunu kabul edemeyecek kadar gururluydu ama Jon'u kandıramıyordu. Genç adamlara ayak uydurmaya çalışmak kumandanı bitkin düşürmüştü.

"Mecbur kalırsak bu tepelikleri savunmak kolay olacak," dedi Thoren atını taş çemberin etrafında yürütürken. Samur kürklü pelerini rüzgârla dalgalanıyordu.

"Evet, burası işe yarar." Yaşlı Ayı elini havaya kaldırdı. Kuzgun, kumandanın koluna kondu ve pençelerini adamın örgü zırhına geçirdi.

"Su meselesi ne olacak lordum?" diye sordu Jon.

"Tepenin eteklerinde bir derenin yanından geçtik."

"Su almak için uzun bir yol," dedi Jon, "ve taş çemberin dışında."

"Bir tepeyi inip çıkamayacak kadar tembel misin evlat?" dedi Thoren.

Lord Mormont, "Buradan daha sağlam bir yer bulmamız olası değil. Hepimize yetecek kadar su taşıyacağız," dediğinde Jon tartışmanın bir işe yaramayacağını biliyordu. Emir verilmişti. Gece Nöbetçileri'nin kardeşleri, İlk İnsanlar'ın inşa ettiği taş çemberin ardında kamplarını kurdular. Siyah çadırlar yağmurdan sonra kararan mantarlar gibi araziye yayıldı, şilteler ve battaniyeler çıplak toprağı örttü. Kâhyalar atları uzun bir sıra hâlinde birbirlerine bağlayıp doyurdu, hayvanlara su verdi. Akşamüstü ormancılar baltalarını alıp gece için odun kesmeye girişti. İnşacılar duvarın etrafını temizlediler, tuvalet çukurları kazdılar ve ateşle sertleştirilmiş kazık destelerini çözdüler. "Karanlık çökmeden bu duvardaki her boşluğun önüne hendekler kazılmış, kazıklar çakılmış olacak," diye emretti Yaşlı Ayı.

Jon, Lord Kumandan'ın çadırını kurup atlarla ilgilendikten sonra Hayalet'i bulmak için tepeden indi. Ulu kurt aniden, sessizce geldi. Bir an, Jon ıslık çalıp seslenerek, çam kozalaklarını ve yere düşen yaprakları ezerek ağaçların arasında tek başına dolanıyordu. Bir sonraki an, sabah sisi kadar beyaz ulu kurt yanında yürüyordu.

Çemberkaleye vardıklarında Hayalet tekrar ayak diredi. Taşların arasındaki boşlukları koklamak için tedirgin birkaç adım attıktan sonra geriledi, aldığı kokudan hoşlanmamış gibiydi. Jon kurdu ensesinden yakalayıp çemberin içine girmeye zorladı ama bu kolay bir iş değildi. Kurt, Jon kadar ağırdı ve ondan çok daha güçlüydü. "Hayalet, senin neyin var?" Ulu kurt normalde bu kadar huysuzluk etmezdi. Jon sonunda pes etti. "Nasıl istersen," dedi kurda. "Git, avlan." Jon yosunlu taşların arasından tekrar çemberin içine girerken kırmızı gözler onu izliyordu.

Burada güvende olmaları gerekirdi. Tepenin görüş alanı genişti, kuzey ve batı yamaçları sarptı ve doğu yamacı da kolay sayılmazdı. Buna rağmen, akşamın çökmesiyle ağaçların arasındaki boşlukları doldurmaya başlayan karanlık Jon'un içindeki kötü hissi artırdı. *Bu Tekinsiz Orman*, diye düşündü. *Burada hayaletler vardır belki, İlk İnsanlar'ın ruhları. Burası bir zamanlar onlara aitti.*

"Çocuk gibi davranmayı bırak," dedi kendine. Üst üste yığılmış kayaların tepesine çıkarak batan güneşi izledi. Güneye doğru kıvrılarak ilerleyen, yüzeyi dövülmüş altın gibi parıldayan Sütnehri'ni görebiliyordu. Suyun yukarısındaki araziler daha engebeliydi. Sık orman açılıyor, kuzeye ve batıya doğru uzanan bir sıra çıplak, taşlı, yüksek tepeye yol veriyordu. Ufuk çizgisinde sıra sıra dizilmiş dağlar devasa gölgeler gibi dikiliyor, mavi gri boşluğun içinde yükseliyordu. Sivri zirveleri ebedi karla örtülmüştü. Bu kadar uzaktan bile sonsuz, soğuk ve zor görünüyorlardı.

Daha yakın yerlerin hâkimi ağaçlardı. Yeşilin binlerce tonuna boyanmış kökler, dallar ve gövdelerden oluşan sık orman Jon'un gözlerinin alabildiğince doğuya ve güneye yayılıyordu. Bazı yerler, kollarını muhafız ağaçlarının ve çamların arasından uzatan büvet ağaçlarının kırmızısıyla, bazı yerler de dökülmeye yüz tutmuş geniş yaprakların sarısıyla renkleniyordu. Rüzgâr estiğinde, kendisinden daha yaşlı dallardan gelen çatırtıları ve kükremeleri duyabiliyordu Jon. Binlerce yaprak kımıldadı, orman bir an için koyu yeşil bir denize dönüştü, fırtınalı ve dalgalı, sonsuz ve bilinmez...

Hayalet'in aşağıda yalnız olmadığını düşündü. Şu denizin altında her şey olabilirdi, ağaçların arasında gizlenip karanlık ormanın içinden çemberkaleye doğru sinsice ilerleyen *herhangi* bir şey. Nasıl bilebilirlerdi ki? Güneş sivri dişli dağların ardında kaybolup karanlık, ağaçların arasında sürünmeye başlayana dek uzun zaman kayaların üstünde durdu.

"Jon?" diye seslendi Samwell Tarly. "Sen olduğunu anlamıştım. İyi misin?"

"Gayet iyiyim," dedi Jon, aşağı atladı. "Bugünü nasıl geçirdin?"

"İyi geçirdim. Gerçekten."

Jon huzursuzluğunu arkadaşıyla paylaşmak niyetinde değildi, Sam Tarly sonunda cesaretini toplamaya başlamışken bunu yapamazdı. "Yaşlı Ayı, Qhorin Yarımel'i ve Gölge Kule'den gelecek adamları burada beklemeye niyetli."

"Sağlam bir yer gibi görünüyor," dedi Sam. "İlk İnsanlar'ın çemberkalesi. Sence burada savaşlar olmuş mudur?"

"Hiç şüphesiz. Bir kuş hazırlasan iyi edersin. Mormont kaleye mektup yollamak isteyecektir."

"Hepsini yollayabilmeyi isterdim. Kuzgunlar kafese kapatılmaktan nefret ediyor."

"Uçabilsen kendini de yollardın."

"Uçabilsem şu anda Kara Kale'de domuz turtası yiyor olurdum," dedi Sam. Jon yanık eliyle arkadaşının omzunu tuttu. Birlikte kamp alanına döndüler. Etraf yemek ateşleriyle dolmuştu. Gökyüzünde yıldızlar görünmeye başlamıştı. Mormont'un Meşalesi'nin uzun kuyruğu ay kadar parlaktı. Jon daha göremediği kuzgunların seslerini duyuyordu. Bazıları onun adını söylüyordu. Konu gürültü yapmak olduğunda kuşlar utangaç sayılmazdı.

Onlar da hissediyor. "Gidip Yaşlı Ayı'ya baksam iyi olacak," dedi Jon. "Karnı doymadığında o da gürültücü oluyor."

Mormont'u, Thoren Smallwood ve altı yüksek rütbeliyle sohbet ederken buldu. "İşte buradasın," diye homurdandı yaşlı adam. "Bize biraz sıcak şarap getir. Hava serin."

"Hemen lordum." Jon bir ateş yaktı, Mormont'un en sevdiği sert kırmızı şaraplardan bir matara alıp güğüme boşalttı. Güğümü ateşin üstüne asıp diğer malzemeleri hazırlamaya başladı. Mormont baharatlı sıcak şarabı konusunda son derece katıydı. Çok fazla tarçın, çok fazla muskat, çok fazla bal, bundan bir gram bile fazla değil... Kuru üzüm, fındık, kuru böğürtlen ama limonsuz; limon kabul edilemez bir güneyli alışkanlığıydı, aslında tuhaftı; Yaşlı Ayı sabah birasını her zaman limonlu içerdi çünkü... Şarap bir adamı ısıtacak kadar sıcak olmalı, diye ısrar ediyordu Lord Kumandan ama asla kaynayacak noktaya kadar ateşte bırakılmamalıydı. Jon gözlerini güğümden ayırmıyordu.

Çalışırken çadırın içinden gelen sesleri duyabiliyordu. "Ayazdiş'e gitmenin en kolay yolu Sütnehri'ni kaynağına doğru takip etmek. Ama bu yolu kullanırsak Rayder'ın gelişimizden haberdar olacağı güneşin doğacağı kadar kesin," dedi Jarman Buckwell.

"Dev Merdiveni işimize yarayabilir," dedi Sör Mallador Locke. "Ya da Çığlık Geçidi, tabii açıksa."

Şaraptan buhar yükseliyordu. Jon güğümü ateşten aldı, sekiz kupayı doldurdu ve çadıra götürdü. Yaşlı Ayı, Sam'in Craster Kalesi'nde çizdiği kabataslak haritayı inceliyordu. Jon'un taşıdığı tepsiden bir kadeh aldı, bir yudum içti ve onaylar şekilde başını salladı. Kuzgunu omzundan havalandı, "*Mısır,*" dedi. "*Mısır, mısır, mısır.*"

Sör Ottyn Wythers şarabı eliyle reddetti. "Ben olsam dağlara hiç gitmezdim," dedi ince ve yorgun bir sesle. "Ayazdiş'in soğuğu yaz mevsiminde bile zalim ısırır ve şimdi... Bir fırtınaya yakalanırsak..."

"Mecbur kalmadıkça Ayazdiş riskini almaya niyetli değilim," dedi Mormont. "Yabanıllar da kar ve taşta bizden uzun süre hayatta kalamaz. Kısa zaman içinde aşağı inecekler ve kaç kişi olurlarsa olsunlar kullanabilecekleri tek yol Sütnehri boyunda. Bu durumda, biz burada gayet sağlam biçimde konumlandık. Bize görünmeden geçip gitmeyi umamazlar."

"Görünmeden geçmek istemeyebilirler. Sayıları binleri buluyor, bizse Yarımel geldiğinde ancak üç yüz kişi olacağız." Sör Mallador, Jon'un tepsisinden bir kupa aldı.

"İş çarpışmaya varırsa buradan daha iyi bir konum bulamayız," dedi Mormont. "Savunmamızı güçlendireceğiz. Çukurlar ve kazıklar, bayırlara yerleştirilmiş domuzdikenleri, her boşluk tamir edilecek. Jarman, gözcü olarak en keskin görüşlü adamlarını istiyorum. Etrafımızda gözcülerden bir çember olacak, dere boyunca da, her tür tehlikeyi önceden haber alacağız. Adamlarını ağaç tepelerine sakla. Kampa su getirmeye başlasak iyi olacak, ihtiyacımızdan çok daha fazlasını. Su çukurları kazacağız. Hem adamlar oyalanır hem de daha sonra işimize yarar."

"Benim korucularım..." diye söze başladı Thoren Smallwood.

"Senin korucuların, Yarımel bize katılana kadar keşif alanlarını nehrin bu tarafıyla sınırlandıracak. Gerisine sonra bakacağız. Daha fazla adam kaybetmek istemiyorum."

"Mance Rayder ordusunu buradan bir gün uzaklıkta bir yere yığabilir ve bizim ruhumuz duymaz," diye şikâyet etti Smallwood.

"Yabanılların nereye yığıldığını biliyoruz," diye karşılık verdi Mormont. "Bunu Craster'dan öğrendik. Adamdan hoşlanmıyorum ama bize yalan söylediğini de sanmıyorum."

"Dediğiniz gibi olsun." Smallwood asık suratla çadırdan çıktı. Diğerleri şaraplarını bitirip daha nezaketli bir tavırla adamı takip etti.

"Akşam yemeğinizi getireyim mi lordum?" diye sordu Jon.

"*Mısır,*" diye bağırdı kuzgun. Mormont hemen cevap vermedi. Konuştuğunda, "Kurdun bugün av bulabilmiş mi?" diye sordu.

"Daha geri dönmedi."

"Taze et işimize yarardı." Mormont elini kesesine sokup bir avuç mısır çıkardı. "Korucuları kampa yakın tutmakla hata mı ediyorum sence?"

"Buna cevap vermek benim haddim değil lordum."

"Eğer sana soruluyorsa haddindir."

"Korucular, Yumruk'un çevresinden ayrılmadan amcamı nasıl bulabilirler anlamıyorum," diye itiraf etti Jon.

"Bulamazlar." Kuzgun, Yaşlı Ayı'nın avucundaki mısırları gagalıyordu. "İki yüz adam ya da on bin adam, arazi çok büyük." Mısırlar bitmişti, Mormont elini çevirdi.

"Aramaya son vermeyeceksiniz, değil mi?"

"Üstat Aemon senin zeki olduğunu düşünüyor." Mormont kuzgunu omzuna koydu. Kuş boynunu yana eğdi, gözleri parlıyordu.

Cevap ortadaydı. "Aslında... bir adamın iki yüz adamı bulması, iki yüz adamın bir adamı bulmasından kolaydır."

Kuzgun bir çığlık attı ama Yaşlı Ayı gri sakallarının arasından gülümsedi. "Bunca adam ve at, Aemon'ın bile takip edebileceği izler bırakır. Bu tepede yaktığımız ateşler Ayazdiş'in eteklerinden bile görülebilir. Eğer Ben Stark sağ ve özgürse bizi bulur, bundan eminim."

"Evet," dedi Jon. "Ama... eğer..."

"...öldüyse mi?" diye sordu Mormont.

Jon başıyla onayladı.

"*Ölü*," dedi kuzgun. "*Ölü, ölü.*"

"Öyle olsa bile gelir," dedi Yaşlı Ayı. "Tıpkı Othor gibi, Jafer Çiçek gibi. Bundan ben de en az senin kadar korkuyorum Jon ama bu olasılığı da kabul etmek zorundayız."

"*Ölü*," diye bağırdı kuzgun kanatlarını çırparak. Sesi iyice yükselip tizleşti. "*Ölü*."

Mormont kuşun siyah tüylerini okşadı, esnemesini eliyle örttü. "Sanırım akşam yemeğinden vazgeçeceğim. Dinlenmek daha iyi gelir. Beni sabahın ilk ışığıyla uyandır."

"İyi uykular lordum." Jon boş kupaları toplayıp çadırdan çıktı. Uzaktan gelen gülüşmeleri, boruların kederli seslerini duyuyordu. Kampın tam ortasında büyük bir ateş yanıyordu, yahni kokusunu aldı. Yaşlı Ayı aç olmayabilirdi ama Jon açtı. Ateşe doğru yürümeye başladı.

Dywen elinde tahta kaşığı, gevezelik ediyordu. "Bu ormanı hayattaki her adam kadar iyi bilirim ve sana söylüyorum: Bu gece bu ormanda tek başıma at sürmek istemezdim. Kokuyu alamıyor musun?"

Grenn fal taşı gibi açılmış gözleriyle adama bakıyordu ama Efkârlı Edd, "Benim aldığım tek koku iki yüz atın pisliğinin kokusu. Bir de şu yahninin. Şimdi koklayınca fark ettim ki hemen hemen aynı rayihaya sahip," dedi.

"Benim burnuma da senden *aynı rayiha* geliyor," dedi Hake kamasına dokunarak. Homurdanarak Jon'un kâsesini doldurdu.

Yahni; arpa, havuç ve soğanla yoğun bir kıvam almıştı. İçindeki tek tük tuzlu et parçaları yemeğin suyuyla yumuşamıştı.

"Ne kokusu alıyorsun Dywen?" diye sordu Grenn.

Ormancı bir an için kaşığını emdi. Dişlerini çıkartmıştı. Yüzü kayış gibi ve buruş buruştu, elleri yaşlı kökler gibi eğri büğrüydü. "Bana kalırsa şey gibi kokuyor... Evet... *Soğuk*."

"Kafan da dişlerin gibi odundan yapılmış," dedi Hake. "Soğuğun kokusu olmaz."

Olur, diye düşündü Jon, Lord Kumandan'ın odasındaki geceyi hatırlamıştı. *Ölüm gibi kokar*. Açlığı birdenbire kaybolmuştu. Yahnisini, ısınabilmek için fazladan bir kap yemeğe ihtiyacı varmış gibi görünen Grenn'e verdi.

Ateşin başından ayrıldığında rüzgâr şiddetli esiyordu. Sabah her yer buz tutacaktı, çadırların ipleri donmuş ve katılaşmış olacaktı. Güğümün dibinde birkaç parmak şarap kalmıştı. Jon güğümü tekrar ısıtmak için canlandırdığı ateşin üstüne koydu. Beklerken parmaklarını esnetti, elleri sızlayana kadar sıktı, açıp kapadı. İlk nöbet grubu kampın çevresindeki yerini almıştı. Çemberduvarın etrafında meşaleler yanıyordu. Gökyüzünde ay yoktu ama başının üstünde binlerce yıldız pırıldıyordu.

Karanlığın içinden bir ses yükseldi, uzak ve zor duyulur ama aşikâr: Kurtların uluması. Sesler yükselip alçalıyordu, yalnız ve soğuk bir şarkı. Jon boynundaki tüylerin ürperdiğini hissetti. Gölgelerin içindeki bir çift kırmızı göz, ateşin arkasından ona bakıyordu. Alevlerin ışığı gözleri parlatıyordu.

"Hayalet," dedi Jon şaşkınlık içinde. "Sonunda gelmeye karar verdin, ha?" Beyaz kurt genelde bütün gece avlanırdı, Jon sabah olmadan hayvanı görmeyi beklemiyordu. "Av o kadar kötü müydü?" diye sordu. "Buraya. Bana gel. Hayalet."

Ulu kurt, Jon'u ve havayı koklayarak ateşin çevresini dolandı, hareketsiz kalamıyordu. Şu an yemek peşindeymiş gibi görünmüyordu. *Ölüler ayaklandığında Hayalet biliyordu. Beni uyandırdı, uyardı*. Panik hâlinde ayağa kalktı. "Ormanda bir şey mi var? Hayalet, bir koku mu aldın?" *Dywen soğuk kokusu aldığını söyledi*.

Ulu kurt uzun adımlarla yürümeye başladı, durdu, arkasına baktı. *Onu takip etmemi istiyor*. Jon pelerinin başlığını kafasına geçirdi, çadırlardan, sıcak ateşinden, sıralanmış küçük atlardan uzağa yürüdü. Atlardan biri Hayalet yanından geçerken huysuzca kişnedi. Jon hayvanı sakinleştirmek için birkaç laf etti, bir an durup burnunu okşadı. Çemberduvara yaklaşırken kayalıkların arasına giren rüzgârın ıslığını duyabiliyordu. Bir ses durmasını söyledi. Jon meşalenin ışığına yaklaştı. "Lord Kumandan için su almam gerek."

"Git o hâlde," dedi nöbetçi. "Ama acele et." Siyah pelerinine sarınmış, rüzgârdan korunmak için başlığını iyice yüzüne indirmiş adam, Jon'un elinde bir kova olmadığını fark etmemişti bile.

Jon iki sivri kazığın arasından dikkatlice geçerken Hayalet kazıkların altından kaydı. Kayaların arasındaki çatlağa bir meşale yerleştirilmişti, alevler rüzgâr estikçe turuncu sancaklar gibi uçuşuyordu. Jon kayaların arasındaki boşluktan geçerken meşaleyi aldı, Hayalet tepe aşağı koşmaya başlamıştı. Jon daha ağır hareketlerle hayvanı takip etti, meşale indiği yolu aydınlatıyordu. Kampın sesleri silikleşti. Gece koyuydu. Yamaç dikti, taşlıydı ve engebeliydi. Bir anlık dikkatsizlik ayak bileğini kırmasına sebep olabilirdi... ya da boynunu. *Ben ne yapıyorum?* diye sordu kendine aşağı inmeye devam ederken.

Aşağıda ağaçlar duruyordu, kabuk ve yapraklardan zırhlarını giymiş savaşçılar, yerlerini almış tepeyi altüst etmek için sessizce emir bekliyordu. Siyah görünüyorlardı... Meşalesinin ışığı ağaçların üstüne düştüğünde Jon bir parça yeşil yakaladı. Kayaların üstünden akan suyun belli belirsiz sesini duydu. Hayalet çalılıkların arasında kayboldu. Jon, suyun çağrısını ve rüzgârla iç çeken yaprakları dinleyerek kurdu takip etmeye çalışıyordu. Pelerini çalılara takılıyordu, başının üstündeki sık dallar birbirine geçmiş, gökyüzündeki yıldızları kapatmıştı.

Hayalet'i dereden su içerken buldu. "*Hayalet,*" diye seslendi. "Bana gel. *Hemen.*" Ulu kurt başını kaldırdı. Gözleri kıpkırmızı ve şeytanca parlıyordu. Çenesinden aşağı salya gibi sular akıyordu. Tam o anda, hayvanda korkunç ve acımasız bir şeyler vardı. Birdenbire atıldı, Jon'un yanından geçti ve ağaçların arasına daldı. "Hayalet, *hayır*, dur," diye bağırdı Jon ama ulu kurt dinlemedi. Karanlık, güçlü beyaz şekli yutmuştu. Jon'un iki seçeneği vardı: Ya tek başına tekrar tepeyi tırmanacaktı ya da takip edecekti.

Küfrederek, her adımını tehlikeye sokan taşları, ayaklarını yakalamaya çalışıyormuş gibi duran kökleri ve basıp bileğini burkabileceği delikleri görebilmek için meşalesini yere iyice yakın tutarak kurdun peşinden gitti, kızgındı. Üç beş adımda bir Hayalet'e sesleniyordu ama ağaçların arasında dolaşan gece rüzgârı kelimelerini yutuyordu. *Bu çılgınlık*, diye düşündü ormanın derinliklerine doğru ilerlerken. İleride, sağda, tepenin arkasına doğru beyaz bir parıltı görmeden hemen önce geri dönmek üzereydi. Usulca küfürler savurarak peşinden koştu.

Yumruk'un çevresinin çeyreğini dolanmıştı ki Hayalet tekrar gözden kayboldu. Jon sonunda soluklanmak için tepenin dibindeki dikenli çalılıkların ve kayaların ortasında durdu. Meşalenin önündeki karanlık gittikçe yoğunlaşıyordu.

Yumuşak bir eşeleme sesi dönmesine sebep oldu. Jon, büyük taşların ve dikenli çalılıların arasında dikkatli adımlar atarak sese doğru yürüdü. Devrilmiş bir ağacın arkasında tekrar Hayalet'i gördü. Ulu kurt telaşla toprağı kazıyordu.

"Ne buldun?" Jon meşaleyi indirince yuvarlak bir tümsek gördü. *Bir mezar*, diye düşündü. *Ama kimin*?

Dizlerinin üstüne oturdu, meşaleyi yere bıraktı. Toprak kumlu ve yumuşaktı. Jon elleriyle kazmaya başladı. Ne taş ne de kök vardı. Burada her ne varsa daha yeni gömülmüştü. Parmakları yarım metre kadar derinlikte kumaşa değdi. Bir ceset bulacağını düşünmüştü, bir ceset bulmaktan korkmuştu ama bu başka bir şeydi. Kumaşı yokladı ve altındaki küçük, sert şekilleri hissetti. Koku yoktu, kurtçuklar yoktu. Hayalet geriledi, oturdu ve izlemeye başladı.

Jon toprağı kazmaya devam etti ve bohça hâline getirilmiş kumaşı açığa çıkardı. Parmaklarını toprağa sokarak kumaş yığınını kavradı ve gevşetti. Yığını yukarı çektiğinde içindekiler her ne ise yer oynayıp şıngırdadı. *Hazine*, diye düşündü ama hissettiği şekiller sikke olamazdı ve duyduğu *şıngırtı* metal sesi değildi.

Bohçanın ağzı, aşınmış bir ip parçasıyla bağlanmıştı. Jon hançerini çıkarıp ipi kesti ve kumaşın kenarlarını tutup çekti. Bohça açıldı, içindekiler yere döküldü, koyu ve parlak. Düzinelerce bıçak, yaprak şekilli mızrak ucu ve sayısız ok ucu gördü. Bir hançer bıçağı aldı, tüy gibi hafif, parlak siyah ve sapsız. Meşale alevi bıçağın kenarında dolaştı, ustura keskinliğinde ince turuncu bir çizgi. *Ejderhacamı, üstatların obsidiyen dediği şey*. Hayalet, ormanın çocuklarının binlerce yıldır burada gömülü olan kadim silahlarını mı bulmuştu? İlk İnsanların Yumruğu çok eski bir yerdi ama...

Ejderhacamlarının altında eski bir savaş borusu vardı, bir yabanöküzünün boynuzundan yapılmış ve bronzla kaplanmıştı. Jon boruyu ters çevirip içindeki toprağı temizledi ve borunun içinden yüzlerce ok ucu döküldü. Silahların sarıldığı kumaşı ucundan tuttu, parmaklarının arasında ovdu. *Kalın, iyi yün, çift katlı, nemli ama çürümemiş*. Uzun zamandır toprağın altında olamazdı. Ve *koyu* renkliydi. Kumaşı çekti ve meşalenin ışığında baktı. *Koyu renkli değil, siyah*.

Jon ayağa kalkıp kumaşı tamamen açmadan önce elindeki şeyin ne olduğunu biliyordu: Gece Nöbetçileri'nin yeminli kardeşlerinden birine ait siyah bir pelerin.

BRAN

Biragöbek onu dökümhanede Mikken için körükleri çekerken buldu. "Üstat sizi kule odasında bekliyor prensim. Kraldan bir kuzgun geldi."

"Robb'dan mı?" Bran, Hodor'un gelmesini bekleyemeyecek kadar heyecanlanmıştı, Biragöbek'in kendisini taşımasına izin verdi. Yapılı bir adamdı ama Hodor kadar iri ve güçlü değildi. Üstadın kule odasına vardıklarında kıpkırmızı kesilmiş, nefes nefese kalmıştı. Rickon onlardan önce gelmişti, Walder Freyler de öyle.

Üstat Luwin, Biragöbek'i gönderip kapıyı kapattı. "Lordlarım," dedi ağırca. "Majesteleri'nden bir mesaj aldık, hem iyi hem de kötü haberler var. Öküzağzı denen bir yerde Lannister ordusunu bozguna uğratarak büyük bir zafer kazanmış ve pek çok kaleyi de ele geçirmiş. Bize, eskiden Marbrand Hanedanı'na ait olan Külizi karakolundan yazmış."

Rickon üstadın cübbesini çekiştirdi. "Robb eve mi dönüyor?"

"Hayır. Korkarım henüz değil. Daha çok çarpışacak."

"Lord Tywin'i mi yenmiş?" diye sordu Bran.

"Hayır," dedi üstat. "Düşman ordusunu Sör Stafford Lannister komuta ediyormuş. Mücadele sırasında öldürülmüş."

Bran, Sör Stafford Lannister adını daha önce hiç duymamıştı. Büyük Walder, "Önemli olan tek adam Lord Tywin," dediğinde çocukla aynı fikirde olduğunu düşündü.

"Robb'a eve gelmesini istediğimi söyleyin," dedi Rickon. "Kurdunu da eve getirsin ve annemle babamı da." Rickon, Lord Eddard'ın öldüğünü bilmesine rağmen arada sırada bu gerçeği unutuyordu... İsteyerek unuttuğundan şüpheleniyordu Bran. Küçük kardeşi dört yaşındaki her çocuk kadar inatçıydı.

Robb'un kazandığı zafer Bran'ı sevindirmişti ama aynı zamanda tedirgin de etmişti. Ağabeyi ordusunu Kışyarı'ndan götürürken Osha'nın söylediği şeyleri hatırladı. *Ağabeyin yanlış istikamete doğru at sürüyor*, diye ısrar etmişti yabanıl kadın.

"Maalesef her zaferin bir bedeli vardır," dedi Üstat Luwin, Walderlar'a döndü. "Lordlarım, amcanız Sör Stevron Frey, Öküzağzı'nda hayatını kaybedenler arasındaymış. Robb, amcanızın mücadele sırasında yaralandığını yazmış. Önce ciddi bir yara olmadığını düşünmüşler ama üç gün sonra çadırında hayatını kaybetmiş, uykusunda."

Büyük Walder omuz silkti. "Çok yaşlıydı. Elli altı sanırım. Savaşmak için çok yaşlıydı. Her zaman yorgunluktan şikâyet ederdi."

Küçük Walder ıslık çaldı. "Büyükbabamızın ölmesini beklemekten yorgundu, demek istiyorsun. Şimdi Sör Emmon'ın veliaht olduğu anlamına mı geliyor bu?"

"Aptal olma," diye karşılık verdi kuzeni. "İlk erkek evladın oğulları, ikinci erkek evlattan önce gelir. Unvan sırasının başında şimdi Sör Ryman var, ondan sonra Edwyn, Kara Walder ve Sivilceli Petyr. Sonra da Aegon ve *onun* bütün oğulları."

"Ryman da yaşlı," dedi küçük Walder. "Bahse girerim kırkını geçmiştir. Üstelik hasta bir midesi var. Sence o mu lord olacak?"

"*Ben* lord olacağım. Onun olup olmaması umurumda değil."

Üstat Luwin sertçe araya girdi. "Böyle konuştuğunuz için kendinizden utanmalısınız. Üzüntünüz nerede? Amcanız öldü."

"Evet," dedi Küçük Walder. "Çok üzgünüz."

Ama değillerdi. Bran midesinin bulandığını hissediyordu. *Onlar bu yemeğin tadını benden fazla sevdi.* Üstat Luwin'den ayrılmak için izin istedi.

"Pekâlâ," dedi Üstat Luwin, zili çaldı. Hodor ahırlarda iş yapıyor olmalıydı, gelen Osha'ydı. Biragöbek'ten güçlüydü, Bran'ı kaldırıp taşımakta hiç zorluk çekmiyordu.

"Osha, kuzeye giden yolu biliyor musun?" diye sordu Bran avludan geçerlerken. "Sur'a giden yolu... ve hatta Sur'un ötesine giden?"

"Yol kolay. Buz Ejderha'yı bul ve süvari gözündeki mavi yıldızı takip et." Bir kapıdan geçti ve sarmal merdivenleri tırmanmaya başladı.

"Orada hâlâ devler var... ve diğerleri... Ötekiler, ormanın çocukları?"

"Devleri gördüm, çocukları duydum ve ak yürüyenler... Neden bilmek istiyorsun?"

"Üç gözlü bir karga gördün mü hiç?"

"Hayır," dedi Osha. Güldü. "Görmek istediğimi de söyleyemem." Yatak odasının kapısını tekmeleyerek açtı ve avluyu rahatça görebilmesi için Bran'ı pencere sekisine oturttu.

Osha odadan ayrıldıktan saniyeler sonra kapı tekrar açıldı ve Jojen Reed izin istemeden içeri girdi, ablası Meera arkasındaydı. "Kuzgunu mu duydunuz?" diye sordu Bran. Jojen başıyla onayladı. "Bana söylediğin gibi akşam yemeği değildi, Robb'dan gelen bir mektuptu, onu yemedik ama..."

"Yeşil rüyalar bazen tuhaf şekiller alır," diye kabul etti Jojen. "Gerçeklerini anlamak her zaman kolay değildir."

"Bana rüyanda gördüğün kötü şeyi anlat," dedi Bran. "Kışyarı'na gelen kötü şeyi."

"Lord prensim artık bana inanıyor mu? Kulağa ne kadar tuhaf gelirse gelsin söyleklerime güvenecek mi?"

Bran başıyla onayladı.

"Gelen şey deniz."

"*Deniz?*"

"Bütün Kışyarı'nın denize gömüldüğünü gördüm. Kara dalgalar, kulelere ve kapılara çarpıyordu. Sonra tuzlu sular, duvarları aşıp bütün kaleyi doldurdu. Boğulan adamların cesetleri avluda yüzüyordu. Bu rüyayı ilk kez Bozsu'da gördüğümde adamların yüzlerini tanımıyordum ama şimdi tanıyorum. Biragöbek onlardan biri. Ziyafet gecesinde bizi salona alan muhafız. Rahibiniz diğeri. Demir ustanız."

"Mikken mı?" Bran hem korkmuştu hem de kafası karışmıştı. "Ama deniz buradan yüzlerce ve yüzlerce fersah uzakta, bir şekilde buraya gelse bile Kışyarı'nın duvarları suların aşamayacağı kadar yüksek."

"Tuzlu deniz suları bir gece karanlığında bu duvarları aşacak," dedi Jojen. "Ölüleri gördüm, şişmişlerdi ve yüzüyorlardı."

"Onlara söylemek zorundayız," dedi Bran. "Biragöbek'e, Mikken'a ve Rahip Chayle'a. Boğulmamalarını söylemeyiz."

"Bu onları kurtarmaz," diye karşılık verdi yeşilli çocuk.

Meera pencereye geldi ve elini Bran'ın omzuna koydu. "Bize inanmazlar Bran. Senden çok inanmazlar."

Jojen, Bran'ın yatağına oturdu. "Şimdi bana *senin* rüyanı anlat."

Bran korkuyordu ama onlara güveneceğine dair yemin etmişti. Bir Stark yeminli sözünü her zaman tutmak zorundaydı. "Çeşitli rüyalar var," dedi ağır ağır. "Kurt rüyaları diğerleri kadar kötü sayılmaz. Koşuyorum, avlanıyorum ve sincapları öldürüyorum. Bir de karganın gelip bana uçmamı söylediği rüyalar var. O rüyalarda ağaç da oluyor bazen, adımı söylüyor. Bu beni korkutuyor. Ama asıl kötü rüyalar kendimi düşerken gördüklerim." Hüzünle aşağıdaki avluya baktı. "Eskiden tırmanırken hiç düşmezdim. Her yere tırmandım, duvarlara, çatılara. Eskiden Yanık Kule'deki kargaları beslerdim. Annem düşeceğimden korkardı ama ben düşmeyeceğimi bilirdim. Fakat düştüm ve şimdi uyuduğumda sürekli düşüyorum."

Meera, Bran'ın omzunu sıktı. "Hepsi bu mu?"

"Sanırım."

"*Varg*," dedi Jojen Reed.

Bran gözlerini iyice açıp delikanlıya baktı. "Ne?"

"Varg. Kanatlı kurt. Şekildeğiştiren. Canavar. Kurt rüyalarını öğrenirlerse sana böyle diyecekler."

Duyduğu isimler Bran'ı korkutmuştu. "*Kim* diyecek?"

"Kendi insanların. Korkuyla. Ne olduğunu öğrendiklerinde bazıları senden nefret edecek. Bazıları seni öldürmeye bile çalışacak."

Yaşlı Dadı bazen şekildeğiştirenler ve canavarlar hakkında korkunç hikâyeler anlatırdı. Bu yaratıklar hikâyelerde her zaman şeytan olurdu. "Ben onlar gibi değilim," dedi Bran. *Değilim*. "Onlar sadece rüya."

"Kurt rüyaların aslında rüya değil. Uyanık olduğun zamanlarda gözlerini sıkı sıkı kapatıyorsun ama uykuya daldığında gözlerin açılıyor ve ruhun diğer yarısını arıyor. İçindeki kudret çok güçlü."

"Ben kudret istemiyorum. Ben *şövalye* olmak istiyorum."

"Şövalye olmak istiyorsun ama vargsın. Bunu değiştiremezsin Bran. İnkâr edip yok sayamazsın. Sen kanatlı kurtsun ama asla uçamayacaksın." Jojen kalkıp pencereye gitti. "Eğer *gözünü açmazsan.*" İki parmağını birleştirip Bran'ın alnını sertçe dürttü.

Bran elini alnına götürdü, hissettiği tek şey pürüzsüz, dümdüz teniydi. Alnında bir göz yoktu, kapalı bir göz bile. "Olmayan bir gözü nasıl açabilirim?"

"Gözü parmaklarınla asla bulamayacaksın Bran. Kalbinle aramalısın." Jojen tuhaf yeşil gözleriyle Bran'ın yüzünü inceledi. "Yoksa korkuyor musun?"

"Üstat Luwin rüyalarda bir adamın korkması gereken hiçbir şey olmadığını söylüyor."

"Var," dedi Jojen.

"Ne?"

"Geçmiş. Gelecek. Gerçek."

Bran'ı kafası her zamankinden daha karışık hâlde bırakıp gittiler. Bran yalnız kaldığında üçüncü gözünü açmaya çalıştı ama nasıl yapacağını bilmiyordu. Alnını ne kadar buruştursa buruştursun, ne kadar dürterse dürtsün eskisinden farklı bir şey görmüyordu. İlerleyen günlerde insanları Jojen'in söyledikleri hakkında uyarmaya çalıştı ama sonuç istediği gibi olmadı. Mikken duyduklarını komik buldu. "Deniz, öyle mi? Her zaman denizi görmek istemişimdir. Ama gitme fırsatım olmadı hiç. Şimdi o mu bana gelecekmiş? Tanrılar zavallı bir demirciye böyle bir iyilik yapacak kadar cömert demek."

"Tanrılar uygun gördükleri zamanda beni alacak," dedi Rahip Chayle sessizce. "Ama boğularak öleceğimi düşünmüyorum Bran. Ben Beyaz Bıçak kıyılarında büyüdüm, biliyorsun. Çok iyi bir yüzücüyüm."

Uyarıya kulak asan sadece Biragöbek olmuştu. Gidip Jojen'le bizzat konuştuktan sonra yıkanmayı kesti ve kuyuların yakınına gitmeyi reddetti. Sonunda öyle kötü kokmaya başladı ki altı nöbetçi adamı zorla kaynar su dolu bir banyo teknesine soktu. Nöbetçiler derisini yüzer gibi keselerken, Biragöbek onu tıpkı kurbağa çocuğun söylediği gibi boğacaklarını haykırıyordu. Biragöbek bu olaydan sonra Bran ve Jojen'i her gördüğünde kaşlarını çatıp sessizce mırıldandı.

Biragöbek'in banyo macerasından birkaç gün sonra Sör Rodrik yanında bir tutsakla birlikte Kışyarı'na döndü; kalın ve ıslak dudaklı, etine dolgun genç bir adamdı. Tuvalet gibi kokuyordu, Biragöbek'ten bile kötü kokuyordu. Bran adamın kim olduğunu sorduğunda, "Ona Leş diyorlar," dedi Samankafa. "Gerçek adını hiç duymadım. Bolton'ın piçine hizmet ediyormuş ve piçin Leydi Hornwood'u öldürmesine yardım etmiş."

Bran akşam yemeğinde Bolton'ın piçinin öldüğünü öğrendi. Sör Rodrik'in adamları oğlanı Hornwood arazilerinde korkunç bir şey yaparken yakalamış (Bran ne olduğunu tam olarak anlayamamıştı ama üstünde kıyafetlerin olmadan yaptığın bir şeydi) ve kaçmasına fırsat vermeden oklarla vurmuşlardı. Ama zavallı Leydi Hornwood için geç kalmışlardı. Piç çocuk düğünden sonra leydiyi kuleye kilitlemiş ve yemek yemesine bile izin vermemişti. Bran, Sör Rodrik'in kapıyı kırarak içeri girdiğini ve leydiyi ağzı kan içinde, parmak uçları paramparça hâlde bulduğunu duymuştu.

"Canavar bizim için dikenli bir düğüm bağlamış," dedi yaşlı şövalye Üstat Luwin'e. "Hoşlansak da hoşlanmasak da Leydi Hornwood onun karısıydı. Kadını hem septte hem de büvet ağacının önünde evlilik yemini etmeye zorlamış ve aynı gece şahitlerin gözü önünde onunla yatmış. Leydi, çocuğu veliaht ilan eden bir vasiyet yazıp kendi mührünü basmış."

"Kılıç zoruyla edilen yeminler geçerli değildir," dedi üstat.

"Roose Bolton aynı fikirde olmayabilir. Hele araziler söz konusuyken." Sör Rodrik mutsuz görünüyordu. "Keşke şu hizmetkârın kafasını hemen uçurabilseydim, o da en az efendisi kadar kötü. Ama korkarım Robb savaştan dönene kadar adamı sağ tutmak zorundayım. Piçin işlediği en berbat suçların tek şahidi o. Lord Bolton adamın anlattıklarını duyduktan sonra isteklerinden vazgeçebilir. Bu arada Manderly şövalyeleri ve Dehşet Kalesi'nin adamları Hornwood ormanında birbirlerini öldürüyorlar ve benim onları durduracak gücüm yok." Yaşlı şövalye sandalyesinde döndü ve sert bakışlarla Bran'ı süzdü. "Ben uzaklardayken siz neler yaptınız lord prensim?

Nöbetçilerimize yıkanmamalarını mı emrettiniz? Şu Leş denen adam kadar kötü kokmalarını mı istiyordunuz?"

"Deniz buraya geliyor," dedi Bran. "Jojen yeşil rüyasında gördü. Biragöbek boğulacak."

Üstat Luwin zincirini çekiştirdi. "Reed'in oğlu rüyalarında geleceği gördüğüne inanıyor Sör Rodrik. Bran'la bu çeşit kehanetlerin güvenilmez olduğunu konuştuk ama doğruyu söylemem gerekirse Taşlı Kıyı boyunca sorunlar *var*. Dargemilerle gelen yağmacılar balıkçı kasabalarını yağmalıyor. Ateşe verip tecavüz ediyorlar. Leobald Tallhart yeğeni Benfred'i yağmacılarla uğraşması için gönderdi ama silahlı adamları görür görmez gemilerine binip kaçacaklarını tahmin ediyorum."

"Evet. Ve başka bir yere saldıracaklar. Böyle korkakları Ötekiler alsın. Ana kuvvetimiz buradan binlerce fersah uzakta olmasaydı bunu yapmaya asla cesaret edemezlerdi, Bolton'ın piçi de bu kadar cesur davranamazdı." Sör Rodrik, Bran'a baktı. "Delikanlı başka neler anlattı?"

"Tuzlu suyun duvarlarımızı aşacağını söyledi. Biragöbek'in boğulduğunu görmüş, Rahip Chayle ve Mikken'ın da."

Sör Rodrik kaşlarını çattı. "Eğer bu yağmacıları durdurmak için bizzat benim gitmem gerekirse Biragöbek'i yanıma almayayım o hâlde. *Benim* boğulduğumu görmemiş, değil mi? Hayır mı? Güzel."

Bunu duymak Bran'ı rahatlatmıştı. *Belki de boğulmazlar*, diye düşündü. *Denizden uzak dururlarsa*.

Meera da Bran gibi düşünüyodu. Aynı gece Jojen ve Meera üç köşeli taş oyunu oynamak için Bran'ın odasına gelmişlerdi. Ama Jojen başını iki yana salladı. "Yeşil rüyalarda gördüğüm şeyler değiştirilemez."

Söyledikleri ablasını kızdırmıştı. "Eğer olacakları değiştiremeyeceksek tanrılar bizi neden uyarıyor?"

"Bilmiyorum," dedi Jojen üzgün bir sesle.

"Sen Biragöbek'in yerinde olsaydın kendini kuyulardan birine atıp meseleyi kökünden çözerdin. Biragöbek *savaşmalı.* Bran da öyle."

"Ben mi?" Bran korkmuştu. "Neyle savaşmalıyım? Ben de mi boğulacağım?"

Meera suçluluk dolu gözlerle Bran'a baktı. "Söylememeliydim..."

Bran kızın bir şeyler sakladığını görebiliyordu. "Beni bir yeşil rüyanın içinde mi gördün?" diye sordu Jojen'e. "Boğulmuş muydum?"

"Boğulmamıştın." Jojen, ağzından çıkan her kelime canını acıtıyormuş gibi konuşmaya başladı. "Bugün gelen adamı rüyamda gördüm, Leş dediklerini. Sen ve kardeşin o adamın ayaklarının dibinde ölü yatıyordunuz. Uzun kırmızı bir bıçakla suratlarınızı yüzüyordu."

Meera ayağa kalktı. "Şimdi zindanlara gidip o adamın boğazına bir mızrak sokabilirim. Ölüyken Bran'ı nasıl öldürebilir?"

"Gardiyanlar seni durdurur," dedi Jojen. "Muhafızlar. Adamın neden öldürmek istediğini anlatsan bile sana inanmazlar."

"Benim de muhafızlarım var," diye hatırlattı Bran. "Biragöbek, Tıfıl Tym, Samankafa ve diğerleri."

Jojen'in yosunlu gözleri acıma doluydu. "Onu durduramazlar Bran. Sebebini görmedim ama sonunu gördüm. Sen ve Rickon mahzen mezardaydınız, bütün ölü krallar ve onların taş kurtlarıyla birlikte."

Hayır, diye düşündü Bran. *Hayır*. "Eğer uzaklara gidersem... Bozsu'ya ya da kargaya, beni bulamayacakları kadar uzak bir yere..."

"Bir şey değişmez. Yeşil bir rüyaydı Bran ve yeşil rüyalar yalan söylemez."

TYRION

Varys sobanın başında durmuş yumuşak ellerini ısıtıyordu. "Görünüşe göre Renly kendi ordusunun tam ortasında korkunç şekilde öldürülmüş. Boğazı, çeliği ve kemiği yumuşak peynirmişçesine kesen bir kılıç tarafından bir kulağından ötekine kadar açılmış."

"Kılıcı kim tutuyormuş?" diye sordu Cersei.

"Bir sorunun yüzlerce cevabının olması, hiç cevabının olmamasından farksızdır aslında, hiç düşündünüz mü? Muhbirlerim her zaman arzu ettiğimiz ölçüde yüksek mevkilerde olmuyor. Bir kral öldüğünde masallar karanlıktaki mantarlar gibi yayılır. Bir seyis, Renly'nin kendi Gökkuşağı Muhafızları'ndan bir şövalye tarafından katledildiğini söylüyor. Çamaşırcı kadınlardan biri, Stannis'in sihirli bir kılıçla kardeşinin ordusunun kalbine daldığını iddia ediyor. Askerlerin çoğu bir kadının yaptığına inanıyor ama *hangi* kadın olduğu konusunda anlaşamıyorlar. Biri, Renly tarafından reddedilmiş bir bakire diyor, diğeri mücadele gecesi krala zevk vermek için getirilmiş bir kamp takipçisi. Bir üçüncüsü, katilin Catelyn Stark olabileceğini söylemeye cesaret ediyor."

Kraliçe memnun olmamıştı. "Zamanımızı aptalların anlattığı dedikodularla harcamak zorunda mısın?"

"Bu dedikodular için bana hayli güzel bir ücret ödüyorsunuz değerli kraliçem."

"Size gerçekler için ücret ödüyoruz Lord Varys. Bunu unutmayın, yoksa küçük konseyimiz daha da küçülebilir."

Varys gergin bir şekilde kıkırdadı. "Bu gidişle siz ve asil kardeşiniz, Majesteleri'ni konseysiz bırakacaksınız."

"Diyarın birkaç danışmandan yoksun hâlde de ayakta kalabileceğini söyleyebilirim," dedi Serçeparmak gülümseyerek.

"Çok sevgili Petyr," dedi Varys. "El'in küçük listesindeki bir sonraki ismin seninki olabileceğini hiç düşünmüyor musun?"

"Senden önce mi Varys? Hayal bile edemem."

"Belki de birlikte Sur'a gider kardeş oluruz, siz ve ben." Varys tekrar kıkırdadı.

"Şu andan sonra ağzından çıkan ilk kelime işe yarar bir şey olmazsa oraya düşündüğünden de çabuk gideceksin hadım." Cersei'nin gözlerindeki bakış Varys'i bir kez daha hadım etmeye hazır olduğunu söylüyordu.

"Bu bir kandırmaca olabilir mi?" diye sordu Serçeparmak.

"Eğer kandırmacaysa bile üstün bir zekânın ürünü," dedi Varys. "Beni kandırdığını kesin olarak söyleyebilirim."

Tyrion yeterince dinlemişti. "Joff hayal kırıklığına uğrayacak," dedi. "Renly'nin kafası için oldukça güzel bir kazık ayırmıştı. Bu işi kim yapmış olursa olsun arkasında Stannis'in olduğunu farz etmeliyiz. Kazanç kesinlikle onun." Haberler hoşuna gitmemişti; Baratheon kardeşlerin kanlı bir mücadelede birbirlerini zayıflatmasını umuyordu. Gürzle yaralanan kolunun zonkladığını hissetti, rutubetli yerlerde böyle oluyordu bazen. Kolunu boşu boşuna ovuşturdu ve, "Renly'nin ordusu ne durumda?" diye sordu.

"Piyadelerinin çok büyük bir kısmı Acı Köprü'de bekliyor." Varys sobanın başından ayrılıp masaya döndü. "Renly'yle beraber Fırtına Burnu'na giden lordların çoğu sancakları ve kılıçlarıyla birlikte, bütün kahramanlıklarıyla Stannis'in saffina geçti."

"En başta Florentler'in olduğuna dair bahse girerdim," dedi Serçeparmak.

Varys yapmacık bir şekilde gülümsedi. "Ve kazanırdınız lordum. İlk diz çöken gerçekten Lord Alester olmuş. Pek çoğu da onu takip etmiş."

"Çoğu," dedi Tyrion. "Ama hepsi değil?"

"Hepsi değil," diyerek onayladı hadım. "Ne Loras Tyrell ne Randyll Tarly ne de Mathis Rowan. Ve Fırtına Burnu da teslim olmadı. Sör Cortnay Penrose kaleyi Renly adına savunuyor ve kralının öldüğüne de inanmıyor. Kapıları açmadan önce cesedi görmeyi talep ediyor ama Renly'nin bedeni açıklanamaz bir şekilde ortadan kaybolmuş. Büyük ihtimalle başka bir yere götürülmüştür. Renly'nin şövalyelerinden beşincisi Stannis'e diz çökmek yerine Sör Loras'la birlikte gitmiş. Çiçek Şövalyesi'nin, kralın ölü bedenini gördüğü anda çıldırdığı ve o anki kederiyle Renly'nin muhafızlarından üçünü öldürdüğü söyleniyor, Emmon Cuy ve Robar Royce da aralarındaymış."

Sadece üçünü öldürmesi kötü olmuş, diye düşündü Tyrion.

"Sör Loras yüksek ihtimalle Acı Köprü'ye gidiyor," diye devam etti Varys. "Kız kardeşi orada, Renly'nin kraliçesi. Kendilerini bir anda kralsız bulan binlerce asker de orada. Şimdi kimin tarafına geçecekler? Bu çok önemli bir soru. Pek çoğu Fırtına Burnu'nda kalan lordların hizmetinde ve o lordlar artık Stannis'in emrinde."

Tyrion öne eğildi. "Bana öyle görünüyor ki burada bizim için bir fırsat var. Loras Tyrell'i kendi tarafımıza çekebilirsek Lord Mace Tyrell ve sancak beyleri de bize katılır. Stannis'in önünde diz çöküp yemin etmiş olabilirler ama adamı sevmiyorlar, aksi takdirde en baştan onun olurlardı."

"Bize karşı olan sevgileri daha mı büyük?" diye sordu Cersei.

"Değil," dedi Tyrion. "Renly'yi seviyorlardı. Bu çok açık ama Renly katledildi. Onlara Stannis yerine Joffrey'yi tercih etmeleri için iyi ve geçerli sebepler sunabiliriz... *eğer* hızlı hareket edersek."

"Onlara ne çeşit sebepler sunmak niyetindesin?"

"Altın sebepler," dedi Serçeparmak bir çırpıda.

Varys *tıs*lama sesi çıkardı. "Tatlı Petyr, bu kudretli lordların ve asil şövalyelerin pazardan tavuk alır gibi *satın* alınabileceğini düşünüyor olamazsın."

"Son zamanlarda pazara gittin mi hiç Lord Varys?" diye sordu Serçeparmak. "Bir lord satın almanın tavuk satın almaktan kolay olduğunu rahatlıkla söyleyebilirim. Lordlar tavuklardan daha gururlu bir şekilde gıdaklar elbette ve kendilerine tacirlermiş gibi sikke teklif edilmesini hoş karşılamazlar ama hediyelere karşı kötü tepki verdikleri de azdır... Rütbeler, araziler, kaleler..."

"Önemsiz lordlar rüşvetle etkilenebilir ama Yüksek Bahçe asla," dedi Tyrion.

"Doğru," diyerek kabul etti Serçeparmak. "Oradaki anahtar, Çiçek Şövalyesi. Mace Tyrell'in iki oğlu daha var ama gözdesi her zaman Loras olmuştur. Onu kazanın, Yüksek Bahçe sizindir."

Evet, diye düşündü Tyrion. "Bana öyle görünüyor ki merhum Lord Renly'den bir ders almalıyız. Tyrell ittifakını onun yöntemiyle kazanabiliriz. Bir evlilikle."

En hızlı anlayan Varys oldu. "Kral Joffrey'yi Margaery Tyrell'le evlendirmeyi düşünüyorsunuz."

"Öyle." Renly'nin genç kraliçesi Tyrion'ın hatırladığı kadarıyla on beş, on altı yaşından fazla olamazdı... Joffrey'den büyüktü ama birkaç yıl önemli sayılmazdı. Bu fırsat öyle güzel ve tatlıydı ki lezzetini ağzında hissedebiliyordu.

"Joffrey, Sansa Stark'la nişanlı," diyerek itiraz etti Cersei.

"Evlilik anlaşmaları bozulabilir. Kralı ölü bir vatan haininin kızıyla evlendirmenin bize ne faydası var?"

Serçeparmak lafa karıştı. "Majesteleri'nin dikkatini Tyrelller'in Starklar'dan çok daha varlıklı olduğuna ve Margaery'nin güzelliğine çekebilirsiniz... Bunun yanı sıra yatağa girebilecek yaşta olduğuna."

"Evet," dedi Tyrion. "Joffrey bundan yeterince hoşlanacaktır."

"Oğlum böyle şeyleri önemsemeyecek kadar küçük."

"Öyle mi düşünüyorsun?" diye sordu Tyrion. "On üç yaşında. Ben o yaşta evlenmiştim."

"O talihsiz hadiseyle hepimizi utanca boğmuştun. Joffrey çok daha iyi bir hamurdan yoğruldu."

"O kadar iyi ki Sör Boros'a Sansa'nın elbisesini parçalattı."

"Kıza kızmıştı."

"Geçen akşam çorbayı döken oğlana da kızdı ama herkesin ortasında çırılçıplak soydurmadı."

"Diğeri dökülen çorba gibi bir mesele değildi..."

Hayır, bir çift güzel göğüs meselesiydi. Avludaki olaydan sonra Tyrion, Joffrey için Chataya'nın evine bir ziyaret ayarlamayı konuşmuştu Varys'le. Biraz bal çocuğu tatlandırabilir diye umuyordu. Hatta kral *müteşekkir* bile olabilirdi ve hükümdarından bir parça minnettarlık görmek Tyrion'ın işine yarardı. Ziyaret gizlilik içinde gerçekleştirilmeliydi elbette. Asıl zor olan delikanlıyı Tazı'dan ayırmaktı. "Köpek sahibinin dizinin dibinden ayrılmıyor," demişti Varys'e, "ama bütün adamlar uyur. Bazıları kumar oynar, fahişeleri ziyaret eder ve meyhanelere gider."

"Tazı bunların hepsini yapıyor, eğer sorduğunuz buysa."

"Hayır," demişti Tyrion. "Sorum, *ne zaman* yapıyor?"

Varys parmağını çenesine koymuş, gizemli bir şekilde gülümsemişti. "Lordum, şüpheci bir adam Kral Joffrey'nin Sandor Clegane tarafından korunmadığı bir vakit bulmaya çalıştığınızı düşünürdü, çocuğa zarar vermek için iyi bir zaman."

"Beni daha iyi tanıdığınızdan eminim Lord Varys," diye karşılık vermişti Tyrion. "Benim bütün istediğim Joffrey'nin beni sevmesi."

Hadım konuyla ilgileneceğine dair söz vermişti. Ama savaşın başka gerekleri vardı, Joffrey'nin erkekliğe adım atışının beklemesi gerekecekti. "Oğlunu benden daha iyi tanıdığına şüphe yok," dedi Cersei'ye, "buna rağmen Tyrell evliliği hakkında söylenecek çok şey var. Joffrey'nin kendi düğün gecesini görecek kadar yaşamasının tek yolu bu olabilir."

Serçeparmak onayladı. "Stark kızının Joffrey'ye verebileceği tek şey bedeni. Margaery Tyrell beraberinde elli bin kılıç ve Yüksek Bahçe'nin bütün kuvvetini getirir."

"Gerçekten öyle." Varys yumuşak elini kraliçenin koluna götürdü. "Siz bir anne yüreği taşıyorsunuz. Majesteleri'nin küçük leydisini sevdiğini biliyorum. Buna rağmen bir kral, diyarın ihtiyaçlarını kendi arzularının önüne koymayı öğrenmelidir. Bu teklifin yapılması gerektiğini düşünüyorum."

Kraliçe kolunu hadımın elinden çekti. "Bir kadın olsaydınız böyle konuşamazdınız. İstediğinizi söyleyin lordlarım ama Joffrey, Renly'nin artığıyla yetinmeyecek kadar gururludur. Asla rıza göstermez."

Tyrion omuz silkti. "Kral üç yıl sonra reşit olacak yaşa geldiğinde, neye rıza gösterip göstermeyeceğine dilediği gibi karar verir. Fakat o vakte kadar kralın vekili sensin ve ben de onun El'iyim, biz kiminle evlenmesini söylersek onunla evlenecek, birinin artığı ya da değil, fark etmez."

Cersei'nin ok kılıfı boşalmıştı. "O hâlde teklifini yap ama Joffrey bu kızdan hoşlanmayacak olursa tanrılar seni korusun."

"Anlaştığımıza çok memnunum," dedi Tyrion. "Şimdi, Acı Köprü'ye hangimiz gitmeliyiz? Kan soğumadan önce teklifimizle birlikte Sör Loras'a ulaşmak zorundayız."

"Konseyden birini göndermeyi mi düşünüyorsun?"

"Çiçek Şövalyesi'nin huzuruna Bronn'u ya da Shagga'yı gönderemem öyle değil mi? Tyrelller gururludur."

Cersei durumu kendi lehine çevirmek için uğraşmakla vakit kaybetmedi. "Sör Jacelyn Bywater asil doğumlu bir adam. Onu gönder."

Tyrion olumsuz şekilde başını salladı. "Bizim cümlelerimizi tekrar edip bir yanıtla geri dönmekten fazlasını yapabilecek birine ihtiyacımız var. Elçimiz, kral ve konsey adına konuşup meseleyi hızlıca halledebilmeli."

"El, kralın sesiyle konuşur." Mum alevi Cersei'nin gözlerinde çılgınateş gibi yeşil parıldıyordu. "Seni gönderirsek bizzat Joffrey gitmiş gibi olur Tyrion. Senden daha uygun kim var? Kelimeleri Jaime'nin kılıç kullandığı ustalıkla kullanıyorsun."

Beni şehir dışına yollamayı bu kadar çok mu istiyorsun Cersei? "Çok naziksin ablacığım ama bana sorarsan bir delikanlı için evlilik anlaşması yapabilecek en uygun kişi annesidir, dayısı değil. Ve senin arkadaş kazanmak konusunda benim hayal bile edemeyeceğim bir yeteneğin var."

Cersei'nin gözleri kısıldı. "Joffrey'nin bana burada ihtiyacı var."

"Majesteleri, Lord El," dedi Serçeparmak. "Kral Joffrey'nin her ikinize de burada ihtiyacı var. Sizin yerinize benim gitmeme izin verin."

"Sen mi?" *Bu işte nasıl bir çıkar gördü?* diye merak etti Tyrion.

"Kralın konseyindeyim ama kralın kanından değilim. Bu durum beni önemsiz bir rehine yapar. Sör Loras buradayken kendisini iyi tanımıştım ve ona benden hoşlanmaması için bir sebep vermemiştim. Bildiğim kadarıyla Mace Tyrell'in bana karşı bir husumeti yok. Kötü bir müzakereci olmadığımı da rahatlıkla söyleyebilirim."

Bizi ele geçirdi. Tyrion, Petyr Baelish'e güvenmiyordu ve adamın göz önünden ayrılmasını istemiyordu ama başka ne seçeneği kalmıştı? Ya Serçeparmak gidecekti ya da bizzat Tyrion. Kral Toprakları'ndan kısa bir süre bile ayrılsa yapmayı başardığı her şeyin boşa gideceğini biliyordu. "Burası ve Acı Köprü arasındaki yolda savaş devam ediyor," dedi ihtiyatlı bir şekilde.

"Stannis'in, kardeşinin dik başlı koyunlarını toplatmak için çobanlarını saldığından da emin olabilirsiniz."

"Ben çobanlardan oldum olası korkmam. Beni asıl rahatsız eden koyunlar. Buna rağmen, benimle gelecek refakatçiler olacağını sanıyorum."

"Size yüz altın pelerinli verebilirim," dedi Tyrion.

"Beş yüz."

"Üç yüz."

"Ve kırk daha, yirmi şövalye ve bir o kadar yaver. Oraya şövalyelerden oluşan bir kuyrukla gitmezsem Tyrelller benim önemsiz biri olduğumu düşünür."

Bu yeterince doğruydu. "Anlaştık."

"Kafileme Dehşet ve Salya'yı da alacağım ve daha sonra onları babalarına yollayacağım. Bir iyi niyet göstergesi. Paxter Redwyne'a ihtiyacımız var. Kendisi Mace Tyrell'in en eski dostudur ve kendi başına da çok güçlüdür."

"Ve bir vatan hainidir," dedi kraliçe. "Redwyne, bedelini oğullarının ödeyeceğinden emin olmasaydı Arbor diğerleriyle birlikte Renly'nin tarafına geçerdi."

"Renly öldü Majesteleri," diye hatırlattı Serçeparmak. "Ve Fırtına Burnu kuşatması sırasında Redwyne kadırgalarının denizi nasıl kapattığını ne Stannis ne de Lord Paxter unuttu. İkizleri geri gönderirsek Redwyne'ın sevgisini bile kazanabiliriz."

Cersei ikna olmamıştı. "Sevgisi Ötekiler'in olsun. Ben onun gemilerini ve kılıçlarını istiyorum. Bunlara sahip olmanın en iyi yolu ikizleri elimizde tutmak."

Cevap Tyrion'daydı. "O hâlde Sör Hobber'ı Arbor'a geri gönderip Sör Horas'ı burada tutmamıza izin ver. Lord Paxter'ın bunun ne anlama geldiğini çözecek kadar zeki bir adam olduğunu düşünüyorum."

Öneri itiraza maruz kalmadan kabul edilmişti ama Serçeparmak'ın söyleyecekleri bitmemişti. "At lazım olacak. Seri ve güçlü. Savaş iyi binekler bulmayı zorlaştıracak. Az önce bahsettiğimiz hediyeler için hatırı sayılır miktarda altına da ihtiyaç olacak."

"Ne lazımsa al. Şehir düşerse Stannis her şeyi çalacak zaten."

"Atamamın yazılı olmasını istiyorum. Mace Tyrell'in kafasında yetkilerimle ilgili şüphe bırakmayacak, bana bu evlilik ve gerekirse diğer anlaşmalar konusunda kendisiyle müzakere etmeye ve kral adına bağlayıcı taahhütlerde bulunmaya tam vekâlet verecek bir vesika. Joffrey ve konseyin bütün üyeleri tarafından imzalanmalı ve hepimizin mührünü taşımalı."

Tyrion huzursuzca kıpırdandı. "Tamamdır. Hepsi bu mu? Burayla Acı Köprü arasında uzun bir yol olduğunu hatırlatırım."

"Şafak sökmeden yola çıkmış olacağım." Serçeparmak ayağa kalktı. "Geri döndüğümde, davası için gösterdiğim cesur çaba karşılığında kralımız tarafından uygun bir şekilde ödüllendirileceğime inanıyorum?"

Varys kıkırdadı. "Joffrey son derece kadirşinas bir hükümdardır. Bence şikâyet etmek için hiç sebebiniz olmayacak iyi ve cesur lordum."

Kraliçe daha açık sözlüydü. "Ne istiyorsun Petyr?"

Serçeparmak sinsi bir gülümsemeyle Tyrion'a baktı. "Bu konuyu biraz düşünmeliyim. Aklıma bir şeyler geleceğinden eminim." Hafif bir reverans yapıp ayrıldı, genelevlerinden birine gidiyormuşçasına rahattı.

Tyrion pencereden dışarı baktı. Sis o kadar yoğundu ki avlunun karşısındaki perde duvarı bile göremiyordu. Griliğin arasından belli belirsiz birkaç solgun ışık seçiliyordu. *Yolculuğa çıkmak için kötü bir gün*, diye düşündü. Petyr Baelish'e gıpta ettiği söylenemezdi. "Şu vesikayı hazırlasak iyi olacak. Lord Varys, parşömen ve tüy kalem getirtin. Birinin de Joffrey'yi uyandırması gerek."

Sonunda toplantı bittiğinde hava hâlâ koyu ve griydi. Varys yumuşak terliklerini yere sürterek aceleyle tek başına salondan ayrıldı. Lannisterlar bir süre kapıda oyalandı. "Zincirin ne durumda kardeşim?" diye sordu Cersei, Sör Preston kraliçenin kürk astarlı gümüş dokumalı pelerinini kadının omuzlarına koyarken.

"Halka halka uzuyor. Sör Cortnay Penrose bu kadar inatçı bir adam olduğu için tanrılara şükretmeliyiz. Stannis, Fırtına Burnu'nu ele geçirmeden arkasında bırakarak kuzeye yürümez."

"Tyrion, devlet işleriyle ilgili her zaman seninle aynı fikirde olmadığımı biliyorum ama senin hakkında yanılmışım gibi geliyor bana. Sen benim düşündüğüm gibi koca bir aptal değilsin. Doğrusunu istersen, şimdi düşününce bana çok yardımcı olduğunu anlayabiliyorum. Bunun için sana teşekkür ederim. Eğer geçmişte seni kıracak şeyler söylediysem beni affetmelisin."

"Etmeli miyim?" Tyrion omuz silkti, gülümsedi. "Tatlı ablacığım, bana affedilmesi gereken hiçbir şey söylemedin."

"Yani, bugün?" İki kardeş de güldü... ve Cersei eğilip Tyrion'ın alnına hafif bir öpücük kondurdu.

Konuşamayacak kadar şaşkın olan Tyrion, ablasının Sör Preston'la birlikte koridorda uzaklaşmasını seyretti. "Aklımı mı yitirdim, yoksa ablam az önce beni öptü mü?" diye sordu Bronn'a.

"Çok mu tatlıydı?"

"Çok... beklenmedikti." Cersei son zamanlarda tuhaf davranıyordu ve Tyrion bu durumu rahatsız edici buluyordu. "Beni en son ne zaman öptüğünü hatırlamaya çalışıyorum. En fazla altı ya da yedi yaşındaydım. Jaime'nin meydan okumasıyla yapmıştı."

"Kadın sonunda cazibeni gördü."

"Hayır," dedi Tyrion. "Hayır, kadın bir şeyin peşinde. Ne oluğunu öğrensek iyi ederiz Bronn. Sürprizlerden nefret ederim, bilirsin."

THEON

Theon yanağındaki tükürüğü elinin tersiyle sildi. "Robb senin bağırsaklarını dökecek Greyjoy," diye bağırdı Benfred Tallhart. "Döneklerinin kalbini kurduna yedirecek, seni koyun boku seni."

Aeron Buharsaçlı'nın sesi peynir kesen bir kılıç gibi hakaretleri kesti. "Şimdi onu öldürmelisin."

"Önce ona sorulacak sorularım var," dedi Theon.

"Soruları boş ver." Benfred kanamalı ve çaresiz bir hâlde Stygg ve Werlag'ın arasında duruyordu. "Benden herhangi bir cevap alamadan sorularında boğulursun korkak. Dönek."

Aeron acımasızdı. "Senin yüzüne tükürdüğünde hepimizin yüzüne tükürmüş oluyor. Boğulmuş Tanrı'ya tükürüyor. Ölmeli."

"Babam komutayı *bana* verdi amca."

"Beni de sana akıl vermem için gönderdi."

Ve beni gözlemen için. Theon amcasıyla arasındaki tartışmayı uzatmayı göze alamazdı. Komuta kendisindeydi, evet, fakat emrindeki adamlar ona değil, Boğulmuş Tanrı'ya inanıyordu ve Aeron Buharsaçlı'dan ölümüne korkuyorlardı. *Onları suçlayamam*.

"Bu yaptıklarını başınla ödeyeceksin Greyjoy. Kargalar gözlerini yiyecek." Benfred tekrar tükürmeye çalıştı ama ağzından sadece bir parça kan çıktı. "Senin ıslak tanrını Ötekiler becersin."

Tallhart, az önce tükürdüğün hayatındı, diye düşündü Theon. "Stygg, sustur şunu," dedi.

Benfred'i zorla dizlerinin üstüne çöktürdüler. Werlag tavşan derisi kemerini çıkarıp sesini kesmek için delikanlının dişlerinin arasına soktu. Stygg baltasını çıkardı.

"Hayır," dedi Aeron Buharsaçlı. "Tanrıya verilmeli. Eski usul."

Ne fark eder? Ölü ölüdür. "Alın o hâlde."

"Sen de geleceksin. Kumandan sensin. Hediye senden gitmeli."

Bu, Theon'un kaldırabileceğinden fazlaydı. "Rahip olan sensin amca. Tanrı işlerini sana bırakıyorum. Sen de aynı nezaketi göster ve savaş işlerini bana bırak." Elini salladı, Werlag ve Stygg tutsağı kıyıya doğru sürüklemeye başladılar. Aeron Buharsaçlı kınayan gözlerle yeğenine baktı ve adamları takip etti. Benfred Tallhart'ı tuzlu suda boğmak için çakıl taşı dolu sahile gidiyorlardı. Eski usul.

Bu bir iyiliktir belki, diye düşündü Theon ters yöne doğru yürürken. Stygg deneyimli bir cellat sayılmazdı ve Benfred'in yağlı ve kaslı boynu bir öküzünki kadar kalındı. *Eskiden bu yüzden onunla dalga geçerdim, onu ne kadar kızdırabileceğimi görmek için*, hatırlıyordu. Ne kadar önceydi, üç yıl mı? Ned Stark, Sör Helman'ı görmek için Torrhen Kalesi'ne gitmişti, Theon da ona eşlik etmiş ve orada Benfred'le birlikte on beş gün geçirmişti.

Mücadelenin gerçekleştiği yoldaki dönemeçten gelen kaba zafer çığlıklarını duyuyordu... Tabii buna bir mücadele denebilirse. *Dürüst olmak gerekirse daha çok koyun kesmeye benziyor. Yünleri çelikten koyunlar ama sonuçta koyunlar işte.*

Theon üst üste yığılmış kayaların tepesine çıkarak ölü adamlara ve ölmek üzere olan atlara baktı. Atlar daha iyisini hak ediyordu. Tymor ve kardeşleri, mücadeleden zarar görmeden çıkan atları toplamaya gitmişti. Urzen ve Kara Lorren kurtarılamayacak kadar ağır yaralanmış hayvanları susturuyorlardı. Diğer adamlar cesetleri yağmalamakla meşguldü. Gevin Harlaw bir cesedin göğsüne oturmuştu, yüzüğünü çıkarmak için ölü adamın parmağını kesiyordu. *Demirle ödemek. Lord babam bunu onaylar işte.* Theon öldürdüğü iki adamın üstünde almaya değer bir mücevher olup olmadığına bakmayı düşündü ama bu fikir ağzında acı bir tat bırakıyordu. Eddard Stark'ın ne diyeceğini hayal edebiliyordu. Ama bu düşünce de öfkelenmesine sebep oluyordu. *Stark artık ölü ve çürüyor, benim için bir anlamı yok*, diye hatırlattı kendine.

Lakabı Balıkbıyıklı olan yaşlı Botley, ganimetlerinden oluşan ve üç oğlunun getirdikleriyle büyümeye devam eden yığının başında oturuyordu. Oğullarından biri, Todric isimli şişman bir adamla cesetlerin arasında itişiyordu. Todric bir elinde bira kupası, diğer elinde bir balta olduğu hâlde cesetlerin arasında sendeliyordu. Sırtındaki beyaz tilki kürkü bir önceki sahibinin kanıyla hafifçe lekelenmişti. *Sarhoş*, diye düşündü adamın böğürmesini izleyen Theon. Eski demiradamların savaş sırasında kan sarhoşu olduğu, o çılgınlıkla hiç acı hissetmedikleri ve düşmanlarından korkmadıkları söylenirdi ama bu adamınki sıradan bira sarhoşluğuydu.

"Wex, yayım ve ok kılıfım." Çocuk koşup istenilen şeyleri getirdi. Theon yayı esnetti ve sicimi gererek çentiklere yerleştirdi. Todric, Botley'nin oğlunu yere devirmiş, gözlerine bira döküyordu. Balıkbıyıklı küfrederek yerinden kalktı ama Theon daha hızlıydı. Bira kupasını tutan eli hedef alarak oku yaydan fırlattı, adamların günlerce konuşacağı bir atış yapmak istemişti fakat Todric ok yaydan çıktığı anda yana doğru sendeleyerek her şeyi mahvetti. Ok şişman adamın karnına saplandı.

Yağmacılar şaşkınlıkla bakakaldı. Theon yayını indirdi. "Yağma sırasında ayyaşlık ve arbede yok demiştim." Dizlerinin üstüne düşen Todric gürültülü bir şekilde ölüyordu. "Botley, sustur şunu." Balıkbıyıklı ve oğulları emri yerine getirmek için hiç oyalanmadı. Güçsüz tekmeler atan Todric'in boğazını kestiler, kürkünü ve yüzüklerini adam daha can vermeden aldılar.

Söylediğim şeylerde ciddi olduğumu anlamışlardır artık. Lord Balon komutayı oğluna vermiş olabilirdi ama Theon adamların ona baktığında yeşil topraklardan gelen yumuşak bir çocuk gördüklerini biliyordu. "Başka susayan var mı?" diye sordu. Kimse cevap vermedi. "Güzel." Benfred'in, ölü yaveriyle birlikte yere düşen sancağını tekmeledi. Sancağın hemen altına tavşan postu bağlanmıştı. *Neden tavşan postu?* diye sormak niyetindeydi ama yüzüne tükürülmesi sorularını unutmasına sebep olmuştu. Yayını Wex'e verip yürümeye başladı. Fısıltılı Orman'daki mücadelenin ardından hissettiği sevinci hatırlıyordu ve bu zaferin neden aynı tadı vermediğini merak ediyordu. *Tallhart, seni kahrolası kibirli aptal, keşif grubu yollamayı bile akıl edememişsin.*

Yaklaşırken şakalaşıyor, hatta *şarkı* söylüyorlardı, Tallhartlar'ın üç ağaçlı sancağı başlarının üstünde dalgalanırken mızraklarının ucunda o aptal tavşan postları sallanıyordu. Katırtırnağı öbeklerinin arkasında gizlenen okçular gelenlerin şarkısını ok yağmuruyla kesti ve Theon'un komuta ettiği askerler; hançerler, baltalar ve savaş çekiçleriyle katliam işini halletti. Theon düşman grubun liderinin sorgu için sağ bırakılmasını emretmişti.

Ama o liderin Benfred Tallhart olacağı aklına gelmemişti.

Theon *Deniz Fahişesi*'ne döndüğünde Benfred'in cansız bedeni köpüklerde sürükleniyordu. Dargemilerinin direkleri, çakıl taşlarıyla dolu sahil boyunca devam eden gökyüzüne çizilmiş çizgiler gibi dikiliyordu. Balıkçı kasabasından geriye yağmurla ıslanıp kokmaya başlayan soğuk küllerden başka bir şey kalmamıştı. Erkekler kılıçtan geçirilmişti. Theon, Torrhen Kalesi'ne gidip burada olanları anlatacak bir avuç adamın kaçmasına izin vermişti. Adamların karıları ve kızlarından yeterince genç ve güzel olanlar tuz karıları olarak alındı. Kocakarılar ve çirkinler tecavüz edildikten sonra öldürüldü ya da işe yarar yetenekleri olanlar ve sorun çıkarmayacak gibi görünenler köle olarak ayrıldı.

Theon bu saldırıyı da planlamıştı, gemilerini şafaktan önce karanlıkta kıyıya yanaştırmış, elinde bir savaş baltası, adamlarıyla birlikte pruvadan atlayıp uyuyan kasabanın üstüne yürümüştü. Bu yaptığının tadından hoşlanmamıştı ama başka ne seçeneği vardı?

Üç kere lanet olası kız kardeşi şu anda gemisi *Kara Rüzgâr*'la kuzeye doğru yol alıyordu, kendisi için bir kale alacaktı. Lord Balon, Demir Adaları'ndan ordusuyla ilgili tek kelime sızmasına izin vermemişti ve Theon'un Taşlı Kıyı boyunca yaptığı kanlı iş, bir avuç deniz yağmacısının talanı gibi görünecekti. Kuzeyliler, Derinorman Kalesi ve Moat Cailin saldırıya uğramadan önce bu talanın gerçek amacını anlayamayacaktı. *Ve her şey bitip zafer kazanıldıktan sonra fahişe Asha için şarkılar yazacaklar, benim burada olduğumu hatırlamayacaklar bile*. Eğer izin verirse aynen böyle olacaktı.

Dagmer Yarıkçene, *Köpükiçen* isimli dargemisinin yüksek pruvasında bekliyordu. Theon, Dagmer Yarıkçene'yi gemileri korumakla görevlendirmişti; böyle yapmasaydı diğer akıllı adamlar bugünkü zaferin Theon'a değil, Yarıkçene'ye ait olduğunu söylerdi. Daha huysuz bir adam bunu hakaret olarak kabul ederdi ama Yarıkçene sadece gülmüştü.

"Zafer günü," diye seslendi Dagmer. "Buna rağmen gülümsemiyorsun evlat. Yaşayanlar gülümsemeli çünkü ölüler bunu yapamaz." Nasıl yapıldığını öğretmek istiyormuş gibi gülümsedi, ortaya çıkan manzara berbattı. Adamın kar beyazı sakallarının altında Theon'un gördüğü en mide bulandırıcı yara vardı, Dagmer henüz delikanlıyken onu neredeyse öldüren bir savaş baltasının hatırasıydı. Balta darbesi çenesini ikiye ayırmış, ön dişlerini parçalamış ve Dagmer'ı dört dudaklı bir adam hâline getirmişti. Kabarık sakalı, yanaklarını ve boğazını örtüyordu ama yaranın üstünde tüy çıkmıyordu. Parlak bir dikiş izi ve kıvrılmış deri parçaları, bir kar tarlasının ortasındaki buzul yarığı gibi suratını ikiye bölüyordu. "Söyledikleri şarkıyı duyduk," dedi yaşlı savaşçı. "Güzel bir şarkıydı ve cesurca söylediler."

"Şarkı söyledikleri kadar iyi dövüşemediler. Arpları mızraklarından daha fazla işlerine yarardı."

"Kaç adam öldü?"

"Bizimkilerden mi?" Theon omuz silkti. "Todric. Sarhoş olup ganimet kavgası yaptığı için onu ben öldürdüm."

"Bazı adamlar öldürülmek için doğuyor." Daha önemsiz bir adam Dagmer'ınki kadar korkunç bir gülümsemeyi gözler önüne sermekten çekinirdi ama Yarıkçene sık sık gülerdi, Lord Balon'ın asla gülmediği bir şekilde.

Ne kadar çirkin olursa olsun bu gülümseme yüzlerce anıyı canlandırıyordu. Theon küçük bir çocukken sık sık görürdü bu gülümsemeyi; yosunlu bir duvarın üstünden atına atlarken, baltasını fırlatıp hedefi ikiye ayırırken. Dagmer'ın kılıç darbesini karşılarken görürdü, bir martının kanadına ok fırlatırken, eliyle dümen yekesini tutup bir dargemiyi köpüklü kayalıkların arasından güvenle geçirirken. *Babamdan ve Eddard Stark'tan gördüğüm gülümsemelerin toplamından fazla gülümseme verdi bana. Hatta Robb'dan...* Bran'ı yabanılların elinden kurtardığı gün bir gülümseme kazanmalıydı ama yahniyi yakmış bir aşçı gibi azarlanmıştı.

"Seninle konuşmalıyız amca," dedi Theon. Dagmer gerçek amcası değildi, damarında dört beş nesil öncesinden gelen küçük bir damla Greyjoy kanı dolaşan yeminli bir adamdı ama o damla da çarşafın yanlış tarafından geliyordu. Buna rağmen Theon ona her zaman amca demişti.

"Güverteme gel o hâlde." Dagmer'ın ağzında *lordum* diye bir kelime yoktu, kendi güvertesinde dururken asla. Demir Adaları'nda her kaptan kendi gemisinin kralıydı.

Dört uzun adımda iskele tahtasını tırmanarak *Köpükiçen*'in güvertesine çıktı. Dagmer'la birlikte geminin kıç tarafındaki dar kamaraya gittiler. Yaşlı adam kendisine bir kupa ekşi bira doldurdu ve Theon'a da teklif etti, Theon istemedi.

"Yeterince at ele geçiremedik. Birkaç tane ama... neyse, elimdekilerle idare edeceğim sanırım. Daha az adam, daha büyük zafer demek."

"Atlara ne ihtiyacımız var ki?" Demiradamların çoğu gibi Dagmer da ayaklarının üstünde ya da gemisinin güvertesinde savaşmayı tercih ediyordu. "Atlar sadece güvertelerimize pisler ve ayağımıza dolaşır."

"Denizdeysek evet," dedi Theon. "Başka bir planım var." Yaşlı adamın ne tepki vereceğini anlamak için dikkatle yüzüne baktı. Yarıkçene olmadan zafer kazanmayı umamazdı. Kumandan ya da değil, hem Dagmer hem Aeron karşısında olursa askerler Theon'u asla takip etmezdi ve ekşi suratlı rahibi kazanmak adına hiç umudu yoktu.

"Lord baban bize kıyıyı yağmalama emri verdi, hepsi bu." Deniz köpüğü kadar açık renk gözler, kalın beyaz kaşların altından Theon'u izliyordu. Bu gözlerde kınama mı vardı, yoksa ilgi kıvılcımı mı? İkincisi olduğunu düşündü Theon... Umdu...

"Sen babamın adamısın."

"Onun *en iyi* adamıyım. Hep öyle oldum."

Gurur, diye düşündü Theon. *Gururlu bir adam, bunu kullanmalıyım, gururu anahtar olacak*. "Demir Adaları'nda senin yarın kadar iyi kılıç ya da mızrak kullanan bir adam yok."

"Çok uzun zamandır uzaklardaydın evlat. Sen buralardan ayrıldığında durum söylediğin gibiydi ama Lord Greyjoy'a hizmet ederken yaşlandım. Ozanlar en iyi savaşçının Andrik olduğunu söylüyor artık. Gülümsemez Andrik diyorlar ona. Dev gibi bir adam. Eski Wyk lordu Lord Drumm'a hizmet ediyor. Kara Lorren ve Bakir Qarl da en az onun kadar ürkütücü."

"Şu Andrik denen adam büyük bir savaşçı olabilir ama insanlar senden korktukları gibi korkmuyor ondan."

"Evet, orası öyle," dedi Dagmer. Safir, ejderhacamı ve lal taşlarıyla bezenmiş; altın, gümüş ve bronz yüzüklerle dolu parmakları bira kupasını sıkı sıkı kavradı. Yüzüklerin her biri demirle satın alınmıştı, Theon biliyordu.

"Senin gibi bir adam benim hizmetimde olsaydı, onu böyle yakıp yıkmak ve yağmalamak gibi çocuk işlerinde kullanarak harcamazdım. Lord Balon'ın en iyi adamına göre işler değil bunlar..."

Dagmer'ın gülümsemesi dudaklarını ayırdı ve dişlerinin kahverengi kıymıklarını ortaya çıkardı. "Ne de öz oğluna göre olan işler değil bunlar." Islık çaldı. "Seni çok iyi tanıyorum Theon. Attığın ilk adımı gördüm, ilk yayını bükmene yardım ettim. Kendini harcanmış hisseden ben değilim."

"Kanunlara göre kız kardeşimin yetkisi bende olmalıydı," diyerek kabullendi Theon, söylediklerinin kulağa ne kadar alınganca geldiği fark edip rahatsız olmuştu.

"Bu meseleyi fazla ciddiye alıyorsun evlat. Baban seni tanımıyor, hepsi bu. Ağabeylerin ölünce ve sen kurtlar tarafından alınıp uzaklara götürülünce babanın tek tesellisi kız kardeşin oldu. Ona güvenmeyi öğrendi ve kız kardeşin de onu asla hayal kırıklığına uğratmadı."

"Ben de uğratmadım. Starklar benim değerimin farkındaydı. Brynden Karabalık'ın seçilmiş keşifçilerinden biriydim, Fısıltılı Orman'da ilk dalgayla birlikte saldırdım. Kral Katili'yle bire bir dövüşmeye *bu kadar* yakındım." Theon ellerini birbirinden altmış santim kadar ayırdı. "Daryn Hornwood aramıza girdi ve bu yüzden öldü."

"Bana bunları neden anlatıyorsun?" diye sordu Dagmer. "Eline ilk kılıcını veren bendim. Senin bir korkak olmadığını biliyorum."

"Babam biliyor mu?"

Kır saçlı, yaşlı savaşçı tadını sevmediği bir şeyi ısırmış gibi görünüyordu. "Sadece... Theon, Genç Kurt senin arkadaşın ve sen on yıl boyunca Starklar'ın yanındaydın."

"Ben Stark değilim." *Lord Eddard olmamamı sağladı.* "Ben bir Greyjoy'um ve babamın veliahtı olmaya niyetliyim. Önemli bir başarı sahibi olmadan kendimi nasıl kanıtlayabilirim?"

"Gençsin. Başka savaşlar da olacak ve sen büyük zaferler kazanacaksın. Ama şimdi, Taşlı Kıyı'yı yağmalama emri aldık."

"Bırakalım bu işi Aeron amcam yapsın. Ona altı gemi veririm, *Köpükiçen* ve *Deniz Fahişesi* dışındaki bütün gemileri. İstediği gibi yakıp yıkar ve tanrısının midesini tıka basa doldurur."

"Emir sana verildi, Aeron Buharsaçlı'ya değil."

"Talan gerçekleştirildiği sürece ne fark eder? Benim yapacağım ve senden yapmanı istediğim şeyi hiçbir rahip yapamaz. Sadece Dagmer Yarıkçene'nin başarabileceği bir işten bahsediyorum."

Dagmer büyük bir yudum bira içti. "Anlat."

İlgisini çektim, diye düşündü Theon. *Bu yağma işinden en az benim kadar hoşlanmıyor.* "Eğer kız kardeşim bir kale alabiliyorsa ben de alabilirim."

"Asha'nın bizden dört ya da beş kat fazla adamı var."

Theon sinsice gülümsedi. "Ama bizim dört kat fazla aklımız, beş kat fazla cesaretimiz var."

"Baban…"

"...krallığı avuçlarına koyduğumda bana teşekkür edecek. Ozanların binlerce yıl boyunca anlatacağı bir zafer kazanmak niyetindeyim."

Bu söylediğinin Dagmer'ı etkileyeceğini biliyordu. Bir ozan, yüzünü ikiye bölen baltayla ilgili bir şarkı yazmıştı ve yaşlı adam o şarkıyı duymaya bayılıyordu. Ne zaman sarhoş olsa, ölü kahramanların ve vahşi yiğitlerin zaferlerini anlatan yüksek sesli ve heyecanlı yağma şarkıları dinlemek istiyordu. *Saçları beyazlamış ve dişleri çürümüş ama hâlâ zafere aç.*

"Bu planda benim rolüm ne olacak evlat?" diye sordu Dagmer Yarıkçene uzun bir sessizliğin ardından ve Theon kazandığını biliyordu.

"Düşmanın kalbine korku salmak çünkü bunu sadece senin adın yapabilir. Kuvvetimizin çoğunu alıp Torrhen Kalesi'ne yürüyeceksin. Helman Tallhart en iyi adamlarını güneye götürdü ve Benfred burada onların oğullarıyla birlikte öldü. Geriye küçük bir garnizonla birlikte amcası Leobald kaldı." *Benfred'i sorgulayabilseydim ne kadar küçük olduğunu öğrenebilirdim.* "Gizlice yaklaşma. Sevdiğin bütün kahramanlık şarkılarını söyleyerek git. Kapılarını kapatmalarını istiyorum."

"Şu Torrhen Kalesi, sağlam bir kale mi?"

"Yeterince sağlam. Duvarlar taştan, on metre yüksekliğinde, köşelerinde kare şeklinde dört kule ve içeride kare şekilli bir iç kale var."

"Taş duvarlar ateşe verilemez. Orayı nasıl alacağız? Küçük bir kaleyi bile ele geçirecek kadar adamımız yok."

"Duvarların dışında kamp yapacaksın, mancınıklar ve kuşatma makineleri kuracaksın."

"Bu Eski Kanun'a uygun değil. Unuttun mu? Demiradamlar kılıç ve baltalarla savaşır, taş fırlatarak değil. Düşmanı açlıktan öldürmek zafer sayılmaz."

"Leobald bunu bilmeyecek. Senin kuşatma kuleleri kurduğunu gördüğünde damarındaki kadın kanı donacak ve yardım için kuzu gibi ağlayacak. Okçularını kımıldatma amca, bırak kuzgunları salsınlar. Kışyarı'nın kale kumandanı cesur bir adamdır ama geçen yıllar hem zekâsını hem de kolunu bacağını kireçlendirdi. Kralın sancak beylerinden birinin korkunç Dagmer Yarıkçene tarafından kuşatıldığını öğrendiğinde Kışyarı'nın bütün kuvvetini çağırıp Tallhart'ın yardımına koşacaktır. Bu onun görevi. Ve Sör Rodrik için söylenebilecek en doğru şey görevine bağlı olduğudur."

"Çağıracağı kuvvet her halükârda bizimkinden büyük olacak," dedi Dagmer. "Ve bu yaşlı şövalyeler senin düşündüğünden çok daha kurnazdır, öyle olmasalardı saçlarındaki ilk beyaz teli görecek kadar hayatta kalamazlardı. Kazanmayı umut edemeyeceğimiz bir savaş hazırlıyorsun Theon. Şu Torrhen Kalesi'ni asla alamayız."

Theon gülümsedi. "Almaya niyetli olduğum yer Torrhen Kalesi değil."

ARYA

Karmaşa ve gürültü kaleyi ele geçirmişti. Adamlar arabaları şarap fıçılarıyla, un çuvallarıyla ve yeni yapılmış ok desteleriyle dolduruyordu. Demirciler kılıçları dengeliyor, göğüs kalkanlarındaki çentikleri onarıyor, atları ve katırları nallıyordu. Örgü zırhların doldurulduğu kum varilleri Akantaş Avlusu'nun taşlı zemininde yuvarlanıyor, zincir örgüler kumla temizleniyordu. Weese'in kadınlarının elinde tamir edilecek yirmi, yıkanacak yüz pelerin vardı. Soylular ve mütevazı insanlar birlikte dua etmek için septte toplanmıştı. Duvarlarının dışında çadırlar ve tenteler sökülüyordu. Yaverler yemek ateşlerinin üstüne su boşaltıyor, askerlerin yağtaşları son bir kez kılıçları yalıyordu. Sesler gittikçe kabaran bir dalga gibiydi: kişneyen atlar, emirler yağdıran lordlar, küfür eden askerler, laf dalaşı yapan kamp takipçileri.

Lord Tywin sonunda harekete geçiyordu.

Sör Addam Marbrand kaleden ayrılan ilk kumandandı, diğerlerinden bir gün önce yola çıkmıştı. Gidişini epey görkemli bir gösteriye çevirmişti, omuzlarına dökülen bakır tonlu uzun saçlarıyla aynı renk yelesi olan kızıl bir savaş atı sürüyordu. Hayvana, yanan ağaç armasıyla süslenmiş ve sahibinin pelerininin rengine uygun olarak boyanmış bronz renkli koşum takımı giydirilmişti. Kaledeki bazı kadınlar şövalyenin gidişini seyrederken ağlamıştı. Weese, Sör Addam'ın büyük bir süvari, bir kılıç savaşçısı ve Lord Tywin'in en gözü pek kumandanı olduğunu söylemişti.

Umarım ölür, diye düşünmüştü Arya, arkasında çift sıralı bir asker nehri akan şövalyenin kale kapısından çıkışını seyrederken. *Umarım hepsi ölür*. Robb'la savaşmaya gittiklerini biliyordu. Kale içindeki konuşmalardan Robb'un batıda büyük bir zafer kazandığını öğrenmişti. Bazıları Lannis Limanı'nı yaktığını söylüyordu ya da yakmaya çalıştığını. Casterly Kayası'nı almış, herkesi kılıçtan geçirmişti ya da Altın Diş'i kuşatıyordu... Emin değildi ama *bir şey* olduğu kesindi.

Weese, Arya'ya sabahtan akşama kadar mesaj taşıtıyordu. Hatta bazı mesajlar sayesinde kale duvarlarının arasından çıkıyor, kendini kampın karmaşasının ve çamurunun ortasında buluyordu. *Kaçabilirim*, diye düşünüyordu bir araba yanından geçip giderken. *Bir arabanın arkasına atlayıp saklanabilirim ya da kamp takipçilerinin peşine düşerim, beni kimse durdurmaz*. Weese olmasaydı kaçardı gerçekten. Ondan kaçmaya kalkışanlara neler yapacağını bir kereden fazla söylemişti adam. "Dayak olmaz, ah hayır. Size elimi bile sürmem. Sizi Qohorik için saklarım, evet bunu yaparım, Sakatbırakan için saklarım. Adı Vargo Hoat'tur, döndüğünde ayaklarınızı kesiverir." *Eğer Weese ölürse*, diye düşündü Arya... ama adamın yanında olmadığı bir anda. Weese sana bakar ve düşündüğün şeyleri koklardı. Hep böyle söylüyordu.

Weese, Arya'nın okuyabildiğini aklına bile getirmemişti, bu yüzden yolladığı mesajları mühürlemiyordu. Arya hepsine göz atıyordu ama asla işe yarar bir şey çıkmıyordu, şu araba ambara, bu araba cephaneliğe gidecek gibi aptalca şeyler. Bu seferki mesaj bir kumar borcunun ödenmesini talep ediyordu ama mesajı götürdüğü şövalye okuma bilmiyordu. Kâğıtta ne yazdığını şövalyeye söylediğinde adam, Arya'ya vurmaya çalıştı. Arya yere çömelip darbeden kurtuldu, şövalyenin eyerindeki gümüş kenarlı içki boynuzunu kapıp hızla kaçtı. Şövalye kükreyerek peşinden koşmaya başladı ama Arya iki arabanın arasından kaydı, kalabalık bir okçu grubunun içinden geçti ve bir tuvalet çukurunun üstünden atladı. Zırhlı şövalye yetişememişti. İçki boynuzunu Weese'e verdiğinde, bu kadar akıllı bir Gelincik'in ödüllendirilmesi gerektiğini söyledi adam. "Akşam yemeğinde çıtır çıtır şişman bir horoz yemeye niyetliyim. Horozu paylaşacağız, sen ve ben. Bunu seveceksin."

Arya gittiği her yerde Jaqen H'ghar'ı arıyordu, nefret ettiği herkes kaleden ayrılmadan önce Jaqen'ı bulup kulağına bir isim fısıldamak istiyordu ama bu karışıklık ve karmaşanın içinde Lorathlı paralı askeri bulamıyordu. Adamın hâlâ iki ölüm borcu vardı ve Arya, Jaqen'ın diğerleriyle birlikte savaşa gidip borcunu ödemeyeceğinden endişe ediyordu. Sonunda cesaretini toplayıp kapı nöbetçilerinden birine paralı askerin gidip gitmediğini sordu. "Lorch'un adamlarından biri, öyle mi?" dedi nöbetçi. "Öyleyse gitmeyecek. Efendisi Sör Amory, Harrenhal'un kale kumandanı ilan edildi. Onun bütün takımı kaleyi korumak için burada kalacak. Kanlı Oyuncular da kalıyor, erzak sağlamak için. Şu keçi, Vargo Hoat tükürüğe benziyor. O ve Lorch birbirlerinden nefret ediyorlar."

Ama Yürüyen Dağ, Lord Tywin'le birlikte gidecekti. Mücadele sırasında öncü kuvveti komuta edecekti, yani Arya adamlar kaleden ayrılmadan önce Jaqen'ı bulup içlerinden birini öldürtmezse Dunsen, Polliver ve Raff parmaklarının arasından kayıp gidecekti.

"Gelincik," diye seslendi Weese aynı öğleden sonra. "Cephaneliğe git, Lucan'a Sör Lyonel'in talim sırasında kılıcını kerttiğini ve yeni bir kılıca ihtiyacı olduğunu söyle. Damgası burada." Arya'ya bir parça kâğıt uzattı. "Acele et, Lyonel, Sör Kevan Lannister'la birlikte yola çıkacak."

Arya kâğıdı alıp koştu. Cephanelik kale dökümhanesiyle iç içeydi. Duvarlarında yirmi demir ocağı ve çeliği soğutmak için su olukları olan yüksek tavanlı, tünel şeklinde uzun bir yapıydı. Arya içeri girdiğinde ocakların yarısı çalışıyordu. Çekiç sesleri duvarlarda çınlıyor, örslerin ve körüklerin üstüne eğilmiş iri yarı, deri önlüklü adamlar ateş başında ter döküyordu. Arya, Gendry'yi gördü, delikanlının çıplak göğsü terden parlıyordu, koyu renk gür saçlarının altındaki mavi gözlerinde Arya'nın hatırladığı aynı inatçı bakış vardı. Onunla konuşmak isteyip istemediğinden emin değildi. Yakalanmaları Gendry'nin suçuydu. "Lucan hanginiz?" diye sordu. Kâğıdı uzattı. "Sör Lyonel için yeni bir kılıç almaya geldim."

"Sör Lyonel'i boş ver." Arya'yı kolundan tutup kenara çekti. "Al Turta, karakolda kaldığımız gece hepimiz duvarın üstünde dövüşürken senin *Kışyarı* diye bağırdığını duyup duymadığımı sordu bana."

"Bağırmadım!"

"Evet, bağırdın. Ben de duydum."

"Herkes bir şeyler bağırıyordu," dedi Arya kendini savunur gibi. "Al Turta da *al turta* diye bağırdı. En az yüz kere söyledi hem de."

"Önemli olan *senin* ne söylediğin. Al Turta'ya kulaklarındaki pisliği temizletmesini, senin sadece *orospu çocukları* diye bağırdığını söyledim. Sorarsa sen de aynı cevabı versen iyi edersin."

"Tamam," dedi Arya ama *orospu çocukları* diye bağırmanın çok aptalca olduğunu düşünüyordu. Al Turta'ya gerçek kimliğini söylemeye cesaret edemezdi. *Belki de Jaqen'a Al Turta'nın adını vermeliyim.*

"Lucan'ı çağırayım," dedi Gendry.

Lucan mesaja baktı (Arya adamın okuma bilmediğinden emindi) ve ağır bir uzunkılıç getirdi. "Bu kılıç o öküz için fazla iyi, aynen böyle dediğimi söyle," dedi, kılıcı Arya'ya verirken.

"Söylerim," dedi Arya ama buna cesaret edemezdi. Weese'e böyle bir şey söyleyecek olsa vücudundan kan çıkana kadar dayak yerdi.

Uzunkılıç, İğne'den çok daha ağırdı ama Arya kılıcın hissini sevmişti. Çeliğin ağırlığı kendisini güçlü hissetmesini sağlıyordu. *Bir su dansçısı olmayabilirim ama bir fare de değilim. Fareler kılıç kullanamaz, ben kullanabiliyorum.* Kapılar açıktı, askerler gelip gidiyordu, yük arabaları içeri boş girip tıka basa yüklenmiş hâlde dışarı çıkıyordu. Ahırlara gidip Sör Lyonel'in yeni bir at istediğini söylemeyi düşündü. Elinde kâğıt vardı, ahırda çalışan çocuklar kâğıtta yazılı mesajı ancak Lucan kadar okuyabilirdi. *Atı ve kılıcı alıp buradan giderim. Nöbetçiler beni durdurmaya kalkarsa elimdeki kâğıdı gösterip her şeyi Sör Lyonel'e götürdüğümü söylerim.* Sör Lyonel'in nerede olduğu ya da neye benzediğiyle ilgili bir fikri yoktu. Onu sorguya çekerlerse yalan söylediğini hemen anlarlardı ve sonra Weese... Weese...

Dudaklarını ısırıp ayaklarının kesilmesinin nasıl bir şey olacağını düşünmemeye çalıştı. Yanından deri yelekli ve çelik miğferli bir grup okçu geçti. Yayları sırtlarında asılıydı. Arya adamların konuşmalarını bölük pörçük duyabiliyordu.

"...devler diyorum sana, yanında Sur'un ötesinden gelen altı metrelik devler varmış, köpek gibi, onlar da takip ediyormuş..."

"...doğaüstü, bu kadar çabuk üstlerine çullanması, gecenin o karanlığında. Bence insandan çok kurt, bütün Starklar öyle..."

"...kurtlarınızın da devlerinizin de üstüne sıçayım. Çocuk

bizim geleceğimizden haberdar olsa altına ederdi. Harrenhal'a yürüyecek kadar erkek bile değil. Erkek mi? Diğer yoldan kaçtı, kaçmadı mı? Kendisi için en iyi olanı bilse yine kaçardı."

"Öyle diyorsun ama çocuk bizim bilmediğimiz bir şeyler biliyor olabilir. Belki de kaçması gereken *biziz*."

Evet, diye düşündü Arya. *Evet, kaçması gereken sizsiniz. Siz ve Lord Tywin ve Dağ ve Sör Addam ve Sör Amory ve aptal Sör Lyonel her kimse, o. Hepiniz kaçsanız iyi edersiniz çünkü ağabeyim sizi öldürecek. O bir Stark. O insandan çok kurt. Ben de öyleyim.*

"Gelincik." Weese'in sesi kamçı gibi şakladı. Arya adamın nereden geldiğini görmemişti, aniden önüne çıkmıştı. "Şunu bana ver. Getirmen çok uzun sürdü." Kılıcı Arya'nın elinden çekip aldı ve yüzüne sağlam bir tokat attı. "Bir dahaki sefere daha çabuk ol."

Arya bir an için yine kurt olmuştu ama Weese'in tokadı bu hissi ondan almış, yerine ağzındaki kan tadını bırakmıştı. Adam yüzüne vurduğunda Arya dilini ısırmıştı. Bu yüzden ondan nefret ediyordu.

"Bir tane daha mı istiyorsun?" diye sordu Weese. "Birazdan alacaksın. Küstah bakışlarına katlanacak değilim. Birahaneye git ve Tuffleberry'ye onun için yirmi dört fıçım olduğunu söyle. Aldırmak için adamlarını yollasın yoksa onları daha çok isteyen birilerini bulurum." Arya hemen yola koyuldu ama Weese'i memnun edecek kadar hızlı değildi. "Bu akşam yemek yemek istiyorsan *koş*," diye bağırdı adam, çıtır horoz sözünü çoktan unutmuştu. "Ve sakın tekrar kaybolma yoksa seni kanatana kadar döverim."

Dövemeyeceksin, diye düşündü Arya. *Bir daha asla dövemeyeceksin*. Ama koştu. Kuzeyin eski tanrıları adımlarına yol gösteriyor olmalıydı. Birahaneye giden yolun yarısında, Dul Kalesi'yle Kralateşi Kalesi'ni birbirine bağlayan taş köprünün altından geçerken gürültülü bir kahkaha duydu. Rorge, kalplerinin üstüne Sör Amory'nin mantikoru işlenmiş üç adamla birlikte bir köşeden çıktı. Arya'yı gördüğünde durup sırıttı. Yüzündeki boşluğu gizlemek için zaman zaman taktığı deri kanadın altından kahverengi çarpık dişleri görünüyordu. "Yoren'in küçük orospusu," dedi. "O kara piçin *seni* neden Sur'a götürmek istediğini artık hepimiz biliyoruz, öyle değil mi?" Tekrar güldü ve diğer adamlar da ona katıldı. "Sopan şimdi nerede?" Rorge'un kahkahası başladığı hızla kesilmişti. "Seni o sopayla becereceğime söz vermiştim." Arya'ya doğru bir adım attı. Arya geriledi. "Zincire vurulu olmadığımda o kadar da cesur sayılmazsın, değil mi?"

"Seni *ben* kurtardım." Adam onu yakalamak için adım atarsa bir yılan kadar çabuk kaçabilmek için aralarındaki mesafeyi koruyordu.

"Bu yüzden bir kez daha becerilmeyi hak ediyorsun. Yoren bacaklarının arasındaki deliği mi, yoksa şu küçük ve sıkı kıç deliğini daha çok mu seviyordu?"

"Jaqen'ı arıyorum," dedi Arya. "Bir mesaj var."

Rorge duraksadı. Gözlerinde bir şey vardı... Jaqen H'ghar'dan *korkuyor* olabilir miydi? "Hamamda, şimdi yolumdan çekil."

Arya dönüp koşmaya başladı, bir geyik kadar seri, ayakları hamama giden yoldaki taşların üstünde uçuyordu. Jaqen'ı bir banyo teknesinin içinde buldu, hizmetçi kızlardan biri başına sıcak su dökerken adamın vücudundan buhar yükseliyordu. Yarısı beyaz, yarısı kırmızı saçları ıslak ve ağırlaşmış bir hâlde omuzlarına yayılmıştı.

Gölge kadar sessiz bir şekilde hareket etti ama Jaqen aynı anda gözlerini açtı. "Kız, küçük fare ayaklarıyla gizlice gelir ama bu adam duyar," dedi. *Beni nasıl duymuş olabilir*? diye düşündü Arya ama adam bunu da duymuştu sanki. "Taşa sürtünen derinin sesi bu adam için savaş borularının sesinden farksızdır. Akıllı bir kız çıplak ayakla gelir."

"Bir mesajım var," dedi Arya. Tedirgin gözlerle hizmetçi kıza baktı. Kızın gitmeyeceğini anlayınca, dudakları neredeyse Jaqen'ın kulaklarına değecek kadar eğilip, "Weese," diye fısıldadı.

Jaqen H'ghar gözlerini tekrar kapadı, kıpırdamıyordu, yarı uyur gibiydi. "Lorda, bu adamın boş zamanı olduğunda ona katılacağını söyle." Eli aniden hareket edip Arya'ya sıcak su sıçrattı, Arya ıslanmamak için geriye zıplamak zorunda kalmıştı.

Tuffleberry'ye Weese'in söylediklerini söylediğinde biracı yüksek sesle küfür etti. "Weese'e söyle adamlarımın yapacak işleri var. Onun çiçek bozuğu bir piç olduğunu da söyle. Yedi cehennem donduğunda biralarımdan bir kupa içebilir belki. Fıçılar bir saat içinde burada olacak, yoksa Lord Tywin bu meseleyi duyacak."

Arya biracının mesajını ilettiğinde Weese de küfür etti, çiçek bozuğu piç kısmını atladığı hâlde. Köpürdü, tehditler savurdu ama sonunda altı adamını çağırıp fıçıları birahaneye yolladı.

Akşam yemeğinde soğanlı ve havuçlu arpa haşlamasıyla bir parça bayat esmer ekmek vardı. Kadınlardan biri Weese'in yatağına girmek için seçilmişti. Kadına bir parça mavi peynirle Weese'in sabah bahsettiği horozun bir kanadı verilmişti. Horozun geri kalanını adam tek başına yiyordu. Ağzının kenarındaki iltihaplı kabarcıkların üstünden parlak şeritler hâlinde yağlar akıyordu. Kafasını tabağından kaldırıp Arya'nın kendisini izlediğini gördüğünde horoz neredeyse tamamen bitmişti. "Gelincik, buraya gel," dedi.

Horozun butlarından birinde bir ağız dolusu kahverengi et vardı hâlâ. *Unutmuştu ama şimdi hatırladı*, diye düşündü Arya. Jaqen'a Weese'i öldürmesini söylediği için üzüntü duydu. Oturduğu sıradan kalkıp masanın başına gitti.

"Bana baktığını gördüm." Weese parmaklarını Arya'nın elbisesinin önüne sildi. Sonra bir eliyle Arya'nın boğazını sıkıp diğeriyle yanağını tokatladı. "Ben size ne demiştim?" Elinin tersiyle bir tokat daha attı. "Gözlerini önünden ayırma, bir dahaki sefere tekini çıkarıp köpeğime yediririm." Arya'yı itip yere fırlattı. Düşerken eteği ahşap sıradaki gevşek bir çiviye takılıp yırtılmıştı. "Uyumadan önce elbiseni tamir edeceksin," dedi Weese horozun son lokmasını da yerken. Yemeğini bitirince sesler çıkararak parmaklarını yaladı ve horozun kemiklerini benekli çirkin köpeğine fırlattı.

"Weese," diye fısıldadı Arya o gece gözyaşları içinde elbisesinin üstüne eğildiğinde. "Dunsen, Polliver, Tatlı Raff," dedi. İğnesini boyasız yüne her geçirişinde bir isim söyledi. "Vadeci ve Tazı. Sör Gregor, Sör Amory, Sör Ilyn, Sör Meryn, Kal Joffrey, Kraliçe Cersei." Weese'i daha ne kadar zaman duasına katmak zorunda kalacağını merak etti ve sabah kalktığında adamın ölmüş olacağını hayal ederek uykuya daldı.

Ama onu uyandıran Weese'in çizmesinin sert ucuydu yine, her zamanki gibi. Yulaflı çörekle kahvaltılarını ederlerken Lord Tywin'in ana kuvvetinin bugün yola çıkacağını söyledi adam. "Lannister lordum gittiğinde buralarda yaşamanın kolaylaşacağını düşünmeyin bile," diye uyardı. "Lord gidince kale küçülmeyecek, size söz verebilirim, sadece kaleyle ilgilenen eller azalacak. Siz tembeller çalışmanın ne demek olduğunu şimdi öğreneceksiniz, evet öğreneceksiniz."

Senden öğrenmeyeceğiz. Arya yulaflı çöreğini ısırdı. Weese, sanki sırrını koklamış gibi Arya'ya bakıyordu. Arya gözlerini önüne indirdi ve bir daha kaldırmaya cesaret edemedi.

Lord Tywin Lannister, Harrenhal'dan ayrılırken solgun ışık, avluyu doldurdu. Arya lordun gidişini İnleyen Kule'nin orta katındaki kemerli bir pencereden izledi. Lordun atına kızıl mineli pullar ve altın yaldızlı kuştüyleriyle bezenmiş bir örtüyle baş zırhı giydirilmişti. Lord Tywin'in sırtında kızıl kakım kürkünden yapılmış kalın bir pelerin vardı. Erkek kardeşi Kevan da en az lord kadar şatafatlıydı. Önlerinde yol alan dört sancaktar, üzerlerine altın aslan arması işlenmiş büyük kırmızı sancaklar taşıyordu. Lannisterlar'ın arkasından büyük lordlar ve kumandanlar gidiyordu. Sancakları dalgalanıp parıldıyordu, renklerin geçit alayı gibiydiler: kırmızı boğa ve altın dağ, mor tekboynuz ve bodur horoz, benekli domuz ve porsuk, gümüş yabangelinciği ve renkli giysisi içindeki soytarı, yıldızlar ve güneş ışığı, tavus kuşu ve panter, zikzak şeritler ve hançer, siyah kanca ve mavi böcek ve yeşil ok.

Gri çelik zırhı içindeki Sör Gregor Clegane en arkadaydı, en az kendisi kadar kötü huylu bir aygıra biniyordu. Polliver adamın hemen yanındaydı, siyah köpekli sancağı taşıyordu ve başında Gendry'nin miğferi vardı. Uzun bir adamdı ama efendisinin gölgesinde at sürerken bir çocuktan farksız görünüyordu.

Adamların Harrenhal'un devasa yivli kapısından çıkışını izleyen Arya'nın omurgasından bir ürperti geçti. Bir anda korkunç bir hata yaptığını anlamıştı. *Çok aptalım*, diye düşündü. Weese önemli bir adam değildi, Chiswyck de öyle. Önemli olan adamlar *bunlardı*, öldürtmesi gereken adamlar bunlardı. Dün gece, tokat attığı ve horozla ilgili yalan söylediği için Weese'e o kadar kızgın olmasaydı içlerinden birinin adını fısıldayıp ölmesini sağlayabilirdi. *Lord Tywin. Neden Lord Tywin demedim?*

Fikir değiştirmek için geç kalmamıştı belki de. Weese henüz öldürülmemişti. Jaqen'ı bulup ona söylerse...

Aceleyle kıvrımlı merdivenlerden aşağı koştu, işler unutulmuştu. Yivli kapıyı ağır ağır aşağı indiren zincirlerin inlemesini duyuyordu... ve sonra başka bir ses, acı ve korku dolu bir çığlık.

Bir düzine insan Arya'dan önce sesin geldiği yere gitmişti ama kimse yaklaşmıyordu. Arya kendine yol açtı. Weese yerde yatıyordu, boğazı kırmızıydı, parçalanmıştı. Açık gözleri görmüyordu ama gri bir buluta bakıyordu. Benekli çirkin köpeği göğsüne oturmuş boğazından akan kanı yalıyor, arada sırada ölü adamın yüzünden bir parça et koparıyordu.

Sonunda biri bir yay getirdi ve Weese'in kulaklarından tekiyle oyalanan benekli köpeği vurdu.

"Lanet olası şey," dediğini duydu bir adamın, "Weese bu iti henüz bir yavruyken almıştı."

"Bu kale lanetli," dedi köpeği vuran adam.

"Harren'ın hayaleti, bu onun işi," dedi Kâhya Amabel. "Burada bir gece daha uyumayacağım, yemin ederim."

Arya bakışlarını ölü adamdan ve ölü köpeğinden kaldırdı. Jaqen H'ghar, İnleyen Kule'nin duvarına yaslanmıştı. Arya'nın kendisine baktığını görünce elini yüzüne götürüp iki parmağını yanağına koydu.

CATELYN

Bir keşif süvarisi, onları Nehirova'ya iki gün mesafede, çamurlu bir derenin kenarında atlarına su içirirken gördü. Frey Hanedanı'nın ikiz kuleli armasını görmek Catelyn'i daha önce hiç bu kadar sevindirmemişti.

Süvariye kendisini amcasına götürmesini söylediğinde, "Karabalık, kralla birlikte batıya gitti leydim. Keşif süvarilerini Martyn Nehir komuta ediyor," dedi adam.

"Anlıyorum." İkizler'de tanıştığı Martyn Nehir, Lord Walder Frey'in gayrimeşru oğluydu, Sör Perwyn'in üvey kardeşiydi. Oğlunun Lannister gücünün kalbine saldırması Catelyn'i şaşırtmamıştı; onu Renly'yle görüşmeye yollarken bu saldırıyı planladığı çok açıktı. "Martin Nehir nerede?"

"Kampı buradan iki saat uzakta leydim."

"Bizi ona götür," diye emretti Catelyn. Brienne tekrar atına binmesine yardım etti ve hemen yola koyuldular.

"Acı Köprü'den mi geliyorsunuz leydim?" diye sordu asker.

"Hayır." Buna cesaret edememişti. Renly'nin ölümünden sonra genç dulun ve koruyucularının kendisini nasıl karşılayacağından emin olamamıştı. Acı Köprü'ye gitmek yerine savaşın tam ortasında yol almış, Lannisterlar'ın öfkesiyle kapkara bir çöle dönen bereketli nehir topraklarından geçmiş ve her gece keşif süvarilerinin getirdiği korkunç haberleri dinleyip kendini hasta hissetmişti.

"Lord Renly öldürüldü," diye ekledi.

"Bu hikâyenin Lannister yalanlarından biri olmasını umuyorduk ya da..."

"Keşke öyle olsaydı. Erkek kardeşim Nehirova'nın başında mı?"

"Evet leydim. Majesteleri, Sör Edmure'u Nehirova'yı savunması ve arkasını kollaması için kalede bıraktı."

Tanrılar bunu yapacak gücü versin ona, diye düşündü Catelyn. *Ve bilgeliği de*. "Robb'dan bir haber var mı?"

"Duymadınız mı?" Adam şaşkın görünüyordu. "Majesteleri Öküzağzı'nda çok büyük bir zafer kazandı. Sör Stafford Lannister öldü. Ordusu dağıldı."

Sör Wendel Manderly memnuniyetini bir sevinç çığlığıyla belli etti ama Catelyn sadece başıyla onayladı. Yarının sınavları dünün zaferlerinden daha önemliydi.

Martyn Nehir kampını yıkık bir karakoldan geri kalanların arasında, çatısız bir ahırın ve yüzlerce yeni mezarın yanında kurmuştu. Catelyn atından indiğinde adam tek dizinin üstüne çöktü. "Hoş geldiniz leydim. Kardeşiniz sizi bulup bir an önce Nehirova'ya geri götürmemiz için göndermişti bizi."

Catelyn bu kelimelerin tınısını sevmemişti. "Babama bir şey mi oldu?"

"Hayır, leydim. Lord Hoster'ın durumu aynı." Nehir, üvey kardeşlerine çok az benzeyen al yanaklı bir adamdı. "Lannister keşifçilerine yakalanmanızdan korktuk. Lord Tywin, Harrenhal'dan ayrıldı, bütün kuvvetiyle birlikte batıya gidiyor."

"Ayağa kalkın," dedi Catelyn, Nehir'e. Bu haber canını sıkmıştı, yakında Stannis Baratheon da harekete geçecekti. "Lord Tywin'in bize ulaşmasına ne kadar zaman var?"

"Üç gün, belki dört. Kesin olarak bilmek zor. Yollara gözcüler yerleştirdik ama fazla oyalanmamak en iyisi."

Oyalanmadılar. Nehir hızla kampı kaldırdı, Catelyn'in yanında yerini aldı ve yola koyuldular. Başlarının üstünde dalgalanan ulu kurdun, ikiz kulelerin ve alabalığın altında yaklaşık elli kişiydiler şimdi.

Catelyn'in adamları Robb'un Öküzağzı'ndaki zaferi hakkında daha fazla şey öğrenmek istiyordu. Nehir anlattı. "Kendisine Kafiyeci Rymund diyen bir ozan Nehirova'ya geldi, mücadele hakkında bir şarkı yazmış. O şarkıyı bu gece duyacağınıza şüphe yok leydim. Şu Rymund, şarkısına "Karanlıktaki Kurt" adını koymuş." Nehir, Sör Stafford'ın ordusundan geri kalanların Lannis Limanı'na nasıl geri çekildiğini anlatarak konuşmaya devam etti. Casterly Kayası'na kuşatma makineleri olmadan hücum etmek mümkün değildi. Bu yüzden Genç Kurt, Lannisterlar'ın nehir topraklarında gerçekleştirdiği yıkımın misillemesini onların yöntemleriyle gerçekleştiriyordu. Lord

Karstark ve Glover kıyı şeridine saldırıyordu. Leydi Mormont binlerce büyükbaş hayvana el koymuştu ve sürüyü Nehirova'ya getiriyordu. İri Jon; Rahibe Kuyusu, Castamere ve Pendric Tepesi'ndeki altın madenlerini ele geçirmişti. Sör Wendel güldü. "Bir Lannister'ı koşturmanın en iyi yolu altınlarını tehdit etmektir."

"Kral, Diş'i almayı nasıl başardı?" diye sordu Sör Perwyn Frey piç kardeşine. "Orası çok güçlü bir kale ve tepe yoluna hâkim."

"Almadı. Gece vakti kalenin etrafından dolaştı. Yolu ulu kurdun gösterdiği söyleniyor, Boz Rüzgâr'ın. Canavar, bir bayırın altında, kıvrılarak dar bir boğaza inen bir keçi izi bulmuş. Yol çok dönemeçli ve taşlıymış ama adamların tek sıra hâlinde geçebileceği kadar eni varmış. Gözcü kulelerindeki Lannisterlar'ın ruhu bile duymamış." Nehir sesini alçalttı. "Kralın mücadeleden sonra Sör Stafford'ın kalbini çıkarıp kurduna yedirdiği söyleniyor."

"Böyle masallara inanmam," dedi Catelyn sertçe. "Benim oğlum bir vahşi değil."

"Siz nasıl derseniz leydim. Buna rağmen, canavarın hak ettiğinden fazla bir ödül değil. O sıradan bir kurt değil. İri Jon, ulu kurtların çocuklarınıza kuzeyin eski tanrıları tarafından gönderildiğini söylüyor."

Catelyn, oğullarının kurtları karlar arasında bulduğu günü hatırladı. Üçü erkek, ikisi dişi beş kurt yavrusu vardı, Stark Hanedanı'nın beş öz çocuğu için beş kurt... ve altıncısı, beyaz tüylü, kırmızı gözlü, Ned Stark'ın piç oğlu Jon Kar için. *Onlar sıradan kurtlar değiller*, diye düşündü. *Gerçekten değiller.*

O gece kamplarını kurduktan sonra Brienne, Catelyn'in çadırına geldi. "Leydim, güven içinde kendi adamlarınızın arasına döndünüz, kardeşinizin kalesine varmanıza sadece bir gün kaldı. Bana gitmem için izin verin."

Catelyn'in şaşırmaması gerekirdi. Gösterişsiz genç kadın yolculuk boyunca kendi içine kapanmıştı. Vaktinin çoğunu atlarla ilgilenerek, hayvanları tımarlayıp nallarını temizleyerek geçirmişti. Shadd'ın avları temizleyip pişirmesine yardım etmişti ve kısa zaman içinde iyi bir avcı olduğunu da kanıtlamıştı.

Catelyn'in verdiği her görevi hiç şikâyet etmeden ve kusursuzca yerine getirmişti. Kendisiyle konuşulduğunda nazikçe cevap vermiş ama hiç sohbet etmemiş, hiç ağlamamış, hiç gülmemişti. Gündüzleri onlarla birlikte yol almış, geceleri onların arasında uyumuştu ama asla onlardan biri olmamıştı.

Renly'yle birlikteyken de böyleydi, diye düşündü Catelyn. *Ziyafette, meydan dövüşünde, hatta Renly'nin çadırında Gökkuşağı Muhafızları'ndan kardeşleriyle birlikteyken bile böyleydi. Bu kızın etrafında Kışyarı'nınkilerden yüksek duvarlar var.*

"Bizden ayrılırsan nereye gideceksin?" diye sordu Catelyn.

"Geri döneceğim," dedi Brienne. "Fırtına Burnu'na."

"Tek başına." Bu bir soru değildi.

Kızın geniş suratı durgun sular gibiydi, derinlerde ne olduğuyla ilgili hiç ipucu vermiyordu. "Evet."

"Stannis'i öldürmek niyetindesin."

Brienne nasırlı kalın parmaklarıyla kılıcının kabzasını sıktı. Bir zamanlar krala ait olan kılıcın. "Bir yemin ettim. Üç kere ettim. Beni duydunuz."

"Duydum," dedi Catelyn. Genç kız kana bulanmış kıyafetlerini atmıştı ama gökkuşağı pelerinini saklamıştı, Catelyn bunu biliyordu. Brienne'e ait olan her şeyi kaçarken geride bırakmışlardı. Genç kız Sör Wendel'in yedek kıyafetlerini giymek zorunda kalmıştı çünkü kafiledeki diğer adamların kıyafetleri Brienne'in giyebileceği kadar geniş değildi. "Yeminler bozulmamalı, buna katılıyorum ama Stannis'in etrafında kalabalık bir ordu ve onu korumaya yemin etmiş muhafızlar var."

"Onun muhafızlarından korkmuyorum. Ben de en az onlar kadar iyiyim. Kaçmamalıydım."

"Seni rahatsız eden şey bu mu? Birkaç aptalın sana korkak demesinden mi çekiniyorsun?" Catelyn içini çekti. "Renly'nin ölümü senin hatan değildi. Sen ona kahramanca hizmet ettin ama onunla birlikte toprağa girersen kimseye hizmet etmiş olmazsın." Bir dokunuştan gelebilecek teselliyi vermek için elini kıza uzattı. "Ne kadar zor olduğunu biliyorum..."

Brienne elini çekti. "Kimse bilemez."

"Yanılıyorsun," dedi Catelyn sertçe. "Her sabah uyandığımda Ned'in gittiğini hatırlıyorum. Ben kılıç kullanmayı bilmem ama Kral Toprakları'na gitmeyi, ellerimi Cersei Lannister'ın boğazına sarıp yüzü kapkara kesilinceye kadar sıkmayı hayal etmiyorum anlamına gelmiyor bu."

Güzellik, gözlerini kaldırdı, gerçekten güzel olan tek yanıydı. "Eğer bunu hayal ediyorsanız beni neden engellemeye çalışıyorsunuz? Stannis'in görüşme sırasında söylediği şey yüzünden mi?"

O yüzden mi? Catelyn kampa baktı. İki mızraklı nöbetçi volta atıyordu. "İyi adamların bu dünyadaki şeytanlıklarla mücadele etmesi gerektiği öğretildi bana ve Renly'nin ölümü bütün şüphelerin ötesinde şeytanlıktı. Ama bana, kralların kılıçlar tarafından değil, tanrılar tarafından seçildiği de öğretildi. Eğer Stannis bizim gerçek kralımızsa…"

"Değil. Robert da gerçek kral değildi, bunu Renly bile söylüyordu. Jaime Lannister gerçek kralı *öldürdü*, Robert Baratheon o kralın veliahtını Üç Dişli Mızrak'ta katlettikten sonra. Tanrılar o zaman neredeydi? Tanrılar insanları umursamıyor, tıpkı kralların köylüleri umursamadıkları gibi."

"İyi bir kral umursar."

"Lord Renly... Majesteleri... O... O kralların *en iyisi* olacaktı leydim, o çok iyiydi, o..."

"O gitti Brienne," dedi Catelyn mümkün olan en şefkatli şekilde. "Stannis ve Joffrey kaldı... ve benim oğlum."

"Yapmaz... Stannis'le asla *barış* yapmazsınız, yapar mısınız? Diz çöker misiniz? Yapmazsınız..."

"Sana doğruyu söyleyeceğim Brienne. Bilmiyorum. Oğlum kral olabilir ama ben kraliçe değilim... Ben sadece çocuklarının güvende olmasını isteyen bir anneyim."

"Ben anne olmak için yaratılmamışım. Benim dövüşmem gerek."

"Dövüş o hâlde... ama yaşayanlar için dövüş, ölüler için değil. Renly'nin düşmanları aynı zamanda Robb'un da düşmanları."

Brienne yere bakıp ayağını sürttü. "Oğlunuzu tanımıyorum leydim." Kafasını kaldırdı. "Eğer beni alırsanız size hizmet ederim."

Catelyn şaşırmıştı. "Neden ben?"

Soru Brienne'i rahatsız etmiş gibiydi. "Bana yardım ettiniz. Çadırda... onlar kralı benim... Benim..."

"Sen masumdum."

"Öyle de olsa, bana yardım etmek zorunda değildiniz. Beni öldürmelerine izin verebilirdiniz. Sizin için bir anlamım yoktu."

Belki orada olanların karanlık gerçeğini bilen tek kişi olmak istemedim, diye düşündü Catelyn. "Brienne, bunca yıl içinde pek çok soylu leydiyi hizmetime aldım ama senin gibi birini hiç almadım. Ben bir savaş kumandanı değilim."

"Değilsiniz ama cesaretiniz var. Savaş cesareti değil belki ama... bilmiyorum, bir çeşit *kadın* cesareti. Ve zamanı geldiğinde bana engel olmaya çalışmayacağınızı düşünüyorum. Bana söz verin. Beni Stannis'ten uzak tutmaya çalışmayacaksınız."

Stannis'in, sıranın Robb'a da geleceğini söyleyen sesini hâlâ duyabiliyordu Catelyn. Adamın söyledikleri boynuna üflenen soğuk bir nefes gibiydi. "Zamanı geldiğinde sana engel olmayacağım."

Uzun boylu kız dizlerinin üstüne çöküp Renly'nin uzunkılıcını Catelyn'in ayaklarının dibine koydu. "O hâlde sizinim leydim. Yeminli askerinizim... ya da siz neyiniz olmamı istiyorsanız oyum. Sizi kollayacağım, sözünüzü dinleyeceğim ve gerekirse sizin canınıza karşılık kendi canımı vereceğim. Eski ve yeni tanrıların huzurunda yemin ederim."

"Ben de, kalbimde ve soframda her zaman yerin olacağına, senden onurunu zedeleyecek bir şey yapmanı asla istemeyeceğime dair eski ve yeni tanrıların huzurunda yemin ediyorum. Ayağa kalk." Genç kızın elini kendi ellerinin arasına aldığında gülümsemeden edemedi Catelyn. *Ned'i kaç kez bir adamın yeminini kabul ederken izledim?* Şu ânı görebilseydi Ned'in ne düşüneceğini merak etti.

Aynı günün sonlarına doğru, nehrin geniş bir açıyla kıvrıldığı, suların çamurlaşıp sığlaştığı noktadan Kızıl Çatal'ı geçtiler. Geçit, Mallisterlar'ın kartal armasını taşıyan oklu ve mızraklı karma bir kuvvet tarafından korunuyordu. Askerler Catelyn'in sancağını gördüklerinde sivri uçlu kazıkların arkasından çıkıp nehrin karşı kıyısına bir adam gönderdiler. Asker, Catelyn'in kafilesinin nehri geçmesine yardım etti. "Ağır ağır ve dikkatle leydim," dedi Catelyn'in atının dizginini tutarken. "Suyun içine demir kazıklar çaktık ve kayaların arasına domuzdikenleri yerleştirdik. Bütün geçitlerde durum aynı, kardeşinizin emri."

Edmure burada savaşmayı düşünüyor. Bu idrak Catelyn'in bağırsaklarını düğümlemişti ama dilini tutmayı başardı.

Kızıl Çatal ve Tökeztaş arasında, Nehirova'nın güvenli duvarlarına varmaya çalışan köylülerle karşılaştılar. Bazılarının önünde hayvanları yürüyordu, bazıları arabalarını çekiyordu, Catelyn'i gördüklerinde yolu açıp, "Tully!" ya da, "Stark!" diye bağırıyorlardı. Kaleye yarım mil yolları kaldığında, lord çadırının üstünde Blackwoodlar'ın kızıl sancağının dalgalandığı kampın yanından geçtiler. Lucas orada Catelyn'den ayrılıp babası Lord Tytos'u bulmaya gitti. Geri kalanlar yola devam etti.

Catelyn, Tökeztaş'ın kuzeyinde, kıyı boyuna yayılmış ikinci bir kamp gördü. Tanıdık sancaklar rüzgârla dalgalanıyordu: Marq Piper'ın dans eden bakiresi, Darry'nin rençperi, Paegesler'in birbirine dolanmış kırmızı ve beyaz yılanları. Hepsi Lord Tully'nin sancak beyleriydi, Üç Dişli Mızrak'ın lordları. Lordların çoğu Catelyn yola çıkmadan önce kendi topraklarını savunmak için Nehirova'dan ayrılmıştı. Yine burada olmaları Edmure tarafından çağırıldıkları anlamına geliyordu. *Tanrılar bizi koruyun, Lord Tywin'le savaşmayı düşünüyor.*

Catelyn uzaktan, Nehirova'nın duvarlarına koyu renkli bir şeylerin asılı olduğunu fark etti. Yaklaştığında, siperlerden sarkan ölü adamları gördü, ucunda sallandıkları uzun iplerin kendir düğümleri boyunlarının etrafına sıkı sıkı dolanmıştı, yüzleri şişmiş ve kararmıştı. Kargalar suratlarını didiklemişti ama kırmızı pelerinleri kumtaşı duvarların üstünde hâlâ parlıyordu.

"Birkaç Lannister asmışlar," dedi Hal Mollen.

"Hoş bir manzara," dedi Sör Wendel Manderly neşeyle.

"Dostlarımız bizsiz başlamışlar," diye latife etti Perwyn Frey. Brienne dışında herkes güldü, genç kız hiç konuşmadan, gülümsemeden ve gözlerini bile kırpmadan yan yana dizilmiş bedenlere bakıyordu.

Kral Katili öldüyse kızlarım da ölü demektir. Catelyn atını mahmuzlayıp eşkin koşturdu. Hal Mollen ve Robin Flint bineklerini kapı kulübesine doğru dörtnala koşturup öne geçtiler. Duvarlardaki gözcüler sancakları önceden görmüş olmalıydı çünkü yivli kapı açıktı.

Edmure, Catelyn'i karşılamak için kalenin dışına çıktı, yanında babasının üç yeminli adamı vardı: büyük göbekli silah ustası Sör Desmond Grell, kâhya Utherydes Wayn ve Nehirova'nın muhafız başı, iri ve kel Sör Robin Ryger. Üç adam da Lord Hoster'la aynı yaşlardaydı ve bütün hayatlarını ona hizmet ederek geçirmişlerdi. *Yaşlı adamlar*, diye düşündü Catelyn.

Edmure, gümüş balık işlemeli tuniğinin üstüne kırmızı mavi bir pelerin giymişti. Görünüşüne bakılırsa Catelyn güneye gittiğinden beri tıraş olmamıştı, sakalı çalıya dönmüştü. "Cat, sağ salim geri döndüğünü görmek güzel. Renly'nin öldüğünü duyunca hayatından endişe ettik. Lord Tywin de harekete geçti."

"Duydum. Babamız nasıl?"

"Bir gün biraz güçlenmiş gibi görünüyor, ertesi gün..." Başını salladı. "Seni sordu. Ona ne söyleyeceğimi bilemedim."

"İlk fırsatta yanına gideceğim," diye söz verdi Catelyn. "Renly'nin ölümünden sonra Fırtına Burnu'ndan haber geldi mi? Ya da Acı Köprü'den?" Yoldaki adamlara hiç kuzgun gelmemişti, Catelyn kendisi gittikten sonra neler olduğunu öğrenmek için sabırsızlanıyordu.

"Acı Köprü'den haber yok ama Fırtına Burnu'nun kale kumandanı Sör Cortnay Penrose'dan üç kuzgun geldi, hepsinde aynı talep var. Stannis kaleyi hem karadan hem denizden kuşatmış. Kuşatmayı kim kırarsa onun yanında yer alacağını söylüyor. Çocuk için endişelendiğini yazmış. Bu çocuk kim olabilir, biliyor musun?"

"Edric Fırtına," dedi Brienne. "Robert'ın piç oğlu."

Edmure meraklı gözlerle kıza baktı. "Stannis, kaleyi on beş gün içinde teslim edip çocuğu ona verdikleri takdirde garnizonun zarar görmeden özgürce gidebileceğine yemin etmiş ama Sör Cortnay razı olmuyor."

Kendi kanından olmayan gayrimeşru bir çocuk için her şeyi tehlikeye atıyor, diye düşündü Catelyn. "Kumandana bir cevap yolladın mı?"

Edmure başını salladı. "Ne yardım ne de umut vadedemeyecekken neden yollayayım? Stannis bizim düşmanımız değil."

Sör Robin Ryger konuştu. "Leydim, bize Lord Renly'nin nasıl öldüğünü anlatabilir misiniz? Tuhaf hikâyeler duyduk."

"Cat, bazıları Renly'yi *senin* öldürdüğünü söylüyor," dedi Edmure. "Bazıları da güneyli bir kadın tarafından öldürüldüğünü iddia ediyor." Tekrar Brienne'e baktı.

"Kralım öldürüldü," dedi kız sessizce, "ve bunu yapan Leydi Catelyn değildi, kılıcım üstüne, eski ve yeni tanrılar önünde yemin ederim."

"Tarth Hanedanı'ndan Brienne, Akşamyıldızı Lord Selwyn'in kızı, Renly'nin Gökkuşağı Muhafızları'ndandı," dedi Catelyn. "Brienne, seni Nehirova'nın veliahtı kardeşim Sör Edmure Tully'yle tanıştırmaktan onur duyarım. Kâhyası Utherydes Wayn. Sör Robin Ryger ve Sör Desmond Grell."

"Onur duydum," dedi Sör Desmond, diğerleri de adamın söylediğini tekrar etti. Brienne kızardı, sıradan nezaketler bile utanmasına sebep oluyordu. Edmure kızın çok tuhaf bir leydi olduğunu düşündüyse bile yüksek sesle söylemeyecek kadar nazikti.

"Brienne, Renly öldürüldüğünde yanındaydı, ben de oradaydım," dedi Catelyn, "ama ölümüyle ilgimiz yok." Burada, etrafta bu kadar adam varken gölgeden bahsetmeye niyetli değildi, cesetleri gösterdi. "Bunlar kimin adamları?"

Edmure rahatsız bir şekilde yukarı baktı. "Kraliçenin barış teklifimize verdiği cevabı getiren Sör Cleos'la birlikte geldiler."

Catelyn şaşırmıştı. "*Elçileri* mi öldürdün?"

"Sahte elçileri," diye düzeltti Edmure. "Bana barış sözü verip silahlarını teslim ettiler ve ben de onlara kale içinde dolaşma özgürlüğü verdim. Üç gece boyunca ben Sör Cleos'la konuşurken etimi yiyip şarabımı içtiler. Dördüncü gece Kral Katili'ni kaçırmaya çalıştılar." Elini duvara doğru uzattı. "Şu iri yarı olan, iki nöbetçiyi çıplak elleriyle öldürdü, adamları boğazlarından yakalayıp kafataslarını birbirine vurarak kırdı. O sırada yanındaki şu sıska delikanlı bir parça telle Jaime Lannister'ın hücre kilidini açıyordu. Şu en sondaki kahrolası bir kumpanya oyuncusu. Benim sesimi taklit ederek Nehir Kapısı'nın açılmasını emretti. Nöbetçiler yemin ediyor; Enger, Delp ve Uzun Lew, her üçü de. Bana sorarsan adamın sesi benimkine hiç benzemiyor ama sersemler yivli kapıyı kaldırmaya başlamışlardı."

Catelyn, bunun İblis'in işi olduğundan şüphelendi; adamın Kartal Yuvası'nda yaptığı kurnazlık gibi kokuyordu. Bir zamanlar Tyrion için Lannisterlar'ın en tehlikesizi derdi ama artık bundan emin değildi. "Onları nasıl yakaladınız?"

"Ah, bunlar olurken ben kalede değildim. Tökeztaş'ı geçmiştim, şey yapıyordum, ah..."

"Fahişelerleydin, zamparalık yapıyordun. Hikâyeyi anlat."

Edmure'un yanakları sakalları gibi kızardı. "Şafaktan bir saat kadar önceydi, kaleye dönüyordum. Uzun Lew teknemi görüp beni tanıdığında aşağıdan emirler yağdıranın kim olduğunu merak etmeyi akıl edebilmiş ve bağırmış."

"Kral Katili'nin tekrar yakalandığını söyle bana."

"Yakalandı ama kolay olmadı. Jaime eline bir kılıç geçirmeyi başardı, Poul Pemford'u ve Sör Desmond'ın yaveri Myles'ı öldürdü, Delp'i ağır yaraladı, Üstat Vyman kısa zaman içinde onun da öleceğinden endişeli. Kanlı bir karmaşaydı. Çelik seslerini duyan kırmızı pelerinlilerin bazıları Jaime'nin yardımına koştu, onları Jaime'yi serbest bırakanların yanına astım, diğerlerini de zindana attım. Jaime'yi de. Bir daha kaçamayacak, bu sefer karanlıkta, elleri ayakları zincirli ve duvara bağlı."

"Ya Cleos Frey?"

"Bu kumpasla ilgili hiçbir şey bilmediğine dair yemin ediyor. Nasıl emin olabiliriz? Adam yarı Lannister, yarı Frey ve iki soy da yalancı. Onu eskiden Jaime'nin kaldığı kule hücresine koydum."

"Cevap getirdi demiştin?"

"Cevap diyebilirsen. Karşı tekliften sen de benim kadar hoşlanmayacaksın, emin olabilirsin."

"Güneyden yardım alma umudumuz yok mu Leydi Stark?" diye sordu kâhya Utherydes Wayn. "Bu ensest suçlaması... Lord Tywin bu çeşit bir hakareti hafife almaz. Kızının adına sürülen lekeyi, lekeyi sürenin kanıyla temizlemek ister. Lord Stannis bunu anlamak zorunda. Bizimle uzlaşmaktan başka çaresi yok."

Stannis bizden çok daha büyük ve karanlık bir güçle uzlaştı. "Bu meseleleri daha sonra konuşalım." Catelyn atını köprüye doğru koşturup ölü Lannisterlar'dan oluşan tüyler ürpertici sırayı arkasında bıraktı. Kardeşi ona yetişti. Hızla Nehirova'nın üst avlusuna girdiklerinde üç dört yaşlarında çırılçıplak bir çocuk atların önüne fırladı, Catelyn çocuğu ezmemek için dizginlere asıldı ve şaşkınlık dolu gözlerle etrafına baktı. Yüzlerce insan kaleye alınmış ve duvarların dibine derme çatma barınaklar kurmalarına izin verilmişti. Çocukları her yerdeydi. Avlu tavuklarıyla, inekleriyle, koyunlarıyla doluydu. "Bu insanlar da kim?"

"Halkım," diye cevap verdi Edmure. "Korkuyorlar."

Çok yakında kuşatılacak bir kaleyi ancak benim tatlı kardeşim işe yaramaz aç ağızlarla doldurur. Catelyn, Edmure'un yumuşak bir kalbi olduğunu biliyordu, bazen kafasının kalbinden de yumuşak olduğunu düşünüyordu. Onu bunun için seviyordu ama...

"Kuzgunlar Robb'a ulaşabiliyor mu?"

"Kral arazide leydim," dedi Sör Desmond. "Kuşların onu bulması mümkün değil."

Utherydes Wayn öksürdü. "Genç kralımız yola çıkmadan önce, döndüğünüzde sizi İkizler'e göndermemizi emretti Leydi Stark. Lord Walder'ın kızları hakkında daha fazla bilgi edinmenizi istiyor, zamanı geldiğinde gelinini seçmesine yardım etmeniz için."

"Sana yeni atlar ve erzak vereceğiz," dedi Edmure. "Yola çıkmadan önce dinlenmek istersin..."

"Burada kalacağım," dedi Catelyn atından inerken. Robb'a bir eş seçmek için Nehirova'dan ve ölmek üzere olan babasından ayrılmaya niyetli değildi. *Robb güvende olmamı istiyor, onu bu yüzden suçlayamam ama bahanesi çok saçma.* "Seyis," diye seslendi, ahırlardan bir çocuk dışarı koşup atın dizginlerini aldı.

Edmure eyerinden aşağı atladı. Boyu Catelyn'den bir baş uzundu ama o her zaman Catelyn'in küçük kardeşi olacaktı. "Cat," dedi mutsuz bir sesle, "Lord Tywin geliyor..."

"Lord Tywin kendi topraklarını savunmak için batıya gidiyor. Kapılarımızı kapatıp duvarlarımızın arkasında kalırsak, önümüzden geçip gidişini güven içinde seyrederiz."

"Bunlar Tully arazileri," dedi Edmure. "Lord Tywin bu topraklardan kanı dökülmeden geçmeyi düşünüyorsa ona sert bir ders veririm."

Oğluna verdiğin dersin aynısını mı? Edmure, gururuyla oynandığında bir nehir kayası kadar inatçı olabiliyordu ama ordusunun son mücadelede Sör Jaime tarafından kanlı parçalara ayrıldığını ne o ne de Catelyn unutmuştu. "Lord Tywin'le arazide karşılaşmak bize bir şey kazandırmaz, her şeyi kaybettirir," dedi Catelyn yumuşak bir sesle.

"Avlu savaş planlarımı tartışmak için uygun bir yer değil."

"Nasıl istersen. Nerede konuşalım?"

Edmure'un yüzü karardı. Catelyn bir an için kardeşinin ona parlayacağını düşündü ama Edmure kendini toplayıp, "Tanrı korusu. Israr ediyorsan orada konuşalım," dedi.

Tanrı korusunun kapısına giden dehliz boyunca erkek kardeşini takip etti. Edmure öfkelendiğinde her zaman asık suratlı ve küskün olurdu. Catelyn kardeşini yaraladığı için üzgündü ama mesele Edmure'un gururundan çok daha önemliydi. Ağaçların altında baş başa kaldıklarında Edmure yüzünü ablasına döndü.

"Lannisterlar'la arazide karşılaşacak kuvvete sahip değilsin," dedi Catelyn sertçe.

"Bütün ordum toplandığında sekiz bin piyadem ve üç bin süvarim olacak," dedi Edmure.

"Lord Tywin'in senden iki kat fazla adamı olduğu anlamına gelir bu."

"Robb mücadeleleri daha kötü rakamlara rağmen kazandı," diye karşılık verdi Edmure. "Benim bir planım var. Roose Bolton'ı unutuyorsun. Lord Tywin onu Yeşil Çatal'da yendi ama ele geçirmeyi başaramadı. Lord Tywin Harrenhal'a geri döndüğünde Bolton yakut geçitten yol ağzına gitti. On bin adamı var. Helman Tallhart'a haber yolladım, Robb'un İkizler'de bıraktığı garnizonla birlikte Bolton'a katılacak..."

"Edmure, Robb o askerleri İkizler'in *korunması* ve Lord Walder'ın bize sadık kalması için orada bıraktı."

"Sadık kaldı," dedi Edmure inatla. "Freyler Fısıltılı Orman'da cesurca savaştı. Sör Stevron'un Öküzağzı'nda can verdiğini duyduk. Sör Ryman, Kara Walder ve diğerleri Robb'la birlikte batıda. Martyn keşif süvarisi olarak üstün hizmetlerde bulundu. Sör Perwyn seni güven içinde Renly'ye götürdü. Tanrılar, onlardan daha fazla ne isteyebiliriz? Robb, Lord Walder'ın kızlarından biriyle nişanlı ve Roose Bolton bir diğeriyle evlendi. Lordun torunlarından ikisi Kışyarı'nda senin himayende değil mi?"

"Vesayet altındaki bir çocuk gerektiği takdirde kolaylıkla bir tutsağa dönüşebilir." Catelyn, Bolton'ın evliliğinden ve Sör Stevron'un ölümünden habersizdi.

"Elimizde iki rehine olması Lord Walder'ın bize karşı bir hata yapmaması için daha çok sebep olduğu anlamına gelir. Bolton'ın Frey askerlerine ve Sör Helman'a ihtiyacı var. Ona Harrenhal'u geri almasını emrettim."

"Bu çok kanlı bir iş olur."

"Öyle ama kale düştüğünde Tywin'in güven içinde geri çekileceği bir yer kalmayacak. Lordun geçişini engellemek için Kızıl Çatal'ın geçitlerini benim askerlerim koruyacak. Eğer nehrin karşından saldırmayı denerse, sonu tıpkı Üç Dişli Mızrak'ı geçmeye kalkışan Rhaegar gibi olacak. Geri dönerse Nehirova'yla Harrenhal arasında sıkışacak, Robb geldiğinde lordun işini tamamen ve sonsuza kadar bitiririz."

Edmure'un sesi haşin bir özgüvenle doluydu ama Catelyn, amcası Brynden'ın Robb'la batıya gitmemiş olmasını diledi. Karabalık, yüzlerce mücadelede çarpışmış bir askerdi; Edmure'un çarpıştığı tek mücadele kaybedilmişti.

"Planım gayet iyi," diye neticelendirdi Edmure. "Lord Tytos da öyle olduğunu söylüyor, Lord Jonos da. Blackwood'la Bracken'ın *herhangi* bir konuda aynı fikirde olduğunu gördün mü daha önce, sorarım sana?"

"Dediğin gibi olsun." Catelyn çok yorgun olduğunu fark etti aniden. Belki kardeşine itiraz etmekle hata yapıyordu. Belki planı gerçekten olağanüstüydü ve Catelyn'in endişeleri kadınca korkulardan başka bir şey değildi. Ned'in orada olmasını isterdi ya da amcası Brynden'ın ya da... "Bu konuyu babamla konuştun mu?"

"Babam savaş stratejilerini tartacak durumda değil. İki gün önce seni Brandon Stark'la evlendirmenin planlarını yapıyordu! Bana inanmıyorsan gidip kendin gör. Bu plan işe yarayacak Cat, göreceksin."

"Öyle olmasını umut ediyorum Edmure. Gerçekten ediyorum." Kardeşini yanağından öpüp babasının yanına gitti.

Lord Hoster Tully hemen hemen bıraktığı gibiydi: Yatakta, bitkin, solgun ve nemli. Odası hastalık kokuyordu, eşit miktarda ekşi ter ve ilaçtan meydana gelmiş iç bayıltıcı bir koku. Catelyn perdeleri çektiğinde babası hafifçe inleyip gözlerini açtı. Kim olduğunu ya da ne istediğini anlamıyormuş gibi kızına baktı.

"Baba," dedi Catelyn, lordu öptü. "Geri döndüm."

Yaşlı adam bu sefer kızını tanımış gibiydi. "Döndün," diye fısıldadı, dudakları neredeyse hiç kıpırdamadan.

"Evet," dedi Catelyn. "Robb beni güneye göndermişti ama çabucak geri geldim."

"Güney... neresi... Kartal Yuvası güneyde mi tatlım? Hatırlayamıyorum... Ah korkmuştum... Beni bağışladın mı çocuğum?" Gözyaşları yanaklarına akıyordu.

"Bağışlanacak hiçbir şey yapmadın baba." Babasının ince beyaz saçlarını ve alnını okşadı. Üstadın verdiği bütün ilaçlara rağmen hâlâ alev alev yanıyordu.

"En iyisi buydu," diye fısıldadı babası. "Jon iyi bir adam... Güçlü, nazik... Sana iyi bakacak... Üstelik soylu, beni dinle, yapmalısın, ben senin babanım... Baban... Cat evlendiğinde sen de evleneceksin... Evet, *evleneceksin...*"

Lysa olduğumu sanıyor, dedi Catelyn içinden. *Tanrılar, henüz evlenmemişiz gibi konuşuyor.*

Babasının elleri kendi ellerine kilitlendi, ürkmüş iki beyaz kuş gibi titriyordu. "Şu delikanlı... Sefil oğlan... Onun adını bile anma, senin görevin... Annen..." Lord Hoster bir sancı dalgasıyla inledi. "Ah, tanrılar beni affedin, beni affedin, beni *affedin*. İlacım..."

Sonra Üstat Vyman geldi, lordun dudaklarına bir kadeh götürdü. Lord Hoster yoğun beyaz sıvıyı annesinin memesini emen bir bebek gibi emiyordu. Catelyn babasının tekrar sakinleştiğini görebiliyordu. "Şimdi uyuyacak leydim," dedi Üstat

Vyman kadeh boşaldığında. Lordun dudakları haşhaş sütünden bir tabakayla kaplanmıştı. Üstat yaşlı adamın ağzını cübbesinin koluyla sildi.

Catelyn daha fazla izleyemezdi. Hoster Tully her zaman güçlü ve gururlu bir adam olmuştu. Bu hâle gelmesini görmek Catelyn'in içini acıtıyordu. Balkona çıktı. Aşağıdaki avlu, kaleye sığınan insanlarla ve onların gürültüsüyle karmakarışıktı ama duvarların ardındaki nehirler temiz, saf ve sonsuz bir şekilde akıyordu. *Onun nehirleri. Çok kısa bir zaman sonra son yolculuğu için bu nehirlere dönecek.*

Üstat Vyman da balkona geldi. "Leydim," dedi hafifçe. "Kaçınılmaz sonu daha fazla geciktiremem. Amcanıza haber yollamak için bir süvari göndermeliyiz. Sör Brynden burada olmak isteyecektir."

"Evet," dedi Catelyn. Sesi hüzünle kalınlaşmıştı.

"Ve belki Leydi Lysa'ya da?"

"Lysa gelmeyecek."

"Belki bizzat siz yazarsanız..."

"Sizi memnun edecekse bir şeyler yazarım." Lysa'nın "sefil oğlan"ının kim olduğunu merak etti. Genç bir yaver ya da önemsiz bir şövalye, çok mümkün olmasa da... ama Lord Hoster'ın itirazının şiddetine bakılırsa bir tacirin oğlu, halkın içinden bir çırak, hatta bir şarkıcı bile olabilirdi. Lysa şarkıcıları her zaman çok sevmişti. *Onu suçlamamalıyım. Jon Arryn babamızdan yirmi yaş büyüktü ve buna karşılık soylu.*

Edmure'un ablasına tahsis ettiği kule, Catelyn ve Lysa'nın genç birer kızken birlikte kaldıkları kuleydi. Tekrar kuştüyü bir yatakta, bir şöminenin sıcağında uyumak iyi gelecekti. İyice dinlediğinde dünya daha az kasvetli görünürdü belki.

Ama odasının kapısında, Utherydes Wayn'ı gri elbiseli iki kadınla birlikte beklerken buldu. Catelyn kadınları gördüğü anda neden orada olduklarını biliyordu. "*Ned?*"

Rahibeler gözlerini yere indirdiler. "Sör Cleos onu Kral Toprakları'ndan getirmiş leydim," dedi Utherydes.

"Beni ona götürün," diye emretti Catelyn.

Onu ahşap bir masaya yatırmış, Stark Hanedanı'nın ulu kurt armalı sancağıyla örtmüşlerdi. "Ona bakacağım," dedi Catelyn.

"Sadece kemikler kalmış leydim."

"Ona bakacağım," diye tekrar etti.

Sessiz rahibelerden biri sancağı kaldırdı.

Kemikler, diye düşündü Catelyn. *Bu Ned değil. Bu benim sevdiğim, çocuklarımın babası olan adam değil.* Elleri göğsünün üstünde birleştirilmişti. Sadece kemik parmakları bir uzunkılıcın kabzasını tutuyordu ama bunlar Ned'in elleri değildi, onun elleri güçlü ve hayat doluydu. Kemiklere Ned'in cübbesini giydirmişlerdi. Göğsünde ulu kurt arması olan beyaz kadife cübbeyi ama Catelyn'in geceler boyu başını dayadığı sıcak tenden, ona sarılan kollardan eser kalmamıştı. Başı gümüş tellerle tekrar bedenine birleştirilmişti ama kafatasları birbirine benzerdi; bu boş gözçukurlarında lordun yeşil gözlerinden bir iz bulamıyordu Catelyn. *Onun gözlerini kargalara yedirdiler*, diye hatırladı.

Döndü. "Bu onun kılıcı değil."

"Buz bize iade edilmedi leydim," dedi Utherydes. "Sadece Lord Eddard'ın kemikleri gönderildi."

"Bu kadarı için bile kraliçeye teşekkür borçluyum sanırım."

"İblis'e teşekkür edin leydim, onun işiydi."

Bir gün hepsine teşekkür edeceğim. "Hizmetiniz için minnettarım hemşireler," dedi Catelyn. "Fakat size bir görev daha vermeliyim. Lord Eddard bir Stark'tı ve kemikleri Kışyarı'nda dinlenmeli." *Onun heykelini yapacaklar. Taştan benzeri ayaklarının dibinde bir ulu kurt ve kucağında bir kılıçla karanlıkta oturacak.* "Rahibelere yeni atlar ve yolculuk için ihtiyaç duyacakları her şeyi verin," dedi Utherydes'e. "Hal Mollen, Kışyarı'na kadar rahibelere eşlik edecek. Muhafız başı olarak bu görev ona düşer." Lordundan ve aşkından geri kalan kemiklere baktı. "Şimdi beni yalnız bırakın. Hepiniz. Bu geceyi Ned'le baş başa geçireceğim."

Grili kadınlar başlarını eğdi. *Sessiz rahibeler canlılarla konuşmaz ama ölülerle konuşabildikleri söylenir*, diye hatırladı Catelyn. Bunu yapabilmeyi ne çok isterdi.

DAENERYS

Perdeler sokağın tozunu ve gürültüsünü dışarıda tutuyordu ama hayal kırıklığını tutamıyordu. Dany bitkin bir hâlde tahtırevana tırmandı, Qarthlı gözlerden kaçabildiği için memnundu. "Yolu açın," diye bağırdı atının sırtındaki Jhogo kalabalığa. Kamçısını şaklattı. "Ejderhaların Anası için yol açın."

Serin saten minderlerde uzanan Xaro Xhoan Daxos yeşim taşı ve altından yapılmış kadehlere yakut kırmızısı şarap doldurdu, tahtırevanın sallantısına rağmen elleri dengeliydi. "Yüzünüze derin bir keder yazıldığını görüyorum aşk ışığım." Kadehin birini Dany'ye uzattı. "Kayıp bir rüyanın üzüntüsü olabilir mi?"

"Ertelenmiş bir rüya, hepsi bu." Dar gümüş gerdanlığı boğazını sıkıyordu. Çıkarıp kenara attı. Gerdanlık büyülü ametist taşlarıyla süslenmişti. Xaro bu taşların Dany'yi her türlü zehirden koruyacağına dair yemin etmişti. Safkanlılar, tehlikeli olduğunu düşündükleri insanlara zehirli şarap ikram etmekle ünlüydü ama Dany'ye sadece bir bardak su vermişlerdi. *Beni bir kraliçe olarak görmüyorlar,* diye düşündü acı acı. *Ben sadece öğleden sonra eğlencesiydim. Tuhaf bir evcil hayvanı olan bir at kızı.*

Dany şarabı almak için elini uzattığında Rhaegal tısladı ve keskin siyah tırnaklarını kızın çıplak omzuna geçirdi. Acıyla irkilen Dany ejderhayı kumaşla kaplı diğer omzuna koydu. Qarthlıların zevkine göre giyinmişti. Xaro, Kudretliler'in bir Dothraklıyı asla dinlemeyeceği konusunda onu uyarmıştı. Dany de yeşil ipekten dikilmiş, tek göğsünü açıkta bırakan bir elbise, gümüş sandaletler ve siyah beyaz incilerle süslenmiş bir kemerle önlerine gitmişti. *Bana önerdikleri yardım karşılığında çıplak gitmeliydim. Belki de gerçekten öyle yapmalıydım.* Büyük bir yudum şarap içti.

Qarth'ın kadim kral ve kraliçelerinin soyundan gelen Safkanlılar, Kent Koruyucuları'nı ve gösterişli kadırgalardan oluşan donanmayı komuta ediyor, denizlerin arasındaki boğazlara hükmediyorlardı. Daenerys Targaryen o donanmanın tümünü ya da bir bölümünü askerleriyle istiyordu. Anı Tapınağı'nda geleneksel kurban törenini yaptı, Uzun Listenin Hamisi'ne geleneksel rüşveti verdi, Kapı Açan'a geleneksel hurmayı sundu ve sonunda kendisini Bin Tahtlı Salon'a götürecek olan ananevi mavi ipek terlikleri aldı.

Safkanlılar, Dany'nin isteklerini atalarının görkemli ahşap koltuklarında otururken dinledi. Koltuklar, mermer zeminden Qarth'ın kaybolmuş zaferlerini tasvir eden resimlerle süslenmiş kubbeli tavana doğru dönerek yükselen bir şekilde sıralanmıştı. Muazzam büyüklükteydiler. Olağanüstü oymaları vardı. Altın işiyle süslenmişlerdi. Üzerlerine amber, akik, lacivert taşı ve yeşim taşları kakılmıştı. Her biri diğerinden farklıydı ve en kusursuzu olmak için yapılmıştı. Buna rağmen koltuklarda oturanlar cansız ve bitkindi. İnsan uyuduklarını bile sanabilirdi. *Dinlediler ama duymadılar ya da umursamadılar*, diye düşündü Dany. *Bunlar gerçekten Süt Adamlar. En başından beri bana yardım etmeye niyetleri yoktu. Geldiler çünkü merak ediyorlardı. Geldiler çünkü sıkılmışlardı. Omzumdaki ejderha onları benden fazla ilgilendiriyordu*.

"Bana Safkanlılar'ın söylediklerini anlatın," dedi Xaro Xhoan Daxos. "Kraliçemin kalbini böyle üzüntüyle dolduracak ne söylediler?"

"Hayır dediler." Şarabın tadı nar ve sıcak yaz günleri gibiydi. "Büyük nezaketle söylediler ama bütün o güzel kelimelerin altındaki cevap hayırdı."

"Gururlarını okşadınız mı?"

"Utanmazca."

"Ağladınız mı?"

"Ejderhanın kanı ağlamaz," dedi Dany terslenerek.

Xaro içini çekti. "Ağlamanız gerekirdi." Qarthlılar sık sık ve kolayca ağlıyordu. Ağlamak medeni insanların özelliklerinden biri olarak kabul ediliyordu. "Satın aldığımız adamlar, onlar ne dedi?"

"Mathos hiçbir şey söylemedi. Wendello konuşma şeklimi övdü. Muhteşem, diğerleriyle birlikte *hayır* dedi ama ardından ağladı."

"Kahretsin. Qarthlılar çok inançsız olmalı." Xaro, Safkanlılar'dan değildi ama Dany'ye kimlere, ne kadar rüşvet vermesi gerektiğini söylemişti. "Ağla, bu ihanet karşısında ağla."

Dany havaya uçan altınları için ağlamak üzereydi. Mathos Mallarawan, Wendello Qar Deeth ve Muhteşem Egon Emeros'a verdiği rüşvetle bir gemi satın alabilir ya da paralı askerler kiralayabilirdi. "Sör Jorah'ı yollayıp hediyelerimi geri isteyebilir miyim?" diye sordu.

"Üzgün Adamlar'dan biri sarayıma gelir ve sizi uykunuzda öldürür," dedi Xaro. Üzgün Adamlar, kadim ve kutsal bir suikastçı loncasıydı, böyle adlandırılmışlardı çünkü kurbanlarını öldürmeden önce kulaklarına, "Çok üzgünüm," diye fısıldarlardı. Qarthlılar en azından nazik insanlardı. "Faros'un Taş İneği'nden süt sağmak Safkanlılar'dan altın almaktan kolaydır, denir."

Dany, Faros'un neresi olduğunu bilmiyordu ama Qarth taş ineklerle doluymuş gibi geliyordu ona. Denizler arasında ticaret yaparken son derece zengin olan tacir prensler üçe bölünmüştü: Kadim Baharatçılar Loncası, Turmalin Kardeşliği ve Xaro'nun bağlı olduğu On Üçler. Nüfuz için birbirleriyle rekabet ediyorlardı ve her üçü de Safkanlılar'la sonu gelmez bir çekişme içindeydi. Hepsinin üstünde, korkunç güçleri olan mavi dudaklı büyücüler vardı. Çok az görünür, çok büyük korku saçarlardı.

Xaro olmasaydı Dany kaybolurdu. Bin Tahtlı Salon'un kapılarını açtırmak için heba ettiği altın, kıvrak bir zekânın ve tacir cömertliğinin ürünüydü. Yaşayan ejderhaların dedikodusu doğuya yayılınca hikâyenin gerçekliğini öğrenmek için gelenler artmıştı ve Xaro Xhoan Daxos ziyaretçilerin Ejderhaların Anası'na biraz sikke vermesini sağlamıştı.

Xaro'nun akıtmaya başladığı küçük dere kısa zamanda bir nehre dönüştü. Tacir kaptanlar Myr'den dantel, Yi Ti'den safran dolu sandıklar, Asshai'den kehribar ve ejderhacamı getiriyordu. Tacirler kese kese sikke, gümüş ustaları yüzükler ve zincirler hediye ediyordu. Flütçüler, Dany için flüt çaldı, taklacılar takla attı, şarkıcılar şarkı söyledi. Kumaş boyacıları, Dany'yi daha önce hiç görmediği renklere boyanmış kumaşlarla donattı. Jogos Nhai'den gelen bir çift, Dany'ye siyah beyaz çizgili atlardan hediye etti. Dul bir kadın kocasının gümüş yapraklara sarılı kurutulmuş cesedini getirdi. Bu bedenlerin önemli güçleri olduğuna inanılırdı, hele beden bir büyücüye aitse, ki bu ceset öyleydi. Turmalin Kardeşliği, Dany'ye üç başlı ejderha şeklinde yapılmış bir taç giydirdi. Ejderhaların tüyleri altın, kanatları gümüştü. Başları fildişi, yeşim ve akikten oyulmuştu.

Dany'nin sakladığı tek hediye o taçtı. Geri kalanını Safkanlılar'a vererek heba ettiği rüşveti toparlamak için satmıştı. Xaro tacı da satmak istemişti -On Üçler, Dany'ye çok daha güzel bir taç getirecekti- ama Dany buna izin vermemişti. "Viserys annemin tacını sattı ve ona dilenci dediler. Bu tacı saklayacağım ve bana kraliçe diyecekler." Ve tacı sakladı, ağırlığı boynunu ağrıtsa da...

Taçlansam da bir dilenciyim hâlâ, diye düşündü Dany. *Dünyanın en görkemli dilencisi oldum ama dilenci, dilencidir*. Bu durumdan nefret ediyordu. Ağabeyi de nefret ediyor olmalıydı. *Onca yıl, İşgalci'nin bıçağından bir adım önde olabilmek için şehirden şehre kaçıp durduk. Hükümdarlardan, prenslerden, yargıçlardan yardım dilendik. Yiyeceğimizi yağcılık yaparak kazandık. Viserys onunla nasıl alay edildiğini biliyordu. O kadar öfkeli ve acımasız birine dönüşmesi şaşırtıcı değil.* Sonunda aklını kaybetti. *Bırakırsam bana da aynı şey olacak*. Bir yanı, insanlarını alıp Vaes Tolorro'ya dönmeyi ve o ölü şehri canlandırmayı her şeyden fazla istiyordu. *Hayır, bu yenilmek anlamına gelir. Ben, Viserys'in asla sahip olmadığı bir şeye sahibim. Benim ejderhalarım var. Ejderhalar her şeyi değiştiriyor*.

Rhaegal'i okşadı. Yeşil ejderha dişlerini elinin etli kısmına geçirip sertçe ısırdı. Dışarıda, büyük şehir mırıldanıyor, uğulduyor, kaynıyordu. Sayısız ses birbiriyle harmanlanıp tek ve pes bir sese dönüşüyordu, denizin kabarması gibi. "Yol açın Süt Adamlar, Ejderhaların Anası'na yol açın" diye bağırdı Jhogo ve Qarthlılar kenara çekildi. Belki de insanları hareket ettiren adamın sesi değil öküzlerdi. Dany perdenin kıvrımlarının arasından gri aygırının sırtındaki Jhogo'yu görüyordu. Adam zaman zaman Dany'nin hediye ettiği gümüş saplı kamçıyla öküzlere vuruyordu. Aggo tahtırevanın diğer yanını koruyordu. Rakharo alayın arkasındaydı, herhangi bir tehlike işaretini görebilmek için kalabalıktaki yüzlere bakıyordu. Sör Jorah diğer ejderhaları korumak için sarayda kalmıştı; sürgün şövalye bu şarlatanlığa en başından beri karşıydı. *O kimseye güvenmiyor*, diye düşündü Dany *ve belki bunun için geçerli sebepleri var*.

Dany şarap içmek için kadehini kaldırdığında Rhaegal şarabı kokladı ve tıslayarak başını geri çekti. "Ejderhanız iyi bir buruna sahip," dedi Xaro. Ağzını sildi. "Bu şarap vasat. Yeşim Denizi'nin ötesinde altın kalitesinde bir şarap yapıldığı, o şarabın bir yudumunun diğer bütün şarapları sirkeye çevirdiği söylenir. İzin verin sizinle birlikte zevk mavnama binelim ve o şarabı aramaya gidelim."

"Dünyanın en iyi şarapları Arbor'da yapılır," dedi Dany. Lord Redwyne'ın, babasıyla birlikte İşgalci'ye karşı savaştığını hatırlamıştı. Son krala sadık kalan birkaç adamdan biriydi. *Benim için de savaşacak mı?* Bunca yıl sonra emin olmanın bir yolu yoktu. "Benimle birlikte Arbor'a gel Xaro, daha önce hiç tatmadığın kadar güzel şaraplar içersin. Ama oraya bir savaş gemisiyle gitmemiz gerek, bir zevk mavnasıyla değil."

"Benim savaş gemim yok. Savaş ticaret için kötüdür. Size defalarca söyledim, Xaro Xhoan Daxos bir barış adamıdır."

Xaro Xhoan Daxos bir altın adamıdır, dedi Dany içinden. *Ve altın, ihtiyacım olan gemileri ve kılıçları satın alır.* "Senden kılıç kuşanmanı istemedim, sadece gemilerini ödünç vermeni istiyorum."

Xaro mahcup bir şekilde gülümsedi. "Birkaç ticaret gemim var, hepsi bu. Kaç tane olduklarını kim söyleyebilir? İçlerinden biri tam şu anda Yaz Denizi'nde bir fırtınaya tutulmuş batıyor olabilir. Yarın sabah başka bir tanesi korsanlar tarafından devrilebilir. Ertesi gün kaptanlarımdan biri önündeki zenginliğe bakar ve *Bütün bunlar benim olmalıydı*, diye düşünebilir. Bunlar ticaret işinin tehlikeleri. Şu konuştuğumuz süre içinde gemilerim azalıyor. Her geçen saniye biraz daha fakirleşiyorum."

"Bana gemilerini ver ve seni tekrar zengin edeyim."

"Benimle evlen parlak ışık ve kalbimin yelkenlerini aç. Geceleri güzelliğini düşünmekten gözüme uyku girmiyor."

Dany gülümsedi. Xaro'nun süslü itirazları onu eğlendiriyordu ama adamın tavırları ağzından çıkanlardan farklıydı. Sör Jorah tahtırevana binmesine yardım ederken gözünü Dany'nin çıplak göğsünden alamamıştı ama Xaro böyle yan yana otururlarken bile bakmaya tenezzül etmemişti. Ve Dany tacir prensin etrafından ayrılmayan, ipek giysileriyle sarayın koridorlarında salınan yakışıklı gençlerin de farkındaydı. "Çok tatlı şeyler söylüyorsun Xaro ama senin kelimelerinin altından da *hayır* duyuyorum."

"Şu bahsettiğiniz Demir Taht kulağa çok soğuk, sert ve canavarca bir şeymiş gibi geliyor. Dikenli tellerin narin teninizi keseceği düşüncesine bile katlanamıyorum." Xaro'nun burnundaki mücevherler, adamın yüzüne tuhaf ve pırıltılı bir kuş ifadesi veriyordu. Uzun ve zarif parmaklarını havada salladı. "Bırakın burası sizin krallığınız olsun, siz kraliçelerin en ihtişamlısı olun ve ben de kralınız olayım. İsterseniz ben size altın bir taht veririm. Qarth bizi bıktırdığında Yi Ti'nin etrafında yolculuğa çıkar ve şairlerin büyülü şehrini ararız. Ölü adamın kafatasından bilgelik şarabı içeriz."

"Batıdiyar'a yelken açmaya ve İşgalci'nin kafatasından intikam şarabı içmeye kararlıyım." Rhaegal'in çenesinin altını kaşıdı, yeşil ejderha bir an kanatlarını açıp tahtırevanın içindeki havayı dalgalandırdı.

Xaro Xhoan Daxos'un yanağından kusursuz bir damla gözyaşı süzüldü. "Sizi bu çılgınlıktan vazgeçirebilecek bir şey yok mu?"

"Hiçbir şey," dedi Dany, sesinin duyulduğu kadar emin olabilmeyi umarak. "Eğer On Üçler'in her biri bana onar gemi verirse..."

"Mürettebatsız yüz otuz geminiz olur. Davanızın haklılığı Qarth'ın sıradan insanları için hiçbir şey ifade etmiyor. Benim denizcilerim dünyanın diğer ucundaki bir tahtta kimin oturduğunu neden önemsesin?"

"Önemsemeleri için para ödeyeceğim."

"Hangi sikkeyle cennetimin tatlı yıldızı?"

"Ziyaretçilerin getirdiği altınlarla."

"Bu işe yarayabilir," diye kabul etti Xaro. "Ama umursamaları çok pahalıya mal olabilir. Benim onlara ödediğimin kat kat fazlasını vermek zorunda kalırsınız ki benim olağanüstü cömertliğime bütün Qarth güler."

"Eğer On Üçler bana yardım etmeyecekse Baharatçılar Loncası'ndan ya da Turmalin Kardeşliği'nden yardım istemeliyim belki?"

Xaro omuz silkti. "Size dalkavukluktan ve yalanlardan başka bir şey vermezler. Baharatçılar içten pazarlıklı ve palavracıdır. Kardeşlik de korsanlarla dolu."

"O hâlde Pyat Pree'yi dinleyip büyücülere gitmem gerek."

Tüccar dimdik oturdu. "Pyat Pree'nin dudakları mavi ve o mavi dudaklar sadece yalan konuşur. Sizi seven birinin verdiği aklı dinleyin. Büyücüler toz yiyip gölge içen acımasız yaratıklardır. Size bir şey veremezler, size verecek bir şeyleri yok."

"Eğer sevgili dostum Xaro Xhoan Daxos bana istediklerimi verseydi büyücülerden yardım dilenmek zorunda kalmazdım."

"Ben size evimi ve kalbimi verdim, bunlar sizin için bir şey ifade etmiyor mu? Size parfümler ve narlar verdim, takla atan maymunlar, tüküren yılanlar, eski Valyria parşömenleri, bir putun kafasını, bir kertenkelenin ayaklarını verdim. Size abanoz ve altından yapılmış bu tahtırevanı verdim ve onu taşıması için boynuzlarına mücevherler kakılmış teki oltutaşı kadar siyah, teki fildişi kadar beyaz bu öküzleri."

"Evet," dedi Dany. "Ama ben gemiler ve askerler istemiştim."

"Ben size bir ordu vermedim mi kadınların en tatlısı? Pırıl pırıl zırhlar giyinmiş bin şövalye vermedim mi?"

Zırhlar altın ve gümüşten yapılmıştı ve askerler yeşim taşından, kehribardan, ametistten, opalden. Her biri Dany'nin küçük parmağı kadardı. "Çok sevimli bin şövalye," dedi, "ama düşmanlarımı korkutacak türden savaşçılar değiller ve bu öküzler beni denizin karşı tarafına geçiremezler. Ben... Neden duruyoruz?" Öküzler iyice yavaşlamıştı.

Tahtırevan aniden durduğunda, "*Khaleesi*," dedi Aggo perdelerin arasından. Dany dirseğinden destek alıp dışarı sarktı. Pazar yerinin kenarındaydılar, önlerindeki yol bir insan duvarıyla kapanmıştı. "Neye bakıyorlar?"

Jhogo atını Dany'nin yanına sürdü. "Bir ateş büyücüsü *Khaleesi*."

"Görmek istiyorum."

"O zaman görmelisiniz." Dothraklı elini Dany'ye uzattı. Dany uzanan eli tuttuğunda adam onu aşağı çekip atının üstüne aldı ve önüne oturttu, Dany insanların başının üstünden büyücüyü görebiliyordu. Ateş büyücüsü havada asılı duran bir merdiven meydana getirdi, çıtırdayan turuncu merdiven pazar yerindeki binanın zemininden kafesli yüksek çatısına kadar uzanıyordu.

Dany, izleyicilerin çoğunun şehir halkından olmadığını fark etti: Ticaret gemilerinde çalışan denizciler, kervanlarla gelen tacirler, kızıl topraklardan tozlu adamlar, şehir şehir dolaşan askerler, esnaf ve köleler gördü. Jhogo tek kolunu Dany'nin beline sarıp öne eğildi. "Süt adamlar büyücüden çekiniyor. *Khaleesi*, şu şapkalı kızı görüyor musunuz? İşte orada, şişman rahibin arkasında. O bir..."

"...yankesici," dedi Dany. Böyle şeylerden anlamayan şımartılmış bir leydi değildi. Ağabeyiyle birlikte İşgalci'nin bıçağından kaçarak geçirdiği onca yıl boyunca Özgür Şehirler'in caddelerinde sayısız yankesici görmüştü.

Ateş büyücüsü büyük kol hareketleriyle alevleri daha da yukarı itiyordu. Seyirciler yükselen alevleri izlemek için başlarını yukarı kaldırırken, avuçlarının içinde küçük bıçaklar gizleyen yankesiciler kalabalığın arasında geziniyordu. Tek elleri havadaki merdiveni işaret ederken diğeri seyircilerin keselerindeki sikkeleri topluyordu.

Alevden merdiven on beş metre kadar yükseldiğinde ateş büyücüsü öne atlayıp basamakları tırmanmaya başladı, ellerini bir maymun kadar seri hareket ettiriyordu. Dokunduğu her basamak arkasında gümüşi bir duman bırakarak yok oluyordu. Son basamağa vardığında merdiven ortadan kaybolmuştu, ateş büyücüsü de öyle.

"Güzel hile," dedi Jhogo hayranlıkla.

"Hile değil," dedi bir kadın, Ortak Dil'de konuşarak.

Dany kalabalığın içinde Quaithe'yi görmemişti ama ürkütücü kırmızı maskenin arkasındaki kadın, parlak ve nemli gözleriyle oradaydı işte. "Ne demek istiyorsunuz leydim?"

"Daha altı ay önce bu adam ejderhacamından ateş yakmayı bile zar zor beceriyordu. Yankesiciler işlerini görürken tozlar ve çılgınateş kullanarak seyircileri oyalamaya yetecek kadar marifeti vardı. Közlerin üstünde yürüyüp alevlerden güller yapıyordu ama ateşten bir merdivene tırmanmayı hayal etmesi, sıradan bir balıkçının deniz canavarı yakalamayı hayal etmesinden farksızdı."

Dany huzursuzca az önce alevden merdivenin olduğu yere baktı. Artık duman bile kalmamıştı ve kalabalık dağılıyordu, herkes kendi işine gidiyordu. Birazdan pek çoğu keselerinin bomboş olduğunu fark edecekti. "Ya şimdi?"

"Şimdi güçleri arttı *Khaleesi*. Ve bunun sebebi sizsiniz."

"Ben mi?" Dany güldü. "Bu nasıl olabilir?"

Kadın yaklaşıp iki parmağını Dany'nin bileğine koydu. "Siz Ejderhaların Anası'sınız, öyle değil mi?"

"Öyle. Ve hiçbir gölge eniği ona dokunamaz." Jhogo kadının parmaklarını kamçısının sapıyla itti.

Kadın bir adım geri çekildi. "Bu şehirden en kısa zamanda ayrılmalısınız Daenerys Targaryen, aksi takdirde asla ayrılamayacaksınız."

Quaithe'nin dokunduğu bileği karıncalanıyordu. "Nereye gitmemi istiyorsunuz?" diye sordu.

"Kuzeye gitmek için güneye yolculuk etmelisiniz. Batıya varmak için doğuya gitmelisiniz. İlerleyebilmek için geriye dönmelisiniz. Işığa dokunmak için gölgelerden geçmelisiniz."

Asshai, diye düşünü Dany. *Asshai'ye gitmemi söylüyor.* "Asshai bana bir ordu verecek mi?" diye sordu. "Asshai'de ihtiyacım olan altınlar var mı? Gemiler var mı? Asshai'de burada bulamayacağım ne var?"

"Gerçek," dedi maskeli kadın. Ve reverans yaparak kalabalığa karıştı.

Rakharo siyah bıyıklarının altından aşağılama dolu bir ses çıkardı. "*Khaleesi*, insan gölge eniklerine güveneceğine akrep yutsun daha iyi, yüzlerini gün ışığında göstermeye cesaret bile edemezler, bu bilinir."

"Bilinir," diye onayladı Aggo.

Xaro Xhoan Daxos bütün olup biteni minderlerin üstünden izlemişti. Dany tekrar tahtırevana çıkıp yanına oturduğunda, "Sizin vahşiler göründüklerinden daha zeki," dedi Dany'ye. "Asshai sürüsünün size vereceği gerçekler sizi gülümsetecek cinsten değil." Dany'ye bir kadeh şarap daha uzattı ve sarayına giden yol boyunca aşktan, tutkudan ve diğer önemsiz şeylerden bahsetti.

Dany odasının sessizliğine vardığında gösterişli elbisesini çıkarıp mor ipekten dikilmiş bol bir cübbe giydi. Ejderhaları acıkmıştı, bir yılan kesip parçalara ayırdı ve maltızda kızarttı. *Büyüyorlar*, dedi içinden ejderhalar kararmış et parçaları için didişirken. *Vaes Tolorro'daki hâllerinden iki kat ağır olmalılar şimdi*. Buna rağmen savaşabilecek kadar büyümeleri için yıllar geçmesi gerekiyordu. *Eğitilmeleri de gerek yoksa krallığımı harabeye çevirirler*. Taşıdığı Targaryen kanına rağmen Dany'nin ejderha eğitimi hakkında en küçük fikri yoktu.

Güneş batarken Sör Jorah geldi. "Safkanlılar sizi geri mi çevirdi?"

"Aynen sizin söylediğiniz gibi. Gelin, oturun, bana akıl verin." Şövalyeyi kolundan çekip yanına, minderlerin üstüne oturttu. Jhiqui şarapta bekletilmiş mor zeytin ve soğan getirdi.

"Bu şehirden hiç yardım görmeyeceksiniz *Khaleesi*." Sör Jorah uzanıp işaret ve başparmağının arasına bir dilim soğan aldı. "Bundan her geçen gün biraz daha emin oluyorum. Safkanlılar, Qarth'ın duvarlarından ötesini göremiyor ve Xaro..."

"Bana yine evlenme teklif etti."

"Evet ve ben nedenini biliyorum." Şövalye somurttu, siyah gür kaşları derin gözlerinin üstünde birleşti.

"Gece gündüz benim hayalimi kuruyormuş." Güldü.

"Beni bağışlayın kraliçem ama o ejderhalarınızın hayalini kuruyor."

"Xaro, Qarth'ta evlenen kadın ve erkeklerin şahsi mülklerinin tamamen kendilerine ait olduğunu söylüyor. Ejderhalar sadece benim." Drogon kanatlarını çırparak, mermer zeminde zıplayarak yanına gelip uzandığında Dany gülümsedi.

"Doğru söylüyor ama bahsetmeyi unuttuğu bir şey var. Qarthlıların tuhaf bir evlilik geleneği vardır kraliçem. Düğün günü kadın, kocasından aşkının göstergesi olarak sahip olduğu bir şeyi vermesini isteyebilir. Erkek, kadının arzu ettiği şey ne olursa olsun vermek zorundadır. Ve aynı durum erkek için de geçerlidir. Sadece tek şey talep edilebilir ve bu talep reddedilemez."

"Tek şey," diye tekrarladı Dany. "Ve reddedilemez?"

"Xaro Xhoan Daxos tek ejderhayla bu şehre hükmedebilir ama tek gemi bizi amacımıza fazla yaklaştırmaz."

Dany bir parça soğan ısırdı ve kederli bir hâlde erkeklerin inançsızlığını düşündü. "Bin Tahtlı Salon'dan dönerken pazar yerinden geçtik," dedi Sör Jorah'a. "Quaithe oradaydı." Şövalyeye ateş büyücüsünü, alevden merdiveni ve maskeli kadının söylediklerini anlattı.

"Doğrusunu söylemem gerekirse bu şehirden seve seve ayrılırım ama Asshai'ye gitmek için değil," dedi şövalye.

"Nereye?"

"Doğuya."

"Burada bile krallığımdan yarım dünya uzaktayım. Daha da doğuya gidersem Batıdiyar'a, evime giden yolu asla bulamayabilirim."

"Batıya giderseniz hayatınızı tehlikeye atarsınız."

"Özgür Şehirler'de Targaryen Hanedanı'nın dostları var," diye hatırlattı Dany. "Xaro'dan ya da Safkanlılar'dan daha gerçek dostlar."

"Illyrio Mopatis'ten bahsediyorsanız yanılıyorsunuz. Illyrio yeterli altın karşılığında sizi bir köleyi satar gibi çabucak satar."

"Ağabeyim ve ben altı ay boyunca Illyrio'nun malikânesinde kaldık, istese o zaman satardı bizi."

"Sattı zaten," dedi Sör Jorah. "Khal Drogo'ya."

Dany kızardı. Şövalye doğru söylüyordu ama söyleme şeklindeki sertlik Dany'nin hoşuna gitmemişti. "Illyrio bizi İşgalci'nin bıçağından korudu ve ağabeyimin davasına inandı."

"Illyrio sadece kendi davasına inanır. Obur adamlar doğaları gereği açgözlü olur ve yargıçlar dolandırıcıdır. Illyrio Mopatis hem obur hem de yargıç. Onun hakkında gerçekten bildiğiniz ne var?"

"Bana ejderha yumurtalarını verdiğini biliyorum."

Şövalye güldü. "O yumurtalardan ejderha çıkacağını bilseydi üstlerine kendisi yatardı."

Dany kendini gülümsemekten alamadı. "Ah, bundan şüphe etmem sör. Illyrio'yu tahmin ettiğinizden iyi tanıyorum. Güneşim ve yıldızımla evlenmek için Pentos'taki malikâneden ayrıldığımda henüz bir çocuktum ama kör ve sağır değildim. Artık çocuk da değilim."

"Illyrio düşündüğünüz gibi dostunuz olsa bile sizi tahta çıkaracak kadar güçlü değil, ağabeyinizi çıkaracak kadar da değildi," dedi şövalye inatla.

"Ama zengin," dedi Dany. "Xaro kadar zengin değil belki ama bana gemiler ve adamlar kiralayacak kadar zengin."

"Paralı askerler işe yarar," diye kabul etti Sör Jorah. "Ama babanızın tahtını Özgür Şehirler'in süprüntüleriyle geri alamazsınız. Parçalanmış bir diyarı, topraklarını işgal eden bir ordudan daha hızlı bir araya getirecek bir şey yoktur."

"Ben onların gerçek kraliçesiyim," diye itiraz etti Dany.

"Siz, Ortak Dil'i bile konuşamayan adamlardan oluşan bir orduyla onların topraklarına çıkmak isteyen bir yabancısınız sadece. Batıdiyar'ın lordları sizi tanımıyor. Sizden korkmaları, size güvenmemeleri için her türlü sebepleri var. Denize açılmadan önce onları kazanmalısınız, en azından bir bölümünü."

"Sizin önerdiğiniz gibi doğuya gidersem bunu nasıl yapabilirim?"

Şövalye bir zeytin yiyip çekirdeğini avucuna tükürdü. "Ben de bilmiyorum Majesteleri," diye itiraf etti. "Ama bir yerde çok uzun süre kalırsanız düşmanlarınızın sizi daha kolay bulacağını biliyorum. *Targaryen* adı onları hâlâ korkutuyor, öyle çok korkutuyor ki bir çocuk taşıdığınızı öğrendikleri anda sizi öldürmek için bir adam gönderdiler. Ejderhalarınızı öğrendiklerinde ne yapacaklar?"

Drogon kolunun altına kıvrıldı, bütün gün güneşin altında kalmış bir taş kadar sıcaktı. Rhaegal ve Viserion bir et parçası için kavga ediyordu, kanatlarıyla birbirlerine vururlarken burun deliklerinden dumanlar çıkıyordu. *Benim öfkeli çocuklarım*, diye düşündü Dany. *Onlara zarar gelmemeli.* "Kuyrukluyıldız beni bir sebeple Qarth'a getirdi. Ordumu burada bulacağımı düşündüm ama bulamayacakmışım gibi görünüyor. Başka ne seçeneğim kaldı diye soruyorum kendime?" *Korkuyorum*, diye düşündü. *Ama cesur olmalıyım.* "Yarın Pyat Pree'ye gitmelisiniz."

TYRION

Kız hiç ağlamadı. Yaşı ne kadar küçük olursa olsun Myrcella Baratheon bir prenses olarak doğmuştu. *Ve ismine rağmen bir Lannister*, diye hatırlattı Tyrion kendine. *Jaime ve Cersei'nin kanı kadar*.

Kardeşleri *Hızlıdeniz*'in güvertesinden ayrılırken prensesin gülümsemesi hafifçe solmuştu elbette ama kız söylemesi gereken uygun lafları biliyordu, cesaret ve asalet dolu bir tavırla söyledi. Ayrılık vakti geldiğinde ağlayan Tommen, onu teselli edense Myrcella'ydı.

Tyrion, vedalaşmayı dört yüz kürekli devasa savaş gemisi *Kral Robert'ın Çekici*'nin yüksek güvertesinden izledi. Kürekçilerin *Rob'un Çekici* dediği gemi, Myrcella'nın refakatçilerinin ana kuvvetiydi. *Aslanyıldız, Cesuryel ve Leydi Lyanna* da savaş gemisiyle birlikte yelken açacaktı.

Lord Stannis'le birlikte Ejderha Kayası'na giden ve geri dönmeyen gemiler yüzünden halihazırda yetersiz olan donanmanın böyle büyük bir bölümünü göndermek Tyrion'ı huzursuz etmişti ama Cersei daha azına razı olmamıştı. Belki de akıllılık ediyordu. Eğer Myrcella, Güneş Mızrağı'na varamadan kaçırılırsa Dorne ittifakı parçalara ayrılırdı. Doran Martell şimdiye kadar sancak beylerini çağırmaktan başka bir şey yapmamıştı. Martell, kız sağ salim Braavos'a vardığında ordusunu yüksek geçitlere kaydıracağına dair söz vermişti. Bu tehdit sayesinde Hudut lordları kime sadık olacakları konusunda bir kez daha düşünecekti ve kuzeye yürümeye hazırlanan Stannis duraksayacaktı. Bununla birlikte bütün bunlar bir oyundu aslında. Martelller bizzat Dorne'a saldırılmadığı sürece savaşa katılmayacaktı ve Stannis'in de bu kadar büyük bir aptal olduğu söylenemezdi. *Ama bazı sancak beyleri bu kadar aptal olabilir*, diye düşündü Tyrion.

Boğazını temizledi. "Emirleri biliyorsunuz kaptan."

"Biliyorum lordum. Kırıkpençe Burnu'na varana kadar kıyıyı takip edeceğiz ve karayı her zaman göreceğiz. Oradan Dar Deniz'e açılacağız ve Braavos'a gideceğiz. Hiçbir şekilde Ejderha Kayası'nın görüş alanına girmeyeceğiz."

"Ve bütün bu önlemlere rağmen düşmanla karşılarsanız?"

"Tek gemiyle karşı karşıya gelirsek kaçırtacağız ya da batıracağız. Birden fazlasıyla karşılarsak *Cesuryel*, *Hızlıdeniz*'in arkasına yapışıp onu koruyacak ve diğer gemilerimiz düşmanla savaşacak."

Tyrion başıyla onayladı. En kötü ihtimal gerçekleşirse *Hızlıdeniz* kaçış aracı olarak kullanılacaktı. Büyük yelkenli, küçük bir gemiydi ve kaptanının söylediğine göre bütün savaş gemilerinden hızlıydı. Myrcella, Braavos'a vardığında güvende olacaktı. Tyrion, Sör Arys Oakheart'ı kızın yeminli kalkanı olarak gönderiyordu ve Braavos'tan Güneş Mızrağı'na kadar olan yol için Braavoslular'la anlaşmıştı. Stannis bile Özgür Şehirler'in en güçlüsü olan Braavos'un öfkesini uyandırmaya cesaret edemezdi. Kral Toprakları'ndan Güneş Mızrağı'na giden en kısa yol bu değildi ama en güvenlisiydi... ya da Tyrion böyle olduğunu umuyordu.

Lord Stannis'in bu yolculuktan haberi olsaydı donanmasını üstümüze göndermek için daha iyi bir zaman bulamazdı. Tyrion, nehrin Karasu Koyu'na döküldüğü noktaya baktı ve yeşil ufuk çizgisinde yelkenler görmediği için şükretti. Gelen son rapor Baratheon donanmasının hâlâ Fırtına Burnu'nda beklediğini ve Sör Cortnay Penrose'un kaleyi merhum Renly adına kuşatmacılara karşı savunduğunu söylüyordu. Bu esnada, Tyrion'ın vinç kulelerinin dörtte üçü tamamlanmıştı. Adamlar şu anda bile büyük taş bloklarını yerlerine yerleştiriyordu, kendilerini hasat şenlikleri sırasında çalıştıran Tyrion'a küfür ettiklerine de şüphe yoktu. Bırak etsinler. *On beş gün daha Stannis, senden bütün istediğim bu. On beş gün daha ve her şey tamamlanmış olacak.*

Tyrion yeğeninin Yüce Rahip'in önünde diz çöküp yolculuk için hayır duası almasını seyretti. Rahibin başındaki kristal taç güneş ışığını yakalıyor, Myrcella'nın yüzüne gökkuşağı düşürüyordu. Nehir kıyısından gelen sesler duayı duymayı imkânsız kılıyordu, Tyrion tanrıların daha keskin kulakları olmasını umut etti. Yüce Rahip bir ev kadar genişti, Pycelle'den bile daha gösterişli ve daha gevezeydi. *Yeter yaşlı adam, bitir artık. Tanrıların seni dinlemekten daha önemli işleri var. Benim de.*

Rahibin monoton mırıldanmaları sonunda bittiğinde Tyrion *Rob'un Çekici*'nin kaptanıyla vedalaştı. "Yeğenimi sağ salim Braavos'a götür, döndüğünde şövalyelik unvanı senindir," diye söz verdi.

Dik iskele tahtasından rıhtıma inerken üstündeki zalim bakışları hissedebiliyordu. Kadırga hafifçe sallanınca hareketlenen tahta, Tyrion'ın paytak yürüyüşünü daha beter hâle getirmişti. *Bahse girerim ki kıkırdamamak için kendilerini zor tutuyorlar.* Kimse açık açık gülmeye cesaret edemiyordu ama Tyrion ahşap gıcırtılarına, halat hışırtılarına ve nehrin sesine karışan mırıldanmaları duyabiliyordu. *Beni sevmiyorlar*, diye düşündü. *Şaşıracak bir şey yok. Çirkinim, iyi beslendiğim belli ve onlar açlıktan kırılıyor.*

Bronn kalabalığın arasında yol açıp Tyrion'ı ablasının ve yeğenlerinin yanına götürdü. Kuzenine cömertçe gülümseyen Cersei kardeşini görmezden gelmeyi tercih etti. Cersei'nin, zarif boynundaki zümrüt kolye kadar yeşil gözleriyle Lancel'e kur yapmasını izledi Tyrion ve kendi kendine hafifçe gülümsedi. *Sırrını biliyorum Cersei.* Kraliçe son zamanlarda sık sık Yüce Rahip'i ziyaret ediyor, Stannis'le yapacakları savaştan zaferle çıkmaları için tanrılara dua ediyordu... ya da Tyrion'ın buna inanmasını istiyordu. Gerçekte, Yüce Baelor Septi'ni hızlıca ziyaret ettikten sonra kahverengi sıradan bir cübbenin altına saklanıp, Sör Osmund Karakazan gibi tuhaf bir adı olan vasıfsız bir şövalyeyle ve şövalyenin en az kendisi kadar kötü kokan kardeşleri Osney ve Osfryd'le buluşuyordu. Lancel, Tyrion'a her şeyi anlatmıştı. Cersei kendi paralı asker ekibini satın almak için Karakazanlar'ı kullanmak niyetindeydi.

Bırak entrikalarının tadını çıkarsın. Cersie, Tyrion'ı kandırdığını düşündüğü zamanlarda daha tatlı oluyordu. Karakazanlar kadını etkileyecek, sikkelerini alacak, istediği her şeyi yapacaklarına dair sözler vereceklerdi. Bronn her bakır meteliğin sikke sikke karşılığını verirken bunun ne önemi vardı ki? Cana yakın üç düzenbaz kardeş dolandırıcılık sanatında kan dökme işinden çok daha ustaydı. Cersei kendisine üç davul satın almayı başarmıştı. Karakazanlar kadının istediği bütün gürültüyü çıkaracaktı ama içleri boştu. Bu durum Tyrion'ı çok eğlendiriyordu.

Aslanyıldız ve *Leydi Lyanna*, *Hızlıdeniz*'e yol açmak için ağır ağır nehrin aşağısına doğru hareketlendiler. Kıyıdan yükselen birkaç tezahürat gökyüzündeki bulutlar kadar ince ve dağınıktı. Myrcella gülümsedi ve güverteden el salladı. Beyaz pelerini dalgalanan Sör Arys Oakheart kızın arkasında duruyordu. Kaptan hareket emrini verdi ve kürekler *Hızlıdeniz*'i Karasu Nehri'nin şiddetli akıntısına itti. Geminin yelkenleri açıldı. Yelkenler, Tyrion'ın ısrarı üzerine beyazdı, Lannister kırmızısı değil. Prens Tommen hıçkırdı. "Bir yavru kedi gibi miyavlıyorsun," dedi Joffrey, kardeşine. "Prensler ağlamaz."

"Ejderha Şövalyesi Prens Aemon, Prenses Naerys şövalyenin erkek kardeşiyle evlendiği gün ağlamıştı," dedi Sansa. "İkiz kardeşler Sör Arryk ve Sör Erryk birbirlerini ölümcül şekilde yaraladıktan sonra gözlerinde yaşlarla can verdiler."

"Sessiz ol, yoksa Sör Meryn *seni* ölümcül şekilde yaralayacak," dedi Joffrey nişanlısına. Tyrion ablasına baktı ama Cersei, Sör Balon Swann'ın anlattığı bir şeyi dinlemekle meşguldü. *Oğlunun gerçekte ne olduğunu göremeyecek kadar kör mü gerçekten*? diye düşündü Tyrion.

Cesuryel küreklerini indirip *Hızlıdeniz*'in peşine takıldı. Kraliyet donanmasının en kudretlisi *Kral Robert'ın Çekici* en arkadaydı... ya da donanmanın Stannis'le Ejderha Kayası'na giden kısmından sonra ellerinde kalan en kudretli gemi... Tyrion gemileri dikkate seçmişti, Varys'e göre sadakati şüpheli olan kaptanların gemilerini tercih etmemeye özen göstermişti... ama Varys'in sadakati de şüpheliydi, Tyrion'ın içinde belli bir kaygı vardı. *Varys'e çok bel bağlıyorum. Sadece bana ait olan muhbirler bulmalıyım. Onlara da güveneceğimden değil*. Güven insanı öldürürdü.

Yine Serçeparmak'ı merak etti. Acı Köprü'ye gitmek için yola çıktığından beri Petyr Baelish'ten haber yoktu. Bunun hiçbir anlamı olmayabilirdi. Belki de her şey demekti. Varys bile hangisi olduğunu söyleyemiyordu. Hadım, Serçeparmak'ın başına bir talihsizlik geldiğini düşünüyordu. Öldürülmüş bile olabilirdi. Tyrion alay eder gibi gülmüştü. "Serçeparmak ölüyse ben de bir devim." Tyrelller'in Serçeparmak'ın götürdüğü evlilik teklifine ayak diriyor olması daha olasıydı, Tyrion onları suçlayamazdı. *Mace Tyrell olsaydım, Joffrey'nin kafasının bir kazıkta olmasını, aletinin kızımın içinde olmasına tercih ederdim.*

Cersei gitme vaktinin geldiğini söylediğinde küçük donanma koydan çıkmak üzereydi. Bronn, Tyrion'ın atını getirip eyerine oturmasına yardım etti. Bu aslında Podrick Payne'in göreviydi ama çocuğu Kızıl Kale'de bırakmışlardı. Sırım gibi paralı askerin varlığı Pod'un varlığından daha güven vericiydi.

Şehir Muhafızları dar caddelerin kenarında sıralanmıştı. Mızraklarının ucu kalabalığı geride tutuyordu. Siyah zırhlar ve altın pelerinler giyen mızraklı süvarilerin başındaki Sör Jacelyn Bywater kafilenin en önündeydi. Onun ardından, kralın Lannister aslanlı ve Baratheon geyikli sancaklarını taşıyan Sör Aron Santagar ve Sör Balon Swann geliyordu.

Kral gri bir binek atı sürüyordu. Bukleli saçlarının üstüne altın bir taç yerleştirilmişti. Kestane rengi bir kısrağa binen Sansa Stark kralın hemen yanındaydı. Ay taşlarıyla süslü saç filesinin altındaki kızıl saçları omuzlarına dökülüyordu. Kral Muhafızları'ndan Tazı, kralın sağında ve Sör Mandon Moore, Sansa Stark'ın solundaydı.

Onların arkasında beyaz zırhlı ve pelerinli Sör Preston Greenfield'in eşlik ettiği, hâlâ içini çeken Prens Tommen vardı. Sonra Cersei; refakatçisi Sör Lancel'di, Meryn Trant ve Boros Blount tarafından korunuyordu. Tyrion ablasının hemen arkasında at sürüyordu. En arkada tahtırevanla yolculuk eden Yüce Rahip ve kraliyet maiyetinden oluşan uzun kuyruk vardı: Sör Horas Redwyne, Leydi Tanda ve kızı, Jalabhar Xho, Lord Gyles Rosby ve diğerleri. Kafilenin sonunu iki sıra muhafız kolluyordu.

Tıraşsız ve yıkanmamış yüzler, mızrak duvarının ardından içerleme dolu gözlerle kafileyi izliyordu. *Bundan zerre kadar hoşlanmıyorum*, diye düşündü Tyrion. Bronn, herhangi bir sorunu başlamadan bitirmek için kalabalığın arasına paralı askerler yerleştirmişti. Cersei de Karakazanlar'ı aynı amaçla kullanmış olabilirdi ama Tyrion bu önlemlerin işe yarayacağını düşünmüyordu. Eğer ateş fazlaca harlıysa, kaynayan puding kazanının içine birkaç kuru üzüm atmak taşmasına engel olmazdı.

Dar ve kıvrımlı Kanca'dan dönüp Yüksek Aegon Tepesi'ne tırmanmaya başlamadan önce Balıkçılar Meydanı'na girip Çamurlu Yol'dan geçtiler. Birkaç kişi, "Çok yaşa Joffrey," diye tezahürat yapıyordu ama bağıran her adama karşılık yüz sessiz adam vardı. Lannisterlar, perişan erkeklerden ve aç kadınlardan oluşan bir denizin içinde yüzüyor, aksi bakışlı gözlerin oluşturduğu dalgaları göğüslüyorlardı. Tyrion'ın hemen önündeki Cersei, Lancel'in anlattığı bir şeye gülüyordu ama Tyrion ablasının bu neşesinin sahte olduğundan şüpheleniyordu. Etraflarındaki huzursuzluktan habersiz olması mümkün değildi fakat Cersei Lannister, her zaman cesaret gösterisini sergilemek gerektiğine inanırdı.

Yol yarılanmışken, feryat eden bir kadın iki muhafızın arasından zorla geçip kral ve eşlikçilerinin önünde durdu, ölü bebeğinin bedenini başının üstüne kaldırdı. Ceset morarmış, şişmiş ve grotesk bir şekil almıştı ama asıl ürkütücü olan annenin gözleriydi. Joffrey bir an için kadını ezip geçmeye niyetli gibi göründü fakat Sansa Stark kralın kulağına bir şeyler fısıldadı. Kral elini kesesine götürdü, içinden çıkardığı gümüş sikkeyi kadına attı. Gümüş sikke ölü bebeğe çarptı, yere düştü, altın pelerinlilerin bacaklarının arasından geçti ve kalabalığa doğru yuvarlandı. Bir an sonra onlarca adam sikke için kavga ediyordu. Anne bir kez olsun gözlerini kırpmamıştı. Zayıf kolları ölü oğlunun ağırlığıyla titriyordu.

"Onu bırakın Majesteleri," dedi Cersei. "Zavallıya biz bile yardım edemeyiz."

Anne onu duymuştu. Kraliçenin sesi kadının harap olmuş sinirlerini tamamen kesmişti. Yüzü tiksintiyle çarpıldı. *"Fahişe!"* diye bağırdı. *"Kral Katili'nin orospusu!"* Eliyle Cersei'yi işaret ederken ölü bebeği bir un çuvalı gibi yere düştü. *"Kardeşbeceren, kardeşbeceren, kardeşbeceren."*

Tyrion dışkıyı kimin fırlattığını görmemişti. Sansa'nın bağrışını ve Joffrey'nin küfrettiğini duydu, başını çevirip baktığında kralın yanağındaki kahverengi pisliği sildiğini gördü. Altın renkli saçlarında daha fazla vardı ve Sansa'nın kucağı da pislikle kaplıydı.

"Bunu kim attı?" diye bağırdı Joffrey. Parmaklarını saçlarının içinden geçirdi ve bir avuç boku yere fırlattı. "Bunu atan adamı istiyorum!" dedi. "Adamı getirene yüz altın ejderha vereceğim."

"Yukarıdaydı," diye bağırdı kalabalığın içinden bir adam.

Kral çatılara ve balkonlara bakmak için atıyla bir çember çizdi. İnsanlar elleriyle çatıları gösteriyor, birbirlerine ve krala küfür ediyordu.

"Lütfen Majesteleri, bırakın gitsin," diye yalvardı Sansa.

Kral, kızı dinlemiyordu. "Bu pisliği atan adamı bana getirin! Yüzümü yalayarak temizleyecek ya da başını keseceğim. Tazı, onu bana getir!"

Sandor Clegane emre itaat ederek eyerinden indi ama değil çatıya çıkmak, insan duvarını geçip yürümek bile mümkün değildi. En öndekiler kaçmak için kıpırdanıp itişirken, en arkadakiler olup biteni görebilmek için öne doğru baskı yapıyordu. Tyrion felaket kokusu alıyordu. "Clegane, bırak. Adam çoktan kaçtı."

"Onu *istiyorum*!" dedi Joffrey çatıyı göstererek. "Tazı, yolu aç ve onu bana…"

Kralın son sözleri bir ses fırtınasında kayboldu. Korku, nefret ve öfke dolu bir girdabın içindeydiler. *"Piç!"* diye bağırdı biri Joffrey'ye, *"Canavar piç."* Kraliçeye *"Orospu,"* ve, *"Kardeşbeceren,"* diyordu sesler. Tyrion, *"Ucube,"* ve, *"Yarımadam,"* diyen çığlıklarla ıslanıyordu. Hakaretlerin arasında birkaç kişinin, *"Adalet,"* ve, *"Robb, Kral Robb, Genç Kurt,"* diye haykırdığını duydu Tyrion. Hatta, *"Stannis,"* ve *"Renly,"* diyenler bile vardı. İnsanlar caddenin her iki yanından mızrak sırasını zorluyor, altın pelerinliler kalabalığı geride tutmak için uğraşıyordu. Taş, dışkı ve daha pis şeyler başlarının üstünde uçuşuyordu. "Bizi doyurun!" diye inledi bir kadın. "Ekmek," diye bağırdı arkasındaki adam. "Biz *ekmek* istiyoruz, piç!" Göz açıp kapayıncaya kadar binlerce ses aynı şarkıyı söylemeye başladı. Kral Joffrey, Kral Robb ve Kral Stannis unutulmuştu. Kral Ekmek tek başına hüküm sürüyordu. *"Ekmek,"* diye feryat ettiler. *"Ekmek, ekmek!"*

Tyrion atını ablasının yanına sürdü ve bağırarak, "Kaleye," dedi. *"Hemen!"* Cersei başıyla onayladı. Sör Lancel kılıcını kınından çıkardı. Kafilenin en önündeki Jacelyn Bywater emirler yağdırıyordu. Süvariler kalkanlarını kaldırdılar ve ilerlemeye başladılar. Mızrak duvarının arasından uzanan eller kralı yakalamaya çalışırken Joffrey atıyla tedirgin bir hâlde çemberler çiziyordu. Biri bacağını tutmayı başardı, sadece bir an için. Sör Mandon'ın kılıcı indi ve uzanan eli bileğinden ayırdı. Tyrion, Joffrey'nin atının karnına sert bir *şaplak* atıp, *"Sür!"* diye bağırdı yeğenine. Hayvan şaha kalktı, öne fırlayıp kalabalığı yararak dörtnala koşmaya başladı.

Tyrion kralın arkasından açılan boşluğa daldı. Bronn elinde kılıcıyla onun peşine düştü. Sivri bir taş başlarının üstünden geçti, çürük bir kabak Sör Mandon'ın kalkanında patladı. Sollarındaki üç altın pelerinli kalabalığın baskısına dayanamayıp yıkıldı. Kalabalık üstlerine doğru geliyordu. Yere düşen insanlar eziliyordu. Tazı atından düşüp arkalarında kayboldu ama binicisiz aygır yanlarında dörtnala koşuyordu. Tyrion, Aron Santagar'ın eyerinden aşağı çekildiğini gördü, adamın taşıdığı Baratheon sancağı yırtılmıştı. Sör Balon kılıcını çekmek için Lannister sancağını yere attı. Biri kralın atının önünde sendeledi ve hayvanın ayaklarının altında ezilirken çığlıklar attı. Bir erkek, bir kadın ya da bir çocuk olabilirdi, Tyrion anlayamamıştı. Tyrion'ın yanında at koşturan Joffrey'nin yüzü kirece dönmüştü, beyaz bir gölgeye benzeyen Sör Mandon Moore kralın solundaydı.

Çılgınlık bir anda arkalarında kaldı, kendilerini gözcü kulesinin önündeki taşlık meydanda buldular. Bir dizi mızraklı asker kapıları tutuyordu. Sör Jacelyn yeni bir hücum için mızraklı süvarilerini çeviriyordu. Mızraklar kral ve kafilesinin yivli kapının altından geçmesi için aralandı. Sonunda, üstü yaylı adamlarla dolu, güven verecek kadar yüksek, soluk kırmızı duvarlar çevrelerini sardı.

Tyrion atından ne zaman indiğini hatırlamıyordu. Cersei, Tommen ve Lancel, hemen arkalarındaki Sör Meryn ve Sör Boros'la birlikte kale kapısından girerken, Sör Mandon titreyen kralın atından inmesine yardım ediyordu. Boros'un kılıcı kanlıydı, Meryn'in beyaz pelerini parçalanmıştı. Sör Balon miğfersiz bir hâlde avluya girdi. Atı köpük içindeydi ve hayvanın ağzından kan geliyordu. Horas Redwyne yarı delirmiş hâldeki Leydi Tanda'yı getirdi. Leydinin kızı atından düşmüş ve geride kalmıştı. Yüzü her zamankinden daha gri olan Lord Gyles, Yüce Rahip'in tahtırevanının devrildiğini ve insanların ayaklarının altında ezilen rahibin çığlıklar atarak dualar ettiğini anlatıyordu.

Jalabhar Xho, Sör Preston Greenfield'in rahibe yardım etmek için geri döndüğünü görmüştü ama emin değildi.

Tyrion, yanına gelip yaralı olup olmadığını soran üstadın hayal meyal farkına vardı. Hışımla avlunun karşısına yürüyerek yeğeninin yanına gitti, çocuğun boka bulanmış tacı başında çarpılmıştı. "Vatan hainleri," diye sayıklıyordu Joffrey. "Hepsinin başını kestireceğim. Hepsinin..."

Cüce, yeğeninin yüzüne öyle sert bir tokat attı ki oğlanın başındaki taç havaya uçtu. Sonra öfkeyle çocuğun üstüne atılıp yere devirdi. "Seni kör, kahrolası *aptal!*"

"Onlar vatan haini," diye ciyakladı yerde yatan Joffrey. "Bana küfür ettiler ve üstüme saldırdılar!"

"Köpeğini insanların üstüne saldın! Ne yapmalarını bekliyordun? Bir köpek kollarını, bacaklarını keserken uysalca diz mi çökeceklerdi? Seni şımarık, akılsız, küçük *oğlan!* Clegane'i öldürdün ve tanrılar bilir daha kaç kişiyi. Gel gör ki *sen* sıyrık bile almadın. *Lanet olsun sana!"* Yeğenini tekmeledi. Bunu yapmak o kadar iyi gelmişti ki Sör Mandon Moore onu çocuğun üstünden almasa devam edebilirdi. Bronn gelip Tyrion'ı tuttu. Cersei oğlunun yanına diz çöktü. Tyrion, Bronn'un ellerinden kurtuldu. "Kaç kişi geride kaldı?" Herkese bağırıyordu ve hiç kimseye.

"Kızım," diye ağladı Leydi Tanda. "Yalvarırım biri gidip Lollys'i alsın..."

"Sör Preston dönmedi," dedi Sör Boros Blount. "Aron Santagar da."

"Sütanne de yok," dedi Sör Horas Redwyne. Yaverlerin genç Tyrek Lannister'a taktığı alaycı lakaptı bu.

Tyrion avluyu inceledi. "Stark kızı nerede?"

Bir an kimse cevap veremedi. Sonunda Joffrey, "Benim yanımdaydı. Nereye gitti bilmiyorum," dedi.

Tyrion kalın parmaklarını zonklayan şakaklarına bastırdı. Sansa Stark'a bir zarar gelirse Jaime ölü sayılırdı. "Sör Mandon, kızı siz koruyordunuz."

Sör Mandon Moore umursamaz görünüyordu. "Tazı yere düşünce öncelikle kralı düşündüm."

"Doğru olan da buydu," diye lafa karıştı Cersei. "Boros, Meryn, gidip kızı bulun."

"Benim kızımı da bulun," diye hıçkırdı Leydi Tanda. "Yalvarıyorum sörler..."

Kalenin güvenli duvarlarının dışına çıkmak fikri Sör Boros'u memnun etmemiş gibiydi. "Majesteleri," dedi kraliçeye, "beyaz pelerinlerimiz insanların öfkesini körükleyebilir."

Tyrion'ın midesi daha fazlasını kaldıramazdı. "Kahrolası pelerinini Ötekiler alsın! Onu giymeye korkuyorsan *çıkar*. Seni sersem... ama bana *Sansa Stark'ı bul*. Yoksa Shagga o çirkin kafanı ikiye bölüp içinde pudingten başka bir şey var mı diye bakar."

Sör Boros öfkeden morarmıştı. "Sen bana mı *çirkin* diyorsun? *Sen?*" Hâlâ elinde tuttuğu kanlı kılıcını havaya kaldırdı. Bronn, Tyrion'ı sertçe çekip arkasına aldı.

"Kesin şunu!" diye bağırdı Cersei. "Boros, sana emredileni yap, aksi takdirde pelerinini giydirecek başka birini buluruz. Ettiğin yemin..."

"İşte orada!" diye bağırdı Joffrey eliyle göstererek.

Sandor Clegane, Sansa'nın kestane rengi kısrağının sırtında kaleye giriyordu. Kız atın arkasına oturmuş, kollarını Tazı'nın göğsüne dolamıştı.

Tyrion seslendi, "Yaralı mısınız leydim?"

Sansa'nın alnındaki derin kesikten kan akıyordu. "Onlar... bir şeyler fırlatıyorlardı... Taş, pislik, yumurta... Onlara söylemeye çalıştım, verecek ekmeğim olmadığını söylemeye çalıştım. Bir adam beni eyerimden aşağı çekti, Tazı onu öldürdü, sanırım... kolu..." Kızın gözleri fal taşı gibi açıldı ve elini ağzına götürdü. "Onun kolunu *kesti*."

Clegane kızı yere indirdi. Beyaz pelerini lekelenmiş, paralanmıştı. Sol kolundaki bir yırtıktan kan sızıyordu. "Küçük kuş kanıyor, biri onu kafesine götürüp şu kesikle ilgilensin." Üstat Frenken emri yerine getirmek için öne atıldı. "Santagar'ın işini bitirdiler," diyerek devam etti Tazı. "Dört adam onu yere yatırdı ve sırayla başını taşla ezdiler. Birinin bağırsaklarını döktüm ama Sör Aron'ın işine yaramadı."

Leydi Tanda, Tazı'nın yanına gitti. "Kızım..."

"Onu hiç görmedim." Tazı kaşlarını çatarak avluya baktı. "Atım nerede? O hayvana bir şey olduysa hesabını sorarım."

"Bir süre yanımızda koştu, sonra ne olduğunu bilmiyorum," dedi Tyrion.

"Yangın!" diye bağırdı gözcü kulesinden gelen ses. "Lordlarım, şehirden duman yükseliyor. Bit Çukuru yanıyor."

Tyrion tarif edilemeyecek şekilde yorgundu ama umutsuzluk için *vakit* yoktu. "Bronn, yanına istediğin kadar adam al ve su arabalarının taciz edilmesine engel ol." *Tanrılar bize merhamet etsin, yangın çılgınateşe varacak olursa...* "Gerekirse bütün Bit Çukuru'nu gözden çıkarabiliriz ama yangın Simyacılar Loncası'na asla sıçramamalı. Anlaşıldı mı? Clegane, Bronn'la git."

Tyrion, Tazı'nın gözlerinde kısacık bir an için korku gördüğünü düşündü. *Alevler*, dedi içinden. *Beni Ötekiler alsın, alevlerden nefret ediyor tabii, tadını iyi biliyor çünkü.* Clegane'in gözlerindeki korku bir an sonra kaybolmuş, yerini her zamanki öfkeye bırakmıştı. "Gideceğim," dedi. "Ama sen emrettiğin için değil, atımı bulmam gerek."

Tyrion, Kral Muhafızları'ndan geri kalan üç şövalyeye döndü. "Üçünüz de yanınıza birer çığırtkan alarak sokaklara dönün. İnsanlara evlerine gitmelerini söyleyin. Akşam çanı çaldıktan sonra hâlâ dışarıda olan herkes öldürülecek."

"Bizim yerimiz kralın yanı," dedi Sör Meryn şikâyet eder gibi.

Cersei bir yılan gibi öne atıldı. "Sizin yeriniz kardeşim neresi diyorsa orası." Tükürdü. "El, kralın sesiyle konuşur ve ona itaatsizlik etmek vatan hainliğidir."

Boros ve Meryn bakıştı. "Pelerinlerimizi giymeli miyiz Majesteleri?" diye sordu Sör Boros.

"İsterseniz çıplak gidin. İnsanlara erkek olduğunuzu hatırlatırsınız. Dışarıdaki tavırlarınızdan sonra unutmuş olabilirler."

Tyrion ablasının öfkesine engel olmadı. Başı zonkluyordu. Duman kokusu aldığını düşündü ama koku kızaran sinirlerinden geliyor da olabilirdi.

El Kulesi'nin kapısında Taş Kargalar'dan iki nöbetçi vardı. "Bana Timett oğlu Timett'i bulun," dedi Tyrion.

"Taş Kargalar, Yanık Adamlar'ın peşinden koşmaz," diye karşılık verdi vahşilerden biri.

Tyrion bir an kimlerle uğraştığını unutmuştu. "O zaman Shagga'yı bulun."

"Shagga uyuyor."

Tyrion çığlık atmamak için kendini zor tutuyordu. "Uyandırın."

"Dolf oğlu Shagga'yı uyandırmak kolay iş değil," diye sızlandı adam. "Öfkelendiği zaman korkunç oluyor." Söylene söylene gitti.

Shagga esneyip gerinerek geldi. "Şehrin yarısı isyan ediyor, diğer yarısı yanıyor, Shagga horlayarak uyuyor."

"Shagga sizin çamurlu sularınızın tadını sevmiyor, bu yüzden hafif biralarınızdan ve ekşi şaraplarınızdan içiyor, sonra da başı ağrıyor."

"Shae, Demir Kapı'nın yakınındaki malikânede. Onun yanına gidip güvende olmasını sağla, ne olursa olsun."

İri adam sırıttı, vahşi sakallarının altından sarı dişleri göründü. "Shagga kızı buraya getirecek."

"Sadece zarar görmemesini sağla. En kısa zamanda yanına gideceğimi söyle. Belki bu akşam, olmazsa yarın sabah mutlaka."

Ama akşam olduğunda, yangınların büyük kısmının söndürülmesine ve isyancıların dağıtılmasına rağmen şehir hâlâ kaos içindeydi. Tyrion, Shae'in kollarının arasında olmayı ne kadar isterse istesin bu gece bir yere gidemeyeceğini anladı.

Tyrion'ın çalışma odasında, soğuk horoz ve esmer ekmekten oluşan akşam yemeklerini yerken, Jacelyn Bywater şehirdeki katliamın bilançosunu döktü. Akşam loşluğu yerini karanlığa bırakmıştı. Hizmetçiler mumları ve şömineyi yakmak için odaya girdiler ama Tyrion hizmetçileri öfkeyle kovdu. Ruhu bu oda kadar karanlıktı ve Bywater onu aydınlatacak şeyler anlatmıyordu.

Ölenlerin listesinin başında Yüce Rahip vardı, tanrılardan yardım dilenirken parçalara ayrılmıştı. *Açlıktan kırılan insanlar yürüyemeyecek kadar şişman bir rahibe iyi gözle bakmıyor*, düşündü Tyrion.

Sör Preston'ın cesedi önce gözden kaçmıştı. Şehir Muhafızları beyaz zırh giymiş bir şövalye arıyordu ama Preston o kadar zalimce ve defalarca bıçaklanmıştı ki bulunduğunda baştan ayağı kırmızı-kahverengiydi.

Sör Aron Santagar bir çukurda bulunmuştu. Ezilmiş miğferinin içindeki başı kırmızı bir lapaya dönüşmüştü.

Leydi Tanda'nın kızı, bir güveççi dükkânının arkasında elli adam tarafından tecavüze uğramıştı. Altın pelerinliler Lollys'i Domuzbeli Sokağı'nda çırılçıplak ve kendini bilmez hâlde dolaşırken bulmuştu.

Tyrek hâlâ kayıptı. Yüce Rahip'in kristal tacı da öyle. Dokuz şehir muhafızı katledilmişti, iki katı da ağır yaralıydı. Kimse isyancılardan kaç kişinin öldüğünü saymakla uğraşmamıştı.

"Tyrek'in ölü ya da diri bulunmasını istiyorum," dedi Tyrion, Bywater'ın konuşması bittiğinde. "Daha çocuk sayılır, merhum amcam Tygett'in oğludur. Babası bana her zaman nazik davranmıştır."

"Onu bulacağız," dedi Bywater. "Rahibin tacını da."

"Ötekiler birbirlerini rahibin tacıyla becersin, umurumda değil."

"Beni Şehir Muhafızları Kumandanı ilan ettiğinizde size her zaman gerçekleri söylememi istemiştiniz."

"İçimden bir ses anlatacaklarından hiç hoşlanmayacağımı söylüyor."

"Bugün şehri tutmayı başardık lordum ama yarın için söz veremem. Kazan kaynamak üzere. Sokaklarda çok fazla hırsız ve katil var, kimsenin evi güvende değil. Sidiksu Dönemeci boyunca sıralanmış genelevlerden kanlı ishal yayılıyor. Ne bakır ne gümüş sikkeyle alınacak yiyecek kaldı. Önceden sadece çukurlarda mırıldanmaya cesaret edebiliyorlardı ama şimdi pazar yerinde, dükkânlarda açık açık ihanetten bahsediliyor."

"Daha çok adama mı ihtiyacın var?"

"Şu an elimde olan adamların yarısına bile güvenmiyorum. Slynt, Şehir Muhafızları'nın sayısını üç katına çıkarmış ama muhafız olmak için altın renkli bir pelerinden fazlası gerekir. Yeni gelenlerin arasında iyi ve sadık adamlar da var fakat çoğunluğu eğitimsiz, disiplinsiz, ayyaş ve hain. Yalnızca kendi postlarına sadık adamlar bunlar. İş gerçekten savaşmaya geldiğinde dövüşmezler."

"Dövüşmelerini hiç beklemedim zaten," dedi Tyrion. "Duvarlarımızda gedik açıldığı an kaybettik demektir. Bunu en başından beri biliyorum."

"Adamlarımın çoğu halkın içinden. Onlarla aynı sokaklarda yürümüş, aynı mataradan şarap içmiş, aynı dükkânda aynı kazanın içine kaşık sallamışlar. Hadımınız anlatmıştır, Kral Toprakları'nda Lannisterlar'a karşı sevgi beslendiği söylenemez. İnsanların çoğu, Aerys kapıları açtığında lord babanızın şehri nasıl yağmaladığını hatırlıyor. Hanedanınızın işlediği günahlar yüzünden şehrin cezalandırıldığını düşünüyorlar; ağabeyinizin Kral Aerys'i öldürmesi, Rhaegar'ın bebeğinin katledilmesi, Eddard Stark'ın idamı ve Joffrey'nin adaletinin vahşeti. Bazıları, Kral Robert zamanında her şeyin daha iyi olduğunu söylüyor ve hatta Stannis kral olursa daha da iyi olacağını. Güveççilerde, meyhanelerde, genelevlerde bunlar konuşuluyor. Hatta kışlalarda, muhafız kulübelerinde bile."

"Ailemden nefret ediyorlar, bunu söylemeye mi çalışıyorsun?"

"Evet... ve ellerine bir fırsat geçerse karşınızda dururlar."

"Ya benden?"

"Hadımınıza sorun."

"Sana soruyorum."

Bywater gözlerini hiç kırpmadan Tyrion'ın birbirinden farklı renkteki gözlerinin içine baktı. "En çok sizden nefret ediyorlar lordum."

"En çok?" Bu adaletsizlik insanı boğabilirdi. "Onlara ölülerini yemelerini söyleyen, üstlerine köpeğini salan Joffrey'ydi. Beni nasıl suçlayabilirler?"

"Majesteleri yalnızca bir çocuk. Sokaklarda şeytani danışmanları olduğu konuşuluyor. Kraliçe hiçbir zaman halkın dostu olmadı, Lord Varys'e Örümcek demelerinin sebebi de sevgi değil elbette... ama en çok suçladıkları kişi sizsiniz. Kral Robert tahttayken ve her şey daha iyiyken ablanız ve Lord Varys buradaydı ama siz yoktunuz. Kral Toprakları'nı kibirli paralı askerlerle ve her istediklerini alan, kendi kanunlardan başkasını tanımayan kirli vahşilerle doldurduğunuzu söylüyorlar. Janos Slynt'i fazla dürüst bulduğunuz için sürgüne yolladığınızı, ahlaklı ve erdemli Pycelle'i size karşı gelecek kadar cesaretli olduğu için zindana attırdığınızı konuşuyorlar. Bazıları, Demir Taht'ı kendiniz için istediğinizi bile iddia ediyor."

"Evet, bütün bunların yanı sıra çirkinim, canavarım ve şekilsizim, unutmayın." Eli yumruğa dönüştü. "Yeterince duydum. Her ikimizin de yapacak bir sürü işi var. Beni yalnız bırakın."

Lord babam onca yıl beden nefret etmekte haklıydı belki, yapabildiğimin en iyisi buysa, diye düşündü Tyrion yalnız kaldığında. Akşam yemeğinden geri kalanlara baktı. Soğuk ve yağlı horoz etinin görüntüsü midesini bulandırmıştı. İğrenerek tabağı ileri itti. Pod'a seslenip Varys'i ve Bronn'u çağırmasını söyledi. *En güvendiğim danışmalarım bir hadım ve bir paralı asker, leydimse bir fahişe. Bunlar benimle ilgili ne söylüyor?*

Bronn odaya geldiğinde karanlıktan şikâyet etti ve şöminenin yakılması için ısrar etti. Varys odaya girdiğinde ateş parıldıyordu. "Nerede kaldın?" diye sordu Tyrion hadıma.

"Kralın işleriyle uğraşıyordum lordum."

"Ah, evet, *kral*," diye mırıldandı Tyrion. "Yeğenim değil Demir Taht'ta oturmak, bir tuvalet çukurunda oturacak beceriye bile sahip değil."

"Çıraklara iş öğretilmeli," dedi Varys omuzlarını silkerek.

"Leş Sokağı'ndaki çırakların yarısı diyarı senin kralından iyi yönetir." Bronn masaya oturup horozun kanatlarından birini aldı.

Tyrion paralı askerin hürmetsiz tavırlarını görmezden gelmeye alışkındı ama bu sefer rahatsız olmuştu. "Sana yemeğimi bitirmen için izin verdiğimi hatırlamıyorum."

"Yemeyecek gibi görünüyordun," dedi Bronn ağzı et doluyken. "Şehir açlıktan kırılıyor, yiyecekleri ziyan etmek suç sayılır. Şarabın var mı?"

Birazdan kendisine şarap doldurmamı da isteyecek, diye düşündü Tyrion. "Fazla ileri gidiyorsun," diye uyardı paralı askeri.

"Sen ise asla yeterince ileri gitmiyorsun." Bronn kanat kemiğini yere fırlattı. "Diğer çocuk daha önce doğsaydı hayat ne kadar kolay olurdu, düşündün mü hiç?" Elini horozun göğsüne götürüp büyük bir parça et kopardı. "Ağlak olanı diyorum,

Tommen. Kendisine söylenen her şeyi yaparmış gibi görünüyor, iyi bir kral da öyle olmalı."

Paralı askerin ima ettiği şeyi anladığında Tyrion'ın omurgasından bir ürperti geçti. *Eğer Tommen kral olursa...*

Tommen'ın kral olabilmesi için tek yol vardı. Hayır, bunu düşünemezdi bile. Joffrey onun kanındandı ve Cersei'nin olduğu kadar Jaime'nin de oğluydu. "Bunu söylediğin için kafanı kestirebilirim," dedi Bronn'a ama paralı asker sadece güldü.

"Dostlar," dedi Varys. "Tartışmak bize bir şey kazandırmaz. İkinize de yalvarıyorum, kalp alın."

"Kimin kalbini?" diye sordu Tyrion. Aklına onlarca cazip seçenek geliyordu.

DAVOS

Sör Cortnay Penrose zırh giymemişti. Doru bir aygırın sırtında oturuyordu. Sancaktarı benekli gri bir ata biniyordu. Başlarının üstünde Baratheonlar'ın taçlı erkek geyiği ve Penroselar'ın kızıl-kahve zemin üstünde çapraz duran beyaz kuştüyleri dalgalanıyordu. Sör Cortnay'in yaprak şekilli sakalı da kızıl-kahveydi ama başı tamamen saçsızdı. Kralın yanındaki grubun sayısından ve görkeminden etkilendiyse bile belli etmiyordu.

Zırh ve kalkanlardan çıkan metal sesleriyle tepeyi tırmandılar. Davos bile zırh kuşanmıştı ama bunun neden gerekli olduğunu bilmiyordu. Alışık olmadığı bu ağırlığın altında omuzları ve sırtı ağrıyordu. Kendisini hantal ve aptal hissediyordu. Burada ne işi olduğunu düşündü bir kez daha. *Kralın emirlerini sorgulamak bana düşmez ama yine de...*

Gruptaki her adam Davos Seaworth'ten daha soylu ve daha yüksek rütbeliydi. Kudretli lordlar sabah güneşinin altında ışıldıyordu. Gümüş kaplı altın süslemeli zırhları pırıl pırıldı, ipek gibi kuştüyleriyle süslenmiş savaş miğferlerine mücevher gözlü canavarlar dövülmüştü. Davos bu zengin ve soylu kalabalığın içinde uygunsuz görünüyordu. Kral da Davos gibi kaynatılmış deri ve yünden yapılmış basit giysiler giyiyordu ama şakaklarının üstündeki kırmızı altın çember adama inkâr edilemez bir ihtişam katıyordu. Kral başını her hareket ettirdiğinde tacın alev şeklindeki uçları güneşle yanıyordu.

Kara Hayat sekiz gün önce Fırtına Burnu'ndaki donanmaya katıldığından beri Davos ilk kez Majesteleri'nin bu kadar yakınındaydı. Gelişinin ilk saatinde huzura kabul edilmek istemiş ama kralın meşgul olduğu yanıtını almıştı. Davos, kral yaverlerinden biri olan oğlu Devan'dan, Majesteleri'nin son zamanlarda sürekli meşgul olduğunu öğrenmişti. Stannis Baratheon artık kuvvetli bir adamdı. Lordlar cesetlerin etrafında uçuşan sinekler gibi kralın etrafını sarmıştı. *Stannis de ceset gibi görünüyor, Ejderha Kayası'ndan ayrıldığımdan beri yaşlanmış sanki.* Devan, kralın son zamanlarda neredeyse hiç uyumadığını da söylemişti.

"Lord Renly'nin ölümünden sonra korkunç kâbuslar görmeye başladı," demişti delikanlı. "Üstatların iksirleri işe yaramıyor. Kralı sadece Leydi Melisandre sakinleştirip uyutabiliyor."

Bu yüzden mi kralın çadırında kalıyor artık? diye merak etti Davos. *Kralla birlikte dua etmek için mi? Yoksa kralı uyutmak için başka yöntemleri mi var?* Gereksiz ve sormaya cesaret edemeyeceği bir soruydu bu, karşısındaki kendi oğlu olsa bile. Devan iyi bir çocuktu ama göğsündeki alevli kalp armasını gururla taşıyordu ve Davos onu akşam vakti gece ateşinin başında şafağın gelmesi için Işık Tanrısı'na yalvarırken de görmüştü. *O kralın yaveri*, dedi kendine. *Kralının tanrısına tapması beklenmedik bir şey değil.*

Fırtına Burnu'nun duvarlarının ne kadar yüksek ve kalın olduğunu neredeyse unutmuştu Davos. Kafilenin başındaki Kral Stannis dizginlerini çekti, Sör Cortnay ve sancaktarıyla arasında birkaç adım mesafe vardı. "Sör," dedi zorlama bir nezaketle, atından inmek için hareketlenmedi.

"Lordum." Bu daha nezaketsizdi ama beklenmedik değildi.

"Münasip olan, bir krala *Majesteleri* diye hitap etmektir," dedi Lord Florent. Göğüs kalkanında, lacivert taşından yapılmış çiçek halkasının içinden parlak burnunu çıkaran kızıl-altın bir tilki vardı. Parlaksu Kalesi'nin çok uzun, çok soylu ve çok zengin lordu, Renly'nin ölümünden sonra Stannis'in tarafına geçen ve eski tanrılarını bırakıp Işık Tanrısı'nı kabul eden ilk sancak beyiydi. Stannis, Kraliçe Selyse'i amcası Axell'le birlikte Ejderha Kayası'nda bırakmıştı ama kraliçenin adamları her zamankinden daha kalabalık ve daha güçlüydü ve Alester Florent en önde gelenleriydi.

Sör Cortnay Penrose lordu duymazdan gelip Stannis'le konuşmayı tercih etti. "Bu oldukça etkileyici bir grup. Büyük lordlar Estermont, Errol ve Varner. Fossowayler'in yeşil elmasından Sör Jon ve kırmızı elmadan Sör Bryan. Kral Renly'nin Gökkuşağı Muhafızları'ndan Lord Caron ve Sör Guyard... *ve* kudretli Lord Alester Florent. Arkanızdaki meşhur Soğan Şövalyesi mi? Memnun oldum Sör Davos. Korkarım leydiyi tanımıyorum."

"Benim adım Melisandre, sör." Kadın zırh giymemişti, uçuşan kırmızı ipek elbisesi üstündeydi. "Kralınıza ve Işık Tanrısı'na hizmet ediyorum."

"İyiliklerini dilerim," dedi Sör Cortnay. "Ama ben başka tanrılara ve başka bir krala diz çöküyorum."

"Sadece tek gerçek kral ve tek gerçek tanrı vardır," dedi Lord Florent.

"Burada teoloji konuşmak için mi toplandık lordum? Bilseydim yanımda bir rahip getirirdim."

"Neden burada olduğumuzu gayet iyi biliyorsunuz," dedi Stannis. "Teklifimi düşünmeniz için on beş gününüz vardı. Kuzgunlarınızı gönderdiniz. Yardım gelmedi, gelmeyecek de. Fırtına Burnu tek başına ve benim sabrım tükendi. Son kez sör, size kalenin kapılarını açmanızı ve yasalar önünde zaten benim olanı bana teslim etmenizi emrediyorum."

"Ya şartlar?" diye sordu Sör Cortnay.

"Değişmedi," diye cevapladı Stannis. "İhanet suçunuzu affedeceğim, arkamda gördüğünüz lordları affettiğim gibi. Garnizonunuzdaki askerler benim hizmetime girmekte ya da zarar görmeden evlerine dönmekte özgürler. Silahlarınızı ve taşıyabileceğiniz kadar eşyanızı yanınıza alabilirsiniz ama atlarınıza ve yük hayvanlarınıza el koyulacak."

"Edric Fırtına ne olacak?"

"Ağabeyimin piçi bana teslim edilmeli."

"O hâlde cevabım hâlâ hayır lordum"

Kral çenesini sıktı. Bir şey söylemedi.

Onun yerine Melisandre konuştu. "Işık Tanrısı sizi kendi karanlığınızdan korusun Sör Cortnay."

"Işık Tanrısı'nı Ötekiler becersin," diye karşılık verdi Penrose.

Lord Alester Florent boğazını temizledi. "Dilinize dikkat edin Sör Cortnay. Majesteleri'nin çocuğa zarar vermek gibi bir niyeti yok. Çocuk, kralımızın kanını taşıyor ve aynı zamanda benim kanımı. Herkesin bildiği gibi annesi yeğenim Delena'ydı. Eğer krala güvenmiyorsanız bana güvenin. Benim onurlu bir adam olduğumu biliyorsunuz..."

"Sizin hırslı bir adam olduğunuzu biliyorum," diyerek lordun lafını kesti Cortnay. "Benim çizmelerimi değiştirdiğim kadar kolay kral ve tanrı değiştirdiğinizi biliyorum. Tıpkı şu gördüğüm dönekler gibi."

Kralın adamlarından öfke dolu homurtular yükseldi. *Cortnay çok haksız sayılmaz*, diye düşündü Davos. Kısa bir zaman öncesine kadar Fossowayler, Guyard Morrigen, Lord Caron, Lord Varner, Lord Errol ve Lord Estermont, Renly'ye bağlıydı. Onun çadırında oturmuş, savaş planları yapmasına yardım etmiş ve Stannis'i nasıl devireceklerini konuşmuşlardı. Lord Florent de onlarla birlikteydi, Kraliçe Selyse'in öz amcasıydı ama bu durum Parlaksu Kalesi Lordu'nun Renly'ye diz çökmesine engel olmamıştı çünkü Renly yükselen yıldızdı.

Bryce Caron atını bir iki adım öne yürüttü. Sırtındaki gökkuşağı pelerini koydan esen rüzgârla dalgalanıyordu. "Buradaki hiçbir adam dönek değil sör. Ben Fırtına Burnu için bağlılık yemini ettim ve kalenin haklı lordu Kral Stannis'tir... *ve* gerçek kralımız da odur. Baratheon Hanedanı'nın son erkeği, Robert'ın ve Renly'nin veliahtıdır."

"Öyleyse Çiçek Şövalyesi neden aranızda değil? Ve Mathis Rowan nerede? Randyll Tarly? Leydi Oakheart? Renly'yi en çok sevenler neden burada, yanınızda değil? *Tarthlar'ın Brienne'i nerede, sorarım size*?"

"O mu?" Sör Guyard Morrigen güldü. "Kaçtı. Kaçması gerekirdi. Kralı katleden onun elleriydi."

"Bu bir yalan," dedi Sör Cortnay. "Brienne'i, Akşamgüneşi Kalesi'nde babasının dizinin dibinde oyunlar oynayan küçük bir kız olduğu zamanlardan beri tanırım ve Akşam Yıldızı onu buraya, Fırtına Burnu'na gönderdiğinde daha da iyi tanıdım. Brienne, Renly'yi ilk gördüğü anda ona âşık olmuştu. Bunu kör bir adam bile görebilirdi."

"Bu doğru," dedi Lord Florent rahat bir tavırla. "Ve kendisini reddeden adamı öldürecek kadar çıldıran ilk kadının Brienne olduğunu da söyleyemeyiz. Gerçi bana soracak olursanız, ben kralı öldürenin Leydi Stark olduğuna inanıyorum. Bir anlaşma umuduyla Nehirova'dan kalkıp onca yol geldi ve Renly tarafından reddedildi. Renly'nin, oğlu için bir tehdit olduğunu düşündüğüne şüphe yok, onu bu yüzden ortadan kaldırdı."

"Brienne yaptı," diye ısrar etti Lord Caron. "Sör Emmon Cuy ölmeden önce defalarca yemin etti. Bu konuda size yemin edebilirim Sör Cortnay."

Sör Cortnay'in sesi tiksintiyle kalınlaşmıştı. "Bunun ne kıymeti olur? Görüyorum ki gökkuşağı pelerininizi giyiyorsunuz. Renly'yi koruyacağınıza dair *yemin* ettiğinizde ondan aldığınız pelerini. Renly öldüyse siz nasıl hayattasınız?" Guyard Morrigen'a döndü. "Aynı şeyi size de sorabilirim sör. Yeşil Guyard, öyle değil mi? Kralının canını canıyla korumaya yemin etmiş şövalye? Benim böyle bir pelerinim olsaydı onu giymeye utanırdım."

Morrigen parladı. "Dua et ki bu sadece bir görüşme Penrose, yoksa bu söylediklerin için dilini keserdim."

"Ve erkekliğini attığın ateşe mi atardın?"

"Yeter!" dedi Stannis. "Işık Tanrısı, kardeşimin ihanet suçundan ötürü ölmesini uygun gördü. Fiili kimin gerçekleştirdiği önemli değil."

"*Sizin* için değil," dedi Sör Cortnay. "Şartlarınızı duydum Lord Stannis. Bu da benim şartım." Eldivenini çıkarıp kralın yüzüne fırlattı. "Teke tek dövüş. Kılıç, mızrak ya da arzu ettiğiniz başka bir silah. Sihirli kılıcınıza ve soylu derinize zarar gelmesini istemiyorsanız bir şövalye seçin ve ben de öyle yapayım." Yırtıcı gözlerle Guyard Morrigen ve Bryce Caron'a baktı. "Bu yavruların ikisi de işe yarar sanırım."

Sör Guyard'ın yüzü öfkeyle karardı. "Kralım izin verirse bu meydan okumaya seve seve karşılık veririm."

"Ben de öyle," dedi Bryce Caron, Stannis'e bakarak.

Kral dişlerini gıcırdattı. "Hayır."

Sör Cortnay şaşırmış gibi görünmüyordu. "Şüphe ettiğiniz şey davanızın haklılığı mı yoksa kollarınızın gücü mü lordum? Alevli kılıcınızın üstüne işeyip onu söndüreceğimden mi korkuyorsunuz?"

"Siz benim aptal olduğu mu sanıyorsunuz sör?" diye sordu Stannis. "Yirmi bin adamım var. Hem denizden hem karadan kuşatılmış durumdasınız. Zaferim mutlakken neden teke tek dövüşü tercih edeyim?" Kral, parmağını Penrose'un yüzüne doğrulttu. "Sizi baştan uyarıyorum. Beni, benim kalemi fırtına kopararak almak zorunda bırakırsanız merhamet görmeyeceksiniz. Hepinizi ihanet suçuyla asacağım."

"Tanrılar izin verirse. Fırtına koparın lordum ve bunu yaparken bu kalenin *adını* da hatırlayın." Sör Cortnay atını mahmuzladı ve kale kapısına doğru koşturmaya başladı.

Stannis tek kelime etmedi, atını çevirip kamp alanına yöneldi. Diğerleri onu takip etti. "Bu duvarlara saldırırsak binlerce adam ölecek," dedi yaşlı Lord Estermont, kralın anne tarafından büyükbabasıydı. "Tek canı tehlikeye atmak elbette daha iyi. Biz davamızda haklıyız, tanrıların bizim şövalyemizi zaferle kutsayacağına şüphe yok."

Tanrı, yaşlı adam, diye düşündü Davos. *Artık sadece bir tanrımız olduğunu unutuyorsun. Melisandre'nin Işık Tanrısı.*

"Ben seve seve dövüşürüm," dedi Sör Jon Fossoway. "Kılıç dövüşünde Lord Caron ya da Sör Guyard kadar iyi olmadığım hâlde. Renly, Fırtına Burnu'nda kayda değer şövalyeler bırakmadı. Garnizon görevi yaşlı adamlar ve genç delikanlılar içindir."

Lord Caron onayladı. "Fırtına Burnu'nu tek kılıç darbesiyle almak! Çok kolay bir zafer olur."

Stannis adamların konuşmasını keskin bir bakışla böldü. "Saksağanlar gibi gevezelik ediyorsunuz ve onlardan daha az aklınız var. Sessizlik istiyorum." Davos'a baktı. "Sör, benim yanımda at sürün." Atını mahmuzladı ve takipçilerinden uzaklaştı. Yalnızca Melisandre kralın peşinden gitti, taçlı erkek geyiği içine almış alevli kalbin süslediği büyük sancağı taşıyordu. *Geyiği bütün olarak yutmuş gibi.*

Davos krala katılmak için lordların yanından geçip giderken adamların birbirlerine nasıl baktığını gördü. Bunlar soğan şövalyeleri değildi, köklü ve onurlu hanedanların gururlu erkekleriydi. Renly'nin bu adamlara asla Stannis gibi davranmadığını her nasılsa biliyordu Davos. Baratheonlar'ın en genci, ağabeyinin asla sahip olmadığı incelik ve nezaketle doğmuştu.

Krala yetiştiğinde atını yavaşlattı. "Majesteleri." Kral Stannis yakından bakıldığında çok daha kötü durumda görünüyordu. Yüzü bir deri bir kemik kalmıştı ve gözlerinin altında siyah halkalar vardı.

"Bir kaçakçı aynı zamanda insan sarrafı olmalı," dedi Kral Stannis. "Bana Sör Cortnay Penrose hakkında ne düşündüğünü söyle."

"İnatçı bir adam," dedi Davos dikkatle.

"Ben ona ölümüne susamış derim. Af teklifimi yüzüme geri fırlatıyor. Hem kendi hayatını hem de o duvarların arkasındaki herkesin hayatını çöpe atıyor. *Teke tek dövüş?*" Kral alaycı bir şekilde güldü. "Beni Robert'la karıştırıyor olmalı."

"Daha çok, umutsuz gibiydi. Teke tek dövüşten başka ne umudu var?"

"Yok. Kale düşecek. Ama bunu nasıl hızlıca yapacağız?" Stannis bir an düşündü. Davos nal seslerinin arasından kralın diş gıcırdatmasını duyabiliyordu. "Lord Alester, Yaşlı Penrose'u bir an önce buraya getirmem için ısrar ediyor. Sör Cortnay'in babası. Adamı tanıyorsun sanırım."

"Elçiniz olarak gittiğimde Lord Penrose beni diğerlerine göre ayrı bir nezaketle karşılamıştı," dedi Davos. "İşi bitmiş yaşlı bir adam, efendim. Hasta ve düşkün."

"Florent onu daha gözle görünür bir şekilde düşürecek. Oğlunun gözlerinin önünde boynuna bir ilmik geçirerek."

Kraliçenin adamına karşı çıkmak tehlikeliydi ama Davos krala her zaman doğruyu söyleyeceğine dair yemin etmişti. "Bence bu ahlaksızlık olur, efendim. Sör Cortnay inandığı şeylere ihanet etmektense babasının ölümünü izlemeyi tercih eder. Bir şey kazanmayız ve davamıza onursuzluk getiririz."

"Ne onursuzluğu?" diye parladı Stannis. "Bu vatan hainlerinin canını bağışlamamı mı bekliyorsun?"

"Arkamızdakilerin canını bağışladınız."

"Beni bu yüzden hor mu görüyorsun kaçakçı?"

"Ne haddime?" Davos fazla konuşmuş olmaktan korkuyordu.

Kral ısrarcıydı. "Şu Penrose denen adama lordlarımdan fazla itibar ediyorsun. Neden?"

"Çünkü inancına bağlı."

"Ve arkamızdakiler değil mi?"

Davos çekingenlik oyunu oynayamayacak kadar ileri gitmişti, artık susamazdı. "Bu lordlar geçen yıl Robert'ın adamlarıydı. Bir ay önce Renly'nin. Bu sabah size bağlılar. Yarın kimin adamı olacaklar?"

Stannis kahkaha attı. Aniden, gürültüyle ve küçümseme dolu bir şekilde. "Sana söylemiştim Melisandre. Benim Soğan Şövalyem her zaman gerçekleri konuşur."

"Onu çok iyi tanıdığınız belli Majesteleri," dedi kırmızı kadın.

"Davos, seni fena hâlde özlemişim," dedi kral. "Evet, arkamızda vatan hainlerinden oluşan bir kuyruk var, burnun seni yanıltmıyor. Lordlarım ihanetlerinde bile tutarsız. Onlara ihtiyacım var ama bilmelisin ki daha küçük suçlar için cezalandırdığım daha iyi adamlar varken bu hainleri affetmek beni hasta ediyor. Beni suçlamaya hakkın var Sör Davos."

"Siz kendinizi benim yapabileceğimden çok daha fazla suçlamışsınız Majesteleri. Tahtı kazanmak için bu lordlara ihtiyacınız var..."

"Parmaklarına ve her şeylerine," diyerek sırıttı Stannis.

Davos hiç düşünmeden sakat elini boynundaki keseye götürüp içindeki parmakları yokladı. *Şans*.

Kral hareketi görmüştü. "Hâlâ oradalar mı Soğan Şövalyesi? Onları kaybetmedin mi?"

"Hayır."

"Her zaman merak etmişimdir, onları neden saklıyorsun?"

"Bana bir zamanlar ne olduğumu hatırlatıyorlar. Nereden geldiğimi. Bana sizin adaletinizi hatırlatıyorlar Majesteleri."

"*Adaletti,*" dedi Stannis. "İyi bir davranış, kötü davranışı yok etmez, tıpkı kötü bir davranışın iyi olanı yok etmediği gibi. Her ikisinin de kendi ödülü vardır. Sen bir kahraman *ve* bir kaçakçıydın." Arkasına dönüp Lord Florent ve diğerlerine baktı, gökkuşağı şövalyelerine ve döneklere. "Bu affedilmiş lordlar bunun iyi birer örneği. Gerçeği bilmeyen ve Joffrey'yi gerçek kralları sanan iyi ve sadık adamlar onun için savaşacak. Kuzeyli adamların aynı şeyi Robb için yapması da doğal ama akın akın kardeşimin sancağının altına giren bu lordlar Renly'nin bir işgalci olduğunu biliyorlardı. Gerçek krallarına sırt dönmelerinin tek sebebi güç ve zafer hayaliydi. Onların ne olduğunu gayet iyi biliyorum. Evet, onları affettim. Affettim ama unutmadım." Bir süre sessiz kalıp adalet planını düşündü ve sonra aniden, "Halk Renly'nin ölümüyle ilgili neler söylüyor?" diye sordu.

"Yas tutuyorlar. Kardeşiniz çok seviliyordu."

"Bir aptalı seven aptallar," diye homurdandı Stannis. "Ama ben de kardeşim için yas tutuyorum. Bir zamanlarki küçük çocuk için, büyüdüğünde dönüştüğü adam için değil." Tekrar sessizleşti. Bir süre sonra, "Cersei'nin ensest haberi halk tarafından nasıl karşılandı?" diye sordu.

"Ben onların arasındayken Kral Stannis diye bağırıyorlardı ama yelken açtıktan sonra neler dediklerini bilemem."

"Yani anlattıklarımıza inanmadıklarını mı düşünüyorsun?"

"Kaçakçılık yaparken öğrendim ki bazı insanlar her şeye inanır, bazıları da hiçbir şeye. Biz iki türle de karşılaştık. Etrafa yayılan bir hikâye daha vardı..."

"Evet," diyerek Davos'un sözünü kesti Stannis. "Selyse bana boynuzlar takıp uçlarına ziller bağlamış. Kızımın babası yarım akıllı bir soytarıymış! İğrenç olduğu kadar saçma bir hikâye. Renly'yle görüştüğümüzde bu masalı yüzüme vurmaktan çekinmedi. Buna inanmak için Yamalı Yüz kadar delirmiş olmak gerekir."

"Orası öyle Majesteleri... ama hikâyeye inansınlar ya da inanmasınlar anlatmaya bayılıyorlar." Hikâye pek çok yere Davos'tan önce varmış ve onun anlatacağı gerçekleri çoktan zehirlemişti.

"Robert bir kadehin içine işese insanlar kadehtekine şarap derdi. Ben onlara berrak ve soğuk su veriyorum ama yüzlerini buruşturup ne kadar tuhaf koktuğunu söylüyorlar." Stannis dişlerini gıcırdattı. "Biri çıkıp kendimi sihirle domuza çevirdiğimi ve Robert'ı öldürdüğümü söylese ona da inanacaklar."

"Konuşmalarına engel olamazsınız efendim," dedi Davos. "Ama ağabeyinizin gerçek katillerinden intikam aldığınızda bütün diyar bu hikâyenin yalan olduğunu öğrenir."

Stannis, Davos'un söylediklerini yarım kulakla dinliyormuş gibi görünüyordu. "Robert'ın ölümünde Cersei'nin parmağı olduğundan eminim. Onun için adalet sağlayacağım. Ned Stark ve Jon Arryn için de."

"Ya Renly için?" Kelimeler Davos'un ağzından düşünmeden çıkmıştı.

Kral uzunca bir vakit konuşmadı. Sonra çok yumuşak bir sesle, "Bazen rüyamda görüyorum. Renly'nin ölümünü. Yeşil bir çadır, mumlar, çığlık atan bir kadın ve kan," dedi. Stannis başını eğip ellerine baktı. "O öldüğünde ben hâlâ uyuyordum. Devan sana anlatır. Beni uyandırmaya çalışmış. Şafak vakti gelmiş, lordlarım endişeyle beni bekliyormuş. Zırhımı giymiş, atıma binmiş olmalıydım halbuki, Renly'nin şafakta saldıracağını biliyordum. Devan çırpınıp bağırdığımı söylüyor ama ne önemi var? Sadece bir rüyaydı. Renly ölürken ben çadırımdaydım ve uyandığımda ellerim temizdi."

Sör Davos Seaworth hayalet parmaklarının kaşındığını hissediyordu. *Burada yanlış olan bir şeyler var*, diye düşündü bir zamanların kaçakçısı. Ama başını sallayıp, "Anlıyorum," dedi.

"Görüşme sırasında Renly bana bir şeftali uzattı. Benimle alay etti, bana meydan okudu, tehditler savurdu ve bir şeftali uzattı. Kılıcına davrandığını sandım ve kılıcıma uzandım. Amacı bu muydu, yüzümde korku mu görmek istedi? Yoksa bu da her zamanki saçma şakalarından biri miydi? Şeftalinin ne kadar tatlı olduğundan bahsederken kelimelerinin altında gizli anlamlar mı vardı?" Kral başını salladı, bir tavşanın boynunu koparmaya çalışan bir köpek gibi. "Beni bir parça meyveyle o kadar öfkelendirmeyi sadece Renly başarabilirdi. Hainlik yaparak kendi felaketini kendi hazırladı ama onu seviyordum Davos. Bunu şimdi anlıyorum. Yemin ederim ki mezarıma girerken bile kardeşimin uzattığı şeftaliyi düşüneceğim."

Konuşurken kamp alanına varmışlardı. Sıra sıra çadırların, dalgalanan sancakların, kalkanların ve mızrakların yanından geçtiler. Hava; at pisliklerinin, dumanın ve ateşlerde kızaran etlerin kokusuyla ağırlamıştı. Stannis, Lord Florent ve diğerlerine bir saat içinde kral çadırında toplanmalarını söylemeye yetecek kadar bir süre dizginlerini çekti. Lordlar başlarıyla onaylayıp dağıldı. Davos ve Melisandre atlarını kral çadırına doğru sürdü.

Kral çadırlarının büyük olması doğaldı çünkü savaş konseyini oluşturan sancak beyleri orada toplanıyordu ama buradakinin, büyüklüğü dışında görkemli hiçbir şeyi yoktu. Yer yer altın rengine çalan koyu sarıya boyanmış ağır branda bezinden kurulmuştu. Tam bir asker çadırıydı, bir krala ait olduğunun tek belirtisi merkez direğin tepesinde dalgalanan kraliyet sancağıydı. Sancak ve kapıdaki muhafızlar; kendi armalarının hemen üstüne dikilmiş alevli kalp armasını göğüslerinde taşıyan, uzun mızraklarına yaslanmış bekleyen kraliçenin adamlarıydı.

Seyisler gelip atlarından inmelerine yardım etti. Muhafızlardan biri Melisandre'nin elindeki ağır sancağı alıp direği, yumuşak zemine sapladı. Devan, krala kapıyı açmak için çadırın önünde bekliyordu. Kapının diğer yanında daha yaşlı bir yaver vardı. Stannis tacını çıkarıp Devan'a verdi. "Soğuk su, iki kupa. Davos, bana katıl. Leydim, size ihtiyacım olduğunda haber göndereceğim."

"Kral nasıl emrederse." Melisandre eğildi.

Sabah güneşinin parlaklığından sonra çadırın içi serin ve loştu. Stannis ahşap bir kamp sandalyesine oturup eliyle Davos'a diğer sandalyeyi gösterdi. "Seni bir gün lord yapacağım kaçakçı. Sırf Florent ve Celtigar'ı irkiltmek için. Gerçi sen bana teşekkür etmeyeceksin. Lord olmak senin için konsey toplantılarında bunalmak ve bu gürültücü katırların anırdığı şeylere ilgi duyuyormuş gibi yapmak anlamına gelir."

"Eğer bir işe yaramıyorlarsa onları neden yanınızda tutuyorsunuz?"

"Katırlar kendi anırma seslerini severler, başka neden olacak? Ve at arabamı çekmeleri için onlara ihtiyacım var. Ah, kırk yılda bir işe yarar bir fikir verdikleri de oluyor elbette ama bugün değil. Sanırım... Ah, oğlun sularımızı getirdi bile."

Devan tepsiyi masaya koydu ve iki kil kupayı suyla doldurdu. Kral suyu içmeden önce kupanın içine bir çimdik tuz attı. Davos suyunu sade içti, kupadakinin şarap olmasını isterdi. "Konseyden bahsediyordunuz."

"Sana nasıl olacağını anlatayım. Lord Velaryon sabahın ilk ışıklarıyla kale duvarına saldırmamız için ısrar edecek. Ok yağmuru ve kaynar yağa karşı kancalar ve merdivenler. Genç katırlar bunun harika bir fikir olduğunu söyleyecekler. Estermont, kalenin içindekiler açlıktan kırılana kadar beklememizden yana olacak, tıpkı bir zamanlar Tyrell ve Redwyne'ın bana yapmayı denedikleri gibi. Bu bir yıldan fazla sürebilir ama yaşlı katırlar sabırlıdır. Lord Caron ve tekme atmayı seven diğerleri Sör Cortnay'in meydan okumasına karşılık verip her şeyi teke tek bir dövüşle tehlikeye atmayı göze alacak. Her biri kendisinin dövüş şövalyesi olmasını isteyecek ve ölümsüz bir şöhret hayali kuracak." Kral suyunu bitirdi. "Bana *sen* ne tavsiye ederdin kaçakçı?"

Davos cevap vermeden önce düşündü. "Bir an önce Kral Toprakları'na saldırın."

Kral homurdandı. "Fırtına Burnu'nu almadan bırakayım mı?"

"Sör Cortnay'in size zarar verecek kuvveti yok ama Lannisterlar'ın var. Kuşatma, çok uzun sürer. Teke tek dövüş, fazla şüpheli. Taarruz, başarı garantisi olmadığı hâlde binlerce adamın ölümüne mal olur. Ayrıca, kaleyi almanıza gerek yok. Joffrey'yi tahttan indirdiğinizde, bu kale de diğerleriyle birlikte size bağlanmak zorunda. Lord Tywin Lannister'ın, Lannis Limanı'nı kuzeylilerden kurtarmak için batıya gittiği söyleniyor..."

"Çok zeki bir baban var Devan," dedi kral yanında duran delikanlıya. "Hizmetimde daha az lord ve daha fazla kaçakçı olmalı diye düşünmeme sebep oluyor. Ama bir noktada yanlışsın Davos. Gerek *var*. Eğer buradan Fırtına Burnu'nu almadan ayrılırsam, arkamdan yenildiğimi söyleyecekler. Buna izin veremem. Adamlar beni, kardeşlerimi sevdikleri gibi sevmiyorlar. Beni takip ediyorlar çünkü benden korkuyorlar... ve yenilgi korkunun ölümü anlamına gelir. Bu kale düşmeli." Dişlerini gıcırdattı. "Evet ve *bir an önce*. Doran Martell sancak beylerini çağırdı ve dağ geçitlerini kuvvetlendirdi. Dornelular her an Hudutlar'a inebilecek şekilde konumlandı. Yüksek Bahçe çok önemli. Kardeşim kuvvetinin çok büyük bir bölümünü Acı Köprü'de bıraktı. Yaklaşık altmış bin adam. Orduyu benim komutama almaları için karımın kardeşi Sör Errol'u ve Sör Parmen Crane'i gönderdim ama henüz geri dönmediler. Sör Loras Tyrell'in benim elçilerimden önce Acı Köprü'ye vardığından ve orduyu kendi komutasına aldığından endişeleniyorum."

"Kral Toprakları'nı bir an önce almamız için daha fazla sebebimiz var anlamına gelir bu. Salladhor Saan dedi ki..."

"Salladhor Saan sadece altın düşünür!" diye patladı Stannis. "Kafasını Kızıl Kale'nin altında yatan hazine hayalleriyle doldurmuş. Salladhor Saan hakkında daha fazla konuşmayalım. Lysli bir eşkıyadan askeri danışmanlık alacağım gün, tacımı çıkarıp siyahları kuşandığım gün olur." Yumruğunu sıktı. "Bana hizmet etmek için mi buradasın kaçakçı, yoksa beni tartışmalarla yormak için mi?"

"Emrinizdeyim," dedi Davos.

"Öyleyse beni dinle. Sör Cortnay'in teğmeni Fossowayler'in kuzeni olur. Lord Meadows, yirmi yaşlarında genç bir delikanlı. Penrose'un başına bir talihsizlik gelirse kalenin komutası bu delikanlıya geçecek. Kuzenleri, çocuğun benim şartlarımı kabul edip kaleyi teslim edeceğini düşünüyor."

"Bu kalenin bir zamanlar genç bir kumandanı daha olduğunu hatırlıyorum. O da yirmisini geçmiş değildi."

"Lord Meadows benim o zamanlar olduğum kadar inatçı değil."

"İnatçı ya da korkak, ne fark eder? Sör Cortnay Penrose gayet zinde ve sağlıklı görünüyor."

"Ölmeden bir gün önce benim kardeşim de öyle görünüyordu. Gece karanlık ve dehşet dolu Davos."

Davos Seaworth ensesindeki tüylerin ürperdiğini hissetti. "Lordum, sizi anlamıyorum."

"Beni anlamana ihtiyacım yok. Sadece hizmetin gerek. Sör Cortnay bugün içinde ölmüş olacak. Melisandre geleceğini alevlerinde gördü. Adamın ölümünü ve ölüm şeklini. Bir şövalye dövüşü sırasında ölmeyeceğini söylememe gerek yok sanırım." Stannis elindeki kupayı uzattı. Devan tekrar doldurdu. "Melisandre'nin alevleri yalan söylemez. Ejderha Kayası'nda Renly'nin felaketini de görmüştü ve Selyse'e anlatmıştı. Lord Velaryon ve dostun Salladhor Saan gemilerimi Joffrey'nin üzerine götürmemi isteyebilir ama Melisandre, Fırtına Burnu'na gelirsem kardeşimin kuvvetinin en önemli bölümünün benim olacağını söylemişti ve haklı çıktı."

"A-ama," diye kekeledi Davos. "Lord Renly buraya geldi çünkü siz kaleyi kuşatmıştınız. Daha önce Kral Toprakları'na gidiyordu, Lannisterlar'ın üstüne. Renly..."

Stannis öfkeyle kaşlarını çattı. "*Geliyordu, gidiyordu*, nedir bu? Ne yaptıysa onu yaptı. Sancaklarıyla ve şeftalileriyle buraya geldi, kendi felaketine... ve gelmesi benim için iyi oldu. Melisandre alevlerin içinde başka bir gün daha görmüştü. Yeşil zırhını kuşanmış Renly'nin, Kral Toprakları'nın duvarlarının dibinde bekleyen ordumu ezmek için güneye gittiği sabahı gördü. Eğer Renly'yle orada karşılaşsaydım ölen ben olurdum."

"Ya da kuvvetinizi kardeşinizinkine katıp Lannisterlar'ı devirirdiniz," diye itiraz etti Davos. "Neden olmasın? Eğer Melisandre iki gelecek birden görebiliyorsa... her *ikisi* de doğru olabilir."

Kral Stannis parmağını doğrulttu. "İşte orada yanılıyorsun Soğan Şövalyesi. Bazı ışıklar birden fazla gölge yaratır. Akşam ateşinin önünde dur ve kendi gözlerinle gör. Alevler yer değiştirir, dans eder, asla sabit durmaz. Gölgeler uzar, kısalır. Her adamın onlarca gölgesi olur. Bazıları diğerlerinden daha siliktir, hepsi bu. Gölgeler geleceğe de uzanır. Tek ya da daha çok gölge. Melisandre hepsini görür.

Bu kadını sevmiyorsun Davos, bunu biliyorum, kör değilim. Lordlarım da sevmiyor. Estermont alevli kalbin hastalıklı bir tercih olduğunu düşünüyor ve geyikli sancak altında savaşmamız için yalvarıyor. Sör Guyard sancaktarımın bir kadın olmaması gerektiğini söylüyor. Diğerleri Melisandre'nin savaş konseyimde yeri olmadığını, onu Asshai'ye geri göndermem gerektiğini, geceleri çadırımda kalmasının günah olduğunu fısıldıyor. Evet, herkes fısıldıyor... ama Melisandre hizmet ediyor."

"Nasıl hizmet ediyor?" diye sordu Davos alacağı cevaptan korkarak.

"Etmesi gerektiği gibi." Kral, Davos'a baktı. "Ya sen?"

"Ben..." Davos dudaklarını yaladı. "Ben sizin emrinizdeyim. Ne yapmamı istiyorsunuz?"

"Daha önce yapmadığın bir şey değil. Gece karanlığında kalenin altına bir tekne yanaştır, görünmeden. Bunu yapabilir misin?"

"Evet. Bu gece mi?"

Kral başıyla onayladı. "Küçük bir tekneye ihtiyacın olacak. *Kara Hayat* olmaz. Ne yaptığını kimse bilmemeli."

Davos itiraz etmek istiyordu. O bir şövalyeydi artık, kaçakçı değil, hiçbir zaman bir suikastçı da olmamıştı. Ama ağzını açtığında kelimeler dışarı çıkmadı. Karşısında *Stannis* vardı, lordu, her şeyini borçlu olduğu adam. Oğullarını da düşünmek zorundaydı. *Tanrılar merhamet edin, bu kadın sana ne yaptı?*

"Sessizleştin," dedi Stannis.

Ve sessiz kalmalıyım, dedi Davos kendine ama konuştu. "Efendim, artık anlıyorum ki kaleyi almak zorundasınız fakat başka yollar da var. Daha *temiz* yollar. Bırakın piç çocuk Sör Cortnay'de kalsın, o zaman teslim olacak."

"Çocuğu almalıyım Davos. *Almalıyım*. Melisandre alevlerin içinde bunu da gördü."

Davos başka cevaplar aradı. "Fırtına Burnu'nda Sör Guyard'ın, Lord Caron'ın ya da emrinizdeki diğer yüz yeminli kılıcın dengi şövalyeler yok. Teke tek dövüş... Sör Cortnay onuruyla teslim olmak için bu yolu bulmuş olamaz mı? Bu kendi ölümü anlamına gelse bile?"

Kralın yüzünden bulut gibi bir sıkıntı geçti. "Bir hainlik planlıyor bence. Şövalye dövüşü olmayacak. Sör Cortnay o eldiveni fırlatmadan önce ölü bir adamdı zaten. Alevler yalan söylemez Davos."

Ama doğru söylediklerini ispat etmek için bana ihtiyaçları var, diye düşündü Davos. Kendini bu kadar kötü hissetmeyeli çok uzun zaman olmuştu.

Ve kendini bir kez daha, gece karanlığında siyah yelkenli küçük bir tekneyle Gemikıran Koyu'nu geçerken buldu. Gökyüzü ve deniz aynıydı. Hava yine tuz kokuyordu. Teknenin gövdesinde gülüşen sular tam hatırladığı gibiydi. Kalenin çevresindeki bin kamp ateşi göz kırpıyordu, tıpkı on altı yıl önce, Tyrell ve Redwyne'ın ateşleri gibi. Ama geri kalan her şey farklıydı.

Geçen sefer Fırtına Burnu'na soğan kılığına bürünmüş hayat götürüyordum. Şimdiyse Asshaili Melisandre kılığına bürünmüş ölüm taşıyorum. On altı yıl önce gemisinin yelkenleri rüzgârın her esişiyle kamçı gibi şaklıyordu. Sesi kesmek için yelkenlerini indirmiş, sadece kürekleri kullanarak yola sessizce devam etmişti. Buna rağmen yüreği ağzındaydı. Redwyne kadırgalarındaki adamlar aradan geçen o kadar zamandan sonra gevşemişti. Davos'un gemisi kordonun içinden siyah saten gibi kayıp geçmişti. Bu sefer gördüğü gemilerin hepsi Stannis'e aitti. Tek tehlike kale duvarlarındaki gözcülerdi ve buna rağmen Davos bir yay kadar gergindi.

Melisandre bir oturak tahtasının üzerindeydi, vücudunu baştan aşağı örten kırmızı cübbesinin katlarının arasında kaybolmuştu. Başlığının altındaki yüzü solgundu. Davos suyu severdi. Altında sallanan bir güverte olduğu zaman en iyi uykularını uyurdu. Rüzgârın iç çekişi onun için ozanların arpların tellerinden çıkarabileceği en güzel seslerden daha tatlıydı. Ama bu gece deniz bile huzur veremiyordu ona. "Sizden korku kokusu alıyorum sör," dedi kırmızı kadın yumuşak bir sesle.

"Gece karanlık ve dehşet dolu, demişti biri bir zamanlar. Ve bu gece bir şövalye değilim ben. Bu gece kaçakçı Davos'um yine. Siz de soğan olsaydınız keşke."

Melisandre güldü. "Benden mi korkuyorsunuz? Yoksa yaptığımız şeyden mi?"

"*Sizin* yaptığınız şey. Ben bunun bir parçası değilim."

"Yelkenleri sizin eliniz açtı. Yekeyi sizin eliniz tutuyor."

Davos sessizce işini yapmaya devam etti. Kıyı sivri kayalarla doluydu bu yüzden koyu bir ucundan diğerine açıktan dolanıyordu. Tekneyi çevirmeden önce dalgaların dönmesini bekleyecekti. Fırtına Burnu arkalarında gittikçe küçülüyordu ama kırmızı kadın umursamaz görünüyordu. "Siz iyi bir adam mısınız Davos Seaworth?" diye sordu.

İyi bir adam bunu yapıyor olur muydu? "Adamım," dedi. "Karıma iyi davranırım ama başka kadınlar da tanıdım. Oğullarım için iyi bir baba olmaya çalıştım, bu dünyada bir yerleri olması için uğraştım. Evet, kanunları çiğnedim ama bu geceye kadar kendimi şeytan gibi hissetmedim. Benim hamurum karışık diyebilirim leydim, iyi *ve* kötü."

"Gri bir adam," dedi kırmızı kadın. "Ne beyaz ne de siyah ama her ikisinden de payını almış. Siz bu musunuz Sör Davos?"

"Olsam ne olur? Bana öyle geliyor ki insanların çoğu gri."

"Eğer bir soğanın yarısı çürüyüp kararmışsa, o soğan çürük bir soğandır. Bir adam ya iyidir ya da kötü."

Kamp ateşleri siyah gökyüzünde belli belirsiz bir ışığa dönüşmüştü; kara, gözden kaybolmak üzereydi. Dönme zamanı gelmişti. "Başınıza dikkat edin leydim," dedi. Yekeyi itti ve küçük tekne siyah suları bükerek dönmeye başladı. Melisandre sallanan serenin altında eğildi, tek eli küpeştedeydi, her zamanki gibi sakindi. Ahşap çatırdıyor, yelkenler şaklıyor, su şapırdıyordu. O kadar çok gürültü vardı ki insan bütün bu seslerin kaleden de duyulabileceğine yemin edebilirdi. Davos daha iyi biliyordu. Fırtına Burnu'nun denize bakan kalın duvarını delip geçebilecek tek ses kayalıklara çarpan sonsuz dalgaların sesiydi ki o bile hayal meyal duyulurdu.

Kıyıya doğru yol alırken arkalarında küçük dalgalar bırakıyorlardı. "Adamlardan ve soğanlardan bahsediyorsunuz," dedi Davos kırmızı kadına. "Ya kadınlar? Onlar için de aynı şey geçerli değil mi? Siz iyi misiniz yoksa kötü mü leydim?"

Bu soru kadının kıkırdamasına sebep oldu. "Ah, iyiyim. Ben de bir çeşit şövalyeyim tatlı sör. Işık ve yaşam şövalyesiyim."

"Ama bu gece bir adam öldürmek niyetindesiniz," dedi Davos. "Üstat Cressen'i öldürdüğünüz gibi."

"Üstadınız kendi kendini zehirledi. Beni zehirlemek niyetindeydi. Ben yüce bir güç tarafından korunuyordum, o korunmuyordu."

"Ya Renly Baratheon? Onu öldüren kimdi?"

Kadın başını döndürdü. Başlığının altındaki gözleri kırmızı mum alevleri gibi yanıyordu. "Ben değildim."

"Yalancı." Davos artık emindi.

Melisandre bir kez daha güldü. "Karanlık ve akıl karışıklığında kaybolmuşsunuz Sör Davos."

"Bu iyi bir şey." Davos Fırtına Burnu'nun duvarları boyunca pırıldayan uzak ışıkları gösterdi. "Rüzgârın soğukluğunu hissedebiliyor musunuz? Nöbetçiler soğuktan korunmak için o meşalelerin dibinde iki büklüm hâlde. Biraz sıcaklık ve biraz ışık böyle bir gecede onlar için teselli demek. Ama bu teselli onları körleştiriyor ve bu yüzden geçişimizi göremeyecekler." *Umarım.* "Şimdi bizi karanlık tanrısı koruyor leydim, sizi bile."

Kadının gözleri biraz daha alevli yanıyormuş gibi göründü. "O ismi anmayın sör. Kara gözlerini üstümüze çekersiniz. O kimseyi korumaz, bana inanın. Kendiniz söylediniz, bizi meşaleler gizleyecek. Ateş. Işık Tanrısı'nın parlak hediyesi."

"Dediğiniz gibi olsun."

"Aslında onun dediği gibi."

Davos rüzgârın değiştiğini hissediyordu, siyah yelkenlerin hareketinde görüyordu. Halatlara uzandı. "Yelkenleri indirmeme yardım edin. Yolun geri kalanında kürek çekeceğim."

Küçük tekne beşik gibi sallanırken birlikte yelkenleri bağladılar. Davos kürekleri siyah sulara indirirken, "Sizi Renly'ye kim götürdü?" diye sordu.

"Kimseye gerek yoktu," dedi kadın. "Korunmasızdı. Ama burası... Fırtına Burnu eski bir kale. Bu taşlara kazınmış büyüler var. Hiçbir gölgenin geçemeyeceği kara duvarlar, unutulmuş, yaşlanmış ama hâlâ yerinde..."

"Gölge?" Davos teninin karıncalandığı hissediyordu. "Gölgeler karanlığın işidir."

"Siz bir çocuktan daha cahilsiniz sör. Karanlıkta gölge olmaz. Gölgeler, Işık Tanrısı'nın hizmetkârı, ateşin çocuklarıdır. En parlak ışıklar, en karanlık gölgeleri doğurur."

Davos kaşlarını çatarak kadını susturdu. Tekrar kıyıya yaklaşıyorlardı ve sular sesleri taşıyordu. Kürek çekti, küreklerin hafif sesi dalgaların ritminde kayboluyordu. Fırtına Burnu'nun denize bakan yanı bir uçurumun üstüne tünemişti, kireç beyazı dik kayalığın yüksekliği devasa perde duvarın boyuna eşitti. Uçurumun cephesinde açık bir ağız vardı ve Davos on altı yıl önce olduğu gibi dümeni o ağza kırdı. Tünel, kalenin altındaki bir mağaraya açılıyordu. O mağara eski fırtına lordlarının iskelesiydi.

Geçit sadece deniz kabardığında kullanılabilirdi ve hiçbir zaman daha az tehlikeli değildi ama Davos kaçakçılık yaparken edindiği becerilere hâlâ sahipti. Mağaranın ağzı önlerinde açılana kadar gemisini sivri kayaların arasından ustalıkla geçirdi. Dalgaların tekneyi içeri taşımasına izin verdi. Dalgalar tekneyi dövüyor, bir o yana bir bu yana beşik gibi sallıyordu. Kemiklerine kadar ıslanmışlardı. Davos, karanlığın içinde aniden beliren köpük kusan kayalardan kürekleri kullanarak son anda kurtuldu.

Sonunda tüneli geçtiler, karanlığa gömüldüler ve sular duruldu. Küçük tekne yavaşlayıp döndü. Kendi nefes seslerinin yankısı etraflarını sarmış gibiydi. Karanlık, Davos'u şaşırtmıştı. Buraya son gelişinde tünel boyunca dizilmiş meşaleler yanıyordu ve tavandaki katil deliklerinde aç gözleriyle aşağıyı izleyen adamlar vardı. Yivli kapı ileride bir yerdeydi, Davos biliyordu. Tekneyi yavaşlatmak için kürekleri kullandı ve neredeyse usulca kapıya doğru sürüklendiler.

"İçeriden biri kapıyı kaldırmazsa buradan öteye gidemeyiz," dedi Davos. Fısıltısı suyun üstünde pembe ayaklı fareler gibi sekti.

"Duvarların içinden geçtik mi?"

"Evet. Ama daha ileri gidemeyiz. Yivli kapının kazıkları suyun dibine kadar iniyor. Parmaklıkların arası bir çocuğun bile geçemeyeceği kadar dar."

Kadın cevap vermedi, bir hışırtı duyuldu ve sonra karanlığın ortasında parlak bir ışık belirdi.

Davos elini gözlerine siper etti, nefesi boğazında sıkışmıştı. Melisandre cübbesini kenara atıp boğucu elbisesini çıkardı. Çıplaktı ve karnında bir çocuk taşıyordu. Göğüsleri şişmiş, göbeği patlayacak kadar büyümüştü. *Tanrılar bizi koruyun*, diye fısıldadı Davos. Cevap olarak kadının boğazdan gelen derin ve pes kahkahasını duydu. Kadının gözleri köze dönüşmüştü. Terle ıslanan teni kendine ait bir ışıkla parlıyor gibiydi. Melisandre *ışıldıyordu*.

Nefes nefese yere çöktü ve bacaklarını ayırdı. Mürekkep kadar siyah kan, baldırlarından aşağı akıyordu. Çığlığının sebebi acı olabilirdi ya da zevk, belki her ikisi birden. Davos kadının bacaklarının arasından çıkan çocuğun kafasını gördü. İki omuz kıvrılarak dışarı kaydı, siyah parmaklar Melisandre'nin gergin baldırlarını kavradı. Kırmızı kadın gölgenin bütünü dünyaya gelene kadar nefes nefese ıkındı. Gölge, Davos'tan uzundu, tünel kadar uzun, tekneye tepeden bakıyordu. Davos, parmaklıkların arasından geçip suyun üstünde hızla kayan gölgeyi sadece bir an için görebildi ama o an yeterince uzundu.

Davos gölgeyi tanıyordu. Tıpkı o gölgenin sahibi olan adamı tanıdığı gibi.

JON

Çağrı gece karanlığında geldi. Jon dirseğinin üstünde doğruldu ve Uzunpençe'ye uzandı. Kamp hareketlenmişti. *Uyuyanları uyandıran boru*, diye düşündü.

Uzun ve pes nota, duyma eşiğinde geziniyordu. Çemberduvarın etrafında bekleyen nöbetçiler yerlerinden kımıldamamıştı, nefesleri donuyordu, başları batıya dönmüştü. Borunun sesi yavaş yavaş kaybolurken rüzgâr bile esmekten çekiniyor gibiydi. Adamlar battaniyelerinin altından çıkıp mızraklarına, kılıç kemerlerine uzandılar, sessizce hareket ediyor, dinliyorlardı. Bir at kişnedi, susturuldu. Orman bile bir an için nefesini tutmuştu sanki. Gece Nöbetçileri'nin kardeşleri, duymamak için dua ederek, duymaktan korkarak ikinci boru sesini bekledi.

Sessizlik tahammül edilemeyecek kadar uzayıp, kardeşler ikinci borunun duyulmayacağından emin olduklarında, az önceki endişelerini inkâr etmek istercesine sırıtıp şakalaşmaya başladılar. Jon Kar ateşe birkaç odun attı, kılıç kemerini taktı, çizmelerini giydi, pelerinini silkeleyip sırtına aldı. Ateş harıl harıl yanıyordu, giyinirken yüzüne vuran ısıdan memnundu. Lord Kumandan'ın çadırın içinde hareket ettiğini duyuyordu. Az bir zaman sonra Mormont çadırın kapısını açtı. "Tek boru?" Yaşlı Ayı'nın omzuna tüneyen kuzgun sessizdi, perişan görünüyordu.

"Evet, lordum," diyerek onayladı Jon. "Kardeşler dönüyor."

Mormont ateşin yanına gitti. "Yarımel. Geç bile kaldı." Beklemekle geçirdikleri her gün Yaşlı Ayı'yı biraz daha huzursuz etmişti. "Adamlar için yemek hazırlasınlar, atlar için yem çıkarsınlar. Qhorin'i hemen görmek istiyorum."

"Onu size getiririm lordum." Gölge Kule'den gelen adamların günlerce önce varmasını bekliyorlardı. Ortaya çıkmadıklarında meraklanmaya başlamışlardı. Jon yemek ateşlerinin etrafında kaygılı konuşmalar duyuyordu ve konuşan sadece Efkârlı Edd değildi. Sör Ottyn Wythers bir an önce Kara Kale'ye geri çekilmeye niyetliydi. Sör Mallador Locke, Qhorin'in izlerini takip edip Gölge Kule'ye gitmek, Yarımel'in başına neler geldiğini öğrenmek istiyordu. Ve Thoren Smallwood dağlara çıkacağını söylemişti. "Mance Rayder, Nöbet'le çarpışmak zorunda olduğunu biliyor," demişti, "ama bizi bu kadar uzak kuzeyde aramak aklına gelmez. Sütnehri'nin yukarısına yürürsek onu gafil avlarız. O daha neler olduğunu fark edemeden ordusunu parçalara ayırırız."

"Adamlarının sayısı bizden çok fazla," diyerek itiraz etti Sör Ottyn. "Craster, Rayder'ın çok büyük bir ordu topladığını söylemişti. Binlerce adam. Bizse Qhorin olmadan sadece iki yüz kişiyiz."

"Bin koyunun içine iki yüz kurt salın ve neler olduğunu izleyin sör," diye karşılık verdi Smallwood kendinden emin bir şekilde.

"O koyunların arasında keçiler de var Thoren," diye uyardı Jarman Buckwell. "Belki birkaç da aslan. Çıngıraklı, Köpekbaşlı Harma, Alfyn Kargakatili..."

"Onları ben de en az senin kadar iyi tanıyorum Buckwell," dedi Thoren Smallwood. "Ve hepsinin başını almaya niyetliyim. Bunlar *yabanıl*. Asker değil. Kadınların, çocukların ve kölelerin arasında birkaç yüz sarhoş kahraman. Onları siler süpürür, inletip ağıllarına geri yollarız."

Saatlerce tartışmış ve bir sonuca varamamışlardı. Yaşlı Ayı geri çekilemeyecek kadar inatçıydı ama apar topar Sütnehri'ne çıkıp çarpışmaya da niyeti yoktu. Sonunda, Gölge Kule'den gelecek adamları birkaç gün daha beklemeye ve gelmedikleri takdirde tekrar konuşmaya karar vermişlerdi.

Gelmişlerdi, yani karar daha fazla geciktirilemezdi. Jon bu kadarı için bile mutluydu. Mance Rayder'la savaşacaklarsa bunun bir an önce olmasını tercih ediyordu.

Efkârlı Edd'i ateş başında, ormandaki korucuların borusu habire öterken uyumanın imkânsızlığından şikâyet ederken buldu. Jon adama şikâyet etmek için yeni bir sebep daha verdi. Edd'le birlikte Hake'i uyandırdılar. Hake, Lord Kumandan'ın emirlerini küfürler ederek dinledi ama kısa zaman sonra bir düzine adam çorba pişirmek için sebze doğramaya başlamıştı.

Jon kampın diğer tarafına yürürken Sam oflaya puflaya geldi. Siyah başlığının altındaki yüzü solgun ve ay kadar yuvarlaktı. "Boruyu duydum. Amcan geri döndü mü?"

"Sadece Gölge Kule'den gelen adamlar." Benjen Stark'ın sağ salim geri döneceğine dair umuda tutunmak her geçen gün biraz daha güçleşiyordu. Yumruk'un eteğinde bulduğu pelerin amcasına ya da onun adamlarından birine ait olabilirdi, bu kadarını Yaşlı Ayı bile kabul etmişti ama ejderhacamlarını saran pelerin neden oraya gömülmüştü, kimse söyleyemiyordu. "Sam, gitmek zorundayım."

Nöbetçiler gelenlere yol açmak için çemberduvarın çevresine çakılan kazıklardan birkaçını yarı donmuş topraktan çıkarıyordu. Fazla zaman geçmeden Gölge Kule'den gelen kardeşler tepeyi tırmanmaya başladı. Deri ve kürke bürünmüşlerdi. Biraz çelik ve bronz, sert yüzlerini örten uzun ve gür sakallar, adamları bindikleri küçük atlar kadar tüylü gösteriyordu. Jon, bazı adamların iki at sürdüğünü görünce şaşırdı. Yakından baktığında pek çoğunun yaralı olduğu fark etti. *Yolda sorun çıkmış.*

Jon daha önce hiç karşılaşmadıkları hâlde Qhorin Yarımel'i ilk görüşte tanıdı. Büyük korucu Nöbet'te efsane hâline gelmişti; ağır sözlerin ve hızlı hareketlerin adamıydı, bir mızrak kadar uzun ve dikti, vakur duruşluydu. Adamlarının aksine tıraşlıydı. Miğferinin altından sırtına düşen saç örgüsünde kırağı vardı. Giydiği siyahlar öyle solmuştu ki artık gri oldukları söylenebilirdi. Dizgini tutan elinde sadece baş ve işaret parmağı kalmıştı; diğer parmakları bir yabanıl baltasını yakalarken kopmuştu, elleriyle yakalamasa kafasını ikiye ayıracak bir balta... Sakatlanan elini yabanılın yüzüne gömüp fışkıran kanı adamın gözlerine akıttığı söylenirdi, daha sonra kanla körleşen adamı katletmişti. O günden sonra Sur'un ötesindeki Yabanıllar, Qhorin'den daha acımasız bir düşman görmemişti.

Jon adamı selamladı. "Lord Kumandan Mormont sizi hemen görmek istiyor. Sizi çadırına götüreceğim."

Qhorin eyerinden aşağı atladı. "Adamlarım aç ve atlarımızla ilgilenilmesi gerek."

"Hepsiyle ilgilenilecek."

Korucu atını kendi adamlarından birine verdi ve Jon'u takip etti. "Sen Jon Kar'sın. Babanın yüzünü almışsın."

"Onu tanır mıydınız lordum?"

"Ben lord değilim. Nöbet'in kardeşlerinden biriyim sadece. Lord Eddard'ı tanırdım, evet. Ondan önce de babasını."

Jon, Qhorin'in büyük adımlarına yetişebilmek için acele ediyordu. "Lord Rickard ben doğmadan önce ölmüş."

"Nöbet dostuydu." Qhorin arkasına baktı. "Bir ulu kurdun olduğu söyleniyor."

"Hayalet şafakta geri döner. Geceleri avlanıyor."

Efkârlı Edd, Yaşlı Ayı'nın yemek ateşinde domuz pastırması kızartıyor, kazanda bir düzine yumurta kaynatıyordu. Mormont ahşap-deri kamp sandalyesinde oturuyordu. "Senin için endişelenmeye başlamıştım. Yolda sorun mu çıktı?"

"Alfyn Kargakatili'yle karşılaştık. Mance, adamı Sur boyunca keşif yapması için yollamış, geri dönerken rastlaştık." Qhorin miğferini çıkardı. "Alfyn bundan böyle diyar için sorun olmayacak ama yanındakilerden birkaçı dağlara dönmeyi başardı."

"Kaybımız?"

"Dört kardeşimiz öldü. Bir düzine yaralı var. Zararımız düşmana verdiğimizin üçte biri kadar. İki tutsak aldık. Biri yarası yüzünden öldü ama diğeri sorgulamaya yetecek kadar hayatta kaldı."

"En iyisi içeride konuşalım. Jon sana bir kupa bira getirsin. Yoksa sıcak şarap mı tercih edersin?"

"Kaynar su kâfi. Bir yumurta ve bir parça domuz pastırması."

"Nasıl istersen." Mormont çadırın kapısını kaldırdı, Qhorin Yarımel başını eğip içeri girdi.

Efkârlı Edd kazanın başında durmuş bir kaşıkla yumurtaları karıştırıyordu. "Bu yumurtaları kıskanıyorum," dedi. "Şimdi biraz kaynamak işime gelirdi. Kazan biraz daha geniş olsaydı içine atlardım. Gerçi su yerinde şarap olmasını tercih ederdim. Sarhoş ve sıcak bir şekilde ölmekten daha beter şeyler de var. Kendisini şarapla boğan bir adam tanıdım. Şarap kötüydü ve adamın cesedi şarabı daha kaliteli hâle getirmemişti."

"O şarabı *içtin* mi?"

"Bir kardeşi ölü bulmak berbat bir şey. Sen de içki içmek ihtiyacı duyardın Lord Kar." Edd kazanı tekrar karıştırıp içine bir çimdik muskat attı.

Jon huzursuzca ateşin yanına oturup bir sopayla közleri eşeledi. Mormont'un, kuzgunun ciyaklamalarıyla kesilen sesini, Qhorin'in daha pes tonlarını duyabiliyordu ama kelimeleri seçemiyordu. *Alfyn Kargakatili ölmüş, bu iyi*. Alfyn yabanıl akıncıların en kanlısıydı. Adını katlettiği kara kardeşler sayesinde almıştı. *Peki, böyle bir zaferden sonra Qhorin neden bu kadar sıkıntılı*?

Jon, Gölge Kule'den gelen adamların kampın moralini biraz yükseltmesini umuyordu. Daha geçen gece su dökmek için kalktığında, beş ya da altı adamın bir ateşin etrafında alçak sesle konuştuklarını duymuştu. Chett çoktan Kara Kale'ye geri dönmüş olmaları gerektiğini söylüyordu. Jon dinlemek için durmuştu. "Bu keşif yaşlı bir adamın aptallığından başka bir şey değil," dedi biri. "Bu dağlarda bulacağımız tek şey kendi mezarlarımız."

"Ayazdiş'te devler varmış, varglar, daha beter şeyler," dedi Kız Kardeşli Lark.

"Ben oraya gitmiyorum, yemin ederim."

"Yaşlı Ayı sana başka seçenek sunacak değil."

"Belki de biz ona başka seçenek sunmalıyız," dedi Chett.

O anda köpeklerden biri başını kaldırıp havlamaya başladı ve Jon görünmemek için hızla uzaklaştı. *Bunları duymamam gerekirdi*, diye düşündü. Duyduklarını Mormont'a anlatmaya niyetlendi ama kardeşlerinin arkasından muhbirlik yapmak istemiyordu, bu kardeşler Chett ve Lark olsa bile. *Sadece boş konuşmalardı*, dedi kendine. *Üşümüşlerdi ve korkuyorlardı, hepimiz gibi*. Burada beklemek, ormanın üstündeki tepenin taşlı zirvesinde tüneyip yarının neler getireceğini merak etmek kolay değildi. *Görünmeyen düşman her zaman en korkutucu olandır*.

Jon yeni hançerini kınından çıkardı ve alevler siyah camın üstünde dans ederken silahını inceledi. Hançerin ahşap kabzasını kendisi yapmış, kolay kavranması için kendir beziyle kaplamıştı. Çirkindi ama iş görüyordu. Efkârlı Edd bu cam bıçakların bir şövalyenin göğüs kalkanındaki dikenler kadar işe yaradığını söylüyordu ama Jon emin değildi. Ejderhacamı çelikten daha keskindi fakat çok daha kırılgandı.

Oraya gömülmelerinin bir sebebi olmalı.

Grenn için de bir hançer yapmıştı. Ve Lord Kumandan için bir tane daha. Savaş borusunu Sam'e vermişti. Yakından incelediğinde borunun çatlak olduğunu fark etmişti ve bütün toprağı temizledikten sonra bile ses çıkartmayı başaramamıştı. Kasnağı da çentilmişti ama Sam eski şeyleri seviyordu, değersiz eski şeyleri bile. "İçki boynuzu yap," demişti Jon, arkadaşına. "O boynuzdan her içki içişinde Sur'un ötesinden İlk İnsanlar'ın Yumruğu'na kadar geldiğin keşif yolculuğunu hatırlarsın." Sam'e bir düzine mızrak ve ok ucu da vermişti. Geri kalanları şans getirmeleri için diğer arkadaşlarına dağıtmıştı.

Yaşlı Ayı hançerden memnun görünüyordu ama kemerinde çelik bir kılıcın olmasını tercih ediyordu. Mormont'un, pelerini kimin gömmüş olabileceğine ya da bunun ne anlama geldiğine dair bir fikri yoktu. *Belki Qhorin bilir.* Yarımel, Tekinsiz Orman'ın derinliklerini en iyi bilen kişiydi.

"Servisi sen mi yapacaksın yoksa ben yapayım mı?"

Jon hançeri kınına soktu. "Ben yaparım." İçeride neler konuşulduğunu duymak istiyordu.

Edd üç kalın dilim yulaf ekmeği kesti, dilimleri tahta bir tabağa yerleştirdi, üstlerine yağlı domuz pastırmalarından koydu ve bir kâseyi haşlanmış yumurtalarla doldurdu. Jon bir eline tabağı, diğerine kâseyi alıp Lord Kumandan'ın çadırına girdi.

Qhorin bağdaş kurmuş hâlde yerde oturuyordu. Omurgası bir mızrak kadar dikti. Adam konuşurken mum alevi sert elmacıkkemiklerinin üstünde titriyordu. "...Çıngıraklı, Ağlayan Adam ve irili ufaklı diğer bütün şefler," diyordu. "Onların da vargları varmış, mamutları ve hayal edebileceğimizden çok daha fazla güçleri. Bunlar tutsağın söyledikleri. Gerçek olduklarına dair yemin edemem. Ebben, adamın zaman kazanmak için hikâyeler anlattığını düşünüyor."

Jon tabağı iki adamın arasına koyarken, "Gerçek ya da yalan, Sur uyarılmalı," dedi Mormont. "Kralı da uyarmalıyız."

"Hangi kralı?"

"Hepsini. Gerçek ya da sahte. Benim için hepsi aynı. Madem diyara hükmetmek istiyorlar, diyarı korusunlar."

Yarımel bir yumurta aldı ve kabuğunu kâsenin kenarında kırdı. "Krallar yapacaklarını yapacak," dedi yumurtayı soyarken. "Yaptıkları yeterli olmayacak. En iyi umudumuz Kışyarı. Starklar kuzeye gitmeli."

"Evet, kesinlikle." Yaşlı Ayı eline aldığı haritayı inceledi, kenara attı ve başka bir tanesini aldı. Çekicin nereye ineceğini düşünüyordu, Jon anlamıştı. Bir zamanlar, Sur'un uzandığı yüz fersah boyunca inşa edilmiş on yedi kale Gece Nöbetçileri'nin adamlarıyla doluydu fakat Nöbet küçüldükçe kaleler teker teker terk edilmişti. Şimdi yalnızca üç kalede garnizon vardı ve bu gerçeği Nöbet kadar Mance Rayder da biliyordu. "Sör Alliser, Kral Toprakları'ndan yeni adamlar getirecek, öyle umalım. Eğer Bozkalkan'dan Gölge Kule'ye, Uzun Mezar'dan Doğugözcüsü'ne adam yerleştirirsek..."

"Bozkalkan'ın büyük bölümü yıkıldı. Eğer adam bulabilirsek Taşkapı daha çok işimize yarar. Belki Buz İzi ve Derin Göl de. Siperlerin arasında günlük gezici devriye olursa."

"Evet, devriye. Yapabilirsek günde iki kere. Sur kendi başına zorlu bir engel. Savunmasız kalırsa düşmanı durduramaz ama epey oyalar. Ne kadar kalabalık olurlarsa o kadar fazla zamana ihtiyaç duyarlar. Arkalarında bıraktıkları boşluğa bakılırsa kadınları ve çocukları da getirmeliler. Gençleri ve hayvanları da... İp ya da el merdiveni tırmanabilen bir keçi gördün mü hiç? Basamaklar veya devasa rampalar inşa etmek zorundalar... Bir aydan uzun zamana ihtiyaçları olur. Mance en iyi seçeneğinin duvarın *altından* geçmek olduğunu biliyor. Bir kapıdan ya da..."

"Gedikten."

Mormont'un başı sert bir şekilde döndü. "Ne?"

"Sur'u tırmanarak ya da altını kazarak geçmeyi planlamıyor lordum. Niyeti Sur'u kırmak."

"Sur iki yüz on beş metre yüksekliğinde ve alt kısmı o kadar kalın ki balta ve kazmalarla bir delik açmak yüz adam ve bir sene ister."

"Kazma ve baltalarla değil."

Mormont kaşlarını çatarak sakalını çekiştirdi. "Nasıl?"

"Nasıl olacak? Büyücülükle." Qhorin yumurtanın yarısını ısırdı. "Mance bütün kuvvetini neden Ayazdiş'e çıkardı? Sert ve soğuk, üstelik Sur'dan çok uzakta."

"Sürüsünü korucularımın gözünden saklamak için dağları kullandığını düşünmüştüm."

"Olabilir," dedi Qhorin yumurtasının son lokmasını yerken. "Ama bence daha fazlası var. O yüksek ve soğuk yerlerde başka bir şey arıyor. İhtiyaç duyduğu bir şeyin peşinde."

"Bir şey?" Mormont'un kuzgunu başını kaldırıp çığlık attı. Çadırın içinde çınlayan ses bir bıçak kadar keskindi.

"Bir güç. Tutsak ne olduğunu söyleyemedi. Belki de onu çok sert sorguladık ve pek çok şeyi anlatamadan öldü. Olup biteni bildiğinden şüpheliyim gerçi."

Jon dışarıda esen rüzgârı duyabiliyordu. Çemberduvarın taşlarında titriyor, çadırların iplerini çekiştiriyor, tiz ve yüksek bir ses çıkarıyordu. Mormont düşünceli bir hâlde çenesini ovuşturdu. "Bir güç," diye tekrar etti. "Tahmin etmeliydim."

"Dağlara keşif grubu göndermelisiniz."

"Daha fazla adamımı riske atmak istemiyorum."

"En kötü ihtimalle ölürüz. Diyarı savunurken ölmeyeceksek neden siyahları kuşandık? Ben olsam on beş adam gönderirdim, beşli gruplar hâlinde üç ekip. Biri Sütnehri'ni, biri Çığlık Geçidi'ni araştırmak, diğeri de Dev Merdiveni'ne çıkmak için. Ekipleri Jarman Buckwell, Thoren Smallwood ve ben komuta ederiz. Şu dağlarda bizi nelerin beklediğini öğreniriz."

"Öğreniriz," diye bağırdı kuzgun. *"Öğreniriz."*

Lord Kumandan Mormont derince bir iç çekti. "Başka bir seçenek göremiyorum," dedi. "Ama geri dönmezseniz..."

"Birileri Ayazdiş'ten aşağı inecek lordum," dedi korucu. "İnen, bizsek iyiyiz demektir. Gelen Mance Rayder olursa yolunun üstünde siz varsınız. Güneye yürüyüp sizi arkasında bırakamaz, peşine düşeceğinizi, ordusunu arkadan taciz edeceğinizi bilir. Saldırmak zorunda. Burası yeterince sağlam bir yer."

"O kadar sağlam değil," dedi Mormont.

"Hepimiz aynı şekilde ölürüz o hâlde. Ölümümüz Sur'daki kardeşlerimize zaman kazandırır. Boş kaleleri doldurmak, kapıları kapatmak, kralları ve lordları yardıma çağırmak, mancınıkları tamir edip baltalarını bilemek için vakitleri olur. Hayatlarımız iyi harcanmış sikkelere dönüşür."

"Öl," diye homurdandı kuzgun, Mormont'un omuzlarında yürürken. *"Öl, öl, öl, öl."* Yaşlı ayı, duyduğu cümlelerin ağırlığını taşıyamıyormuş gibi çökmüş ve sessiz bir hâlde oturuyordu. Sonunda, "Tanrılar beni affetsin. Adamlarını seç," dedi.

Qhorin Yarımel başını çevirdi. Gözleri Jon'un gözleriyle buluştu ve uzun süre orada kaldı. "Güzel. Jon Kar'ı seçiyorum."

Mormont irkildi. "O daha çocuk sayılır. Üstelik benim kâhyam. Bir korucu bile değil."

"Tollett de sizinle ilgilenebilir lordum." Qhorin iki parmaklı sakat elini yukarı kaldırdı. "Eski tanrılar Sur'un ötesinde hâlâ çok güçlü. İlk İnsanlar'ın tanrıları... ve Starklar'ın."

Mormont, Jon'a baktı. "Senin arzun nedir?"

"Gitmek," dedi Jon bir çırpıda.

Yaşlı adam hüzünle gülümsedi. "Biliyordum."

Jon, Qhorin Yarımel'le birlikte çadırdan çıktığında şafak sökmüştü. Rüzgâr siyah pelerinlerini uçuruyor, ateşteki kızıl renkli közleri havaya savuruyordu.

"Öğlen vakti yola çıkıyoruz," dedi korucu. "Kurdunu bulsan iyi edersin."

TYRION

"Kraliçe, Prens Tommen'ı göndermeye niyetli." Septin sessiz loşluğunda diz çökmüşlerdi, titreyen mum alevleriyle ve gölgelerle sarılmışlardı, yalnızlardı. Lancel buna rağmen fısıldayarak konuşuyordu. "Lord Gyles prensi Rosby'ye götürecek ve çocuğu bir uşak kılığında orada saklayacak. Saçlarını koyu renge boyayıp insanlara vasıfsız bir şövalyenin oğlu olduğunu söylemeyi planlıyorlar."

"Halktan mı korkuyor yoksa benden mi?"

"İkisi de," dedi Lancel.

"Ah." Tyrion bu planla ilgili hiçbir şey bilmiyordu. Varys'in küçük kuşları bu sefer efendilerini yarı yolda mı bırakmıştı? Bazen örümceklerin bile uyuklayabileceğini düşündü... yoksa hadım, Tyrion'ın bildiğinden daha derin ve karışık bir oyun mu oynuyordu? "Teşekkür ederim sör."

"Sizden rica ettiğim iyiliği bağışlayacak mısınız lordum?"

"Belki." Lancel bir sonraki mücadelede kumandanlık istiyordu. Daha bıyıkları çıkmadan kendisini öldürmek için iyi bir yöntem seçmişti ama bütün genç şövalyeler yenilmez olduklarını düşünürdü.

Tyrion, kuzeni gittikten sonra septte biraz oyalandı. Savaşçı'nın mihrabında bir mum yaktı. *Kardeşimi koru seni lanet piç, o da senin gibi bir savaşçı*. Yabancı'nın önünde bir mum daha yaktı, kendisi için.

Aynı gece Kızıl Kale karanlığa gömüldüğünde Bronn geldi, Tyrion bir mektubu mühürlüyordu. "Bunu Sör Jacelyn Bywater'a götür." Cüce altın rengi erimiş mumu parşömenin üstüne damlattı.

"Ne yazıyor?" Bronn okuma bilmiyordu, bu yüzden küstahça sorular soruyordu.

"Yanına en iyi elli adamını alıp Gülyolu'na keşfe gitmesini söylüyor."

"Stannis'in Kral Yolu'na çıkması daha olası."

"Ah, biliyorum. Bywater'a mektupta yazanları görmezden gelmesini ve adamlarını kuzeye götürmesini söyle. Rosby Yolu'nda tuzak kursun. Lord Gyles bir iki gün içinde Kızıl Kale'den ayrılacak, kendi kalesine dönüyor, yanında on iki silahlı asker, hizmetkârlar ve yeğenim olacak. Prens Tommen bir uşak gibi giydirilmiş olabilir."

"Çocuğun geri getirilmesini mi istiyorsun?"

"Hayır. O kaleye götürülmesini istiyorum." Çocuğu şehirden uzaklaştırmanın Cersei'nin en iyi fikirlerinden biri olduğuna karar vermişti Tyrion. Tommen, Rosby'de güvende olacaktı ve prensi ağabeyinden ayırmak Stannis'i de zora sokacaktı. Stannis şehri ele geçirip Joffrey'yi idam etse bile, tahtta hak sahibi olan bir Lannister'la daha mücadele etmek zorunda kalacaktı. "Lord Gyles kaçamayacak kadar hasta ve savaşamayacak kadar korkak. Kale kumandanına kapıları açmasını emredecektir. Bywater kale duvarlarını geçtiğinde garnizonu kovacak ve Tommen'ı güven içinde kalede tutacak. *Lord* Bywater kulağına nasıl geliyormuş bir sor bakalım."

"Lord Bronn daha iyi tınlar. Prensi senin için ben de tutabilirim. Ucunda lordluk varsa çocuğu kucağımda zıplatır, gece ninnilerle uyuturum."

"Sana burada ihtiyacım var," dedi Tyrion. *Ve sana yeğenimi emanet edecek kadar güvenmiyorum.* Joffrey'nin başına bir şey gelirse Lannisterlar'ın Demir Taht üstündeki iddiası genç Tommen'ın omuzlarında olacaktı. Sör Jacelyn'in altın pelerinlileri, prensi savunurdu ama Bronn'un paralı askerleri düşmana satmaya meylederdi.

"Yeni lord, eski lordu ne yapacak?"

"Beslemeyi unutmadığı sürece canı ne isterse yapabilir. Ölmesini istemiyorum." Tyrion masadan kalktı. "Ablam, Kral Muhafızları'ndan birini prensle birlikte gönderecek."

Bronn kaygılı görünmüyordu. "Tazı, Joffrey'nin köpeği, yanından ayrılmaz. Demiryumruk'un adamları diğerleriyle kolaylıkla başa çıkabilir."

"İş adam öldürmeye varırsa Tommen'ın önünde yapılmasını istemiyorum, Bywater'a söyle." Tyrion kahverengi yünden yapılmış ağır bir pelerini omuzlarına aldı. "Yeğenimin kalbi hassastır."

"Onun bir Lannister olduğuna emin misin?"

"Kış ve savaştan başka hiçbir şeyden emin değilim ben. Gel. Yolun yarısını seninle birlikte gideceğim."

"Chataya'nın yerine mi?"

"Beni çok iyi tanıyorsun."

Kuzey duvarındaki yan kapıdan çıktılar. Tyrion atını mahmuzlayıp Karagölge Sokağı'ndan aşağı koşturdu. Nal seslerini duyan birkaç sinsi şekil, sokak aralarına kaçıştı ama kimse onlara yanaşmaya cesaret edemedi. Konsey, Tyrion'ın koyduğu sokağa çıkma yasağını uzatmıştı. Akşam çanı çaldıktan sonra dışarıda olmanın cezası ölümdü. Bu önlem Kral Toprakları'na bir ölçüde huzur getirmiş, sabahları sokak aralarında bulunan cesetlerin sayısını dörtte bire düşürmüştü ama Varys şehir halkının yasak yüzünden Tyrion'a küfür ettiğini söylemişti. *Küfür edecek nefesleri olduğu için şükretsinler.* Bakırcılar Sokağı'ndan geçerken karşılarına iki altın pelerinli çıktı ama adamlar kiminle uğraştıklarını anladıklarında El'in affını istediler ve uzaklaştılar. Bronn, Çamur Kapısı'na gitmek için güneye döndü.

Tyrion, Chataya'nın evine doğru at sürmeye devam etti ama sabrı aniden tükenmişti. Eyerinin üstünde döndü, arkasındaki caddeye baktı. Onu takip eden kimse yoktu. Bütün pencereler karanlıktı ya da sıkı sıkı örtülmüştü. Sokak aralarında esen rüzgârın sesinden başka bir şey duyulmuyordu. *Cersei'nin adamlarından biri beni takip ediyorsa fare kılığına girmiş olmalı.* "Hepsini becereyim," diye homurdandı. Bu kadar temkinli davranmaktan yorulmuştu. Atına bir çember çizdirip tekrar mahmuzladı. *Peşimde biri varsa ne kadar iyi bir binici olduğunu göreceğiz.* Ay ışığıyla aydınlanan caddelerden, taş yollardan, dar ve kıvrımlı sokaklardan uçar gibi geçti, aşkına kavuşmak için koşuyordu.

Kapıyı çaldı, taş duvarlardan süzülen belli belirsiz müzik sesini duyuyordu. Ibbenlılardan biri onu içeri aldı. Tyrion adama atını verirken, "Kim bu?" diye sordu. Elmas şekilli uzun pencerelerin camları sarı ışıklarla parlıyordu ve şarkı söyleyen bir erkek sesi duyuluyordu.

Ibbenlı omuzlarını silkti. "Koca göbekli bir şarkıcı."

Tyrion ahırdan eve doğru yürürken ses yükseldi. Şarkıcıları hiçbir zaman sevememişti ve bu şarkıcıyı aynı cinsin diğerlerinden bile az seviyordu, henüz yüzünü bile görmeden... Tyrion kapıyı ittiğinde adam şarkı söylemeyi kesti. "Kral Eli'm." Kel kafalı, fıçı göbekli adam diz çöktü. "Bu bir onur, bir onur," diye mırıldanıyordu."

"Lordum." Tyrion'ı gören Shae gülümsedi. Kızın yüzüne hesapsızca yerleşen bu gülümsemeyi seviyordu Tyrion. Gümüş kuşaklı mor ipek elbisesini giymişti bugün. Bu renkler kızın koyu saçlarına, pürüzsüz beyaz tenine yakışıyordu.

"Tatlım," dedi Tyrion. "Bu kim?"

Şarkıcı gözlerini yerden kaldırdı. "Bana Symon Gümüşdil derler lordum. Şarkıcı, çalgıcı ve hikâyeciyim…"

"Ve büyük bir aptalsın," diye adamın cümlesini tamamladı Tyrion. "İçeri girdiğimde bana neden seslendin?"

"Seslenmek mi? Ben sadece..." Gümüşdil'in dili kalaya dönüşmüş gibiydi. "Lordum, onurdur dedim..."

"Daha akıllı bir adam beni tanımamış gibi yapardı. Beni kandıracağından değil ama en azından denemiş olurdu. Ben şimdi ne yapacağım seni? Benim tatlı Shae'imi tanıyorsun, nerede yaşadığını biliyorsun, onu geceleri tek başıma ziyaret ettiğimi öğrendin."

"Kimseye söylemem, yemin ederim."

"Bu konuda ziyadesiyle aynı fikirdeyiz. Sana iyi geceler." Tyrion, Shae'i alarak üst kata çıktı.

"Şarkıcım bir daha asla şarkı söylemeyecek," diye dalga geçti Shae. "Adamı öyle korkuttun ki sesini kaçırdın."

"Biraz korkmak daha tiz notaları söyleyebilmesine yardım eder."

Shae yatak odasının kapısı kapattı. "Ona zarar vermeyeceksin değil mi?" Kokulu bir mum yaktı ve Tyrion'ın çizmelerini çıkarmak için eğildi. "Senin gelmediğin gecelerde onun şarkılarıyla eğleniyorum."

"Keşke her gece gelebilseydim," dedi Tyrion, kız çıplak ayaklarını ovarken. "İyi söylüyor mu?"

"Bazılarından iyi. Bazıları kadar iyi değil."

Tyrion kızın yakasını açtı ve yüzünü, göğüslerinin arasına gömdü. Her zaman temiz kokuyordu, bu leş kokan şehirde bile. "İstersen kalsın ama gözünün önünde olsun. Şehirde dolaşıp hikâyeler yaymasını istemiyorum."

"Yaymayacak..." diye cümlesine başladı Shae.

Tyrion kızın ağzını kendi ağzıyla kapadı. Yeterince konuşmuştu. Shae'in bacaklarının arasında bulduğu zevkin basit tatlığına ihtiyacı vardı. En azından burada kabul görüyordu, isteniyordu.

Sevişmeleri bittikten sonra kolunu kızın başının altından çekti, sabahlığını giyip bahçeye indi. Yarımay, meyve ağaçlarının yapraklarını ve mermer banyo havuzundaki suyun yüzeyini gümüşe boyuyordu. Havuzun kenarına oturdu. Sağ tarafında bir yerden bir cırcır böceğinin neşeli ötüşü duyuluyordu. *Burada huzur var*, diye düşündü. *Ama ne kadar zaman daha*?

Hafif bir koku başını çevirmesine neden oldu. Shae kapıda duruyordu. Üstünde Tyrion'ın hediye ettiği gümüş renkli sabahlık vardı. *Kış kadar beyaz bir kız sevdim, saçlarında ay ışığı*. Kızın arkasında yalvaran kardeşlerden bir adam vardı. Leş gibi, yamalı bir cübbe giyiyordu. Çıplak ayaklarındaki çatlaklar pislik doluydu, boynuna deri bir kayışın ucunda sallanan bir küre asmıştı. Bir rahip küre yerine kristal takardı. Adamın kokusu fareleri bile öğürtebilirdi.

"Lord Varys seni görmeye gelmiş," dedi Shae.

Yalvaran kardeş, hayretler içinde kıza baktı. Tyrion güldü. "Elbette. Onu ben bile tanıyamamışken sen nasıl tanıdın?"

Shae omuzlarını silkti. "Varys işte. Sadece farklı giyinmiş."

"Farklı bir görüntü, farklı bir koku, farklı bir yürüyüş," dedi Tyrion. "Adamların çoğunu kandırırdı."

"Kadınların çoğunu da kandırırdı ama fahişeleri kandıramaz. Bir fahişe adamın kendisini görmeyi öğrenir, elbiselerini değil. Yoksa ölüsü bir sokak arasında bulunur."

Varys acı çekiyormuş gibi görünüyordu ve bunun sebebi ayağındaki sahte yara kabukları değildi. Tyrion kıkırdadı. "Shae, bize biraz şarap getirebilir misin?" İçkiye ihtiyacı olabilirdi. Hadımın gece yarısı getirdiği haber her ne ise iyi olmadığı kesindi.

"Buraya geliş sebebimi size söylemeye neredeyse korkuyorum lordum," dedi Varys, Shae içeri gittiğinde. "Çok uğursuz havadislerim var."

"Sen kara tüyler giymelisin Varys. Kötü haberler taşıyan kuzgunlardan farkın yok." Tyrion rahatsız şekilde ayağa kalktı, bir sonraki soruyu sormaktan korkuyordu. "Jaime mi?" *Ona zarar verdilerse onları hiçbir şey kurtaramaz.*

"Hayır lordum. Başka bir mesele. Sör Cortnay Penrose ölmüş. Fırtına Burnu kapılarını Stannis Baratheon'a açmış."

Dehşet, Tyrion'ın aklındaki diğer bütün düşünceleri alıp götürmüştü. Shae şarapla birlikte bahçeye döndüğünde bir yudum içti ve kadehi evin duvarına fırlattı. Ay ışığında simsiyah parlayan şarap taşlardan süzülürken, kız etrafa saçılan cam parçalarından korunmak için elini yüzüne kaldırdı. "Tanrılar onu *kahretsin*!" diye bağırdı Tyrion.

Varys bir ağız dolusu çürük dişi açıkta bırakacak şekilde gülümsedi. "Kimi lordum? Sör Cortnay'i mi yoksa Lord Stannis'i mi?"

"İkisini de." Fırtına Burnu kuvvetliydi, bir yıl ya da daha uzun zaman dayanması gerekirdi... Babasının Robb Stark'ın işini bitirmesi için yeterli bir zaman. "Bu nasıl olmuş?"

Varys, Shae'e baktı. "Lordum, leydiyi böyle kanlı ve korkunç hikâyelerle korkutmamıza gerek var mı?"

"Bir leydi korkar," dedi Shae. "Ama ben korkmam."

"Korkmalısın," dedi Tyrion kıza. "Fırtına Burnu düştüyse Stannis'in bütün dikkatini Kral Toprakları'na vermesi an meselesidir." Şarabı duvara fırlattığı için şimdi pişmandı. "Lord Varys, bize biraz müsaade edin, sizinle birlikte kaleye döneceğim."

"Sizi ahırda bekliyorum." Reverans yapıp uzaklaştı.

Tyrion, Shae'i yanına çekti. "Burada güvende değilsin."

"Duvarlarım ve senin verdiğin muhafızlarım var."

"Paralı askerler," dedi Tyrion. "Altınlarımı çok seviyorlar ama onlar için can verirler mi? Bu duvarlara gelince, bir adam diğerinin omzuna çıkar ve göz açıp kapayıncaya kadar içeri girer. İsyan sırasında buna benzeyen bir malikâne ateşe verildi. Malikânenin sahibi olan altın ustasını sırf dolu bir kileri var diye öldürdüler, tıpkı Yüce Rahip'i parçalara ayırdıkları gibi, Sör Aron'ın kafasını ezdikleri gibi. Lollys'e elli kez tecavüz ettiler. Kral Eli'nin leydisini yakaladıklarında ne yaparlar sence?"

"Kral Eli'nin fahişesini mi demek istedin?" İri, cesur gözleriyle Tyrion'a baktı. "Ama leydin olabilirim lordum. Bana verdiğin o güzel elbiseleri giyerim, satenleri, ipekleri, bana aldığın mücevherleri takarım ve ziyafetlerde elini tutup yanında otururum. Sana erkek çocuklar doğururum, yapabileceğimi biliyorum... ve yemin ederim ki seni asla utandırmam."

Sana olan aşkım beni yeterince utandırıyor. "Bu çok tatlı bir rüya Shae. Ama unut. Sana yalvarıyorum. Asla gerçek olamaz."

"Kraliçe yüzünden mi? Ben ondan da korkmuyorum."

"Ama ben korkuyorum."

"O hâlde onu öldür ve kurtul. Aranızda sevgi yok ki."

Tyrion iç geçirdi. "O benim ablam. Kendi kanından birini öldüren adam hem tanrıların hem de insanların gözünde sonsuza dek lanetlenir. Bundan öte, biz onunla ilgili ne düşünürsek düşünelim o babam ve ağabeyim için çok kıymetlidir. Kral Toprakları'ndaki her adamı zekâmla alt edebilirim ama tanrılar, eli kılıçlı Jaime'nin karşısına çıkabilecek gibi donatmadılar beni."

"Genç Kurt ve Lord Stannis'in de kılıçları var ama onlardan korkmuyorsun."

Ne kadar az şey biliyorsun tatlım. "Onların karşısında Lannister Hanedanı'nın bütün gücüne sahibim. Ama Jaime ve babamın karşısında çarpık sırtımdan ve güdük bacaklarımdan başka bir şeyim yok."

"Bana sahipsin." Shae vücudunu Tyrion'a yapıştırıp onu öptü.

Öpüşü her zaman olduğu gibi Tyrion'ı tahrik etmişti ama bu sefer kendini nazikçe geri çekti. "Şimdi değil. Tatlım, ben... Pekâlâ, bunu bir planın ilk tohumu olarak düşün. Sanırım seni kale mutfağına yerleştirmenin bir yolunu bulabilirim."

Shae'in yüzü duruldu. "Mutfak mı?"

"Evet. Varys'le konuşayım. Bu konuda ondan daha akıllısını bulamam."

Shae kıkırdadı. "Lordum, seni zehirlerim. Yaptığım yemekleri tadan her adam ne kadar iyi bir fahişe olduğumu söyledi."

"Kızıl Kale'nin yeterince aşçısı var. Kasapları ve fırıncıları da. Sen bulaşıkçı rolü oynamalısın."

"Bulaşıkçı kız," dedi Shae. "Kaşındıran kahverengi yünlüler içinde. Lordum beni o kılıkta görmek mi istiyor?"

"Lordun seni canlı görmek istiyor," dedi Tyrion. "İpek ve satenlerin içinde çanakları ovman zor olur."

"Lordum benden bıktı mı yoksa?" Elini Tyrion'ın sabahlığının altına götürdü ve aletini tuttu. İki hızlı okşama sertleşmesine yetmişti. "Ama *o* beni hâlâ istiyor." Güldü. "Mutfakta çalışan bir fahişeyi becermek ister miydiniz lordum? Eğer isterseniz beni una bulayıp meme uçlarımdan et sosu emebilirsiniz ve..."

"Kes şunu." Kızın tavrı, girdiği bahsi kazanmak için bütün marifetlerini konuşturan Dancy'yi hatırlatmıştı Tyrion'a. Daha fazla şeytanlık yapmasını engellemek için Shae'i kenara itti. "Yatak oyunları oynamak için uygun bir zaman değil Shae. Hayatın tehlikede olabilir."

Kız artık gülmüyordu. "Lordumu kızdırdıysam... Amacım bu değildi, ben sadece... Bana daha fazla muhafız versen olmaz mı?"

Tyrion derin bir nefes çekti. *Onun ne kadar genç olduğunu unutma*, dedi kendine. Kızın elini tuttu. "Mücevherlerinin yerine yenileri alınabilir ve şimdikilerden iki kat güzel yeni elbiseler diktirilir. Benim için bu duvarların arasındaki en değerli şey sensin. Kızıl Kale de tam anlamıyla güvenli değil ama buradan iyi. Senin orada olmanı istiyorum."

"Mutfakta." Sesi dümdüzdü. "Kap kacak ovarken."

"Kısa bir zaman için."

"Babam beni mutfak hizmetçisi yapmıştı," dedi dudaklarını bükerek. "Bu yüzden kaçmıştım."

"Seni fahişesi yaptığı için kaçtığını söylemiştin," diye hatırlattı Tyrion.

"Bir de o yüzden. Ne bulaşık yıkamayı ne de aletinin içime girmesini seviyordum." Başını kaldırdı. "Beni neden kulende tutamıyorsun? Lordların yarısının yatak ısıtan kadınları var."

"Seni kaleye götürmem kesin olarak yasaklandı."

"Aptal baban tarafından," diyerek surat astı kız. "İstediğin kadar fahişe alabilecek yaştasın. Baban seni tüyü bitmemiş bir oğlan yerine mi koyuyor? Ne yapabilir ki? Popona mı vuracak?"

Tyrion kızı tokatladı. Çok değil ama yeterince sert bir şekilde. "Kahrolası," dedi. "*Kahrolası*. Benimle asla *alay* etme. *Sen* yapma."

Shae bir an konuşamadı. Sadece cırcır böceğinin şen sesi duyuluyordu. "Affedin lordum," dedi sonunda ağır, kalın bir sesle. "Saygısızlık etmek istememiştim."

Ben de sana vurmak istememiştim. Tanrılar bana acıyın, Cersei'ye benzemeye mi başlıyorum? "Hata ettik," dedi. "Her ikimiz de. Shae, anlamıyorsun. On üç yaşımdayken bir çiftçinin kızıyla evlendim. Daha doğrusu bir çiftçinin kızı olduğunu sanıyordum. Aşkıyla körleşmiştim, onun da benim için aynı şeyleri hissettiğini düşünüyordum ama babam gerçeği yüzüme yapıştırdı. Benim kadınım, erkekliği tatmam için Jaime tarafından kiralanmış bir fahişeydi." *Ve ben her şeyin gerçek olduğuna inanacak kadar aptaldım.* "Lord Tywin dersi eve taşıyıp karımı muhafızlara verdi ve karım onlara zevk verirken izlememi emretti." *Ve diğerlerinin işi bittikten sonra ona son bir kez daha sahip olmamı. Son bir kez daha, aşk ve şefkatten zerre kalmamışken. "Böylece onun kim olduğunu asla unutmayacaksın," dedi. Ona karşı gelebilirdim ama aletim bana ihanet etti ve emredileni yaptım.* "Babam kızla işi bittikten sonra evliliğimizi iptal ettirdi. Hiç evlenmemişiz gibi olduğunu söyledi rahip." Shae'in elini sıktı. "Lütfen, El Kulesi hakkında daha fazla konuşmayalım. Çok kısa bir zaman için mutfaklarda kalacaksın. Stannis'le işimiz bittiğinde yeni bir malikânen ve ellerin kadar yumuşak ipeklilerin olacak."

Shae'in gözleri büyüdü ama Tyrion o bakışların altında saklananları okuyamıyordu. "Bütün gün ocak temizleyip tabak ovalarsam ellerim yumuşak olmaz. Sabun ve sıcak suyun içinde iyice çatlayıp sertleştiklerinde ellerimin size dokunmasını isteyecek misiniz?"

"Her zamankinden fazla," dedi Tyrion. "Onlara baktığımda ne kadar cesur olduğunu hatırlayacağım."

Kızın kendisine inanıp inanmadığını anlayamıyordu. Shae gözlerini yere indirdi. "Siz nasıl emrederseniz lordum."

Kızın bu gece gösterebileceği anlayış bu kadardı, Tyrion bunu açıkça görüyordu. Sızıyı biraz olsun azaltabilmek için az önce tokatladığı yanağı öptü. "Seni alması için birini göndereceğim."

Varys söylediği gibi ahırda bekliyordu. Atı sakat ve yarı ölü gibi görünüyordu. Tyrion eyerine oturdu, paralı askerlerden biri kapıları açtı. Konuşmadan at sürmeye başladılar.

Ona neden Tysha'yı anlattım? Tanrılar bana yardım edin, diye düşündü, korkmuştu. Hiç konuşulmaması gereken sırlar vardı ve mezara götürülmesi gereken utançlar. Kızdan ne istiyordu, bağışlanma mı? Shae'in bakışları ne anlama geliyordu? Nefret duyduğu şey mutfakta bulaşık yıkama fikri miydi yoksa Tyrion'ın itirafı mı? *Ona bütün bunları anlattıktan sonra beni hâlâ seveceğini nasıl düşünebilirim?* dedi bir yanı ve diğer yanı, *Seni aptal cüce, fahişeler sadece altınları ve mücevherleri sever*, diye alay etti.

Yaralı kolu atın attığı her adımda zonkluyordu. Ara sıra kolundaki kemiklerin birbirine sürtündüğünü duyar gibi oluyordu. Belki bir üstada görünüp ağrısı için bir ilaç almalıydı... ama Pycelle'in gerçek yüzünü gördüğü günden beri üstatlara güvenmiyordu. Üstatların kimlerle işbirliği yaptığını, hazırladıkları karışımlara neler kattıklarını yalnızca tanrılar bilebilirdi. "Varys," dedi, "Shae'i kaleye yerleştirmek zorundayım, Cersei'nin haberi olmamalı." Kısaca mutfak planından bahsetti.

Varys kıkırdadı. "Lordumun emirlerini yerine getiririm elbette... ama sizi uyarmalıyım, mutfaklar gözler ve kulaklarla doludur. Kimse ondan şüphelenmese bile kız binlerce soruya maruz kalır. Nerede doğdun? Annen baban kim? Kral Toprakları'na nasıl geldin? Gerçeği anlatamayacağı için yalan üstüne yalan söylemek zorunda kalır." Tyrion'a baktı. "Onun kadar genç ve güzel bir mutfak hizmetçisi merak kadar şehvet de uyandırır. Sıkıştırılır, sarkıntılık edilir, ellenir. Bulaşıkçı çocuklar geceleri yatağına girmeye çalışır. Yalnız bir aşçı onunla evlenmenin bir yolunu arar. Pastacılar unlu elleriyle göğüslerini avuçlar."

"Ellenmesini bıçaklanmasına yeğlerim," dedi Tyrion.

Varys kısa bir süre sessiz kaldıktan sonra, "Bir başka yol daha olabilir," dedi. "Leydi Tanda'nın kızının hizmetçisi kadının mücevherlerini araklıyor, bunu leydiye söylersem kızı kovar ve yeni bir hizmetçiye ihtiyaçları olur."

"Anlıyorum." Bu fikrin bazı imkânları vardı, Tyrion hemen gördü. Bir leydinin hizmetçisi mutfak çalışanlarından daha iyi giyinir, hatta birkaç parça mücevher bile takabilirdi. Bu Shae'i mutlu ederdi. Üstelik Cersei, Leydi Tanda'nın histerik ve can sıkıcı, kızı Lollys'in de yarım akıllı olduğunu düşünüyordu, yani anne kıza dostluk ziyaretleri yaptığı söylenemezdi.

"Lollys ürkek ve saf bir kız, kendisine anlatılan hikâyeye hemen inanır," dedi Varys. "Tecavüzcüler bekâretini aldığından beri odasından çıkmaya korkuyor, yani Shae gözlerden uzakta... ama teselli edilmeye ihtiyaç duyduğunuzda ulaşabileceğiniz kadar da yakınınızda olur."

"El Kulesi sürekli gözleniyor, bunu benim kadar sen de biliyorsun. Lollys'in hizmetçisi beni ziyaret etmeye başlarsa Cersei şüphelenir."

"Çocuğu kimse görmeden odanıza sokabilirim. Gizli kapıları olan tek ev Chataya'nın evi değil."

"Gizli bir giriş mi? *Benim* daireme?" Tyrion şaşkın değil rahatsızdı. Zalim Maegor'ın kale yapımında çalışan herkesi öldürmesinin sebebi bu çeşit sırların ortaya çıkmasını engellemekten başka ne olabilirdi? "Var elbette. Kapıyı nerede bulacağım? Çalışma odamda mı? Yatak odasında mı?"

"Dostum, beni küçük sırlarımın *hepsini* açıklamaya zorlamayacaksınız, değil mi?"

"Bundan böyle, onların *bizim* küçük sırlarımız olduğunu düşün Varys." Tyrion leş kokulu giysilerin içindeki hadımı süzdü. "*Benim* tarafımda yer aldığını varsayıyorum ..."

"Bundan şüphe edebilir misiniz?"

"Ah, hayır. Sana tamamen güveniyorum." Kapalı pencerelerde acı bir kahkaha yankılandı. "Sana kendi kanımdan biriymişsin gibi güveniyorum doğrusu. Şimdi, bana Cortnay Penrose'un nasıl öldüğünü anlat."

"Kendini bir kuleden aşağı attığı söyleniyor."

"*Kendini* aşağı mı atmış? Hayır, buna inanmam!"

"Muhafızlar adamın odasına kimsenin girdiğini görmemiş, olaydan sonra da içeride kimseyi bulamamışlar."

"O hâlde katil odaya önceden girip yatağın altında saklanmıştır," dedi Tyrion, "ya da bir iple çatıdan inmiştir. Belki de muhafızlar yalan söylüyordur. Bu işi muhafızların yapmadığını nereden bilebiliriz?"

"Hiç şüphesiz haklısınız lordum."

Kibirli ses tonu tersini söylüyordu. "Ama sen böyle düşünmüyorsun? Peki, sence nasıl öldürüldü?"

Varys uzunca bir an bir şey söylemedi. Duyulan tek ses taşlık yola çarpan nalların sesiydi. Hadım sonunda boğazını temizleyip, "Lordum, eski güçlere inanır mısınız?" diye sordu.

"Sihir mi demek istiyorsun?" dedi Tyrion sabırsızca. "Kanbüyüleri, lanetler, şekildeğiştirenler, bu çeşit şeyler mi?" Güldü. "Sör Cortnay'in büyüyle öldürüldüğünü söylemeye mi çalışıyorsun?"

"Sör Cortnay öldüğü gecenin sabahı Lord Stannis'i teke tek dövüşe davet etmiş. Sorarım size, bu umutsuz bir insanın yapacağı şey mi? Ayrıca Lord Renly'nin korkunç ve gizemli cinayeti de var. Renly, ordusu Stannis'i araziden silmek için konumlanırken öldürüldü." Hadım bir an duraksadı. "Lordum, bana bir keresinde nasıl kesildiğimi sormuştunuz."

"Hatırlıyorum," dedi Tyrion. "Anlatmak istememiştin."

"İstemiyorum ama..." Hadımın bu seferki sessizliği daha uzun sürdü ve tekrar konuştuğunda sesi farklı çıkıyordu. "Gezgin bir kumpanyada çıraklık yapan öksüz bir çocuktum ben. Ustamızın küçük, şişman bir gökesi vardı. Dar Deniz'in kıyılarında dolaşıp bütün Özgür Şehirler'de gösteriler yapardık, bazen Eski Şehir'e ve Kral Toprakları'na da giderdik.

Myr'de olduğumuz bir gün bir adam gösteriyi izlemeye geldi. Gösteriden sonra, beni satın almak için ustamın reddedilemeyecek kadar cazip bulduğu bir teklifte bulundu. Dehşete kapılmıştım. Adamın beni kullanmaya niyetli olduğunu düşünmüştüm. Bazı adamların küçük çocukları nasıl kullandığını duymuştum. Ama gerçekte, adamın ihtiyaç duyduğu tek yanım erkekliğimdi. Beni hareket edemeyecek ve konuşamayacak kadar güçsüz bırakan fakat duyularımı köreltmeyen bir şurup içirdi bana. Uzun, kancalı bir bıçakla, şarkılar söyleyerek doğradı beni, kökten. Erkekliğimi bir maltızda yakmasını izledim. Alevler maviye döndü. Adamın çağrısını yanıtlayan bir ses duydum ama konuştukları dili anlamıyordum.

Adamın benimle işi bittiğinde kumpanya gemisi çoktan yelken açmıştı. Adam benden istediğini almıştı, işine yarayacak bir şeyim kalmamıştı, beni sokağa attı. Ona şimdi ne yapacağımı sorduğumda büyük ihtimalle öleceğimi söyledi. Onun inadına yaşamaya karar verdim. Dilendim, çaldım ve vücudumun bana kalan kısımlarını sattım. Kısa zaman içinde Myr'deki her hırsız kadar iyi bir hırsız oldum ve biraz daha büyüdüğümde bazı adamların mektuplarında yazan şeylerin keselerindeki altınlardan daha kıymetli olduğunu öğrendim.

O gece hâlâ rüyalarıma girer lordum. Büyücü değil, bıçağı değil, ateşin içinde buruşup büzüşerek yanan erkekliğim bile değil. O ses rüyalarıma giriyor. Alevlerden çıkan ses. Bir tanrı mıydı, bir şeytan mı, yoksa bir ateş büyücüsünün hilesi mi? Ben bütün hileleri bilirim ama bunu bilmiyorum. Size kesin olarak söyleyebileceğim tek şey; adam seslendi, alevler cevap verdi ve ben o günden sonra bütün büyülerden ve büyücülerden nefret ettim. Eğer Lord Stannis onlardan biriyse ölüsünü görmek isterim."

Varys anlatmayı bitirdikten sonra bir süre sessizce yol aldılar. "Yürek parçalayan bir hikâye. Üzgünüm," dedi Tyrion sonunda.

Hadım içini çekti. "Üzgünsünüz ama bana inanmıyorsunuz. Hayır lordum, üzüntünüzü ifade etmenize gerek yok. Bana ilaç verilmişti, acı çekiyordum, çok uzun zaman önceydi ve denizin karşı kıyısındaydım. O sesi hayal ettiğime şüphe yok. Bunu kendime binlerce kez söyledim."

"Ben çelik kılıçlara, altın sikkelere ve insan zekâsına inanırım," dedi Tyrion. "Ve bir zamanlar ejderhaların yaşadığına. Sonuçta onların kafataslarını gördüm."

"Umalım da gördüğünüz en korkunç şey onlar olsun lordum."

"Bu konuda anlaştık." Tyrion gülümsedi. "Sör Cortnay'in ölümüne gelince, Stannis'in Özgür Şehirler'den paralı askerler topladığını biliyoruz. Belki becerikli bir suikastçı da almıştır."

"*Çok* becerikli bir suikastçı."

"Öyleleri var. Bir gün tatlı ablamın peşine Yüzsüz Adamlar'ı salacak kadar zengin olacağımı hayal ederdim eskiden."

"Sör Cortnay'in nasıl öldüğü bir yana, öldü," dedi Varys. "Kale düştü. Stannis hareket etmekte özgür artık."

"Dorne askerlerini Hudutlar'a inmeye ikna etme şansımız var mı?"

"Yok."

"Yazık. Neyse, en azından Hudut lordları bu tehdit sayesinde kalelerinden uzaklaşmazlar. Babamdan ne haberler var?"

"Lord Tywin, Kızıl Çatal'ı geçmeyi başardıysa bile bana bir haber gelmedi. Eğer acele etmezse düşmanlarının arasında sıkışabilir. Oakheartlar'ın yaprağı ve Rowanlar'ın ağacı Mander'da görüldü."

"Serçeparmak'tan ses yok mu?"

"Belki Acı Köprü'ye hiç varamadı. Belki orada öldü. Lord Tarly, Renly'nin birliklerini yakalayıp çoğunu kılıçtan geçirmiş, başta Florentler'i. Lord Caswell kendini kalesine kapatmış."

Tyrion başını geriye atıp gülmeye başladı.

Varys şaşkın hâlde dizginlerini çekti. "Lordum?"

"İroniyi göremiyor musun Varys?" dedi Tyrion. Eliyle kapalı pencereleri ve uyuyan şehri gösterdi. "Fırtına Burnu düştü. Stannis ateşle, çelikle ve tanrılar bilir hangi karanlık güçlerle birlikte Kral Toprakları'na geliyor ve bu şehrin iyi insanları kendilerini koruyacak Jaime'ye sahip değiller artık, Robert yok, Renly yok, Rhaegar yok, pek kıymetli Çiçek Şövalyesi yok. Yalnızca ben varım, nefret ettikleri adam." Tekrar güldü. "Cüce, iblis danışman; çarpık, küçük, maymun şeytan. Kaosla aralarında duran tek şey benim."

CATELYN

"Babama onu gururlandırmak için gittiğimi söyle." Edmure atına bindi, parlak zırhının ve uçuşan pelerininin altındaki bedeninin her noktası bir lorda aitti. Büyük miğferinin alnını gümüşi bir alabalık süslüyordu. Balığın ikizi kalkanına boyanmıştı.

"O seninle her zaman gurur duydu Edmure," dedi Catelyn. "Ve seni deli gibi seviyor. Buna inan."

"Beni sevmesi için doğumumdan daha iyi bir sebep vereceğim ona." Savaş atını döndürüp yumruğunu havaya kaldırdı. Borular öttü, davullar çaldı, köprü aşağı inmeye başladı. Sör Edmure Tully, gökyüzüne yükselmiş mızrakların ve dalgalanan sancakların altında adamlarını Nehirova'dan çıkardı.

Benim ordum seninkinden çok daha büyük kardeşim, diye düşündü Catelyn. *Benim korku ve şüphelerden oluşan bir ordum var.*

Catelyn'in yanında duran Brienne'nin bedbahtlığı elle tutulacak gibiydi. Catelyn kızın bedenine göre elbiseler dikilmesini emretmişti, soyuna ve cinsiyetine uygun güzel kıyafetler... ama kız hâlâ zırh ve kaynatılmış deri giymeyi, beline kılıç kemeri takmayı tercih ediyordu. Edmure'la birlikte savaşa gitse çok daha mutlu olurdu ama Nehirova'nınkiler kadar sağlam duvarlar bile güçlü kılıçlar tarafından korunmak zorundaydı. Edmure sağlıklı her adamı geçitleri korumak için almıştı. Yaralılardan, yaşlılardan, hastalardan, birkaç genç yaverden ve henüz erkek bile olmamış eğitimsiz köylü çocuklardan oluşan bir garnizonu Sör Desmond Grell komutasında kalede bırakmıştı. Bu garnizon, kadınlar ve çocuklarla dolu kaleyi savunacaktı.

Edmure'un ordusunun son piyadesi de yivli kapının altından geçtiğinde, "Şimdi ne yapacağız leydim?" diye sordu Brienne.

"Görevimizi." Avlunun karşısına yürürken Catelyn'in yüzü çekilmişti. *Ben her zaman görevimi yaptım*, diye düşündü. Lord babasının en çok onu sevmesinin nedeni buydu belki. Catelyn'in iki ağabeyi de henüz bebekken ölmüştü. Catelyn, Edmure doğana kadar Lord Hoster'ın hem kızı hem oğlu olmuştu. Sonra annesi ölmüştü, babası artık Nehirova'nın leydisi olması gerektiğini söylemişti ve Catelyn bu görevi de yerine getirmişti. Lord Hoster onu Brandon Stark'la evlendirmeye karar verdiğinde böylesine uygun bir seçim yaptığı için babasına teşekkür etmişti.

Brandon'a uğur mendili verdim. Petyr yaralandıktan sonra ona geçmiş olsun demedim, babam onu buradan gönderdiğinde veda bile etmedim. Brandon öldürüldüğünde ve babam, onun kardeşiyle evlenmem gerektiğini söylediğinde memnuniyetle yaptım. Düğün günümüze kadar Ned'in yüzünü bile görmemiştim. Bekâretimi o ağırbaşlı yabancıya verdim ve onu savaşa, kralının ve piç oğlunu doğuracak kadının yanına gönderdim çünkü ben görevlerimi her zaman yerine getirdim.

Adımları Catelyn'i septe götürdü. Duvarları kumtaşından örülmüş yedi köşeli tapınak annesinin bahçesinin tam ortasındaydı ve gökkuşaklarıyla doluydu. Sept kalabalıktı, dua etmeye ihtiyacı olan tek kişi Catelyn değildi. Savaşçı'nın boyalı mermer suretinin önünde diz çöktü ve Edmure için bir mum yaktı, bir tane de tepelerin ardındaki oğlu Robb için. *Onları koru ve zafer kazanmalarına yardım et*, diye yalvardı. *Ölenlerin ruhlarına huzur ve geride kalanlara teselli bağışla.*

Catelyn dua ederken rahip buhurdanlığı ve kristaliyle birlikte içeri girdi. Catelyn ayine katılmak için septte kaldı. Bu rahibi tanımıyordu, Edmure'un yaşlarında, ağırbaşlı, genç bir adamdı. Görevini layıkıyla yerine getiriyordu. Yedi'ye ilahiler okuyan sesi pes ve güzeldi ama Catelyn çok uzun zaman önce ölen Rahip Osmynd'in tiz ve titrek sesini özlüyordu. Osmynd, Catelyn'in o çadırda gördüğü ve hissettiği şeylerin hikâyesini sabırla dinlerdi, ne anlama geldiklerini bilebilirdi ve Catelyn'in rüyalarını taciz eden gölgeleri göndermenin bir yolunu bulabilirdi. *Osmynd, babam, Brynden amcam, yaşlı Üstat Kym, onlar her zaman her şeyi bilir gibi görünürlerdi ama şimdi yalnızca ben varım ve görünüşe göre hiçbir şey bilmiyorum, görevimin ne olduğunu bile. Ne olduğunu bilmeden görevimi nasıl yerine getirebilirim?*

Catelyn ayağa kalktığında dizleri uyuşmuştu ama kendini daha akıllı hissetmiyordu. Bu gece tanrı korusuna gitmeliydi belki ve Ned'in tanrılarına dua etmeliydi. Onlar Yedi'den daha yaşlıydı.

Septin dışında çok daha farklı bir şarkı duydu. Kafiyeci Rymund ambarın önünde bir dinleyici çemberinin ortasında oturmuş Lord Deremond ve Kanlı Çayır'ı söylüyordu.

Darry'nin onlusunun sonuncusu
elinde kılıcıyla bekliyordu...

Brienne şarkıyı dinlemek için durdu, geniş sırtı kamburlaşmış, kalın kolları göğsünün üstünde birleşmişti. Önlerinden oyun oynayan perişan erkek çocuklar geçti, bağrışıyor, ellerindeki sopalarla kılıç dövüşü yapıyorlardı. *Oğlan çocukları savaş oyunu oynamayı neden bu kadar çok sever?* Catelyn cevabın Rymund olup olmadığını düşündü. Şarkıcının sesi şarkının sonlarına doğru iyice yükselmişti.

Ayağının altındaki çimen kırmızı,
sancağının pırıltısı kırmızı.
Onu ışığıyla yıkayan,
batan güneş kırmızı.
"Gelin, gelin" dedi büyük lord,
"Benim kılıcım aç hâlâ."
Ve vahşi bir öfke çığlığıyla
Yayıldılar ovaya...

"Savaşmak beklemekten daha iyi," dedi Brienne. "Savaşırken bu kadar çaresiz hissetmiyor insan kendini. Bir kılıcın var, bir atın, bazen bir baltan. Zırhını giyinmişken birinin sana zarar vermesi zor."

"Şövalyeler dövüşürken ölür," diye hatırlattı Catelyn.

Brienne güzel mavi gözleriyle Catelyn'e baktı. "Tıpkı leydilerin doğum yatağında öldüğü gibi. Kimse *onlar* için şarkı yazmıyor."

"Çocuklar başka türlü bir mücadele." Catelyn avlunun diğer ucuna doğru yürümeye başladı. "Borular ve sancaklar olmayan bir savaş ama daha kolay değil. Bir çocuğu karnında taşımak, onu dünyaya getirmek... Annen sana doğum sancısından bahsetmiştir..."

"Ben annemi hiç tanımadım," dedi Brienne. "Babamın leydileri vardı... Her yıl farklı bir leydi ama..."

"Onlar leydi değildi," dedi Catelyn. "Doğum ne kadar zor olursa olsun doğumun arkasından gelenler daha zordur Brienne. Bazen parçalara ayrılıyormuşum gibi hissediyorum. Keşke benden beş tane olsa, her çocuğum için bir ben, hepsinin güvende olmasını sağlayabilsem."

"Peki, *sizi* kim koruyacak leydim?"

Catelyn'in gülümsemesi yorgun ve silikti. "Hanedanımın erkekleri... ya da annem bana böyle öğretti diyelim. Lord babam, erkek kardeşim, amcam, kocam, beni onlar koruyacak... ama şimdi hepsi benden uzakta. Onların yerini sen doldurmalısın sanırım."

Brienne başını eğdi. "Elimden geleni yapacağım leydim."

Aynı gün Üstat Vyman bir mektup getirdi. Catelyn Robb'dan ya da Kışyarı'ndaki Sör Rodrik'ten olmasını umarak mektubu hemen açtı ama mektup Lord Meadows isimli, Fırtına Burnu'nun kumandanı olduğunu söyleyen birinden gelmişti. Babasına, oğluna, kardeşine ya da "Nehirova'ya hükmeden kimse" ona gönderilmişti. Sör Cortnay Penrose'un öldüğünü yazmıştı adam. Fırtına Burnu kapılarını Stannis Baratheon'a açmıştı. Kale garnizonundaki her adam ona bağlılık yemini etmiş ve hiçbir askere zarar verilmemişti.

"Zavallı Cortnay Penrose," diye mırıldandı Catelyn. Adamla hiç tanışmamıştı ama ölümüne üzülmüştü. "Robb'a bir an önce haber vermeliyiz," dedi. "Nerede olduğunu biliyor muyuz?"

"Son haber aldığımızda Sarpkaya'ya gidiyordu, Westerling Hanedanı'nın kalesine," dedi Üstat Vyman. "Külizi'ne bir kuzgun gönderirsek mektubu bir süvariyle krala ulaştırabilirler."

"Öyle yapın."

Üstat gittikten sonra Catelyn mektubu tekrar okudu. "Lord Meadows, Robert'ın piçiyle ilgili bir şey yazmamış," dedi Brienne'e. "Çocuğu da diğerleriyle birlikte Stannis'e teslim ettiğini düşünüyorum. İtiraf etmeliyim ki Stannis'in bu çocuğu neden bu kadar ısrarla istediğini anlayamıyorum."

"Çocuğun tahtta hak iddia etmesinden korkuyordur belki."

"Bir piçin iddiasından mı? Hayır, başka bir şey var... Bu çocuk, nasıl görünüyor?"

"Yedi ya da sekiz yaşında, güler yüzlü, siyah saçlı ve mavi gözlü. Kaleyi ziyaret edenler onu Renly'nin oğlu sanırdı."

"Ve Renly, Robert'a benziyordu." Catelyn anlamaya başlamıştı. "Stannis ağabeyinin piçini bütün diyara göstermeyi planlıyor. İnsanlar oğlanın Robert'a ne kadar çok benzediğini görecek ve Joffrey'nin neden hiç benzemediğini merak edecek."

"Bunun o kadar büyük bir anlamı var mı?"

"Stannis'in yandaşları bunun kanıt olduğunu düşünüyor. Joffrey'yi destekleyenlerse hiçbir anlamı olmadığını söylüyor." Kendi çocukları bir Stark'tan çok bir Tully gibi görünüyordu. Ned'in yüz hatlarını alan tek çocuğu Arya'ydı. *Ve Jon Kar ama o benim oğlum değil.* Kendini Jon Kar'ın annesini düşünürken buldu, kocasının asla bahsetmediği, gölgeye benzeyen bir sır. *O da benim gibi Ned'in yasını tutuyor mu? Yoksa yatağını benim yatağım uğruna terk ettiği için ondan nefret mi ediyor? O da benim gibi oğlu için tanrılara yalvarıyor mu?*

Rahatsız edici ve beyhude düşüncelerdi bunlar. Eğer Jon söylendiği gibi Kayanyıldız Kalesi'nden Leydi Ashara'nın oğluysa leydi öleli çok uzun zaman olmuştu. Eğer değilse, oğlanın annesinin kim ve nerede olduğuna dair fikri yoktu Catelyn'in. Artık bunun önemi de yoktu. Ned ölmüştü ve bütün aşkları, bütün sırları onunla birlikte gömülmüştü.

Konu piçler olduğunda erkeklerin ne kadar tuhaf davrandığını düşünüp bir kez daha şaşırdı. Ned, Jon'u her zaman ateşli bir şekilde korurdu ve Sör Cortnay Penrose, Edric Fırtına için kendi canını ortaya koymuştu. Öte yandan Roose Bolton için piç oğlu köpeklerinden daha kıymetsizdi; Edmure'un üç gün önce Bolton'dan aldığı tuhaf ve soğuk mektuptan açık seçik anlaşılıyordu bu. Bolton, Üç Dişli Mızrak'ı geçtiğini ve kendisine emredildiği gibi Harrenhal'a yürüdüğünü yazmıştı. "Sağlam bir kale ve garnizonu kuvvetli ama onu Majesteleri için alacağım, bunu yapmak için o kalenin içindeki her canlıyı öldürmem gerekse bile." Sör Rodrik tarafından ölümle cezalandırılan piç oğlunun işlediği suçların ağırlığının bu kaleyle dengelenmesini umuyordu. "Piç oğlum bu cezayı kesinlikle hak etmiştir," yazmıştı Bolton. "Lekeli kanlarda hainlik vardır, Ramsay zalim, açgözlü ve sinsi bir tabiata sahipti. Ondan kurtulduğum için kendimi şanslı addediyorum. Genç karımın bana söz verdiği öz oğullarım, o piç sağ olduğu sürece güvende olmayacaktı."

Aceleci ayak sesleri bu hastalıklı düşünceleri kafasından uzaklaştırdı. Sör Desmond'ın yaveri odaya girip diz çöktü. "Leydim... Lannisterlar... nehrin karşısındalar."

"Nefes al delikanlı, yavaş yavaş anlat."

Çocuk kendisine emredileni yaptı. "Bir grup zırhlı adam," dedi. "Kızıl Çatal'ın karşısındalar. Lannisterlar'ın aslanlı sancağının altında mor renkli tekboynuz sancağı taşıyorlar."

Lord Brax'ın oğlu. Catelyn genç bir kızken Lord Brax, Nehirova'ya gelmiş, oğullarından birini Catelyn'le ya da kız kardeşi Lysa'yla evlendirmek istediğini söylemişti. Nehrin karşısında saldırmaya hazırlanan adamın aynı kişi olup olmadığını merak etti Catelyn.

Catelyn siperlere gittiğinde, Lannisterlar'ın parlak sancaklar altında güneydoğudan geldiğini söyledi Sör Desmond. "Birkaç keşif süvarisi, kalabalık değiller," dedi. "Lord Tywin'in ana kuvveti iyice güneyde. Bizim için bir tehlike yok."

Kızıl Çatal'ın güneyindeki arazi dümdüz ve açıktı. Catelyn gözcü kulesinden baktığında millerce uzağı görebiliyordu. Buna rağmen sadece en yakındaki geçit görünür durumdaydı. Edmure geçidin savunmasını, nehrin daha yukarısındaki üç geçitle birlikte Lord Jason Mallister'a vermişti. Lannisterlar nehrin kıyısında ne yapacaklarını bilmiyormuş gibi dolanıyorlardı. Kırmızı ve gümüş renkli sancaklar rüzgârla dalgalanıyordu. "Elli adamdan fazla değiller leydim," diye tahmin etti Sör Desmond.

Catelyn süvarilerin uzun bir sıra hâlinde yayılmasını izledi. Lord Jason'ın adamları kayaların, çalıların ve tümseklerin arkasında süvarilerin gelmesini bekliyordu. Süvariler bir boru sesinin ardından ağır adımlarla nehre girdi. Parlak zırhları, dalgalanan sancakları, güneş ışığını yakalayan mızrak uçlarıyla bir an için cesur bir gösteri sergilediler.

Brienne'in, "*Şimdi,*" diye fısıldadığını duydu Catelyn.

Neler olduğunu anlayabilmek güçtü ama atların kişnemesi bu kadar uzaktan bile yüksek geliyordu ve Catelyn aşağıdaki çelik seslerini duyabiliyordu. Bir sancaktar suyun içine çekilirken taşıdığı sancak onunla birlikte gözden kayboldu ve kısa bir zaman sonra ölü adam nehrin akıntısıyla sürüklenerek Nehirova duvarlarını geçti. Lannisterlar kafaları karışık bir hâlde geri çekiliyordu. Catelyn adamların tekrar sıraya girişini, kısa bir süre konuştuktan sonra geldikleri yoldan dörtnala geri dönüşünü izledi. Duvarlardaki adamlar, duyamayacak kadar uzaklaşmış süvarilerin peşinden alayla bağırıyordu.

Sör Desmond eliyle göbeğine vurdu. "Keşke bunu Lord Hoster da görebilseydi. Dans ederdi."

"Korkarım babamın dans ettiği günler mazide kaldı," dedi Catelyn, "ve bu savaş daha yeni başladı. Lannisterlar tekrar gelecek. Lord Tywin'in ordusu kardeşimin ordusundan iki kat büyük."

"On kat büyük olsa da fark etmez," dedi Sör Desmond. "Kızıl Çatal'ın batı kıyısı doğu kıyısından yüksek ve çok ağaçlı leydim. Okçularımız çok iyi gizlendi ve iyi bir görüş alanları var... Her şeye rağmen bir gedik oluşursa, Edmure'un yedek kuvveti nerede ihtiyaç duyulursa oraya gitmek için hazırda bekliyor. Nehri geçemeyecekler."

"Haklı olmanız için dua ediyorum," dedi Catelyn kederle.

O gece tekrar geldiler. Catelyn, düşman dönerse uyandırılmak için emir vermişti ve gece yarısından sonra bir hizmetçi kız hafifçe omzuna dokundu. Catelyn hemen ayaklandı. "Ne oldu?"

"Yine geçitteler leydim."

Catelyn üstüne bir sabahlık alıp kulenin çatısına çıktı. Duvarların arkasını ve ay ışığıyla aydınlanan nehrin kıyısını görebiliyordu, çarpışma şiddetlenmişti. Nehri savunan askerler nehir boyunca gece ateşleri yakmıştı. Lannisterlar askerlerin karanlık yüzünden körleşeceğini ya da onları gafil avlayabileceklerini düşünmüş olabilirlerdi. Durum buysa yaptıkları aptallıktı. Karanlık güvenilmez bir müttefikti. Lannister süvarileri karşıya geçmeye çalışırken gizli çukurlara basıp devrildiler, taşlara takılıp tökezlediler, suya gizlenmiş domuzdikenlerine yakalanıp yaralandılar. Mallister adamlarının nehrin karşısına uçurduğu alevli oklar bu mesafeden tuhaf bir şekilde güzel görünüyordu. Bir adama en az bir düzine ok isabet etti, giysileri alev aldı, sonunda düşüp akıntıyla sürüklenmeden önce diz boyu suda dönerek dans etti. Bedeni suya bata çıka Nehirova'yı geçerken hem üstündeki alevler hem de tenindeki can sönmüştü.

Çarpışma sona erip düşman askerlerinden sağ kalanlar karanlığın içinde kaybolduğunda, *küçük bir zafer*, diye düşündü Catelyn, *yine de zafer*. Kule merdiveninden inerlerken Brienne'e ne düşündüğünü sordu. "Bu, Lord Tywin'in parmak ucunun dokunuşuydu leydim," dedi kız. "Araştırıyor; zayıf bir nokta, savunmasız bir geçit bulmaya çalışıyor. Eğer bulamazsa bütün parmaklarını birleştirip bir yumruk hâline getirecek ve kendi geçidini açmayı deneyecek." Brienne kamburlaştı. "Onun yerinde olsaydım böyle yapardım." Eli kılıcının kabzasına gitti, orada olduğundan emin olmak istiyormuş gibi silahı yokladı.

O hâlde tanrılar bize yardım etsin, diye düşündü Catelyn. Yapabileceği bir şey yoktu. Nehrin kıyısındaki Edmure'un mücadelesiydi, Catelyn'in mücadelesi burada, kalenin içindeydi.

Ertesi sabah kahvaltı ederken babasının yaşlı kâhyası Utherydes Wayn'ı çağırttı. "Sör Cleos Frey'e bir sürahi şarap götürün. Onu sorgulamak niyetindeyim ve dilinin iyice çözülmüş olmasını istiyorum."

"Emredersiniz leydim."

Kısa bir zaman sonra göğsünde Mallisterlar'ın kartal armasını taşıyan bir süvari geldi ve başka bir mücadelenin daha zaferle sonuçlandığı haberini verdi. Sör Flement Brax nehrin altı fersah kadar güneyindeki başka bir geçitten geçmeyi denemişti. Lannisterlar bu defa mızraklı süvari sayılarını azaltmış, nehri piyade askerlerle geçmeye çalışmışlardı ama Mallister okçuları askerlerin üstüne ok yağdırırken Edmure'un nehir kıyısına yerleştirdiği akrep mancınıkları ağır taşlar fırlatmış ve askerleri dağıtmıştı. "Suda bir düzine ceset bıraktılar, sadece ikisi sığlığa gelmeyi başardı ama işlerini hızlıca bitirdik," diye rapor verdi süvari. Nehrin üst kısmında, Lord Karyl Vance'in koruduğu geçitte bir mücadele daha gerçekleştiğini anlattı. "O baskı da geri püskürtüldü. Düşmanımız büyük kayıplar verdi."

Edmure benim düşündüğümden daha akıllıydı belki de, diye düşündü Catelyn. *Lordlar onun savaş planındaki mantığı gördüler. Ben göremeyecek kadar kör müydüm? Kardeşim benim hatırladığım o küçük çocuk değil artık.*

Sör Cleos'u ziyaret etmek için akşam vaktini bekledi, ne kadar oyalanırsa adamın o kadar sarhoş olacağını umuyordu. Catelyn kule hücresine girdiğinde adam dizlerinin üstüne çöktü. "Leydim, ben kaçırma olayıyla ilgili hiçbir şey bilmiyorum. İblis, bir Lannister'ın Lannister muhafızları tarafından korunması gerektiğini söyledi. Size şövalyelik onurum üstüne yemin..."

"Ayağa kalkın sör." Catelyn sıraya oturdu. "Walder Frey'in hiçbir torununun bir yeminbozan olmayacağını biliyorum." *Eğer lordun amacına hizmet etmeyecekse*. "Kardeşim barış şartları getirdiğinizi söyledi."

"Getirdim." Sör Cleos ayağa kalktı. Adamın sallandığını görmek Catelyn'i memnun etmişti.

"Anlatın," dedi ve adam anlattı.

Cleos sözlerini tamamladığında Catelyn'in kaşları çatılmıştı. Edmure haklıydı, bu şartlar kabul edilemezdi, biri dışında... "Lannister ağabeyi karşılığında Arya ve Sansa'yı vermeyi öneriyor?"

"Evet. Demir Taht'ta oturdu ve yemin etti."

"Şahitlerin önünde mi?"

"Bütün konseyin ve maiyetin önünde leydim. Ve tanrıların. Bunu Sör Edmure'a da anlattım ama kabul etmenin imkânsız olduğunu, Majesteleri Robb'un buna asla razı gelmeyeceğini söyledi."

"Doğru söylemiş." Oğlunun haksız olduğunu söyleyemezdi. Arya ve Sansa birer çocuktu. Kral Katili, canlı ve özgür, bütün diyardaki en tehlikeli adamdı. Bu yol hiçbir yere çıkmıyordu. "Kızlarımı gördünüz mü? Onlara iyi davranılıyor mu?"

Sör Cleos tereddüt etti. "Ben... Evet, onlar..."

Söyleyecek bir yalan arıyor, dedi Catelyn kendine. *Ama şarap zekâsını köreltti*. "Sör Cleos," dedi Catelyn sakince, "adamlarınız bize oyun oynamaya kalkıştığı anda barış sancağını bırakmış oldunuz. Bana yalan söylerseniz sizi duvarlara, adamlarınızın yanına astırırım. Emin olabilirsiniz. Bir kez daha soruyorum, *kızlarımı gördünüz mü*?"

Adamın alnı terle ıslanmıştı. "Tyrion bana şartlarını anlattığı gün Sansa'yı gördüm. Çok güzel görünüyordu leydim. Belki biraz solgundu. Süzülmüştü."

Sansa ama Arya değil. Bunun pek çok anlamı olabilirdi. Arya'yı uysallaştırmak her zaman güçtü. Cersei, Arya'nın söyleyebileceği ya da yapabileceği şeylerden çekinip onu kalabalığın önüne çıkartmak istememiş olabilirdi. Göz önünde olmaması için onu bir yere kapatmışlardı belki. *Onu öldürmüş de olabilirler*. Catelyn bu düşünceyi kafasından uzaklaştırdı. "Tyrion'ın şartları dediniz... ama Cersei, Vekil Kraliçe."

"Tyrion her ikisi adına konuştu. Kraliçe orada değildi. O gün rahatsızmış, bana öyle söylendi."

"İlginç." Catelyn, Ay Dağları'ndaki korkunç yolculuğu ve Tyrion Lannister'ın o paralı askeri nasıl kendi tarafına çektiğini hatırladı. *Cüce son derece zeki*. Lysa tarafından serbest bırakılıp Vadi'den kovulduktan sonra Tyrion'ın yüksek yolda nasıl hayatta kalabildiğini hayal bile edemiyordu ama bunu başarmış olmasına şaşırmıyordu. *Ned'in cinayetinde parmağı yok. Dağ adamları saldırdığında hayatımı kurtarmıştı. Onun sözüne bir güvenebilsem...*

Parmaklarındaki derin yara izlerine bakmak için ellerini açtı. *Bunlar onun hançerinin izleri*, diye hatırlattı kendine. *O hançer Bran'ın boğazını kesmeye gelmiş bir katilin elindeydi*. Cüce bunu da inkâr etmişti. Lysa adamı gökyüzü hücresine kapatmış, ay kapısıyla tehdit etmişti ama Tyrion suçu kabullenmemişti. "Yalan söylüyor," dedi ayağa kalkarken. "Lannisterlar'ın hepsi yalancı ve cüce en beter olanları. Katilin elinde onun hançeri vardı."

"Ben hançerle ilgili bir şey bilmiyorum..."

"Siz hiçbir şey bilmiyorsunuz," dedi Catelyn hücre kapısından çıkarken. Brienne sessizdi. *Onun için daha basit*, diye düşündü biraz gıpta ederek. Brienne erkek gibiydi. Erkekler için cevap hep aynıydı ve sadece kılıçları kadar uzaktı. Bir kadın için, bir anne için, yol hayal edilemeyecek kadar zor ve taşlıydı.

Biraz cesaret verebilmek umuduyla akşam yemeğini garnizonla birlikte Büyük Salon'da yedi. Kafiyeci Rymund her yemek arasında şarkılar söyleyip Catelyn'i konuşmak derdinden kurtardı. Adam son olarak Robb'un Öküzağzı'nda kazandığı zafer için yazdığı şarkıyı söyledi. "*Gökteki yıldızlar onun kurdu-*

nun gözleriydi ve onun şarkısı rüzgârın ta kendisi." Rymund kıtaların arasında başını arkaya atıp uluyordu, şarkının sonunda bütün salon onunla birlikte ulumaya başlamıştı.

Kendilerini daha cesur hissedeceklerse bırak şarkılar söylesinler, diye düşündü Catelyn elindeki gümüş kadehle oynarken.

"Ben küçükken Akşamgüneşi Kalesi'nde her zaman bir şarkıcı olurdu," dedi Brienne sessizce. "Bütün şarkıları kalbimle ezberlerdim."

"Sansa da senin gibiydi. Gerçi çok az şarkıcı kuzeye, Kışyarı'na gelmeye zahmet ederdi." *Kızıl Kale'de şarkıcılar olacağını söylemiştim ona. Her türden müziği orada duyabileceğini söylemiştim. Hatta babasının bir öğretmen bulacağını ve o öğretmenden arp çalmayı öğrenebileceğini. Ah, tanrılar beni affetsin...*

"Bir kadın hatırlıyorum... Dar Deniz'in karşısından bir yerden gelmişti. Hangi dilde şarkı söylediğini anlamıyordum ama sesi de kendisi kadar güzeldi. Gözleri erik rengiydi ve beli öyle inceydi ki babamın iki elinin arasına sığıyordu. Babamın elleri neredeyse benimkiler kadar büyüktü." Uzun parmaklarını saklamak istiyormuş gibi büktü.

"Baban için şarkı söyler miydin?" diye sordu Catelyn.

Brienne başını iki yana salladı. Gözlerini indirmiş, yemeğinin içinde bir cevap varmış gibi tabağına bakıyordu.

"Lord Renly için?"

Kızın yüzü kızardı. "Asla, ben... Soytarısı, o bazen zalim şakalar yapardı ve ben..."

"Bir gün benim için şarkı söylemelisin."

"Ben... Lütfen, benim yeteneğim yok." Brienne sandalyesini geri itti. "Beni bağışlayın leydim, gitmem için izin verir misiniz?"

Catelyn başıyla onayladı. Uzun ve biçimsiz kız büyük adımlarla salondan çıktı. *Tanrılar onun yanında olsun*, dedi Catelyn içinden ve isteksizce yemeğine döndü.

Brienne'in yumruğun ineceğini söylemesinden üç gün sonra ve onu duymalarından beş gün önceydi. Edmure'un habercisi geldiğinde Catelyn babasının yanındaydı. Adamın zırhı ezilmişti, çizmeleri tozluydu ve pelerini yırtılmıştı ama dizinin üstüne çökerken yüzünde beliren ifade haberlerin iyi olduğunu söylüyordu.

"Zafer, leydim." Edmure'un mektubunu uzattı. Catelyn titreyen elleriyle mührü kırdı.

Lord Tywin'in adamları onlarca farklı geçitten nehri geçmeye çalışmıştı ama bütün saldırıları geri püskürtülmüştü. Lord Lefford boğulmuştu, Güçlüdomuz lakaplı Crakehall şövalyesi esir alınmıştı, Sör Addam Marbrand üç kez geri çekilmeye zorlanmıştı... ama en zorlu mücadele Taş Değirmen'de, Sör Gregor Clegane'in komuta ettiği birlikle yapılan mücadeleydi. Gregor'un adamlarının çoğu devrilmişti ve ölen atlar akıntıyı kesmişti. Sonunda Yürüyen Dağ ve bir avuç adamı batı kıyısını ele geçirmeyi başarmıştı fakat Edmure yedek kuvvetini salmış, düşman kanlı ve yenilmiş bir hâlde geri çekilmek zorunda kalmıştı. Sör Gregor atını kaybetmişti, en az bir düzine kanlı yarayla, ok yağmuru altında Kızıl Çatal'ın karşı kıyısına geri dönmüştü. "Nehri geçemeyecekler Cat," yazmıştı Edmure. "Lord Tywin güneydoğuya yürüyor. Bir aldatmaca ya da tam bir çekilme olabilir ama önemli değil. *Nehri geçemeyecekler.*"

Sör Desmond Grell coşkuluydu. "Ah, keşke onun yanında olabilseydim," dedi yaşlı şövalye mektubu okuduğunda. "Şu Rymund nerede? Bu zaferde bir şarkı var ve öyle bir şarkı ki Edmure bile duymak isteyecek. Dağ'ı öğüten değirmen. Bir ozan olsaydım sözlerini kendim bile yazabilirdim."

"Savaş bitmeden şarkı dinlemeyeceğim," dedi Catelyn, belki fazlaca sert bir şekilde. Buna rağmen Sör Desmond'ın hikâyeyi bütün kaleye yaymasına ve Taş Değirmen şerefine bir fıçı şarap açmasına izin verdi. Son zamanlarda Nehirova'nın havası gergin ve hüzünlüydü. Biraz içki, biraz umut herkese iyi gelirdi.

O gece kalenin duvarları kutlama sesleriyle çınladı. *"Nehirova!"* diye bağırıyordu halktan insanlar, "Tully! Tully!" Kaleye geldiklerinde korkmuş ve çaresizdiler, diğer lordların çoğu kapıları kapatırdı ama Edmure halkını içeri almıştı. Sesleri yüksek pencerelerin üstünde yüzdü ve ağır ahşap kapıların altından dışarı çıktı. Rymund arpını çaldı. Genç bir flütçü ve iki davulcu ona eşlik etti. Catelyn garnizondaki yeşil delikanlıların heyecanlı konuşmalarını, kızlarınkine benzeyen gülüşmelerini dinledi. Güzel sesler... ama Catelyn'e bir şeyler hissettirmiyordu. Catelyn bu sevinci paylaşamıyordu.

Babasının çalışma odasında deri ciltli bir atlas buldu ve nehir topraklarının haritasının olduğu sayfayı açtı. Gözleri, Kızıl Çatal'ı aradı, nehrin izlediği yolu mum ışığında parmağıyla takip etti. *Güneydoğuya* yürüyor, diye düşündü. Şimdiye dek Karasu Nehri'nin başına varmış olduğunu tahmin etti.

Atlası kapattı, her zamankinden fazla huzursuzdu. Tanrılar onlara zafer üstüne zafer bağışlamıştı. Taş Değirmen'de, Öküzağzı'nda, Kamplar Savaşı'nda, Fısıltılı Orman'da...

Eğer kazanıyorsak niye bu kadar korkuyorum?

BRAN

Duyduğu ses çok silik bir tınıydı, çeliğin taşa sürtünmesi... Başını pençelerinin üstünden kaldırdı, karanlığı dinledi, kokladı.

Akşam yağmuru yüzlerce kokuyu uyandırmış, tekrar keskin ve canlı hâle getirmişti. Çimenler ve dikenlikler, yere düşen ezik böğürtlenler, çamur, solucanlar, çürüyen yapraklar, çalıların arasında gezinen bir fare. Kardeşinin kara tüylerinin ve az önce öldürdüğü sincabın kan kokusunu yakaladı. Diğer sincaplar ağaç dallarında dolandı, ıslak kürk ve korku kokuyorlardı, minik tırnakları ağaç kabuklarını tırmalıyordu.

Yine o tınıyı duydu, sürtünme... Ayağa kalktı. Kulaklarını ve kuyruğunu dikleştirdi. Uludu, uzun ve tüyler ürpertici bir çığlık, uyuyanları uyandırmak isteyen bir uluma ama insan kayası hâlâ karanlık ve ölüydü. İnsanları deliklerine kapanmaya zorlayan ıslak bir geceydi. Yağmur durmuştu ama insanlar hâlâ nemden saklanıyor, üst üste koyulmuş taşlardan yaptıkları mağaralarda yanan ateşlerin başında oturuyorlardı.

Kardeşi ağaçların arasından süzülerek geldi, çok uzun zaman öncesinden hatırladığı diğer kardeşi kadar sessiz hareket ediyordu... Gözleri kanlı, beyaz kardeşi gibi. *Bu* kardeşinin gözleri gölge havuzları gibiydi, ensesindeki tüyler kabarmıştı. Sesleri o da duymuştu ve tehlike anlamına geldiğini biliyordu.

Tını ve sürtünmenin ardından, taş üstünde aceleyle yürüyen çıplak ayakların yumuşak sesi duyuldu bu sefer. Rüzgâr hafif bir insan kokusu taşıyordu. Bu kokuyu tanımıyordu. *Yabancı. Tehlike. Ölüm.*

Sese doğru koştu, kardeşi hemen arkasında, takip ediyordu. Önlerinde taş mağara yükseliyordu, ıslak ve kaygan. Dişlerini gösterdi ama insanların yonttuğu taşlar korkmuyordu. Bir kapı belirdi. Demir bir yılan kapının parmaklıklarına sıkı sıkı dolanmıştı. Çarptığında kapı sarsıldı, yılan çınladı, süründü ve daha sıkı tutundu. Parmaklıkların arasından bakınca aşağıdaki taş arazide, iki duvarın arasında uzanan taş mezarlığı görebiliyordu ama oraya inebileceği bir yol yoktu. Dişlerini parmaklıklara geçirebilirdi ama işe yaramazdı. Kardeşi, kapının siyah kemiklerini dişlerinin arasında parçalamayı defalarca denemişti ama kemikler kırılmıyordu. Kapının altını kazmaya çalıştılar, toprağın ve çürük yaprakların altında kalın ve düz taşlar vardı.

Hırlayarak geri çekildi, sonra kendini bir kez daha kapının üstüne attı. Kapı biraz sallanıp onu geri fırlattı. *Kilitli*, diye fısıldadı bir şey. *Zincirli*. Duymadığı bir ses, kokusuz bir koku. Diğer yollar da kapalıydı. İnsan kayasına açılan kapıların olduğu yerlerde orman güçlü ve sıktı. Buradan çıkış yoktu.

Var, dedi fısıltı, kara topraktan yükselen, insan boyundan on kat daha uzun, iğnelerle kaplı ağacın gölgesini görür gibi oldu ama kafasını kaldırıp yukarı baktığında ağaç orada değildi. *Tanrı korusunun diğer ucu, muhafız ağacı, çabuk, çabuk...*

Gecenin karanlığından boğuk bir çığlık çıkıp geldi, kısa.

Aceleyle döndü ve ağaçların içine daldı. Islak yapraklar ayaklarının altında hışırdıyordu, arasından geçtiği dallar bedenini kamçılıyordu. Kardeşinin hızla onu takip ettiğini duyabiliyordu. Yürek ağacının altından, soğuk havuzun etrafından, böğürtlen çalılarının içinden, meşelerin arasından geçip korunun diğer ucuna koştular... ve bakmadan gördüğü gölge oradaydı, çatılara uzanan eğimli ağaç. *Muhafız ağacı*, diye düşündü.

Tırmanmanın nasıl bir şey olduğunu hatırladı sonra. Yüzünü çizen, ensesine düşen iğneler, ellerini yapış yapış yapan reçine ve onun keskin, çamsı kokusu. Bir çocuk bu ağaca kolayca tırmanabilirdi, yere doğru eğilmişti, eğri büğrüydü, dalları birbirine o kadar yakındı ki çatıya çıkan bir merdivene benziyordu.

Hırlayarak ağacı kokladı, tek bacağını kaldırıp sidiğiyle işaretledi. Alçak bir dal yüzüne süründü, dala atıldı, çatırdayıp kırılana dek çekiştirdi. Ağzı iğnelerle ve reçinenin acı tadıyla dolmuştu. Kafasını sallayıp dişlerini gösterdi.

Kardeşi arka ayaklarının üstüne oturup uludu, yas dolu kara bir şarkı söylüyordu. Bir yol yoktu. Onlar ne sincaptı ne de insan yavrusu. Küçük pembe ayaklarını çıkıntılara yerleştirerek ağaçların gövdelerine tırmanamazlardı. Onlar koşucuydu, avcıydı, fırsatçıydı.

Karanlığın diğer ucunda, onları hapseden duvarların ardındaki köpekler uyanmış, havlamaya başlamışlardı. Önce bir tanesi, sonra bir diğeri, sonra hepsi birden. Kokuyu onlar da almıştı; düşmanın ve korkunun kokusu.

Açlık kadar keskin, çaresiz bir öfkeyle doldu içi. Duvardan, ağaçlardan, yaprakları gri tüylerine sürtünen dalların gölgesinden uzaklaştı... sonra döndü ve hızla tekrar ileri atıldı. Ayakları yerdeki ıslak yaprakları ve ağaç iğnelerini iterek havalandı. Bir an için önündeki erkek geyiği kovalayan bir avcıya dönüştü, onu görebiliyordu, kokuyu alabiliyordu. Bütün gücüyle koştu. Korkunun kokusu kalbini gümbürdetiyordu. Çenesinin kenarından salyalar akıyordu. Uzun adımlarla dibine geldiği ağacın gövdesine atıldı. Pençeleri kabuğa geçti. Sıçradı, *yukarı*, iki sıçrayış, üç, yavaşlamadan, sonunda alçak kolların arasındaydı. İnce dallar ayağına dolandı, gözlerine girdi. Gri yeşil dikenler vücuduna battı. Yavaşlamak zorundaydı. Ayağına bir şey dolanmıştı. Hırlayarak ayağını kurtardı. Ağacın gövdesi daraldı, dikleşti, neredeyse dümdüz yukarı çıkıyordu, ıslaktı. Tırnaklarını geçirmeye çalıştığında ağaç kabuğu deri gibi yırtıldı. Ağacın yarısından fazlasını tırmanmıştı, biraz daha, çatıya ulaşmasına az kalmıştı... Bir adım daha attı ve ayağının ıslak ağaç gövdesinde kaydığını hissetti, düşüyordu. Korku ve öfkeyle uludu, düşüyordu, *düşüyordu*. Zemin onu kırmak için hızla üstüne gelirken döndü...

Ve sonra, kulenin ıssız odasında, yatağındaydı Bran, battaniyesine dolanmıştı, nefes nefeseydi. "Yaz," diye bağırdı. "Yaz." Omzu ağrıyordu, üstüne düşmüş gibi. Ama bu ağrının, kurdun hissettiklerinin hayaleti olduğu biliyordu. *Jojen doğru söyledi. Ben bir canavarım.* Dışarıda köpeklerin havladığını duyuyordu. *Deniz geldi. Duvarları aşıyor, tıpkı Jojen'in gördüğü gibi.* Bran başının üstündeki demir barı yakalayıp kendini yukarı çekti, yardım için bağırdı. Kimse gelmedi. Bir an sonra kimsenin gelmeyeceğini hatırladı. Kapıda bekleyen muhafızları almışlardı. Sör Rodrik dövüşebilecek yaşa gelmiş bütün erkekleri götürmüştü. Kışyarı'nda küçük bir garnizon kalmıştı.

Sekiz gün önce gitmişlerdi, Kışyarı'ndan ve çevredeki karakollardan altı yüz adam. Cley Cerwyn üç yüz kişi daha getirip yolda onlara katılacaktı. Üstat Luwin adam toplamak için Beyaz Liman'a, Hendek Mezarlar bölgesine, hatta Kurt Ormanı'nın derinliklerindeki yerlere kuzgunlar göndermişti. Dagmer Yarıkçene isimli canavarımsı bir savaş kumandanı Torrhen Kalesi'ne saldırmıştı. Yaşlı Dadı adamın öldürülemeyeceğini söylüyordu. Bir keresinde adamın kafası bir baltayla ikiye ayrılmıştı ama Dagmer o kadar vahşiydi ki kafasının iki parçasını eliyle birleştirmiş ve birbirine kaynayana kadar öylece tutmuştu. *Dagmer kazanabilir mi?* Torrhen Kalesi, Kışyarı'ndan günlerce uzaktaydı ama yine de...

Bran bara tutunarak yataktan kalktı, kendini pencereye kadar sürükledi. Panjurları iterken parmakları titredi. Avlu bomboştu ve görebildiği bütün pencereler karanlıktı. Kışyarı uyuyordu. *"Hodor!"* diye bağırdı avluya bütün sesiyle. Hodor ahırlarda uyuyor olmalıydı ama yeterince yüksek sesle bağırırsa o ya da başka biri Bran'ı duyabilirdi. *"Hodor, çabuk gel! Osha! Meera, Jojen, kimse yok mu?"* Ellerini boru şekline sokup ağzına götürdü. *"HODOOOOOOR!"*

Fakat kapı gürültüyle açıldığında odaya giren adam Bran'ın tanıdığı biri değildi. Adam, üstüne demir diskler dikilmiş deri bir yelek giymişti. Elinde bir bıçak vardı ve sırtına bir savaş baltası asmıştı. "Ne istiyorsun?" diye sordu Bran, korkmuştu. "Burası benim odam. Dışarı çık."

Adamın arkasından odaya Theon Greyjoy girdi. "Sana zarar vermeye gelmedik Bran."

"Theon?" Bran şaşkındı ama rahatlamıştı. "Seni Robb mu gönderdi? O da burada mı?"

"Robb çok uzaklarda. Sana yardım edemez."

"Yardım mı?" Aklı karışmıştı. "Beni korkutma Theon."

"Ben artık *Prens* Theon'um. İkimiz de prensiz. Kimin aklına gelirdi? Kaleni ele geçirdim prensim."

"Kışyarı'nı mı?" Bran başını iki yana salladı. "Hayır, *yapamazsın*."

"Bizi yalnız bırak Werlag." Bıçaklı adam odadan çıktı. Theon yatağın kenarına oturdu. "Dört adamım ucu kancalı ipler kullanarak duvarları aştı ve diğerlerimiz için yan kapıyı açtı. Adamlarım şu anda senin adamlarınla dövüşüyor. Bana inan, Kışyarı benimdir."

Bran anlayamıyordu. "Ama sen babamın hizmetindesin."

"Artık sen ve kardeşin *benim* hizmetimdesiniz. Aşağıdaki mücadele biter bitmez adamlarım herkesi Büyük Salon'da toplayacak. Sen ve ben, birlikte onlarla konuşacağız. Onlara Kışyarı'nı bana teslim ettiğini söyleyeceksin ve yeni lordlarına hizmet ve itaat etmelerini emredeceksin."

"*Yapmayacağım*," dedi Bran. "Seninle savaşacağız ve seni dışarı atacağız. Ben asla teslim olmadım, teslim olduğumu söyletemezsin bana."

"Bu bir oyun değil Bran, o yüzden çocukluk yapma, tahammül etmem. Kale artık benim ama insanlar hâlâ senin. Prens onların güvenliğini düşünüyorsa dediğimi yapmalı." Ayağa kalkıp kapıya gitti. "Biri gelip seni giydirecek ve Büyük Salon'a getirecek. Söyleyeceğin şeyleri dikkatlice düşün."

Beklemek Bran'ı her zamankinden daha çaresiz hissettiriyordu. Gölgeler kadar siyah kulelere ve duvarlara bakarak pencere sekisine oturdu. Muhafız Salonu'ndan haykırışlar yükseldiğini duyar gibi oldu, başka bir yerden kılıç sesi olabilecek gürültüler geliyordu ama Bran'ın Yaz kadar keskin kulakları yoktu, onun kadar iyi koku da alamıyordu. *Uyanığım, hâlâ kırığım ama uyuduğumda Yaz'ım, koşabilirim, dövüşebilirim ve koklayabilirim.*

Onu almak için Hodor'un ya da hizmetçi kızlardan birinin geleceğini düşünmüştü ama kapı açıldığında içeri giren Üstat Luwin'di. Elinde bir mum vardı. "Bran," dedi. "Olanları... Neler olduğunu biliyor musun? Sana söylediler mi?" Sol kaşı açılmıştı, kanıyordu.

"Theon geldi. Kışyarı'nı ele geçirdiğini söyledi."

Üstat mumu masaya bıraktı, yanağına süzülen kanı sildi. "Hendeği yüzerek geçmişler. Kancalı iplerle duvarları aşmışlar. Ellerinde kılıçları, üstlerinden sular damlayarak içeri girmişler." Kapının yanındaki sandalyeye oturdu, alnından kan akmaya devam ediyordu. "Kapıda Biragöbek vardı. Onu gafil avlayıp öldürmüşler. Samankafa yaralı. Adamlar odama girmeden hemen önce iki kuzgun salmayı başardım. Beyaz Liman'a gönderdiğim kuzgun kurtuldu ama diğerini okla indirdiler." Üstat yere baktı. "Sör Rodrik adamlarımızın çoğunu yanında götürdü ama ben de en az onun kadar suçluyum. Bu tehlikeyi hiç aklıma getirmedim, hiç..."

Jojen görmüştü, diye düşündü Bran. "Giyinmeme yardım etseniz iyi olacak."

"Öyle." Üstat yatağın önündeki demir sandıktan Bran'ın iç çamaşırlarını, pantolonunu ve gömleğini çıkardı. "Sen Kışyarı'ndaki Stark'sın, Robb'un veliahtısın. Bir prens gibi görünmelisin." İkisi birlikte lordlara uygun bir kıyafet seçtiler.

Üstat, Bran'ın en sevdiği, gümüş ve oltutaşından yapılmış kurt kafası şeklindeki broşu pelerininin yakasına takarken, "Theon kaleyi teslim etmemi istiyor," dedi Bran.

"Bunda utanılacak bir şey yok. Bir lord halkını korumak zorundadır. Zalim yerler, zalim insanlar büyütür Bran. Demiradamlarla uğraşırken bunu hatırlaman gerekir. Baban Theon'u eğitmek için elinden geleni yapmıştı ama bunun için çok geçti korkarım."

Bran'ı almaya gelen demiradam kısa ve tombuldu. Siyah uzun sakalı neredeyse göğsünün yarısını örtüyordu. Bran'ı hiç zorlanmadan kucağına aldı ama yaptığı işten memnun olmadığı belliydi. Rickon'un yatak odası yarım kat alttaydı. Dört yaşındaki çocuk uykusundan uyandırıldığı için huysuzlandı. "Annemi istiyorum," dedi. "Annemi *istiyorum*. Tüylüköpek'i de."

"Anneniz uzaklarda prensim." Üstat Luwin çocuğun üstüne bir sabahlık giydirdi. "Ama ben ve Bran buradayız." Rickon'un elinden tutup dışarı çıkardı.

Aşağıda, mızrağı kendisinden üç kat daha uzun kel bir adam tarafından odalarından çıkarılan Meera ve Jojen'le karşılaştılar. Jojen'in Bran'a bakan gözleri hüzünle dolu yeşil havuzlar gibiydi. Diğer demiradam, Freyler'i çekiştiriyordu. "Ağabeyin krallığını kaybetti," dedi Küçük Walder. "Artık prens değilsin, sadece bir esirsin."

"Sen de öylesin," dedi Jojen. "Hepimiz esiriz."

"Seninle konuşan olmadı kurbağayiyen."

Demiradamlardan biri elinde bir meşaleyle önlerinden yürüyordu ama yağmur tekrar başlamıştı, meşale söndü. Aceleyle avluyu geçerken tanrı korusundaki ulu kurtların ulumasını duydular. *Yaz, ağaçtan düştüğünde yaralanmamıştır umarım.*

Theon Greyjoy, Starklar'ın yüksek koltuğunda oturuyordu. Pelerinini çıkartmıştı. Örgü zırhının üstüne, Greyjoy Hanedanı'nın deniz canavarlı armasıyla süslenmiş bir cübbe giymişti. Ellerini yüksek koltuğun geniş taş kollarının ucundaki kurt kafalarının üstüne koymuştu. "Theon, Robb'un koltuğunda oturuyor," dedi Rickon.

"Sessiz ol Rickon." Bran salondaki endişeyi hissedebiliyordu ama Rickon çok küçüktü. Birkaç meşale yakılmıştı, büyük şömine parlıyordu ama salonun çoğu karanlıktaydı. Sıralar duvarlara yanaştırıldığı için oturacak yer yoktu. Konuşmaya cesaret edemeyen kale ahalisi küçük gruplara ayrılmış hâlde ayakta bekliyordu. Yaşlı Dadı'yı gördü, kadının dişsiz ağzı açılıp kapanıyordu. Samankafa iki muhafızın arasındaydı, çıplak göğsündeki sargıda kan lekeleri vardı. Tıfıl Tym tesellisi mümkün olmayan bir şekilde hıçkırıyordu ve Beth Cassel korku içinde ağlıyordu.

"Bunlar da kimmiş?" diye sordu Theon, Reedler'i ve Freyler'i kastederek.

"Bunlar Leydi Catelyn'in himaye ettiği Freyler, her ikisinin de adı Walder," diye açıkladı Üstat Luwin. "Bu Jojen Reed ve onun yanındaki ablası Meera, Bozsu Gözcüsü'nden Howland Reed'in çocukları. Kışyarı için yemin tazelemeye geldiler."

"Bazıları bunun için yanlış bir zaman seçtiklerini söyleyebilir," dedi Theon. "Ama benim için değil. Buradasınız ve burada kalacaksınız." Yüksek koltuktan kalktı. "Prensi buraya getir Lorren." Siyah sakallı adam Bran'ı bir çuval yulafmış gibi taş koltuğa bıraktı.

Büyük Salon'a, küfürlerle ve mızrakların ucuyla iteklenen insanlar getiriliyordu hâlâ. Sabah ekmeğini yaparken yakalanan Gage ve Osha'nın üstü başı un içindeydi. Mikken küfürler eşliğinde sürükleniyordu. Farlen topallayarak içeri girdi, bir yandan Palla'yı desteklemeye çalışıyordu. Kızın elbisesi ikiye ayrılmıştı. Eliyle elbisesini bir arada tutmaya çalışıyordu ve attığı her adım ona ıstırap veriyormuş gibi yürüyordu.

Kapıdan giren son adam zindandaki esir Leş'ti. Adamın keskin kokusu kendisinden önde yürüyordu. Bran midesinin kalktığını hissetti. "Bunu kule hücrelerinden birinde bulduk," dedi kızıl saçlı genç adam. "Ona Leş dediklerini söylüyor."

"Neden öyle dediklerini anlamak mümkün değil," dedi Theon gülümseyerek. "Her zaman bu kadar kötü mü kokarsın yoksa az önce bir domuzu mu becerdin?"

"Beni kapattıklarından beri kimseyi beceremedim lordum. Gerçek adım Heke. Starklar düğün hediyesi olarak sırtına bir ok saplayana kadar Dehşet Kalesi piçinin hizmetindeydim."

Duydukları Theon'u eğlendirmiş gibiydi. "Kiminle evlenmişti?"

"Hornwood'un duluyla lordum."

"O kocakarıyla mı? Kör müydü? O kadının göğüsleri boş çuvallara benziyordu."

"Onunla göğüsleri için evlenmemişti lordum."

Demiradamlar salonun uzun kapılarını gürültüyle kapadı. Yüksek koltukta oturan Bran yaklaşık yirmi kişi olduklarını görebiliyordu. *Kapılarda ve cephanelikte de adamlar bırakmıştır.* Buna rağmen otuz kişiden fazla olamazlardı.

Theon sessizlik sağlamak için elini kaldırdı. "Beni hepiniz tanıyorsunuz..."

"Evet, bir çuval bok olduğunu biliyoruz!" diye bağırdı Mikken. Kel adam mızrağının sapıyla önce karnına sonra yüzüne vurup Mikken'ı yere devirdi. Demirci, dizlerinin üstüne düştü ve kırılan dişini tükürdü.

"Mikken, sessiz ol." Bran, sesinin sert ve soylu çıkmasını istemişti, Robb'un emirler verirken konuştuğu gibi ama sesi ona ihanet etti, sözleri tiz bir miyavlama gibi duyuldu.

"Küçük lordunu dinle Mikken," dedi Theon. "O senden daha mantıklı."

İyi bir lord halkını korur, dedi Bran kendine. "Kışyarı'nı Theon'a teslim ettim."

"Daha yüksek sesle Bran. Ve bana prens demelisin."

Sesini yükseltti. "Kışyarı'nı Prens Theon'a teslim ettim. Hepiniz onun emirlerini yerine getirmelisiniz."

"Yaparsam kahrolayım!" diye haykırdı Mikken.

Theon bu çıkışı duymazdan geldi. "Babam, kadim tuz ve kaya tacını giydi ve krallığını ilan etti. Fetihten doğan hakla kuzey de onundur. Hepiniz ona aitsiniz."

"*Alçak*!" Mikken ağzındaki kanı sildi. "Ben Starklar'a hizmet ederim, hain bir mürekkepbalığına değil... *aah*." Mızrak sapı tekrar yüzüne indi, yere devrildi.

"Demircilerin güçlü kolları ve zayıf akılları oluyor," dedi Theon. "Diğerleriniz, bana da Ned Stark'a hizmet ettiğiniz gibi sadakatle hizmet ederseniz çok cömert bir lord olduğumu göreceksiniz."

Dizlerinin ve ellerinin üstündeki Mikken kan tükürdü. *Lütfen yapma*, diye yalvardı Bran içinden ama demir ustası bağırdı, "Eğer bu işe yaramaz adamlarla kuzeyi tutabileceğini düşünüyorsan…"

Kel adam mızrağının çelik ucunu Mikken'ın ensesine sapladı. Mızrak ucu etin içinden geçip bir kan dalgasıyla birlikte demircinin boğazından çıktı. Bir kadın çığlık attı. Meera, Rickon'a sarıldı. *Kanla boğuldu*, diye düşündü Bran uyuşmuş gibi, *kendi kanıyla*.

"Söyleyecek bir şeyi olan var mı?" diye sordu Theon Greyjoy.

"*Hodor hodor hodor hodor*," diye bağırıyordu gözleri fal taşı gibi açık olan Hodor.

"Biri şu eksik akıllıyı nazikçe sustursun."

İki demiradam mızraklarının saplarıyla Hodor'a vurmaya başladı. Hodor yere düştü, elleriyle kendini korumaya çalışıyordu.

"Sizler için Eddard Stark'tan çok daha iyi bir lord olacağım." Theon, ete vuran ahşap gürültüsünü bastırmak için sesini yükseltti. "Ama bana ihanet ederseniz pişman olursunuz. Kuvvetimin burada gördüğünüz adamlardan ibaret olduğunu düşünürseniz yanılırsınız. Torrhen Kalesi ve Derinorman Kalesi de çok kısa zaman içinde bizim olacak ve amcam Moat Cailin'i ele geçirmek üzere Tuzlumızrak'a gidiyor. Eğer Robb Stark, Lannisterlar'dan kurtulmayı başarırsa kendini Üç Dişli Mızrak Kralı ilan edebilir ama kuzey Greyjoy Hanedanı'na aittir artık."

"Stark lordları size karşı savaşır," dedi Leş. "Beyaz Liman'daki şişko domuz başta olmak üzere Umberlar, Karstarklar. Adama ihtiyacınız var, beni özgür bırakın ve sizin olayım."

Theon bir an adamı tarttı. "Göründüğünden daha zekiymişsin ama bu kokuya tahammül edemem."

"Serbest olsaydım yıkanabilirdim," dedi Leş.

"Bu adamın ender rastlanır bir sağduyusu var." Theon gülümsedi. "Diz çök."

Demiradamlardan biri Leş'e kılıç verdi. Adam kılıcı Theon'un ayaklarının dibine koyup Greyjoy Hanedanı'na ve Kral Balon'a bağlılık yemini etti. Bran bakamıyordu. Yeşil rüya gerçekleşiyordu.

"Greyjoy lordum!" Osha, Mikken'ın bedeninin yanından geçip öne çıktı. "Ben de buraya tutsak olarak getirildim. Yakalandığımda siz de oradaydınız."

Senin dost olduğunu sanmıştım, diye düşündü Bran acıyla.

"Benim savaşçılara ihtiyacım var," dedi Theon, "mutfak fahişelerine değil."

"Beni mutfağa tıkan Robb Stark'tır. Bütün yılı tencere ovmakla, yağ temizlemekle, bu herifin şiltesini ısıtmakla geçirdim." Gage'e baktı. "Boğazıma kadar geldi. Elime yine mızrak verin."

"Burada sana verebileceğim bir mızrak var," dedi Mikken'ı öldüren kel adam. Sırıtarak aletini avuçladı.

Osha kemikli dizini adamın bacak arasına geçirdi. "O pembe yumuşak şeyi kendine sakla." Mızrağı kaptı ve sapıyla vurarak adamı yere devirdi. "Ben çelik ve ahşaptan yapılmış mızrağı alacağım." Diğer demiradamlar kahkahalarla gülerken kel adam acı içinde yerde sürünüyordu.

Theon da adamlarıyla birlikte güldü. "Alacaksın," dedi. "Mızrak sende kalsın, Stygg başka bir tane bulabilir. Şimdi diz çök ve yemin et."

Öne çıkıp yemin edecek kimse kalmadığında salondakiler dışarı çıkarıldı. Herkese işinin başına dönmesi ve sorun çıkarmaması emredilmişti. Hodor'a, Bran'ı odasına taşıma görevi verildi. Burnu şişmiş, tek gözü kapanmıştı, yüzü çirkin görünüyordu. Bran'ı güçlü kolları ve kanlı elleriyle kucağına alıp yağmurla ıslanan avluya çıkarırken, patlamış dudaklarının arasından, "Hodor," diye hıçkırdı.

ARYA

"Hayaletler var, olduklarını biliyorum." Alturta ekmek hamuru yoğuruyordu. Elleri dirseklerine kadar una bulanmıştı. "Pia geçen gece mandırada bir şey gördü."

Arya kaba bir ses çıkardı. Pia mandırada sürekli bir şeyler görüyordu, genellikle erkekleri... "Bir turta alabilir miyim?" diye sordu. "Bir tepsi pişirmişsin."

"Bütün tepsi lazım. Sör Amory turtaya pek düşkün."

Arya, Sör Amory'den nefret ediyordu. "Hadi, üstlerine tükürelim."

Alturta gergin bir şekilde etrafı kolaçan etti. Mutfak gölgelerle ve yankılarla doluydu ama bütün aşçılar ve yamaklar ocakların üstündeki tavan arasında uyuyordu. "Anlar."

"Anlamaz," dedi Arya. "Tükürüğün *tadı* yoktur."

"Eğer anlarsa kamçılanacak olan benim." Alturta hamur yoğurmayı bıraktı. "Üstelik sen burada olmamalıydın bile. Gecenin körü."

Öyleydi ama Arya umursamıyordu. Mutfak gece yarılarında bile hareketliydi; sabah ekmeği için hamur yoğuran, uzun bir tahta kaşıkla çorba tenceresini karıştıran ya da Sör Amory'nin kahvaltısı için domuz pastırması dilimleyen biri oluyordu mutlaka. Bu gece Alturta vardı.

"Pembegöz uyanır da gittiğini anlarsa..." dedi Alturta.

"Pembegöz uyanmaz." Adamın gerçek adı Mebble'dı ama sulu gözleri yüzünden herkes ona Pembegöz diyordu. "Bir kez sızdıktan sonra kalkmaz." Her sabah güne kahvaltıda bira içerek başlıyordu ve her akşam yemeğinden sonra sarhoş olup uykuya dalıyordu. Arya adamın horlama sesini duyana kadar bekliyor, sonra çıplak ayakla hizmetçi merdivenlerinden yukarı çıkıyordu, dönüştüğü fareden bile daha az ses çıkarıyordu. Mum ya da fener taşımıyordu. Bir keresinde karanlığın iyi bir dost olabileceğini söylemişti Syrio, haklıydı. Gökyüzünde ayın ve yıldızların olması yeterliydi. "Bahse girerim ki kaçabiliriz. Pembegöz yokluğumu fark etmez bile," dedi Alturta'ya.

"Ben kaçmak istemiyorum. Burası ormandan daha iyi. Artık solucan yemek istemiyorum. Hadi, tezgâha biraz un serp."

Arya başını yana yatırdı. "Bu ne?"

"Ne? Ben bir şey..."

"Kulaklarınla dinle, ağzınla değil. Bir savaş borusuydu. İki üfleme, duymadın mı? Dinle, bu da yivli kapının zincirlerinin sesi, içeri giren ya da dışarı çıkan birileri var. Gidip bakalım mı?" Lord Tywin ordusuyla birlikte kaleden ayrıldığından beri Harrenhal'un kapıları açılmamıştı.

"Sabah için ekmek yapıyorum," diye sızlandı Alturta. "Karanlığı sevmiyorum zaten, söylemiştim."

"Ben gidiyorum, sana sonra anlatırım. Bir turta alabilir miyim?"

"Hayır."

Arya yine de bir turta kaptı ve mutfaktan çıkarken yedi. Turtanın içi ceviz, meyve ve peynir doluydu. Fırından yeni çıkmıştı, dışı çıtır çıtırdı. Sör Amory'nin turtasını yemek bir çeşit meydan okuma gibi gelmişti Arya'ya. *Yalınayak, sağlamayak, sessizayak*, diye şarkı söyledi sadece nefesiyle. *Ben Harrenhal'daki hayaletim*.

Savaş borusu uyuyan kaleyi uyandırmıştı. Neler olduğunu anlamak isteyen adamlar avluya çıkıyordu. Arya diğerlerinin arasına karıştı. Bir sıra öküz arabası yivli kapının altından geçiyordu. *Ganimetler*, Arya bir bakışta anlamıştı. Arabaları getiren adamlar tuhaf bir dilde konuşuyordu. Zırhları ay ışığında hafifçe parlıyordu. Yanlarında bir çift siyah-beyaz çizgili at vardı. *Kanlı Oyuncular*. Arya gölgelerin içine saklandı ve bir öküz arabasının arkasındaki kafese kapatılmış devasa siyah ayının kapıdan geçişini izledi. Diğer arabalar gümüş eşyalar, silahlar, kalkanlar, un çuvalları, domuz kafesleri, tavuklar ve köpeklerle doluydu. Arya ilk tutsağı gördüğünde en son ne zaman kızartılmış domuz yediğini hatırlamaya çalışıyordu.

Duruşundan ve başını dimdik yukarıda tutuşundan tutsağın bir lord olduğu anlaşılıyordu. Arya, adamın paralanmış kırmızı pelerininin altındaki pırıltılı zırhı görebiliyordu. Önce adamın bir Lannister olduğunu sandı ama daha sonra göğsündeki armanın aslan değil, gümüş bir yumruk olduğunu gördü. El bilekleri sıkı sıkı bağlanmıştı. Ayak bileğindeki kalın ip arkasında yürüyen adamın bileğine bağlıydı, o adamın ayağındaki de onun arkasındakinin bileğine. Bu yüzden bütün sıra topallayan adımlarla hareket ediyordu. Tutsakların çoğu yaralıydı. İçlerinden biri sendelediğinde bir süvari yanına gidiyor kamçısıyla tekrar yürümesini sağlıyordu. Arya toplam kaç tutsak olduğunu saymaya çalıştı ama daha elliye varamadan sayıyı şaşırdı. En az iki katı olmalıydı. Kıyafetleri kan ve çamurla lekelenmişti, meşale ışıklarında armalarını seçmek mümkün değildi ama Arya'nın görebildiklerinden birkaçı tanıdıktı. İkiz kuleler, güneş ışıkları, kanlı adam, savaş baltası. *Savaş baltası Cerwynler'in arması, siyah zemindeki beyaz güneş de Karstarklar'ın. Kuzeyli adamlar. Babamın ve Robb'un adamları.* Bunun ne anlama gelebileceğini düşünmek istemiyordu.

Kanlı Oyuncular atlarından inmeye başlamıştı. Uykulu seyisler ahırlardan çıkıp terli hayvanları alıyordu. Süvarilerden biri bağırarak bira istedi. Avludaki gürültüyü duyan Sör Amory, meşale taşıyan iki muhafızla birlikte koğuşun üstündeki kapalı balkona çıktı. Keçi başlı bir miğfer giyen Vargo Hoat balkonun altında dizginlerini çekti. "Kale kumandı lordum," diye seslendi paralı asker. Kalın, peltek bir konuşması vardı, dili ağzına büyük geliyordu sanki.

"Bütün bunlar nedir Hoat?" diye sordu Sör Amory kaşları çatık bir hâlde.

"Tussaklar. Roose Bolson nehri geşebileceğini düşündü ama Cesur Doslarım onun adamlarını parşalara ayırdı. Şoğunu öldürdük ve Bolson'ı kaşırdık. Bu adam onların komusanı, Lord Glover, onun arkasındaki de Sör Frey."

Sör Amory küçük domuz gözleriyle, birbirine bağlanmış tutsaklara baktı. Adamın memnun olmadığını düşündü Arya. Kaledeki herkes Vargo Hoat ve Sör Amory'nin birbirinden nefret ettiğini biliyordu. "Pekâlâ," dedi Amory. "Sör Cadwyn, bu adamları zindanlara götürün."

Pelerininde gümüş yumruk arması olan lord başını yukarı kaldırdı. "Onurumuza yakışır şekilde muamele göreceğimize dair söz verildi bize…" diyerek konuşmaya başladı.

"Sessislik!" diye bağırdı Vargo Hoat, ağzından tükürükler saçılmıştı.

Sör Amory tutsaklara döndü. "Vargo Hoat'un size verdiği sözler benim için bir şey ifade etmiyor. Lord Tywin *beni* Harrenhal'un kale kumandanı yaptı ve size canım nasıl isterse öyle davranırım." Muhafızlarına döndü. "Dul Kalesi'nin altındaki büyük zindan hepsini alır. Oraya gitmek istemeyen herkes burada ölmekte özgürdür."

Amory'nin adamları, tutsakları mızrak uçlarıyla dürterek zindana götürürken Pembegöz merdivenlerin başında belirdi. Arya'nın avluda olduğunu fark etseydi bağırmaya başlar, onu vücudundan kan çıkana kadar kırbaçlamakla tehdit ederdi ama Arya korkmuyordu. Bu adam Weese değildi. Herkesi vücudundan kan çıkana kadar kırbaçlamakla tehdit ediyordu ama kimseye gerçekten *vurduğunu* görmemişti Arya. Buna rağmen adama görünmemesi daha iyi olurdu. Etrafa baktı. Öküzler çözülüyor, arabalar boşaltılıyordu. Cesur Dostlar bira için bağırırken meraklı bir kalabalık kafese tıkılmış ayının etrafında toplanmıştı. Bu karmaşanın içinde göze batmamak kolaydı. Geldiği yoldan geri döndü, biri onu görüp işe koşturmadan önce ortadan kaybolmak istiyordu.

Kapılardan ve ahırlardan uzakta büyük kale ıssızdı. Sesler gittikçe duyulmaz oldu. Rüzgâr aniden esince İnleyen Kule'nin çatlak taşlarından tiz bir çığlık yükseldi. Tanrı korusundaki ağaçların yaprakları yere düşmeye başladı. Arya, terk edilmiş avlularda ve boş binaların arasında uçuşan yaprakların taş duvarlara çarptığında çıkardığı hafif sesleri duyabiliyordu. Sesler, neredeyse tamamen boşalan Harrenhal'da tuhaf oyunlar oynuyordu. Bazen taşlar sesi içiyormuş gibi geliyordu insana, avlular bir sessizlik battaniyesiyle örtülüyordu. Bazen de yankıların kendi hayatı varmış gibi hissediyordu insan. Adımların sesi bir hayalet ordusunun tehdidi gibi duyuluyordu. Uzaktan gelen her ses hayaletlerin ziyafet sofrasından yükseliyor gibiydi. Bu gariplikler Alturta'yı korkutuyordu ama Arya'yı değil.

Bir gölge kadar sessiz hareket ederek orta avluyu aştı, Azap Kulesi'nin etrafından dolaştı ve insanların, ölü şahinlerin hayalet kanatlarını çırparak havayı dalgalandırdığını söylediği boş ahırların içinden geçti. İstediği yere gidebilirdi. Garnizonda yaklaşık yüz adam vardı. Harrenhal'un büyüklüğünde kaybolmuş gibiydiler. Yüz Şömineli Salon diğer pek çok binayla birlikte kapatılmıştı. İnleyen Kule bile boşaltılmıştı. Sör Amory Lorch, Kralateşi Kulesi'ndeki kale kumandanı dairesinde kalıyordu. Arya ve diğer hizmetkârlar el altında olmaları için kulenin altındaki mahzenlere yerleştirilmişti. Lord Tywin kaledeyken etraf nereye gittiğini, ne yaptığını soran askerlerle doluydu ama şimdi bin kapıyı koruyacak yüz adam vardı ve kimin nerede olması gerektiğini kimse bilmiyordu, kimsenin umursadığı da yoktu.

Arya cephanelikten geçerken bir çekiç sesi duydu. Yüksek pencerelerden turuncu bir ışık süzülüyordu. Çatıya tırmanıp aşağı baktı. Gendry bir göğüs kalkanı dövüyordu. Çalışırken, Gendry için metalden, körüklerden ve ateşten başka bir şey yoktu dünyada. Tuttuğu çekiç kolunun bir parçası gibiydi. Arya delikanlının göğsündeki kasların hareketini izleyip, çekiciyle yaptığı çelikten müziği dinledi. *Çok güçlü*, diye düşündü. Gendry uzun saplı maşalarla göğüs kalkanını alıp soğutmak için su oluğuna götürürken Arya pencereden içeri kayıp delikanlının yanına atladı.

Gendry, Arya'yı gördüğüne şaşırmamış gibiydi. "Yatağında olmalıydın kızım." Soğuk suya giren göğüs kalkanı bir kedi gibi tısladı. "O gürültüler neydi?"

"Vargo Hoat döndü, tutsaklar getirmiş. Armalarını gördüm. İçlerinde Derinorman Kalesi'nden bir Glover da var, babamın adamı. Çoğu öyle." Arya birdenbire ayaklarının onu neden buraya getirdiğini anladı. "Onları kurtarmama yardım etmelisin."

Gendry güldü. "Bunu nasıl becereceğiz peki?"

"Sör Amory onları zindana gönderdi. Azap Kulesi'nin altındakine. Büyük, tek bir zindan. Çekicinle kilidi kırabilirsin..."

"Nöbetçiler beni izleyip kilidi kaç darbede kırabileceğim üstüne bahse girerken mi mesela?"

Arya dudağını ısırdı. "Nöbetçileri öldürmemiz gerek."

"Bunu nasıl yapacağız?"

"Sayıları çok değildir belki."

"Eğer *iki* nöbetçi varsa, bu sayı ikimiz için çok. O köyde hiçbir şey öğrenmedin, değil mi? Bu dediğini yapmaya kalkarsan Vargo Hoat ellerini ve ayaklarını keser, kendi tarzıyla."

"*Korkuyorsun*."

"Beni rahat bırak kızım."

"Gendry, *yüz* kuzeyli adam var, belki daha fazla. Sör Amory'nin de bu kadar adamı var. Tamam, Kanlı Oyuncular'ı hesaba katmadım. Bütün yapmamız gereken tutsakları serbest bırakmak. Sonra kaleyi ele geçirip kaçabiliriz."

"Onları dışarı çıkaramazsın, tıpkı Lommy'yi kurtaramadığın gibi." Gendry göğüs kalkanına dönüp yakından baktı. "Hem kaçsak bile nereye gideceğiz?"

"Kışyarı'na," dedi Arya bir çırpıda. "Anneme bana nasıl yardım ettiğini anlatacağım ve sen de orada kalacaksın."

"Leydim buna izin verir mi? Atlarınıza nal çakıp lord kardeşleriniz için kılıç yapabilir miyim?"

Gendry, Arya'yı çok *kızdırıyordu* bazen. "Kes şunu!"

"Harrenhal yerine Kışyarı'nda ter dökmek için neden ayaklarımı riske atayım? İhtiyar Ben Karaparmak'ı tanıyor musun? Buraya çocukken gelmiş. Leydi Whent ve babasına, onların babasının babasına, hatta hepsinden önce Harrenhal'un Whentler'den önceki sahibi Lord Lothson'a hizmet etmiş. Şimdi de Lord Tywin'in demir ustası. Ne diyor biliyor musun? Kime hizmet edersen et, miğfer miğferdir, kılıç kılıçtır ve ateşe dokunursan yanarsın. Lucan iyi bir usta, burada kalacağım."

"Kraliçe seni yakalayacak. Altın pelerinlileri *Karaparmak*'ın peşine salmamıştı!"

"Aradıkları kişi büyük ihtimalle ben değildim."

"Sendin, bunu biliyorsun. Sen *birisin*."

"Ben bir demirci çırağıyım ve belki bir gün zırh ustası olacağım... *eğer* kaçıp şansımı kaybetmezsem ve kendimi öldürtmezsem." Arkasını dönüp tekrar çekicini aldı ve vurmaya başladı.

Arya umutsuzca yumruklarını sıktı. "Kendine bir miğfer daha yaparsan üstüne boğa boynuzu değil, *katır kulağı* koy!" Gitmek zorundaydı yoksa Gendry'ye vurmaya başlayacaktı. *Vursam da hissetmez bile. Kim olduğunu anlayıp katır kafasını kestiklerinde bana yardım etmediği için pişman olacak*. Yalnız olması Arya için daha iyiydi aslında. Sonuçta o köyde Gendry yüzünden yakalanmıştı.

Köyü düşünmek o uzun yürüyüşü, ardiyeyi ve Vadeci'yi hatırlattı. Gürzle yüzüne vurulan çocuğu, yaşlı aptal Her-şey-

Joffrey-için'i, Lommy Yeşilel'i düşündü. *Bir koyundum, sonra da bir fare, hiçbir şey yapamadım.* Dudağını ısırdı ve cesaretinin ne zaman geri geldiğini hatırlamaya çalıştı. *Jaqen beni tekrar cesur yaptı. Beni bir fareden bir hayalete dönüştürdü.*

Weese öldüğünden beri Lorathlı'dan uzak durmaya çalışıyordu. Chiswyck *kolaydı*, herhangi biri bir adamı siperden aşağı itebilirdi. Ama Weese o köpeği küçük bir yavruyken alıp büyütmüştü ve hayvan ancak bir kara büyüyle sahibine saldırabilirdi. *Yoren, Jaqen'ı kara hücrelerde buldu, tıpkı Rorge ve Isırgan gibi. Jaqen korkunç bir şey yaptı ve Yoren bunu biliyordu. Onu bu yüzden zincire bağlı tutuyordu.* Eğer Lorathlı bir büyücüyse Rorge ve Isırık cehennemden çağırdığı şeytanlar olabilirdi, insan değillerdi.

Jaqen'ın Arya'ya hâlâ bir ölüm borcu vardı. Yaşlı Dadı'nın anlattığı hikâyelerde, cinlerin üç dilek hakkı verdiği insanlar özellikle üçüncü dileklerine çok dikkat etmeliydi çünkü o sonuncuydu. *Son ölüm çok önemli olmalı*, diyordu kendine her gece duasındaki isimleri fısıldarken. Ama şimdi, tereddüt etmesinin gerçek sebebinin bu olduğundan emin değildi. Bir fısıltıyla öldürebildiği sürece kimseden korkmasına gerek yoktu... ama son ölümü de kullanınca tekrar bir fareye dönüşecekti.

Pembegöz uyanık olduğu için Arya yatağına dönmeye cesaret edemedi. Başka nereye saklanacağını bilmediğinden tanrı korusuna gitti. Çamların ve muhafız ağaçlarının keskin kokusunu, ayağına değen çimenleri, parmaklarının arasına giren çamuru ve rüzgârla hareket eden yaprakların hışırtısını seviyordu. Tanrı korusunun içinden küçük bir dere geçiyordu. Derenin toprağı aşındırdığı yerde, düğüm hâline gelmiş kırık dalların ve köklerin altında bir nokta vardı.

Orada, dalların ve çürümüş yaprakların altında gizli kılıcını buldu.

Gendry onun için bir kılıç yapmayı reddetmişti. Arya da bir çalı süpürgesinin dikenlerini kırarak kendi kılıcını kendi yapmıştı. Çok hafifti, tutuşu zayıftı ama Arya kılıcın keskin ve dişli ucunu seviyordu. Ne zaman bir saat boş vakit bulsa Syrio'dan öğrendiği şeyleri çalışmak için buraya geliyordu. Çıplak ayaklarıyla yerdeki yaprakların üstünde hareket ediyor, dallara kılıç savuruyor, yaprakları döküyordu. Bazen ağaçlara tırmanıyor ve yüksek dalların arasında dans ediyordu. Vücudu öne arkaya sallanırken ayak parmaklarıyla dallara tutunuyor ve eski dengesini geri kazandıkça daha az sendeliyordu. Talim için en iyi zaman geceydi; geceleri onu kimse rahatsız etmiyordu.

Arya tırmandı. Yaprakların krallığında kılıcını çekti ve bir süre için herkesi unuttu; Sör Amory'yi, Oyuncular'ı, babasının adamlarını, hepsini. Ayaklarının altındaki sert ağaç kabuğunun verdiği hissin ve havayı kesen kılıcının çıkardığı sesin içinde bir süre kayboldu. Kırık bir dal Joffrey'ye dönüştü. Yere düşürene kadar dala vurdu. Kraliçe, Sör Ilyn, Sör Meryn ve Tazı sadece birer yapraktı ama onları da öldürdü. Hepsini ıslak yeşil şeritlere ayırdı. Kolları yorulduğunda bir dalın üstüne oturdu, serin havayı içine çekip soluklandı, avlanan yarasaların çığlıklarını dinledi. Yaprakların oluşturduğu kubbenin arasından büvet ağacının kemik beyazı dallarını görebiliyordu. *Buradan bakınca tıpkı Kışyarı'nın yürek ağacına benziyor.* Keşke o ağaç olsaydı... O zaman aşağı indiğinde yine evinde olurdu ve belki babasını ağacın altında, her zaman oturduğu yerde bulurdu.

Kılıcını kemerine takıp daldan dala atlayarak yere indi. Büvet ağacına doğru yürüdü, ay ışığı ağacın gövdesini gümüşi bir beyaza boyamıştı ama kırmızı yaprakları karanlıkta simsiyah görünüyordu. Ağacın gövdesine oyulmuş yüze baktı. Korkunç bir suratttı. Ağzı çarpıktı, açık gözleri nefret doluydu. Tanrı böyle mi görünüyordu? Tanrılar da insanlar gibi acı çeker miydi? *Dua etmeliyim*, diye düşündü birdenbire.

Dizlerinin üstüne çöktü. Nasıl başlaması gerektiğinden emin değildi. Ellerini birleştirdi. *Bana yardım edin eski tanrılar*, dedi sessizce. *O adamları zindandan çıkartmama yardım edin ki Sör Amory'yi öldürebileyim ve evime, Kışyarı'na döneyim. Beni bir su dansçısına dönüştürün, bir kurda dönüştürün, bir daha asla korkmayayım.*

Bu kadar yeterli miydi? Belki de eski tanrıların duyması için yüksek sesle dua etmesi gerekirdi. Belki daha uzun dua etmeliydi. Babası çok uzun süre dua ederdi bazen, hatırlıyordu. Ama eski tanrılar babasına yardım etmemişti. Bunu hatırlamak Arya'yı öfkelendirdi. "Onu kurtarman gerekiyordu," diye azarladı ağacı. "Sana sürekli dua ederdi. Bana yardım edip etmemen umurumda değil. Bence istesen bile yapamazdın."

"Tanrılarla alay edilmez kızım."

Ses, Arya'yı irkiltmişti. Ayağa fırlayıp ahşap kılıcını çekti. Jaqen H'ghar karanlıkta öyle kıpırtısız duruyordu ki ağaçlardan biri gibi görünüyordu. "Bu adam bir isim duymaya geldi. Bir, iki ve sonra üç gelir."

Arya kılıcının dikenli ucunu yere indirdi. "Burada olduğumu nasıl bildin?"

"Bu adam görür. Bu adam duyar. Bu adam bilir."

Şüpheli gözlerle Jaqen'a baktı. Onu tanrılar mı yollamıştı? "Köpek, Weese'i nasıl öldürdü? Isırgan ve Rorge'u cehennemden mi getirdin? Jaqen H'ghar senin gerçek adın mı?"

"Bazı adamların birden fazla adı olur. Gelincik, Arry, *Arya*."

Sırtı yürek ağacının gövdesine yapışana kadar geriledi. "Gendry mi söyledi?"

"Bu adam bilir," dedi tekrar. "Stark leydim."

Belki onu *gerçekten* tanrılar göndermişti, dualarına cevap olarak. "Zindandaki adamları kurtarmak için yardımına ihtiyacım var. Glover'ı ve hepsini. Nöbetçileri öldürüp hücrenin kapısını bir şekilde açmalıyız..."

"Bu kız unutuyor," dedi adam sessizce. "Üç alacağı vardı, ikisini aldı. Eğer bir nöbetçi ölmeliyse kız onun adını vermeli."

"Ama *bir* nöbetçi yeterli değil. Hücreyi açmak için hepsini öldürmeliyiz." Arya ağlamamak için dudağını ısırdı. "Kuzeyli adamları kurtarmanı istiyorum, tıpkı benim seni kurtardığım gibi."

Adam hiç acımadan Arya'ya bakıyordu. "Tanrının elinden üç can alındı, üç can geri ödenmeli. Tanrılarla alay edilmez." Sesi hem ipekti hem çelik.

"Ben hiç alay etmedim." Bir an düşündü. "İsim... İsmini vereceğim *kim* olursa olsun, öldürecek misin?"

Jaqen başıyla onayladı. "Bu adam öyle dedi."

"*Kim* olursa olsun?" diyerek tekrarladı. "Bir erkek, bir kadın, küçük bir bebek ya da Lord Tywin, Yüce Rahip, kendi baban?"

"Bu adamın atası uzun zaman önce öldü. Ama yaşasaydı ve kız onun adını verseydi, kızın emriyle ölürdü."

"Yemin et," dedi Arya. "Tanrıların huzurunda yemin et."

"Havanın ve denizlerin bütün tanrılarının, hatta ateş tanrısının önünde yemin ederim." Elini büvet ağacının ağzına koydu. "Yedi yeni tanrının ve sayısız eski tanrının önünde yemin ederim."

Yemin etti. "Kralın adını versem bile..."

"İsmi söyle ve ölüm gelsin. Yarın sabah, ay dönümünde, bir yıl sonra ama mutlaka. Bu adam kuşlar gibi uçamıyor ama bir adım ve onun önüne bir adım daha koya koya gideceği yere varıyor ve bir kral ölüyor." Jaqen dizlerinin üstüne çöktü, şimdi yüz yüzeydiler. "Bu kız yüksek sesle söylemeye korkuyorsa fısıldasın. Şimdi fısılda. İsim *Joffrey* mi?"

Arya dudaklarını adamın kulağına koydu. "İsim *Jaqen H'ghar*."

O yanan ahırda, alevden duvarların arasında zincirliyken bile şu an olduğu kadar endişeli görünmüyordu Jaqen. "Bu kız... şaka yapıyor."

"Yemin ettin. Tanrılar yemin ettiğini duydu."

"Duydular." Adamın elinde birdenbire bir bıçak belirdi, Arya'nın serçe parmağı kadar inceydi. Bıçak adam için mi çıkmıştı yoksa kendisi için mi bilemiyordu Arya. "Bu kız ağlayacak. Bu kız tek arkadaşını kaybediyor."

"Sen benim arkadaşım değilsin. Bir arkadaş bana *yardım* ederdi." Geri çekildi, bıçağın üstüne gelmesi ihtimaline karşı parmaklarının üstünde dengede durdu. "Ben bir *arkadaşı* asla öldürmezdim."

Jaqen'ın gülümsemesi geldiği gibi gitti. "Eğer bir arkadaş yardım etseydi... bu kız başka bir isim verir miydi?"

"Verirdi," dedi Arya. "Eğer bir arkadaş yardım etseydi."

Bıçak kayboldu. "Gel."

"Şimdi mi?" Adamın bu kadar çabuk hareket edeceği aklına gelmemişti.

"Bu adam camın içindeki kumun sesini duyuyor. Bu kız kesin bir isim söylemeden bu adam rahat uyumayacak. O yüzden şimdi, şeytan çocuk."

Ben şeytan çocuk değilim, diye düşündü Arya, *ben ulu kurdum ve Harrenhal'daki hayaletim*. Kılıcını gizli yerine koydu ve Jaqen'ı takip etti.

Harrenhal geç saate rağmen düzensiz bir hareketlilikle canlıydı. Vargo Hoat'un gelişi kalenin bütün düzenini altüst etmişti.

Öküz arabaları, öküzler ve atlar avludan çıkartılmıştı ama ayı kafesi hâlâ oradaydı. Kafes kalın zincirlerle orta ve dış avluyu bölen köprünün kirişine asılmıştı, yerden birkaç ayak yukarıdaydı. Etrafını bir meşale çemberi aydınlatıyordu. Ahırlarda çalışan çocuklar hayvanın kızıp kükremesi için kafese taş atıyordu. Avlunun karşısındaki Kışla Salonu'nun kapısından daha fazla şarap isteyen adamların haykırışları ve birbirine çarpan kupaların şıngırtılarıyla birlikte parlak ışık süzülüyordu. Onlarca adam Arya'nın anlamadığı bir dilde şarkı söylemeye başladı. Bu gürültü dikkatlerin dağılması için iyiydi.

"Eğer bu adam bu işi yaparsa aç tanrılar bu gece kan ziyafetine oturacak," dedi Jaqen. "Tatlı ve nazik kız, adımı geri al, başka bir isim ver ve bu çılgın hayali bir kenara bırak."

"Olmaz."

"Öyle olsun." Pes etmiş gibi görünüyordu. "İş görülecek ama kız itaat etmeli. Bu adamın konuşmak için vakti yok."

"Bu kız itaat edecek," dedi Arya. "Ne yapmam gerekiyor?"

"Yüz adam çok aç, doyurulmaları gerek, lord sıcak çorba emretti. Kız mutfağa koşup pastacı arkadaşına bunu söylemeli."

"Çorba," diye tekrar etti Arya. "Sen nerede olacaksın?"

"Kız mutfakta çorba yapmaya yardım edecek ve bu adam gelene kadar orada bekleyecek. Git. Koş."

Arya mutfağa daldığında Alturta ekmek somunlarını fırından çıkarıyordu ama artık yalnız değildi. Vargo Hoat ve Kanlı Oyuncuları doyurmak için aşçıları uyandırmışlardı. Mutfak hizmetçileri, Alturta'nın ekmekleri ve turtalarıyla dolu sepetleri dışarı taşıyordu. Baş aşçı domuz dilimliyordu. Izgaracı adamlar tavşanları çevirirken bulaşıkçı kızlar hayvanların üstüne bal sürüyordu. Kadınlar havuç ve soğan doğruyordu. "Ne istiyorsun Gelincik?" diye sordu aşçı, Arya'yı gördüğünde.

"Çorba," dedi Arya. "Lordum et suyuna çorba istiyor."

Aşçı, bıçağıyla işaret ederek ocakların üstündeki siyah demir kazanları gösterdi. "Bunun ne olduğunu sanıyorsun? Gerçi çorbayı o keçiye servis etmeden önce içine işemek lazım. İnsanı uykusunda bile rahat bırakmıyor." Tükürdü. "Neyse, git ve kazanların acele ettirilemeyeceğini söyle."

"Çorba hazır olana kadar burada beklemem gerek."

"O zaman ayakaltında dolaşma ya da daha iyisi bir işe yara. Mandıraya git; keçi lordu yağ ve peynir de istedi. Pia'yı uyandır ve ayaklarının kesilmesini istemiyorsa hayatında bir kez olsun hızlı hareket etmesini söyle."

Arya olabildiği kadar hızlı koştu. Pia uyanıktı, bir Oyuncu'nun altında inliyordu, Arya'nın seslendiğini duyunca elbisesini hızlıca üstüne geçirdi. Altı sepeti, kokulu peynir tekerlekleriyle ve yağ kalıplarıyla doldurdu. "Şunları taşımama yardım et," dedi Arya'ya.

"İşim var. Ama sen acele etsen iyi olur yoksa Vargo Hoat ayaklarını keser." Kız yakalayamadan Arya koşarak dışarı çıktı. Mutfağa dönerken tutsakların hiçbirinin ellerinin ya da ayaklarının kesik olmadığını düşündü. Belki Vargo Hoat, Robb'u kızdırmaktan korkuyordu. Gerçi Vargo *kimseden* korkmayan bir adam gibi görünüyordu.

Mutfağa döndüğünde Alturta uzun saplı ahşap bir kaşıkla tencereleri karıştırıyordu. Bir kaşık alıp yardım etmeye başladı. Bir an için Alturta'ya her şeyi anlatmayı düşündü ama sonra köyde olanları hatırlayıp vazgeçti. *Yine teslim olur.*

Sonra Rorge'un çirkin sesini duydu. *"Aşçı,"* diye bağırdı. "Lanet olası çorbayı almaya geldik." Arya dehşet içinde elindeki kaşığı bıraktı. *Onları getirmesini söylememiştim.* Rorge burunluklu miğferini takmıştı. Yüzündeki boşluk gizlenmişti. Burunsuz adamın arkasından Jaqen ve Isırgan mutfağa girdi.

"Lanet olası çorba daha hazır değil," dedi aşçı. "Biraz daha kaynaması gerek. Soğanlarla havuçları daha yeni kattık ve..."

"Çeneni kapat yoksa kıçını ateşte çevirip iyice yumuşatırım. Çorba dedim ve şimdi dedim."

Isırgan, tıslayarak yarı kızarmış bir tavşanı ateşin üstünden kapıp sivri dişlerini ete geçirdi. Parmaklarının arasından bal süzülüyordu.

Aşçı teslim oldu. "Kahrolası çorbanızı alın ama keçi neden bu kadar duru olduğunu sorarsa cevabını siz verin."

Isırgan parmaklarındaki balı ve yağı yaladı. Jaqen ellerine dolgulu kalın eldivenler geçirdi, bir çift de Arya'ya verdi. "Bu Gelincik yardım edecek." Çorba kaynıyordu ve kazanlar çok ağırdı. Arya ve Jaqen bir kazanı aralarında taşıdı. Rorge diğerini tek başına aldı. Isırgan iki tane birden yüklendi, kazanların tutacağı ellerini yaktığında acıyla tısladı. Buna rağmen kazanları düşürmemişti. Avluyu geçip Dul Kulesi'ne gittiler, kapıda iki nöbetçi bekliyordu. "Bu ne?" diye sordu biri Rorge'a.

"Bir kazan kaynamış sidik, biraz ister misin?"

Jaqen dostça gülümsedi. "Tutsaklar da yemek yemek zorunda."

"Kimse yemekle ilgili bir şey..."

Arya adamın sözünü kesti. "Bu *onlar* için, sizin için değil."

İkinci nöbetçi elini salladı. "Aşağı indirin o zaman."

Zindana sarmal bir merdivenle iniliyordu. Rorge önden gitti, Arya ve Jaqen arkadaydı. "Bu kız ayakaltında durmayacak," dedi Jaqen.

Merdivenler; uzun, loş, penceresiz, küf kokulu taş bir mahzene indi. Merdivene yakın duvarda birkaç meşale yanıyordu. Sör Amory'nin adamları ahşap bir masada oturmuş taş oyunu oynayıp sohbet ediyordu. Karanlık hücredeki tutsaklarla aralarında kalın demir çubuklar vardı. Çorbanın kokusu tutsakların çoğunu parmaklıklara çekti.

Arya sekiz nöbetçi saydı. Onlar da çorbanın kokusunu almıştı. Nöbetçilerin kaptanı, "Bu, gördüğüm en çirkin hizmetçi kız," dedi Rorge'a. "Kazanlarda ne var?"

"Aletin ve hayaların. Yemek istiyor musun, istemiyor musun?"

Nöbetçilerden biri volta atıyordu, biri parmaklıkların yanında duruyordu, üçüncüsü yere oturup sırtını duvara dayamıştı ama yemeğin kokusu hepsini masanın başına çekti.

"Sonunda bizi doyurmayı akıl edebildiler."

"İçinde soğan mı var?"

"Ekmek yok mu?"

"Lanet olsun, tas ve kaşık da lazım ve..."

"Lazım değil." Rorge kaynar çorbayı masanın karşısına, nöbetçilerin yüzüne attı. Jaqen de aynı şeyi yaptı. Isırgan elindeki kazanları bütün gücüyle öne fırlattı. Havada dönerek ilerleyen kazanlardan kaynar çorba yağmuru yağıyordu. Nöbetçilerin kaptanı ayağa kalkmaya çalışırken kazanlardan biri adamın kafasına çarptı, kaptan bir torba kum gibi yere düştü ve bir daha hareket etmedi. Diğerleri acıyla çığlık atıyor, dua ediyor ya da sürünerek kaçmaya çalışıyordu.

Rorge tutsakların boğazını kesmeye başladığında Arya sırtını duvara yapıştırdı. Isırgan, solgun iri elleriyle nöbetçilerin başlarını arkadan yakalayıp tek bir hareketle boyunlarını kırmayı tercih ediyordu. Nöbetçilerden sadece biri kılıcını çekmeyi başardı. Jaqen çevik bir hareketle üstüne inen kılıç darbesinden kurtuldu, kendi kılıcını çekti, hızlı ataklarla nöbetçiyi köşeye kıstırdı ve silahını adamın kalbine sapladı. Lorathlı yürek kanıyla ıslanmış kılıcı Arya'ya götürdü ve elbisesinin eteğiyle sildi. "Bu kızın üstünde de kan olmalı. Bu onun işi."

Hücre kilidinin anahtarı masanın dayandığı duvardaki kancaya asılıydı. Rorge anahtarı alıp hücrenin kapısını açtı. Hücreden dışarı çıkan ilk tutsak pelerininde gümüş yumruk arması olan lorddu. "İyi iş," dedi adam. "Ben Robett Glover."

"Lordum." Jaqen eğildi.

Özgür kalan tutsaklar, ölü nöbetçilerin kılıçlarını alıp ellerinde çeliklerle merdivene yöneldi. Silahsız diğer esirler onların peşine düştü. Hızlıca ve sessizce hareket ediyorlardı. Adamların hiçbiri, Vargo Hoat'la birlikte Harrenhal'un kapısından içeri girdiklerinde göründükleri kadar yaralı görünmüyordu şimdi. "Çorba, çok zekiceydi," dedi Glover. "Bunu beklemiyordum, Lord Hoat'un fikri miydi?"

Rorge gülmeye başladı. Öyle şiddetli kahkahalar atıyordu ki burnunun olması gereken boşluktan sümük fışkırıyordu. Isırık, ölü bir nöbetçinin üstüne oturmuş, adamın cansız elindeki parmakları kemiriyordu. Kemikler sivri dişlerinin arasında kırıldı.

"Sizler kimsiniz?" Robett Glover'ın kaşlarının arasında bir yarık oluştu. "Lord Bolton'ın kampına geldiğinde Vargo Hoat'la birlikte değildiniz. Cesur Dostlar'dan mısınız?"

Rorge çenesindeki sümüğü elinin tersiyle sildi. "Artık öyleyiz."

"Bu adam, Özgür Şehirler'in Lorath'ından Jaqen H'ghar. Bunlar da bu adamın nezaketten yoksun arkadaşları Rorge ve Isırık." Arya'ya döndü. "Bu kız..."

"Benim adım Gelincik," dedi Arya, Jaqen'ın gerçekte *kim* olduğunu söylemesine fırsat vermeden. Adının; Rorge, Isırık ve kim olduğunu bilmediği onlarca adamın duyabileceği bir yerde söylenmesini istemiyordu.

Glover'ın onu önemsemediğini fark etti. "Pekâlâ," dedi adam. "Şu kanlı işi bitirelim artık."

Merdivenleri tırmanıp kapıya vardıklarında iki nöbetçinin kendi kanlarında yüzdüğünü gördüler. Kuzeyli adamlar avluda koşuyordu. Arya bağrışmalar duydu. Kışla Salonu'nun kapısı gürültüyle açıldı ve yaralı bir adam çığlık atarak dışarı çıktı. Peşinden koşan üç kişi, adamı kılıç ve mızraklarla susturdu. Kapı kulübesinin etrafında da dövüş vardı. Rorge ve Isırık, Glover'la birlikte kapıya koştu ama Jaqen, Arya'nın yanında dizlerinin üstüne çöktü. "Bu kız anlamıyor mu?"

"Anlıyorum," dedi, aslında anlamamasına rağmen.

Lorathlı, Arya'nın kafa karışıklığını yüzünden okumuş olmalıydı. "Bir keçinin sadakat duygusu yoktur. Birazdan buraya bir kurt sancağı dikilir diye tahmin ediyorum. Ama önce bu adam belli bir ismin geri alındığını duymalı."

"İsmi geri alıyorum," dedi Arya, dudağını ısırdı. "Üçüncü ölüm hakkım var mı hâlâ?"

"Bu kız çok açgözlü." Jaqen ölü nöbetçilerden birine dokundu ve kanlı parmaklarını Arya'ya gösterdi. "İşte üçüncü ve dördüncü de şurada. Mahzende sekiz adam daha cansız yatıyor. Borç ödendi."

"Borç ödendi," dedi Arya isteksizce. Üzgün hissediyordu. Sadece bir fareydi yine.

"Tanrıya olan borç ödendi. Ve şimdi bu adam ölmeli." Jaqen H'ghar'ın dudaklarından tuhaf bir gülümseme geçti.

"Ölmeli?" dedi Arya, kafası karışmıştı. Adam ne demek istiyordu? "Ama adını geri aldım. Ölmene gerek yok artık."

"Var. Zamanım doldu." Jaqen, elini alnına koyup ağır ağır çenesine doğru indirdi, elinin dokunduğu yer *değişiyordu*. Yanakları dolgunlaştı, gözleri yakınlaştı, burnu kemerlendi, daha önce pürüzsüz olan sağ yanağında bir yara izi belirdi. Ve kafasını salladığında yarısı beyaz yarısı kırmızı saçları çözüldü, altından siyah, gür bukleler çıktı.

Arya'nın ağzı açıktı. "Sen *kimsin*?" diye fısıldadı, korkamayacak kadar şaşkındı. Bunu *nasıl* yaptın? Zor muydu?"

Adam sırıttı, parlak altın dişleri göründü. "Yeni bir isim almaktan zor değil, nasıl yapıldığını biliyorsan elbette."

"Bana da öğret," dedi heyecanla. "Ben de yapmak istiyorum."

"Öğrenirsen benimle gelmek zorunda kalırsın."

Arya tereddüt etti. "Nereye?"

"Çok uzağa. Dar Deniz'in karşısına."

"Gelemem. Eve gitmek zorundayım. Kışyarı'na."

"O hâlde ayrılmalıyız," dedi adam, "çünkü benim de görevlerim var." Arya'nın elini tutup avucuna bir sikke bıraktı. "Al."

"Bu ne?"

"Çok kıymetli bir sikke."

Arya sikkeyi ısırdı. Çok sertti, demir olmalıydı. "Bir at satın alacak kadar kıymeti var mı?"

"At satın almaya yaramaz."

"O zaman ne anlamı var?"

"Hayatın ne anlamı olduğunu da sor, ölümün ne anlamı olduğunu. Bir gün olur da beni yine bulmak istersen bu sikkeyi Braavoslu herhangi birine ver ve ona şu kelimeleri söyle: *Valar morghulis*."

"*Valar morghulis*," diye tekrarladı Arya. Zor değildi. Avucunu kapatıp sikkeyi sıktı. Avlunun diğer tarafında insanların öldüğünü duyabiliyordu. "Lütfen gitme Jaqen."

"Jaqen en az Arry kadar ölü," dedi adam hüzünle. "Ve tutmam gereken sözler var. *Valar morghulis*, Arya Stark. Tekrar söyle."

"*Valar morghulis,*" dedi Arya bir kez daha. Jaqen'ın kıyafetlerinin içindeki yabancı, reverans yaptı ve karanlığa karıştı. Arya ölü adamlarla yalnızdı. *Ölmeyi hak ettiler*, dedi kendine, gölün kıyısındaki ardiyede Sör Amory Lorch tarafından öldürülen insanları unutmamıştı.

Saman dolu şiltesine döndüğünde Kralateşi Kulesi'nin altındaki mahzen boştu. Yastığına isimleri fısıldadı ve isimler bittiğinde, *"Valar morghulis,"* dedi hafif, yumuşak bir sesle, ne anlama geldiğini merak ederek.

Şafak söktüğünde Pembegöz ve diğerleri dönmüştü. Neden öldürüldüğünü kimsenin anlamadığı bir oğlan dışında herkes mahzendeydi. Pembegöz, etrafa bir de gün ışığında bakmak için yaşlı kemiklerinin merdivenlere dayanamadığından şikâyet ederek tek başına yukarı çıktı. Geri döndüğünde Harrenhal'un ele geçirildiğini söyledi. "Kanlı Oyuncular, Sör Amory'nin adamlarının bir kısmını yataklarında öldürmüş, diğer sarhoşları da salonda. Yeni lord gün batmadan önce bütün ordusuyla birlikte kalede olacakmış. Adam vahşi kuzeydenmiş, şu Sur'un oralardan. Çok sert bir adam olduğunu söylüyorlar. Şu lord, bu lord, biz işimize bakacağız. Kaytarmaya kalkışanın sırtını kamçılarım." Son sözlerini söylerken Arya'ya bakmıştı ama dün gece nerede olduğuyla ilgili bir şey sormamıştı.

Arya bütün sabah boyunca Kanlı Oyuncular'ın ölü adamların kıymetli eşyalarını yağmalamasını ve cesetleri Akantaş Avlusu'na taşımasını izledi. Cesetlerden kurtulmak için avluda büyük bir ateş yakılmıştı. Soytarı Shagwell ölü iki şövalyenin kafasını kesmişti, kafaları saçlarından tutup sallayarak avluda dolaşıyor, birbirleriyle konuşturuyordu. "Sen nasıl öldün?" diye sordu bir kafa. "Kaynar gelincik çorbasıyla," diye cevap verdi ikincisi.

Arya'ya kuruyan kanları temizleme işi verilmişti. Kimse yanına gelip olağanın dışında bir şey söylemiyordu ama Arya kendisine tuhaf tuhaf bakan insanları fark ediyordu. Robett Glover ve serbest bıraktıkları diğer adamlar mahzende olanları anlatmış olmalıydı. Sonra da Shagwell ve konuşan aptal kafaları gelincik çorbası hikâyesini yaymıştı. Soytarıya susmasını söyleyebilirdi ama bunu yapmaya korkuyordu. Soytarı yarı deliydi; bir keresinde şakasına gülmeyen bir adamı öldürdüğü söyleniyordu. *Sesini kesse iyi eder yoksa onu da isim listeme ekleyeceğim*, diye düşündü kahverengimsi kırmızı lekeyi ovalarken.

Harrenhal'un yeni lordu kaleye vardığında akşam olmak üzereydi. Sakalsız, sıradan, açık bir yüzü vardı. Dikkat çeken tek şeyi tuhaf ve solgun gözleriydi. Ne şişmandı ne zayıf ne de kaslı. Siyah bir örgü zırh ve benekli, pembe bir pelerin giymişti. Sancağındaki arma kana batırılmış bir adama benziyordu. "Dehşet Kalesi Lordu için diz çökün!" diye bağırdı yaveri. Çocuk, Arya'dan büyük değildi ve Harrenhal diz çöktü.

Vargo Hoat öne çıktı. "Lordum, Harrenhal sisindir."

Lord cevap verdi ama Arya'nın duyamayacağı kadar hafif bir sesle. Robett Glover ve Sör Aenys Frey lorda katıldı; banyo yapmış, yeni takımlar ve pelerinler giymişlerdi. Kısa bir konuşmanın ardından Sör Aenys, lordu ve diğerlerini Rorge'la Isırık'ın yanına götürdü. Arya adamların hâlâ kalede olmasına şaşırmıştı, onların da Jaqen'la birlikte ortadan kaybolacaklarını düşünmüştü. Rorge'un sert sesini duydu ama sözlerini değil. Sonra Shagwell gelip Arya'yı yakaladı ve avlunun diğer ucuna sürükledi. "Lordum, lordum," diye şarkı söylüyordu Arya'yı bileğinden çekiştirirken. "Gelincik çorbasını yapan kız bu işte!"

"*Bırak*," dedi Arya, soytarının elinden kurtulmak için debelenirken.

Lord, Arya'ya baktı, sadece solgun ve buz rengi gözleri hareket etmişti. "Kaç yaşındasın çocuk?"

Arya yaşını hatırlamak için bir an düşündü. "On."

"On, *lordum*," diye hatırlattı adam. "Hayvanları sever misin?"

"Bazılarını, lordum."

Adamın dudaklarında ince bir gülümseme belirdi. "Aslanları sevmediğin belli, mantikorları da."

Arya ne diyeceğini bilemiyordu, bir şey demedi.

"Sana neden Gelincik dediklerini söyle bana. Bu bir isim değil. Sana annenin verdiği isim neydi?"

Arya dudağını ısırdı, bir isim bulmaya çalışıyordu. Lommy ona Yumurtakafa derdi. Sansa, Atsurat'ı kullanırdı ve bir zamanlar babasının adamları Arya Ayakaltı diye dalga geçerdi. Ama bu isimlerin hiçbiri lordun duymak istediği türden isimler değildi.

"Nymeria," dedi. "Ama bana kısaca Nan diye seslenirdi."

"Benimle konuşurken bana *lordum* diyeceksin Nan," dedi lord nazikçe. "Cesur Dostlar'dan biri olamayacak kadar küçüksün. Cinsiyetin de uygun değil. Sülüklerden korkar mısın çocuk?"

"Onlar sadece sülük lordum."

"Görünüşe bakılırsa yaverimin senden öğreneceği bir ders var. Sülükler uzun bir hayatın sırrıdır. İnsan kendini kötü kandan arındırmalı. Senin işe yaracağını düşünüyorum Nan. Harrenhal'da kaldığım sürece benim kadeh taşıyıcım olacaksın, bana bira getireceksin, masama ve odama yemek servisi yapacaksın."

Arya ahırlarda çalışmak istediğini söylememesi gerektiğini bilecek kadar akıllıydı bu sefer. "Emredersiniz efendim, yani lordum."

Lord elini salladı. "Kızın üstünü başını düzeltin," dedi belli birine hitap etmeden. "Dökmeden şarap doldurmayı bildiğinden de emin olun." Atını çevirdi, elini havaya kaldırıp, "Lord Hoat, kapı kulübesindeki sancaklarla ilgilenin," dedi.

Cesur Dostlar'dan dört kişi kulübenin çatısına tırmanıp Lannisterlar'ın aslanını ve Sör Amory'nin siyah mantikorunu aşağı indirdi. Onların yerine Dehşet Kalesi'nin derisi yüzülmüş adamı ve Starklar'ın ulu kurdu dikildi. Aynı gece, Nan isimli hizmetçi bir kız, balkonda oturan Roose Bolton ve Vargo Hoat'a şarap servisi yaptı. İki adam orta avluda çırılçıplak dolaştırılan Sör Amory Lorch'u izliyordu. Sör Amory hıçkırdı, yalvardı, kendisini esir alanların bacaklarına sarıldı. Sonra Rorge şövalyeyi köprüye çıkardı ve Shagwell adamı bir tekmeyle ayı kafesinin içine attı.

Ayının kürkü simsiyah, diye düşündü Arya. *Tıpkı Yoren gibi*. Roose Bolton'ın kadehini şarapla doldurdu ve bir damla bile dökmedi.

DAENERYS

Fevkaladeliklerle dolu bu şehirde, Ölümsüzler Sarayı'nın en fevkalade olmasını bekliyordu Dany ama tahtırevanından çıktığında gri ve kadim bir harabeyle karşılaştı.

Geniş, alçak, penceresiz ve kulesiz yapı, mürekkep mavisi yapraklarından Qarthlıların *akşam gölgesi* dediği içkinin yapıldığı siyah gövdeli ağaçların arasında taş bir yılan gibi kıvrılıyordu. Yakınlarda başka bina yoktu. Sarayın çatısını kaplayan siyah kiremitlerin çoğu ya çatlamış ya da dökülmüştü. Taşların arasındaki kurumuş harç ufalanıyordu. Dany, Xaro Xhoan Daxos'un bu binaya neden Toz Sarayı dediğini şimdi anlıyordu. Karşılaştıkları manzara Drogon'u bile huzursuz etmişti. Siyah ejderha *tıs*ladı, keskin dişlerinin arasından duman çıkıyordu.

"Kanımın kanı," dedi Jhogo, Dothrak dilinde. "Burası şeytani bir yer, *maegi*'lerin ve hayaletlerin buluşma yeri. Sabah güneşini nasıl içtiğini görüyor musunuz? Bizi de içmeden önce gidelim buradan."

Sör Jorah Mormont yanlarına geldi. "*Şunun* içinde yaşayanların ne tür bir gücü olabilir ki?"

"Sizi sevenlerin verdiği aklı dinleyin," dedi hâlâ tahtırevanın içinde olan Xaro Xhoan Daxos. "Büyücüler toz yiyip gölge içen kötü yaratıklardır. Size hiçbir şey veremezler. Size verecek bir şeyleri yok."

Aggo elini *arakh*'ına götürdü. "*Khaleesi*, Toz Sarayı'na pek çok insanın girdiği ama çok azının oradan çıktığı söylenir."

"Söylenir," diye onayladı Jhogo.

"Biz sizin kanınızın kanıyız," dedi Aggo. "Siz yaşadığınız sürece yaşayıp sizinle birlikte ölmek için yemin ettik. İzin verin bu karanlık yere girerken yanınızda yürüyelim, sizi kötülüklerden koruyalım."

"Bazı yerlerde bir *khal* bile yalnız yürümek zorundadır," dedi Dany.

"Bırakın ben geleyim," diye ısrar etti Sör Jorah. "Tehlike..."

"Kraliçe Daenerys içeri ya yalnız girer ya da hiç girmez." Büyücü Pyat Pree ağaçların arasından çıkmıştı. *Geldiğimizden beri orada mıydı?* diye merak etti Dany. "Eğer şimdi geri dönerse bilgeliğin kapıları kraliçe için sonsuza dek kapanır."

"Zevk mavnam şu anda bile hazır bekliyor," diye seslendi Xaro Xhoan Daxos. "Şu saçmalıktan vazgeçin kraliçelerin en inatçısı. Huzursuz ruhunuzu tatlı müziklerle sakinleştirecek flütçülerim ve sizi diliyle eritip ruhunuzu coşturacak genç bir kızım var."

Sör Jorah Mormont aşağılayan gözlerle tacir prense baktı. "Majesteleri, Mirri Maz Duur'u hatırlayın."

"Hatırlıyorum," dedi Dany ve bir anda karar verdi. "Bilgisi olduğunu hatırlıyorum. Ve o bir *maegi*'ydi sadece."

Pyat Pree belli belirsiz gülümsedi. "Bu çocuk, yaşlı bir kadın bilgeliğiyle konuşuyor. Koluma girin ve size yolu göstermeme izin verin."

"Ben çocuk değilim." Dany büyücünün koluna girdi.

Siyah ağaçların altı Dany'nin tahmin ettiğinden daha karanlık, yol daha uzundu. Caddeden sarayın kapısına giden yol dümdüz ilerliyormuş gibi görünse de Pyat Pree kısa zaman sonra başka bir yola saptı. Dany sebebini sorduğunda, "Düz yol sarayın içine girmek içindir ama oradan çıkılmaz," dedi büyücü. "Söylediklerimi dinleyin kraliçem. Ölümsüzler Sarayı ölümlü insanlar için inşa edilmedi. Ruhunuz sizin için kıymetliyse dikkatli olun ve size söylediklerimi yapın."

"Yapacağım," diye söz verdi Dany.

"İçeri girdiğinizde kendinizi dört kapılı bir odada bulacaksınız: İçeri girdiğiniz kapı ve diğer üçü. Sağdaki kapıdan girin. Her seferinde sağınızdaki kapıdan. Bir merdivenle karşılaşırsanız yukarı çıkın. Asla aşağı inmeyin ve sağınızdaki ilk kapıdan başka hiçbir kapıdan geçmeyin."

"Sağımdaki kapı," diye tekrar etti Dany. "Anladım. Peki, dışarı çıkarken tersini mi yapacağım?"

"Hiçbir şekilde," dedi Pyat Pree. "Girmek ve çıkmak, ikisi de aynı. Her zaman yukarı, her zaman sağdaki kapı. Bazı kapılar kendiliğinden açılabilir. İçeride sizi rahatsız edecek pek çok şey göreceksiniz. Güzellik imgeleri ve korku imgeleri, harikalar ve kâbuslar. Geçmiş günlerin, gelecek günlerin ve asla olmamış, olmayacak günlerin sesleri ve görüntüleri. Saray sakinleri ya da hizmetkârlar sizinle konuşabilir. Onlara isterseniz cevap verin, isterseniz onları duymazdan gelin, size bağlı ama ne olursa olsun kabul salonuna varana kadar *hiçbir odaya girmeyin*."

"Anladım."

"Ölümsüzlerin dairesine vardığınızda sabırlı olun. Bizim küçük hayatlarımız onlar için bir güvenin tek kanat çırpışından daha uzun değil. İyi dinleyin ve her kelimeyi kalbinize yazın."

Kapıya vardıklarında -insan yüzü şeklinde oyulmuş bir duvarın üstündeki uzun, oval ağız- Dany'nin o güne kadar gördüğü en küçük cüce eşikte bekliyordu. Boyu ancak Dany'nin dizine geliyordu. Yüzü bir deri bir kemikti, lekeliydi, bir hayvan yüzüne benziyordu. Mavili morlu kumaşlardan dikilmiş gösterişli bir uşak kıyafeti giymişti. Minik pembe elleriyle gümüş bir tepsi taşıyordu. Tepsinin üstündeki uzun kristal kadeh mavi bir sıvıyla doluydu: *Akşam gölgesi*, büyücülerin şarabı. "Bardağı alın ve için," dedi Pyat Pree.

"Dudaklarım maviye boyanacak mı?"

"Bir kadeh sadece kulaklarınızı açacak ve gözlerinizdeki perdeyi kaldıracak, böylece önünüze serilecek gerçekleri duyup görebileceksiniz."

Dany kadehi dudaklarına götürdü. İlk yudumun tadı mürekkebe benziyordu, bozuk et gibi kokuyordu ama yuttuğunda mavi sıvı vücudunun içinde canlanmaya başladı. Yeni filizlerin göğsünde yayıldığını hissediyordu, kalbinin etrafında dolanan ateşten parmaklar gibi. Dilinin üstünde bala, anasona, kremaya benzer bir tat vardı; annesinin sütü, Drogo'nun tohumları gibi; kırmızı et, sıcak kan, erimiş altın gibi. Bildiği bütün tatların hepsiydi ve hiçbiri... ve sonra kadeh boştu.

"Şimdi girebilirsiniz," dedi büyücü. Dany kadehi hizmetkârın tepsisine bıraktı ve içeri girdi.

Dört kapılı bir girişte buldu kendini, her duvarda bir kapı. Hiç tereddüt etmeden sağdaki kapıyı açıp girdi. İkinci oda ilkinin ikiziydi. Tekrar sağındaki kapıya yöneldi. Kapıyı itip açtığında dört kapılı daha küçük bir odayla karşılaştı. *Büyücülük sanatının huzurundayım.*

Dördüncü oda kare değil, ovaldi. Duvarları taş değil, ahşaptı, kurtlar tarafından kemirilmişti. Dört yerine altı çıkışı vardı. Dany hemen sağındaki çıkışı seçti ve uzun, yüksek tavanlı loş bir koridora girdi. Sağındaki duvara turuncu alevli meşaleler sıralanmıştı ama bütün kapılar sol taraftaydı. Drogon geniş siyah kanatlarını açıp ağır havayı dövdü. Hiç de vakur olmayan bir şekilde düşmeden önce yedi metre kadar uçtu. Dany ejderhanın peşinden koştu.

Ayağının altındaki küflü halı bir zamanlar fevkalade renklere sahip olmalıydı. Örgülerin içinde hâlâ görünür hâlde olan altın helezonlar, soluk grilerin ve alacalı yeşillerin arasında parlıyordu. Halıdan geriye kalanlar, yürüyüş seslerini yutmaya yarıyordu ama bu pek de iyi bir şey değildi. Dany duvarların içinden gelen tıkırtıları duyabiliyordu; hafif, aceleci, sürtünmeye benzer sesler, fareleri düşünmesine sebep oldu. Drogon da duymuştu. Sesi başıyla takip etti ve kesildiğinde öfkeli bir çığlık attı. Kapalı kapıların bazılarından daha da rahatsız edici sesler geliyordu. Bir kapı titredi ve gümledi. Biri kapıyı kırarak dışarı çıkmak istiyordu sanki. Bir diğerinden ahenksiz boru sesleri yükseldi. Drogon kuyruğunu çılgınca sağa sola savuruyordu. Dany hızla kapıdan uzaklaştı.

Bütün kapılar kapalı değildi. *Bakmayacağım*, dedi Dany kendine ama istek çok güçlüydü.

Odalardan birinde güzel bir kadın yerde çırılçıplak yatıyordu. Dört küçük adam kadının üstüne çıkmıştı. Tıpkı kapıdaki hizmetkâr gibi faremsi suratları, minik pembe elleri vardı. Biri kadının bacaklarının arasına girip çıkıyor, diğeri göğüslerini ısırıyordu, ıslak kırmızı ağzı kadının göğüs uçlarını koparıp çiğniyordu.

Daha sonra cesetlerin ziyafet masasıyla karşılaştı Dany. Vahşi şekilde katledilmiş bedenler ters çevrilmiş sandalyelerin ve ahşap masaların etrafına uzanmış, pıhtılaşmış kan göllerinin ortasına yayılmıştı. Bazılarının kolları, bacakları yoktu, hatta bazılarının kafası. Kesik eller kanlı kadehleri, ahşap kaşıkları, kızarmış horozları, ekmek somunlarını tutuyordu. Yerden yükseğe yerleştirilmiş tahtta, kurt kafalı ölü bir adam oturuyordu, başına demir bir taç takmıştı. Elinde, kral asası gibi tuttuğu bir kuzu budu vardı ve gözleri sessiz bir ilgiyle Dany'yi izliyordu.

Dany ölü adamdan kaçtı ancak sadece bir sonraki kapıya kadar. *Bu odayı tanıyorum*, diye düşündü. Büyük ahşap kirişlerini ve onları süsleyen hayvan oymalarını hatırlıyordu. İşte, pencerenin dışında bir limon ağacı vardı. *Kırmızı kapılı ev, Braavos'taki ev*. Evi düşündüğü anda odaya Sör Willem girdi, bastonuna yaslanmıştı. "İşte buradasın küçük prenses," dedi boğuk, nazik sesiyle. "Gel," dedi. "Bana gel leydim, artık evdesin, artık güvendesin." İri, buruşuk, eski deriler kadar yumuşak ellerini Dany'ye uzattı. Dany o eli tutmak istiyordu, öpmek istiyordu, daha önce hiçbir şeyi istemediği kadar çok istiyordu. Ayağı öne gitti ve sonra, *o öldü, o öldü, tatlı yaşlı ayı, o çok uzun zaman önce öldü*, dedi kendine. Arkasını dönüp koşmaya başladı.

Koridor uzadıkça uzadı; sağ duvarda sadece meşaleler ve sol tarafta sonu gelmez kapılar. Sayabileceğinden fazla kapının önünden geçti; kapalı kapılar, açık kapılar, ahşap kapılar, demir kapılar, oymalı kapılar, düz kapılar, tokmaklı kapılar, asma kilitli kapılar, zilli kapılar. Drogon, Dany'nin omzunda kuyruğunu sallıyordu, onu iteklemek istermiş gibi ve Dany takati kesilene dek koştu.

Sonunda sol tarafında iki kanatlı bronz bir kapı belirdi, diğer kapılardan çok daha büyüktü. Dany yaklaşınca kanatlar kendiliğinden açıldı. Dany durup bakmak zorundaydı. Kanatların ardındaki mağaramsı taş salon, o güne kadar gördüğü en büyük salondu. Ölü ejderhaların kafatasları duvarlardan aşağı bakıyordu. Yüksek, dikenli bir tahtta görkemli kıyafetler giymiş yaşlı bir adam oturuyordu: Koyu renk gözlü, gümüş saçlı, yaşlı bir adam. "Kömürleşmiş kemiklerin ve kızarmış etlerin kralı olsun," dedi aşağıdaki adama. "Küllerin kralı olsun." Drogon tiz bir çığlık attı, sivri pençeleri ipeği ve deriyi deliyordu ama tahttaki kral onu duymamıştı. Dany yoluna devam etti.

Dany tekrar durduğunda aklına gelen ilk düşünce *Viserys* oldu ama ikinci bakışı ona başka bir şey söylüyordu. Adamın saçları ağabeyininkiler gibiydi fakat boyu daha uzundu, gözleri leylak rengi değil, koyu çivit mavisiydi. "Aegon," dedi ahşap bir yatağın içinde yeni doğmuş bebeğini emziren kadına. "Bir kral için daha uygun bir isim olabilir mi?"

"Onun için bir şarkı yapacak mısın?" diye sordu kadın.

"Onun bir şarkısı var," dedi adam. "O vadedilen prens. Buz ve ateşin şarkısı onun." Başını kaldırdı, gözleri Dany'nin gözleriyle buluştu. Kapının ardında duran Dany'yi görüyordu sanki. "Bir tane daha olmalı," dedi. Yataktaki kadınla mı, yoksa Dany'yle mi konuştuğu belli değildi. "Ejderhanın üç başı var." Pencere sekisine oturdu, eline bir arp aldı, parmaklarını gümüşi tellerin üstünde hafifçe dolaştırdı. Adam, kadın ve çocuk sabah sisi gibi kaybolurken odayı tatlı bir hüzün doldurdu. Dany yoluna devam ederken arkasında sadece müzik kalmıştı.

Uzun koridor, karanlığa inen dik bir merdivenin başında nihayet bittiğinde neredeyse bir saattir yürüyormuş gibi geldi Dany'ye. Açık ya da kapalı her kapı solundaydı. Dönüp arkasına baktı. Meşalelerin sönmeye başladığını korkuyla fark etti. Hâlâ yanan belki yirmi, en fazla otuz meşale vardı. Dany bakarken biri daha söndü. Karanlık, koridorda biraz daha ilerledi, sürünerek Dany'ye doğru geliyordu. Başka bir şeyin daha yaklaştığını duyar gibi oldu Dany, eski halının üstünde ayaklarını sürüyerek ilerleyen bir şey. İçi dehşetle doldu. Geri dönemezdi, burada kalmaya korkuyordu ama nasıl devam edecekti? Sağında kapı yoktu, merdiven aşağı iniyordu.

Dany ne yapacağını düşünürken bir meşale daha söndü ve sesler yükseldi. Drogon uzun boynunu kaldırıp çığlık atmak için ağzını açtı, dişlerinin arasından kaynar buharlar çıkıyordu. *O da duyuyor.* Dany bir kez daha boş duvara döndü, kapı yoktu. *Gizli bir kapı olabilir mi, göremediğim bir kapı*? Bir meşale daha öldü. Sonra biri daha. *Her zaman sağdaki ilk kapı, dedi, sağdaki ilk kapı. Sağdaki ilk kapı...*

Birdenbire anladı. *...soldaki son kapıdır!*

Kendini içeri attı. Kapının arkasında dört kapılı başka bir oda vardı. Sağa gitti ve sağa ve sağa ve sağa ve sağa ve sağa ve sağa, başı dönene ve yine nefessiz kalana kadar...

Durduğunda kendini yine taş duvarlı ve nemli başka bir odada buldu... ama bu sefer karşısına çıkan kapı yuvarlaktı, açık bir ağız misali... Kapının dışında, ağaçların altındaki çimenlikte Pyat Pree bekliyordu. Dany'yi görünce, "Ölümsüzler'in sizinle işi bu kadar çabuk bitmiş olabilir mi?" diye sordu şaşkınlıkla.

"Çabuk mu?" dedi Dany, kafası karışmıştı. "Saatlerce yürüdüm ama onları bulamadım."

"Yanlış yerlerden dönmüşsünüz. Gelin, yolu ben göstereceğim." Pyat Pree elini uzattı.

Dany tereddüt etti. Sağında bir kapı vardı, hâlâ kapalıydı...

"Yol orada değil," dedi Pyat Pree sertçe, mavi dudakları hoşnutsuzlukla bükülmüştü. "Ölümsüzler sonsuza kadar beklemez."

"Bizim küçük hayatlarımız onlar için bir güvenin tek kanat çırpışından daha uzun değil," dedi Dany hatırlayarak.

"İnatçı çocuk. Kaybolacaksın ve bir daha bulunamayacaksın."

Dany büyücüden uzaklaştı, sağındaki kapıya gitti.

"Hayır," diye bağırdı Pyat Pree. "Hayır, gelin, bana gelin, banaaaaaaa." Yüzü içeri çöktü, solucana benzer bir şeye dönüştü.

Dany onu arkasında bıraktı, bir merdiven boşluğuna girdi. Tırmanmaya başladı, bacakları zonklayana kadar tırmandı. Ölümsüzler Sarayı'nın hiç kulesi olmadığını hatırladı.

Sonunda basamaklar bitti. Sağ tarafında sıralanan ahşap kapılar tamamen açıktı. Abanoz ve büvet ağaçlarından yapılmışlardı. Ağaçların siyah beyaz damarları tuhaf şekillerle birbirine dolanıyordu. Güzellerdi ve bir şekilde korkutucu. *Ejderhanın kanı korkmamalı*. Dany hızlıca dua etti, cesaret için Savaşçı'ya, kuvvet için Dothraklar'ın at tanrısına. Kendini yürümeye zorladı.

Kapıların ardında büyük bir salon ve görkemli büyücüler vardı. Bazıları yakut rengi kadifeden, kakım kürkünden, altın iplikle dokunmuş kumaşlardan dikilmiş şaşaalı giysiler giymişti. Diğerleri mücevherlerle süslenmiş zırhlar kuşanmış, sivri uçlu parlak şapkalar takmıştı. Aralarında kadınlar da vardı. Üstlerindeki elbiselerin güzelliği emsalsizdi. Güneş ışığı, vitraylı yüksek pencerelerden içeri giriyordu ve hava Dany'nin o güne kadar duyduğu en güzel müzikle canlanmıştı.

Görkemli bir şekilde giyinmiş, krala benzeyen adam Dany'yi görünce ayağa kalktı ve gülümsedi. "Targaryen Hanedanı'ndan Daenerys, hoş geldin. Gel ve sonsuzluğun yemeğini paylaş. Bizler Qarth'ın Ölümsüzleri'yiz."

"Uzun zamandır seni bekliyorduk," dedi adamın yanındaki, güllere ve gümüşlere bürünmüş kadın. Qarth tarzına göre açıkta bıraktığı tek göğsü kusursuz güzellikteydi.

"Bize geleceğini biliyorduk," dedi büyücü kral. "Bin yıldır biliyoruz ve bunca zaman seni bekledik. Yolu bulman için sana kuyrukluyıldızı gönderdik."

"Seninle paylaşacak irfanımız var," dedi zümrüt zırhı pırıl pırıl parlayan bir savaşçı. "Ve sana verecek sihirli silahlarımız. Bütün sınavları geçtin. Şimdi gel ve bizimle birlikte otur, bütün soruların cevaplanacak."

İleri doğru bir adım attı. Ama Drogon omzundan havalandı. Abanoz-büvet kapının üstüne uçup tünedi ve oymalı ahşabı kemirmeye başladı.

"İnatçı bir canavar," diyerek güldü yakışıklı genç bir adam. "Sana ejderhaların gizli dilini öğretmemizi ister misin? Gel, gel."

Şüphe Dany'yi ele geçirmişti. Büyük kapı o kadar ağırdı ki kımıldatmak bütün gücünü alıyordu ama sonunda hareket etmeye başladı. Arkasında başka bir kapı vardı, gizli bir kapı. Yeşil ağaçtan yapılmıştı, pürüzlü ve gösterişsizdi... ama az önce gireceği kapının sağında duruyordu. Büyücüler şarkılardan daha tatlı sesleriyle onu çağırıyordu. Onlardan kaçtı, Drogon tekrar omzuna kondu. Dar kapıdan geçip kasvetle yıkanmış bir odaya girdi.

Uzun taş bir masa bütün odayı kaplıyordu. Masanın üstünde bir insan kalbi havada yüzüyordu; şişmiş, çürümüş, maviye dönmüştü ama hâlâ canlıydı. Ağır ve derin vuruş sesleriyle çarpıyordu ve her çarpışı çivit rengi bir ışık doğuruyordu. Masanın etrafındaki şekiller mavi gölgelerden ibaretti. Dany masanın başındaki boş sandalyeye doğru yürümeye başladığında ne kımıldadılar ne konuştular ne de dönüp baktılar. Odada çürük kalbin ağır vuruşundan başka ses yoktu.

...ejderhaların anası... diyen bir ses duyuldu, yarı inleme yarı fısıltıydı. *...ejderhalar... ejderhalar... ejderhalar...* diye yankılandı diğer kederli sesler. Bazıları kadındı, bazıları erkek. Biri, çocuk tınısıyla konuşuyordu. Havada yüzen kalp, aydınlıktan karanlığa vurdu. Konuşmak için cesaret bulmak, gayretle tekrarladığı

kelimeleri hatırlamak zordu. "Ben Targaryen Hanedanı'ndan Daenerys Fırtınadadoğan'ım, Yedi Krallık'ın Kraliçesi'yim." *Beni duyuyorlar mı? Neden hareket etmiyorlar?* Oturdu, ellerini kucağında birleştirdi. "Bana yardım bağışlayın, ölümü bozguna uğratmışların irfanıyla konuşun benimle."

Çivit renkli sisin arasından sağ tarafındaki Ölümsüz'ün pörsümüş ayrıntılarını çıkarabiliyordu Dany. Yaşlı bir adamdı, buruş buruş ve saçsızdı. Teni menekşe mavisiydi, dudakları ve tırnakları daha da mavi, neredeyse siyah denecek kadar koyu. Gözlerinin akı bile maviydi. Masanın karşısında oturan kadim kadına görmeden bakıyordu o gözler. Kadının ipek elbisesi bedeninde çürümüştü. Açıktaki göğsünün içi boşalmıştı. Mavi göğüs ucu kayış kadar sertti.

Nefes almıyor. Dany sessizliği dinledi. *Hiçbiri nefes almıyor. Hareket etmiyorlar. Gözleri görmüyor. Ölümsüzler, ölmüş olabilir mi?*

Cevap bir kedi tüyü kadar ince bir fısıltıydı. *...biz yaşıyoruz ...yaşıyoruz... yaşıyoruz...* dedi. Sayısız ses fısıltıyla yankılandı. *...ve biliyoruz... biliyoruz... biliyoruz...*

"Gerçekle kutsanmaya geldim," dedi Dany. "Uzun koridorda gördüğüm şeyler... Onlar gerçek imgeler miydi, yoksa yalanlar mı? Geçmişteki şeyler ya da gelecekte olacaklar? Ne anlama geliyorlardı?"

...gölgelerin şekilleri... yarın henüz yazılmadı... buzun kadehinden iç... ateşin kadehinden iç...

...ejderhaların anası... üçün çocuğu...

"Üç?" Anlamıyordu.

...ejderhanın üç başı var... Hayalet korosu dudakları bile kıpırdamadan, nefes alıp vermeden, durgun mavi havayı hiç kıpırdatmadan kafatasının içinde mırıldanıyordu. *...ejderhaların anası... fırtınanın çocuğu...* Fısıltılar girdap gibi bir şarkıya dönüştü. *...üç ateş yakmalısın... biri hayat için, biri ölüm için, biri aşk için...* Kendi kalbi, havada yüzen çürük ve mavi kalple birlikte atıyordu. *...üç at sürmelisin... biri yatağa, biri azaba, biri aşka...* Sesler güçleniyordu ama onun kalbi yavaşlamış gibiydi, hatta nefesi... *üç ihanet göreceksin... biri kanda, biri altında, biri aşkta...*

"Ben..." Sesi fısıltıya dönüşmüştü, en az onlarınki kadar hafif. Ona neler oluyordu? "Ben, anlamıyorum," dedi daha yüksek sesle. Burada konuşmak neden bu kadar güçtü? "Bana yardım edin. Bana gösterin."

...ona yardım edin... diye alay etti fısıltılar. *...ona gösterin...*

Sonra sisin içindeki hayaletler hareketlendi, çivit renkli şekiller... Erimiş altın, yanaklarından süzülüp ağzını doldururken çığlık attı Viserys. Bakır tenli, uzun boylu, altın-gümüş saçlı bir lord, arkasındaki şehir alevler içinde yanarken aygırlı sancağının altında durdu. Genç bir prens ölürken, kan damlalarına benzeyen yakutlar döküldü göğsünden. Prens dizlerinin üstüne düşüp suya gömülürken son nefesiyle bir kadının adını fısıldadı. *...ejderhaların anası... ölümün kızı...* Günbatımı gibi parlayan kırmızı bir kılıç; mavi gözlü, gölgesiz bir kralın elinde havaya kalktı. Neşeli çığlıklar atan bir kalabalığın arasından ejderhalı bir sancak yükseldi. Dumanlı bir kulenin tepesinden alevler soluyan taştan bir canavar havalandı. *...ejderhaların anası... yalanların katili...* Gümüş atı çimenlerde koşarak bir yıldız denizinin altındaki dereye gitti. Ölü yüzündeki gözleri pırıldayan, gri dudakları hüzünle gülümseyen bir ceset, bir gemimin pruvasında duruyordu. Buzdan bir duvarın üstündeki çatlakta mavi bir çiçek büyüdü ve havayı tatlı kokularla doldurdu. *...ejderhaların anası... alevlerin gelini...*

İmgeler üst üste, daha ve daha hızlı geldi. Odadaki hava kendi başına bir canlıya dönüşmüş gibiydi. Kemiksiz ve korkunç gölgeler, bir çadırın içinde dönerek dans etti. Çıplak ayaklı küçük bir kız, kırmızı kapılı büyük bir eve doğru koştu. Mirri Maz Duur alevlerin arasında çığlık attı, kadının alnından bir ejderha çıkıyordu. Gümüş bir atın arkasına bağlı çıplak bir ceset yerde süründü. İnsan boyundan uzun çimenlerin arasında beyaz bir aslan koştu. Bir sıra kocakarı, Dağların Anası'nın eteğindeki gölden çıkıp titreyerek önünde diz çöktü, kadınların başları eğikti. On bin köle, gümüş atının yanında rüzgâr gibi koşarken kanlı ellerini havaya kaldırdı. "*Ana*," diye bağırdılar. "*Ana, ana*!" Ona uzanıyorlardı, dokunuyorlardı. Pelerinini çekiştiriyor ve eteğinin ucunu, ayağını, bacağını, göğüslerini tutuyorlardı. Onu istiyorlardı, ona ihtiyaçları vardı, ateşe, hayata... Dany derin bir nefes alarak kendini onlara vermek için kollarını açtı...

Sonra siyah kanatlar başına çarptı. Öfkeli bir çığlık çivit mavisi havayı kesti. İmgeler bir anda kayboldu. Dany'nin ciğerleri korkuyla doldu. Ölümsüzler etrafındaydı, mavi ve soğuk, ona doğru uzanırken fısıldaşıyorlardı, elbisesini çekiştiriyor, kuru ve soğuk elleriyle tenine dokunuyor, parmaklarını saçlarının arasında gezdiriyorlardı. Dany'nin bacakları çözüldü. Hareket edemiyordu. Kalbi bile atmaktan vazgeçmiş gibiydi. Dişler, boğazının yumuşak derisini buldu. Bir ağız tek gözünün üstüne kapandı, yalıyordu, emiyordu, *ısırıyordu*.

Sonra çivit mavisi, turuncuya dönüştü ve fısıltılar, çığlıklara. Kalbi hızlanmıştı, gümlüyordu. Eller ve ağızlar kaybolmuştu. Teni sıcaklıkla yıkanıyordu. Ve sonra Dany aniden gördü. Drogon kanatlarını açmış, korkunç koyuluktaki kalbi parçalıyordu, çürük eti limelere ayırıyordu ve başını her öne uzatışında ağzından sıcak ve parlak alevler çıkıyordu. Dany, yanan Ölümsüzler'in çığlıklarını duyabiliyordu. Kâğıt gibi ince sesleri, uzun zamandır ölü olan dillerinde haykırışa dönüşüyordu. Derileri buruş buruş parşömen, kemikleri iç yağına batırılmış kuru dallar gibi yanıyordu. Alevler tarafından yutulurken dans ettiler, yalpaladılar, kıvrıldılar, döndüler ve parmakları meşalelere benzeyen alev almış ellerini havaya kaldırdılar.

Dany ayağa kalkıp hızla aralarından geçti. Hava kadar hafiftiler, bir dokunuşta devriliyorlardı. Dany kapıya vardığında alevler bütün odayı sarmıştı. *"Drogon!"* diye bağırdı ve ejderha alevlerin arasından uçup yanına geldi.

Dışarıda, uzun ve loş bir koridor yılan gibi kıvrılarak önünde uzanıyordu. Dany koştu, bir kapı arıyordu, sağında bir kapı, solunda bir kapı, herhangi bir kapı ama hiçbir şey yoktu, sadece kıvrılıp dönen duvarlar ve ayağının altında onu düşürmek istiyormuşçasına ağır ağır hareket eden zemin vardı. Daha sağlam bastı ve koşmaya devam etti. Açık bir ağıza benzeyen kapı aniden önünde belirdi.

Güneşe çıktığında parlak ışık yüzünden tökezledi. Pyat Pree anlaşılmaz bir dilde homurdanıyor ve huzursuzca kıpırdanıyordu. Dany arkasına baktığında Toz Sarayı'nın kadim duvarlarındaki çatlaklardan sızan ve çatıdaki siyah kiremitlerin arasından yükselen dumanları gördü.

Pyat Pree lanetler okuyarak bıçağını çekti ve Dany'ye doğru hareketlendi ama Drogon büyücünün yüzüne uçtu. Ardından Jhogo'nun kamçısının *şakladığını* duydu Dany. Duyduğu seslerin en güzeliydi. Bıçak havaya uçtu. Rakharo büyücüyü yere devirdi. Sör Jorah Mormont çimenlerin üstündeki Dany'nin yanında diz çöktü ve kolunu omuzlarına doladı.

TYRION

"Eğer aptalca bir şekilde ölürsen cesedini keçilere yediririm," diye tehdit etti Tyrion, Taş Kargalar'ın ilk kısmı rıhtımdan ayrılırken.

Shagga güldü. "Yarımadam'ın keçisi yok."

"Sırf senin için birkaç tane alırım."

Şafak söküyordu. Solgun ışık hareleri nehrin yüzeyinde parıldıyordu, sırıkların altında kırılıyor, sal geçip gittiğinde yeniden oluşuyordu. Timett, Yanık Adamlar'ı iki gün önce Kral Ormanı'na götürmüştü. Kara Kulaklar ve Ay Kardeşleri ise aynı yola dün çıkmıştı. Bugün de Taş Kargalar gidiyordu.

"Ne olursa olsun bir mücadele başlatmaya kalkışma," dedi Tyrion. "Kamplarına ve malzeme arabalarına saldır. Keşif gruplarını tuzağa düşür ve cesetlerini ana kafilenin geçeceği yoldaki ağaçlara as. Arkalarından dolaş ve geride kalanların işini bitir. Sayılarını azalt. Çok sayıda ani gece saldırısı istiyorum. Bundan böyle gece uykusuna yatmaktan korksunlar..."

Shagga elini Tyrion'ın başının üstüne koydu. "Bütün bunları, Holger oğlu Dolf'tan daha sakalım çıkmadan öğrendim ben. Ay Dağları'nda böyle savaşılır."

"Kral Ormanı, Ay Dağları'na benzemez ve düşmanın da Süt Yılanları ya da Boyalı Köpekler olmayacak. Yolladığım rehberleri *dinle*. O adamlar Kral Ormanı'nı senin dağları bildiğin kadar iyi bilir. Onların aklına uyarsan sana iyi hizmet ederler."

"Shagga, Yarımadam'ın köpeklerini dinleyecek," diye söz verdi dağ adamı. Sonra küçük atını sala bindirmesinin zamanı geldi. Tyrion sırıkların suya girmesini ve salı, Karasu Nehri'nin ortasına doğru götürmesini izledi. Shagga sabah sisinin arasında kaybolurken Tyrion midesinde tuhaf bir burkulma hissetti. Dağ adamları yanında olmadan kendini çıplak hissedecekti.

Bronn'un kiraladığı paralı askerler vardı gerçi. Sayıları sekiz yüzü bulmuştu ama onlar döneklikleriyle meşhurdu. Tyrion bu adamların sürekli sadakatini kazanmak için elinden gelen her şeyi yapmıştı. Bronn'a ve en iyi on iki adamına savaş kazanıldıktan sonra arazi ve şövalyelik unvanı sözü vermişti. Adamlar onun şarabını içmiş, şakalarına gülmüş, körkütük sarhoş olana kadar birbirlerine *sör* diye hitap etmişlerdi... Bronn haricinde hepsi, o her zamanki küstah ve karanlık gülümsemesiyle bakmış, "Şövalyelik unvanı için adam öldürürler ama unvan uğruna öleceklerini düşünme bile," demişti.

Tyrion böyle bir hayale kapılmıyordu.

Altın pelerinliler bir silah kadar güvenilmezdi. Cersei'nin sayesinde Şehir Muhafızları'nın sayısı altı bine çıkmıştı ama ancak dörtte birine itimat edilebilirdi. "Aralarında kesinlikle hainler var, sizin örümcek bile hepsini bulmayı başaramadı," diye uyarmıştı Bywater. "Ama bahar çimenlerinden daha körpe çocukların ve biraz ekmek, bira ve güvenlik için gelmiş adamların sayısı çok daha fazla. Hiçbir erkek, arkadaşlarının önünde korkak görünmek istemez. Bu yüzden mücadelenin başında gayet cesur davranacaklar, her şey sancakların uçuşmasından ve savaş borularının seslerinden ibaretken... Ama mücadelenin sert olacağını anladıkları anda kırılacaklar, kötü kırılacaklar. Mızrağını atıp kaçmaya başlayan ilk adamı binlercesi takip edecek."

Şehir Muhafızları'nda tecrübeli adamlar da vardı elbette. Altın pelerinlerini Cersei'den değil, Robert'tan almış iki bin muhafızın çekirdek grubu. Ama onlar bile... Bir muhafız gerçek bir asker değildir, demeyi severdi Lord Tywin. Şövalyeler, yaverler, silahlı askerler, Tyrion'ın elinde en fazla üç yüz adam vardı. Çok yakında babasının bir sözünü daha sınamak zorunda kalacaktı: Surun üstündeki bir adam, dibindeki on adama bedeldir.

Bronn ve muhafızlar iskelenin başında bekliyordu. Sinek sürüsüne benzeyen dilencilerin, müşteri arayan fahişelerin ve önündekileri satmak için bağıran balıkçı karılarının ortasındalardı. Balıkçı karıları hepsinden çok iş yapıyordu. Sürüler hâlinde varillerin ve tezgâhların başında toplanan müşteriler; salyangozlar, midyeler ve tatlı su turnaları için kıyasıya pazarlık ediyordu. Şehre hiç yiyecek girmediği için balık fiyatları savaştan öncesine göre on kat artmıştı ve yükselmeye devam ediyordu. Cebinde sikkesi olanlar evlerine bir yılanbalığı ya da bir çömlek kırmızı yengeç götürebilmek umuduyla sabah akşam nehir kıyısına geliyordu. Parası olmayanlar ise tezgâhların arasında dolaşıp çalmak için fırsat kolluyor ya da bir deri bir kemik bedenleriyle ümitsizce duvarlarda oturuyordu.

Altın pelerinliler insanları mızraklarının saplarıyla iterek kalabalığın arasında yol açtı. Tyrion kendisine edilen küfürleri mümkün olduğunca duymazdan geliyordu. Kalabalığın içinden kaygan ve çürümüş bir balık havalandı, Tyrion'ın ayaklarının dibine düşüp parçalandı. Tyrion balığın üstüne basmamaya özen göstererek yürüdü ve eyerine tırmandı. Çocuklar bozuk balık için kavga etmeye başlamışlardı bile.

Atının üstündeydi, nehir kıyısına baktı. Sabah havası çekiç sesleriyle çınlıyordu, marangozlar Çamur Kapısı'nın siperlerindeki ahşap setleri genişletiyordu. İşler iyi gidiyordu ama Tyrion rıhtımların arkasında düzensiz bir şekilde çoğalmalarına izin verilmiş derme çatma yapılardan o kadar hoşnut değildi. Yem dükkânları, güveççiler, ambarlar, esnaf tezgâhları, birahaneler, ucuz fahişelerin çalıştığı genelevler; bir geminin gövdesine yapışmış midyeler gibi şehir duvarına yaslanmıştı. *Hepsi gitmeli, her parçası.* Bu şekilde kalırlarsa, Stannis'in şehir duvarlarını aşmak için merdivene bile ihtiyacı olmayacaktı.

Bronn'u yanına çağırdı. "Yüz adam topla ve su kıyısıyla şehir duvarı arasında gördüğün her şeyi yak." Kısa ve kalın parmaklarıyla nehrin kıyısındaki perişanlığı gösterdi. "Hiçbiri ayakta kalmasın, anlaşıldı mı?"

Siyah sakallı paralı asker başını çevirdi, kendisine verilen görevi bir an için tartarak, "Bu binaların sahipleri bundan hiç hoşlanmayacak," dedi.

"Hoşlanacaklarını düşünmedim zaten. Varsın olsun; çarpık, küçük, maymun şeytana biraz daha küfür ederler."

"Bazıları dövüşecektir."

"Yenilecekler."

"Buralarda yaşayan insanlar ne olacak?"

"Eşyalarını alıp binaları boşaltmak için uygun bir süre ver. Kimseyi öldürmemeye çalış, onlar düşmanımız değil. Ve daha fazla tecavüz istemiyorum! Adamlarına mukayyet ol kahrolası."

"Onlar paralı asker, rahip değil," dedi Bronn. "Ayık gezsinler bile dersin sen şimdi."

"Fena olmazdı."

Tyrion şehir surlarını bir dokunuşla iki kat yüksek, üç kat kalın hâle getirebilmeyi isterdi. Belki de bir şey değişmezdi. Devasa duvarlar ve uzun kuleler ne Fırtına Burnu'nu ne Harrenhal'u ne de Kışyarı'nı kurtarmıştı.

Kışyarı'nı gördüğü son hâliyle hatırladı. Ne Harrenhal gibi grotesk büyüklükteydi ne de Fırtına Burnu kadar sağlam ve zapt edilemez görünüyordu. Buna rağmen, o taşlarda insana kendini güvende hissettiren muazzam bir güç vardı. Kalenin düşürüldüğü haberi iç burkan bir sürpriz olmuştu. "Tanrılar bir elle verir, diğeriyle alır," diye mırıldanmıştı Tyrion, Varys haberleri anlattığında. Tanrılar, Starklar'a Harrenhal'u vermiş, Kışyarı'nı onlardan almıştı. Kederli bir değiş tokuş.

Tyrion sevinmeliydi şüphesiz. Robb Stark kuzeye dönmek zorunda kalacaktı şimdi. Kendi evini, ocağını savunamayan bir adam kral olamazdı. Bu durum batı ve Lannister Hanedanı için infazın ertelenmesi anlamına geliyordu ama yine de...

Tyrion, Theon Greyjoy'u Starklar'la geçirdiği zamandan hayal meyal hatırlıyordu. Sürekli gülümseyen, yay taşıyan, toy bir delikanlı; onu Kışyarı Lordu olarak düşünmek zordu. Kışyarı Lordu her zaman bir Stark olmalıydı.

Starklar'ın tanrı korusunu hatırladı; gri-yeşil iğnelerini zırh gibi giymiş uzun muhafız ağaçları, ulu meşeler… beyaz, gri, asker çamlar ve korunun tam ortasında zamanda donmuş soluk renkli bir dev gibi görünen yürek ağacı. Korunun toprağımsı ve kasvetli kokusu şu an bile burnundaydı, asırların kokusu. Korunun gündüzleri bile nasıl karanlık olduğunu anımsadı. *O tanrı korusu Kışyarı'ydı. Kuzeydi. Orada yürürken kendimi daha önce hiç olmadığım kadar uygunsuz hissetmiştim, davetsiz bir misafir gibi.* Greyjoylar'ın da böyle hissedip hissetmeyeceğini merak etti. Kalenin sahibi olabilirlerdi ama tanrı korusunun asla. Ne bir yıl sonra ne on ne de elli.

Tyrion Lannister atını ağır ağır Çamur Kapısı'na doğru sürdü. *Kışyarı senin için bir şey ifade etmiyor*, diye hatırlattı kendine. *Düştüğü için memnun ol ve kendi surlarınla ilgilen.* Kapı açıktı. İçeride, üç devasa mancınık pazar alanında yan yana duruyordu, üç iri kuş gibi siperlerin üstünden bakıyorlardı. Fırlatma kolları ahşaptan yapılmış ve dağılmamaları için demir kasnaklarla güçlendirilmişti. Altın pelerinliler mancınıklara Üç Fahişe adını takmıştı çünkü Lord Stannis'i oldukça edepsiz bir şekilde karşılayacaklardı. *Ya da öyle olmasını umuyoruz.*

Tyrion atını mahmuzlayıp insan denizini yararak Çamur Kapısı'ndan çıktı. Fahişeler'i geçtiğinde kalabalık seyreldi ve yol açıldı.

Kızıl Kale'ye dönüş olaysızdı ama El Kulesi'ndeki kabul salonunda, gemilerine el konulmasından şikâyetçi bir düzine kızgın kaptanla karşılaştı. Onlardan samimi bir şekilde özür diledi ve savaş sonrasında bütün zararlarının tazmin edileceğine dair söz verdi. Bu sözün adamları tam anlamıyla memnun ettiği söylenemezdi. "Kaybederseniz ne olacak lordum?" diye sordu bir Braavoslu.

"O zaman zararınızın tazmini için Kral Stannis'e başvurursunuz."

Sonunda kaptanlardan kurtulduğunda çanlar çalıyordu. Tyrion törene geç kaldığını fark etti. Neredeyse koşar adımlarla avluyu geçti ve kale septinde biriken kalabalığın en arkasında kendine bir yer buldu. Joffrey, Kral Muhafızları'nın yeni üyelerine beyaz pelerinlerini giydiriyordu. Tören bütün izleyicilerin ayakta olmasını gerektiriyordu. Bu yüzden Tyrion soylu popolardan oluşan bir duvardan başka bir şey göremiyordu. Öte yandan, Yüce Rahip'in iki şövalyeye yeminlerini okutması ve onları Yedi adına kutsaması bitince kapıdan çıkan ilk kişi olabilecekti.

Katledilen Preston Greenfield'in yerini alan Sör Balon Swann, Cersei'nin seçimiydi ve Tyrion bunu onaylıyordu. Swannlar, Hudutlu lordlardı, onurlu, kuvvetli ve tedbirli kimselerdi. Lord Gulian Swann hastalığını gerekçe göstererek kalesinde kalmış ve savaşta yer almamıştı ama en büyük oğlu, önce Renly'nin, sonra Stannis'in safına geçmişti. Küçük oğlu Balon, Kral Toprakları'na hizmet ediyordu. Lordun bir oğlu daha olsaydı onun da Robb Stark için savaşacağını düşünüyordu Tyrion. Çok onurlu bir durum sayılmazdı ama yeterince mantıklıydı; Demir Taht'ı kazanan kim olursa olsun Swannlar hayatta kalacaktı. Genç Sör Balon Swann soylu kanının yanı sıra cesurdu, kraliyet adabını biliyordu ve silahlar konusunda yetenekleydi; mızrakta iyi, gürzde daha iyi, yayda olağanüstüydü. Gurur ve cesaretle hizmet edeceği şüphesizdi.

Tyrion, Cersei'nin ikinci tercihi için ne yazık ki aynı şeyleri söyleyemezdi. Sör Osmund Karakazan yeterince güçlü *görünüyordu*. Boyu iki metreye yakındı, kaslıydı. Kanca burnu, çalı kaşları ve yaprak şekilli kahverengi sakalları yüzüne acımasız bir ifade veriyordu, gülümsemediği sürece... Alt tabakadan gelen vasıfsız bir şövalyeydi. Yükselmesi tamamen Cersei'ye bağlıydı ve Cersei'nin onu tercih etmesinin sebebi de bu bağımlılıktı. Joffrey'ye şövalyeyi önerirken, "Sör Osmund cesur ve sadık," demişti Cersei. Bu maalesef doğruydu. İyi ve sadık Sör Osmund, Cersei tarafından tutulduğu günden beri sırlarını Bronn'a satıyordu ama Tyrion bunu ablasına *söyleyemezdi*.

Aslında şikâyet etmemesi gerekirdi. Bu atama sayesinde ablasının ruhu bile duymadan krala yakın bir kulağa daha sahip olmuştu. Ve Sör Osmund'ın en namert hâli bile şu anda Rosby zindanlarında konaklayan Sör Boros Blount'tan beter olamazdı. Sör Jacelyn Bywater ve altın pelerinliler tarafından tuzağa düşürüldüklerinde Sör Boros Blount, Prens Tommen ve Lord Gyles'a eşlik ediyordu. Öyle büyük hevesle teslim olmuştu ki Sör Barristan Selmy görse tıpkı Cersei gibi çileden çıkardı; Kral Muhafızları'ndan bir şövalyenin, kralı ve kraliyet ailesini kendi canı pahasına koruması gerekirdi. Cersei, şövalyenin pelerinini hainlik ve korkaklık suçlaması sebebiyle çıkarttırması için Joffrey'ye ısrar etmişti. *Şimdi onu, en az onun kadar sığ başka bir adamla değiştiriyor.*

Dualar, yeminler ve kutsama töreni sabahın büyük bir bölümünü alacakmış gibi görünüyordu. Tyrion'ın bacakları ağrımaya başlamıştı. Ağırlığını huzursuzca bir ayağından diğerine geçirdi. Ön taraflarda duran Leydi Tanda'yı gördü. Leydinin kızı yanında değildi. Küçük bir ihtimal bile olsa Shae'i göreceğini ummuştu. Varys kızın iyi durumda olduğunu söylemişti ama Tyrion kendi gözleriyle görmek istiyordu.

"Bir leydinin hizmetçisi olmak bulaşıkçı olmaktan iyidir," demişti Shae, Varys'in planını duyduğunda. "Gümüş çiçekli kemerimi ve gözlerime yakıştığını söylediğin kara elmaslı altın kolyemi yanıma alabilir miyim? Eğer onları takmamam gerektiğini söylersen takmam."

Tyrion kızı hayal kırıklığına uğratmaya isteksiz olsa da Leydi Tanda'nın zeki bir kadın sayılamayacağını, buna rağmen bir hizmetçinin kendi kızından fazla mücevhere sahip olmasını garip bulacağını söylemek zorunda kalmıştı. "İki ya da üç elbise seç, daha fazla değil," dedi Shae'e. "Yün elbiseler; ipek, tafta ya da kürk olmaz. Diğerlerini beni ziyaret ettiğinde giymen için kendi odamda saklayacağım." Bu, Shae'in duymak istediği cevap değildi ama en azından kız güvendeydi.

Tören nihayet bittiğinde Joffrey yepyeni pelerinlerini giyen Sör Balon ve Sör Osmund'ın arasında septten çıktı. Tyrion yeni Yüce Rahip'le (adam *onun* seçimiydi ve ekmeğine yağ sürenin kim olduğunu bilecek kadar akıllıydı) birkaç kelime konuşmak için oyalandı. "Tanrıların bizim tarafımızda olmasını istiyorum," dedi lafı hiç dolandırmadan. "İnsanlara, Stannis'in Yüce Baelor Septi'ni yakmak için ant içtiğini söyle."

"Bu gerçek mi lordum?" diye sordu ufak tefek, beyaz keçisakallı, pörsük suratlı Yüce Rahip.

Tyrion omuz silkti. "Olabilir. Stannis, Fırtına Burnu'nun tanrı korusunu Işık Tanrısı'na kurban ederek yaktı. Eski tanrıları yok eden adam yenileri neden esirgesin? Bunu halka anlat. İşgalciye yardım etmeyi düşünen her adamın tanrılara ve gerçek krala ihanet ettiğini de söyle."

"Söylerim lordum. Kralın ve El'in sağlığı için dua etmelerini de emrederim."

Tyrion çalışma odasına döndüğünde Alev Kehanetçisi Hallyne onu bekliyordu ve Üstat Frenken mektuplar getirmişti. Kuzgunların getirdiklerini okurken simyacıyı biraz daha bekletti. Doran Martell'den gelen eski bir mektup Fırtına Burnu'nun düştüğünü haber veriyordu. Bundan daha şaşırtıcı olan haber Pyke'taki Balon Greyjoy'la ilgiliydi; kendisini *Adaların ve Kuzeyin Kralı* ilan etmişti. Diyarlarının arasındaki sınırların belirlenmesi ve ittifak olasılıklarının tartışılması için Kral Joffrey'nin Demir Adaları'na bir elçi göndermesini istiyordu.

Tyrion mektubu üç kez okuyup kenara bıraktı. Lord Balon'ın dargemileri, Fırtına Burnu'ndan yelken açan donanmaya karşı çok önemli bir kuvvet olurdu ama gemiler binlerce fersah uzakta, Batıdiyar'ın yanlış yerindeydi. Üstelik Tyrion diyarın yarısını bir başkasına vermek istediğinden emin değildi. *Belki de bu meseleyi Cersei'nin kucağına bırakmalıyım ya da konseye taşımalıyım.*

Mektuplarla işi bittiğinde son havadisleri almak için Hallyne'i kabul etti. Kayıt defterini incelerken, "Bu doğru olamaz," dedi. "Yaklaşık on üç bin kavanoz mu? Siz beni aptal mı sanıyorsunuz? Kralın altınlarını ağızları mumla kapatılmış boş kavanozlar satın almak için harcamaya niyetim yok, sizi uyarıyorum."

"Hayır, hayır," diye ciyakladı Hallyne, "Rakamlar doğru, yemin ederim. Biz, hımmm, iyi talihliymişiz lordum. Lord Rossart'a ait gizli bir stok bulundu, üç yüz kavanozdan fazla. Ejderha Çukuru'nun altında! Birkaç fahişe müşterilerini eğlendirmek için harabeleri kullanıyormuş, adamlardan biri çürük zemindeki bir delikten aşağı düşmüş, bir mahzenin içine. Kavanozları fark edince şarap olduklarını sanmış. O kadar sarhoşmuş ki mührü kırıp içmiş."

"Bir zamanlar bir prens de denemişti bunu," dedi Tyrion alaycı bir tonla. "Şehrin üstünde uçan bir ejderha görmedim, görünüşe göre bu sefer de işe yaramamış." Rhaenys Tepesi'nin zirvesindeki Ejderha Çukuru bir buçuk asırdır boştu. Çılgınateş kavanozlarını saklamak için uygun bir yerdi, ardiyelerin çoğundan daha iyiydi ama merhum Lord Rossart'ın birilerine kavanozlardan *bahsetmesi* fena olmazdı. "Üç yüz kavanoz mu dediniz? Bu miktar kayıtlardaki sayıya ulaşmanıza yetmez. Son görüştüğümüzde bana verdiğiniz en iyi tahminden *binlerce* kavanoz öndesiniz."

"Evet, evet öyle." Hallyne alnını kızıl-siyah elbisesinin koluyla sildi. "Çok sıkı çalıştık lord El'im, hımmm."

"Bu, eskisinden çok daha fazla madde üretmenizi açıklıyor elbette," dedi Tyrion. Gülümseyerek, farklı renklerdeki gözlerini alev kehanetçisinin üstüne dikti. "Gelin görün ki bu güne kadar neden bu kadar sıkı çalışmadığınız sorusunu da doğuruyor."

Hallyne'in benzi beyaz bir mantar gibiydi, bundan daha solgun görünmesi mümkün değildi ama bir şekilde başardı. "*Ça-*

lışıyorduk lord El'im. Kardeşlerim ve ben ilk günden beri gece gündüz çalışıyoruz, sizi temin ederim, sadece, hımmm, o kadar fazla madde ürettik ki eski el çabukluğumuzu geri kazandık, bunun yanı sıra," -simyacı huzursuzca kıpırdandı- "bazı tılsımlar, hımmm, cemaatimizin kadim sırları, çok hassas, çok zorlu ama madde için gerekli, hımmm..."

Tyrion sabırsızlanıyordu. Sör Jacelyn Bywater gelmiş olmalıydı. Demiryumruk bekletilmekten hiç hoşlanmazdı. "Evet, gizli tılsımlarınız var; ne kadar harika. Ne olmuş onlara?"

"Onlar, hımmm, eskisinden çok daha fazla işe yarıyorlar." Hallyne hafifçe gülümsedi. "Etrafta ejderhalar var mıdır sizce?

"Ejderha Çukuru'nda bir tane bulmadıysanız hayır. Neden?"

"Ah, beni affedin, geçmiş vakitte yaşlı Bilge Pollitor'ın söylediği bir şeyi hatırladım sadece. O zamanlar kalfaydım. Bazı tılsımların neden kitapların yazdığı kadar *etkili* olmadığını sormuştum ona. O da cevaben, son ejderhanın ölümünden sonra sihirlerin dünyayı terk ettiğini söylemişti."

"Sizi hayal kırıklığına uğrattığım için üzgünüm ama ben hiç ejderha görmedim. Yalnız, kral adaletinin sinsice etrafta dolaştığını biliyorum. Bana sattığınız meyvelerin içinden çılgınateşten başka bir şey çıkarsa size de uğrar."

Hallyne odadan o kadar hızlı çıkmıştı ki az kalsın Sör Jacelyn'i -hayır, *Lord* Jacelyn, Tyrion bunu unutmamalıydı- yere deviriyordu. Demiryumruk her zamanki gibi insanı rahatlatacak ölçüde dürüsttü. Lord Gyles'ın arazilerinden topladığı yeni adamlarla birlikte Rosby'den dönmüş, Şehir Muhafızları'nı komuta etme görevine kaldığı yerden devam etmişti. Şehrin savunmasıyla ilgili konuşmalar bittikten sonra, "Yeğenimin durumu nasıl?" diye sordu Tyrion.

"Prens Tommen sağlıklı ve mutlu lordum. Adamlarımın av sırasında bulup kaleye getirdiği bir alageyik yavrusuna sahip çıktı. Daha önce de bir geyik yavrusu olduğunu söyledi ama Joffrey hayvanı yüzdürüp derisinden yelek yaptırmış. Ara sıra annesini soruyor, sık sık Prenses Myrcella'ya mektup yazmaya başlıyor ama henüz hiçbirini bitiremedi. Öte yandan, ağabeyini hiç özlemiyormuş gibi görünüyor."

"Savaşı kaybetmemiz durumunda güvende olmasını sağlayacak uygun ayarlamalar yaptınız mı?"

"Adamlarım gerekli emirleri aldı."

"Ve o emirler neler?"

"Kimseye söylememememi emrettiniz lordum."

Bu karşılık Tyrion'ı gülümsetti. "Hatırlamanıza sevindim." Kral Toprakları düşürülürse Tyrion büyük ihtimalle sağ ele geçirilecekti, bu durumda Joffrey'nin veliahtının nerede olduğunu bilmemesi daha iyiydi.

Jacelyn ayrıldıktan kısa süre sonra Varys geldi. "İnsanoğlu çok vefasız bir yaratık," dedi selamlama cümlesi olarak.

Tyrion iç geçirdi. "Bugünkü hainimiz kim?"

Hadım bir parşömen uzattı. "Çok fazla ihanet var, bizim çağımız için çok kederli bir şarkı söylüyor. Onur denilen şey babalarımızla birlikte öldü mü?"

"Benim babam henüz ölmedi," dedi Tyrion. Listeyi inceledi. "Bu isimlerden bazılarını biliyorum. Bunlar zengin adamlar. Tacirler, esnaflar. Neden bize karşı komplo kursunlar?"

"Görünüşe göre savaşı Lord Stannis'in kazanacağına inanıyorlar ve zaferi paylaşmak istiyorlar. Taçlı geyikten esinlenerek kendilerine Boynuzlu Adamlar adını takmışlar."

"Birileri onlara Stannis'in armasını değiştirdiğini söylemeli. Böylece onlar da Sıcak Kalpler olurlar." Aslında hakkında şaka yapılacak bir mesele değildi bu; Boynuzlu Adamlar, mücadele başladığında Eski Kapı'yı ele geçirip düşmanı içeri sokmak için yüzlerce takipçilerini silahlandırmıştı. Listedeki isimlerin arasında zırh ustası Salloreon'ın adı da vardı. "Sanırım şeytan boynuzlu korkunç miğferin sahibi olamayacağım anlamına geliyor bu," dedi Tyrion adamın tutuklanma emrini karalarken.

THEON

Bir an uykudaydı; bir sonrakinde uyanık.

Kyra yanına sokuldu. Tek kolu hafifçe Theon'un kolunun üstüne uzandı, göğüsleri sırtına değiyordu. Kızın hafif ve düzenli nefeslerini duyuyordu Theon. Çarşaf, bedenlerine dolanmıştı. Gece yarısıydı. Yatak odası sessiz ve karanlıktı.

Bu da ne? Bir şey mi duydum? Biri mi var?

Rüzgâr panjurların arasından hafifçe iç çekti. Uzakta bir yerde kızışmış bir kedi miyavladı. Başka ses yoktu. *Uyu Greyjoy*, dedi kendine. *Kale sakin ve muhafızların nöbette. Odanın dışında, kale kapılarında, cephanelikte.*

Tedirginliğini kötü bir rüyayla açıklayabilirdi ama rüya gördüğünü hatırlamıyordu. Kyra onu yorgun düşürmüştü. Kız on sekiz yaşındaydı, Theon onu yanına getirtene kadar kaleye bir kez bile adım atmadan kış kasabasında yaşamıştı. Geldiğinde bir samur kadar ıslak, hevesli ve kıvraktı. Bir meyhane fahişesini Lord Eddard Stark'ın yatağında becermenin inkâr edilemez bir cazibesi vardı.

Theon kızın kolunun altından kayıp yataktan kalkınca Kyra uykusunda mırıldandı. Birkaç köz parçası şöminede hâlâ için için yanıyordu. Wex cübbesine sarınmış hâlde yatağın ayakucunda yerde uyuyordu, dünyadan haberi yoktu. Hiçbir şey hareket etmiyordu. Theon pencereye gidip camları ardına kadar açtı. Gece soğuk parmaklarıyla tenine dokundu, çıplak vücudu ürperdi. Taş pervaza yaslanıp karanlık kulelere, boş avlulara, siyah gökyüzüne ve yüz yaşına kadar yaşasa bile sayamayacağı yıldızlara baktı. Yarımay, Çan Kulesi'nin üstünde yüzüyor, gölgesini cam bahçelerin çatılarına düşürüyordu. Ne bir uyarı, ne de bir insan sesi duydu, ayak sesleri bile yoktu.

Her şey yolunda Greyjoy. Sessizliği duyuyor musun? Keyif sarhoşu olman gerekir. Kışyarı'nı otuzdan az adamla aldın. Hakkında şarkılar söylenecek bir zafer. Theon yatağa geri döndü. Kyra'yı sırtüstü yatırıp tekrar becerdi. Bunun hayaletleri kovması gerekirdi. Kızın iç çekişleri ve kıkırdamaları sessizliği bölmeliydi.

Durdu. Ulu kurtların uluma sesine o kadar alışmıştı ki sonunda onları zar zor duyar olmuştu... ama bir yanı, avcı iç güdüsü, ulumaların yokluğunu duyabiliyordu.

Urzen yatak odasının kapısında nöbetteydi, güçlü bir adamdı, yuvarlak kalkanını sırtına asmıştı. "Kurtlar bu gece sessiz," dedi Theon adama. "Gidip ne yaptıklarına bak ve hemen geri dön." Ulu kurtların serbestçe dolaşıyor olması fikri midesini bulandırmıştı. Yabanılların, Kurt Ormanı'nda Bran'a saldırdığı günü hatırladı. Yaz ve Boz Rüzgâr adamları parçalara ayırmıştı.

Yerde yatan Wex'i ayağıyla dürttü. Çocuk doğrulup gözlerini ovuşturdu. "Bran Stark ve küçük kardeşinin yataklarında olduğundan emin ol, acele et."

"Lordum?" diye seslendi Kyra uykulu bir sesle.

"Uyumaya devam et. Seni ilgilendiren bir şey yok." Theon kendine bir kadeh şarap doldurdu ve içti. Uluma seslerini duymak umuduyla geceyi dinliyordu. *Çok az adam*, diye düşündü keyifsizce. *Çok az adamım var. Ve Asha gelmezse...*

Wex geri döndü, kafasını iki yana sallıyordu. Theon küfrederek, Kyra'ya bir an önce sahip olmak için aceleyle çıkarıp yere attığı tuniğini ve pantolonunu buldu. Tuniğin üstüne demir dişli deri yeleğini geçirdi, kemerine uzunkılıcını ve hançerini taktı. Saçları çalılar gibi karmakarışıktı ama şimdi çok daha önemli dertleri vardı.

Theon giyinirken Urzen döndü. "Kurtlar gitmiş."

Theon, Lord Eddard kadar sakin ve planlı olması gerektiğini söyledi kendine. "Bütün kaleyi uyandırın," dedi. "İnsanları avluya toplayın, herkesi. Kimler kayıp görelim. Lorren kapıları dolaşsın. Wex, benimle gel."

Stygg'in Derinorman Kalesi'ne varıp varmadığını merak etti. Adam iddia ettiği kadar iyi bir binici değildi -demiradamların hiçbiri eyer üstünde iyi sayılmazdı- ama yeterince zaman geçmişti. Asha yola çıkmış olabilirdi. *Starklar'a karşı kaybettiğimi öğrenirse...* Bu dayanılması zor bir düşünceydi.

Bran'ın yatak odası boştu. Rickon'un yarım kat alttaki odası da öyle. Theon kendine lanetler okudu. Çocukların başına nöbetçiler bırakmalıydı ama adamlarının duvarları ve kapıları koruması, biri sakat iki çocuğa bakıcılık etmelerinden daha önemli görünmüştü.

Kale ahalisi yataklarından kaldırılıp avluya getirilirken Theon ağlama sesleri duyuyordu. *Onlara ağlamaları için iyi bir sebep vereceğim. Hepsine karşı nazik davrandım ve bana böyle karşılık veriyorlar.* Hatta kendi adamlarından ikisini, köpek barınağında çalışan bir kıza tecavüz ettikleri için sırtlarından kan akana kadar kamçılamıştı. İnsanlara adil olduğunu göstermek istiyordu. *Buna rağmen tecavüz için beni suçladılar. Ve diğerleri için.* Bunu haksızlık kabul ediyordu. Mikken da tıpkı Benfred gibi kendini kendi ağzıyla öldürmüştü. Chayle'a gelince; Theon, Boğulmuş Tanrı'ya *birini* vermeliydi. Adamları bunu yapmasını bekliyordu. "Sana bir kastım yok," demişti rahibe, adamı kuyuya atmadan önce, "ama senin ve tanrılarının burada yeri yok artık." Diğerleri kurban olarak seçilmedikleri için minnettar olmalıydı ama hayır. Kendisine karşı düzenlenen bu entrikada kaç kişinin parmağı olduğunu merak etti.

Urzen, Kara Lorren'la birlikte geri döndü. "Avcı Kapısı," dedi Lorren. "Gelip görseniz iyi olur."

Avcı Kapısı barınaklara ve mutfaklara yakın olacak şekilde konumlanmıştı. Doğrudan ormana ve arazilere açılıyordu. Bu sayede süvariler kaleye gidip gelirken kış kasabasını dolaşmak zorunda kalmıyordu. Ava çıkan kafilelerin gözde kapısıydı. "Burayı kimler koruyordu?" diye sordu Theon.

"Drennan ve Şaşı."

Drennan, Palla'ya tecavüz edenlerden biriydi. "Eğer çocukların kaçmasına izin verdilerse bu sefer sırtlarını kanatmaktan daha fazlasını yaparım, yemin ediyorum."

"Buna gerek yok," dedi Kara Lorren ters bir şekilde.

Gerek yoktu. Şaşı'yı hendekte yüzüstü sürüklenir hâlde buldular. Bağırsakları beyaz yılanlar gibi arkasından yüzüyordu. Drennan kapı kulübesinde, açılır kapanır köprünün kumanda edildiği küçük odada yarı çıplak hâlde yatıyordu. Boğazı bir kulağından öbürüne dek kesilmişti. Üzerindeki eski püskü tunik sırtındaki yarı iyileşmiş kamçı izlerini örtüyordu ama çizmeleri gelişi güzel yere atılmıştı, pantolonu ayak bileklerindeydi. Kapının yanındaki küçük masada, boş bir şarap sürahisinin yanında bir peynir tabağı ve iki kadeh vardı.

Theon kadehlerden birini alıp dibindeki şarap tortusunu kokladı. "Şaşı, siperde yürüyordu, öyle mi?"

"Evet," dedi Lorren.

Theon kadehi şömineye fırlattı. "Drennan aletini kadına sokmak için pantolonunu indirirken kadın, bıçağı ona sokmuş derim. Görünüşe bakılırsa Drennan'ın kendi peynir bıçağını. Bir kargı bulup öbür aptalı hendekten çıkarın."

Öbür aptal Drennan'dan çok daha kötü durumdaydı. Kara Lorren adamı sudan çıkarttığında tek kolunun dirseğinden koparıldığını, boğazının parçalandığını, göbeğinin ve kasıklarının yerinde lime lime bir boşluk olduğunu gördüler. Lorren'ın Şaşı'yı çekmek için kullandığı kargı, adamın bağırsaklarını deşmişti. Koku dayanılmazdı.

"Ulu kurtlar," dedi Theon. "Tahminimce ikisi birden." İğrenmiş hâlde köprüye döndü. Kışyarı iki kalın granit duvarla çevrelenmişti, duvarların arasında hendek vardı. Dış duvar yirmi beş metre yüksekliğindeydi, iç duvar otuz metreden fazlaydı. Theon yeterli sayıda adamı olmadığı için dış duvarı boş bırakıp nöbetçileri daha yüksek olan iç duvarlara yerleştirmek zorunda kalmıştı. Kale kendisine karşı ayaklanırsa hendeğin yanlış tarafında olmak istememişti.

İki ya da daha fazla kişi olmalılar, diye düşündü. *Kadın Drennan'ı oyalarken diğerleri kurtları serbest bırakmış.*

Theon meşale isteyip adamlarını siperdeki yürüme yoluna çıkardı. Aradığı şeyi bulmak için meşaleyi yere yakın tutuyordu... *İşte orada*. Yürüme yolunun iç tarafında, iki burcun arasındaki geniş boşlukta. "Kan," dedi, "gelişigüzel temizlenmiş. Tahminimce kadın Drennan'ı öldürüp köprüyü indirdi. Şaşı, zincirlerin sesini duydu, neler olduğuna bakmaya geldi ve öldürüldü. Diğer nöbetçilerin bulmaması için cesedini hendeğe attılar."

Urzen duvarlara baktı. "Diğer gözcü kuleleri fazla uzakta değil. Yanan meşaleler görüyorum…"

"Meşaleler görüyorsun ama nöbetçiler yok," dedi Theon terslenerek. "Kışyarı'nda benim adamlarımdan fazla gözcü kulesi var."

"Anakapıda dört nöbetçi," dedi Kara Lorren, "ve Şaşı'nın yanı sıra duvarda yürüyen beş adam daha."

"Borusunu öttürebilmiş olsaydı..." dedi Urzen.

Hizmetimde aptallar var. "Siperde yürüyen kişinin sen olduğunu hayal etmeye çalış Urzen. Hava soğuk ve karanlık. Saatlerdir gezici nöbettesin. Nöbetinin bitmesi için sabırsızlanıyorsun. Sonra bir ses duyup kapıya doğru gidiyorsun ve aniden merdivenlerin başında meşale aleviyle altın ve zümrüt gibi parlayan iki çift *göz* görüyorsun. İki gölge, hayal bile edemeyeceğin bir hızla üstüne koşuyor. Bir an için sivri dişleri görüyorsun. Mızrağını kaldırmaya başlıyorsun ama gölgeler üstüne *atlayıp* karnını deşiyor, dişler derini tülbentmişçesine parçalıyor." Adamı sert bir şekilde itti. "Ve şimdi sırtüstü yerdesin, bağırsakların dışarı dökülüyor ve gölgelerden birinin dişleri boğazına geçmiş durumda." Theon adamın ince boğazını yakaladı, sıktı ve gülümsedi. "Şimdi söyle bana, bütün bunlar olurken hangi arada durup *kahrolası borunu öttürebilirsin*?" Adamı sertçe itti. Urzen sendeleyerek burçlardan birine çarptı, boğazını ovuşturmaya başladı. *Kaleyi ele geçirdiğimiz gün o canavarları öldürmeliydim*, diye düşündü öfkeyle. *Öldürmeliydim, ne kadar tehlikeli olduklarını biliyordum.*

"Peşlerinden gitmeliyiz," dedi Kara Lorren.

"Karanlıkta değil." Gece karanlığına gömülmüş ormanda kurtların peşine düşmek fikri Theon'u heveslendirmiyordu; bir avcı kolaylıkla ava dönüşebilirdi. "Güneşin doğmasını bekleyeceğiz. O zamana kadar, gidip sadık kullarımla konuşacağım."

Erkeklerden, kadınlardan ve çocuklardan oluşan kaygılı kalabalık duvarlara dizilmiş hâlde avluda bekliyordu. Birçoğunun giyinmek için vakti olmamıştı. Üstlerini yün battaniyelerle örtmüş ya da çıplak bedenlerini çarşafların, cübbelerin altına saklamışlardı. Bir ellerinde meşaleler, diğer ellerinde silahlar olan bir düzine demiradam tarafından sarılmışlardı. Rüzgâr sert esiyordu. Meşalelerin rüzgârla titreyen alevleri çelik miğferlerin üstünde, kalın sakallarda ve gülümsemeyen gözlerde parıldıyordu.

Theon tutsakların önünde bir yukarı bir aşağı yürüdü, yüzlerini inceledi. *Hepsi* suçlu gibi görünüyordu. "Kaç kişi kayıp?"

"Altı." Leş bir adım öne çıktı, sabun kokuyordu. Uzun saçları rüzgârla dalgalanıyordu. "İki Stark, şu bataklık çocuğu ve ablası, ahırdaki yarım akıllı ve sizin yabanıl kadın."

Osha. Theon ikinci kadehi gördüğü anda kadından şüphelenmişti. *Ona güvenemeyeceğimi bilmeliydim. En az Asha kadar doğaya aykırı. İsimleri bile birbirine benziyor.*

"Ahırlara bakan oldu mu?"

"Aggar atların tam olduğunu söylüyor."

"Dansçı hâlâ bölmesinde mi?"

"Dansçı?" Leş kaşlarını çattı. "Aggar bütün atların ahırda olduğunu söyledi, sadece yarım akıllı kayıp."

Yayan kaçıyorlar. Uyandığından beri aldığı en iyi haberdi bu. Bran, Hodor'un sırtındaki sepette yol alacaktı, buna şüphe yoktu. Osha'nın Rickon'u taşıması gerekecekti; küçük bacakları çocuğu fazla uzağa götüremezdi. Theon hepsini kısa zamanda tekrar ele geçireceğinden emindi. "Bran ve Rickon kaçtı," dedi kale ahalisine, hepsinin gözlerini izleyerek. "Nereye gittiklerini kim biliyor?" Kimse cevap vermedi. "Yardım almadan kaçmış olamazlar," diye devam etti, "yanlarına giysi, yiyecek, silah almadan." Kışyarı'ndaki her kılıcı, her baltayı kilit altına almıştı ama bazı silahların kendisinden saklandığı kesindi. "Onlara yardım edenlerin isimlerini öğreneceğim. Kaçışlarını görmezden gelen herkesin ismini de." Sadece rüzgârın sesi duyuluyordu. "Onları sabahın ilk ışığıyla geri getireceğim." Başparmaklarını kılıç kemerine geçirdi. "Avcılara ihtiyacım var. Kışı sıcacık geçirmek için kurt kürkü isteyen var mı? Gage?" Aşçı, Theon avdan döndüğünde onu neşeyle karşılar, ona pişirilecek leziz bir şey getirip getirmediğini sorardı eskiden, şimdiyse söyleyecek bir şeyi yoktu. Theon yürümeye devam etti, suçlu bir bakış yakalamak için yüzleri inceliyordu. "Orman sakat bir çocuk için uygun bir yer değil. Ya Rickon, onun kadar küçük bir çocuk ormanda ne kadar dayanabilir? Dadı, ufaklığın ne kadar korkmuş olabileceğini bir düşün." Yaşlı kadın on yıl boyunca Theon'a sonu gelmez hikâyeler anlatıp gevezelik etmişti ama şimdi bir yabancıya bakar gibi bakıyordu. "Bütün erkeklerinizi öldürüp, kadınlarınızı eğlenmeleri için adamlarıma verebilirdim ama ben bunu yapmak yerine sizleri korudum. Bana böyle mi teşekkür ediyorsunuz?" Atlarını eyerleyen Joseth, avcılık hakkında bildiği her şeyi öğreten Farlen, yattığı ilk kadın -biracı Barth'ın karısı- avludaki kimse Theon'un gözlerine bakmıyordu. *Benden nefret ediyorlar*, dedi içinden.

Leş yanına yaklaştı. "Derilerini yüzün," dedi hevesle, kalın dudakları parlıyordu. "Lord Bolton, soyunmuş bir adamın çok az sırrı vardır ama derisi soyulmuş bir adamın hiç sırrı olmaz, derdi."

Derisi yüzülmüş adam Bolton Hanedanı'nın armasıydı, Theon bunu biliyordu; çağlar önce bazı Bolton lordları öldürdükleri düşmanların derisinden cübbe yaptırıp giyecek kadar ileri gitmişti. Rivayete göre bundan bin yıl önce Boltonlar, Kışyarı'nın önünde diz çöktüğünde bütün bunlar sona ermişti. *Böyle anlatılıyor ama eski usullerin kolay ölmediğini ben gayet iyi biliyorum.*

"Kışyarı'na ben hükmettiğim sürece kimsenin derisi yüzülmeyecek," dedi Theon yüksek sesle. *Böylelerine karşı tek güvenceniz benim*, diye bağırmak istedi. Bu kadar yaygaracı davranamazdı ama bazıları ne demek istediğini anlayacak kadar akıllı olabilirdi.

Gökyüzü kale duvarlarının üstünde grileşmeye başlamıştı. Şafak yakındı. "Joseth, Gülümseyen'i eyerle, kendin için de bir at hazırla. Murch, Gariss, Tıfıl Tym, siz de benimle geleceksiniz." Murch ve Gariss kaledeki en iyi avcılardı ve Tıfıl Tym iyi bir okçuydu. "Aggar, Kırmızıburun, Gelmarr, Leş, Wex." Arkasını kollamaları için kendi adamlarına ihtiyacı vardı. "Farlen, tazıları ve onlarla ilgilenmen için seni de istiyorum."

Kır saçlı barınak başı, kollarını göğsünde kavuşturdu. "Neden gerçek lordlarımın peşine düşeyim, bebeklerin peşine?"

Theon adama yaklaştı. "Senin gerçek lordun artık benim ve Palla'yı sağ tutan adam da benim."

Farlen'ın gözlerindeki meydan okumanın kaybolduğunu gördü. "Tamam lordum."

Theon geri çekilerek yanına başka kimleri alabileceğine baktı. "Üstat Luwin," dedi.

"Ben avcılık hakkında hiçbir şey bilmiyorum."

Evet ama ben yokken kaleyi senin ellerine bırakamam. "Öğrenmenizin zamanı gelmiş de geçiyor bile."

"Benim de gelmeme izin verin. Kurt kürkünden yapılmış bir cübbe istiyorum." Bran'dan daha büyük olmayan bir erkek çocuğu öne çıktı. Theon'un çocuğun kim olduğunu hatırlaması bir an sürdü. "Daha önce defalarca ava çıktım," dedi Walder Frey. "Kırmızı geyik, alageyik, hatta yabandomuzu."

Kuzeni güldü. "Babasıyla birlikte domuz avına gitti ama hayvanların yanına yaklaşmasına bile izin vermediler."

Theon şüpheli gözlerle çocuğa baktı. "Gelmek istiyorsan gel ama bize ayak uyduramazsan durup sana bakıcılık edeceğimi düşünme." Kara Lorren'a döndü. "Yokluğumda Kışyarı sana emanet. Eğer dönmezsek canın ne isterse onu yap." *Şu kanlı kuyunun benim için dua etmesi gerekir.*

Güneşin ilk ışıkları Çan Kulesi'nin tepesine vururken Avcı Kapısı'nda toplandılar. Nefesleri soğuk sabah havasında donuyordu. Gelmarr yanına uzunbalta almıştı, kurtlar saldırırsa hayvanlar üstüne çıkmadan önce silahın sapına kolayca uzanabilecekti. Balta tek darbede öldürecek kadar ağırdı. Aggar çelik baldır zırhları giymişti. Leş, elinde bir domuz mızrağı ve içinde neler olduğunu ancak tanrıların bildiği tıka basa dolu bir çamaşır çuvalıyla kapıya geldi. Theon yayını almıştı; başka bir şeye ihtiyacı yoktu. Bir zamanlar bir okla Bran'ın hayatını kurtarmıştı. Şimdi başka bir okla çocuğun canını almak zorunda kalmamayı umuyordu ama iş o noktaya varırsa, yapardı.

On bir adam, iki erkek çocuğu ve bir düzine köpek, hendeği geçtiler. Dış duvarın ötesinde, yumuşak zemindeki izler kolayca okunuyordu: kurtların pençeleri, Hodor'un ağırlığıyla iyice derinleşmiş ayak izleri, Reedler'in bıraktığı daha silik izler. Ağaçların arasına girdiklerinde taşlı zemin ve ağaçlardan dökülen yapraklar izleri görmeyi zorlaştırdı ama Farlen'ın kızıl iti kaçakların kokusunu yakalamıştı. Diğer köpekler hayvanı yakından takip ediyordu, tazılar toprağı kokluyordu, bir çift iri çoban köpeği en arkadan geliyordu. Büyüklükleri ve vahşilikleri köşeye sıkışmış ulu kurtlar karşısında işe yarayabilirdi.

Theon, Osha'nın güneye doğru gidip Sör Rodrik'e sığınacağını tahmin etmişti ama izler kuzeybatıdan kuzeye, kurt ormanının tam kalbine doğru gidiyordu. Theon bundan hiç hoşlanmamıştı. Starklar'ın, Derinorman Kalesi'ne gidip kendilerini Asha'nın ellerine teslim etmeleri acı bir ironi olurdu. *Onları bir an önce öldürmeliyim*, diye düşündü. *Zalim görünmek aptal görünmekten iyidir.*

Sis demetleri ağaçların arasına yayılmıştı. Muhafız ağaçları ve asker çamlar burada iyice sıklaşıyordu. Daima yeşil olan bir orman kadar karanlık ve kasvetli başka bir şey daha yoktu. Zemin engebeliydi. Yere dökülen iğneler yumuşak çimenler gibi duruyor, atlar için tehlike oluşturuyordu. Yavaş ilerlemek zorundalardı. *Ama sırtında sakat taşıyan bir adam ya da kucağında dört yaşında çocukla yürüyen sıska bir cadaloz kadar yavaş değil.* Kendi kendine sabır telkin etti. Onları akşam olmadan bulacaktı.

Derin bir yarığın kıyısındaki izleri takip ederlerken Üstat Luwin, Theon'un yanına geldi. "Avlanmak denen şey ağaçların arasında at sürmekten farksızmış lordum."

Theon gülümsedi. "Benzerlikler var. Ama av kanla biter."

"Öyle olmak zorunda mı? Bu kaçış çok aptalcaydı ama siz merhametli olamaz mısınız? Aradığımız çocuklar sizin üvey kardeşleriniz."

"Robb haricinde hiçbir Stark bana kardeşçe davranmadı ama Bran ve Rickon sağken daha çok işime yararlar."

"Aynı şey Reedler için de geçerli. Moat Cailin bataklığın hemen yanında. Lord Howland isterse amcanızın ziyaretini cehenneme çevirebilir ama veliahtlarını elinizde tuttuğunuz sürece dikkatli davranmak zorunda kalır."

Bu Theon'un aklına gelmemişti. Doğrusu, bir iki kez Meera'ya bakıp hâlâ bakire olup olmadığı merak etmekten öte çamuradamları hiç düşünmemişti. "Haklı olabilirsiniz. Mümkün olursa onları sağ bırakmaya çalışacağım."

"Umarım Hodor için de aynı şeyi yaparsınız. O basit bir adam, bunu biliyorsunuz. Ona ne söylenirse onu yapar. Atınızı kimbilir kaç kez tımar etti, eyerinizi sabunladı, zırhınızı temizledi?"

Hodor'un Theon için hiç kıymeti yoktu. "Bize karşı dövüşmezse canını bağışlarım." İşaretparmağını doğrulttu. "Yabanıl kadını sağ bırakmam için tek kelime ederseniz onunla birlikte ölürsünüz. Bana hizmet edeceğine dair yemin verdi ve sonra yemininin üstünde işedi."

Üstat başını eğdi. "Yeminbozanlar için mazeret bulamam. Ne yapmanız gerekiyorsa yapın. Merhametiniz için size teşekkür ederim."

Merhamet, diye düşündü Theon, Luwin'i arkasında bırakırken. *Merhamet kanlı bir tuzaktır. Çok fazlası varsa zayıf olduğunu söylerler, çok azı varsa canavar olursun*. Üstadın doğru akıl verdiğini biliyordu Theon. Babası meseleye sadece fetih açısından bakıyordu ama elinde tutamayacaksan bir krallığı almanın ne faydası vardı? Korku ve zorlamayla ancak belli bir noktaya kadar gidilebilirdi. Ned Stark'ın kızlarını güneye götürmüş olması talihsizlikti; Theon kızlardan biriyle evlenerek Kışyarı'na daha sıkı tutunabilirdi. Sansa güzel bir kızdı ve artık yatağa alınacak kadar olgunlaşmış olmalıydı. Ama bin fersah uzakta, Lannisterlar'ın pençesindeydi. Yazık.

Orman iyice vahşileşmişti. Çamlar ve muhafız ağaçları yerlerini ulu meşelere bırakmıştı. Çalılıklar zemindeki tehlikeli çukurları ve yarıkları gizliyordu. Kayalık tepeler yükselip alçalıyordu. Terk edilmiş bir çiftçi kulübesinin yanından geçtiler. Köpekler havlamaya başladığında Theon kaçakların yakınlarda olduğunu anladı ama atını tırısa kaldırıp hayvanların yanına gittiğinde bulduğu tek şey bir geyik ölüsüydü... ya da geyikten geriye kalanlar.

Daha yakından bakmak için atından indi. Yeni ölmüştü, kurtların işi olduğu açıkça ortadaydı. Tazılar hayvanı istekle kokluyordu. Farlen kovalamadan önce çoban köpeklerinden biri dişlerini geyiğin buduna geçirdi. *Bu hayvanın hiçbir yeri bıçakla kesilmemiş*, diye düşündü Theon. *Kurtlar yemiş, insanlar değil*. Osha ateş yakmaya cesaret edemediyse bile yemek için birkaç dilim et kesmiş olmalıydı, işe yarayacak taze eti çürümeye bırakmak çok mantıksızdı. "Farlen, doğru yolda olduğumuzdan emin misin?" diye sordu. "Köpeklerin yanlış kurtları takip ediyor olabilir mi?"

"Dişi köpek, Yaz'ın ve Tüylüköpek'in kokusunu gayet iyi tanıyor."

"Senin iyiliğin için öyle olmasını umuyorum."

Bir saatten az bir zaman sonra izler, küçük bir tepeden aşağı inip yağan son yağmurlarla kabaran çamurlu bir derenin kenarına vardı. Köpekler kokuyu orada kaybetti. Farlen ve Wex tazılarla birlikte derenin karşısına geçtiler ve kafalarını iki yana sallayarak geri döndüler. Hayvanlar bir aşağı bir yukarı yürüyerek kıyıyı kokluyordu. "Suya buradan girmişler lordum ama nereden çıktıklarını anlayamıyorum," dedi barınak başı.

Theon atından inip derenin kıyısında dizlerinin üstüne çöktü. Elini suya soktu. Su soğuktu. "Uzun süre suda kalmış olamazlar," dedi. "Köpeklerin yarısını alıp derenin aşağısına git, ben yukarı..."

Wex ellerini sertçe birbirine vurdu

"Ne oldu?" dedi Theon.

Dilsiz çocuk eliyle gösterdi.

Suya yakın zemin çamurlu ve çok yumuşaktı. Kurtların bıraktığı izler açıkça görünüyordu.

"Pençe izleri. Ne olmuş?"

Wex topuğunu çamura bastırıp ayağını sağa sola döndürdü. Bastığı yerde derin bir iz kalmıştı.

Joseth anladı. "Hodor kadar iri bir adam çamurda derin bir iz bırakmalı," dedi. "Hele sırtında çocuğun ağırlığı da varken. Ama buradaki ayak izlerinin hepsi bize ait. Kendiniz bakın."

Theon şaşkın bir şekilde izlere baktı, doğruydu. Kurtlar kabarık kahverengi sulara tek başlarına girmişlerdi. "Osha daha gerilerde yolunu değiştirmiş olmalı, büyük ihtimalle geyiği bulduğumuz yerden önce. Onları takip edeceğimizi düşünerek kurtları tek başına yollamış." Avcılara yüklendi. "Eğer siz ikiniz bana bir oyun oynadıysanız..."

"Tek iz vardı lordum, yemin ederim," dedi Gariss kendini müdafaa eder şekilde. "Ulu kurtlar sahiplerinin yanından uzun zaman ayrılmaz."

Bu doğru, diye düşündü Theon. Yaz ve Tüylüköpek avlanmaya gitmiş olabilirdi ama er ya da geç Bran ve Rickon'un yanına döneceklerdi. "Gariss, Murch, dört köpek alıp geldiğimiz yoldan geri dönün. Onları nerede kaybettiğimizi bulun. Aggar, sen bu ikisinin başında dur, hile istemiyorum. Farlen ve ben, ulu kurtları takip edeceğiz. İze rastladığınızda boruyu bir kez öttürün, kurtları görürseniz iki kez. Kurtların nerede olduğunu öğrendiğimizde bizi efendilerine kendileri götürecekler."

Wex'i, Walder Frey'i ve Gynir Kırmızıburun'u yanına alıp suyun yukarısını araştırmaya gitti. Wex ve Theon derenin bir kıyısını, Kırmızıburun ve Walder Frey karşı kıyıyı geziyordu.

Yanlarında iki çift tazı vardı. Kurtlar her iki taraftan da çıkmış olabilirdi. Theon ulu kurtların sudan çıktıklarında bırakabileceği izleri, kırık dalları, ipucu olabilecek herhangi bir şeyi bulmak için dikkatle etrafa bakıyordu. Geyiklerin ve porsukların izlerini rahatlıkla ayırt edebiliyordu. Wex dereden su içen dişi bir tilkiyi kaçırdı. Walder çalılıkların arasında saklanan üç tavşanı korkuttu ve kaçan hayvanlardan birini okla vurmayı başardı. Bir huş ağacının gövdesindeki ayı pençesi tırmıklarını gördüler. Ama kurtlardan hiç iz yoktu.

Biraz daha ileride, dedi Theon kendine. *Şu meşeyi geç, şu tepeyi tırman, derenin öbür kıvrımına git, orada bir şeyler bulacağız*. Artık geri dönmesi gerektiğini bildiği andan sonra bile ilerlemeye devam etmişti. Endişesi içini kemirerek çoğalıyordu. Sonunda pes edip Gülümseyen'in kafasını geri çevirdiğinde öğle olmuştu.

Osha ve o perişan çocuklar, Theon'u atlatmayı bir şekilde başarıyordu. Bu mümkün olmamalıydı; yayan hâlde, biri sakat iki küçük çocuğun yüküyle mümkün olamazdı. Her geçen saat, kaçışlarının başarı ihtimalini artırıyordu. *Eğer kasabaya varırlarsa...* Kuzeyliler, Ned Stark'ın çocuklarını, Robb Stark'ın kardeşlerini asla geri çevirmezdi. Kaçışlarını hızlandıracak atlara ve yiyeceğe kavuşurlardı. İnsanlar onları korumak için gururla dövüşürdü. Bütün kahrolası kuzey, çocukların etrafında toplanırdı.

Kurtlar derenin alt tarafına doğru gitti, hepsi bu. Bu fikre tutundu. *Kızıl dişi köpek, kurtların sudan çıktığı yeri bulacak ve tekrar peşlerine düşeceğiz*.

Ama Farlen'ın ekibiyle tekrar birleştiklerinde barınak başının tek bakışı, Theon'un bütün umutlarını küçük parçalara ayırdı. "Bu köpeklerden olsa olsa ayı yemi olur," dedi öfkeyle. "Keşke bir ayım olsaydı."

"Köpeklerin bir suçu yok." Farlen çoban köpeğiyle çok kıymetli kızıl dişisinin arasında diz çöktü. "Akan su koku tutmaz lordum."

"Kurtlar *bir yerde* sudan çıkmış olmalı."

"Buna şüphe yok. Derenin aşağısında ya da yukarısında. Aramaya devam edeceğiz, o noktayı bulacağız ama hangi yoldan gideceğiz?"

"Bir derede miller boyunca yüzen kurt görmedim hiç," dedi Leş. "Bir insan, peşinde avcıların olduğunu biliyorsa bunu yapabilir. Ama bir kurt?"

Theon o kadar emin değildi. Bu canavarlar diğer kurtlara benzemiyordu. *Lanet olası yaratıkların derilerini yüzmeliydim.*

Gariss, Murch ve Aggar döndüğünde aynı hikâyeyi anlattılar. Kendi izlerini takip ederek Kışyarı'nın yarı yoluna kadar gitmişlerdi ama Starklar'ın ulu kurtlardan nerede ayrıldığını bulamamışlardı. Farlen'in tazıları da adamlar kadar bezgin görünüyordu, perişan hâlde ağaçları ve kayaları kokluyor, öfkeyle birbirlerine sataşıyorlardı.

Theon yenilgiyi kabullenmeye cesaret edemiyordu. "Dereye döneceğiz. Tekrar arayacağız. Bu defa ne kadar uzağa gitmek gerekiyorsa gideceğiz."

"Onları bulamayacağız," dedi Walder Frey aniden. "Kurbağayiyenler onlarla olduğu sürece bulamayız. Çamuradamlar sinsidir, düzgün insanlar gibi dövüşmezler, pusuya yatıp zehirli oklar fırlatırlar. Sen onları göremezsin ama onlar seni görür. Onların peşinden bataklığa gidenler kaybolur ve asla geri dönemezler. Evleri *hareket eder*, hatta kaleleri Bozsu Gözcüsü bile." Endişeli gözlerle etraflarını çevreleyen yeşilliğe baktı. "Şu an bile burada söylediğimiz her kelimeyi dinliyor olabilirler."

Farlen çocuğun söylediği şey hakkındaki fikrini belli etmek için güldü. "Köpeklerim onların kokusunu alırdı çocuk. Sen daha osurmaya fırsat bulamadan tepelerine binerlerdi."

"Kurbağayiyenler normal insanlar gibi kokmaz," diye ısrar etti Frey. "Bataklığa benzer bir kokuları vardır; kurbağalar, ağaçlar ve pis sular gibi. Koltuk altlarında kıl yerine yosun çıkar. Hiçbir şey yemeden, sadece çamurla beslenip bataklık suyu soluyarak hayatta kalabilirler."

Üstat Luwin konuşmaya başladığında, Theon çocuğa bu sütanne masalını ne yapması gerektiğini söylemek üzereydi. "Tarih, Yeşilgörüşlüler'in suların çekicini Boğaz'ın üstüne indirmeye çalıştığı günlerde, adalıların, ormanın çocuklarıyla yakınlaştığını söyler. Gizli bir bilgelikleri olabilir."

Orman bir an öncesinden daha karanlık göründü aniden. Sanki bir bulut güneşi kapatmıştı. Aptal bir çocuğun saçma hikâyeler anlatması başka bir şeydi ama üstatların mantıklı olması gerekirdi. "Çocuklardan sadece Bran ve Rickon beni ilgilendiriyor," dedi Theon. "Dereye dönüyoruz. Şimdi."

Bir an için kimsenin ona itaat etmeyeceğini düşündü ama sonunda eski alışkanlıklar galip geldi. İsteksizce takip ettiler ama ettiler. Frey oğlanı çalılıkların arasından çıkardığı tavşanlar kadar ürkekti. Theon derenin her iki yanına da adam koyup akıntıyı takip etti. Ağır ağır ve dikkatlice, millerce yol gittiler, zeminin zor ve tehlikeli olduğu yerlerde atlarından inip hayvanlara yol gösterdiler, olsa-olsa-ayı-yemi-olur tazıların her çalıyı koklamasına izin verdiler. Devrilen bir ağacın akıntıyı keserek oluşturduğu koyu yeşil gölün çevresini dolaşmak zorunda kaldılar. Ulu kurtlar da aynı şeyi yapmış olsalar bile ne iz bırakmışlardı ne de bir işaret. *Görünüşe göre canavarlar yüzüyorlar. Onları yakaladığımda tahammül edebileceklerinden fazla yüzdüreceğim. İkisini de Boğulmuş Tanrı'ya vereceğim.*

Ormana karanlık çökmeye başladığında Theon Greyjoy yenildiğini anlamıştı. Ya adalılar, ormanın çocuklarının sihirlerini gerçekten biliyordu ya da Osha yabanıllara özgü bir hileyle Theon'u kandırmıştı. Adamları alacakaranlıkta at sürmeye zorladı ama son ışık da kaybolup gittiğinde Joseth, "Bir yere varamayacağız lordum. Atlarımızı sakatlayacağız, hayvanların bacakları kırılacak," deme cesaretini gösterdi.

"Joseth haklı," dedi Üstat Luwin. "Meşale aleviyle ağaçların arasında yol bulmaya çalışmanın bize bir faydası olmaz."

Theon boğazına kadar çıkan safranın tadını alabiliyordu. Midesi, kıvrılarak hareket edip birbirine saldıran yılanlarla doluydu sanki. Elleri boş hâlde sürünerek Kışyarı'na dönerse, rengârenk soytarı giysileri ve sivri uçlu bir şapka giymek zorunda kalırdı; bütün kuzey ne çeşit bir budala olduğunu öğrenirdi. *Ve babam duyduğunda ve Asha...*

"Lord prensim," dedi Leş, atını Theon'un yanına sürerek. "Starklar bu yoldan hiç geçmemiş olabilir. Onların yerinde olsaydım kuzeydoğuya giderdim, belki. Umberlar'a. Starklar'ın iyi adamlarıdır. Ama arazileri çok uzakta. Çocuklar daha yakın bir yere sığınacaklar. Neresi olduğunu biliyor olabilirim."

Theon şüpheyle adama baktı. "Söyle."

"Pelit Suyu'nda tek başına duran eski değirmeni biliyor musunuz? Tutsak olarak Kışyarı'na sürüklendiğimde orada mola vermiştik. Değirmencinin karısı bize atlar için saman satmıştı, şu yaşlı şövalye de kadının haylaz oğullarıyla ilgili gıdaklayıp durmuştu. Starklar orada saklanıyor olabilir."

Theon değirmeni biliyordu. Hatta değirmencinin karısını birkaç kez yatağa atmıştı. Ne değirmenle ne de kadınla ilgili özel bir şey vardı. "Neden orada saklasınlar? En az o değirmen kadar yakın onlarca kasaba ve karakol var."

Adamın solgun gözleri neşeyle parlıyordu. "Neden mi? Bu bilgimiz dahilinde değil. Ama oradalar, hissediyorum."

Adamın alaycı cevapları Theon'u öfkelendirmek üzereydi. *Dudakları birbirini beceren iki solucan gibi görünüyor.* "Ne söylüyorsun? Eğer benden gizlediğin bir şey varsa..."

"Lord prensim?" Leş, atından indi ve Theon'un da inmesi için bir el hareketi yaptı. İkisi de ayaklarının üstündeyken Kışyarı'ndan getirdiği çamaşır çuvalının ağzını açtı. "Şuna bir bakın."

Görmek zorlaşmıştı. Theon elini sabırsızca çuvala daldırdı, yumuşak kürklerin ve sert yünlülerin arasını yokladı. Eline sivri bir uç battı, parmakları sert ve soğuk bir şeyin etrafında kapandı. Kurt başı şeklindeki gümüş broşu çuvaldan çıkardı. Bir anda her şeyi anladı. Eli bir yumruğa dönüştü. "Gelmarr," dedi kime güvenebileceğini merak ederek. *Kimseye.* "Aggar. Kırmızıburun. Bizimle gelin. Geri kalanlar tazılarla birlikte Kışyarı'na dönebilir. Buradan sonra size ihtiyacım olmayacak. Bran ve Rickon'un nerede saklandığını biliyorum."

"Prens Theon," dedi Üstat Luwin yalvaran bir sesle. "Verdiğiniz sözü tutacak mısınız? Merhamet, demiştiniz."

"Merhamet bu sabahtı," diye karşılık verdi Theon. *Korkulan biri olmak, gülünen biri olmaktan iyidir.* "Çocuklar beni bu kadar kızdırmadan önceydi."

JON

Dağın sırtında kayan bir yıldız gibi parlayan ateşi görebiliyorlardı. Diğer yıldızlardan daha kırmızıydı, göz kırpmıyordu ama bazen öfkeyle alevleniyor, bazen de uzak bir kıvılcıma dönüşüyordu, mat ve belli belirsiz.

Yarım mil ileride ve altı yüz metre yukarıda, diye tahmin etti Jon *ve aşağıdaki geçitte hareket eden her şeyi görebilecek kusursuz bir noktada*.

"Çığlık Geçidi'nde gözcüler," dedi içlerinde en yaşlı olan adam. Gençliğinde bir kralın yaverliğini yapmıştı, bu yüzden kara kardeşler ona hâlâ Yaver Dalbridge diyordu. "Mance Rayder'ın korktuğu şey nedir, merak ediyorum?"

"Bir ateş yaktıklarını bilseydi zavallı piçlerin derisini yüzerdi," dedi Ebben, kaya gibi kasları olan bodur bir adamdı.

"Buralarda ateş hayat demektir," dedi Qhorin Yarımel, "ama ölüm anlamına da gelebilir." Yarımel'in emriyle, dağlara girdiklerinden beri ateş yakmıyorlardı. Soğuk tuzlu et, sert ekmek ve ekmekten daha sert peynir yiyorlardı. Üstlerinde giysileriyle, kat kat cübbelerin ve kürklerin altında kıvrılarak uyuyor, birbirlerinin vücut ısısına minnet duyuyorlardı. Bu durum, uzun zaman önce Kışyarı'nda kardeşleriyle aynı yatağı paylaştığı geceleri hatırlatıyordu Jon'a. Bu adamlar da onun kardeşleriydi ama paylaştıkları yatak taş ve topraktı.

"Boruları vardır," dedi Taşyılanı.

"Asla üflememeleri gereken bir boru," dedi Yarımel.

"Gece için epey zalim ve uzun bir tırmanış bu," dedi Ebben, sığındıkları kayalıkların arasındaki yarıktan uzaktaki ateşe bakarken. Gökyüzü bulutsuzdu, simsiyah sivri dağlar en tepeye kadar yükseliyor, zirvelerindeki kardan yapılmış soğuk taçlar ve buz ay ışığında hafifçe parlıyordu.

"Ve daha uzun bir düşüş," dedi Qhorin Yarımel. "Sanırım iki adam. Tepede nöbeti paylaşan iki adam olması muhtemel."

"Ben." Taşyılanı dedikleri korucu gruptaki en iyi tırmanıcı olduğunu çoktan kanıtlamıştı, görev onun olmalıydı.

"Ve ben," dedi Jon Kar.

Qhorin Yarımel, Jon'a baktı. Jon, tepelerindeki yüksek geçitte titreyen rüzgârın inlemesini duyabiliyordu. Atlardan biri kişnedi ve sığındıkları kaya boşluğunun ince, taşlı toprağını eşeledi. "Kurt bizimle kalacak," dedi Qhorin. "Beyaz tüyleri ay ışığında rahatlıkla görülebilir." Taşyılanı'na döndü. "İş bittiğinde aşağı yanan bir odun parçası atın. Onu gördüğümüzde biz de geleceğiz."

"İşe başlamak için şimdiden daha iyi bir vakit yok," dedi Taşyılanı.

Her ikisi de uzun birer halat rodası aldı. Taşyılanı bir torba büyük çivi ve başı kalın keçeyle sarılmış küçük bir çekiç de taşıyordu. Küçük atlarını, miğferlerini, örgü zırhlarını ve Hayalet'i arkalarında bıraktılar. Jon ayrılmadan önce ulu kurdun yanında diz çöktü. "Kal," dedi. "Geri döneceğim."

Taşyılanı önden gitti. Kısa ve inceydi, ellisine yaklaşmıştı, sakalları grileşmişti ama göründüğünden daha güçlüydü ve Jon'un tanıdığı en keskin gözlü adamdı. Bu gece o gözlere ihtiyacı olacaktı. Ayazla boyanan dağlar gündüzleri mavi griydi ama güneş sivri zirvelerin ardında yok olduğunda siyaha dönüşüyorlardı. Ve şimdi doğan ay, dağları beyaz ve gümüş renklerle aydınlatıyordu.

Kara kardeşler, nefesleri kara gecede donarken, kara kayaların ortasındaki kara gölgelerin arasından geçip dik ve kıvrımlı patikayı tırmanmaya başladı. Jon, üstünde zırhı yokken kendini çıplak hissediyordu ama zırhın ağırlığını özlemiyordu. Tırmanış zor ve yavaştı. Acele etmek, kırık bir bilek, belki de daha kötüsü demekti. Taşyılanı ayağını nereye koyacağını insiyaki olarak biliyormuş gibi görünüyordu ama Jon çatlaklarla dolu engebeli zeminde çok daha dikkatli olmak zorundaydı.

Çığlık Geçidi; yukarı çıkıp rüzgârın aşındırdığı buzlu zirvelerin çevresinden dolaşan, aşağı inip çok ender güneş alan vadilerin arasından geçen, uzun ve kıvrımlı bir dizi geçitten oluşuyordu aslında. Jon, ormandan ayrılıp tırmanışa başladıklarından beri kendi grubundakiler dışında canlı adama rastlamamıştı. Ayazdiş tanrıların yarattığı en zalim yerlerden biriydi ve insanlara düşmandı. Rüzgâr burada bıçak gibi kesiyordu ve evladı katledilmiş bir annenin ağıtı gibi çığlık atıyordu. Gördükleri üç beş ağaç bodurdu, yarıkların ve çatlakların kenarında büyüyen grotesk şekillerdi. Yuvarlanmış kayalar patikanın üstünden sarkıyor, üstlerindeki buz saçakları uzaktan uzun beyaz dişler gibi görünüyordu.

Jon Kar her şeye rağmen geldiğine pişman değildi. Burada da harikalar vardı. Dik taş uçurumların dudaklarından dökülen incecik buzlu şelalelerin üstünde parlayan güneş ışıklarını görmüştü ve yabani sonbahar çiçekleriyle dolu bir dağ çimenliği: mavi kar gülleri, kırmızı buzateşleri, kızıl ve altın renkli boru otları. Bir cehenneme indiği muhakkakmış gibi görünen dar ve derin yarıkların içine bakmıştı. Küçük atıyla birlikte, her iki yanında da gökyüzünden başka bir şey olmayan, rüzgârın aşındırdığı doğal, taş bir köprüden geçmişti. Kartallar tepelerde yuva kuruyor, avlanmak için vadilere iniyorlardı, hiç çaba harcamadan çemberler çizerek uçarken mavi gri kanatları gökyüzünün bir parçası gibi görünüyordu. Bir keresinde, bir koçu takip eden gölge kedisini izlemişti, gölge kedisi avının üstüne atılmaya hazır olana dek dağın yamacından sıvı duman gibi akmıştı.

Şimdi avlanma sırası bizde. O gölge kedisi kadar kendinden emin ve sessiz hareket edebilmeyi isterdi ve onun kadar hızlı öldürebilmeyi. Uzunpençe sırtındaki kının içindeydi ama kılıcı çekebilecek kadar geniş bir alanı olmayabilirdi. Daha ince işler için bir kama ve hançer taşıyordu. *Düşmanın da silahları olacak ve ben zırhlı değilim.* Gecenin sonunda kimin gölge kedisi, kimin koç olacağını merak etti.

Uzunca bir süre patikada kaldılar, dağın etrafında bir yılan gibi ilerleyen kıvrımları ve dönemeçleri takip ettiler, yukarı, hep yukarı. Dağ zaman zaman kendi üstüne kapanıyordu ve ateşi göremiyorlardı. Ama ateş er ya da geç tekrar ortaya çıkıyordu. Taşyılanı'nın seçtiği yolda atlar işe yaramazdı. Jon bazı yerlerde sırtını soğuk taşlara dayayıp bir yengeç gibi yanlamasına yürüyerek santim santim ilerlemek zorunda kalıyordu. Patika, genişlediği yerlerde bile tehlikeliydi. Bir adamın bacağını rahatlıkla yutabilecek çatlaklar; kolayca tökezletecek çıkıntılar; gündüzleri su gölcüklerine, geceleri sert buz tabakalarına dönüşen çukurlarla doluydu. *Bir adım, ardından bir adım daha*, dedi Jon kendine. *Bir adım, ardından bir adım daha ve düşmek yok.*

İlk İnsanların Yumruğu'ndan ayrıldıklarından beri tıraş olmamıştı ve dudağının üstündeki tüyler donmuştu. Tırmanışa başladıklarının ikinci saatinde rüzgâr öyle şiddetli esiyordu ki Jon'un bütün yapabildiği kamburlaşıp kayalara yapışmak ve dağdan aşağı itilmemek için dua etmekti. *Bir adım, ardından bir adım daha*, diyerek devam etti bora biraz sakinlediğinde. *Bir adım, ardından bir adım daha ve düşmek yok.*

Kısa zaman sonra öyle yüksekteydiler ki en iyisi aşağı hiç bakmamaktı. Aşağıda ağzı açık karanlıktan, yukarıda aydan ve yıldızlardan başka hiçbir şey yoktu. "Bu dağ, senin annen," demişti Taşyılanı birkaç gün önceki daha kolay bir tırmanış sırasında. "Ona yapış, yüzünü göğüslerine bastır, böylece seni düşürmez." Jon, annesinin kim olduğunu hep merak ettiğini ama onu Ayazdiş'te bulacağını hiç aklına getirmediğini söyleyerek şaka yapmıştı. Bu şaka hiç komik gelmiyordu şimdi. *Bir adım, ardından bir adım daha*, diye düşündü sıkı sıkı tutunarak.

Dar patika, dağın gövdesinden dışarı çıkan devasa bir siyah granit bloğuyla aniden kesildi. Granitin gölgesi parlak ay ışığından sonra öyle siyah görünüyordu ki insan kendini bir mağaraya girmiş gibi hissediyordu. "Buradan dimdik yukarı," dedi korucu sessizce. "Onların tepesine çıkmalıyız." Eldivenlerini çıkardı, kemerine sıkıştırdı, halatın bir ucunu kendi beline, diğer ucunu Jon'unkine bağladı. "Halat iyice gerildiğinde peşimden gel," dedi. Korucu bir cevap beklemeden hemen tırmanmaya başladı, parmaklarını ve ayaklarını kullanarak Jon'un inanamadığı bir hızla yukarı çıkıyordu. Uzun halat ağır ağır açılıyordu. Jon korucuyu dikkatle izliyor, adamın nasıl ilerlediğini ve ellerini koyduğu çıkıntıları nerelerde bulduğunu zihnine not ediyordu. Halatın son büklümü de açıldığında eldivenlerini çıkardı ve korucuyu takip etti, ondan çok daha ağır hareketlerle.

Taşyılanı, halatını üstünde beklediği kayanın sivri ve pürüzsüz bir çıkıntısına sardı ama Jon yanına gelir gelmez tekrar boşaltıp tırmanmaya devam etti. Halat tekrar gerildiğinde ucunu bağlayacak uygun bir çıkıntı yoktu bu defa. Taşyılanı, başı keçeyle sarılmış çekicini alıp kayadaki bir çatlağa çok hafif vuruşlarla bir çivi çaktı. Çıkan ses yumuşak olmasına rağmen kayaların üstünde öyle yankılanıyordu ki Jon her darbede gözlerini kırpıştırıyordu, sesleri yabanılların da duyduğundan emindi. Taşyılanı, çatlağa sağlamca gömülen çiviye halatı doladı ve Jon adamın peşinden tırmanmaya başladı. *Dağın göğüslerini em*, diye hatırlattı kendine. *Aşağı bakma. Ağırlığını ayaklarına verme. Aşağı bakma. Önündeki kayaya bak. Bu çıkıntıya tutunabilirsin, evet. Aşağı bakma. Şu kayanın düzlüğünde soluklanabilirsin, tek yapman gereken ona ulaşmak. Asla aşağı bakma.*

Ağırlığını ayağına verince kaydı ve kalbi göğsünün içinde durdu ama tanrılar merhametliydi, düşmedi. Kayanın soğuğunun, parmaklarının içine sızdığını hissediyordu fakat eldivenlerini giymeye cesaret edemezdi. Ellerine ne kadar sıkı otururlarsa otursunlar eldivenler kayardı, derisiyle kayaların arasında hareket eden kumaş ve kürk, bu yükseklikte ölüm anlamına gelirdi. Yanık eli katılaşıyordu ve sancımaya başlamıştı. Sonra bir şekilde başparmağının tırnağı koptu ve elini koyduğu her yerde kan izleri bıraktı. Bu tırmanışın sonunda hâlâ bütün parmaklarına sahip olmayı umut etti Jon.

Yukarı gittiler ve yukarı ve yukarı, ay ışığının aydınlattığı kaya duvarında sürünen kara gölgeler. Aşağıdaki geçidin üstündeki herkes onları rahatlıkla görebilirdi ama dağ onları ateşin başındaki yabanılların gözlerinden saklıyordu. Artık yaklaşmışlardı, Jon hissediyordu. Buna rağmen onu bekleyen gafil düşmanları değil, Kışyarı'ndaki kardeşini düşünüyordu. *Bran tırmanmayı ne çok severdi eskiden. Onun cesaretinin onda birine sahip olmayı isterdim.*

Tırmanışın üçte ikisini geçtiklerinde kaya duvarı eğri büğrü, buzlu bir yarıkla kırıldı. Taşyılanı, Jon'a yardım etmek için elini uzattı. Eldivenlerini giymişti, Jon da aynısını yaptı. Korucu başını sola çevirdi, sonunda uçurumun kenarındaki turuncu ateşi görene dek, yarık boyunca üç yüz metre kadar emeklediler.

Yabanıllar gözcü ateşini geçidin en dar yerindeki sığ bir çukurda yakmıştı, aşağısı dik uçurumdu, arkalarındaki kaya sert rüzgârdan korunmalarını sağlıyordu. Kara kardeşler, aynı rüzgâr siperi sayesinde öldürmeleri gereken adamların yaklaşık bir metre tepesine gelene kadar karınlarının üstünde süründü.

Biri, iyice kıvrılarak bir kürk yığınının altına gömülmüş uyuyordu. Jon alevlerin ışığında adamın parlak kızıl saçlarından başka bir şeyini göremiyordu. İkincisi, ateşin başında oturuyordu, alevleri ince dallar ve çerçöple besleyip aksi bir ses tonuyla rüzgârdan şikâyet ediyordu. Üçüncüsü, görülecek çok az şey olmasına rağmen, dağın karlı omuzlarıyla çevrelenmiş, karanlık dolu uçsuz bucaksız bir kâseye benzeyen geçidi gözlüyordu. Boru gözcünün elindeydi.

Üç. Jon bir an için emin olamadı. *Sadece iki adam olması gerekiyordu*. Biri uyuyordu gerçi. Görevini yerine getirmek zorundaydı. Taşyılanı, omzuna dokunarak savaş borusu olan yabanılı gösterdi. Jon başıyla ateşin yanındaki adamı işaret etti. Öldürmek için adam seçmek kendini tuhaf hissettirmişti. Hayatının yarısını bu âna hazır olmak için kılıç ve kalkanla geçirmişti. *İlk mücadelesinden önce Robb da böyle hissetti mi acaba?* diye merak etti ama bu sorunun cevabını düşünmek için vakit yoktu. Taşyılanı, adına yakışacak kadar hızlı hareket ediyordu, çakıl taşları yağdırarak yabanılların tepesine atladı. Jon, Uzunpençe'yi çekip korucuyu takip etti.

Her şey bir kalp atımı zamanda olmuştu sanki. Jon, ilk önce bıçağına davranmak yerine borusuna uzanan yabanılın cesaretine daha sonra hayranlık duyabilirdi. Adam boruyu dudaklarına götürdü ama daha üfleyemeden Taşyılanı bir kısakılıç darbesiyle boruyu kenara fırlattı. Jon'un seçtiği adam, ayağa sıçrayarak yanan bir odun parçasını hasmının yüzüne savurdu. Jon geri çekilirken alevlerin sıcaklığını hissetmişti. Uyuyan adamın döndüğünü gözünün kenarıyla gördüğünde kendi adamının işini bir an önce bitirmek zorunda olduğunu biliyordu. Alevli odun tekrar savrulduğunda piçkılıcını iki eliyle birden savurdu. Valyria çeliği derinin, kürkün ve etin içine girdi fakat yabanıl düşerken bedeni döndü; kılıç, Jon'un elinden kurtuldu. Uyuyan adam kalkmıştı, postların altında oturur hâlde duruyordu. Jon kamasını çıkardı, yabanılı saçlarından yakalayıp bıçağın ucunu çenesinin altına bastırırken adamın, hayır, kadının...

Elleri dondu. "Bir kız."

"Bir gözcü," dedi Taşyılanı. "Bir yabanıl. İşini bitir."

Jon kızın gözlerindeki korkuyu ve ateşi görebiliyordu. Beyaz boğazından, kamanın ucunun deldiği yerden kan sızıyordu.

Sadece bir hamle ve bitecek, dedi Jon kendine. Öyle yakındı ki kızın nefesindeki soğan kokusunu duyabiliyordu. *Benden daha büyük değil*. Kızdaki bir şeyler Arya'yı düşünmesine sebep oluyordu. Birbirlerine hiç benzemiyorlardı halbuki. "Teslim oluyor musun?" diye sordu kamasına yarım çember çizdirirken. *Ya olmazsa?*

"Teslim oluyorum." Sözleri soğuk havada buharlaştı.

"O hâlde bizim tutsağımızsın." Kamasını kızın boğazından çekti.

"Qhorin tutsak almakla ilgili bir şey söylemedi," dedi Taşyılanı.

"Almamamızı da söylemedi." Jon kızın saçlarını bırakıp uzaklaştı.

"O bir mızrak karısı." Taşyılanı, kürklerin yanındaki uzun saplı baltayı gösterdi. "Yakaladığında şu baltaya uzanıyordu. Bir fırsat ver, onu kaşlarının arasına gömsün."

"Zerre fırsat vermeyeceğim." Jon baltayı tekmeleyip kızın ulaşamayacağı kadar uzağa fırlattı. "Bir adın var mı?"

"Ygritte." Kız, eliyle boğazını ovuşturdu. Geri çektiğinde eli kana bulanmıştı, ıslaklığa baktı.

Jon kamasını kınına soktu, Uzunpençe'yi, öldürdüğü adamın bedeninden çekip çıkardı. "Benim tutsağımsın Ygritte."

"Ben adımı söyledim."

"Benim adım Jon Kar."

Kız geri çekildi. "Şeytani bir isim."

"Bir piç ismi," dedi Jon. "Babam Kışyarı Lordu Eddard Stark'tı."

Kız temkinli gözlerle Jon'a bakıyordu ama Taşyılanı, iğneleyici bir tonla kıkırdadı. "Bir şeyler anlatması gereken kişi tutsak, unuttun mu?" Korucu uzunca bir dalı ateşe soktu. "Anlatmayacak gerçi. Sorulara cevap vermemek için kendi dilini ısırıp koparan yabanıllar gördüm." Dalın ucu neşeyle alevlenince korucu iki adım atıp dalı geçitten aşağı fırlattı. Dal gözden kaybolana dek döne döne karanlığın içine düştü.

"Öldürdüğünüz adamları yakmalısınız," dedi Ygritte.

"Bunun için daha büyük bir ateş lâzım. Büyük ateşler çok parlar." Taşyılanı döndü. Gözleri herhangi bir ışık görebilmek için karanlığın derinliklerini tarıyordu. "Yakınlarda daha başka yabanıllar da mı var, bu mu?"

"Onları yakın," diye tekrarladı kız inatla, "yoksa kılıçlarınızı yine kullanmanız gerekir."

Jon, ölü Othor'u ve soğuk, kara ellerini hatırladı. "Belki de kızın dediğini yapmalıyız."

"Başka yollar da var." Taşyılanı, öldürdüğü adamın yanında diz çöktü. Yabanılın pelerinini, çizmelerini, kemerini ve yeleğini çıkardı, sonra cesedi zayıf omzuna alıp uçurumun kenarına taşıdı. Cesedi aşağı atarken homurdandı. Bir an sonra ıslak ve ağır bir çarpma sesi duydular. Korucu o esnada ikinci cesedi soymuş, kolundan tutarak sürüklemeye başlamıştı. Jon yabanılın ayaklarından tuttu ve ölü adamı gecenin karanlığına fırlattılar.

Ygritte bir şey söylemeden izledi. Jon'un ilk düşündüğünden daha büyüktü, belki yirmi yaşındaydı ama yaşına göre kısaydı, çarpık bacaklıydı, yüzü yuvarlaktı ve basık bir burnu vardı. Kuş yuvasına benzeyen kızıl saçları karmakarışıktı. Çöküp oturduğu yerde tıknazmış gibi görünüyordu ama bunun sebebi üstündeki kat kat deriler ve kürklerdi. Onların altındaki bedeni en az Arya'nınki kadar cılız olabilirdi.

"Bizi gözlemek için mi gönderilmiştiniz?"

"Sizi ve diğerlerini."

Taşyılanı ateşte ellerini ısıtıyordu. "Geçidin ötesinde kimler bekliyor?"

"Özgür insanlar."

"Kaç kişiler?"

"Yüzlerce, binlerce. Daha önce hiç görmediğin kadar çok, karga." Gülümsedi. Dişleri çarpıktı ama bembeyazdı.

Kaç kişi olduğunu bilmiyor. "Neden buraya geldiniz?"

Ygritte sessizleşti.

"Ayazdiş'te kralınızın istediği ne var? Burada kalamazsınız, hiç yiyecek yok."

Kız yüzünü çevirdi.

"Amacınız Sur'a yürümek mi? Ne zaman?"

Kız onu hiç duymuyormuş gibi alevlere bakıyordu.

"Amcamla ilgili bir şey biliyor musun, Benjen Stark?"

Ygritte duymazdan geldi. Taşyılanı güldü. "Eğer kendi dilini tükürürse seni uyarmadığımı söyleme."

Kayaların üstünde pes bir kükreme yankılandı. *Bir gölge kedisi*, Jon hemen anlamıştı. Ayağa kalkarken bir kükreme daha duydu, bu daha yakındı. Kılıcını çekip döndü, dinlemeye başladı.

"Bize ilişmezler," dedi Ygritte. "Ölüler için geliyorlar. Gölge kedileri kanın kokusunu altı mil uzaktan alabilir. Bütün etlerini son lokmasına kadar yiyip, ilik için kemiklerini parçalayana dek cesetlerin yanında kalacaklar."

Jon beslenen hayvanlardan çıkan seslerin yankılarını duyabiliyordu, rahatsız olmuştu. Ateşin sıcaklığı kemiklerine kadar yorgun olduğunu hatırlatmıştı ama uyumaya cesaret edemezdi. Bir tutsak almıştı ve tutsağa sahip çıkmak onun göreviydi. "Akrabaların mıydı?" diye sordu kıza sessizce. "Öldürdüğümüz iki adam?"

"Seninle ne kadar akrabaysak."

"Ben mi?" Kaşlarını çattı. "Ne demek istiyorsun?"

"Kışyarı'nın piçi olduğunu söyledin."

"Öyleyim."

"Annen kimdi?"

"Bir kadın. Çoğu öyledir." Bunu bir zamanlar biri söylemişti Jon'a. Kim olduğunu hatırlamıyordu.

Kız tekrar gülümsedi, beyaz dişleri parladı. "Sana kış gülü şarkısını söylemedi mi hiç?"

"Ben annemi hiç tanımadım. Öyle bir şarkı da bilmiyorum."

"Ozan Bael yazmış," dedi Ygritte. "Bir zamanlar Sur'un Ötesindeki Kral oydu. Bütün özgür insanlar onun şarkılarını bilir ama belki siz güneyde o şarkıları söylemiyorsunuzdur."

"Kışyarı güneyde değil," diye itiraz etti Jon.

"Evet öyle. Sur'un aşağısındaki her yer bizim için güneydir."

Jon böyle düşünmemişti hiç. "Sanırım her şey nerede durduğuna bağlı."

"Evet," dedi Ygritte. "Hep öyledir."

"Anlat," diye ısrar etti Jon. Qhorin'in yukarı çıkması saatler sürecekti ve bir hikâye uyanık kalmasına yardım edebilirdi. "Hikâyeni duymak istiyorum."

"Çok hoşlanmayabilirsin."

"Benim için bütün hikâyeler aynı."

"Cesur bir kara karga," diye alay etti kız. "Pekâlâ, Bael çok uzun zaman önce özgür insanların kralıydı, kudretli bir akıncıydı."

Taşyılanı homurdandı. "Bir katil, hırsız ve tecavüzcüydü demek istiyorsun."

"Bu da nerede durduğuna bağlı," dedi Ygritte. "Kışyarı'ndaki Stark, Bael'in kafasını istedi ama asla alamadı ve başarısızlığın tadı onu hasta etti. Bir gün ağzındaki acılıkla Bael'e "Ödlek," dedi, "sadece zayıf olanları avlayan bir korkak." Bu sözler kulağına gittiğinde Bael, lorda bir ders vermek için yemin etti. Sur'u aştı, Kral Yolu'nu geçti ve bir kış gecesinde elinde arpıyla Kışyarı'na girdi. Adının Sygerrik Skagos olduğunu söylemişti. *Sygerrik* Eski Dil'de 'hilekâr' demektir, bu dili İlk İnsanlar konuşurdu ve devler hâlâ konuşur.

Kuzey ya da güney, şarkıcılar her yerde hoş karşılanır. Bael, Lord Stark'ın sofrasına oturdu ve yüksek koltukta oturan lord için gece yarısına kadar şarkılar çaldı. Eski şarkıları ve kendisinin yazdığı yenileri söyledi. O kadar güzel çalıp söylüyordu ki bitirdiğinde lord, Bael'in kendi ödülünü kendisinin seçmesine izin verdi. 'Bütün istediğim bir çiçek,' dedi Bael. 'Kışyarı'nın bahçelerinde açan en güzel çiçek.'

Kış gülleri sadece o vakitler açıyordu ve onlardan daha nadir, daha kıymetli çiçek yoktu. Stark, cam bahçelerine birini gönderdi ve şarkıcının ödemesini yapmak için en güzel kış güllerinin toplanmasını emretti. Emri yerine getirildi. Ama sabah olduğunda şarkıcı ortadan kaybolmuştu... Lord Brandon'ın bakire kızı da öyle. Yatağını boş buldular ama kızın yastığının üstünde Bael'in bıraktığı mavi gül vardı."

Jon daha önce bu hikâyeyi duymamıştı. "Hangi Brandon'dan bahsediyorsun? Mimar Brandon, Kahramanlar Çağı'nda yaşamıştı, Bael'den binlerce yıl önce. Yangın Brandon ve onun babası Gemici Brandon da vardı ama..."

"Bahsettiğim Mahdumesiz Brandon," dedi Ygritte sertçe. "Hikâyeyi duymak istiyor musun, istemiyor musun?"

Jon kaşlarını çattı. "Devam et."

"Lord Brandon'ın başka çocuğu yoktu. Yüzlerce kara karga, lordun emriyle kalelerinden uçtu ama ne Bael'in ne de şu bakirenin izine rastladılar. Lord inancını kaybedip yatağa düşene kadar neredeyse bir yıl aradılar. Stark soyu sona ermiş gibi görünüyordu. Ama bir gece, Lord Brandon yatağında ölümü beklerken bir çocuk ağlaması duydu. Sesi takip etti ve kızını odasında buldu, göğsünde bir bebekle uyuyakalmıştı."

"Bael kızı geri mi getirmiş?"

"Hayır. Onca zaman boyunca hep Kışyarı'nda kalmışlar. Kalenin altında, ölülerin yanına saklanmışlar. Kız, Bael'i öyle çok sevmiş ki ona bir oğul vermiş, şarkı böyle söyler... ama doğrusunu istersen Bael'in yazdığı şarkılardaki bütün kızlar ona âşıktır. Öyle bile olsa, Bael izinsiz kopardığı gülün karşılığını bir çocukla ödedi ve o çocuk büyüdüğünde bir sonraki Kışyarı Lordu oldu. İşte, sen de tıpkı benim gibi Bael'in kanını taşıyorsun."

"Böyle bir şey asla olmadı," dedi Jon.

Kız omuzlarını silkti. "Olmuştur ya da olmamıştır. Ama güzel bir şarkı. Annem bana söylerdi eskiden. O da bir kadındı Jon Kar. Senin annen gibi." Kamanın kestiği boynunu ovuşturdu. "Şarkı, bebeği buldukları yerde bitiyor ama hikâyenin daha karanlık bir sonu var. Otuz yıl sonra, Sur'un Ötesindeki Kral Bael özgür insanları güneye götürdüğünde, onu Donuk Kıyı'da genç Lord Stark karşılamış... ve öldürmüş, çünkü kılıç kılıca karşılaştıklarında Bael öz oğluna kıyamamış."

"Ama oğul babasını katletmiş," dedi Jon.

"Evet," dedi kız, "ama tanrılar kral katillerinden nefret eder, bilmeden öldürseler bile. Lord Stark mücadeleden dönmüş. Annesi, Bael'in kazığa geçirilmiş kafasını gördüğünde acıya boğulmuş ve kendini bir kuleden aşağı atmış. Oğlu da ondan daha çok yaşamamış. Sancak beylerinden biri lordun derisini yüzüp adamı cübbe niyetine giymiş."

"Senin Bael yalancıymış," dedi Jon, artık emindi.

"Hayır," dedi Ygritte, "ama bir ozanın gerçekleri bizimkilerden farklıdır. Her neyse, hikâye dinlemek istedin, ben de anlattım." Yüzünü Jon'dan çevirdi, gözlerini kapadı, uyuyormuş gibi görünüyordu.

Qhorin Yarımel şafakla birlikte geldi. Taşyılanı yukarı çıkan korucuları gördüğünde kara kayalar griye, doğu seması çivit mavisine dönmüştü. Jon tutsağını uyandırdı ve tırmanan adamları karşılamak için aşağı inerlerken kolundan tuttu. Neyse ki, dağdan inmek için kuzey ve batı boyunca uzanan ve onları tepeye çıkaran patikadan çok daha nazik olan başka yollar vardı. Atlarını arkalarında yürüterek gelen kara kardeşler göründüğünde, Jon ve yanındakiler dar bir geçitte bekliyordu. Hayalet, Jon'un kokusunu alır almaz öne fırladı. Jon, ulu kurdun dişlerini koluna geçirip çekiştirebilmesi için yere çömeldi. Birlikte oynadıkları bir oyundu bu. Ama kafasını kaldırıp baktığında Ygritte'in kocaman gözlerle ve yumurta kadar beyaz bir suratla onları izlediğini gördü.

Qhorin Yarımel tutsağı gördüğünde hiçbir şey söylemedi. "Üç kişilerdi," dedi Taşyılanı. Sustu.

"İkisinin yanından geçtik," dedi Ebben, "daha doğrusu kedilerin bıraktığı artıkların yanından." Keskin gözlerle kıza baktı; şüphe, yüzünden okunabiliyordu.

Jon, "Teslim oldu," demek zorunda hissetti kendini.

Qhorin'in yüzü ifadesizdi. "Kim olduğumu biliyor musun?"

"Qhorin Yarımel." Kız, korucunun yanında çocuk gibi kalıyordu ama adamla cesurca yüzleşmişti.

"Bana doğruyu söyle: Eğer ben, senin insanlarının eline düşüp teslim olduğumu söyleseydim bu bana ne kazandırırdı?"

"Daha yavaş bir ölüm."

Büyük korucu, Jon'a baktı. "Ne onu besleyecek yiyeceğimiz ne de kollayacak fazladan adamımız var."

"Önümüzdeki yol yeterince tehlikeli delikanlı," dedi Yaver Dalbridge. "Sessizliğe en çok ihtiyaç duyduğumuz anda bir çığlık atması yeter, hepimizin felaketi olur böyle bir şey."

Ebben hançerini çıkardı. "Çelik bir öpücük onu sessizleştirir."

Jon'un boğazı sıkışıyordu. Umutsuzca adamlara baktı. "Bana teslim oldu."

"O hâlde yapılması gerekeni sen yapmalısın," dedi Qhorin Yarımel. "Sen Kışyarı kanı taşıyorsun ve Gece Nöbetçileri'nin adamısın." Diğerlerine baktı. "Gelin kardeşlerim. Onu yalnız bırakın. Bizim bakmamamız işini kolaylaştırır." Adamlarını dik ve kıvrımlı patikadan yürütüp, bir dağ yarığının arasından doğan güneşin soluk pembe pırıltısına doğru götürdü. Çok geçmeden yabanıl kızın yanında yalnızca Jon ve Hayalet kalmıştı.

Jon, Ygritte'in kaçmaya çalışacağını düşünmüştü ama kız öylece duruyordu, bekliyordu, ona bakıyordu. "Daha önce bir kadın öldürmedin, değil mi?" Jon kafasını sallayınca, "Biz de erkekler gibi ölüyoruz," dedi. "Ama bunu yapmana gerek yok. Mance sizi ele geçirecek, bunu biliyorum. Gizli yollar var. O kargalar bizi asla yakalayamaz."

"Ben de onlar kadar kargayım," dedi Jon.

Kız başıyla onayladı, pes etmişti. "Daha sonra beni yakacak mısın?"

"Yapamam, duman görünür."

"Öyle," dedi kız, omuzlarını silkti. "Pekâlâ, sonum bir gölge kedisinin midesinden çok daha kötü bir yerde de olabilirdi."

Jon omzunun üstünden Uzunpençe'yi çekti. "Korkmuyor musun?"

"Dün gece korkuyordum," diye itiraf etti kız, "ama şimdi güneş doğdu." Boynunu açıkta bırakmak için saçlarını yana çekti ve Jon'un önünde diz çöktü. "Kılıcını sert ve adam gibi indir karga, yoksa geri döner sana dadanırım."

Uzunpençe, babasının kılıcı Buz kadar uzun ya da ağır değildi ama tıpkı onun gibi Valyria çeliğinden dövülmüştü. Kılıcın kenarını, darbenin ineceği yeri işaretlemek için kızın boynuna değdirdi, Ygritte titredi. "Soğukmuş," dedi. "Durma, çabucak hallet."

Jon, Uzunpençe'yi başının üstüne kaldırdı, kabzayı iki eliyle sıkı sıkı kavramıştı. *Tek bir vuruş, bütün gücümle.* Kıza çabuk ve temiz bir ölüm verebilirdi en azından. O, babasının oğluydu. Değil miydi? Değil miydi?

"Yap şunu," diye ısrar etti kız bir an sonra. "Piç. *Yap şunu.* Sonsuza kadar cesur kalamam." Boynuna darbe inmeyince başını çevirip Jon'a baktı.

Jon kılıcını indirdi. "Git," diye mırıldandı.
Ygritte bakakalmıştı.
"Şimdi," dedi Jon, "Aklım başıma gelmeden önce. Git."
Ve kız gitti.

SANSA

Güney seması dumanla kararmıştı. Uzaktaki yüz ateşten kıvrılarak yükselen dumanın isli parmakları yıldızları kirletiyordu. Geceleri, Karasu Nehri'nin karşısında, ufuk çizgisinin bir ucundan diğer ucuna kadar sıra sıra ateşler yanıyordu. Nehrin bu tarafındaki bütün kıyıyı da İblis ateşe vermişti: iskeleler ve ardiyeler, evler ve umumhaneler... şehir duvarlarının arkasındaki her şey.

Kızıl Kale'nin içinde bile kül tadındaydı hava. Sansa tanrı korusunun sessizliğinde Sör Dontos'u bulduğunda, "Ağlıyor musun?" diye sordu adam. "Duman yüzünden," diye yalan söyledi Sansa. "Kral Ormanı'nın yarısı yanıyor sanki."

"Lord Stannis, İblis'in dağ adamlarını dumana boğmak istiyor." Dontos konuşurken sallanıyordu. Tek eli bir kestane ağacının gövdesindeydi. Şarap lekeleri soytarı kıyafetinin sarı kırmızı desenlerini bozmuştu. "Dağ adamları, Stannis'in keşifçilerini öldürüp malzeme arabalarını yağmalıyor. Vahşiler de ateş yakıyor. İblis, Stannis'in atlara kül yemeyi öğretmesi gerektiğini çünkü yakında hiç ot kalmayacağını söyledi kraliçeye. Kendim duydum. Bir soytarı olduğumdan beri çok çeşitli şeyler duyuyorum, bir şövalyeyken asla duymadığım şeyler. Ben orada değilmişim gibi konuşuyorlar," -yaklaşıp eğildi, şarap kokan nefesi, Sansa'nın burnundaydı- "ve Örümcek her türden dedikodu için iyi altın veriyor. Bence Ay Oğlan yıllardır onun malı."

Yine sarhoş. Kendine Zavallı Florian diyor ve öyle. Ama tek umudum o. "Lord Stannis'in Fırtına Burnu'ndaki tanrı korusunu yaktığı doğru mu?"

Dontos başıyla onayladı. "Ağaçlardan kocaman bir cenaze ateşi yakmış, yeni tanrısı için bir hediye. Bunu kırmızı rahibe yaptırmış ona. Stannis'i o kadının yönettiği söyleniyor, hem bedenini hem ruhunu. Şehri alırsa Yüce Baelor Septi'ni de yakacağına yemin etmiş."

"Yaksın." Sansa mermer duvarlı ve yedi kristal kuleli Yüce Sept'i ilk gördüğünde dünyanın en güzel yapısı olduğunu düşünmüştü ama Lord Eddard'ın kafası o septin merdivenlerinde Joffrey tarafından kestirilmeden önceydi bu. "Yanmasını istiyorum."

"Sessiz ol çocuk, tanrılar seni duyacak."

"Neden duysunlar? Dualarımı hiç duymuyorlar."

"Evet, duyuyorlar. Sana beni yolladılar, öyle değil mi?"

Sansa bir ağacın gövdesine tutundu. Başı dönüyor gibiydi, ateşi vardı sanki. "Seni yolladılar ama ne işe yaradın? Beni eve götüreceğine söz verdin fakat hâlâ buradayım."

Dontos, Sansa'nın kolunu sıvazladı. "Bir adamla konuştum, iyi bir dostum... ve sizin de dostunuz leydim. Doğru zaman geldiğinde bizi güvenli bir yere götürebilecek hızlı bir gemi kiralayacak."

"Doğru zaman şimdi," diye ısrar etti Sansa, "savaş başlamadan önce. Beni umursamıyorlar. Eğer denersek kaçabileceğimizi biliyorum."

"Çocuğum, çocuğum." Dontos başını iki yana salladı. "Kalenin dışına çıkabiliriz, bunu yapabiliriz ama şehir kapılarında her zamankinden fazla nöbetçi var. İblis nehri bile kapadı."

Doğruydu. Sansa daha önce Karasu Nehri'ni bu kadar boş görmemişti. Bütün tekneler nehrin kuzey kıyısına çekilmişti. Ticaret kadırgaları kaçmış ya da savaşta kullanılacak şekilde yenilenmek üzere İblis tarafından ele geçirilmişti. Sadece kralın savaş kadırgaları göz önündeydi. Gemiler, nehrin ortasındaki derin sularda, aşağı ve yukarı doğru sonsuzmuş gibi uzanan bir sıra oluşturuyor, Stannis'in güney kıyısındaki okçularıyla ok sürüleri değiş tokuş ediyorlardı.

Lord Stannis'in kendisi hâlâ yoldaydı ama öncü kuvveti iki gece önce siyah ayda ortaya çıkmıştı. Kral Toprakları, Stannis'in çadırlarını ve sancaklarını görerek uyanmıştı. Beş bin adam olduklarını duymuştu Sansa, neredeyse şehirdeki altın pelerinlilerin sayısı kadar. Sancaklarında Fossoway Hanedanı'nın kırmızı ve yeşil elmaları, Estermontlar'ın kaplumbağası, Florentler'in tilki ve çiçekleri dalgalanıyordu. Kumandanları, ünlü bir güneyli şövalye olan ve adamlarının Yeşil Guyard dediği Sör Guyard Morrigen'dı. Şövalyenin sancağında uçan bir karga vardı, kanatları fırtına yeşili bir gökyüzünde açılmıştı. Ama şehre asıl musallat olanlar, soluk sarı sancaklardı. Püsküllü uzun kuyruklar, sancakların arkasından titreyen alevler gibi akıyordu. Sancakların üstünde bir lordun arması yerine, bir tanrının nişanı vardı: Işık Tanrısı'nın alevli kalbi.

"Stannis geldiğinde Joffrey'den on kat fazla adamı olacak, herkes böyle söylüyor."

Dontos, Sansa'nın omzunu sıktı. "Nehrin yanlış kıyısında durdukları sürece ordunun büyüklüğü önemli değil tatlım. Stannis gemileri olmadan nehri geçemez."

"Gemileri *var*. Joffrey'ninkilerden fazla."

"Fırtına Burnu'ndan buraya gelmek uzun zaman alır. Donanma, Massey Kancası'na gidip Kanal'ı geçmek ve Karasu Koyu'nu aşmak zorunda. Belki de merhametli tanrılar bir fırtına gönderir ve onları denizden süpürür." Dontos umut dolu bir şekilde gülümsedi. "Biliyorum, senin için kolay değil. Ama sabırlı olmalısın çocuğum. Dostum şehre döndüğünde gemimize kavuşacağız. Florian'ına inan ve korkmamaya çalış."

Sansa tırnaklarını avucuna geçirdi. Korkuyu karnında hissediyordu; burkan, çimdikleyen ve her geçen gün daha beter olan bir korku. Prenses Myrcella'nın denize açıldığı gün olanların kâbusları hâlâ uykularını bölüyordu; karanlık ve boğucu rüyalar onu gecenin bir yarısında uyandırıyor, nefessiz bırakıyordu. İnsanların ona bağırdığını duyuyordu; sözsüz çığlıklar, hayvanlar gibi. Onu çekiştirmişler, yüzüne pislik atmışlar, atından düşürmeye çalışmışlardı ve Tazı yanına gelmeseydi çok daha kötüsünü yapacaklardı. Yüce Rahip'i parçalara ayırmışlar, Sör Aron'ın başını taşla ezmişlerdi. Ve *Korkmamaya çalış!* diyordu Dontos.

Bütün şehir korkuyordu. Sansa kale duvarlarından görebiliyordu bunu. Halk, sanki güvende olmalarına yetecekmiş gibi, sıkı sıkı kapatılmış pencerelerin ve kapıların arkasında saklanıyordu. Kral Toprakları son düştüğünde Lannisterlar şehri yağmalamış, canlarının istediği gibi tecavüz etmiş ve yüzlerce insanı kılıçtan geçirmişti, şehir kapılarının açılmasına rağmen. İblis bu defa savaşmak niyetindeydi ve savaşan bir şehir merhamet umamazdı.

Dontos gevezeliğe devam ediyordu. "Eğer hâlâ şövalye olsaydım zırhımı giyer, diğerleriyle birlikte duvarlara çıkardım.

Kral Joffrey'nin ayaklarını nazikçe öpüp ona tatlılıkla teşekkür etmeliyim."

"Joffrey'ye seni soytarı yaptığı için teşekkür edersen tekrar şövalye olursun," dedi Sansa sertçe.

Dontos kıkırdadı. "Benim Jonquil'im akıllı bir kız, öyle değil mi?"

"Joffrey ve annesi aptal olduğumu söylüyor."

"Bırak söylesinler. Böylesi daha güvenli tatlım. Kraliçe Cersei, İblis, Lord Varys ve onlar gibiler, birbirlerini şahin misali keskin gözlerle izliyor, birbirlerinin neler yaptığını öğrenmek için ona buna altın veriyorlar ama kimse Leydi Tanda'nın kızını umursamıyor, öyle değil mi?" Dontos geğirme sesini bastırmak için elini ağzına götürdü. "Tanrılar seni korusun küçük Jonquil'im." Ağlamaklıydı, şarap yüzünden böyle oluyordu. "Şimdi Florian'ına küçük bir öpücük ver. Şans öpücüğü." Sansa'ya doğru yalpaladı.

Sansa dudaklarını arayan ıslak dudaklardan kurtulup adamın tıraşsız yanağını hafifçe öptü ve iyi geceler diledi. Ağlamamak için bütün gücünü kullanıyordu. Son zamanlarda çok fazla ağlıyordu. Bu yakışıksızdı, biliyordu ama kendine engel olamıyordu. Gözyaşları kendiliğinden geliyordu, çok önemsiz konularda bile ve Sansa kendine hâkim olamıyordu.

Maegor Hisarı'ndaki açılır kapanır köprüde nöbetçi yoktu. İblis, altın pelerinlilerin çoğunu şehir duvarlarına kaydırmıştı ve Kral Muhafızları'nın beyaz şövalyelerinin, Sansa'nın peşinde dolaşmaktan daha önemli görevleri vardı. Sansa kaleden ayrılmaya teşebbüs etmediği sürece istediği her yere gidebilirdi ama gitmek istediği hiçbir yer yoktu.

Kuru hendeği ve zalim demir kazıkları geçti, dikenli kapıyla korunan dar merdiveni tırmandı ama odasının kapısına vardığında içeri girecek cesareti bulamadı. Odanın duvarları kendini kapana kısılmış gibi hissettiriyordu; pencereler ardına kadar açıkken bile içeride solunacak hava yoktu sanki.

Sansa dönüp merdivenleri çıkmaya başladı. Duman, yıldızları ve incecik hilali saklıyordu. Çatı karanlıktı ve gölgelerle doluydu. Ama Sansa buradan her şeyi görebiliyordu: Kızıl Kale'nin uzun kuleleri ve köşe hisarları, şehrin labirenti andıran caddeleri, güneye ve batıya doğru kapkara akan nehir, duman ve köz, ateş sütunları; ateş her yerdeydi. Askerler şehir duvarlarının üstünde meşaleler taşıyan karıncalar gibi koşuşturuyor ve siperlerdeki ahşap setlerde yığılıyordu. Sansa akan dumanın arasından Çamur Kapısı'ndaki üç devasa mancınığın belli belirsiz hatlarını seçebiliyordu. İnsanın görebileceği en büyük mancınıklardı, duvarlara en az altı metre yukarıdan bakıyorlardı. Ama bunların hiçbiri daha az korkmasını sağlamıyordu. İçinden bir bıçak sancısı geçti, öyle keskindi ki Sansa hıçkırdı ve karnını tuttu. Düşebilirdi ama aniden bir gölge geldi, güçlü parmaklar kolunu yakalayıp düşmesine engel oldu.

Destek almak için korkuluğa tutundu, parmakları pürüzlü taşı tırmalıyordu. "Bırak beni," diye bağırdı. "Bırak."

"Küçük kuş kanatları olduğunu mu sanıyor? Yoksa sonunun sakat kardeşininki gibi olmasını mı istiyorsun?"

Adamın elinden kurtulmak için debeleniyordu. "Düşmeyecektim. Ben sadece... Beni şaşırttınız, hepsi bu."

"Seni korkuttum demek istiyorsun. Ve hâlâ korkutuyorum."

Sansa derin bir nefes alıp sakinleşmeye çalıştı. "Yalnız olduğumu sanıyordum. Ben..." Başını çevirip başka tarafa baktı.

"Küçük kuş hâlâ bana bakmaya tahammül edemiyor, öyle mi?" Sansa'yı bıraktı. "İsyancıların elindeyken yüzümü görmek seni çok mutlu etmişti, unuttun mu?"

Sansa her şeyi gayet iyi hatırlıyordu. İnsanların nasıl uluduğunu, taşla yarılan alnından yanağına doğru akan kanın sıcaklığını, onu atından aşağı çekmeye çalışan adamın sarımsak kokan nefesini hatırlıyordu. Dengesini kaybedip düşmeye başladığında bileğine yapışan zalim parmakların baskısını hâlâ hissediyordu.

Sansa o an öleceğini düşünmüştü ama parmaklar, beşi birden, çekilmiş ve adam bir at kadar gürültülü bağırmıştı. Adamın eli geri çekildiğinde, başka bir el, daha güçlü, Sansa'yı tekrar eyerinin üstüne oturtmuştu. Sarımsak nefesli adam yerdeydi, kolundan kan fışkırıyordu ama etraf isyancılarla doluydu, bazılarının elinde sopalar vardı. Tazı onların üstüne atıldı, her savruluşunda arkasında kırmızı buharlar bırakan bulanık bir çelik parçasına dönüşmüştü kılıcı. İsyancılar kırılıp kaçmaya başladıklarında Tazı gülmüştü, korkunç şekilde yanmış yüzü bir an için şekil değiştirmişti.

Şimdi kendini o yüze bakmak için zorluyordu Sansa, gerçekten bakmak için. Nezaket gereğiydi, bir leydi nezaket kurallarını asla unutmamalıydı. *En kötü yanı, yanık izleri değil, hatta ağzındaki seğirme bile değil. Gözleri.* Sansa daha önce bu kadar öfke dolu gözler görmemişti. "Ben... Ben daha sonra gelmeliydim," dedi tereddütle. "Teşekkür etmek için... Beni kurtardığınız için... Çok cesurdunuz."

"Cesur?" Kahkahası yarı kükreme gibiydi. "Bir köpek fareleri kovalamak için cesarete ihtiyaç duymaz. Otuz kişiye karşı tek başımaydım ve biri bile benimle yüzleşmeye cesaret edemedi."

Adamın konuşma şeklinden nefret ediyordu, her zaman çok sert ve öfkeliydi. "İnsanları korkutmak sizi eğlendiriyor mu?"

"Hayır, insanları öldürmek beni eğlendiriyor." Ağzı seğirdi. "Yüzünü istediğin kadar buruştur ama bu sahte takvanı kendine sakla. Sen büyük bir lordun kızıydın. Kışyarı Lordu Eddard Stark'ın hiç kimseyi öldürmediğini söyleme sakın."

"Bu onun göreviydi. Öldürmeyi asla sevmedi."

"Sana böyle mi söyledi?" Clegane tekrar güldü. "Baban yalan söylemiş. Öldürmek en tatlı şeydir." Uzunkılıcını çekti. "İşte gerçek *budur*. Çok kıymetli baban, bu gerçeği Baelor'un merdivenlerinde öğrendi. Kışyarı Lordu, Kral Eli, Kuzey Muhafızı, sekiz bin yıllık bir soydan gelen kudretli Eddard Stark... ama Ilyn Payne'in kılıcı onun boynuna da herhangi birinin boynuna iner gibi indi, öyle değil mi? Başı omuzlarının üstünden düştüğünde yaptığı dansı hatırlıyor musun?"

Sansa kendine sarıldı, birdenbire üşümüştü. "Neden bu kadar nefret dolusunuz? Size *teşekkür* ediyordum..."

"Şu sevdiğin şövalyelerden biriymişim gibi, evet. Bir şövalye ne *işe* yarar sanıyorsun kızım? Şövalyeliğin, leydilerden uğur mendilleri alıp zırhların içinde güzel görünmekten ibaret olduğunu mu düşünüyorsun? Şövalyeler *öldürmek* içindir." Uzunkılıcının kenarını Sansa'nın boynuna, kulağının tam altına dayadı. Sansa çeliğin keskinliğini hissedebiliyordu. "İlk kez on iki yaşımdayken adam öldürdüm. O günden beri öldürdüklerimin sayısını karıştırdım. Soylu isimleri olan büyük lordlar, kadifelere bürünmüş şişman ve zengin adamlar, gururlarının sidik torbası gibi şişirdiği şövalyeler ve evet, kadınlar, çocuklar; onların hepsi et ve ben de kasabım. Bırak arazileri, tanrıları ve altınları olsun. Bırak *sör*leri olsun." Sandor Clegane bütün bunlar hakkında ne düşündüğünü göstermek için Sansa'nın ayaklarının dibine tükürdü. "Buna sahip olduğum sürece," kılıcını Sansa'nın boğazından çekti, "bu dünyadaki hiçbir adamdan korkmama gerek yok."

Ağabeyin dışında, diye düşündü Sansa ama bunu yüksek sesle söylemeyecek kadar akıllıydı. *O bir köpek, tam da söylediği gibi. Onu okşamaya çalışan her eli ısıran, kötü huylu, yarı vahşi bir köpek ama sahibini incitmeye kalkışan herkesi parçalamaya hazır.* "Nehrin karşısındaki adamlardan da mı?"

Clegane gözlerini uzaktaki ateşlere çevirdi. "Bütün bu ateşe vermeler..." Kılıcını kınına soktu. "Yalnızca korkaklar ateşle savaşır."

"Lord Stannis bir korkak değil..."

"Ama ağabeyi gibi bir adam da değil. Robert, şu nehir kadar küçük bir engelin onu durdurmasına izin vermezdi."

"Stannis nehri geçtiğinde ne yapacaksınız?"

"Dövüşeceğim. Öldüreceğim. Belki öleceğim."

"Korkmuyor musunuz? Tanrılar yaptığınız bunca şeytanlık için sizi korkunç bir cehenneme gönderebilir."

"Hangi şeytanlık?" Güldü. "Hangi tanrılar?"

"Hepimizi yaratan tanrılar."

"Hepimizi?" diye alay etti. "Söyle bana küçük kuş, ne çeşit bir tanrı İblis gibi bir ucubeyi yaratır ya da Leydi Tanda'nın kızı gibi bir yarım akıllıyı? Eğer tanrılar varsa kurtların et yiyebilmesi için koyunları yarattılar ve güçlülerin oyuncağı olsun diye zayıfları."

"Gerçek şövalyeler zayıf olanları korur."

Tazı homurdandı. "Gerçek şövalye diye bir şey yok, tıpkı tanrıların olmaması gibi. Eğer kendini koruyamıyorsan öl ve bunu yapabilenlerin yolundan çekil. Bu dünyaya keskin çelikler ve güçlü kollar hükmeder, bunun aksine asla inanma."

Sansa adamdan uzaklaştı. "Siz kötüsünüz."

"Ben dürüstüm. Kötü olan dünya. Şimdi uç küçük kuş. Bana cik cik ötmenden sıkıldım."

Sansa tek kelime etmeden uzaklaştı. Sandor Clegane'den korkuyordu... Buna rağmen bir yanı, Tazı'nın gaddarlığının birazının Sör Dontos'ta olmasını diliyordu. *Tanrılar var*, dedi kendine, *gerçek şövalyeler de var. Bütün hikâyeler yalan olamaz.*

O gece rüyasında yine isyanı gördü Sansa. İnsanlar etrafında toplanıyordu, tiz çığlıklar atıyorlardı, çıldırmış bin yüzlü bir canavara benziyorlardı. Baktığı her yerde, çarpılarak insan dışı suretlere dönüşen yüzler görüyordu. Ağladı, onları incitecek hiçbir şey yapmadığını söyledi, buna rağmen onu atından düşürdüler. "Hayır," diye haykırdı, "hayır, lütfen yapmayın, *yapmayın*," ama kimse onu dinlemiyordu. Sör Dontos'u çağırdı, kardeşlerini, ölü babasını, ölü kurdunu, bir zamanlar ona kırmızı bir gül veren ihtişamlı Sör Loras'ı ama hiçbiri gelmedi. Şarkılardaki kahramanları çağırdı, Florian'ı, Sör Ryam Redwyne'ı ve Ejderha Şövalyesi Prens Aemon'ı ama kimse duymadı. Kadınlar birer gelincik gibi üstüne çullanmıştı, bacaklarını kıstırıp karnını tekmeliyorlardı. Sonra çelik pırıltısını gördü. Bıçak karnına girdi, deşti ve deşti ve deşti, Sansa'dan geriye ıslak ve parlak şeritlerden başka bir şey kalmayana dek.

Uyandığında solgun sabah ışıkları penceresinden içeri giriyordu ama Sansa kendini hiç uyumamış gibi yorgun ve ağrılı hissediyordu. Bacaklarının içinde yapış yapış bir şey vardı. Battaniyeyi üstünden attı ve kanı gördü, bütün düşünebildiği rüyasının bir şekilde gerçek olduğuydu. İçine girip dönen, parçalayan bıçakları hatırladı. Dehşet içinde geri sıçradı, çarşafları tekmeledi, yere düştü, düzensizce soluyordu, çıplaktı, kana bulanmıştı, korkuyordu.

Ama ellerinin ve dizlerinin üstünde emeklerken neler olduğunu anlamaya başladı. "Hayır, lütfen." Hıçkırdı. "Lütfen, hayır." Bunun olmasını istemiyordu, şimdi değil, burada değil, şimdi değil, şimdi değil, şimdi değil.

Çılgınlık, Sansa'yı ele geçirmişti, karyola direğine tutunup ayağa kalktı, su çanağına gidip bacaklarının arasını yıkadı, bütün yapışkanlığı temizledi. İşini bitirdiğinde su kanla pembeleşmişti. Oda hizmetçileri suyu gördüklerinde anlayacaklardı. Sonra yatak örtülerini hatırladı. Hızla yatağa dönüp korkuyla koyu kırmızı lekeye ve anlattığı hikâyeye baktı. Bütün düşünebildiği lekeden nasıl kurtulacağıydı, yoksa göreceklerdi. Görmelerine izin veremezdi, onu Joffrey'yle evlendirip yatağına girmeye zorlarlardı.

Bıçağını kapıp çarşafa geçirdi, lekenin olduğu yeri kesti. *Deliğin ne olduğunu sorarlarsa ne cevap vereceğim?* Gözlerinden yaşlar boşaldı. Kestiği çarşafı yataktan aldı, lekeli battaniyeyi de. *Bunları yakmak zorundayım.* Kanıtları bir topak hâline getirip şöminenin içine tıkıştırdı, başucundaki lambanın yağıyla ıslattı ve ateş yaktı. Sonra, kanın çarşafı geçerek kuştüyü şilteye de işlediğini fark etti, onu da katladı ama şilte büyük ve ağırdı, taşıması zordu. Sansa şiltenin sadece yarısını ateşe sokabilmişti. Odanın kapısı gürültüyle açıldığında dizlerinin üstündeydi, şilteyi alevlerin içine itmek için çabalıyordu, yoğun duman etrafını bir girdap gibi sarmış, odayı doldurmuştu, oda hizmetçisinin soluksuz kaldığını duydu.

Sonunda, onu ateşin başından uzaklaştırabilmek için üç kişi gerekti. Ve bütün çabası boşunaydı, yatak örtüleri yanmıştı ama onu taşırlarken bacaklarının arası tekrar kan içinde kalmıştı. Sanki kendi vücudu Joffrey uğruna ona ihanet ediyordu, bütün dünya görsün diye Lannister kırmızısından bir sancak açıyordu.

Ateş söndüğünde alazlanmış kuştüyü şilteyi dışarı çıkardılar, odayı havalandırdılar ve bir banyo teknesi getirdiler. Kadınlar gelip gitti, fısıldaşıyor, tuhaf bakışlarla Sansa'yı süzüyorlardı. Tekneyi kaynar suyla doldurdular, Sansa'ya banyo yaptırdılar, saçlarını yıkadılar ve bacaklarının arasına koyması için bir kumaş parçası verdiler. Sansa artık sakinleşmişti ve aptallığından utanıyordu. Duman yüzünden elbiselerinin çoğu mahvolmuştu. Kadınlardan biri odadan çıktı, elinde yeşil yünden yapılmış bir hizmetçi elbisesiyle geri döndü. Elbiseyi Sansa'nın başından geçirirken, "Sizin kıyafetleriniz kadar güzel değil ama iş görür," dedi. "Ayakkabılarınız yanmamış, en azından kraliçenin huzuruna çıplak ayakla çıkmak zorunda kalmayacaksınız."

Sansa, Cersei Lannister'ın çalışma odasına götürüldüğünde kraliçe kahvaltısını ediyordu. "Oturabilirsin," dedi kadın zarafetle. "Aç mısın?" Masayı işaret etti. Yulaf lapası, bal, süt, haşlanmış yumurta ve çıtır balık vardı.

Yiyeceklerin görüntüsü Sansa'yı hasta hissettirmişti. Midesi düğümlenmiş gibiydi. "Hayır, teşekkür ederim Majesteleri."

"Seni suçlayamam. Tyrion ve Lord Stannis'in arasında yediğim her şeyin tadı küle benziyor. Şimdi sen de ateş yakıyorsun. Ne başarmayı umuyordun?"

Sansa başını yere indirdi. "Kan beni korkuttu."

"Kan, kadınlığının mührüdür. Leydi Catelyn seni buna hazırlamalıydı. İlk kez çiçek açtın, hepsi bu."

Sansa kendini hiç bu kadar çiçeksiz hissetmemişti. "Leydi annem anlatmıştı ama ben... farklı olacağını düşünmüştüm."

"Nasıl farklı?"

"Bilmiyorum. Bu kadar... Bu kadar kirli değil ve çok daha büyülü."

Kraliçe Cersei güldü. "Bir çocuk doğurana kadar bekle Sansa. Bir kadının hayatının onda dokuzu kirdir ve ancak onda biri büyüdür... ve büyülü gibi görünen şeylerin aslında en kirli kısımlar olduğu anlaşılır sonra." Bir yudum süt içti. "Demek artık bir kadın oldun. Bunun ne anlama geldiğine dair en küçük bir fikrin var mı?"

"Artık evlenmek ve yatağa girmek için uygun yaşta olduğum anlamına geliyor," dedi Sansa, "ve krala çocuklar doğurmak için."

Kraliçe küçümser bir şekilde gülümsedi. "Seni eskisi kadar cezbetmeyen bir ihtimal, görebiliyorum. Seni bu yüzden suçlayamam. Joffrey her zaman zordu. Doğumu bile... Onu dünyaya getirene kadar bir buçuk gün doğum sancısı çektim. Acıyı hayal bile edemezsin Sansa. Öyle yüksek sesli çığlıklar attım ki Kral Ormanı'ndaki Robert'ın beni duyabildiğini hayal ettim."

"Majesteleri yanınızda değil miydi?"

"Robert? Robert avdaydı. Bu onun geleneğiydi. Ne zaman doğum vaktim yaklaşsa soylu kocam, avcıları ve tazılarıyla birlikte ormana kaçardı ve döndüğünde bana bir post ya da bir geyiğin kafasını hediye ederdi. Ben de ona bir bebek verirdim.

Doğrusu, kalmasını da *istememiştim*, Yüce Üstat Pycelle ve bir ebe ordusu yanımdaydı. Kardeşim de benimleydi. Jaime'ye doğum odasına giremeyeceğini söylediklerinde gülümsemiş ve onu kimin dışarıda tutabileceğini sormuş.

Joffrey sana asla böyle bir bağlılık gösteremeyecek korkarım. Bunun için kız kardeşine teşekkür edebilirsin, eğer ölmediyse. Joffrey, Üç Dişli Mızrak'ta, senin önünde kız kardeşin tarafından utandırıldığı o günü bir türlü unutamadı ve karşılığında seni utandırıyor. Ama sen göründüğünden daha güçlüsün. Bir parça aşağılanma seni öldürmez, diye düşünüyorum. Beni öldürmedi. Kralı asla sevmeyebilirsin ama onun çocuklarını seveceksin."

"Ben Majesteleri'ni bütün kalbimle seviyorum."

Kraliçe iç geçirdi. "Bir an önce yeni yalanlar öğrensen iyi edersin. Lord Stannis bu yalandan hoşlanmayacak, emin olabilirsin."

"Yeni Yüce Rahip, tanrıların Lord Stannis'in kazanmasına asla izin vermeyeceğini söyledi çünkü Joffrey bizim gerçek kralımız."

Kraliçenin yüzünden yarım bir gülümseme geçti. "Robert'ın öz oğlu ve veliahtı. Buna rağmen, Robert ne zaman kucağına alsa Joffrey ağlamaya başlardı. Majesteleri bundan hiç hoşlanmazdı. Piçleri ise onu gördüğünde mutlulukla gülücükler saçar, Robert parmağını küçük soysuz ağızlarına soktuğunda emerlerdi. Robert, etrafında gülücükler ve neşeli sesler olsun isterdi ve bunları bulduğu yerlere gitti hep; arkadaşlarının ve fahişelerinin yanına. Robert sevilmek isterdi. Kardeşim Tyrion'da da aynı hastalık var. Sen de sevilmek istiyor musun Sansa?"

"Herkes sevilmek ister."

"Görüyorum ki çiçek açmak seni daha akıllı yapmamış," dedi Cersei. "Sansa, bu özel günde seninle bir parça kadın bilgeliği paylaşmama izin ver. Sevgi zehirdir. Tatlı bir zehirdir, evet, ama neticede öldürür."

JON

Çığlık Geçidi karanlıktı. Dağların muazzam taş gövdeleri, günün büyük bir kısmında güneşi saklıyordu. Atların ve adamların nefesleri soğuk havada buharlaşırken gölgelerin içinde yol alıyorlardı. Başlarının üstündeki kar yığınlarından süzülen buzlu parmaklar, atlarının ayaklarının altında çatırdayıp kırılan, donmuş gölcüklere akıyordu. Zaman zaman, kayalardaki çatlakların arasından çıkmak için mücadele veren birkaç köke ya da üç beş solgun ciğerotuna rastlıyorlardı ama hiç çimen yoktu ve ağaçlar aşağıda kalmıştı artık.

Patika ensiz olduğu kadar dikti, kıvrılarak yukarı uzanıyordu. Korucular, geçidin iyice daraldığı yerlerde tek sıra hâlinde yürümek zorunda kalıyorlardı. Yaver Dalbridge başı çekiyordu, ilerlerken gözleriyle tepeleri tarıyordu, uzunyayı her zaman elinin altındaydı. Gece Nöbetçileri'nin en keskin gözlü adamının o olduğu söylenirdi.

Hayalet, Jon'un yanında huzursuzca yürüyordu. Zaman zaman durup dönüyor, arkalarında bir şey duymuş gibi kulaklarını dikiyordu. Jon, gölge kedilerinin açlıktan kırılmadıkları sürece canlı insanlara saldırmayacağını düşünüyordu ama buna rağmen Uzunpençe'nin kınını gevşetmişti.

Rüzgârın aşındırmasıyla oluşmuş gri taş kemer, geçidin en yüksek noktasını işaretliyordu. Yol burada, Sütnehri'nin vadisine doğru inmeye başlarken genişliyordu. Qhorin gölgeler tekrar büyüyene kadar burada beklemeye karar verdi. "Gölgeler, siyahlara bürünmüş adamların dostudur," dedi.

Jon bunun mantığını anlayabiliyordu. Bir süre için ışıkta yol almak, parlak dağ güneşinin giysilerinin içine sızmasına ve kemiklerine işleyen soğuğu kovmasına izin vermek güzel olurdu ama buna cesaret edemezlerdi. Üç gözcü varsa, boruyu çalmak için bekleyen başkaları da olabilirdi.

Taşyılanı, kürk pelerinin altına kıvrılıp hemen uykuya daldı. Ebben ve Yaver Dalbridge atları beslerken Jon tuzlu etini Hayalet'le paylaştı. Qhorin Yarımel sırtını bir kayaya yaslayıp ağır ve uzun darbelerle kılıcını bileylemeye koyuldu. Jon birkaç dakika korucuyu izledi ve sonra adamın yanına gidecek cesareti buldu. "Lordum," dedi, "ne olduğunu hiç sormadınız. Kızla."

"Ben lord değilim Jon Kar." Qhorin, iki parmaklı eliyle taşı yumuşakça çeliğin üstüne sürtüyordu.

"Onunla birlikte kaçarsam Mance'in beni kabul edeceğini söyledi."

"Doğru söylemiş."

"Akraba olduğumuzu bile ima etti. Bana bir hikâye anlattı..."

"...Ozan Bael ve Kışyarı gülünün hikâyesi. Taşyılanı anlattı. Şarkıyı ben de biliyorum. Eskiden Mance söylerdi, keşiften döndüğünde. Yabanılların müziğine düşkündü. Ah, kadınlarına da."

"Onu tanır mıydınız?"

"Hepimiz tanırdık." Sesi hüzünlüydü.

Kardeş oldukları kadar arkadaşlardı, diye fark etti Jon, *ve şimdi düşmanlar.* "Neden kaçtı?"

"Bazıları bir fahişe yüzünden olduğunu söyler. Bazıları da taç için kaçtığını." Qhorin başparmağının ucuyla kılıcının keskinliğini kontrol etti. "Mance kadınları severdi ve kolay diz çöken bir adam değildi, bu gerçek. Ama bundan fazlası vardı. Sur'un ötesindeki vahşiliği daha çok seviyordu. Kanında vardı bu. Yabanıl doğumluydu, henüz çocukken alınmıştı, bazı akıncıların kılıçtan geçirildiği sırada. Gölge Kule'den kaçarken sadece evine dönüyordu aslında."

"İyi bir korucu muydu?"

"En iyimizdi," dedi Yarımel, "ve aynı zamanda en beterimiz. Sadece Thoren Smallwood gibi ahmaklar yabanılları küçümser. Onlar da bizim kadar cesurlar Jon. Bizim kadar güçlü, hızlı ve zekiler. Ama disiplinleri yok. Kendilerine özgür insanlar diyorlar. Her biri, kendinin bir kral kadar iyi ve bir üstattan daha akıllı olduğunu düşünüyor. Mance de aynıydı. İtaat etmeyi asla öğrenemedi."

"Tıpkı benim gibi," dedi Jon sessizce.

Qhorin'in zekâ dolu gözleri Jon'un içini görüyordu sanki. "Yani kızın gitmesine izin verdin?" Sesinde zerre kadar şaşkınlık yoktu.

"Biliyorsunuz?"

"Şimdi, bana onun canını neden bağışladığını anlat."

Kelimelere dökmek kolay değildi. "Babam asla bir cellat kullanmazdı. Bir adamın gözlerine bakıp son sözlerini duymanın borç olduğunu söylerdi. Ve ben Ygritte'in gözlerine baktığımda..." Jon umutsuzca ellerine bakıyordu. "Onun düşman olduğunu biliyordum ama içinde şeytanlık yoktu."

"Diğer ikisinde olduğundan fazla değil."

"Bizim canımıza karşı onların canıydı," dedi Jon. "Eğer bizi görselerdi, o boruyu öttürselerdi..."

"Yabanıllar bizi avlayıp katlederdi, yeterince doğru."

"Boru şimdi Taşyılanı'nda, Ygritte'in bıçağını ve baltasını da aldık. Arkamızda kaldı, yayan ve silahsız..."

"Bir tehdit değil," diyerek onayladı Qhorin. "Kızın ölmesini gerekli görseydim yanında Ebben'ı bırakırdım ya da işi kendim hallederdim."

"O hâlde neden bana emir verdiniz?"

"Emir vermedim. Sana ne gerekiyorsa onu yapmanı söyledim ve yapılacak şeyin kararını sana bıraktım." Qhorin ayağa kalkıp kılıcını kınına soktu. "Bir dağın araştırılması gerektiğinde Taşyılanı'nı çağırırım. Rüzgârlı bir muharebe alanının karşı tarafında duran bir düşmanın kaşlarının arasına bir ok saplanması gerekiyorsa Yaver Dalbridge'i getirtirim. Ebben, herhangi birinin ağzından bütün sırlarını söküp alabilir. Adamlarına liderlik edebilmek için onları tanıman gerekir Jon Kar. Senin hakkında bu sabahkinden daha çok şey biliyorum şimdi."

"Ya kızı öldürseydim?"

"Ölü olurdu, ben de seni eskisinden iyi tanırdım. Bu kadar konuşma yeter. Uyuman gerek. Fersahlarca yolumuz ve yüzleşmek zorunda olduğumuz tehlikeler var. Güce ihtiyacın olacak."

Jon kolayca uyuyabileceğini düşünmüyordu ama Yarımel haklıydı. Çıkıntılı bir kayanın altında rüzgârdan uzak bir yer buldu ve battaniye olarak kullanmak için pelerinini çıkardı. "Hayalet," diye seslendi. "Buraya, bana gel." Ulu kurt yanındayken daha iyi uyuyordu; hayvanın kokusunda teselli ve beyaz kürkünde sıcaklık buluyordu. Ama bu sefer, Jon'a bakmaktan başka bir şey yapmadı Hayalet. Sonra arkasını döndü, atların çevresinden dolaştı ve gitti. *Avlanmak istiyor*, diye düşündü Jon. Belki bu dağlarda keçiler vardı. Gölge kedileri bir şeylerle besleniyor olmalıydı sonuçta. "Sakın bir kediyi avlamaya kalkışma," diye mırıldandı. Bunu denemek bir ulu kurt için bile tehlikeli olabilirdi. Pelerinini üstüne çekti ve kayanın dibine uzandı.

Gözlerini kapadığında rüyasında ulu kurtları gördü.

Altı tane olmaları gerekirdi ama beş taneydiler, hepsi birbirinden ayrı yerlerde. Derin bir boşluk sancısı ve yarım kalmışlık hissi duydu. Orman uçsuz bucaksız, soğuktu ve onlar çok küçüktüler, kaybolmuşlardı. Kardeşleri oralarda bir yerde olmalıydı ama hepsinin kokusunu kaybetmişti. Arka ayaklarının üstüne oturup başını kararmaya başlayan gökyüzüne kaldırdı, haykırışı orman boyunca yankılandı, uzun ve yas dolu bir çığlık. Sesi silinip giderken kulaklarını dikti, bir cevap almak için dinliyordu ama duyduğu tek şey savrulan karların iç çekişiydi.

Jon?

Ses arkasından gelmişti, bir fısıltıdan daha hafifti ama güçlüydü aynı zamanda. Bir çığlık sessiz olabilir miydi? Kafasını çevirdi, kardeşini arıyordu, ağaçların arasında hareket eden ince gri bir şekil, görmek için bakıyordu ama hiçbir şey yoktu, sadece...

Bir büvet ağacı.

Som kayada filizlenmiş gibiydi. Beyaz kökleri sayısız kılcal yarığın ve saç teli inceliğindeki çatlakların arasından kıvrılarak yukarı tırmanıyordu. Gördüğü diğer büvet ağaçlarından daha inceydi, henüz bir fidandı ama o izlerken büyüyordu ağaç, gökyüzüne uzanırken kalınlaşıyordu dalları. Temkinli bir şekilde pürüzsüz, beyaz gövdesinin çevresini dolaştı, yüze gelene dek. Kırmızı gözler ona baktı. Öfkeli gözlerdi ama onu gördüklerine sevinmiş gibiydiler. Büvet ağacının yüzü kardeşinin yüzüydü. Kardeşinin her zaman üç gözü mü vardı?

Her zaman değil, dedi sessiz çığlık. *Kargadan önce yoktu*.

Ağacın kabuğunu kokladı; kurdun, ağacın ve çocuğun kokusunu aldı. Bunların arkasında başka kokular da vardı; sıcak toprağın kahverengi zengin kokusu, taşların gri sert kokusu ve bir şey daha, korkunç bir şey. Ölüm, biliyordu. Ölüm kokluyordu. Korkuyla geri çekildi, tüyleri diken dikendi, dişlerini gösterdi.

Korkma, karanlığı seviyorum. Seni kimse göremez ama sen onları görebilirsin. Fakat önce gözlerini açmalısın. Gördün mü? İşte böyle. Ve ağaç aşağı uzanıp ona dokundu.

Sonra aniden dağlara geri döndü, büyük bir uçurumun kenarında duruyordu, pençeleri bir kar yığınının içine gömülmüştü. Rüzgârlı bir boşluğa açılan Çığlık Geçidi ve bir sonbahar öğleden sonrasının bütün renkleriyle dolu üçgen şekilli vadi, bir yorgan gibi önüne serilmişti.

Uçsuz bucaksız mavi beyaz bir duvar, vadinin bir ucunu tıkıyordu; onları omuzlarıyla itip açmak istiyormuşçasına dağların arasına sıkışmıştı. Bir an için yine Kara Kale'de olduğunu düşlediğini zannetti. Sonra, binlerce metre yükseklikten bir buz nehrine baktığını fark etti. Işıldayan soğuk uçurumun dibinde çok büyük bir göl vardı, gölü çevreleyen karlı tepeler kobalt mavisi derin sularda yansıyordu. Vadide adamlar vardı, şimdi görüyordu; çok adam, binlerce, büyük bir ordu. Bazıları savaş için talim yaparken diğerleri yarı donmuş zeminde büyük delikler açıyordu. Karıncalardan daha iri görünmeyen atların sırtındaki süvari sürüsünün, bir kalkan duvara saldırışını izledi. Bir maskaralıktan ibaret mücadelelerinin sesi, rüzgârla savrulan çelik yaprakların hışırtısı gibiydi. Karargâhların bir düzeni yoktu; ne hendekler ne sivri kazıklar ne de düzenli at sıraları gördü. Her yerde, üstünkörü yapılmış toprak barınaklar ve gelişigüzel yayılmış çadırlar vardı, dünyanın yüzündeki çiçek bozuğu gibiydiler. Darmadağın saman yığınları gördü, olağanüstü sayıda keçinin, koyunun ve köpeğin kokusunu aldı. Binlerce yemek ateşinden siyah duman filizleri yükseliyordu.

Bu bir ordu değil, bir kasaba. Bu, insanların bir araya toplanışı.

Büyük gölün karşısındaki tümseklerden biri hareket etti. Daha dikkatlice baktı ve hareket edenin bir toprak yığını olmadığını fark etti. Ama canlıydı; hantalca hareket eden, burnunun yerinde bir yılan olan, gelmiş geçmiş en iri yabandomuzundan daha uzun dişli, tüylü bir canavardı. Ve canavarı süren şey de devasaydı, şekli tuhaftı, bacakları ve kalçaları bir insan için çok kalındı.

Ani bir soğuk fırtınası tüylerini kaldırdı, hava kanat sesleriyle titredi. Gözlerini buz beyazı dağın tepesine kaldırınca, bir gölgenin gökyüzünden dimdik aşağı düştüğünü gördü. Tiz bir çığlık havayı kesti. Mavi gri kanatlar genişçe açılmıştı, güneşi kapatıyorlardı...

"Hayalet!" diye bağırdı Jon kalkarken. Kuş pençelerini ve *acıyı* hâlâ hissedebiliyordu. "Hayalet, bana gel!"

Ebben gelip Jon'u yakaladı, sarstı. "Sessiz ol! Yabanılların tepemize binmesi mi istiyorsun? Senin neyin var evlat?"

"Bir rüya," dedi Jon bitkin bir sesle. "Ben, Hayalet'tim, bir dağın kenarından donmuş bir nehre bakıyordum ve bir şey bana saldırdı. Bir kuş... Kartal, sanırım..."

Yaver Dalbridge gülümsedi. "Ben rüyalarımda güzel kadınlar görürüm hep. Keşke daha sık rüya görebilseydim."

Qhorin, Jon'un yanına geldi. "Donmuş bir nehir mi dedin?"

"Sütnehri, bir buzulun ayağındaki büyük bir gölden akar," diyerek lafa karıştı Taşyılanı.

"Kardeşimin yüzüne bürünmüş bir ağaç vardı. Yabanıllar... *Binlercesi* vardı, hiç düşünmediğim kadar çoklardı. Ve mamutlara binmiş devler gördüm." Değişen gün ışığından, dört ya da beş saat uyuduğu sonucunu çıkardı Jon. Başı ve kuş pençelerinin battığı ensesi ağrıyordu. *Ama bunlar rüyamda oldu.*

"Bana bütün hatırladıklarını anlat, baştan sona," dedi Qhorin Yarımel.

Jon'un aklı karışmıştı. "Sadece bir rüyaydı."

"Bir kurt rüyası," dedi Yarımel. "Craster, Lord Kumandan'a yabanılların Sütnehri'nin kaynağında toplandığını söylemişti. Belki o rüyayı görmenin sebebi budur. Ya da birkaç saat ileride bizi neyin beklediğini gördün. Anlat."

Qhorin'e ve diğer koruculara böyle şeyler anlatmak kendini aptal gibi hissetmesine sebep olmuştu ama emredileni yaptı. Bitirdiğinde Yaver Dalbridge bile gülümsemiyordu artık.

"Naredeğiştiren?" dedi Ebben acımasızca, Yarımel'e bakıyordu. *Kartalı mı kastediyor?* diye merak etti Jon. *Yoksa beni mi?* Derideğiştirenler ve varglar Yaşlı Dadı'nın hikâyelerine aitti, bütün ömrünün geçtiği gerçek dünyaya değil. Ama burada, kayalardan ve buzdan ibaret bu çıplak vahşilikte inanmak zor değildi.

"Soğuk rüzgârlar esiyor. Mormont'un korktuğu gibi. Benjen Stark da hissetti. Ölü adamlar yürüyor. Ağaçların gözleri var yine. Devlere ve varglara neden şaşıralım?"

"Bu, benim rüyalarımın da gerçek olacağı anlamına mı geliyor? " diye sordu Yaver Dalbridge. "Mamutlar, Lord Kar'da kalabilir. Ben kadınlarımı istiyorum."

"Nöbet'e hem çocuk hem erkek olarak hizmet ettim," dedi Ebben. "Devlerin kemiklerini gördüm ve tuhaf masallar duydum ama hepsi bu. Onları kendi gözlerimle görmeliyim."

"Dikkat et de onlar seni görmesin Ebben," dedi Taşyılanı.

Yola koyulmak için hazırlandılar ama Hayalet hâlâ ortaya çıkmamıştı. Geçidi gölgeler kaplamıştı. Korucuların, Çatalucu dediği büyük dağın sivri ikiz tepelerinin arasında güneş hızla batıyordu. *Eğer rüya gerçekse...* Düşüncesi bile Jon'u korkutuyordu. Kartal, Hayalet'e zarar vermiş ya da onu uçurumdan itmiş olabilir miydi? Kardeşinin yüzünü almış, karanlık ve ölüm kokan büvet ağacı neydi peki?

Güneşin son ışıkları Çatalucu'nun ikiz tepelerinin arasında kayboldu. Alacakaranlık, Çığlık Geçidi'ni doldurdu. Hava bir anda daha da soğudu. Artık tırmanmıyorlardı. Doğrusu, yol belli belirsiz inişe geçmişti; çatlaklarla, iri kaya bloklarıyla ve taş yığınlarıyla doluydu. *Birazdan hava kararacak ve Hayalet hâlâ dönmedi.* Jon'un içi parçalanıyordu ama ulu kurduna dileği gibi seslenmeyi göze alamıyordu. Başka şeyler de onları dinliyor olabilirdi.

"Qhorin," diye seslendi Yaver Dalbridge hafifçe. "Orada. Bak."

Kartal, epey ilerideki bir kayanın tepesine tünemişti, koyulaşan gökyüzünde hatları seçiliyordu. *Başka kartallar da gördük*, diye düşündü Jon. *Rüyamda gördüğüm kartal olmak zorunda değil.*

Ebben kartala bir ok fırlatacaktı ki yaver onu durdurdu. "Kuş, okun ulaşamayacağı kadar uzakta."

"Bizi izlemesinden hoşlanmıyorum."

Yaver omuz silkti. "Ben de ama onu durduramazsın, sadece iyi bir ok ziyan etmiş olursun."

Qhorin eyerinde oturmuş epey zamandır kartalı izliyordu. "Devam edeceğiz," dedi sonunda. Korucular yola koyulmak için hareketlendi.

Hayalet, diye bağırmak istiyordu Jon. *Neredesin?*

Jon, iki kaya parçasının arasında parlak bir beyazlık gördüğünde Qhorin ve diğerlerinin peşine düşmek üzereydi. *Eski bir kar yığını*, diye düşündü beyazlık hareket edene kadar. Hemen atından indi. Dizlerinin üstüne çöktüğünde Hayalet başını kaldırdı. Boynu ıslaktı, parlıyordu ama Jon eldivenini çıkarıp dokunduğunda hiç ses çıkarmadı. Kuş pençeleri kürkünün ve derisinin üstünde kanlı izler bırakmıştı ama kartal hayvanın boynunu koparmayı başaramamıştı.

Qhorin Yarımel, Jon'un yanında ayakta duruyordu. "Ne kadar kötü?"

Hayalet, güçlükle de olsa, cevap verir gibi ayağa kalktı.

"Bu kurt kuvvetli," dedi korucu. "Ebben, su getir. Taşyılanı, şarap mataranı ver. Onu sıkıca tut Jon."

Kurdun tüylerindeki pıhtılaşmış kanı birlikte temizlediler. Qhorin kartalın açtığı kırmızı yaraların üstüne şarap dökerken Hayalet kurtulmak için debelenip dişlerini gösterdi ama Jon kollarını hayvanın bedenine dolayıp teskin edici sözler söyledi, kurt kısa zaman içinde sakinleşti. Jon'un pelerininden bir şerit yırttıklarında hava tamamen kararmıştı. Gökyüzünü taşların siyahlığından ayıran tek şey, havaya serpilmiş yıldızlardı. "Gidiyor muyuz?" diye sordu Taşyılanı.

Qhorin atına doğru yürüdü. "Geri, ileri değil."

"Geri mi?" Jon şaşırmıştı.

"Kartalların gözleri insanlarınkinden daha keskindir. Görüldük ve şimdi kaçmalıyız." Yarımel siyah bir kaşkolü yüzüne sarıp atına atladı.

Diğer korucular bakıştılar ama hiçbiri karşı çıkmayı düşünmedi. Teker teker eyerlerine binip atlarını ev yoluna doğru çevirdiler.

Yukarı çıkan kıvrımlı geçitleri ve uzayıp giden kırık zemini hissederek bütün gece at sürdüler. Rüzgâr şiddetlenmişti. Bazen öyle karanlık oluyordu ki atlarından inip yola yayan devam etmek zorunda kalıyorlardı, her adam kendi atını yürütüyordu. Ebben bir meşalenin işe yaracağını söyledi ama, "Ateş yok," dedi Qhorin ve konu kapandı. Bir gölge kedisi karanlıkta öfkeyle kükredi, sesi kayaların üstünde sekerek yankılandı, onlarca kedi kükremeye cevap veriyordu sanki. Jon, başlarının üstündeki bir kaya düzlüğünde parlak gözler gördüğünü sandı bir sefer, hasat ayları kadar parlak gözler.

Şafaktan hemen önceki karanlık saatte, atlarına su içirmek ve birer avuç yulafla bir parça saman yedirmek için durdular. "Yabanılların öldüğü yerden fazla uzakta değiliz," dedi Qhorin. "Bir adam yüz adamı tutabilir orada. Doğru bir adam." Yaver Dalbridge'e baktı.

Yaver başını eğdi. "Bana bırakabildiğiniz kadar ok bırakın kardeşlerim." Yayını okşadı. "Ve eve vardığınızda atıma bir elma yedirin. Zavallı hayvan bunu hak etti."

Ölmek için kalıyor, Jon anlamıştı.

Qhorin, yaverin kolunu eldivenli eliyle sıktı. "Eğer kartal sana bakmak için aşağı uçarsa..."

"...birkaç yeni tüy çıkarır."

Jon'un Yaver Dalbridge'e ait gördüğü son şey tepelere çıkan dar patikayı tırmanırken döndüğü sırtıydı.

Şafak söktüğünde Jon bulutsuz gökyüzüne baktı ve maviliğin içinde hareket eden bir leke gördü. Ebben de görmüştü, küfür ediyordu ama Qhorin adama sessiz olmasını söyledi. "Dinleyin."

Jon nefesini tuttu ve duydu. Arkalarında ve çok uzakta, dağlarda yankılanan bir av borusu ötüyordu.

"İşte şimdi geliyorlar," dedi Qhorin.

TYRION

Pod, çetin sınavı için Tyrion'a Lannister kırmızısı tüylü kadife tuniğini giydirdi ve El zincirini getirdi. Tyrion zinciri yatağının başındaki komodinin üstüne bıraktı. İblis'in Kral Eli olduğunu hatırlamaktan hoşlanmıyordu Cersei ve Tyrion da ablasıyla arasındaki ilişkinin halihazırdakinden daha iltihaplı olmasını istemiyordu.

Avluyu geçerken Varys'e yakalandı. "Lordum," dedi hadım hafiften nefes nefese. "Bunu okusanız iyi olur." Yumuşak, beyaz eliyle bir parşömen uzattı. "Kuzeyden bir rapor."

"İyi haber mi yoksa kötü mü?" diye sordu Tyrion.

"Buna karar vermek bana düşmez."

Tyrion parşömeni açtı. Meşale alevleriyle aydınlanan avluda kelimeleri seçebilmek için gözlerini kısmak zorunda kaldı. "Tanrılar merhamet edin," dedi sessizce. "İkisi de mi?"

"Korkarım öyle lordum. Çok hüzünlü. Ölümüne hüzünlü. Çok küçük ve çok masumdular."

Stark çocuğu düştüğünde kurtların nasıl uluduğunu hatırladı Tyrion. *Şu anda da uluyorlar mı, merak ediyorum?* "Başka kimseye söyledin mi?" diye sordu.

"Henüz değil ama söylemem gerekecek."

Tyrion mektubu dürdü. "Ablama ben söylerim." Cersei'nin haberi nasıl karşılayacağını görmek istiyordu. Çok istiyordu bunu.

Kraliçe bu gece her zamankinden daha güzel görünüyordu. Gözlerinin rengini ortaya çıkaran, yeşil kadifeden, yakasız bir elbise giymişti. Altın saçları çıplak omuzlarına lüle lüle dökülüyordu ve beline zümrütlerle süslü örme bir kemer takmıştı. Tyrion mektubu ablasına uzatmak için oturmak istedi ve şarabının servis edilmesini bekledi. Tek kelime söylemedi. Cersei masumca baktığı kardeşinin elinden parşömeni aldı.

"Memnun olduğuna eminim," dedi Tyrion, ablası mektubu okurken. "Yanılmıyorsam Stark çocuğunun ölmesini istiyordun."

Cersei yüzünü ekşitti. "Çocuğu o pencereden aşağı iten Jaime'ydi, ben değil. "Aşk uğruna," dedi, bu beni mutlu edecekmiş gibi. Yaptığı şey aptalcaydı ve bunun yanı sıra tehlikeli ama sevgili kardeşimiz ne zaman düşünmek için durdu ki?"

"Çocuk sizi görmüştü," diye hatırlattı Tyrion.

"O bir çocuktu sadece. Onu korkutup susturabilirdim." Düşünceli gözlerle mektuba baktı. "Bir Stark ayağını bir yere çarpıyor ve her seferinde ben suçlanıyorum. Bu Greyjoy'un işiydi. Benimle ilgisi yok."

"Dua edelim de Leydi Catelyn buna inansın."

Cersei'nin gözleri büyüdü. "O Jaime'yi asla..."

"...öldürmez mi? Neden? Joffrey ve Tommen katledilseydi sen ne yapardın?"

"Sansa hâlâ benim elimde!" dedi kraliçe.

"Sansa hâlâ bizim elimizde," diye düzeltti Tyrion. "Ve ona çok iyi bakmak zorundayız. Pekâlâ, bana söz verdiğin şu akşam yemeği nerede tatlı ablacığım?"

Cersei zevkli bir masa kurmuştu, bu inkâr edilemezdi. Kremalı kestane çorbası, çıtır çıtır sıcak ekmek; çamfıstığı ve elma sosuyla lezzetlendirilmiş yeşilliklerle başladılar. Ardından bofa balığı tartı, ballı domuz budu, tereyağlı havuç, beyaz bezelye, jambon ve son olarak da mantar ve istiridyeyle doldurulmuş kuğu kızartması geldi. Tyrion aşırı derecede nazikti; her yemeğin en iyi porsiyonunu ablasına sundu ve sadece onun yediklerini yemeye özen gösterdi. Cersei'nin onu zehirleyeceğini düşünmüyordu gerçekten ama dikkatli olmaktan zarar gelmezdi.

Starklar'la ilgili haberler kadının tadını kaçırmıştı, Tyrion görebiliyordu. "Acı Köprü'den bir haber alamadık mı?" diye sordu kaygıyla, hançerinin ucuna geçirdiği bir parça elmayı küçük, nazikçe ısırıklarla yerken.

"Hiç."

"Serçeparmak'a asla güvenmedim. Kâfi miktarda altın karşılığında göz açıp kapayıncaya kadar Stannis'in tarafına geçer."

"Stannis Baratheon'ın kahrolası ahlakı adam satın almasına izin vermez. Üstelik Petyr gibiler için rahat bir lord da olmaz. Bu savaş bazı tuhaf dostluklar yarattı, katılıyorum ama o ikisi? Hayır."

Tyrion domuz budundan bir dilim keserken, "Domuz için Leydi Tanda'ya teşekkür etmeliyiz," dedi Cersei.

"Sevgisinin bir göstergesi mi?"

"Rüşvet. Kalesine dönme izni için yalvarıyor. Benim kadar senin iznin için de. Onu yolda tutuklatacağından korkuyor sanırım, Lord Gyles'a yaptığın gibi."

"Tahtın veliahtıyla birlikte sıvışmayı mı planlıyor?" Tyrion ablasına bir dilim et servis etti, bir dilim de kendisi için aldı. "Kalmasını tercih ederim. Kendisini güvende hissetmek istiyorsa Stokeworth'teki garnizonunu buraya getirsin. Ne kadar adamı varsa."

"Adama bu kadar çok ihtiyacımız varsa vahşilerini neden gönderdin?" Cersei'nin sesinde fark edilir bir hırçınlık tınlıyordu.

"Onları kullanmanın en iyi şekli buydu," dedi Tyrion dürüstçe. "Onlar korkusuz savaşçılar ama asker değiller. Gerçek bir savaşta disiplin cesaretten daha önemlidir. Şimdiden Kral Ormanı'nda, şehir duvarlarında olabileceklerinden çok daha faydalı oldular."

Kuğu servis edilirken kraliçe, Tyrion'ı Boynuzlu Adamlar komplosuyla ilgili sorguya çekti. Korkmaktan öte rahatsız olmuş gibi görünüyordu. "Neden bunca ihanetle sarılıyız? Lannister Hanedanı bu sefillere ne kötülük etti ki?"

"Hiç," dedi Tyrion, "ama kazanan tarafta olmak istiyorlar... Yani, hain oldukları kadar aptallar."

"Hepsini bulduğundan emin misin?"

"Varys öyle diyor." Kuğu, Tyrion'ın damağı için fazla baharatlıydı.

Cersei'nin beyaz alnında, o muhteşem gözlerinin ortasında bir çizgi belirdi. "Şu hadıma fazla güveniyorsun."

"Bana iyi hizmet ediyor."

"Ya da seni buna inandırdı. Sırlar fısıldadığı tek kişinin sen olduğunu mu sanıyorsun? Onsuz yapamayacağımızı düşünmemize yetecek kadar sır veriyor her birimize. Robert'la ilk evlendiğimde benimle de aynı oyunu oynadı. Yıllar boyunca konseyde ondan daha gerçek bir dostum olmadığından emindim ama şimdi..." Bir an kardeşinin yüzünü inceledi. "Tazı'yı Joffrey'den almaya niyetli olduğunu söylüyor."

Kahrolası Varys. "Clegane'e daha önemli işlerde ihtiyacım var."

"Hiçbir şey kralın hayatından daha önemli değildir."

"Kralın hayatı tehlikede değil. Joffrey cesur Sör Osmund ve Meryn Trant tarafından korunacak." *Başka bir işe yaramazlar.* "Balon Swann ve Tazı'nın hücumlara liderlik etmeleri gerek. Stannis, Karasu'nun bize ait tarafında basacak yer bulamamalı."

"Jaime hücumları bizzat yönetirdi."

"Nehirova'dan mı? İşte buna hücum derim."

"Joff daha çocuk."

"Bu mücadelenin parçası olmak isteyen bir çocuk ve hayatında ilk kez biraz mantık sergiliyor. Onu mücadelenin ortasına koymayı düşünmüyorum elbette ama görünmesi gerek. Adamlar, annesinin eteklerinin altına saklanan bir kral için değil, tehlikeyi paylaşan bir kral için ateşli bir şekilde dövüşürler."

"Daha *on üç* yaşında Tyrion."

"On üç yaşındaki Jaime'yi hatırlıyor musun? Joffrey'nin, babasının oğlu olmasını istiyorsan bırak üstüne düşeni yapsın. Altının satın alabileceği en iyi zırhı giyiyor ve çevresinde bir düzine altın pelerinli olacak, her an. Şehrin düşeceğine dair en küçük bir işaret görürsem onu hemen Kızıl Kale'ye geri göndereceğim."

Söylediklerinin Cersei'yi rahatlatacağını düşünmüştü ama o yeşil gözlerde memnuniyetten eser yoktu. *"Şehir düşecek mi?"*

"Hayır." *Ama düşerse lord babamız yardıma gelene kadar Kızıl Kale'yi tutabilmemiz için dua et.*

"Bana daha önce de yalan söyledin Tyrion."

"Her zaman iyi bir nedenim vardı tatlı ablacığım. Aramızda dostluk olmasını senin kadar ben de istiyorum. Lord Gyles'ı serbest bırakmaya karar verdim." Gyles'ı bu jesti yapabilmek için güvende tutmuştu. "Sör Boros Blount'u da geri alabilirsin."

Kraliçenin ağzı gerildi. "Sör Boros, Rosby'de çürüyebilir," dedi, "ama Tommen..."

"...olduğu yerde kalacak. Lord Jacelyn'in koruması altında Lord Gyles'ın yanında olacağından çok daha güvende."

Uşaklar neredeyse hiç dokunulmamış kuğuyu masadan aldı. Cersei bir el işaretiyle tatlıyı getirtti. "Böğürtlen turtası seviyorsundur umarım."

"Ben her çeşit turtaya bayılırım."

"Ah, bunu uzun zamandır biliyorum. Varys'in neden bu kadar tehlikeli olduğunu biliyor musun?"

"Şimdi de bilmece oyunu mu oynuyoruz? Hayır."

"Çünkü aleti yok."

"Senin de yok." *Ve bundan nefret ediyorsun, değil mi Cersei?*

"Belki ben de tehlikeliyim. Öte yandan, sen her erkek kadar aptalsın. Düşünme işinin yarısını bacaklarının arasındaki solucan yapıyor."

Tyrion parmaklarındaki kırıntıları yaladı. Ablasının gülümsemesinden hoşlanmamıştı. "Evet. Ve solucanım artık gitme vaktimin geldiğini düşünüyor."

"İyi değil misin kardeşim?" Göğüslerini Tyrion'ın gözlerine sererek öne eğildi. "Birdenbire heyecanlandın sanki."

"Heyecanlanmak?" Tyrion kapıya baktı. Dışarıdan bir ses duyduğunu düşündü. Buraya yalnız geldiği için pişmanlık duymaya başlıyordu. "Daha önce aletimle ilgilenmemiştin hiç."

"Beni ilgilendiren aletin değil, onu neyin içine soktuğun önemli. Ben senin gibi bütün meselelerde hadıma bel bağlamıyorum. Bazı şeyleri öğrenmek için kendi yöntemlerim var... Özellikle insanların bilmemi istemediği şeyleri öğrenmek için."

"Ne demeye çalışıyorsun?"

"Sadece şunu... *Küçük fahişen elimde.*"

Tyrion şarap kadehine uzandı, düşüncelerini toplamak için zaman kazanmaya çalışıyordu. "Erkeklerin, zevkine daha uygun olduğunu sanıyordum."

"Nasıl da komiksin küçük adam. Söyle bakalım, bununla evlenmedin mi daha?" Tyrion cevap vermeyince Cersei güldü. "Babamız çok rahatlayacak," dedi.

Tyrion'ın midesi yılanbalıklarıyla dolu gibiydi. Shae'i nasıl bulmuştu? Varys ona ihanet mi etmişti? Yoksa onca tedbir, malikâneye doğrudan gittiği geceki sabırsızlığıyla heba mı olmuştu? "Yatağımı kimin ısıttığını neden önemsiyorsun ki?"

"Bir Lannister borcunu mutlaka öder," dedi Cersei. "Kral Toprakları'na geldiğin günden beri bana karşı entrikalar düzenliyorsun. Myrcella'yı sattın, Tommen'ı sattın ve şimdi Joffrey'yi öldürmek için komplo hazırlıyorsun. Tommen üzerinden hükmedebilmek için Joff'un ölmesini istiyorsun."

Bunun çok cazip bir fikir olduğunu inkâr edemem. "Bu çılgınlık Cersei. Stannis birkaç gün içinde burada olacak. Bana ihtiyacın var."

"Ne için? Savaş meydanında göstereceğin olağanüstü cesaret için mi?"

"Bronn'un paralı askerleri ben olmadan savaşmaz," diye yalan söyledi Tyrion.

"Ah, bence savaşırlar. Senin altınlarını seviyor onlar, şeytani zekânı değil. Korkma, sensiz kalmayacaklar. Zaman zaman boğazını kesmeyi düşünmediğimi söyleyemem ama bunu yaparsam Jaime asla affetmez beni."

"Ya fahişe?" Kızın adını kullanmıyordu. *Onu, Shae'in benim için bir anlamı olmadığına inandırabilirsem, belki...*

"Kıza yeterince nazik davranılacak, oğullarıma bir zarar gelmediği sürece. Ama Joff öldürülürse ya da Tommen düşmanın eline düşerse küçük orospun tahmin bile edemeyeceğin acılar içinde can verir."

Öz yeğenlerimi öldürmeye niyetli olduğumu düşünüyor gerçekten. "Çocuklar güvende," dedi bitkin bir hâlde. "Tanrılar merhamet edin, Cersei, onlar benim kanımdan! Sen benim ne çeşit bir adam olduğumu sanıyorsun?"

"Küçük ve çarpık."

Tyrion kadehinin dibindeki tortuya baktı. *Benim yerimde olsa Jaime ne yapardı?* Büyük ihtimalle kaltağı öldürürdü ve sonuçlarıyla daha sonra uğraşırdı. Ama Tyrion'ın ne altın bir kılıcı ne de o kılıcı savuracak kabiliyeti vardı. Ağabeyinin pervasız gazabını seviyordu ama benzemek istediği adam, lord babasıydı. *Taş, taş olmalıyım, Casterly Kayası olmalıyım, sert ve sarsılmaz. Bu sınavdan geçemezsem memnuniyetle en yakın ucubeliği ararım.* "Bence kızı çoktan öldürdün," dedi.

"Onu görmek ister misin? İsteyeceğini düşünmüştüm." Cersei odanın karşısına gidip ağır meşe kapıyı ardına kadar açtı. "Kardeşimin fahişesini getirin."

Sör Osmund'ın kardeşleri Osney ve Osfryd aynı bezelye kabuğundan çıkmış taneler gibiydi: kanca burunlu uzun adamlar, koyu renk saçlar ve zalim gülümsemeler. Kız, adamların arasında sallanıyordu. Esmer yüzündeki gözleri kocaman ve bembeyazdı.

Patlak dudağından kan sızıyordu, elbisesinin yırtıklarından bedenindeki çürükleri görebiliyordu Tyrion. Elleri iple bağlanmıştı, konuşamaması için ağzını tıkamışlardı.

"Ona zarar verilmeyeceğini söylemiştin."

"Dövüştü." Osney Karakazan, ağabeylerinin aksine tıraşlıydı, sakalsız yanaklarındaki tırnak izleri açıkça görülebiliyordu. "Bu kızın gölge kedisi gibi pençeleri var."

"Çürükler iyileşir," dedi Cersei sıkılmış gibi. "Fahişe yaşayacak. Joffrey yaşadığı sürece."

Tyrion ablasına gülmek istedi. Tatlı olurdu, çok tatlı olurdu ama gülerse oyunu ortaya çıkardı. *Kaybettin Cersei. Karakazanlar, Bronn'un söylediğinden daha aptallarmış.* Bütün yapması gereken kelimeleri söylemekti.

Bunun yerine kızın yüzüne bakıp, "Mücadeleden sonra onu serbest bırakacağına dair yemin ediyor musun?" dedi.

"Eğer Tommen'ı bırakırsan, evet."

Tyrion ayağa kalktı. "O hâlde onu tut ama güvende tut. Bu hayvanlar onu kullanabileceklerini düşünüyorlarsa... Pekâlâ tatlı ablacığım, bir terazinin iki tarafa da eğildiğini hatırlatmama izin ver." Sesi sakindi, düzdü, umursamazdı; babasının sesini aramış ve bulmuştu. "Kıza olanların aynısı Tommen'a da olur, dayak ve tecavüz dahil." *Madem bir canavar olduğumu düşünüyor, ben de rolümü oynarım.*

Cersei bunu beklemiyordu. "Cesaret edemezsin."

Tyrion gülümsedi, ağır ve soğuk. Yeşil ve siyah gözleri kraliçeye gülüyordu. "Cesaret? Kendim yaparım."

Cersei'nin eli, Tyrion'ın yüzüne doğru parladı ama Tyrion ablasının bileğini yakalayıp kadın çığlık atana kadar büktü. Osfryd kraliçeyi kurtarmak için hareketlendi. "Bir adım daha atarsan kolunu kırarım," diye uyardı cüce. Adam durdu. "Bana bir daha vuramayacağını söylediğim günü hatırlıyor musun Cersei?" Ablasını yere fırlattı ve Karakazanlar'a döndü. "Kızı çözün ve ağzındakini çıkarın."

İp o kadar sıkı bağlanmıştı ki kızın ellerine kan gitmiyordu. Kan geri gelirken kız acıyla inledi. Tyrion, tekrar his kazanana kadar parmakları nazikçe ovdu. "Tatlım," dedi, "cesur olmalısın. Seni incittikleri için üzgünüm."

"Beni kurtaracağınızı biliyorum lordum."

"Kurtaracağım," diye söz verdi Tyrion ve Alayaya öne eğilip onu alnından öptü. *Bu kanlı öpücük benim hak ettiğimden fazla*, diye düşündü Tyrion. *Ben olmasam başına bunlar gelmezdi.*

Dönüp kraliçeye baktığında alnında kızın kanı vardı. "Senden hiçbir zaman hoşlanmadım Cersei ama ablam olduğun için sana hiç zarar vermedim. Bunu sonlandırdın. Şu yaptığın şey için inciteceğim seni. Nasıl yapacağımı henüz bilmiyorum ama bana zaman ver. Kendini güvende ve mutlu hissettiğin bir gün gelecek ve mutluluğun bir anda ağzındaki küllere dönüşecek. İşte o zaman borcun ödendiğini anlayacaksın."

Savaşta, bir ordu kırılıp kaçtığı anda mücadele biter, demişti babası bir keresinde. Bir an önceki kuvvetleri, hâlâ zırhlı ve silahlı olmaları bir şey değiştirmez, önünden bir kez kaçtılarsa dönüp tekrar savaşmazlar. Cersei'yle de aynıydı. Kadının bulabildiği tek yanıt, "Defol," oldu. "Gözümün önünden defol."

Tyrion reverans yaptı. "O hâlde iyi geceler ve tatlı rüyalar."

Tyrion, kafatasının içinde yürüyen bin zırhlı piyadeyle birlikte Kral Eli Kulesi'ne döndü. *Chataya'nın gardırobunun arkasına kaydığım ilk gün, bunun olacağını görmeliydim*. Görmek *istememişti* belki de. Merdivenlerin sonuna geldiğinde bacakları zonkluyordu. Pod'u bir sürahi şarap getirmesi için yolladı ve yatak odasına gitti.

Shae cibinlikli yatakta bağdaş kurmuş oturuyordu. Göğüslerinin üstüne düşen ağır altın zincir hariç üzerinde hiçbir şey yoktu: Birbirine tutturulmuş altın ellerden oluşan bir zincir, her el bir diğerine kenetlenmiş.

Tyrion kızı beklemiyordu. "Burada ne işin var?"

Shae gülerek zinciri okşadı. "Göğüslerimde eller olsun istedim... ama bu küçük, altın eller çok soğuk."

Tyrion bir an için ne diyeceğini bilemedi. Onun yerine bir başka kadının dövüldüğünü ve mücadelede bir terslik olur da Joffrey düşerse o kadının onun yerine öleceğini nasıl anlatabilirdi Shae'e? "Leydi Lollys..."

"Uyuyor. İstediği tek şey uyumak, koca inek. Uyuyor ve yiyor. Bazen yerken uyuyakalıyor. Yiyecekler battaniyelerin altına düşüyor, onların üstünde yuvarlanıyor ve ben temizlemek zorunda kalıyorum." İğrenmiş gibi yüzünü buruşturdu. "Altı üstü *düzdüler* onu."

"Annesi kızın hasta olduğunu söylüyor."

"Karnında bir çocuk var. Hepsi bu."

Tyrion odaya göz attı. Her şey bıraktığı gibi görünüyordu. "İçeri nasıl girdin? Bana gizli kapıyı göster."

Shae omuzlarını silkti. "Lord Varys bana bir başlık giydirdi, göremedim... ama bir yer vardı, başlığın ucundan zemine bakabildim. Taşlarla kaplanmıştı, bilirsin, şu resim oluşturanlardan."

"Mozaik mi?"

Shae başıyla onayladı.

"Kırmızı ve siyah renkteydiler. Galiba bir ejderha resmiydi. Bunun dışında her şey karanlıktı. Bir merdivenden indik ve çok uzun yolları yürüdük, sonunda başım döndü. Bir kere durduk ve hadım bir demir kapının kilidi açtı. Kapıdan geçerken demire süründüm. Ejderha kapıdan sonraydı. Sonra başka bir merdivenle yukarı çıktık, bir tünele girdik. Ben eğilmek zorunda kaldım ve Lord Varys emekliyordu sanırım."

Tyrion yatak odasını dolaştı. Apliklerden biri gevşek görünüyordu. Ayak parmaklarının ucunda yükselip çevirmeye çalıştı. Aplik, duvarı sıyırarak ağır ağır kendi etrafında döndü, baş aşağı geldiğinde içindeki mum yere düştü. Soğuk taş zemine dağılan fitil parçaları bir sorun çıkarmadı. "Lordum benimle yatmak istemiyor mu?" diye sordu Shae.

"Birazdan." Tyrion gardırobunu açtı, giysilerini kenara çekti ve dolabın arkasını itti. Bir genelevde işe yarayan şey bir kalede de işe yarabilirdi... ama hayır, ahşap sağlamdı, esnemiyordu. Pencere sekisinin yanındaki bir taş dikkatini çekti ama bütün itmeleri, dürtmeleri boşunaydı. Hüsran ve huzursuzlukla yatağa gitti.

Shae bağcıklarını çözüp kollarını boynuna doladı. "Omuzların taş gibi sertleşmiş," dedi. "Çabuk ol, seni içimde hissetmek istiyorum." Ama kız bacaklarını beline doladığında Tyrion'ın erkekliği ona ihanet etti. Shae lordunun yumuşadığını hissedince yatak örtüsünün altına kaydı ve erkekliğini ağzına aldı ama bu bile Tyrion'ı tahrik etmeye yetmiyordu.

Birkaç dakika sonra kızı durdurdu. "Sorun ne?" diye sordu Shae. Dünyanın bütün tatlı masumiyeti kızın genç suratındaki çizgilere yazılmıştı.

Masumiyet? Seni aptal, o bir fahişe, Cersei haklı; aletinle düşünüyorsun, aptal, aptal.

"Hadi, uyu tatlım," dedi kızın saçlarını okşayarak. Ama Shae uykuya daldıktan uzun zaman sonra Tyrion yatakta gözlerini kırpmadan yatıyordu, tek eliyle kızın küçük göğsünü avuçlamıştı, nefes alıp verişini dinliyordu.

CATELYN

Nehirova'nın Büyük Salon'u, iki kişinin baş başa yemeğinde boş kalan bir yerdi. Duvarları derin gölgeler perdeliyordu. Bir meşale, arkasında yanan üç meşale bırakarak söndü. Catelyn gözlerini şarap kadehine dikmiş oturuyordu. Şarap, dilinde zayıf ve ekşi bir tat bırakıyordu. Brienne karşısındaydı. Aralarında babasının yüksek koltuğu vardı, salonun geri kalanı kadar boştu. Hizmetkârlar bile gitmişti. Catelyn onların kutlamalara katılmasına izin vermişti.

Kalenin duvarları kalındı, buna rağmen avludan gelen eğlence seslerini duyabiliyorlardı. Sör Desmond kilerden yirmi fıçı getirtmişti, sıradan insanlar Edmure'un an meselesi olan dönüşünü ve Robb'un Sarpkaya'yı fethini esmer bira dolu içki boynuzlarını havaya kaldırarak kutluyorlardı.

Onları suçlayamam, diye düşündü Catelyn. *Bilmiyorlar. Bilseler bile niye umursasınlar? Onlar benim oğullarımı tanımadılar. Bran'ın tırmanışlarını yürekleri ağızlarında, aynı anda hem dehşet hem gurur duyarak izlemediler, onun kahkahalarını duymadılar hiç. Rickon'un ağabeyleri gibi olmak için öfkeyle çabalamasını görüp gülümsemediler.* Önündeki akşam yemeğine baktı: Jambona sarılmış alabalık, köklü yeşillikler, kırmızı rezene ve tatlı otlardan yapılmış salata, bezelye, soğan ve sıcak ekmek. Brienne yemeklerini düzenli bir sırayla yiyordu, akşam yemeği yerine getirmesi gereken görevlerden biriydi sanki. *Suratsız bir kadına dönüştüm,* diye düşündü Catelyn. *Ne etten ne de şaraptan keyif alıyorum, şarkılar ve kahkahalar benim için şüpheli yabancılara dönüştü. Yas, toz ve acı özlemlerden ibaret bir yaratığım artık. Bir zamanlar kalbimin olduğu yerde bir boşluk var şimdi.*

Karşısında oturan kadının yemek yerken çıkardığı sesler tahammül edilemez olmuştu. "Brienne, ben senin için uygun bir arkadaş değilim, istersen gidip kutlamalara katıl. Bir kupa bira iç ve Rymund'un arpıyla dans et."

"Ben kutlamalar için yaratılmamışım leydim." Büyük elleri siyah ekmek somununun ucunu kopardı, Brienne ne olduğunu unutmuş gibi ekmek parçasına baktı. "Eğer emrederseniz ben..."

Catelyn kızın huzursuzluğunu hissedebiliyordu. "Benden daha mutlu insanların arkadaşlığından keyif alabilirsin diye düşünmüştüm sadece."

"Ben gayet iyiyim." Kız, ekmeğini alabalığın kızartıldığı yağa bandırdı.

"Bu sabah bir kuş daha geldi." Catelyn bunu neden söylediğini bilmiyordu. "Üstat beni hemen uyandırdı. Görevini yapıyordu ama bu nazikçe bir tavır değildi, hiç değildi." Brienne'e söylemeye niyeti yoktu. Kendisinden ve Üstat Vyman'dan başka kimse bilmiyordu, zamanı gelene kadar da söylemeyecekti, zamanı gelene kadar...

Hangi zaman? Aptal kadın, bir sır olarak saklamak, bunun gerçekliğini azaltacak mı? Hiç bahsetmezsen, hiç konuşmazsan bir rüyaya mı dönüşecek, rüyadan çok, yarısı hatırlanan bir kâbusa? Ah, keşke tanrılar bu kadar merhametli olsaydı.

"Haberler Kral Toprakları'ndan mı?" diye sordu Brienne.

"Keşke öyle olsaydı. Kuzgun, Cerwyn Kale'sinden, kale kumandanım Sör Rodrik'ten geldi." *Kara kanatlar, kara haberler.* "Toplayabildiği bütün kuvveti toplamış ve kaleyi geri almak için Kışyarı'na gidiyormuş." Bütün bunlar ne kadar önemsiz geliyordu şimdi. "Ama demiş ki... Yazmış ki..."

"Leydim, ne oldu? Oğullarınızla ilgili bir haber mi?"

Ne kadar basit bir soruydu; keşke cevabı da o kadar basit olsaydı. Catelyn konuşmaya çalıştı ama kelimeler boğazında düğümlenmişti. "Benim Robb'dan başka oğlum yok." Bu korkunç kelimeleri hıçkırmadan söylemeyi başarmıştı ve bunun için müteşekkirdi.

Brienne dehşetle ona bakıyordu. "Leydim?"

"Bran ve Rickon kaçmaya çalışmışlar ama Pelit Suyu'ndaki değirmende yakalanmışlar. Theon Greyjoy oğullarımın kafalarını Kışyarı'nın duvarlarına çakmış. On yaşından beri soframda oturan Theon Greyjoy." *İşte söyledim, tanrılar beni affetsin. Söyledim ve gerçek oldu.*

Brienne'in yüzü ıslak bir bulanıklıktı. Masanın üstünden öne doğru uzandı ama parmakları Catelyn'in eline yaklaşınca durdu, bir dokunuşun hoş karşılanmayacağından korkar gibi.

"Ben... Söylenecek söz yok leydim. Benim iyi leydim. Oğullarınız... Onlar şimdi tanrıların yanında."

"Öyle mi?" dedi Catelyn sertçe. "Nasıl bir tanrı bunun olmasına izin verir? Rickon daha bebekti. Böyle bir ölümü nasıl hak etmiş olabilir? Ve Bran... Ben kuzeyden ayrılırken, düştüğü günden beri gözlerini açmamıştı. O uyanmadan geri dönmüş olmalıydım. Şimdi asla dönemeyeceğim ona, gülüşünü bir kez daha duyamayacağım." Brienne'e avuçlarını gösterdi, parmaklarını. "Bu yara izleri... Bran yatağında uyurken boğazını kesmesi için bir adam gönderdiler. Oğlum o gün ölebilirdi, ben de öyle ama Bran'ın kurdu adamın boğazını parçaladı." Bu, Catelyn'i bir an duraksattı. "Theon kurtları da öldürdü sanırım. Öldürmüş olmalı, aksi takdirde... Ulu kurtlar yanlarında olduğu sürece oğullarımın güvende olacağından emindim. Boz Rüzgâr'la Robb gibi. Ama kızlarımın kurtları yok artık."

Konunun aniden değişmesi Brienne'i şaşırtmıştı. "Kızlarınız..."

"Sansa üç yaşındayken bile bir leydiydi; daima çok zarif ve insanları memnun etmeye hevesli. Şövalyelerin yiğitliklerini anlatan hikâyelerden daha çok sevdiği bir şey yoktu. İnsanlar yüzünün bana benzediğini söyler ama benim hiç olmadığım kadar güzel bir kadın olacak, bunu görmek çok kolay. Hizmetçisini gönderir, saçlarını kendim tarardım sık sık. Kızıl saçları var, benimkilerden daha açık, çok gür ve yumuşak... Saçlarındaki kırmızılık meşalelerin ışığını yakalar ve bakır gibi ışıldar.

Ve Arya, evet... Ned'in ziyaretçileri avluya haber vermeden girdiklerinde onu ahırda çalışan çocuklardan biri sanırlardı. Arya bir mücadeleydi, bunu söylemek gerekir. Yarı oğlan çocuğu, yarı kurt yavrusu. Ona bir şeyi yasakla ve yasakladığın şey onun yüreğinin tutkusu olsun. Ned'in uzun yüzü vardı onda, kahverengi saçları her zaman bir kuş yuvası gibi görünürdü. Arya'yı bir leydi yapmaktan umudumu kesmiştim. Diğer kızlar oyuncak bebekler biriktirirken o yara kabukları biriktirirdi. Aklına gelen her şeyi söylerdi. O da ölmüş olmalı." Bunu söylediğinde dev gibi bir el göğsünü sıkıyormuş gibi hissetti. "Hepsinin ölmesini istiyorum Brienne. Önce Theon Greyjoy, sonra Jaime Lannister, Cersei ve İblis, hepsi, hepsi. Ama kızlarım, kızlarım..."

"Kraliçe... Onun da küçük bir kızı var," dedi Brienne tuhaf bir sesle. "Ve oğulları da, sizinkilerle aynı yaşta, belki acır ve..."

"Kızlarımı zarar görmemiş bir hâlde geri mi gönderir?" Catelyn hüzünle gülümsedi. "Sen de tatlı bir masumiyet var çocuğum. Öyle olmasını dilerdim... ama hayır. Robb kardeşlerinin intikamını alacak. Buz da ateş gibi, öldürür. Buz, Ned'in uzunkılıcıydı. Valyria çeliğinden dövülmüştü, binlerce katın haresiyle mühürlenmişti, o kadar keskindi ki dokunmaya korkardım. Buz'la kıyaslandığında Robb'un kılıcı bir sopa kadar kör kalır. Theon'un kafasını kesmek Robb için kolay olmayacak korkarım. Starklar cellat kullanmaz. Kılıcı, hükmü veren indirmelidir, derdi Ned her zaman ama bu görevi hiç sevmezdi. *Ben seveceğim, ah, evet.*" Yaralı ellerine baktı. Açıp kapadı ellerini ve gözlerini yavaşça yukarı kaldırdı. "Ona şarap yolladım."

"Şarap?" Brienne'in kafası karışmıştı. "Robb'a mı? Yoksa... Theon Greyjoy'a mı?"

"Kral Katili'ne." Bu oyun Cleos Frey'de işe yaramıştı. *Umarım susamışsındır Jaime. Umarım boğazın kuru ve dardır.* "Benimle gelmeni istiyorum."

"Ben sizin emrinizdeyim leydim."

"Güzel." Catelyn birdenbire ayağa kalktı. "Sen kal, güzelce yemeğini bitir. Seni daha sonra çağırtacağım. Gece yarısında."

"O kadar geç vakitte mi leydim?"

"Zindanlar penceresiz, orada her saat aynı ve benim için bütün saatler gece yarısı." Catelyn salondan çıkarken ayak sesleri boşlukta yankılandı. Lord Hoster'ın çalışma odasına çıkarken dışarıdan gelen bağrışmaları duyuyordu, "Tully!" ve "Bir kadeh! Genç ve cesur lord için bir kadeh!" *Babam ölmedi henüz,* diye bağırmak istedi Catelyn. *Oğullarım öldü ama babam yaşıyor, hepiniz kahrolun, o hâlâ sizin lordunuz.*

Lord Hoster derin uykudaydı. "Kısa zaman önce rüya şarabı içti leydim," dedi Üstat Vyman. "Ağrısı için. Burada olduğunuzu fark etmeyecek."

"Önemli değil," dedi Catelyn. *Canlıdan çok ölü, buna rağmen benim zavallı, tatlı oğullarımdan daha canlı.*

"Leydim, sizin için yapabileceğim bir şey var mı? Belki bir uyku ilacı?"

"Teşekkür ederim üstat ama hayır. Yasımı uyuyarak geçirmeyeceğim. Bran ve Rickon daha iyisini hak ediyor. Gidip kutlamalara katılın, bir süre babamla kalacağım."

"Nasıl isterseniz leydim." Vyman reverans yapıp ayrıldı.

Lord Hoster sırtüstü yatıyordu, ağzı açıktı, nefesi hafifçe ıslık çalan bir iç çekişti. Bir eli yataktan aşağı sarkmıştı; bir deri bir kemikti, kırılgan ve solgundu ama sıcaktı. Parmaklarını babasının parmaklarının arasına geçirip kapadı. *Ne kadar sıkı tutarsam tutayım burada kalmasını sağlayamam*, diye düşündü kederle. *Gitmesine izin vermeliyim*. Ama parmakları açılmıyordu.

"Konuşacak kimsem yok baba, " dedi. "Dua ediyorum ama tanrılar bana cevap vermiyor." Babasının elini hafifçe öptü. Teni ılıktı, şeffaf derisinin altındaki mavi damarlar nehirler gibi kollara ayrılmıştı. Dışarıda daha büyük nehirler akıyordu. Kırmızı Çatal ve Tökeztaş sonsuza kadar akacaktı ama babasının elindeki nehirler donacaktı. Akıntı çok yakında duracaktı. "Geçen gece, Lysa'yla birlikte Denizgözcüsü'nden geri dönerken kaybolduğumuz günü gördüm rüyamda. Hatırlıyor musun? Ortalığı tuhaf bir sis basmıştı ve biz kafilenin gerisinde kalmıştık. Her şey griydi, atımın burnunun ucundan geçen adımları bile göremiyordum. Yolu kaybetmiştik. Ağaçların dalları, önlerinden geçerken bizi yakalamak için uzanan cılız kollara benziyordu. Lysa ağlamaya başlamıştı ve sis benim haykırışlarımı yutuyor gibiydi. Ama Petyr nerede olduğumuzu biliyordu, geri dönüp bizi buldu...

Ama beni bulacak kimse yok şimdi, değil mi? Bu sefer yolumu kendim bulmak zorundayım ve bu zor, çok zor.

Stark sözünü hatırlayıp duruyorum. Kış geldi baba. Benim için. Benim için. Robb, Greyjoylar'la da savaşmak zorunda şimdi, Lannisterlar'la savaştığı gibi, peki ne uğruna? Altın bir şapka ve demir bir sandalye için mi? Toprak yeterince kanadı artık. Kızlarımı geri istiyorum, Robb'un kılıcını kenara bırakmasını, Walder Frey'in gösterişsiz kızlarından birini seçmesini, o kızın oğlumu mutlu etmesini ve ona oğullar vermesini istiyorum. Bran ve Rickon'u geri istiyorum. Ben..." Catelyn başını eğdi. "Ben," dedi bir kez daha ve sonra kelimeler onu terk etti.

Bir süre sonra mum eriyip söndü. Ay ışığı panjurların arasından süzülüp babasının yüzüne gümüşi çizgiler düşürdü. Babasının zahmetli soluklarının yumuşak fısıltılarını duyuyordu, nehirlerin sonsuz ve sert akışını, avludan yükselen bir aşk şarkısının belli belirsiz notalarını, çok hüzünlü ve çok tatlı. *"Sonbahar kadar kızıl bir kız sevdim,"* diye söyledi Rymund, *"saçlarında gün batımı."*

Catelyn şarkıların ne zaman bittiğini fark etmemişti bile. Saatler geçmişti ama Brienne kapıda göründüğünde sadece bir kalp atımı vakit geçmiş gibiydi. "Leydim," dedi kız sessizce. "Gece yarısı geldi."

Gece yarısı geldi baba, diye düşündü Catelyn ve *ben görevimi yerine getirmeliyim*. Adamın elini bıraktı.

Gardiyan küçük, sinsi bir adamdı, burnu çatlak damarlarla doluydu. Onu bir maşrapa bira ve bir güvercin turtasının artıklarının üstüne eğilmiş hâlde buldular, sarhoştu. Şüpheli gözlerle kadınlara baktı. "Affınız için yalvarırım leydim ama Lord Edmure onun yazılı ve mühürlü izni olmadan kimsenin Kral Katili'nin yanına giremeyeceğini söyledi."

"*Lord* Edmure? Babam öldü ve kimse bana söylemedi mi?"

Gardiyan dudaklarını yaladı. "Hayır leydim, bildiğim kadarıyla ölmedi."

"Hücreyi açacaksın ya da benimle birlikte Lord Hoster'ın çalışma odasına gelip neden bana meydan okumayı uygun bulduğunu anlatacaksın."

Adamın gözleri düştü. "Leydim nasıl emrederse." Anahtarlar, adamın beline sarılı deri kuşağa asılmıştı. Kral Katili'nin hücresinin kapısına uyanı bulana dek bıyık altından söylenerek anahtarları karıştırdı.

"Birana geri dön ve bizi yalnız bırak," diye emretti Catelyn. Alçak tavandaki kancaya bir yağ lambası asılmıştı. Lambayı alıp alevi yükseltti. "Brienne, beni kimse rahatsız etmesin."

Brienne başıyla onaylayarak hücre kapısında durum aldı, eli kılıcının kabzasındaydı. "Bana ihtiyacınız olursa seslenin leydim."

Catelyn demir ve ahşaptan yapılmış ağır kapıyı omzuyla iterek açtı ve kokuşmuş karanlığa doğru bir adım attı. Burası

Nehirova'nın bağırsaklarıydı ve buna uygun kokuyordu. Ayaklarının altındaki eski kamışlar çıtırdıyordu. Duvarların rengi güherçile yamalarıyla bozulmuştu. Taşların arkasından Tökeztaş'ın belli belirsiz gümbürtüsünü duyabiliyordu. Lambanın ışığı, bir köşedeki bok dolu kovayı ve diğer köşedeki kambur şekli ortaya çıkardı. Şarap sürahisi kapının yanında duruyordu, dokunulmamıştı. *Bu oyun burada biter. Şarabı kendisi içmediği için gardiyana teşekkür etmeliyim belki de.*

Jaime yüzünü örtmek için ellerini kaldırdı, bileklerindeki zincirler şıngırdadı. "Leydi Stark," dedi kullanılmamaktan kalınlaşmış sesiyle. "Korkarım sizi karşılayacak durumda değilim."

"Bana bakın sör."

"Işık gözlerimi acıtıyor. Bir dakika bahşederseniz." Fısıltılı Orman'da esir alındığından beri Jaime Lannister'ın ustura kullanmasına izin verilmemişti, kraliçenin bir zamanlar çok sevdiği o yüz sakallarla kaplıydı. Lambanın ışığında altın gibi parlayan tüyler yüzünden büyük ve sarı bir canavar gibi görünüyordu adam, zincirlere bağlıyken bile muhteşemdi. Kirli saçları sicimler ve düğümler hâlinde omuzlarına dökülüyordu, kıyafetleri bedeninde çürüyordu, yüzü solgun ve haraptı... Buna rağmen adamın gücü ve güzelliği hâlâ aşikârdı.

"Görüyorum ki size gönderdiğim şarabın tadına bakmamışsınız."

"Böyle ani bir cömertlik şüphe uyandırdı."

"Arzu ettiğim anda kafanızı alabilirim, sizi neden zehirlemek isteyeyim?"

"Zehirle gelen ölüm doğal görünebilir. Kafam basitçe yere düşerse bunu iddia etmek zor olur." Kısık bakışlarını yerden kaldırdı. Kedi yeşili gözleri ışığa ağır ağır alışıyordu. "Oturmanızı teklif edebilirdim ama kardeşiniz bana bir sandalye vermeyi ihmal etti."

"Gayet rahat ayakta durabilirim."

"Öyle mi? Çok kötü göründüğünüzü söylemek zorundayım. Belki buradaki ışık yüzündendir." Ayak ve el bilekleri iltihaplanmıştı, kelepçeler birbirine zincirliydi, bu yüzden ne ayağa kalkabiliyor ne de rahatça yatabiliyordu. Ayak bileklerindeki zincirler duvara çiviliydi. "Bileziklerim sizce yeterince ağır mı yoksa yenilerini eklemek için mi geldiniz? Eğer isterseniz onları sevimli bir şekilde şıngırdatabilirim."

"Bunu kendiniz istediniz," diye hatırlattı Catelyn. "Soyunuza ve rütbenize uygun bir kule hücresi vermiştik size. Karşılığını kaçmaya teşebbüs ederek ödediniz."

"Hücre hücredir. Casterly Kayası'nın altındaki bazı hücrelerle kıyaslanınca benimki güneşli bir bahçeye benziyor. Bir gün onları size gösteririm belki."

Korkuyorsa bile bunu çok iyi saklıyor, diye düşündü Catelyn. "Elleri ve ayakları zincirli bir adamın ağzında çok daha saygılı bir dil olmalı sör. Buraya tehdit edilmek için gelmedim."

"Öyle mi? O hâlde benden zevk almak için geldiniz. Dul kadınların boş yataklarından bezdiği söylenir. Biz Kral Muhafızları asla evlenmemek için yemin ederiz ama ihtiyacınız olan şey buysa size hizmet edebilirim sanırım. Bize biraz şarap koyun, şu elbiseyi üstünüzden çıkarın, hoşuma gidecek mi bir bakalım."

Catelyn tiksintiyle adama baktı. *Bunun kadar güzel ve bir o kadar aşağılık başka bir adam daha oldu mu hiç?* "Bunu oğlumun duyabileceği bir yerde söylerseniz, ölürsünüz."

"Bunları taktığım sürece." Jaime Lannister zincirlerini şıngırdattı. "Oğlunuzun teke tek bir dövüşte benimle karşılaşmaktan korktuğunu ikimiz de biliyoruz."

"Oğlum genç olabilir ama onun aptal olduğunu düşünürseniz çok yanılırsınız... ve bana öyle geliyor ki, arkanızda bir ordu varken bu kadar kolay meydan okuyamamıştınız."

"Eski Kışyarı Kralları da annelerinin eteğinin altına saklanır mıydı?"

"Bundan sıkılmaya başladım sör. Bilmem gereken şeyler var."

"Size neden herhangi bir şey söyleyeyim?"

"Hayatınızı kurtarmak için."

"Ölümden korktuğumu mu sanıyorsunuz?" Bu fikir adamı eğlendirmiş gibiydi.

"Korkmalısınız. Günahlarınız, yedi cehennemin en derininde bir işkence yeri kazanmanızı sağlayacak, eğer tanrılar adaletliyse."

"Hangi tanrılardan bahsediyorsunuz Leydi Catelyn? Kocanızın dua ettiği ağaçlardan mı? O tanrılar, kardeşim kafasını kestirirken kocanıza iyi hizmet ettiler mi?" Jaime kıkırdadı. "Eğer tanrılar varsa dünya neden bunca acıyla ve adaletsizlikle dolu?"

"Sizin gibi adamlar yüzünden."

"Benim gibi adamlar yok. Sadece ben varım."

Burada kibirden, gururdan ve çılgın bir adamın beyhude cesaretinden başka bir şey yok. Nefesimi boşa harcıyorum. Bir zamanlar içinde bir parça onur varsa bile çoktan ölmüş. "Demek benimle konuşmayacaksınız, öyle olsun. Şarabı için ya da şarap kabına işeyin sör, benim için fark etmez."

Catelyn kapının tokmağını tuttuğunda, "Leydi Stark," dedi Jaime. Catelyn döndü, bekledi. "Bu rutubette her şey paslanıyor," diye devam etti Jaime. "Bir adamın nezaketi bile. Gitmeyin, size istediğiniz cevapları vereceğim... bir bedel karşılığında."

Hiç utanması yok. "Tutsaklar bedel belirleyemez."

"Ah, benimkini oldukça makul bulacaksınız. Gardiyanınız bana iğrenç yalanlardan başka bir şey anlatmıyor ve onlar bile tutarsız, bir gün Cersei'nin derisinin yüzüldüğünü söylüyor, ertesi gün babamınkinin. Siz benim sorularımı cevaplayın, ben de sizinkileri."

"Gerçekleri mi?"

"Ah, istediğiniz *gerçekler* mi? Tyrion, insanın her zaman gerçeklere aç olduğunu iddia ettiğini ama gerçeğin tadını çok ender beğendiğini söyler."

"Söyleyeceğiniz her şeyi duyabilecek kadar güçlüyüm."

"O hâlde nasıl isterseniz. Ama önce, nezaket gösterirseniz... şarap. Boğazım çok kuru."

Catelyn lambayı kapıya astı ve kupayla sürahiyi yakına getirdi. Jaime şarabı yutmadan önce ağzının içinde çalkaladı. "Ekşi ve adi," dedi, "ama iş görür." Sırtını tekrar duvara dayadı, dizlerini göğsüne çekti ve Catelyn'e baktı. "İlk sorunuz Leydi Stark?"

Bu oyunun ne kadar süreceğini kestiremeyen Catelyn hiç vakit kaybetmedi. "Joffrey'nin babası siz misiniz?"

"Yalnızca cevaplarını bildiğiniz soruları soruyorsunuz."

"Sizin ağzınızdan duymak istiyorum."

Adam omuz silkti. "Joffrey benden. Cersei'nin diğer yavruları gibi, sanırım."

"Kız kardeşinizin sevgiliniz olduğunu kabul ediyorsunuz?"

"Kardeşimi her zaman sevdim. Bana iki cevap borçlusunuz. Bütün akrabalarım hâlâ hayatta mı?"

"Sör Stafford Lannister'ın Öküzağzı'nda öldürüldüğünü duydum."

Jaime etkilenmemişti. "Kız kardeşim ona Ahmak Amca derdi. Beni Cersei ve Tyrion ilgilendiriyor ve lord babam."

"Sağlar, üçü de." *Ama uzun zaman için değil, tanrılar merhametliyse.*

Jaime biraz daha şarap içti. "Diğer sorunuzu sorun."

Catelyn, bir sonraki sorusuna yalandan başka bir şeyle cevap vermeye cesaret edip edemeyeceğini merak ediyordu. "Oğlum Bran nasıl düştü?"

"Onu pencereden aşağı attım."

Bunu söyleyişindeki rahatlık Catelyn'in sesini bir an için alıp götürdü. *Bir bıçağım olsaydı onu şu an öldürürdüm*, diye düşündü, sonra kızlarını hatırladı. "Siz bir şövalyeydiniz, masum ve zayıfları korumak için yemin etmiştiniz," derken boğazı sıkıştı.

"Yeterince zayıftı ama o kadar masum değildi belki de. Bizi gözetliyordu."

"Bran kimseyi gözetlemezdi."

"O zaman şu kıymetli tanrılarınızı suçlayın, çocuğu o pencereye getirip asla görmemesi gereken bir şeyi görmesini sağlayan kimdi?"

"*Tanrıları* mı suçlayayım?" dedi Catelyn inanamayarak. "Oğlumu aşağı iten sizin ellerinizdi. Onun ölmesini istediniz."

Jaime'nin zincirleri hafifçe şıngırdadı. "Çocukları nadiren daha sağlıklı olmaları için pencerelerden aşağı fırlatırım. Evet, onun ölmesini istedim."

"Ve ölmediğinde tehlikenin her zamankinden çok daha büyük olduğunu biliyordunuz, Bran'ın bir daha asla uyanmayacağından emin olmak için köpeğinize bir kese gümüş verdiniz."

"Öyle mi yaptım?" Jaime kupasını kaldırıp büyük bir yudum şarap içti. "Bununla ilgili konuştuğumuzu inkâr etmeyeceğim ama siz gece gündüz çocuğun yanındaydınız, üstadınız ve Lord Eddard da sık sık yanına gidiyordu, ayrıca muhafızlar vardı ve hatta şu kahrolası ulu kurtlar... Kışyarı'nın yarısını boylu boyunca geçmem gerekirdi. Hem, çocuk kendi kendine ölecekmiş gibi görünürken neden zahmet edecektim ki?"

"Bana yalan söylerseniz bu görüşme biter." Catelyn parmaklarını ve avuçlarını göstermek için ellerini uzattı. "Bu yara izlerini Bran'ın boğazını kesmeye gelen adam bıraktı bana. O adamın gönderilmesinde bir rolünüz olmadığına dair yemin eder misiniz?"

"Lannister onurum üstüne."

"Sizin Lannister onurunuz *bundan* daha kıymetsiz." Bok kovasını tekmeleyip devirdi. Leş kokulu kahverengi pislik hücrenin zeminine yayıldı, samanların içine işledi.

Jaime Lannister zincirlerinin izin verdiği ölçüde pislikten uzaklaştı. "Boktan bir onurum olabilir gerçekten, bunu inkâr etmeyeceğim ama benim yerime öldürecek birini tutmadım ben, hiçbir zaman. Neye isterseniz ona inanın Leydi Stark ama Bran'ın ölmesini isteseydim onu kendi ellerimle katlederdim."

Tanrılar merhamet edin, doğruyu söylüyor. "Katili siz göndermediyseniz kız kardeşiniz gönderdi."

"Öyle olsaydı bilirdim. Cersei benden hiçbir şey saklamaz."

"O hâlde İblis'ti."

"Tyrion sizin Bran'ınız kadar masum. O kimsenin penceresine tırmanıp casusluk yapmıyordu."

"Peki, suikastçının elinde neden onun hançeri vardı?"

"Nasıl bir hançer?"

"Uzundu," dedi Catelyn ellerini birbirinden ayırarak, "sadeydi ama işçiliği iyiydi, Valyria çeliğinden bıçağı ve ejderha kemiğinden kabzası vardı. Kardeşiniz o hançeri, Prens Joffrey'nin isim günü için düzenlenen turnuvada Lord Baelish'ten kazanmış."

Lannister şarap doldurdu, içti, doldurdu, kupaya baktı. "Bu şarap içtikçe daha kaliteli oluyor sanki. O hançeri hatırlıyor gibiyim, şimdi siz de tarif edince. Kazanmış, dediniz. Nasıl?"

"Çiçek Şövalyesi'yle yaptığınız mızrak müsabakasında sizin

üzerinize bahis oynamış." Catelyn kendi sözlerini duyunca yanlış anlattığını fark etti. "Hayır... tam tersi."

"Tyrion müsabakalarda daima benim üzerime bahis oynar," dedi Jaime, "ama o gün Sör Loras beni atımdan düşürdü. Bir talihsizlik. Delikanlıyı hafife aldım ama o kadar önemli değil. Kardeşim ortaya her ne koyduysa kaybetti... fakat hançerin el değiştirdiği doğru, şimdi hatırlıyorum. Robert o hançeri ziyafet gecesi göstermişti bana. Majesteleri yaralarıma tuz basmaktan hoşlanırdı, özellikle de sarhoşken. Ne zaman sarhoş değildi ki?"

Ay Dağları'dan geçerlerken Tyrion Lannister da hemen hemen aynı şeyleri anlatmıştı, Catelyn hatırlıyordu. Adama inanmamıştı. Petyr tam tersine yemin etmişti. Catelyn için neredeyse bir kardeş olan Petyr, onu çok seven, elini tutmak için düello yapan Petyr... Buna rağmen, Jaime ve Tyrion aynı hikâyeyi anlatıyorlarsa, bunun anlamı neydi? İki kardeş, bir yıldan uzun zaman önce Kışyarı'ndan ayrıldıklarından beri birbirlerini görmemişlerdi. "Beni kandırmaya mı çalışıyorsunuz?" Burada bir yerde bir tuzak vardı.

"Çok kıymetli yumurcağınızı pencereden aşağı ittiğimi kabul ettim, bu hançerle ilgili yalan söylemek bana ne kazandırır?" Bir kupa şarabı daha midesine indirdi. "İstediğinize inanın. İnsanların benim hakkımda ne söylediğini umursamaktan vazgeçtim. Ve sıra bende. Robert'ın kardeşleri araziye çıktı mı?"

"Çıktılar."

"Bu çok kısa bir yanıt. Bana daha fazlasını verin yoksa bir sonraki cevabım aynı derecede kısa olur."

"Stannis, Kral Toprakları'na yürüyor," dedi Catelyn isteksizce. "Renly öldü, Acı Köprü'de ağabeyi tarafından katledildi, anlayamadığım bir kara büyü marifetiyle."

"Yazık olmuş," dedi Jaime. "Renly'den hoşlanırdım ama Stannis bambaşka bir hikâye. Tyrelller kimin tarafını tuttu?"

"Önce Renly'nin. Şimdi, bilemem."

"Oğlunuz kendini çok yalnız hissediyor olmalı."

"Robb birkaç gün önce on altı yaşına girdi... Yetişkin bir erkek ve bir kral. Girdiği bütün mücadeleleri kazandı. Ondan gelen son haber, Sarpkaya'yı Westerlingler'den aldığıydı."

"Henüz babamla karşılaşmadı, değil mi?"

"Karşılaştığında onu bozguna uğratacak. Tıpkı sizi uğrattığı gibi."

"Beni gafil avladı. Bir korkağın kandırmacası."

"Kandırmacalardan bahsetmeye cesaret edebiliyor musunuz siz? Kardeşiniz Tyrion elçi kılığına girmiş katiller yolladı, barış sancağı altında."

"Bu hücrede yatan sizin oğullarınızdan biri olsaydı erkek kardeşleri onun için aynısı yapmaz mıydı?"

Benim oğlumun hiç erkek kardeşi yok, diye düşündü Catelyn ama acısını böyle bir yaratıkla paylaşmayacaktı.

Jaime biraz daha şarap içti. "Onur tehlikedeyken bir kardeşin hayatının ne önemi var, ha?" Bir yudum daha. "Tyrion, oğlunuzun beni fidye karşılığında geri vermeyeceğini bilecek kadar zeki."

Catelyn bunu inkâr edemezdi. "Robb'un sancak beyleri sizin ölünüzü görmeyi tercih ediyor. Özellikle Rickard Karstark. Fısıltılı Orman'da iki oğlunu katlettiniz."

"Güneş ışıklı sancakları olan iki delikanlı mı?" Jaime omuzlarını silkti. "Doğrusunu isterseniz katletmeye çalıştığım kişi *sizin* oğlunuzdu. O ikisi araya girdi. Onları adil bir dövüşte öldürdüm, mücadelenin ateşiyle. Herhangi bir şövalye aynı şeyi yapardı."

"Ettiğiniz bütün yeminleri bozmuşken kendinize nasıl şövalye diyebilirsiniz hâlâ?"

Jaime kupasını doldurmak için sürahiye uzandı. "Çok fazla yemin... Sizi yeminlere zorluyorlar, yeminler, yeminler... Kralı savun. Krala itaat et. Kralın sırlarını sakla, emirlerini yerine getir. Onun canına karşılık seninki. Ama babana itaat et. Kız kardeşini sev. Masumu koru. Zayıfı savun. Tanrılara saygı duy. Kanunlara uy. Çok fazla. Ne yaparsan yap, bir yemin ya da öbürü bozuluyor." Büyük bir yudum şarap alıp bir an için gözlerini kapadı, sırtını duvardaki güherçile yamasına dayadı. "Ben beyaz pelerini giyen en genç adamdım."

"Ve temsil ettiği her şeye ihanet eden en genç adam, Kral Katili."

"*Kral Katili*," diye telaffuz etti dikkatlice. "Hem de ne kraldı!" Kupasını kaldırdı. "Aerys Targaryen'a, Hanedanından Bu İsimle Anılan İkinci Kral, Yedi Krallık Lordu, Diyar'ın *Koruyucusu*. Ve onun boğazını kesen kılıcın. *Altın* bir kılıçtı, bilmiyorsunuz. Kralın kanı bıçağa kıpkırmızı akana dek. Lannister renkleri, kırmızı ve altın."

Jaime gülerken Catelyn şarabın işe yaradığını fark etti; adam sürahinin çoğunu içmişti, sarhoştu. "Sadece sizin gibi bir adam böyle bir fiille gurur duyabilir."

"Size söylemiştim, benim gibi bir adam yok. Cevap verin Leydi Stark... Sevgili Ned'iniz babasının nasıl öldüğünü anlattı mı size? Ya da kardeşinin?"

"Brandon'ı babasının gözlerinin önünde boğdular ve ardından Lord Rickard'ı da öldürdüler." Bu çirkin bir hikâyeydi ve on altı yıl öncesine aitti. Neden soruyordu ki?

"Öldürdüler, evet, ama *nasıl*?"

"Kordonla ya da baltayla, sanırım."

Jaime bir yudum içti, ağzını sildi. "Ned'in sizi korumaya çalıştığı besbelli. Bir bakire olmasa da gencecik tatlı bir gelin. Pekâlâ, gerçeği istediniz. Sorun bana. Bir pazarlık yaptık, sizden hiçbir şey saklayamam. Sorun."

"Ölü ölüdür." *Bunu bilmek istemiyorum*.

"Brandon ağabeyinden farklıydı, öyle değil mi? Onun damarlarında buzlu su yerine kan akıyordu. Daha çok benim gibiydi."

"Brandon size hiç benzemiyordu."

"Eğer öyle diyorsanız. İkiniz evlenecektiniz."

"Nehirova'ya doğru yola çıkmıştı ama..." bu konudan bahsetmek bunca yıl sonra bile boğazının sıkışmasına sebep oluyordu, garipti. "...Leydi Lyanna'yı duyduğunda buraya gelmek yerine Kral Toprakları'na gitti. Aceleyle verilmiş cüretkâr bir karardı." Haberler Nehirova'ya ulaştığında kendi babasının nasıl öfkelendiğini hatırlıyordu Catelyn. *Yiğit aptal*, demişti Brandon için.

Jaime son yarım kupa şarabı aldı. "Birkaç dostuyla birlikte Kızıl Kale'ye girdi ve Prens Rhaegar'ı dışarı çıkıp ölüme çağırdı. Ama Rhaegar kalede değildi. Aerys, oğluna karşı ölüm planı yapmak suçuyla hepsinin tutuklanması için muhafızlarını gönderdi. Diğerleri de lordların oğulları gibi görünmüştü bana."

"Ethan Glover, Brandon'ın yaveriydi," dedi Catelyn. "Sadece o sağ kurtuldu. Diğerleri Jeffory Mallister, Kyle Royce ve Elbert Arryn, Jon'un yeğeni ve vârisi." Bunca sene sonra isimleri hatırlaması tuhaftı. "Aerys onları vatan hainliğiyle suçladı ve suçun hesabını vermeleri için babalarını konseye çağırdı, oğullarını rehin olarak tutuyordu. Adamlar geldiğinde Aerys bir yargılama yapmadan hepsini öldürttü. Hem babaları hem oğulları."

"Yargılama vardı. Bir çeşit. Lord Rickard dövüşle yargılanma talep etti ve kral bu isteği yerine getirdi. Stark, Kral Muhafızları'ndan biriyle dövüşeceğini düşünerek zırhını kuşandı. Belki de benimle. Ama onu taht odasına götürüp kirişlere astılar, Aerys'in alev kehanetçilerinden ikisi adamın altında bir ateş tutuşturdu. Kral, Targaryen Hanedanı adına dövüşecek şövalyenin *ateş* olduğunu söyledi Stark'a. Yani, Lord Rickard'ın vatan hainliğinden suçsuz olduğunu kanıtlamak için yapması gereken tek şey... yanmamaktı.

Ateş alevlendiğinde Brandon içeri getirildi. Elleri arkasına zincirlenmişti. Boğazına ıslak bir deri kordon bağlanmıştı; kordonun ucu, kralın Tyrosh'tan getirttiği bir alete bağlanmıştı. Bacakları serbestti ve uzunkılıcı yere, uzanamayacağı bir noktaya yerleştirilmişti.

Alev kehanetçileri Lord Rickard'ı ağır ağır kızarttılar, iyi ve sabit bir sıcaklık elde etmek için ateşin etrafına taşlar dizip, yellediler. Lordun pelerini tutuştu önce, sonra cübbesi, az zaman sonra üstünde küllerden ve metalden başka bir şey yoktu. Artık pişmeye başlayacağını söyledi Aerys... oğlu onu kurtarmazsa. Brandon denedi ama o debelendikçe boğazına sarılı kordon daha da daraldı. Sonunda kendi kendini boğdu.

Lord Rickard'a gelince, ölmeden önce göğüs kalkanının çeliği kiraz kırmızısına dönmüştü ve mahmuzlarındaki altın eriyip ateşe damlamaya başlamıştı. Ben, beyaz zırhımın ve pelerinimin içinde Demir Taht'ın ayağında duruyordum, kafam Cersei'yle doluydu. Daha sonra bizzat Gerold Hightower beni kenara çekti ve dedi ki, 'Sen kralı korumak için yemin ettin, onu yargılamak için değil.' O, Beyaz Boğa'ydı, sonuna kadar sadık ve benden daha iyi bir adam, bu doğru."

"Aerys..." Catelyn boğazındaki ödün tadını alabiliyordu. Hikâye öyle iğrençti ki doğru olduğunu düşündü. "Aerys deliydi, bunu bütün diyar biliyordu ama onu Brandon Stark'ın intikamını almak için öldürdüğünüze inanmamı istiyorsanız..."

"Ben böyle bir şey söylemedim. Starklar'ın benim için hiçbir anlamı yoktu. İtiraf etmeliyim ki asla yapmadığım bir iyilik için biri tarafından sevilirken, birçok insanın yaptığım en iyi şey yüzünden benden nefret etmesini tuhaftan da öte buluyorum. Robert'ın taç giyme töreni sırasında Yüce Üstat Pycelle ve hadım Varys'le birlikte diz çöktürüldüm, böylece kral, bizleri hizmetine almadan önce işlediğimiz suçları *affedebilecekti*. Ned'inize gelince, Aerys'i katleden elleri öpmesi gerekirdi ama Robert'ın tahtında otururken yakaladığı popoyu aşağılamayı tercih etti. Bence Ned Stark, Robert'ı kardeşinden ve babasından daha çok sevdi... Hatta sizden çok leydim. Robert'a bir kez bile ihanet etmedi, öyle değil mi?" Jaime sarhoş bir kahkaha attı. "Hadi Leydi Stark, bütün bunları korkunç şekilde eğlenceli bulmuyor musunuz?"

"Sizinle ilgili hiçbir şeyi eğlenceli bulmuyorum, Kral Katili."

"Yine o isim. Düşündüm de, sizi düzmeyeceğim sanırım, önce Serçeparmak yapmıştı bunu, değil mi? Ben asla başka bir adamın artıklarını yemem. Ayrıca, tatlı kardeşimin yarısı kadar bile güzel değilsiniz." Gülümsemesi kesildi. "Cersei'den başka hiçbir kadınla asla yatmadım. Ben, sizin Ned'inizden daha sadık bir adamdım, kendime göre. Zavallı, ölü Ned. Onur şimdi kimin umurunda, sorarım size? Piçinin adı neydi?"

Catelyn bir adım geri çekildi. "*Brienne*."

"Hayır, bu değildi." Jaime Lannister sürahiyi baş aşağı çevirdi. Yüzüne şarap damladı, kan kadar parlak. " 'Kar'dı. Ne kadar *beyaz* bir isim... Kral Muhafızları'nda o sevimli yeminlerimizi ederken bize giydirdikleri sevimli pelerinlerimiz gibi."

Brienne hücrenin kapısını açtı ve içeri girdi. "Beni mi çağırdınız leydim?"

"Bana kılıcını ver." Catelyn elini uzattı.

THEON

Gökyüzü bir kasvet bulutuydu. Orman ölü ve donuktu. Theon koşarken kökler ayağına dolanıyor, çıplak dallar yüzünü kamçılayıp yanaklarında ince kan şeritleri bırakıyordu. Umursamadan, nefes nefese atıldı, buz saçakları parçalara ayrılıp önünde uçuştu. *Merhamet*, diye hıçkırdı. Kanını donduran, tüyler ürpertici bir uluma sesi geliyordu arkasından. *Merhamet, merhamet*. Omzunun üstünden arkasına bakınca yaklaştıklarını gördü; at büyüklüğünde devasa kurtlardı, başları küçük çocukların başlarıydı. *Ah, merhamet, merhamet*. Ağızlarından damlayan zift kadar kara kan, düştüğü karlı zeminde delikler açıyordu. Her adımda biraz daha yaklaşıyorlardı. Theon daha hızlı koşmaya çalıştı ama bacakları ona itaat etmiyordu. Bütün ağaçların yüzleri vardı, ona gülüyorlardı. Uluma tekrar duyuldu. Arkasındaki canavarların sıcak nefeslerinin kokusunu alabiliyordu, kükürt ve çürüme kokusuydu. *Onlar öldü, öldü, onların öldüğünü gördüm*, diye bağırmaya çalıştı. *Kafalarının katrana batırıldığını gördüm*, ama ağzını açtığında bir inleme çıktı yalnızca ve sonra bir şey ona dokundu, döndü, bağırdı...

...yatağının başındaki hançeri almak için debelendi ama sadece yere düşürmeyi başarabildi. Wex kenara kaçtı. Leş, dilsizin arkasında duruyordu, yüzü elindeki mumun ışığıyla aydınlanmıştı. "Ne?" Theon çığlık attı. *Merhamet*. "Ne istiyorsun? Neden odamdasın? *Neden*?"

"Lord prensim," dedi Leş, "ablanız Kışyarı'na geldi. Varır varmaz haber verilmesini istemiştiniz."

"Geç bile kaldı," diye mırıldandı Theon parmaklarını saçlarının arasından geçirirken. Asha'nın onu kaderiyle baş başa bırakmaya niyetli olduğundan korkmaya başlamıştı. *Merhamet*. Pencereden dışarı baktı, şafağın ilk solgun ışıkları Kışyarı'nın kulelerine dokunmaya başlamıştı. "Nerede?"

"Lorren, onu ve adamlarını kahvaltı etmeleri için Büyük Salon'a götürdü. Ablanızı şimdi mi göreceksiniz?"

"Evet." Theon battaniyeleri attı. Ateş köze dönüşmüştü.

"Wex, sıcak su." Asha'nın onu böyle darmadağın ve ter içinde görmesine izin veremezdi. *Çocuk yüzlü kurtlar...* Titredi. "Panjurları kapatın." Yatak odası, rüyasındaki orman kadar soğuktu.

Son zamanlarda bütün rüyaları soğuktu ve her biri, bir öncekinden daha korkunçtu. Geçen gece rüyasında o değirmendeydi yine, dizlerinin üstüne çökmüş ölüleri giydiriyordu. Cesetlerin kolları ve bacakları çoktan katılaşmıştı, Theon yarı donmuş parmaklarıyla pantolonlarını çekiştirip bağcıklarını bağlarken, kürk kaplı çizmelerini bükülmeyen ayaklarına giydirmeye çalışırken ve bir karış bellerine kemerlerini takarken huysuzca direniyor gibiydiler. "İstediğim bu değildi," dedi onlara, işini yaparken. "Bana başka seçenek bırakmadılar." Cesetler cevap vermedi, sadece daha da soğuyup ağırlaştılar.

Bir önceki gece değirmencinin karısı vardı rüyasında. Theon kadının adını unutmuştu ama vücudunu hatırladı; yumuşak yastık gibi göğüslerini, karnındaki çatlaklarını, onu becerirken Theon'un sırtına geçirdiği tırnaklarını. Geçen gece rüyasında bir kez daha o kadınla yataktaydı ama bu sefer hem yukarıda hem *aşağıda* dişleri vardı kadının, Theon'un boğazını parçalarken aynı anda erkekliğini kemiriyordu. Çılgınlıktı. Onun da öldüğünü görmüştü Theon. Merhamet için Theon'a yalvarırken Gelmarr tek balta darbesiyle kesmişti kadını. *Beni rahat bırak kadın. Seni öldüren Gelmarr'dı, ben değil. Ve o da öldü.* Gelmarr, Theon'un uykularına dadanmıyordu en azından.

Wex suyu getirdiğinde rüya geri çekildi. Theon teri ve uykuyu vücudundan temizleyip, oyalana oyalana giyinmeye başladı. Asha onu yeterince bekletmişti; şimdi bekleme sırası ondaydı. Siyah ve altın çizgili ipek bir tunik ve gümüş düğmeli bir deri yelek seçti... ama sonra, sefil ablasının güzellikten çok bıçaklardan etkilendiğini hatırladı. Küfür ederek kıyafetlerini yırtarcasına çıkarıp baştan giyindi; keçeli siyah yün ve örgü zırh. Babasının sofrasında ablası tarafından küçük düşürüldüğü geceyi düşünürken kemerine bir kılıç ve bir hançer astı. *Daha emzikteki bebeği, evet. Pekâlâ, benim de bir bıçağım var ve onu kullanmayı biliyorum.*

En son tacını taktı; kara elmas parçaları ve altın yumrularıyla süslenmiş, parmak kadar ince, soğuk, demir bir çember.

Şekilsiz ve çirkindi ama yapacak bir şey yoktu. Mikken mezara gömülmüş yatıyordu ve yeni demir ustası ancak nallarla ve çivilerle uğraşacak kadar yetenekliydi. Theon, bunun sadece bir prens tacı olduğunu hatırlayarak kendini avuttu. Kral olduğu zaman çok daha güzel bir taç takacaktı.

Leş, Urzen ve Kromm'la birlikte kapının dışında bekliyordu. Theon onlarla beraber yola koyuldu. Son günlerde her yere muhafızlarıyla gidiyordu, tuvalete bile. Kışyarı onun ölmesini istiyordu. Pelit Suyu'ndan döndükleri gece, Gaddar Gelmarr merdivenlerden yuvarlanmış ve boynunu kırmıştı. Ertesi gün Aggar, boğazı bir kulağından ötekine kadar kesilmiş hâlde bulunmuştu. Gynir Kırmızıburun öyle korkuyordu ki şarap içmez olmuştu, zırhını, boyunluğunu, miğferini giyip uyuyordu. Barınaktaki en gürültücü köpeği, uyuduğu yere yaklaşan biri olursa havlayarak uyarması için sahiplenmişti. Bir sabah bütün kale küçük köpeğin çılgın havlamalarıyla uyandı. Hayvan kuyunun etrafında dönüp duruyordu. Kırmızıburun kuyuda yüzüyordu, boğulmuştu.

Theon bu cinayetlerin cezasız kalmasına izin veremezdi. Farlen herkes kadar şüpheliydi, Theon kararını verdi, onu suçlu ilan etti ve ölüme mahkûm etti. Bu bile ters gitmişti. Farlen kütüğün önünde diz çökerken, "Benim lordum Eddard cezayı her zaman kendi eliyle infaz ederdi," dedi. Theon ya baltayı alacaktı ya da zayıf görünecekti. Elleri terliyordu, baltanın sapı avuçlarının içinde kaydı ve ilk darbesi Farlen'ın omuzlarının arasına indi. Bütün kasları ve kemiği geçip başı vücuttan ayırmak için üç darbe daha gerekmişti, iş bittikten sonra kendini hasta hissediyordu Theon. Farlen'la birlikte şarap içip tazılardan ve avdan bahsettikleri bütün o vakitleri hatırlamıştı. *Başka seçeneğim yoktu*, diye bağırmak istedi cesede. *Demirdoğumlular sır tutmayı bilmez, ölmek zorundaydılar ve biri suçu üstlenmeliydi*. Adamı daha temiz bir şekilde öldürmüş olmayı dilerdi. Bir adamın başını uçurmak için tek darbeden fazlasına asla ihtiyaç duymazdı Ned Stark.

Farlen'ın ölümünden sonra cinayetler durmuştu ama buna rağmen Theon'un adamları huzursuz ve kaygılıydı. "Bir mücadele sırasında korku nedir bilmezler," dedi Kara Lorren, "ama çamaşırcı kadının seni öpmeye mi yoksa öldürmeye mi niyetli olduğunu, biracı çocuğun kupana bira mı zehir mi koyduğunu bilemeden düşmanın içinde yaşamak başka bir mesele. Buradan gitsek iyi olur."

"Ben Kışyarı Prensi'yim!" diye bağırdı Theon. "Burası benim makamım, beni hiçbir adam buradan kaçıramaz. Hayır. Ve hiçbir kadın!"

Asha. Bu onun işiydi. Benim tatlı, öz ablam, Ötekiler onu bir kılıçla becersin. Theon'un ölmesini istiyordu. Böylece babalarının veliahtı olmak için kardeşinin yerini çalabilecekti. Theon'un gönderdiği bütün acil emirleri bu yüzden duymazdan gelmiş, onu burada çürümeye bırakmıştı.

Theon ablasını Starklar'ın yüksek koltuğunda, bir horozu elleriyle parçalarken buldu. Salon, Asha'nın adamlarının sesleriyle çınlıyordu, Theon'un adamlarıyla birlikte içerken hikâyeler anlatıyorlardı. O kadar fazla gürültü yapıyorlardı ki Theon'un girişi kimsenin dikkatini çekmedi. "Diğerleri nerede?" diye sordu Leş'e. Masalarda elliden fazla adam yoktu ve çoğu Theon'un adamlarıydı. Kışyarı'nın Büyük Salon'unda bu sayının on katı oturabilirdi.

"Bütün adamları bu kadar lord prensim."

"*Bütün*... Kaç kişi getirmiş?"

"Saydığım kadarıyla yirmi."

Theon Greyjoy ablasının yayıldığı yere doğru yürüdü. Asha adamlarından birinin anlattığı bir şeye gülüyordu ama kardeşinin geldiğini görünce sustu. "İşte Kışyarı Prensi." Salonda gezinen köpeklerden birine bir kemik attı. Şahin burnunun altındaki ağzı alaycı bir sırıtmayla çarpılmıştı. "Yoksa Aptallar Prensi mi?"

"Kıskançlık bir kadını hasta eder."

Asha parmaklarındaki yağı emdi. Bir tutam siyah saç gözlerinin üstüne düştü. Adamları bira ve et için bağırıyordu. O kadar az olmalarına rağmen epey gürültü çıkarıyorlardı. "Kıskançlık mı Theon?"

"Buna başka ne isim verebilirsin? Kışyarı'nı otuz adamla bir gecede ele geçirdim. Senin Derinorman Kalesi'ni alabilmen için bin adam ve bir ay dönümü gerekti."

"Evet, ben senin kadar büyük bir savaşçı değilim kardeşim."

Kupasındaki biranın yarısını bir dikişte içti ve elinin tersiyle ağzını sildi. "Kapıların üstündeki kafaları gördüm. Bana doğruyu söyle, en korkunç dövüşü hangisiyle yaptın, sakatla mı bebekle mi?"

Theon kanının yüzüne yürüdüğünü hissedebiliyordu. O kafalar onu mutlu etmiyordu, çocukların başsız bedenlerini kalenin önünde sergilemek de etmemişti. Yaşlı Dadı, dişsiz ve yumuşak ağzını hiç ses çıkarmadan açıp kapamıştı, Farlen tazıları gibi hırlayarak Theon'un üstüne atılmıştı, Urzen ve Cadwyl mızraklarının sapıyla adamı şuursuzca dövmek zorunda kalmışlardı. Sineklerle dolu cesetlere bakarken, *Buraya nasıl geldim ben?* diye düşündüğünü hatırladı Theon.

Sadece Üstat Luwin cesetlere yaklaşacak gücü bulmuştu. Taş yüzlü, küçük, gri adam, çocukların başlarını bedenlerine dikmesine izin vermesi için Theon'a yalvarmıştı. Böylece diğer ölü Starklar'la birlikte mahzen mezarlarda yatabilirlerdi.

"Hayır," dedi Theon. "Mahzen mezar olmaz."

"Ama neden lordum? Size zarar veremeyecekleri ortada. Oraya aitler. Bütün Stark kemikleri..."

"*Hayır*, dedim." Kafaları duvardaki kazıklara geçirmesi gerekiyordu ama başsız bedenleri daha o gün yaktı, güzel giysileriyle beraber. Daha sonra erimiş gümüş cürufunu ve çatlak oltutaşını almak için küllerin ve kemiklerin yanına diz çöktü; bir zamanlar Bran'a ait olan kurt başı şeklindeki broştan geri kalanlar hâlâ Theon'daydı.

"Bran ve Rickon'a cömert davrandım," dedi ablasına. "Kendi kaderlerini kendileri yazdılar."

"Hepimiz gibi küçük kardeşim."

Theon'un sabrı tükenmişti. "Bana sadece yirmi adam getirmişken Kışyarı'nı nasıl elimde tutmamı bekliyorsun?"

"On," diye düzeltti Asha. "Diğerleri benimle birlikte geri dönüyor. Öz ablanın, ormanın tehlikelerini muhafızsız bir hâlde göğüslemesini istemezsin, öyle değil mi? Karanlıkta dolaşan ulu kurtlar var." Büyük taş koltuktan ayrılıp ayağa kalktı. "Gel, özel olarak konuşabileceğimiz bir yere gidelim."

Haklıydı, Theon bunu biliyordu ama bu kararı onun vermesine öfkelenmişti. *Salona hiç gelmemeliydim*, diye düşündü. *Onu huzuruma çağırtmalıydım.*

Bunun için geçti artık. Asha'yı Ned Stark'ın çalışma odasına götürmekten başka seçeneği yoktu. Odada, sönmüş ateşin küllerinin önünde patladı, "Dagmer, Torrhen Kalesi'ndeki mücadeleyi kaybetti..."

"Yaşlı kale kumandanı, Dagmer'ın kalkan duvarını kırdı, evet," dedi Asha sakince. "Ne bekliyordun? Şu Sör Rodrik, Yarıkçene'nin aksine araziyi avucunun içi gibi biliyordu ve kuzeyli adamların çoğu atlıydı. Demirdoğumlular, zırhlı atların hücumu karşısında duracak disipline sahip değildir. Dagmer yaşıyor, bunun için şükret. Sağ kalanları Taşlı Kıyı'ya götürüyor."

Benden çok şey biliyor, diye düşündü Theon. Bu onu daha fazla öfkelendirdi. "Zafer, duvarlarının arkasından çıkıp Sör Rodrik'e katılma cesaretini gösteren Leobald Tallhart'ın oldu. Lord Manderly'nin; şövalyeler, savaş atları ve kuşatma makineleriyle dolu bir düzine mavnayı nehrin yukarısına yolladığına dair bir rapor aldım. Umberlar da Son Nehir'in arkasında yığılıyor. Daha ay bitmeden kapılarıma bir ordu dayanacak ve sen bana sadece *on* adam mı getiriyorsun?"

"Sana hiçbir adam getirmek zorunda değildim."

"Sana emir vermiştim..."

"*Babam* bana Derinorman Kalesi'ni almamı emretti," diye parladı Asha. "Küçük kardeşimi kurtarmak zorunda olduğuma dair bir şey söylemedi."

"Derinorman'ı becereyim," dedi Theon. "Bir tepenin üstündeki ahşap bir sidik kovasından başka bir şey değil. Bu toprakların kalbi Kışyarı'dır ama bir garnizonum olmadan burayı nasıl tutabilirim?"

"Kaleyi almadan önce düşünecektin bunu. Ah, çok zekiceydi, hakkını teslim etmeliyim. Keşke kaleyi yerle bir edip iki küçük prensi rehine olarak Pyke'a götürmeyi de akıl edebilseydin, savaşı tek darbede kazanmış olurdun."

"Bu hoşuna giderdi, değil mi? Ödülümün enkaza ve küllere dönüşmesini izlemek."

"Senin ödülün kendi felaketin olacak. Deniz canavarları *denizden* çıkar Theon, yoksa kurtlarla birlikte geçirdiğin onca yılda unuttun mu bunu? Bizim kuvvetimiz dargemilerimizdir. Benim ahşap sidik kovam, ihtiyacım olduğunda malzeme ve yeni adamların hemen varabileceği kadar denize yakın. Ama Kışyarı fersahlarca içeride; ormanlarla, tepelerle, düşman karakollarla ve kalelerle çevrili. Binlerce fersah alandaki her adam senin düşmanın artık, sakın hata yapma. O kafaları kapı kulübesindeki kazıklara geçirdiğin anda bunu kaçınılmaz hâle getirdin." Asha başını salladı. "Nasıl bu kadar aptal olabildin? O *çocuklar*..."

"*Bana meydan okudular!*" diye bağırdı Theon ablasının yüzüne. "Üstelik, kana karşı kandı bu, Rodrik ve Maron'a karşılık Lord Eddard'ın iki oğlu." Kelimeler ağzından düşünmeden çıkmıştı ama söylediği anda babasının bundan hoşlanacağını biliyordu Theon. "Ağabeylerimin ruhlarını huzura kavuşturdum."

"*Ağabeylerimiz*," diye düzeltti Asha, dudağındaki yarım gülümseme kardeşinin intikam konuşmasını iyi baharatlanmış bulduğunu gösteriyordu. "Onların ruhlarını Pyke'tan mı getirttin kardeşim? Ben de onların sadece babamıza dadandığını sanıyordum."

"Bir kadın intikamdan ne anlar?" Babası, Kışyarı'nı ele geçirmesini takdir etmese bile, ağabeylerinin intikamını almasını onaylamak *zorundaydı*!

Asha bir kahkahayla cevap verdi. "Şu Sör Rodrik de aynı erkeksi ihtiyacı hissediyor olmalı, bunu düşündün mü? Senin kanın, benim kanımdır Theon, ne olursan ol. İkimizi de doğuran annemizin hatırına benimle birlikte Derinorman Kalesi'ne gel. Kışyarı'nı ateşe ver ve hâlâ fırsatın varken buradan ayrıl."

"Hayır." Theon tacını düzeltti. "Bu kaleyi aldım ve elimde tutmaya niyetliyim."

Ablası uzunca bir süre ona baktı. "O hâlde tutmalısın," dedi, "hayatının geri kalanı boyunca." İçini çekti. "Yaptığın aptallık kokuyor derim ama utangaç bir bakire böyle işlerden ne anlar?" Kapıya vardığında döndü ve son bir alaycı gülümsemeyle kardeşine baktı. "Bilmelisin ki gördüğüm en çirkin taç bu. Kendin mi yaptın?"

Theon'u üstünden dumanlar tüter hâlde bıraktı ve atlarını besleyip su içirmeye yetecek zamandan daha uzun oyalanmadı. Getirdiği adamların yarısı, söylediği gibi onunla birlikte geri döndü, Bran ve Rickon'un kaçmak için kullandığı Avcı Kapısı'ndan çıkıp gittiler.

Theon onların gidişini duvarın tepesinden izledi. Asha, Kral Ormanı'nın sisleri içinde gözden kaybolurken, neden söz dinleyip onunla birlikte gitmediğini düşündü Theon.

"Gitti ha?" Leş yanındaydı.

Theon adamın ne geldiğini duymuştu ne de kokusunu almıştı. Daha az görmek istediği başka biri gelmiyordu aklına. Bu adamın bildiklerini düşününce onu nefes alıp verirken ve ortalıkta dolaşırken görmek Theon'u huzursuz ediyordu. *İş bittikten sonra onu da diğerleriyle birlikte öldürmeliydim*, diye düşündü ama bu fikir onu endişelendirdi. Çok tuhaftı ama Leş okuma yazma biliyordu ve yaptıkları şeye dair gizli bir belgeye sahip olacak kadar da kurnazdı.

"Lord prensim, bunu söylediğim için beni affedin ama sizi böyle terk etmesi doğru değildi. Ve on adam, bu hiçbir şey."

"Bunun gayet farkındayım," dedi Theon. *Asha da farkında.*

"Pekâlâ, size yardım edebilirim belki," dedi Leş. "Bana bir at ve bir torba sikke verin, size bazı iyi adamlar bulabilirim."

Theon gözlerini kıstı. "Kaç tane?"

"Yüz olabilir. İki yüz. Belki daha fazla." Gülümsedi, gözleri parlıyordu. "Ben burada, kuzeyde doğdum. Pek çok adam tanıyorum. Pek çok adam da Leş'i tanıyor."

İki yüz adam bir ordu sayılmazdı ama Kışyarı kadar sağlam bir kaleyi elde tutmak için binlerce adama ihtiyaç da yoktu. Mızrağın hangi ucunun öldürdüğünü öğrenebildikleri sürece gerekli farkı yaratabilirlerdi. "Söylediğini yaparsan vefasız olmadığımı göreceksin. Kendi ödülünü kendin seçebilirsin."

"Lordum, Lord Ramsay'nin yanından ayrıldığımdan beri kadınım olmadı," dedi Leş. "Palla'ya göz koydum ve duydum ki ona çoktan... yani..."

Geri dönemeyeceği kadar ileri gitmişti Leş'le. "İki yüz adam ve kız senindir. Ama bir adam bile eksik olursa domuzları düzmeye devam edersin."

Leş, güneş batmadan önce gitti, yanında bir torba Stark gümüşü ve Theon'un umutları vardı. *Bu sefili bir daha görmeyeceğim muhtemelen*, diye düşündü Theon acıyla. Buna rağmen şansını denemek zorundaydı.

O gece rüyasında; Kral Robert, Kışyarı'nı ziyaret ettiğinde Ned Stark'ın verdiği ziyafeti gördü. Dışarıda soğuk rüzgârlar esmesine rağmen salon müzik ve kahkahalarla çınlıyordu. Önce her şey şaraptan ve kızarmış etten ibaretti. Theon şakalar yapıyor, hizmetçi kızları süzüyor, iyi vakit geçiriyordu... salonun gittikçe karanlıklaştığını fark edene kadar. Müzik o kadar neşeli gelmemeye başladı sonra; ahenksiz akorlar ve tuhaf sessizlikler duyuyordu ve havada asılı notalar kanıyordu. Ağzındaki şarap birdenbire acılaştı, kafasını kadehten kaldırıp baktığında sofrada cesetlerle birlikte oturuyordu.

Kral Robert'ın bağırsakları, midesindeki büyük yarıktan dökülüp masanın üstüne yayılmıştı ve kralın yanında oturan Lord Eddard başsızdı. Cesetler aşağıdaki sıralara yan yana dizilmişti, kupalarını havaya kaldırırken kemiklerinden yeşil kahverengi et parçaları dökülüyordu, bir vakitler gözlerinin olduğu boşluklarda kurtçuklar kıvranıyordu. Theon onları tanıyordu, hepsini: Jory Cassel, Şişman Tom, Porther, Cayn, seyis başı Hullen ve güneye at sürüp asla geri dönmemek üzere Kral Toprakları'na giden diğerleri. Mikken ve Chayle birlikte oturuyordu; birinden kan, diğerinden su damlıyordu. Benfred Tallhart ve Vahşi Tavşanlar'ı bir masanın hemen hemen tamamını doldurmuştu. Değirmencinin karısı da oradaydı, Farlen da öyle, hatta Theon'un Kurt Ormanı'nda Bran'ı kurtarmak için öldürdüğü yabanıl bile.

Ama hayatı boyunca hiç tanışmadığı başka yüzler de vardı, sadece taşlarda gördüğü yüzler. Solgun mavi güllerden yapılmış bir taç takan, beyaz elbisesi kanla lekelenmiş ince ve hüzünlü kız Lyanna'dan başkası olamazdı. Ağabeyi Brandon yanında duruyordu ve babası Lord Rickard hemen arkasında. Gölgelerin arasından zar zor görünen, uzun yüzleri hüzünle dolu hayaletler duvarlarda hareket ediyordu. Görüntüleri Theon'un içine bıçak kadar keskin bir korku soktu. Sonra yüksek kapılar bir çatırtıyla açıldı, salon boyunca dondurucu bir rüzgâr esti ve Robb gecenin içinden çıkıp yürümeye başladı. Boz Rüzgâr yanındaydı, gözleri yanıyordu, hem adamın hem de kurdun bedenindeki onlarca vahşi yaradan kan sızıyordu.

Theon çığlık atarak uyandı, Wex öyle korkmuştu ki odadan çırılçıplak kaçtı. Muhafızlar kılıçlarını çekmiş hâlde odaya daldığında Theon üstadı getirmelerini emretti. Üstat Luwin darmadağın ve uykulu bir şekilde geldiğinde Theon'un içtiği şarap ellerinin titremesini geçirmişti ve az önceki korkusu yüzünden utanıyordu. "Bir rüya," diye mırıldandı, "hepsi buydu, hiçbir anlamı yoktu."

"Yoktu," diye onayladı Luwin ciddi bir sesle. Giderken bir uyku ilacı bıraktı ama üstat odadan çıkar çıkmaz Theon ilacı tuvalete döktü. Luwin, üstat olduğu kadar adamdı ve o adamın Theon'a karşı hiç sevgisi yoktu. *Uyumamı istiyor, evet... Uyumamı ve asla uyanmamamı. Bunu en az Asha kadar istiyor.*

Kyra'yı çağırttı, kapıyı tekmeleyerek kapattı ve kızın üstüne çıktı, sahip olduğunu hiç fark etmediği bir öfkeyle becerdi fahişeyi. İşini bitirdiğinde kız hıçkırıyordu, boynu ve göğüsleri ısırık izleriyle, çürüklerle doluydu. Kızı yataktan aşağı itti, bir battaniye fırlattı. "Defol."

Ama ondan sonra da uyuyamadı.

Şafak geldi, Theon giyindi ve dış duvarları yürümek için dışarı çıktı. Sert sonbahar rüzgârı siperlerin arasında dönerek esiyordu. Yanakları kızardı, gözleri batıyordu. Güneş ışığı sessiz ağaçların arasına sızarken griden yeşile dönen ormanı izledi. Solunda, iç duvarın üzerine çıkan kulelerin tepelerini görüyordu, çatıları doğan güneşle parlıyordu. Büvet ağacının kırmızı yaprakları, yeşilliğin arasında yanan alevler gibi görünüyordu. *Ned Stark'ın ağacı*, diye düşündü, *Starklar'ın ormanı, Starklar'ın kalesi, Starklar'ın kılıcı, Starklar'ın tanrıları. Burası onların yeri, benim değil. Ben Pyke'ın Greyjoy'uyum, kalkanımın üstüne bir deniz canavarı boyamak ve büyük tuzlu denize açılmak için doğdum. Asha'yla birlikte gitmeliydim.*

Kapı kulübesinin üstündeki demir kazıklara geçirilmiş kafalar bekliyordu.

Theon sessizce onlara baktı. Rüzgâr küçük, hayalet elleriyle pelerinini çekiştiriyordu. Değirmencinin oğulları, Bran ve Rickon'la yaşıttı, cüsseleri ve renkleri de aynıydı. Leş, suratlarını yüzüp başlarını katrana buladığında çürük etlerin üstündeki şekilsiz yumrularda tanıdık hatlar görmek zor olmamıştı. İnsanlar nasıl da aptaldı. *Onların koç kafaları olduğunu söyleseydik boynuzları göreceklerdi.*

SANSA

Düşman gemileriyle ilgili ilk rapor kaleye ulaştığından beri, bütün sabahı septte ilahiler söyleyerek geçirmişlerdi. Sesleri atların kişnemelerine, çelik şıngırtılarına ve büyük bronz kapılardaki menteşelerin inlemesine karışmış, tuhaf ve ürkütücü bir müzik yaratmıştı. Septte Anne'nin merhameti için şarkılar söyleniyordu ama duvarlarda sessizce Savaşçı'ya dua ediliyordu. Rahibe Mordane, Anne ve Savaşçı'nın, aynı yüce tanrının yüzlerinden sadece ikisi olduğunu söylerdi eskiden. *Ama sadece bir tanrı varsa kimin duaları duyulacak?*

Sör Meryn Trant, Joffrey'nin binebilmesi için kan kırmızısı doru atı tutuyordu. Hem at hem de delikanlı, yaldızlı zırhlar ve kızıl mineli göğüs kalkanları giymişti, başlarında birbirine eş altın aslanlar vardı. Joffrey her hareket ettiğinde güneş ışığı altınların ve kırmızıların üstünde parıldıyordu. *Parlak, ışıltılı ve boş*, diye düşündü Sansa.

İblis kızıl bir aygırın sırtındaydı, kralınkinden daha gösterişsiz ve onu babasının giysilerini giymiş bir çocuk gibi gösteren savaş kıyafetleri kuşanmıştı. Ama kalkanından sarkan savaş baltasında çocuksu hiçbir şey yoktu. Sör Mandon Moore, İblis'in yanında at sürüyordu: Buz gibi parlak, beyaz çelik. Tyrion, Sansa'yı gördüğünde atını çevirdi. "Leydi Sansa," diye seslendi eyerinin üstünden, "eminim ki, ablam sizden Maegor'daki diğer soylu leydilere katılmanızı istemiştir?"

"Evet, lordum ama Kral Joffrey beni gidişini izlemem için çağırttı, septe de gitmek istiyorum, dua etmeye."

"Kimin için olduğunu sormayacağım." Ağzı garip bir biçimde çarpıldı; eğer bu bir gülümsemeyse Sansa'nın gördüğü en tuhaf gülümsemeydi. "Bu her şeyi değiştirebilir. Lannister Hanedanı için olduğu kadar sizin için de. Şimdi düşününce, sizi de Tommen'la birlikte göndermeliydim. Yine de Maegor'da yeterince güvende olacaksınız, eğer..."

"*Sansa!*" Çocuksu haykırış avlu boyunca yankılandı; Joffrey onu görmüştü. "Sansa, buraya!"

Bir köpeği çağırır gibi çağırıyor beni, diye düşündü Sansa.

"Majesteleri'nin size ihtiyacı var," dedi Tyrion Lannister. "Mücadeleden sonra tekrar konuşuruz, tanrılar izin verirse."

Joffrey onu daha yakınına çağırırken Sansa bir grup altın pelerinli mızrakçının arasından geçti. "Çok yakında mücadele olacak, herkes böyle söylüyor," dedi Joffrey.

"Tanrılar hepimize merhamet göstersin."

"Merhamete ihtiyaç duyacak tek kişi amcam ve ben ona zerre merhamet göstermeyeceğim." Joffrey kılıcını çekti. Kabza topuzu, kalp şeklinde kesilip bir aslanın çenesinin arasına yerleştirilen yakuttan yapılmıştı. Bıçağın üstüne derince üç oluk oyulmuştu. "Yeni kılıcım, Yürekyiyen."

Bir zamanlar Aslan Dişi adında bir kılıcı vardı, Sansa hatırlıyordu. Arya kılıcı ondan almış ve nehre atmıştı. *Umarım Stannis aynı şeyi yeni kılıcına yapar.* "Çok güzel işlenmiş Majesteleri."

"Çeliğimi bir öpücükle kutsa." Kılıcı Sansa'ya uzattı. "Hadi, öp onu."

Bundan daha aptal ve çocuksu görünmemişti daha önce. Sansa, Joffrey'yi öpmektense sayısız kılıcı öpmeyi tercih edeceğini düşünerek dudaklarını metale değdirdi. Ama hareketi Joffrey'yi memnun etmiş gibi görünüyordu. Kılıcı abartılı bir tavırla kınına soktu. "Döndüğümde onu tekrar öpeceksin ve amcamın kanının tadını alacaksın."

Kral Muhafızları'ndan biri onu, senin için öldürürse ancak. Beyaz Kılıçlar'dan üçü Joffrey ve dayısıyla birlikte gidecekti: Sör Meryn, Sör Mandon ve Sör Osmund Karakazan. "Mücadele sırasında şövalyelerinizi siz mi komuta edeceksiniz?" diye sordu Sansa, öyle olmasını umut ederek.

"Ederdim ama dayım İblis, Stannis'in nehri asla geçmeyeceğini söylüyor. Fakat Üç Fahişe'yi ben komuta edeceğim. Hainlerle bizzat ilgileneceğim." Bu fikir Joffrey'yi gülümsetti. Dolgun pembe dudakları yüzünden her zaman cazibeli görünüyordu, Sansa bir zamanlar bundan hoşlanıyordu ama şimdi midesi bulanıyordu.

"Ağabeyim Robb'un, her zaman mücadelenin en yoğun olduğu yerde durduğunu söylüyorlar," dedi Sansa pervasızca. "Tabii ki o sizden daha büyük Majesteleri. Yetişkin bir erkek."

Joffrey kaşlarını çattı. "Ağabeyinle, hain amcamın işini bitirdikten sonra ilgileneceğim. Onu Yürekyiyen'le deşeceğim, göreceksin." Atını çevirip kapıya doğru koşturdu. Sör Meryn ve Sör Osmund kralın sağına ve soluna geçtiler, altın pelerinliler dörtlü sıralar hâlinde onların peşine düştü, İblis ve Sör Mandon Moore en arkadaydı. Muhafızlar onları çığlıklarla ve tezahüratlarla uğurladı. Son adam da gittiğinde avlunun üstüne ani bir suskunluk çöktü, fırtınadan önceki sessizlik gibi.

Sessizliğin içinden gelen ilahi sesleri Sansa'yı çekti. Septe doğru döndü. Ahırlarda çalışan iki çocuk ve nöbeti sona eren bir muhafız onu takip etti. Diğerleri de onların peşine düştü.

Sansa septi ne bu kadar kalabalık ne de bu kadar aydınlık görmüştü daha önce; gökkuşağı renklerindeki güneş ışığı demetleri, yüksek pencerelerdeki kristallerden içeri giriyordu. Her yerde mumlar vardı, minik alevler yıldızlar gibi göz kırpıyordu. Anne'nin ve Savaşçı'nın mihrapları ışık içinde yüzüyordu ama Demirci, Yaşlı Hatun, Bakire ve Baba da inançlılardan paylarına düşeni almışlardı, hatta Yabancı'nın yarı insan yüzünün altında bile birkaç alev dans ediyordu... Eğer Yabancı onları yargılamak için gelmediyse Stannis Baratheon nereden çıkmıştı? Sansa sırayla bütün Yedi'yi ziyaret etti, hepsinin mihrabında birer mum yaktı ve sonra kendini sıralarda, yaşlı ve buruşuk bir çamaşırcı kadınla Rickon'dan daha büyük olmayan bir çocuğun arasında otururken buldu. Çocuğun üstünde bir şövalyenin oğlunun iyi ketenden dikilmiş tuniği vardı. Yaşlı kadının elleri kemikliydi ve nasırlarla sertleşmişti, çocuğunkiler küçük ve yumuşaktı, ne olursa olsun tutunacak birilerini bulmak güzeldi. Hava sıcak ve ağırdı, tütsü ve ter kokuyordu, kristallerle öpülmüş, mumlarla aydınlanmıştı. Bu havayı ciğerlerine çekmek Sansa'nın başını döndürüyordu.

Bu ilahiyi biliyordu; uzun zaman önce Kışyarı'nda annesi öğretmişti. Sesini diğer seslere ekledi.

Şefkatli Anne, merhamet pınarı,
Koru savaştan oğullarımızı,
Okları al ellerinden ve kılıçları,
Görsünler daha güzel yarınları.

Şefkatli Anne, kadındaki kuvvet,
Kızlarımıza bu kavgada yardım et,
Dinsin gazap ve uysallaşsın hiddet,
Hepimize daha iyi yollar öğret.

Şehrin diğer ucunda, binlerce insan Yüce Baelor Septi'nde toplanmıştı ve onlar da ilahiler söylüyorlardı. Sesleri şehrin üstünde yükseliyordu, nehrin karşısında, gökyüzünde. *Tanrılar bizi duyuyor olmalı elbet*, diye düşündü Sansa.

İlahilerin çoğunu biliyordu, bilmediklerini de elinden geldiğince söylemeye çalışıyordu. Kır saçlı yaşlı hizmetkâr adamlarla ve endişeli genç kadınlarla birlikte söyledi, hizmetçi kızlarla ve askerlerle, aşçılarla ve avcılarla, şövalyelerle ve düzenbazlarla, yaverlerle ve ızgaracı adamlarla, bebek emziren kadınlarla birlikte söyledi. Kale duvarlarının içindekilerle ve dışındakilerle, bütün şehirle birlikte söyledi. Merhamet için söyledi; hem canlılar hem ölüler için, Bran için, Rickon için, Robb için, Arya için ve Sur'daki piç ağabeyi Jon Kar için. Annesi ve babası için söyledi, büyükbabası Lord Hoster için, dayısı Edmure Tully için, arkadaşı Jeyne Poole için, sarhoş Kral Robert için, Rahibe Mordane için ve Sör Dontos, Jory Cassel, Üstat Luwin için. Bugün ölecek olan bütün şövalyeler ve askerler için ve onların ardından yas tutacak çocukları ve karıları için söyledi. Hatta en sonunda, İblis Tyrion ve Tazı için bile söyledi. *O gerçek bir şövalye değil ama öyleymiş gibi kurtardı beni*, dedi Anne'ye. *Mümkünse onu koru ve içindeki öfkeyi körelt.*

Ama rahip gelip yükseğe tırmandığında, soylu ve gerçek krallarını korumaları için tanrılara seslendiğinde Sansa ayağa kalktı. Koridor insanlarla tıkış tıkıştı. Rahip, Joffrey'nin kılıcına kuvvet vermesi için Demirci'ye, ona cesaret vermesi için Savaşçı'ya ve onu koruması için Baba'ya dua ederken Sansa kalabalığı omzuyla iterek kendine yol açıyordu. *Bırak kılıcı kırılsın ve kalkanı parçalara ayrılsın*, diye düşündü kapıdan çıkarken, *bırak cesareti onu yarı yolda bıraksın ve bütün adamları onu terk etsin.*

Kapı kulübesinin siperlerinin arasında birkaç nöbetçi volta atıyordu fakat bunun dışında kale boş görünüyordu. Sansa durup dinledi. Uzaktan gelen mücadele seslerini duyabiliyordu.

İlahiler sesleri neredeyse boğuyordu ama dikkatlice dinleyince oradaydılar: savaş borularının pes inlemeleri, taş fırlatan mancınıkların çatırtıları ve gümbürtüleri, su şapırtıları ve ahşap çıtırtıları, yanan ziftin hışırtıları ve bir metre uzunluğundaki demir başlı şaftları boşalan akrep mancınıklarının tıngırtıları... ve hepsinin altında, ölen adamların çığlıkları.

Bu bambaşka bir şarkıydı, korkunç bir şarkı. Sansa pelerininin başlığını kulaklarına kadar çekti ve aceleyle Maegor Hisarı'na doğru yürümeye başladı; kale içinde kale, kraliçenin orada güvende olacaklarına dair söz verdiği yer. Açılır kapanır köprünün ayağında Leydi Tanda ve iki kızıyla karşılaştı. Falyse, dün küçük bir grup askerle beraber Stokeworth Kale'sinden gelmişti. Tatlı sözlerle kardeşini köprüden geçmesi için ikna etmeye çalışıyordu ama Lollys hizmetçisine yapışmıştı, hıçkırıyordu. "İstemiyorum, istemiyorum, istemiyorum."

"Mücadele *başladı,*" dedi Leydi Tanda gergin bir sesle.

"İstemiyorum, istemiyorum."

Sansa'nın onları görmezden gelmesi mümkün değildi. Zarifçe selam verdi. "Yardımım dokunur mu?"

Leydi Tanda utançla kızardı. "Hayır, leydim ama teşekkür ederiz. Kızımı bağışlamalısınız, son zamanlarda pek iyi hissetmiyor kendini."

"İstemiyorum." Lollys hizmetçisine tutundu; ince, hoş ve siyah saçlı kız, hanımını kuru hendeğin içindeki demir kazıkların üstüne atmayı her şeyden fazla istiyormuş gibi görünüyordu. "Lütfen, lütfen, istemiyorum."

Sansa yumuşak bir sesle Lollys'e konuştu. "İçeride hepimiz üç kat daha iyi korunacağız, ayrıca yiyecek, içecek ve şarkılar olacak."

Lollys ağzı açık bir hâlde Sansa'ya baktı. Yaşlarla ıslanmış mat kahverengi gözleri vardı. "İstemiyorum."

"*Mecbursun,*" dedi Falyse sertçe. "Bu kadar yeter. Shae, bana yardım et." Kızın kollarını tutup, yarı sürükleyerek yarı taşıyarak köprüyü geçmeye başladılar. Sansa kızların annesiyle birlikte peşlerine düştü. "Hasta," dedi Leydi Tanda. *Eğer bir bebek hastalık olarak adlandırılabilirse*, diye düşündü Sansa. Bütün kalede Lollys'in hamile olduğu konuşuluyordu.

Kapıdaki iki muhafız, aslan işlemeli miğferler ve Lannister Hanedanı'nın kırmızı pelerinlerini giymişti ama Sansa onların kıyafet değiştirmiş paralı askerler olduklarını biliyordu. Bir diğer adam merdivenin başında oturuyordu -gerçek bir muhafız ayakta olurdu, kucağında teberiyle basamakta oturur hâlde değil- ama gelenleri gördüğünde kalktı, onları içeri almak için kapıyı açtı.

Kraliçe'nin Balo Salonu, Büyük Salon'un onda biri büyüklüğünde bile değildi, Kral Eli Kulesi'ndeki Küçük Salon'un yarısı kadardı, buna rağmen yüz kişi alıyordu ve şıklığı küçüklüğünü telafi ediyordu. Bütün apliklerin arkasında gümüşten dövülmüş aynalar vardı, böylece meşaleler iki kat parlak yanıyordu. Duvarlar oymalı ahşap panellerle kaplıydı, yerde mis kokulu hasırlar seriliydi. Yukarıdaki sekilikten flütlerin ve kemanların neşeli sesleri akıyordu. Güney duvarı boyunca bir dizi kemerli pencere vardı ama ağır perdelerle örtülmüşlerdi. Kalın kadife kumaşlar içeri ışık girmesine izin vermiyordu ve hem duaların hem de savaşın seslerini boğuyordu. *Bir şey değişmez*, diye düşündü Sansa. *Savaş bizimle.*

Şehirdeki soylu kadınların hemen hepsi uzun ahşap masalarda oturuyordu, yanlarında küçük çocuklar ve birkaç yaşlı adam vardı. Kadınlar eşti, evlattı, anneydi, kardeşti. Erkekleri Lord Stannis'le çarpışmaya gitmişti. Birçoğu geri dönmeyecekti. Hava bunu bilmekle ağırlaşmıştı. Sansa, Joffrey'nin nişanlısı olmasından ötürü, kraliçenin sağındaki itibarlı yerde oturacaktı. Arka duvardaki gölgelerin arasında duran adamı gördüğünde platforma çıkıyordu. Adamın üstünde yağlanmış örgü zincirden yapılmış, uzun, siyah bir zırhlı yelek vardı, kılıcını önünde tutuyordu: Lord Eddard'ın büyük kılıcı, Buz, neredeyse adam kadar uzun. Ucu yerdeydi, adamın sert ve kemikli parmakları balçağın her iki ucunun etrafında kıvrılmıştı. Sansa'nın nefesi kesildi. Bakışı hissetmiş gibi görünen Sör Ilyn Payne çiçek bozuğu zayıf yüzünü Sansa'ya çevirdi.

"*Onun* burada ne işi var?" diye sordu Sansa, Osfryd Karakazan'a. Kraliçenin yeni kırmızı pelerinlilerinin kumandanıydı adam.

Osfryd sırıttı. "Majesteleri gece bitmeden ona ihtiyaç duyabileceğini düşünüyor."

Sör Ilyn, Kral Adaleti'ydi. Ona yalnızca bir görev için ihtiyaç duyulabilirdi. *Kraliçe kimin kafasını istiyor?*

"Majesteleri için ayağa kalkın, Lannister Hanedanı'ndan Cersei, Vekil Kraliçe ve Diyar'ın Koruyucusu," diye bağırdı kraliyet kâhyası.

Cersei'nin elbisesi kar beyazı ketenden dikilmişti, Kral Muhafızları'nın pelerinleri kadar beyazdı. Elbisenin yarasa kesimli uzun kollarının içinden altın renkli saten astar görünüyordu. Parlak sarı saçları iri dalgalar hâlinde çıplak omuzlarına düşüyordu. Zarif boynuna elmaslar ve zümrütlerle süslenmiş bir kolye takmıştı. Beyaz renk tuhaf bir şekilde masum gösteriyordu kadını, neredeyse bir bakire gibi ama yanaklarında renk vardı.

"Oturun," dedi kraliçe platforma çıktığında. "Hoş geldiniz." Osfryd Karakazan kraliçenin sandalyesini çekti, bir uşak da aynı şeyi Sansa için yaptı. "Solgun görünüyorsun Sansa," dedi Cersei. "Kırmızı çiçeğin hâlâ açıyor mu?"

"Evet."

"Ne kadar da uygun. Adamlar dışarıda kanayacak, sen ise burada." Kraliçe ilk yemeklerin getirilmesi için işaret verdi.

"Sör Ilyn neden burada?" diye soruverdi Sansa.

Kraliçe dilsiz cellada baktı. "Hainlikle baş etmek için, gerekli olduğu takdirde bizi savunmak için. Bir cellat olmadan önce bir şövalyeydi o." Kaşığıyla salonun sonunu gösterdi, ahşap kapılar kapatılıp sürgülenmişti. "Şu kapılara balta darbeleri inerken onun varlığından mutluluk duyabilirsin."

Onun yerine Tazı olsaydı daha mutlu olurdum, diye düşündü Sansa. Ne kadar kaba birisi olursa olsun Sandor Clegane'in ona herhangi bir zarar gelmesine izin vereceğine inanmıyordu. "Muhafızlarınız bizi korumayacak mı?"

"Bizi muhafızlarımdan kim koruyacak?" Kraliçe yan gözle Osfryd'e baktı. "Sadık paralı askerler, bakire fahişeler kadar enderdir. Mücadeleyi kaybedersek, muhafızlarım üzerlerindeki kırmızı pelerinleri çıkarmak için telaş ederken tökezleyip düşecekler. Değersiz postlarını kurtarmak için çalabildikleri her şeyi alıp servis yapan adamlarla, çamaşırcı kadınlarla ve ahırlarda çalışan oğlanlarla birlikte kaçacaklar. Bir şehir yağmalanırken neler olduğuna dair bir fikrin var mı Sansa? Hayır, yok, öyle değil mi? Hayatla ilgili bildiğin her şeyi şarkılardan öğrendin. Yağmalarla ilgili iyi şarkı kıtlığı var."

"Gerçek şövalyeler kadınlara ve çocuklara asla zarar vermez." Bu kelimeler, söylediği anda bile boş geliyordu kulağına.

"Gerçek şövalyeler." Kraliçe bunu çok eğlenceli bulmuş gibi görünüyordu. "Haklısın şüphesiz. O hâlde, iyi bir kız olup çorbanı iç ve Symeon Yıldızgöz'le Ejderha Şövalyesi Prens Aemon'ın gelip seni kurtarmasını bekle tatlım. Fazla uzun sürmeyeceğinden eminim."

DAVOS

Karasu Koyu rüzgârlı ve çalkantılıydı, her yerde köpüklü dalgalar vardı. *Kara Hayat* kabaran dalganın üstünde kaydı, rüzgâr yön değiştirdikçe yelkenleri çatırdayıp şaklıyordu... *Hortlak* ve *Leydi Marya* onun yanında yol alıyordu, gövdelerinin arasında yirmi metreden fazla mesafe yoktu. Oğulları hizada durmayı başarıyordu. Davos gurur duydu.

Denizin karşısında savaş boruları uludu; gemiden gemiye tekrar eden inlemeler, canavarımsı kornetlerin çıkardığı pes çağrılara benziyordu. "Ariya yelken," diye komut verdi Davos. "Direği yatırın. Kürekçiler küreklere." Oğlu Matthos emirleri tekrarladı. Mürettebat, nerede dururlarsa dursunlar sürekli ayak altındaymış gibi görünen askerleri iterek işe koyulmak için koştururken *Kara Hayat*'ın güvertesi çalkalanıyordu. Sör Imry nehre sadece küreklerle girmeye karar vermişti; yelkenler, Kral Toprakları'nın duvarlarındaki akrep mancınıklarına ve ateş toplarına maruz kalmayacaktı böylece.

Davos güneydoğu yönünde, epey açıktaki *Hiddet*'i seçebiliyordu. Geminin yelkenleri aşağı indirilirken altın ışıltılarla parıldıyordu, üzerlerine Baratheonlar'ın taçlı erkek geyiği işlenmişti. Stannis Baratheon on altı yıl önce, Ejderha Kayası'na düzenlenen saldırıyı *Hiddet*'in güvertesinden komuta etmişti ama bu defa ordusuyla birlikte at sürmeyi tercih etmişti. Donanmasının ve *Hiddet*'in komutasını karısının kardeşine; Lord Alester ve diğer Florentler'le birlikte Fırtına Burnu'na gelip Stannis'in tarafına geçen Sör Imry'ye bırakmıştı.

Davos, *Hiddet*'i kendi gemileri kadar iyi tanıyordu. Üç yüz küreğin hemen üstündeki güverte tamamen akreplerle doluydu. Baş ve kıç kasarasına, ziftle dolu yanan variller fırlatabilecek kadar büyük mancınıklar yerleştirilmişti. Son derece heybetli ve bir o kadar hızlı bir gemiydi ama Sör Imry geminin pruvasını zırhlı şövalyeler ve silahlı askerlerle doldurmuştu. Bu durum sürati kesiyordu.

Savaş boruları tekrar duyuldu, *Hiddet*'ten emirler yankılanıyordu. Davos kesik parmaklarının karıncalandığını hissetti. "Puta kürek," diye bağırdı, "Muharebe düzeni." Kürekçi başının davulu gümlemeye başladığında yüz kürek sulara girdi. Çıkan ses, kocaman ve ağır vuruşlu bir kalbin çarpışına benziyordu ve yüz adam tek kişi gibi hareket ediyordu.

Hortlak ve *Leydi Marya*'dan da ahşap kanatlar çıktı. Üç kadırga, kürekleri suları döverken aynı hızda ilerliyordu. "Yavaş seyir," diye bağırdı Davos. Lord Velaryon'un gümüş gövdeli *Akıntıtaşı Gururu*, *Hortlak*'ın solunda durum aldı. *Cesur Kahkaha* hızla yetişiyordu ama *Harridan* küreklerini suya yeni indirmişti ve *Denizatı* hâlâ direğini yatırmak için uğraşıyordu. Davos geminin kıç tarafına baktı. Evet, oradaydı, kuzeyde, bu yalnızca *Kılıç Balığı* olabilirdi, her zamanki gibi geride kalmıştı. Gemi iki yüz küreğe ve donanmadaki en büyük mahmuza sahipti ama Davos'un kaptanla ilgili ciddi endişeleri vardı.

Askerlerin birbirlerine cesaret verici sözlerle bağırdıklarını duyuyordu. Adamlar Fırtına Burnu'ndan beri daha dengeli ve zaferden emin bir hâlde düşmanın tepesine binmeye hevesliydi. Amiralleri; Lord Yüksek Kaptan Sör Imry Florent'le tek zihin olmuşlardı.

Amiral üç gün önce, donanma Ağırsu'yun ağzında demir attığında, taktik düzenini bildirmek üzere bütün kaptanlarını *Hiddet*'te düzenlediği savaş konseyine çağırmıştı. Davos ve oğulları ikinci savaş hattına atanmıştı, tehlikeli sağ kanadın açığına. "İtibarlı bir konum," demişti Allard, cesaretini kanıtlama şansı bulduğu için memnundu. "Tehlikeli bir konum," diye düzeltmişti Davos. Oğulları ona acıyan gözlerle bakmışlardı, genç Maric dahil. *Soğan Şövalyesi yaşlı bir kadına dönüşmüş*, diye düşündüklerini duyabiliyordu Davos, *özünde hâlâ bir kaçakçı.*

Sonuncusu doğruydu, Davos bunun için özür dilemeyecekti. *Seaworth*'ün kulağa soylu gelen bir tınısı vardı ama o hâlâ Bit Çukuru'ndan gelen Davos'tu. Üç tepenin üstüne kurulmuş bu şehre, evine dönüyordu. Gemiler, yelkenler ve kıyılar hakkında Yedi Krallık'taki her adamdan fazla şey biliyordu. Islak güvertelerde, kılıç kılıca umutsuz dövüşlerden payına düşeni almıştı. Ama bu çeşit bir mücadelede bakir sayılırdı, heyecanlıydı ve korkuyordu. Kaçakçılar savaş borusu öttürüp sancak açmazdı. Tehlike kokusu aldıklarında yelkenlerini şişirir ve rüzgârdan hızlı kaçarlardı.

Eğer amiral kendisi olsaydı her şeyi çok farklı yapardı. İlk önce; aceleyle darbe vurmak yerine, nehrin yukarısını araştırmak ve onları neyin beklediğini görmek için en hızlı gemilerinden birkaç tanesini yollardı. Bunu Sör Imry'ye önerdiğinde, Lord Yüksek Kaptan nazikçe teşekkür etmişti ama bakışları o kadar nazik sayılmazdı. *Bu soysuz korkak da kim?* diye soruyordu o bakışlar. *Şövalyeliğini soğanla satın alan adam bu mu?*

Sör Imry, çocuk kralın sahip olduğundan dört kat fazla gemisi varken tedbire ya da aldatıcı taktiklere ihtiyaç duymamıştı. Donanmayı on savaş hattına tertiplemişti, her hatta yirmi gemi. İlk iki hat, Joffrey'nin küçük donanmasını ya da Sör Imry'nin lord kaptanlarını eğlendirmek için dediği gibi "oğlanın oyuncaklarını" sıkıştırıp yok etmek üzere nehri süpürecekti. Diğerleri, şehir duvarlarına okçu ve mızrakçı birlikleri çıkardıktan sonra nehirdeki mücadeleye katılacaktı. Salladhor Saan'ın *Lysli*'si tarafından korunacak olan geri hattaki daha küçük ve daha yavaş gemiler, Stannis'in ordusunun ana bölümünü nehrin güney kıyısından taşıyacaktı. *Lysli*, Lannisterlar'ın kıyı boyunca gizlenmiş başka gemileri olması ihtimaline karşı koyun açıklarında kalacak, böyle bir durumda gemilere arkadan saldırmak için bekleyecekti.

Adil olmak gerekirse, Sör Imry'nin bu acelesinin bir sebebi vardı. Fırtına Burnu'nda başlayan sefer boyunca rüzgâr dostça davranmamıştı. Daha yelken açtıkları ilk gün, Gemikıran Koyu iki gökeyi yutmuştu, talihsiz bir başlangıçtı. Myrli kadırgalardan biri Tarth Boğazı'nda batmıştı ve Kanal'a girerken yakalandıkları fırtına, donanmayı Dar Deniz'e dağıtmıştı. Sonunda on iki gemi Massey Kancası'nın korunaklı omurgasının arkasında, Karasu Koyu'nun sakin sularında bir araya toplanmıştı fakat hatırı sayılır bir vakit kaybetmişlerdi.

Stannis, Karasu Nehri'ne günlerce önce ulaşabilirdi. Kral Yolu, Fırtına Burnu'ndan dümdüz Kral Toprakları'na çıkıyordu ve deniz yolundan çok daha kısa bir güzergâhtı. Bunun yanı sıra, Stannis'in ordusunun büyük bölümü atlıydı; yaklaşık yirmi bin şövalye, hafif atlılar ve hürsüvariler; Renly'nin, ağabeyine bıraktığı gönülsüz miras. Yolu kısa vakitte alabilirlerdi ama zırhlı savaş atları ve on iki metrelik mızraklar Karasu Nehri'nin derin sularına ve şehrin yüksek taş duvarlarına karşı çok az işlerine yarardı. Stannis lordlarıyla birlikte nehrin güney kıyısında kamp kurmuştu, sabırsızlıkla köpürüyor ve Sör Imry'nin donanmasına ne yaptığını merak ediyordu şüphesiz.

İki gün önce, Merling Kayası'nın açıklarında altı balıkçı sandalı görmüşlerdi. Balıkçılar kaçmaya çalışmıştı ama teker teker yakalanıp gemiye alınmışlardı. "Bir kaşık zafer, mücadeleden önce mideyi bastırmaya birebir," demişti Sör Imry mutlulukla. "Daha büyük bir yemek için adamların iştahını açıyor." Ama Davos, adamların Kral Toprakları'nın savunması hakkında söyleyeceği şeylerle daha çok ilgileniyordu. İblis, nehrin ağzını kapatmak için bir çeşit set inşa ettiriyordu ama balıkçılar setin tamamlanıp tamamlanmadığından emin değildi. Davos tamamlanmış olmasını dilerken yakaladı kendini. Eğer nehir kapalı olursa Sör Imry durmak ve durum değerlendirmesi yapmak zorunda kalırdı.

Deniz seslerle doluydu: bağrışmalar, çağrılar, savaş boruları, davullar, binlerce kürek inip kalktıkça suyu döven ahşabın sesi. "Hattı koruyun," diye bağırdı Davos. Sert bir rüzgâr eski pelerinini çekiştirdi. Bütün zırhı, kaynatılmış deriden yapılmış bir yelekten ve bir büyük miğferden ibaretti. Ağır metallerin denizde insanın canına mal olacağına inanıyordu. Sör Imry ve diğer soylu kaptanlar Davos'un bu görüşüne katılmıyordu; güvertelerinde volta atarken ışıl ışıl parlıyorlardı.

Harridan ve *Denizatı* artık yerlerine geçmişti ve Lord Celtigar'ın *Kızıl Pençe*'si onların arkasındaydı. Allard'ın *Leydi Marya*'sının sancak tarafında, Stannis'in talihsiz Lord Sunglass'tan aldığı *Züht, Dua* ve *İbadet* vardı. *Kılıç Balığı* bile yaklaşıyordu, hem yelkenlerini hem küreklerini kullanarak kabaran denizde hantalca ilerliyordu. *Bu sayıda küreğe sahip bir geminin çok daha hızlı olması gerekir*, diye düşündü Davos. *Şu taşıdığı mahmuz, çok büyük, geminin dengesi yok.*

Rüzgâr güneyden kuvvetli esiyordu ama kürek çekerken bunun bir önemi yoktu. Kabarmış dalgaları iterek ilerleyeceklerdi, nehrin akıntısı Lannisterlar'ın lehine olacaktı. Karasu Nehri denizle buluştuğu yerde şiddetli ve hızlı akıyordu. *İlk taarruz kaçınılmaz şekilde düşmana hizmet edecek. Onlarla Karasu Nehri'nde karşılaşacağımız için aptalız*, diye düşündü Davos. Açık denizdeki herhangi bir çarpışmada, savaş hatları düşman donanmasını her iki kanattan ablukaya alabilir ve imha etmek için içeri doğru çekebilirdi. Ama nehirde, Sör Imry'nin gemilerinin sayısı ve ağırlığı o kadar işe yaramayacaktı. Küreklerin birbirine çarpma tehlikesinden ötürü yirmiden fazla gemiyi yan yana dizemezlerdi.

Savaş gemilerinin oluşturduğu hattın ötesinde, Yüksek Aegon Tepesi'nin üstündeki Kızıl Kale'yi görebiliyordu Davos. Nehrin karşısındaki güney kıyısı askerlerle ve atlarla kararmıştı, yaklaşan gemileri görmüşlerdi ve sinirli bir karınca sürüsü gibi hareket ediyorlardı. Stannis onları sallar inşa ettirerek, okları dengelettirerek oyalamış olmalıydı ama beklemek her şeye rağmen dayanılması zor bir işti. Kıyıdakiler borazanlarını öttürdüler, tiz ve yüksek. Borazanların sesi bir an sonra binlerce adamın kükremeye benzer bağrışıyla boğuldu. Davos sakat elini, içinde parmak kemikleri olan keseye götürüp şans için sessiz bir dua okudu.

Hiddet, ilk savaş hattının merkezinde duracaktı, iki yüz kürekli *Lord Steffon* ve *Deniz Boynuzu* geminin iki yanında yer alacaktı. Sancak ve iskele kanadında yüzlerce gemi olacaktı: *Leydi Harra, Parlakbalık, Gülen Lord, Deniz Şeytanı, Boynuzlu Onur, Perişan Jenna, Üçlü Çatal, Hızlı Kılıç, Prenses Rhaenys, Köpek Burnu, Asa, İnançlı, Kızıl Kuzgun, Kraliçe Alysanne, Kedi, Yiğit* ve *Ejderfelaketi.* Her pupada Ateş Tanrısı'nın alevli kalbi dalgalanıyordu: kırmızı, sarı ve turuncu. Davos ve oğullarının arkasından, şövalyeler ve lord kaptanlar tarafından komuta edilen, yüzlerce gemiden oluşan başka bir hat geliyordu ve onların da arkasında, en fazla seksen kürekli, daha küçük ve daha ağır Myr gemileri yol alıyordu. Daha geride yelkenliler, karaklar ve hantal gökeler vardı. Ve en arkada Salladhor Saan'ın gururu *Valyrialı* yüzüyordu; üç yüz kürekli muazzam gemiye Saan'ın diğer kadırgaları eşlik ediyordu. Gövdelerine gözalıcı şeritler boyanmıştı.

Ahooooooooooooooo. Çağrı, *Hiddet*'in üst güvertesinden yükselip beyaz köpüklere ve suları çalkalayan küreklere ulaştı: Sör Imry saldırıyı başlatıyordu. *Ahooooooooooooooo, ahooooooooooooooo.*

Kılıç Balığı sonunda hatta katılmıştı, yelkenleri hâlâ açıktı. "Hızlı seyir," diye bağırdı Davos. Davul daha hızlı vurmaya başladı ve kürekler hemen ritme uydu. Sular yarılıyordu. Güvertedeki askerler kılıçlarını kalkanlarına vururken, okçular sessizce yaylarını geriyor ve kemerlerine asılı ok çantalarından ilk oklarını çıkarıyorlardı. İlk savaş hattı görüşünü engelleyince Davos daha iyi bir yer bulabilmek için güverteyi dolaştı. Bir set göremedi; ağzı açık nehir hepsini yutmak istiyordu sanki. Yalnız...

Kaçakçılık yaptığı günlerde, Kral Toprakları'nı avucunun içinden daha iyi bildiğini, çünkü hayatının büyük bir bölümünü sinsice avucunun içine girip çıkmakla geçirmediğini söyleyerek şaka yapardı Davos. Karasu Nehri'nin ağzında, birbirinin tam karşısında duran, yeni taşlardan inşa edilmiş kısa kuleler Sör Imry Florent için bir şey ifade etmiyor olabilirdi ama Davos için sakat elinde iki yeni parmak çıkması gibi bir şeydi.

Elini, batıya dönen güneşe karşı gözlerine siper ederek kulelere daha dikkatli baktı. Bir garnizon barındıramayacak kadar küçüktüler. Kuzey kıyısındaki kulenin sırtı uçuruma dayanmıştı, Kızıl Kale kaşlarını çatmış kuleye bakıyordu, güney kıyısındaki ikizinin ayakları sudaydı. *Kıyı boyunca bir kanal kazmışlar,* hemen anlamıştı. Bu, kalelere saldırmayı zorlaştırırdı; saldıran taraf suyun içinden geçmek ya da kanalın üzerine köprü kurmak zorunda kalırdı. Stannis aşağı yaylı adamlar yerleştirmişti, başını siperlerin arkasından kaldıracak kadar gözü pek davranan müdafaacılara ok fırlatıyorlardı ama bunun dışında bir rahatsızlıkları yoktu.

Koyu sular kulenin temelinde çalkalanınca derinde bir şey pırıldadı. Çeliğe vuran güneş ışığıydı ve Davos'a bilmesi gereken her şeyi söylüyordu. *Bir zincir set... ama nehrin ağzını kapatmamışlar. Neden?*

Bu konuda da bir tahmin yürütebilirdi ama soruyu düşünecek vakit yoktu. İlerideki gemilerden birinden bir bağırış yükseldi ve savaş boruları tekrar öttü: Düşman önlerindeydi.

Davos, *Asa*'nın ve *İnançlı*'nın hızla hareket eden küreklerinin arasından, nehrin üzerine çekilmiş ince bir çizgiye benzeyen kadırga hattını gördü. Gemilerin altın rengine boyalı gövdelerinden güneş ışığı yansıyordu. Bu gemileri kendininkiler kadar iyi tanıyordu Davos. Kaçakçıyken ufuk çizgisinde gördüğü geminin hızlı mı yoksa yavaş mı olduğunu bilmek, kendini daha güvende hissetmesini sağlardı, geminin kaptanının zafere aç genç bir adam mı, yoksa emekliliğini bekleyen bir ihtiyar mı olduğunu bilmek de öyle.

Ahoooooooooooooo, diye öttü savaş boruları. "Mücadele hızı," diye bağırdı Davos. Dale ve Allard'ın sancakta ve iskelede aynı komutu tekrarladığını duydu. Davullar çılgınca gümlemeye başladı, kürekler inip kalkıyordu. *Kara Hayat* ileri atıldı. Davos, *Hortlak*'a doğru baktığında Dale selam verdi. *Kılıç Balığı* bir kez daha geride kalıyordu, iki yanındaki daha küçük gemilerin arkasında debeleniyordu. Bunun dışında, hat bir kalkan duvarı kadar düzdü.

Uzaktan daracık görünen nehir şimdi deniz kadar genişti ama şehir de devleşiyordu bir yandan. Yüksek Aegon Tepesi'nden öfkeyle aşağı bakan Kızıl Kale, yaklaşanları görüyordu. Demir taçlı siperleri, devasa kuleleri ve kalın, kırmızı duvarları yüzünden, nehrin ve caddelerin üstüne eğilmiş gaddar bir canavar gibi görünüyordu. Üstüne çömeldiği uçurumlar dik ve kayalıktı, eğri büğrü ağaçlarla ve ciğer otlarıyla yamalanmıştı. Donanma, limana ve arkasındaki şehre ulaşmak için kalenin altından geçecekti.

İlk hat nehirdeydi artık fakat düşman kadırgaları geri çekiliyordu. *Bizi içeri çekmek niyetindeler. Sıkışmamızı, daralmamızı, etraflarında hareket edecek alanımızın olmamasını... ve zincir setin arkamızda kalmasını istiyorlar.* Joffrey'nin donanmasını daha iyi görebilmek için boynunu uzatarak güverteyi arşınladı. Oğlanın oyuncakları arasında hantal *İnayet*, yaşlı ve yavaş *Prens Aemon*, *İpek Leydisi* ve kız kardeşi *Günahkâr Leydi*, *Asi Yel*, *Kralkarası*, *Akyürek*, *Mızrak* ve *Denizgülü* vardı. Ama *Aslanyıldız* neredeydi? Kral Robert'ın, çok sevdiği ve kaybettiği bakirenin ardından isimlendirdiği güzel *Leydi Lyanna* neredeydi? Ve *Kral Robert'ın Çekici* neredeydi? Dört yüz küreğiyle kraliyet donanmasının en büyük savaş kadırgası oydu, çocuk kralın sahip olduğu savaş gemilerinin içinde, *Hiddet*'i yenebilecek tek gemiydi. Kanunlara göre herhangi bir savunmanın kalbini o gemi oluşturmalıydı.

Davos tuzak tadı alıyordu ama arkalarında düşmandan eser yoktu, Stannis'in büyük donanması ıslak ufuk çizgisine yayılıyordu. *Zinciri yukarı kaldırıp bizi ikiye mi bölecekler?* Bunun ne işe yarayabileceğini anlamıyordu. İkiye bölünseler bile, koyun dışında bırakılan gemiler şehrin kuzeyine adam çıkarabilirdi; daha ağır ama daha güvenli bir geçiş.

Kaleden turuncu bir kuş sürüsü kanatlandı, yirmi ya da otuz kuş; yanan zift dolu çömlekler, arkalarında alevlerden şeritler bırakarak nehirden havalanıyordu. Sular çoğunu yuttu ama bazıları ilk savaş hattındaki kadırgaların güvertelerine ulaşmayı başardı, kırıldıkları anda alev saçıyorlardı. Silahlı askerler, *Kraliçe Alysanne*'in güvertesinde yerde sürünüyordu ve Davos, kıyıya en yakın gemi olan *Ejderfelaketi*'nin çeşitli noktalarından dumanlar yükseldiğini görebiliyordu. O sırada ikinci sürü de yola çıkmıştı, kulelerin tepesine yerleştirilen okçu yuvalarından oklar yağmaya devam ediyordu. Bir asker, *Kedi*'nin küpeştesinden düştü, küreklere çarptı ve suda kayboldu. *Bugünün ilk ölümü*, diye düşündü Davos, *ama sonuncusu olmayacak*.

Kızıl Kale'nin burçlarında çocuk kralın sancakları dalgalanıyordu: Altın zeminde yürüyen taçlı Baratheon geyiği ve kırmızı üzerinde kükreyen Lannister aslanı. Zift dolu çömlekler uçmaya devam ediyordu. Alevler *Yiğit*'in güvertesine yayılırken çığlık atan adamları duyuyordu Davos. Geminin kürekçileri, kendilerini alevli ziftten koruyan yarım güvertenin altında güvendeydi ama yukarıdaki silahlı askerler o kadar talihli değildi. Asıl hasarı, tam da Davos'un korktuğu gibi, sancak kanadı alıyordu. *Birazdan bizim sıramız gelecek*, diye hatırlattı kendine, huzursuzca. Kuzey kıyısındaki altıncı gemi olan *Kara Hayat* ateş çömleklerinin menzili içindeydi. Sancak tarafında sadece Allard'ın *Leydi Marya*'sı, dengesiz *Kılıç Balığı*, -gemi o kadar geride kalmıştı ki, üçüncü hatta ikinciden daha yakındı artık- ve zayıflıkları yüzünden tanrıların mutlak müdahalesine ihtiyaçları olan *Züht*, *Dua* ve *İbadet* vardı.

İkinci savaş hattı kuleleri geçtiğinde Davos daha dikkatlice baktı. İnsan kafasından daha büyük olmayan deliklerden çıkıp su altında gözden kaybolan üç sıralı devasa zinciri görebiliyordu. Kulelerin birer kapısı vardı, yerden en az altı metre yukarı yerleştirilmişlerdi. Kuzey kulesinin çatısına konumlanan okçular, *Dua* ve *İbadet*'i hedef almıştı. *İbadet*'in okçuları karşılık veriyordu. Göğsünden isabet alan bir adamın çığlığı duyuldu.

"Kaptan sör." Oğlu Matthos hemen yanında belirdi. "Miğferiniz." Davos miğferi aldı ve kafasına geçirdi. Miğferin siperi yoktu; Davos görüşünün kısıtlanmasından nefret ediyordu.

Zift çömlekleri etraflarına düşmeye başlamıştı artık. Bir tanesinin *Leydi Marya*'nın güvertesinde parçalandığını gördü, neyse ki Allard'ın mürettebatı alevleri çabucak söndürdü. İskele tarafında, *Akıntıtaşı Gururu*'nun güvertesinden savaş borularının sesi yükseldi. Küreklerin her darbesi havaya su zerrecikleri saçıyordu. Bir akrebin fırlattığı bir metrelik mızrak, Matthos'un iki adım önüne düştü ve geminin ahşap güvertesine gömüldü. Öndeki ilk savaş hattı düşman yaylarının menziline girmişti; oklar, gemilerin arasında yılanlar gibi tıslayarak gidip geliyordu.

Karasu'nun güneyinde, dalgalanan binlerce sancağın altında sıralanıp durum alan askerleri ve ilkel salları suya doğru çeken adamları gördü Davos. Alevli kalp her yerdeydi ama alevlerin arasına hapsedilmiş erkek geyik seçilemeyecek kadar küçüktü. *Taçlı erkek geyiği dalgalandırmalıydık*, diye düşündü. Geyik, Kral Robert'ın armasıydı, şehir o armayı gördüğünde canlanırdı. *Bu yabancı sancaklar insanları aleyhimize döndürmekten başka bir işe yaramıyor.*

Davos, Melisandre'nin Fırtına Burnu'nun altındaki karanlıkta doğurduğu gölgeyi düşünmeden bakamıyordu alevli kalbe. *En azından bu mücadeleyi aydınlıkta yapacağız, dürüst adamların silahlarıyla*, dedi kendine. Kırmızı kadın ve onun karanlık çocukları bu mücadelenin bir parçası olmayacaklardı. Stannis; Melisandre'yi piç yeğeni Edric Fırtına'yla birlikte Ejderha Kayası'na geri yollamıştı. Kaptanları ve sancak beyleri, savaşta bir kadına yer olmadığını söyleyerek ısrar etmişlerdi. Bu fikre sadece kraliçenin adamları muhalif olmuştu ama seslerini fazla yükseltememişlerdi. Kralın kendisi de sancak beylerinin ısrarını reddedecekken, Lord Bryce, "Majesteleri, büyücü kadın bizimle birlikte gelirse insanlar zaferin size değil, ona ait olduğunu söyleyecekler. Tacınızı o kadının büyülerine borçlu olduğunuzu konuşacaklar." dedi. Bu, dalgaların yönünü değiştirmişti. Davos bu tartışmalar sırasında dilini tutmuştu ama doğruyu söylemek gerekirse, kadının gittiğini görmek onu hiç üzmemişti. Ne Melisandre'yle ne de onun tanrısıyla işi olsun istiyordu.

Sancak tarafında, *İbadet* kıyıya yaklaşıyordu. Gövdesinden dışarı bir iskele tahtası uzatılmıştı. Okçular sığ sulara atladılar, sicimlerinin ıslanmaması için yaylarını başlarının üzerine kaldırdılar. Dik kayalıkların altındaki dar koridordan karaya çıktılar. Kaleden, adamları ezmek için taşlar fırlatılıyordu, oklar ve mızraklar da yağıyordu ama açı dikti ve fırlatılanlar pek isabet etmiyor gibi görünüyordu.

Dua, nehrin yirmi beş metre kadar yukarısına çıktı. Savaş atlarının sırtındaki müdafaacılar sığ suları köpürterek nehir kıyısına inerken, *Züht* sahile yanaşıyordu. Şövalyeler okçuların arasına karıştı, tavukların arasına girmiş kurtlar gibiydiler; okçular henüz bir ok bile fırlatamadan onları suya ve gemilere geri itiyorlardı. Silahlı askerler, kılıçları ve baltalarıyla okçuların yardımına koştular; ortalık göz açıp kapayıncaya kadar kan içen bir keşmekeşe dönüşmüştü. Davos, Tazı'nın kafasındaki köpek başlı miğferi tanıdı. Clegane, atını *Dua*'dan sarkan iskele tahtasının üstüne sürerken beyaz pelerini omuzlarından akıyordu, gücünün yettiği derecede yaklaşmak hatasını yapan herkesi biçiyordu adam.

Kalenin ötesinde, tepenin üstünde, kendisini çevreleyen duvarların arkasında Kral Toprakları yükseliyordu. Nehir kıyısı kapkara bir viraneydi; Lannisterlar kıyıdaki her şeyi yakmış, Çamur Kapısı'nın ardına çekilmişti. Batık ambar gemilerin kömürleşmiş direkleri sığ sularda oturuyordu; uzun, taş rıhtımlara çıkmayı engelliyorlardı. *Oradan çıkamayız*. Davos, Çamur Kapısı'nın arkasındaki üç muazzam mancınığın tepelerini görebiliyordu. Visenya Tepesi'ndeki Yüce Baelor Septi'nin yedi kristal kulesinde güneş ışıkları parıldıyordu.

Davos mücadelenin başlangıcını görmedi ama duydu: İki kadırga birbirine çarparken çıkan, kulakları yırtan bir çatırtı. Hangi iki gemi olduğunu bilmiyordu. Bir an sonra nehrin üstünde ikinci çarpışma yankılandı ve sonra üçüncüsü. Kıymıklara ayrılan ahşabın tiz çığlıklarının arasından, *Hiddet*'in baş tarafındaki büyük mancınığın gümlemesi duyuldu. *Deniz Boynuzu*, Joffrey'nin kadırgalarından birini temiz bir kesikle ikiye böldü ama *Köpek Burnu* yanıyordu. *İpek Leydisi*'yle *Günahkâr Leydi*'nin arasında sıkışmış *Kraliçe Alysanne*'in mürettebatı korkulukların üstünden düşmanla dövüşüyordu.

Davos tam karşıda, düşmana ait *Kralkarası*'nın, *İnançlı*'yla *Asa*'nın arasına girdiğini gördü. Kürekçibaşı, çarpışmadan hemen önce geminin sancak tarafındaki küreklerini yoldan çekti ama *Asa*'nın iskele kürekleri, *Kralkarası* geminin gövdesine sürtünürken kıvılcımlar çıkararak parçalandı. "Bırak," diye komut verdi Davos ve okçular suyun karşısına kuru bir ok yağmuru gönderdi. Davos, *Kralkarası*'nın kaptanının düştüğünü gördü, adamın adını hatırlamaya çalıştı.

Karada, devasa mancınıkların bir, iki, üç kolu kalktı ve yüzlerce taş sarı gökyüzüne havalandı. Taşların her biri insan başı kadar büyüktü; düştükleri yerde suları havaya fışkırtıyor, ahşabı kırıp geçiyor ve canlı adamları kemiğe, ete, kıkırdağa çeviriyorlardı. İlk savaş hattı nehir boyunca savaşıyordu. Kancalı halatlar fırlatılıyor, demirden gemi mahmuzları ahşap gövdeleri yarıyor, düşman askerleri gemilere akın ediyor, savrulan dumanların içinde oklar birbirleriyle fısıldaşıyor ve adamlar ölüyordu... ama Davos'un adamları değil, şimdilik.

Kara Hayat nehrin yukarısına çıktı. Kürekçi başının davulu, geminin mahmuzu için uygun bir kurban arayan gemi kaptanının kafasının içinde gümlüyordu. Kapana kısılmış *Kraliçe Alysanne*, Lannisterlar'ın savaş gemilerinin arasında tutsaktı, üç gemi kancalarla ve halatlarla birbirlerine kenetlenmişti.

"*Mahmuz hızı!*" diye bağırdı Davos.

Davulların ritmi, uzun ve hararetli çekiç vuruşlarına dönüştü ve *Kara Hayat* uçtu, pruvasının yardığı sular süt beyazı kesiliyordu. Aynı fırsatı Allard da görmüştü; *Leydi Marya*, *Kara Hayat*'ın hemen yanında coşuyordu. İlk savaş hattı, münferit mücadelelerden oluşan bir karmaşada dağılmıştı. Birbirine dolanmış üç gemi önlerinde göründü, dönüyorlardı. Birbirlerine kılıçlarla ve baltalarla saldıran adamlar, gemilerin güvertelerini kıpkırmızı bir keşmekeşe çevirmişti. *Biraz daha*, diye yalvardı Davos Seaworth, Savaşçı'ya, *onu biraz daha döndür, onun bordasını göster bana.*

Savaşçı dinliyor olmalıydı. *Kara Hayat* ve *Leydi Marya*, *Günahkâr Leydi*'nin bordasına hemen hemen aynı anda girdiler, geminin başını ve kıçını öyle büyük bir kuvvetle mahmuzlamışlardı ki üç gemi ilerideki *İpek Leydisi*'nin güvertesindeki adamlar suya savrulmuştu. Dişleri birbirine vurduğunda az kalsın kendi dilini koparıyordu Davos. Ağzındaki kanı tükürdü. *Bir dahaki sefere ağzını kapat aptal*. Denizde tam kırk yıl geçirmişti ama ilk kez bir gemiyi mahmuzluyordu. Okçuları ok salmaya devam ediyordu.

"Geri," diye komut verdi. *Kara Hayat* küreklerini ters çevirdiğinde, nehir suyu mahmuzun açtığı deliğe hücum etti ve *Günahkâr Leydi*, Davos'un gözlerinin önünde parçalara ayrıldı, düzinelerce adam nehre döküldü; canlıların bazısı yüzdü, ölülerin bazısı suyun yüzünde sürüklendi, ağır zırhların içindeki adamlar dibe battı; hem canlılar hem ölüler. Boğulan adamların yalvarışları Davos'un kulağında yankılanıyordu.

Yeşil bir patlama gözünü aldı, solda ve uzakta. Ve *Kraliçe Alysanne*'in kıç tarafından, tıslayarak yanan zümrüt yılanlar yükseldi. Sadece bir an sonra dehşet dolu bir çığlık duydu Davos, "*Çılgınateş!*"

Yüzünü buruşturdu. Yanan zift başka bir şeydi, çılgınateş başka. Şeytani bir karışımdı, neredeyse söndürülemezdi. Üstüne pelerin kapatıp boğmaya çalışsan pelerin tutuşurdu, avucunun içiyle bir zerresine dokunsan elin alev alırdı. "Çılgınateşin üstüne işe, aletin küle dönsün," derdi eski denizciler. Ama Sör Imry, simyacıların iğrenç *maddesinin* tadına bakabileceklerine dair uyarmıştı kaptanları. Neyse ki çok az gerçek alev kehanetçisi kalmıştı. *Yakında hiç kalmayacak*. Sör Imry böyle demişti.

Davos gerekli emirleri sıraladı; bir sıra kürek gemiyi geri iterken diğer sıra suya ters girdi ve kadırga yön değiştirdi. *Leydi Marya* da dönmüştü. İyi giden bir şey daha vardı. Çılgınateş, *Kraliçe Alysanne* ve düşmanlarının üstünde, Davos'un mümkün olabileceğine inanamadığı bir hızla yayılıyordu. Yeşil alevlerin içinde bükülen adamlar suya atlıyordu. Çığlıklarında insana dair hiçbir şey yoktu. Kral Toprakları'nın duvarlarındaki ateş topları ölüm kusuyordu ve Çamur Kapısı'nın arkasındaki dev mancınıklar kaya blokları fırlatıyordu. Bir öküz boyutundaki kaya parçası *Kara Hayat*'la *Hortlak*'ın arasına düştü, her iki gemi de şiddetle sallandı ve güvertelerdeki bütün adamlar sırılsıklam oldu. İlkinden çok da küçük olmayan başka bir kaya, *Cesur Kahkaha*'yı buldu. Velaryon kadırgası, bir kulenin tepesinden aşağı düşen bir oyuncak gibi parçalandı, etrafa saçılan kıymıklar insan kolu büyüklüğündeydi.

Davos, kapkara dumanın ve yeşil alevlerin arasından, nehrin aşağısına doğru yönelen küçük tekneleri gördü, sürü gibiydiler: yolcu tekneleri, patalyalar, mavnalar, futalar, sandallar ve yüzemeyecek kadar çürük görünen ambar gemiler. Bu teknelerin hareketi çaresizlik kokuyordu; suların üstünde sürüklenen bu ahşap parçaları savaşın akışını değiştiremezdi, sadece ayakaltında dolaşmış olurlardı. Davos, savaş hatlarının umutsuzca karıştığını gördü. İskele tarafında; *Lord Steffon*, *Perişan Jenna* ve *Hızlı Kılıç* taarruza geçmiş, nehrin yukarısını süpürüyordu. Sancak kanadındaki mücadele hararetliydi. Bununla birlikte, mancınıkların fırlattığı taşların altında kalan ana hat dağılmıştı. Kaptanların bazıları nehrin aşağısına dönüyordu, diğerleri iskeleye dümen kırıyordu, gemilerini parçalayan yağmurdan kaçmak için yapabilecekleri ne varsa yapıyorlardı. *Hiddet*'in kıç tarafındaki mancınık şehre doğru dönmüştü ama menzili yeterli değildi; zift dolu variller şehir duvarlarının dibinde parçalanıyordu. *Asa* küreklerinin çoğunu kaybetmişti, *İnançlı* mahmuzlanmış ve yana yatmaya başlamıştı. Davos, *Kara Hayat*'ı iki geminin arasına götürdü; Kraliçe Cersei'nin, şekerlemeler yerine askerle dolu olan oymalı ve yaldızlı zevk mavnasına güçlü bir yan darbe vurdu. Çarpışma askerlerin yarısını nehre döktü, *Hayat*'ın okçuları suyun üstünde kalmaya çalışanları avladı.

Matthos'un bağırışı Davos'u soldan gelen tehlikeye karşı uyardı; Lannister kadırgalarından biri *Kara Hayat*'ı mahmuzlamak üzere yaklaşıyordu. "Kuvvetle sancak," diye bağırdı Davos. Adamların bazıları kürekleri kullanarak mavnadan kurtulurken diğerleri de kadırgayı çevirdi. Hücuma geçen *Akyürek*'in pruvasıyla yüz yüze kalmışlardı. Davos bir an için çok yavaş hareket ettiğinden ve batmak üzere olduğundan korktu ama akıntı *Kara Hayat*'ın dönmesine yardım etti; çarpışmayı hafif bir yan darbeyle atlattılar, iki geminin gövdesi birbirine sürttü ve her ikisinin de kürekleri kırıldı. Sivri uçlu bir kürek parçası Davos'un kafasının üstünden uçtu, herhangi bir mızrak kadar keskindi. "Gemiye çıkın!" diye bağırdı Davos. Ucu kancalı halatlar atıldı. Davos kılıcını çekti ve küpeştelerin üstünden atlayıp adamlarına yol gösterdi.

Akyürek'in mürettebatı, onları küpeştede karşıladı ama *Kara Hayat*'ın silahlı askerleri çelikten bir dalga gibi adamların üstüne bindi. Davos kalabalığı yarıp ilerledi, kaptanı arıyordu ama adam ölmüştü. Davos cesedin tepesinde dururken, biri arkasından baltayla saldırdı. Miğferi darbeyi tuttu, kafatası ikiye ayrılmış olabilirdi ama beynindeki korkunç bir çınlamayla kurtuldu. İyice sersemlemişken yapabildiği tek şey yana yuvarlanmak oldu. Saldırgan çığlık atarak tekrar üstüne atıldı. Davos kılıcını iki eliyle birden kavrayıp ucunu adamın karnına sapladı.

Adamlarından biri Davos'u çekip ayağa kaldırdı. "Kaptan sör, *Akyürek* bizim." Doğruydu, Davos görebiliyordu. Düşmanın çoğu ölmüştü, ölmek üzereydi, teslim oluyordu. Miğferini çıkardı, ölülerden dökülen bağırsaklarla kayganlaşmış ahşabın üstünde dikkatle yürüdü. Matthos elini uzattı, Davos'un küpeştenin üstünden kendi gemisine atlamasına yardım etti.

Birkaç dakika boyunca, *Kara Hayat* ve *Akyürek* fırtınanın ortasında sakince durdular. Hâlâ birbirlerine kenetlenmiş hâlde olan *Kraliçe Alysanne* ve *İpek Leydisi* yeşil cehennemlere dönüşmüştü, nehrin aşağısına doğru sürükleniyor ve *Günâhkar Leydi*'nin parçalarını da beraberlerinde götürüyorlardı. Myr kadırgalarından biri gemilere çarptı, artık o da alevler içindeydi. *Kedi*, hızla batan *Yiğit*'in güvertesindeki adamları alıyordu. *Ejderfelaketi*'nin kaptanı, gemisini iki rıhtımın arasına almıştı, geminin kıç tarafında bağırıyordu; mürettebat, duvara hücum eden silahlı askerlere katılmak için karaya dökülüyordu. *Kızıl Kuzgun* mahmuzlanmıştı, ağır ağır batıyordu. *Deniz Boynuzu* aynı anda hem alevlerle hem de güvertesindeki düşman askerleriyle savaşıyordu ama Joffrey'nin *Sadık Adam*'ında alevli kalp dalgalanıyordu. Bir kaya bloğu yüzünden pruvası içe göçen *Hiddet*, *İnayet*'le çarpışıyordu. Davos, Lord Velaryon'un *Akıntıtaşı Gururu*'nu gördü; iki Lannister teknesinin arasındaydı, tekini deviriyor, diğerini alevli oklarla aydınlatıyordu. Nehrin güney kıyısında, şövalyeler atlarını gökelere bindiriyordu. Silahlı askerlerle dolu daha küçük kadırgalar kuzey kıyısına geçmeye başlamışlardı bile. Batan gemilerin ve yayılan çılgınateşin arasında dikkatle yol almak zorundaydılar. Kral Stannis'in bütün donanması nehirdeydi artık, Salladhor Saan'ın *Lysli*'si dışında. Karasu yakın vakitte onların kontrolünde olacaktı. *Sör Imry istediği zafere kavuşacak*, diye düşündü Davos *ve Stannis ordusunu karşıya geçirecek ama tanrılar affetsin, bütün bunların bedeli...*

"Kaptan sör!" Matthos, Davos'un koluna dokundu.

Kılıç Balığı'nın iki sıra küreği suya batıp çıkıyordu. Yelkenlerini hiç indirmemişti ve yanan zift halatlarını tutuşturmuştu. Davos gemiyi izlerken alevler yayıldı, iplere ve yelkenlere tırmandı. Şeklini geminin adından alan dengesiz demir mahmuz, nehrin yüzeyini yarıyordu. *Kılıç Balığı*'nın tam önünde, dönerek ona doğru sürüklenen ve çok cazip görünen bir hedef vardı, Lannisterlar'ın ambar gemilerinden biriydi, suya gömülmüş hâlde yüzüyordu. Bordalarının arasından, yeşil ve koyu kan sızıyordu.

Davos bunu gördüğünde kalbi durdu.

"Hayır," dedi. "Hayır, *HAYIIIIIIIIIR!*" Bağrışmaların ve savaşın gürültüsünün içinde onu Matthos'tan başka kimse duymadı. *Kılıç Balığı*'nın kaptanının duymadığı muhakkaktı, sonunda, gemisinin şişman ve dengesiz mahmuzuyla bir şey deleceği için hevesliydi. *Kılıç Balığı* mücadele hızına geçti. Davos, sakat elini, parmak kemiklerini sakladığı deri keseyi tutmak için yukarı kaldırdı.

Kılıç Balığı; bileyen, parçalayan, yırtan bir darbeyle çürük ambar gemisini ikiye böldü. Gemi, fazla olgunlaşmış bir meyve gibi patladı ama hiçbir meyve bu ahşap çığlığı gibi bir çığlık atmış olamazdı. Davos, geminin içindeki binlerce kırık kavanozdan akan yeşil iltihabı gördü; ölmek üzere olan bir canavarın bağırsaklarından dökülen zehir gibi parlıyor, ışıldıyor, nehrin yüzeyine yayılıyordu...

"Geri," diye kükredi. "Uzağa. Ondan uzaklaşın. Geri, geri!" Kancalı halatlar kesildi. *Kara Hayat, Akyürek*'ten ayrılırken Davos ayaklarının altında güvertenin hareket ettiğini hissetti. Kürekler suya girdi.

Sonra kısa bir *puf* sesi duydu, sanki biri kulağına üflemişti. Yarım kalp atımı zaman sonra kükreme geldi. Altındaki güverte kayboldu ve kara sular yüzüne çarptı, ağzı ve burnu suyla doldu. Batıyordu, boğuluyordu. Kör bir panik içinde, hangi tarafın yukarı olduğunu anlayamadan nehirle boğuşuyordu ve aniden yüzeye çıktı. Su kustu, ciğerlerini havayla doldurdu, en yakınındaki moloz parçasını yakaladı ve tutundu.

Kılıç Balığı ve ambar gemi gitmişti, kararmış gövdeleri nehrin aşağısına doğru sürükleniyordu, zor nefes alan adamlar, üstünden duman tüten ahşap parçalarına tutunuyordu. On beş metre yüksekte, yeşil alevlerden vücut bulmuş bir canavar nehrin üzerinde dans ediyordu. Canavarın bir düzine eli vardı ve her elinde bir kamçı, dokunduğu her şeyi tutuşturuyordu. *Kara Hayat*'ın ve onun iki tarafındaki *Akyürek* ve *Sadık Adam*'ın yandığını gördü Davos. *Züht, Kedi, Yiğit, Asa, Kızıl Kuzgun, Harridan, İnançlı, Hiddet*, hepsi havaya uçmuştu, *Kralkarası* ve *İnaye*t de öyle; canavar kendine ait olanı da yiyordu. Lord Velaryon'un parlak *Akıntıtaşı Gururu* dönmeye çalışıyordu ama canavar, yeşil parmaklarından birini geminin gümüşi küreklerine değdirdi ve kürekler sıradan mumlar gibi alev aldı. *Akıntıtaşı* bir an için, nehrin sularında iki sıra meşaleyle yol alıyormuş gibi göründü.

Akıntı Davos'u dişlerinin arasına almıştı, döndürüp duruyordu. Suyun üstünde yüzen çılgınateş yamasından kurtulmak için tekme attı. *Oğullarım*, diye düşündü ama kükreyen cehennemin ortasında onları aramanın yolu yoktu. Arkasında, çılgınateşle dolu başka bir ambar gemi daha havaya uçtu. Karasu, yatağında kaynıyor gibiydi. Yanan direkler, yanan insanlar ve kırılmış gemilerin parçaları havada uçuşuyordu.

Koya doğru sürükleniyorum. Orası daha iyi olmalıydı, kıyıya ulaşabilirdi belki, güçlü bir yüzücüydü. Salladhor Saan'ın gemileri de koydaydı. Sör Imry onlara açıkta beklemelerini emretmişti...

Akıntı onu tekrar döndürdü ve Davos nehrin aşağısında onu neyin beklediğini gördü.

Zincir, tanrılar bizi koruyun, *zinciri kaldırdılar.*

Nehrin Karasu Koyu'na doğru genişlediği yerde zincir iyice gerilmişti, suyun en fazla bir metre üzerindeydi. Bir düzine kadırga zincire takılmıştı bile ve akıntı diğer kadırgaları da onların üstüne itiyordu. Hemen hepsi alevler içindeydi, geri kalanlar da çok yakında alev alacaktı. Davos, Salladhor Saan'ın gemilerinin şeritli gövdelerini seçebiliyordu ama onlara asla ulaşamayacağını biliyordu. Kırmızı ve sıcak çelikten, alazlanmış ahşaptan ve girdap gibi dönen yeşil alevlerden oluşan bir duvar önüne çekilmişti. Karasu Nehri'nin ağzı, cehennemin ağzıydı şimdi.

TYRION

Tyrion Lannister bir burcun tepesinde tek dizinin üstüne çömelmişti, bir gargoyle kadar hareketsizdi. Çamur Kapısı'nın ve bir zamanlar balık pazarı ve rıhtım olan harabenin arkasındaki nehir tutuşmuş gibi görünüyordu. Stannis'in ordusunun yarısı alevler içindeydi, Joffrey'nin gemilerinin çoğuyla birlikte. Çılgınateşin öpücüğü gururlu gemileri cenaze ateşlerine, adamları canlı meşalelere çevirmişti. Hava dumanla, oklarla ve çığlıklarla doluydu.

Nehrin aşağısında, hem sıradan halk hem de soylu lordlar, Karasu'nun akıntısıyla karaklarına, teknelerine, sallarına doğru ilerleyen yeşil ve sıcak ölümü görebiliyorlardı. Yön değiştirmeye çalışan Myr kadırgalarının uzun ve beyaz kürekleri çıldırmış bir çıyanın bacakları gibi görünüyordu ama çabaları işe yaramıyordu. Çıyanların kaçacak yeri yoktu.

Şehir duvarlarının altında, yanan ziftle dolu fıçıların patladığı yerlerde onlarca büyük yangın vardı ama çılgınateş, cayır cayır yanan bir evin içindeki mum alevlerine çevirmişti onları; turuncu ve kızıl kanatları, yeşim rengi bir soykırımın karşısında zavallıca çırpınıyordu. Alçak bulutlar, yanan nehrin rengini yakalamış ve gökyüzünü yeşilin farklı tonlarıyla örten bir çatıya dönüşmüştü, tuhaf ve ürkütücü bir şekilde güzeldi. *Korkunç bir güzellik. Ejderha alevi gibi*. Fatih Aegon'ın, Ateş Tarlası'nın üstünde uçarken böyle hissedip hissetmediğini merak etti Tyrion.

Sıcak rüzgâr kırmızı pelerinini savurup çıplak yüzüne vurdu ama Tyrion başka tarafa dönemiyordu. Altın pelerinlilerin siperlerdeki setlerden gelen neşeli seslerinin hayal meyal farkındaydı. Onlara eşlik edecek sesi yoktu. Yarım bir zaferdi bu. *Yetmez*.

Kral Aerys'in kararsız meyveleriyle doldurduğu ambar gemilerden birini gördü. Nehirden yeşil bir alev pınarı fışkırdı, öyle parlaktı ki ellerini gözlerine siper etmek zorunda kaldı. On, belki on iki metre yükseldiğindeki alev sütunları suyun üstünde dans ediyordu, çıtırdayıp tıslayarak. Bir an için çığlıkları bastırdılar. Suyun içinde yüzlerce insan vardı, boğuluyor ya da yanıyorlardı, belki her ikisi birden.

Çığlıklarını duyabiliyor musun Stannis? Yandıklarını görebiliyor musun? Bu, benim olduğu kadar senin de marifetin. Karasu'nun kuzeyinde, üstünden duman tüten insan yığınının arkasında bir yerde Stannis de izliyordu, Tyrion biliyordu. Stannis'te, ağabeyi Robert'ın savaş iştahı olmamıştı hiçbir zaman. Artçı kuvveti komuta edecekti, yedek kuvveti, tıpkı Lord Tywin gibi. Şu anda bir savaş atının sırtında oturuyordu büyük ihtimalle, parlak bir zırh kuşanmıştı, tacı başındaydı. *Kırmızı altından yapılmış bir taç, uçlarının alev şeklinde olduğunu söylemişti Varys.*

"Gemilerim," diye çatladı Joffrey'nin sesi yürüme yolundan bağırdığında, muhafızlarıyla birlikte siperlerin arkasına saklanmıştı. Krallığının işareti olan altın çember, savaş miğferini süslüyordu. "*Kralkarası* yanıyor. *Kraliçe Cersei*, *Sadık Adam*. Bak, *Denizgülü* orada." Yeni kılıcının ucuyla gösterdi; yeşil alevler *Denizgülü*'nün altın renkli gövdesini yalıyor ve küreklerine tırmanıyordu. Kaptan gemiyi nehrin yukarısına doğru çevirmeye çalışmıştı ama çılgınateşten kaçabilecek kadar hızlı değildi.

Gemi lanetlenmişti, Tyrion biliyordu. *Başka bir yol yoktu. Onlarla yüzleşmek için öne çıkmasaydık Stannis tuzağı sezerdi.* Bir oka yön verilebilirdi, bir mızrağa, hatta mancınıktan fırlatılan bir taşa ama çılgınateşin kendi iradesi vardı. Bir kez serbest bırakıldığında insanların kontrolünden çıkardı. "Yapacak bir şey yok," dedi Tyrion yeğenine. "Donanmamız her halükârda yok olacaktı."

Tyrion, burcun tepesinde durmasına rağmen -etrafa siperlerin üstünden bakamayacak kadar kısaydı, bu sebeple adamları onu burca çıkarmıştı- alevler ve duman yüzünden nehrin aşağısında olanları göremiyordu ama kafasının içinde binlerce kez görmüştü her şeyi. Bronn, Stannis'in amiral gemisi Kızıl Kale'nin önünden geçtiği anda öküzleri kamçılamıştı; zincir korkunç ağırlıktaydı, devasa bocurgatlar çatırdayıp inleyerek ağır ağır dönmüştü. Suyun üstünde metalin ilk pırıltısı göründüğünde düşman donanmasının tamamı zinciri geçmişti. Halkalar, üstlerinden sular damlayarak, çamurla ışıldayarak teker

teker ortaya çıkmıştı, kudretli zincir iyice gerilene dek. Kral Stannis donanmasını Karasu'ya sokmuştu ama buradan çıkışı yoktu.

Buna rağmen, bazıları uzaklaşıyordu. Nehir akıntısı aldatıcı bir şeydi ve çılgınateş Tyrion'ın umduğu kadar eşit yayılmamıştı. Ana kanal tamamen tutuşmuştu fakat Myrli adamların çoğu güney kıyısına ulaşmıştı ve burunları bile kanamadan kaçmayı başarmış gibi görünüyorlardı. En az sekiz gemi şehir duvarlarının altına yanaşmıştı. *Yanaşmış ya da vurmuş, ikisi de aynı anlama gelir; karaya adam çıkarıyorlar.* Daha kötüsü, ambar gemiler bir cehennem yaratarak havaya uçtuğunda düşmanın ilk iki savaş hattının güney kanadı nehrin epey yukarısındaydı. Kaba bir tahminle Stannis'in elinde otuz ya da kırk kadırga kalacaktı; bütün ordusunu karşıya geçirmeye yeterdi bu sayı, adamları cesaretlerini geri kazandıklarında.

Cesaret toplamaları vakit alacaktı; binlerce arkadaşının alevler tarafından yutulduğunu gördükten sonra en cesur adam bile dehşete kapılırdı. Madde bazen öyle sıcak yanardı ki insan eti iç yağı gibi erirdi, Hallyne söylemişti. Ama yine de...

Tyrion kendi adamlarıyla ilgili hayallere kapılmıyordu. *Mücadelenin sert olacağını anladıkları anda kırılacaklar, kötü kırılacaklar,* diye uyarmıştı Jacelyn Bywater. Yani, kazanmanın tek yolu mücadeleyi baştan sona yumuşak tutmaktı.

Nehrin kıyısındaki rıhtımların enkazlarının arasında hareket eden koyu renkli şekilleri görebiliyordu. *Yeni bir hücum için vakit geldi*, diye düşündü. Düşman askerlerinin en savunmasız olduğu an karaya çıktıkları andı. Düşmana kuzey kıyısında toplanacak kadar vakit vermemeliydi.

Burçtan aşağı atladı. "Lord Jacelyn'e nehir kıyısında düşmanlar olduğunu bildir," dedi Bywater'ın ona tahsis ettiği ulaklardan birine. Bir diğerine, "Sör Arneld'e saygılarımı ilet ve Fahişeler'i otuz derece batıya çevirmesini söyle," dedi. Bu açı, suyun içine kadar olmasa da daha uzun bir atış menzili sağlayacaktı.

"Annem, Fahişeler'i kullanabileceğimi söylemişti," dedi Joffrey. Kralın miğfer siperini yine açık görmek Tyrion'ı kızdırmıştı. Çocuğun bütün o ağır çeliklerin içinde piştiğine şüphe yoktu... ama yeğeninin gözüne saplanmış serseri bir ok Tyrion'ın istediği son şey bile değildi.

Siperi aşağı indirdi. "Bunu kapalı tutun Majesteleri, tatlı varlığınız hepimiz için çok kıymetli." *Bu sevimli suratının mahvolmasını da istemezsin.* "Fahişeler senin." Uygun bir zamandı; alevler içindeki gemilere daha fazla ateş topu fırlatmanın anlamı yoktu. Boynuzlu Adamlar çırılçıplak ve birbirlerine zincirlenmiş hâlde aşağıdaki meydandaydı, boynuzları kafalarına çivilenmişti. Yargılanmak için Demir Taht'ın önüne getirildiklerinde, hepsini Stannis'e yollayacağına dair söz vermişti Joff. İnsan bedeni bir kayadan ya da ziftle dolu bir fıçıdan daha hafifti ve çok daha uzağa fırlatılabilirdi. Altın pelerinlilerden bazıları, vatan hainlerinin Karasu'nun karşısına kadar uçup uçamayacağı üstüne bahse girmişlerdi. "Acele edin Majesteleri," dedi Tyrion. "Kısa zaman sonra mancınıklara tekrar ihtiyacımız olacak. Çılgınateş bile sonsuza dek yanmaz."

Joffrey sevinç içinde merdivenlere koşturdu. Sör Meryn yanındaydı, Sör Osmund peşlerinden gidecekken Tyrion adamı kolundan yakaladı. "Ne olursa olsun onu güvende tutun ve *orada tutun*, anlaşıldı mı?"

"Emredersiniz," dedi Sör Osmund itaatkâr bir sesle.

Tyrion, kral herhangi bir zarar gördüğü takdirde onların başına neler geleceğiyle ilgili Trant'ı ve Karakazan'ı uyarmıştı ve on iki tecrübeli altın pelerinli Joffrey'yi merdivenlerin başında bekliyordu. *Sefil piçini mümkün olan en iyi şekilde koruyorum Cersei*, diye düşündü Tyrion acıyla. *Umarım Alayaya için aynı şeyi yapıyorsundur.*

Joffrey gittikten kısa bir vakit sonra bir ulak nefes nefese merdivenlerin başında belirdi. "Lordum, çabuk!" Tek dizinin üstüne düştü. "Turnuva alanına yüzlerce adam çıkardılar! Kral Kapısı'nın önüne bir koçbaşı getiriyorlar."

Tyrion bir küfür savurup paytak adımlarıyla merdivenlere yöneldi. Podrick Payne atlarla birlikte aşağıda bekliyordu. Nehir Yolu'ndan aşağı dörtnala koşturdular. Pod ve Sör Mandon hızla arkalarından geliyordu. Pencereleri sıkı sıkı kapatılmış evler yeşil gölgelerle boğulmuştu ama yollarda kalabalık yoktu; Tyrion, muhafızların bir kapıdan diğerine hızlıca ulaşabilmesi için yolların açık tutulmasını emretmişti. Buna rağmen, Kral Kapısı'na vardıklarında duyduğu gümleme sesleri, koçbaşının oyuna dahil edildiğini anlatıyordu. Devasa menteşelerin inilti-leri, ölmek üzere olan bir devin feryatlarına benziyordu. Kapı kulübesinin önündeki meydan yaralılarla doluydu ama Tyrion atlılardan oluşan sıralar da görüyordu, bütün adamları zarar görmemişti; güçlü bir hat oluşturmaya yetecek kadar paralı as-ker ve altın pelerinli vardı. "Toplanın," diye bağırdı yere atlar-ken. "Burayı kim komuta ediyor. Dışarı çıkıyorsun."

"Hayır." Duvarın gölgesinden bir gölge ayrıldı ve koyu gri bir zırh giyen uzun boylu bir adama dönüştü. Sandor Clegane miğferini iki eliyle birden çıkarıp yere attı. Çelik ezilmiş ve alaz-lanmıştı, hırlayan köpeğin sol kulağı kopmuştu. Tek gözünün üstündeki derin yarıktan çıkan kan, eski yanık izlerinin üstüne akıyor, yüzünün yarısını maskeliyordu.

"Evet," diye karşılık verdi Tyrion.

Clegane'in solukları düzensizdi. "Bütün bunların canı ce-henneme, seninki de."

Bir paralı asker Tazı'nın yanına geldi. "Dışarı çıktık. Tam üç kez. Adamlarımızın yarısı öldürüldü ya da yaralandı. Her yerde çılgınateş patlıyor. Atlar insanlar gibi çığlık atıyor, insanlar da atlar gibi..."

"Sizleri turnuvada dövüşmeniz için mi tuttuğumuzu sanı-yordun? Sana bir bardak buzlu süt ve bir kâse ahududu getir-memi ister misin? Hayır mı? O hâlde şu kahrolası atına bin. Tazı, sen de."

Clegane'in yüzündeki kan kıpkırmızı parlıyordu ama gözle-rinin akı görünüyordu. Uzunkılıcını çekti.

Korkuyor, diye fark etti Tyrion şaşkınlıkla. *Tazı korkuyor*. Du-rumun aciliyetini açıklamaya çalıştı. "Kapıya bir koçbaşıyla yük-leniyorlar, seslerini duyabilirsin, onları dağıtmak zorundayız..."

"Kapıları aç. İçeri doluştuklarında etraflarını sar ve hepsini öldür." Tazı, uzunkılıcının ucunu yere sapladı, kabza topuzu-na tutundu, ileri geri sallanmaya başladı. "Adamlarımın yarısını kaybettim. Atlarımı da. O ateşin içine bir kez daha girmem."

Sör Mandon Moore, Tyrion'ın yanına geldi, beyaz mineli kalkanı lekesizdi. "Kral Eli emrediyor."

"Kral Eli'ni becereyim." Tazı'nın yüzünün kanla kaplı olma-yan yanı süt kadar beyazdı. "Biri bana içecek bir şey getirsin."

Bir altın pelerinli adama bir kupa uzattı. "Su? Suyunu becereyim. Bana şarap getir."

Tükenmiş. Tyrion bunu görebiliyordu artık. *Yaraları, alevler... İşi bitmiş, başka birini bulmak zorundayım ama kim? Sör Mandon?* Adama baktığı anda işe yaramayacağını biliyordu. Clegane'in korkusu hepsini sarsmıştı. Bir lider olmadan onlar da dışarı çıkmayı reddedecekti ve Sör Mandon... tehlikeli bir adam, Jaime söylemişti, evet ama diğer adamların takip edeceği bir adam değildi.

Tyrion uzaktan büyük bir gümleme daha duydu. Duvarların üstünde kararan gökyüzü yeşil ve turuncu ışıklarla doluydu. Kapı daha ne kadar dayanabilirdi?

Bu çılgınlık, diye düşündü, *ama çılgınlığı yenilgiye tercih ederim. Yenilgi ölüm ve utanç demek*. "Pekâlâ, hücuma *ben* önderlik edeceğim."

Tazı'nın utanıp cesaretini tekrar kazanacağını düşündüyse de yanılmıştı. Clegane sadece güldü. *"Sen?"*

Tyrion adamların yüzündeki inanmazlığı görebiliyordu. "Ben. Sör Mandon, siz kralın sancağı olacaksınız. Pod, miğferim." Delikanlı emre itaat etmek için koştu. Tazı, kertilmiş ve kana bulanmış kılıcına yaslanıp kocaman açılmış gözleriyle Tyrion'a baktı. Sör Mandon, Tyrion'ın atına binmesine yardım etti. *"Toplanın!"* diye bağırdı Tyrion.

Tyrion'ın kızıl aygırına boyun ve baş zırhı giydirilmişti. Sağrısındaki örgü zırhın üstüne kırmızı ipek serilmişti. Eyeri yaldızlıydı. Podrick Payne, Tyrion'a miğferini ve kalkanını uzattı; küçük altın aslanlarla çevrilmiş altın bir el, meşeden yapılmış ağır kırmızı kalkanı süslüyordu. Tyrion az sayıdaki kuvvetine bakarak atına bir çember çizdirdi. Yalnızca bir avuç adam emrine itaat etmişti, yirmiden fazla değillerdi. En az Tazı'nınki kadar beyaz yüzleriyle atlarının sırtında oturuyorlardı. Tyrion aşağılayan gözlerle diğer adamları süzdü: Clegane'in komutasındaki şövalyeler ve paralı askerler. "Benim yarım bir adam olduğumu söylüyorlar," dedi. "Ben yarım bir adamsam sizler nesiniz?"

Bu soru adamları yeterince utandırmıştı. Bir şövalye eyerine bindi, miğfersiz, diğerlerine katılmak için atını sürdü. Bir çift paralı asker şövalyeyi takip etti. Sonra diğerleri. Kral Kapısı tekrar inledi. Birkaç dakika içinde Tyrion'ın ekibi iki katına çıkmıştı. Onları tuzağa düşürmüştü. *Ben savaştığım sürece onlar da savaşmak zorunda, yoksa bir cüce bile etmeyecekler.*

"Beni Joffrey'nin adını haykırırken duymayacaksınız," dedi adamlara. "Beni Casterly Kayası diye bağırırken de duymayacaksınız. Stannis'in işgal etmeye niyetlendiği bu şehir sizin ve yıkmaya çalıştığı bu kapı size ait. Benimle gelin ve şu orospu çocuğunu öldürelim!" Tyrion baltasını çıkardı, atını çevirdi ve karşı taarruz geçidine doğru koşturmaya başladı. Adamların takip ettiğini *düşünüyordu* ama arkasına bakmaya cesaret edemedi.

SANSA

Meşale alevleri duvar apliklerinin metallerinde ışıldıyor, Kraliçe'nin Balo Salonu'nu gümüşi bir ışıkla dolduruyordu. Buna rağmen karanlık vardı bu salonda. Sansa, arka kapıda taş kadar kıpırtısız duran, hiçbir şey yiyip içmeden bekleyen Sör Ilyn Payne'in gözlerinde görüyordu karanlığı. Lord Gyles'ın gergin öksürüğünde, Cersei'ye son havadisleri vermek için salona giren Osney Karakazan'ın fısıltılarında duyuyordu.

Osney arka kapıdan girip ilk kez geldiğinde Sansa çorbasını bitirmek üzereydi. Adamın, ağabeyi Osfryd'le konuştuğunu gördü. Daha sonra platforma çıktı Osney, yüksek koltuğun önünde diz çöktü, at kokuyordu, yanağındaki dört uzun ve ince sıyrık kabuk bağlamıştı, yakasına kadar inen saçları gözlerine girmişti. Adam fısıldıyordu ama Sansa kulak kabartmaktan alamadı kendini. "Donanmalar çarpışıyor. Birkaç okçu karaya çıkmayı başardı ama Tazı onları parçalara ayırdı Majesteleri. Kardeşiniz kudretli zinciri kaldırıyor, işareti duydum. Bit Çukuru'ndaki bazı sarhoşlar kapıları kırıyor, pencerelerden içeri giriyor ama Lord Bywater altın pelerinlileri gönderdi, icaplarına bakılacak. Baelor Septi tıka basa dolu, herkes dua ediyor."

"Ya oğlum?"

"Kralımız, Yüce Rahip'in duasını almak için Baelor'a gitti. Şu anda El'le birlikte duvarları yürüyor, adamlarımıza cesur olmalarını söylüyor, morallerini yükseltiyor."

Cersei bir kadeh şarap daha istemek için uşağını çağırdı: Arbor'dan gelen altın hasat şarabı, meyveli ve yoğun. Kraliçe fazlaca içiyordu ama şarap onu daha da güzelleştiriyordu sanki; yanakları pembeleşmişti, salona tepeden bakan gözlerinde parlak, ateşli bir ısı vardı. *Çılgınateşin gözleri*, diye düşündü Sansa.

Müzisyenler şarkılar çaldı, jonglörler gösteri yaptı. Ay Oğlan uzun sırıkların üstünde salonu dolaşıp herkesle alay ederken Sör Dontos süpürge sopasından atıyla hizmetçi kızları kovaladı. Konuklar güldü ama neşesiz kahkahalardı bunlar, göz açıp kapayıncaya kadar hıçkırıklara dönüşebilecek kahkahalar. *Bedenleri burada ama akılları şehir duvarlarında, yürekleri de öyle.*

Çorbadan sonra, elma, ceviz ve kuru üzümlü salata getirildi. Başka bir vakitte lezzetli gelebilirdi ama bu gece bütün yemeklere korku baharatı katılmıştı. Hiç iştahı olmayan sadece Sansa değildi. Lord Gyles yediğinden fazla öksürüyordu, Lollys Stokeworth kambur hâlde oturmuş titriyordu ve Sör Lancel'in şövalyelerinden birinin genç gelini teselli edilemez bir şekilde ağlıyordu. Kraliçe, Üstat Frenken'e kızı yatırmasını ve rüya şarabı vermesini emretti. Şövalyenin karısı salondan çıkarılırken, "Gözyaşları," dedi küçümseyerek. "Kadınların silahı, leydi annem böyle derdi eskiden. Bir erkeğin silahı kılıcıdır. Ve bu, sana bilmen gereken her şeyi anlatıyor, değil mi?"

"Ama erkekler cesur olmak zorunda," dedi Sansa. "Herkes seni öldürmeye çalışırken dışarı çıkıp kılıçlarla ve baltalarla yüzleşmek..."

"Jaime, sadece savaş meydanında ve yatakta gerçekten yaşıyormuş gibi hissettiğini söylemişti bana bir keresinde." Kadehini kaldırıp büyük bir yudum içti. Salatasına dokunmamıştı. "Bu korkak tavuk sürüsünün varlığından keyif alıyormuş gibi yapıp çaresizce oturmaktansa kılıçlarla yüzleşmeyi tercih ederim."

"Onları buraya siz çağırdınız Majesteleri."

"Bir kraliçeden beklenen belli şeyler vardır. Eğer Joffrey'yle evlenirsen aynı şeyler senden de beklenecek. Öğrensen iyi olur." Sıraları dolduran eşleri, kızları, anneleri inceledi. "Bu tavukların hiçbir önemi yok ama horozlar şu ya da bu sebeple önemli ve bazıları bu savaştan sağ çıkacak. Bana yakışan, kadınlarının güvende olmasını sağlamaktır. Eğer benim sefil cüce kardeşim bir şekilde başarılı olursa bu kadınlar kocalarına, babalarına dönecekler ve benim nasıl cesur olduğumu, benim cesaretimin onları nasıl ayakta tuttuğunu ve zafer kazanacağımızdan nasıl bir an bile şüphe etmediğimi anlatacaklar."

"Ya kale düşerse?"

"Bunu çok isterdin, öyle değil mi?" Cersei bir inkâr duymak için beklemedi. "Eğer kendi muhafızlarımın ihanetine uğramazsam bir süre burada kalabilirim. Daha sonra kale duvarlarına gidip Lord Stannis'e bizzat teslim olurum. Bu, bizi en kötüsünden kurtarır. Ama Maegor Hisarı, Stannis gelmeden önce düşerse konuklarımın çoğu tecavüze maruz kalır diyebilirim.

Ve böyle zamanlarda; kötürüm bırakılmayı, işkenceyi ve cinayeti de göz ardı etmemelisin."

Sansa dehşete kapılmıştı. "Bunlar kadın, silahsız ve hassas yaradılışlı."

"Cinsiyetleri onları koruyabilir," diye kabul etti Cersei, "ama düşündüğün kadar değil. Bu kadınların hepsi iyi fidye eder ama bir mücadele çılgınlığından sonra askerler sikke değil, et ister genelde. Yine de, altın bir kalkan hiç kalkanın olmamasından iyidir. Sokaklardaki kadınlara, bize gösterdikleri şefkatin yarısını bile göstermeyecekler. Hizmetçilerimize de. Leydi Tanda'nın hizmetçisi gibi güzel kızlar eğlenceli bir gecenin oyuncağı olabilir ama yaşlıların, halsizlerin ve çirkinlerin kurtulabileceğini sanma sakın. Yeterince içki, kör bir çamaşırcı kadını ya da domuz ağılında çalışan leş kokulu bir kızı bile senin kadar alımlı yapabilir tatlım."

"Ben?"

"Bir fare gibi konuşmamaya *çalış* Sansa. Artık bir kadın oldun, unuttun mu? Ve benim ilk oğlumla nişanlısın." Kraliçe bir yudum şarap daha içti. "Kapılardaki başka biri olsaydı aklını çelmeyi umabilirdim. Ama bu Stannis Baratheon, atını baştan çıkarmak istesem daha çok şansım olur." Sansa'nın yüzündeki ifadeyi görünce güldü. "Sizi şaşırttım mı leydim?" Öne eğildi. "Seni küçük aptal. Bir kadının *tek* silahı gözyaşları değildir. Bacaklarının arasında bir silahın daha var ve onu kullanmayı öğrensen iyi edersin. Erkeklerin, kılıçlarını yeterince özgürce kullandığını göreceksin. Her iki kılıcı da."

İki Karakazan salona girince Sansa cevap vermekten kurtuldu. Sör Osmund ve kardeşleri kalenin en sevilen adamları olmuşlardı; gülümsemeleri ve şakaları her daim hazırdı, şövalyeler ve yaverlerle olduğu kadar seyislerle ve avcılarla da anlaşıyorlardı. Hepsinden çok, hizmetçi kızlarla anlaştıkları söyleniyordu. Sör Osmund yakın zamanda Tazı'nın görevini üstlenmişti, Joffrey'nin yanında o vardı artık. Çamaşır kuyusunun başındaki kadınlar, Osmund'ın Tazı kadar güçlü olduğunu söylüyordu, daha genç ve daha hızlıydı sadece. Eğer gerçekten böyleyse Sör Osmund, Kral Muhafızları'na seçilmeden önce Karakazanlar'ı neden hiç duymadığını merak etti Sansa.

Kraliçenin yanında diz çökerken Osmund'ın yüzünde güller açıyordu. "Ambar gemiler havaya uçtu Majesteleri. Bütün Karasu alevler içinde. Yüz gemi yanıyor, belki daha fazla."

"Ya oğlum?"

"El'le beraber Çamur Kapısı'nda Majesteleri. Daha önce siperlerdeki setlerde okçularla konuştu ve onlara yay kullanmakla ilgili birkaç sır verdi, evet yaptı. Onun epey cesur bir delikanlı olduğu konusunda herkes hemfikir."

"Epey *canlı* bir delikanlı olarak kalsa iyi olur." Cersei, Osfryd'e döndü, ağabeyinden daha uzun ve daha ciddi görünümlüydü, siyah bir bıyığı vardı. "Evet?"

Osfryd uzun siyah saçlarının üstüne bir miğfer geçirmişti, yüzündeki ifade acımasızdı. "Majesteleri," dedi sessizce, "bir seyis ve iki hizmetçi kız, kralımızın atlarından üçüyle birlikte arka kapıdan kaçmaya çalışırken yakalandı."

"Gecenin ilk hainleri," dedi kraliçe, "ama korkarım sonuncular olmayacaklar. Onlarla Sör Ilyn ilgilensin, kafaları kazığa geçirilip ibret olsun diye ahırların önüne dikilsin." Karakazanlar gittiğinde Sansa'ya döndü. "Oğlumun yanında oturmak istiyorsan öğrenmen gereken bir ders daha: Böyle bir gecede merhametli davran ve etrafın sert bir yağmurdan sonra ortaya çıkan mantarlar gibi ihanetle sarılsın. İnsanların sadakatini kesin hâle getirmenin tek yolu senden, düşmanlardan daha fazla korkmalarını sağlamaktır. "

İnsanların sadakatine giden en güvenilir yolun korku değil sevgi olduğunu duyarak büyümesine rağmen, "Bunu unutmayacağım Majesteleri," dedi Sansa. *Eğer bir gün kraliçe olursam insanların beni sevmesini sağlayacağım*.

Salatayı yengeç ayağı tartları takip etti. Ardından ekmek içinde servis edilen, pırasa ve havuçla kızartılmış koyun eti geldi. Lollys çok hızlı yemişti, midesi bulandı ve hem ablasının hem kendi elbisesinin üstüne kustu. Lord Gyles öksürdü, içti, öksürdü, içti ve sızdı. Yüzü tabağına, eli bir şarap gölcüğüne gömülmüş hâlde masaya yayılan adama tiksinti dolu gözlerle baktı kraliçe. "Erkekliği böyle yaratıklara vererek heba eden tanrılar çıldırmış olmalı ve ben de bu sefilin serbest bırakılmasını istediğim için."

Osfryd Karakazan geri geldi, kırmızı pelerini uçuşuyordu. "İnsanlar meydanda toplanıyor Majesteleri, kaleye sığınmak istiyorlar. Ayaktakımından değiller, zengin tüccarlar ve akranları."

"Onlara evlerine dönmelerini emret," dedi kraliçe. "Gitmezlerse okçularımız birkaçını öldürsün. Saldırı olmasın; kapılar hiçbir sebeple açılmayacak."

"Emredersiniz." Adam reverans yapıp ayrıldı.

Kraliçenin yüzü sert ve öfkeliydi. "Keşke boyunlarını kendi elimle kesebilseydim." Dili dolaşmaya başlamıştı. "Küçükken Jaime'yle birbirimize o kadar çok benzerdik ki babam bile bizi ayırt edemezdi. Bazen şaka olsun diye birbirimizin kıyafetlerini giyer, bütün günü birimiz öbürümüzmüş gibi davranarak geçirirdik. Buna rağmen, Jaime'ye ilk kılıcı verildiği gün benim için bir kılıç getirilmemişti. '*Ben* ne alacağım?' diye sorduğumu hatırlıyorum. Biz aynıydık ve ikimize neden o kadar *farklı* davranıldığını asla anlayamadım. Jaime kılıçla, mızrakla ve gürzle dövüşmeyi öğrenirken bana gülümsemek, şarkı söylemek, memnun etmek öğretildi. O, Casterly Kayası'nın vârisi olmak için doğmuştu ve ben bir yabancıya satılmak için, bir at gibi. Yeni sahibim ne zaman isterse üstüme çıkacaktı ve zamanı gelince daha genç bir kısrak yavrusu için beni bir kenara atacaktı. Jaime'nin kaderinde güç ve zafer vardı, benimkinde doğum ve kan."

"Ama siz bütün Yedi Krallık'ın kraliçesi oldunuz," dedi Sansa.

"İş kılıçlara gelince kraliçe dediğin bir kadındır sadece."

Cersei'nin şarap kadehi boşalmıştı. Uşak tazelemek için hareketlendi ama kraliçe kadehi çevirdi ve başını salladı. "Bu kadarı kâfi. Zihnimin açık olması gerek."

Son yemek, kızarmış elma dilimleriyle servis edilen keçi peyniriydi. Osney Karakazan kraliçenin yanında son kez diz çökerken salon tarçın kokusuyla doluydu. "Majesteleri," diye mırıldandı adam, "Stannis turnuva alanına adam çıkardı ve daha fazlası da geliyor. Çamur Kapısı saldırı altında, Kral Kapısı'na bir koçbaşı dayadılar. İblis düşmanı dağıtmak için dışarı çıktı."

"Düşman korkudan titreyecek," dedi kraliçe kuru bir sesle. "Joffrey'yi yanına almadı umarım."

"Hayır Majesteleri, kralımız ağabeyimle birlikte Fahişeler'in yanında, Boynuzlu Adamlar'ı nehre fırlatıyor."

"Çamur Kapısı saldırı altındayken? Saçmalık. Sör Osmund'a oğlumu derhal oradan çıkarmasını söyleyin, çok tehlikeli. Onu kaleye getirin."

"İblis dedi ki..."

"Seni ilgilendiren *benim* ne dediğim." Cersei gözlerini kıstı. "Ağabeyin kendisine söyleneni yapacak, aksi takdirde bir sonraki hücuma o liderlik eder ve sen de onun yanında gidersin."

Masalar temizlendikten sonra konukların çoğu septe gitmek için izin istedi. Cersei bu isteği nezaketle kabul etti. Gidenlerin arasında Leydi Tanda ve kızları da vardı. Bir şarkıcı öne çıktı ve geride kalanlar için salonu arpının tatlı sesiyle doldurdu. Jonquil ve Florian'ı söyledi, Ejderha Şövalyesi Prens Aemon'ın, kendi kardeşinin kraliçesine karşı duyduğu aşkı, Nymeria'nın on bin gemisini. Şarkılar çok güzeldi ama ölümüne hüzünlüydü. Kadınların çoğu ağlıyordu. Sansa da gözlerinin nemlendiğini hissetti.

"Çok iyi tatlım." Kraliçe Sansa'ya doğru eğildi. "Gözyaşlarını prova etmelisin. Kral Stannis'in karşısında gerekecek."

Sansa huzursuzca kıpırdandı. "Majesteleri?"

"Ah, şu boş nezaketlerini kendine sakla. Adamlarımız bir cücenin liderliğine ihtiyaç duyuyorsa iş umutsuz bir noktaya varmış demektir, yani sen de maskeni çıkarabilirsin artık. Tanrı korusundaki küçük hainliğinden haberim var."

"Tanrı korusu?" *Sör Dontos'a bakma, bakma, bakma*, dedi Sansa kendine. *Haberi yok, kimse bilmiyor, Dontos söz verdi bana, Florian'ım beni asla yarı yolda bırakmaz*. "Ben hainlik yapmadım. Tanrı korusuna dua etmek için gidiyorum."

"Stannis için. Ya da ağabeyin için, aynı şey. Yoksa neden babanın tanrılarından yardım isteyesin? Bizim yenilmemiz için dua ediyorsun. Buna hainlik denmez de ne denir?"

"Joffrey için dua ediyorum," dedi Sansa ısrarla.

"Neden, sana çok iyi davrandığı için mi?" Kraliçe, tatlı erik şarabıyla dolu sürahiyi hizmetçi kızın elinden kapıp Sansa'nın kadehini doldurdu. "İç," diye emretti soğuk bir sesle. "Belki bir kez olsun gerçekle yüzleşecek cesareti verir sana."

Sansa kadehi dudaklarına götürüp bir yudum içti. Şarap iç bayıltacak kadar tatlıydı ama çok sertti.

"Bundan daha iyisini yapabilirsin," dedi Cersei. "Kraliçen emrediyor."

Neredeyse boğuluyordu ama kadehi boşalttı Sansa, yoğun ve tatlı şarap başını döndürene dek içti.

"Biraz daha?" diye sordu Cersei.

"Hayır, lütfen."

Kraliçe hoşnutsuz görünüyordu. "Bana Sör Ilyn'i sorduğunda sana yalan söyledim. Gerçeği duymak ister misin Sansa? Onun aslında neden burada olduğunu öğrenmek ister misin?"

Sansa cevap vermeye cesaret edememişti ama bu önemli değildi. Kraliçe bir yanıt beklemeden elini kaldırdı ve çağırdı. Sansa, Sör Ilyn'in salona geri döndüğünü bile görmemişti ama adam oradaydı, yüksek masanın arkasındaki gölgelerden çıkmıştı ve bir kedi kadar sessizce yaklaşıyordu. Elinde Buz vardı. Lord Eddard bir adamın kafasını aldıktan sonra kılıcını tanrı korusunda temizlerdi hep, Sansa hatırlıyordu, ama Sör Ilyn o kadar titiz bir adam değildi. Hareli çelikte kurumaya yüz tutmuş kan vardı; kırmızı, kahverengiye dönmüştü bile. "Leydi Sansa'ya neden yanımızda olduğunu söyle," dedi Cersei.

Sör Ilyn ağzını açtı ve boğuk bir hırıltı çıkardı. Çiçek bozuğu suratı ifadesizdi.

"Bizim için burada olduğunu söylüyor," dedi kraliçe. "Stannis şehri alabilir, tahtı alabilir ama beni yargılamakla yormayacağım onu. Bizi canlı olarak ele geçirmesine müsaade etmeyeceğim."

"Bizi?"

"Beni duydun. Belki de baştan dua etmen gerekiyor Sansa, daha farklı bir sonuç için. Starklar, Lannister Hanedanı'nın düşmesine sevinemeyecek, sana söz veriyorum." Uzandı ve Sansa'nın saçlarına nazikçe dokunarak boynunu açıkta bıraktı.

TYRION

Miğferindeki ince oluk Tyrion'ın önünü rahatça görmesine engel oluyordu ama başını çevirdiğinde turnuva alanına yanaşmış üç kadırga gördü. Ve dördüncüsü, diğerlerinden daha büyük başka bir gemi de nehrin açıklarında duruyordu. Güvertesindeki mancınık, yanan zift dolu fıçılar fırlatıyordu.

"Müselles şekil," diye bağırdı Tyrion adamları karşı taarruz geçidinden dışarı akarken. Bir mızrak başı şeklinde durum aldılar, Tyrion mızrağın ucundaydı. Sör Mandon onun sağına geçti, alevler adamın beyaz mineli zırhında ışıldıyordu, ölü gözleri miğferinin içinde tutkusuzca parlıyordu. Bembeyaz koşum takımı giydirilmiş kömür karası bir at sürüyordu. Kral Muhafızları'nın kar beyazı kalkanı koluna bağlanmıştı. Tyrion sol yanında Podrick Payne'i görünce şaşırdı, çocuk kılıcını çekmişti. "Sen çok küçüksün," dedi hemen. "Geri dön."

"Ben sizin yaverinizim lordum."

Tyrion'ın tartışmaya vakti yoktu. "O hâlde benimle kal, yakınımda dur." Atını mahmuzladı.

Yüksek duvarları takip ederek diz dize at sürdüler. Joffrey'nin sancakları Sör Mandon'ın direğinde kırmızı ve altın ışıltılarla dalgalanıyordu; erkek geyik ve aslan, pençe ve toynakla dans ediyordu. Geniş bir açıyla kalenin etrafını dönerken atlarını tırısa kaldırdılar. Şehir duvarlarından oklar havalanıyordu, başlarının üstünde döne döne uçan taşlar kör bir hâlde toprağın, suyun, etin ve çeliğin üstüne düşüyordu. İleride Kral Kapısı göründü, düşman askerleri kara meşeden yapılmış demir topuzlu bir koçbaşıyla cebelleşiyordu. Gemilerdeki okçular, kapı kulübesinin duvarlarında görünen müdafaacıların üstüne ok yağdırmak için bekliyordu. "Mızraklar," diye bağırdı Tyrion. Atını eşkin koşturmaya başladı.

Zemin, kan ve çamur yüzünden ıslak ve kaygandı. Kızıl aygır, bir cesede takılıp tökezledi, ayakları ıslak toprağa batıp çıkarak kayıyordu. Tyrion, daha düşmana ulaşamadan eyerinden düşeceğinden korkmaya başlamıştı ama bir şekilde hem atı hem kendisi dengede durmayı başardı. Kapının altındaki adamlar dönüyordu, darbeye hazırlanmak için aceleyle birleşmeye çalışıyorlardı. Tyrion baltasını kaldırdı, *"Kral Toprakları!"* diye bağırdı. Diğer sesler haykırışı tekrar etti ve mızrak başı uçuşa geçti; çeliğin ve ipeğin, toynakların ve ateşle öpülmüş bıçakların uzun çığlığıyla.

Sör Mandon mümkün olan son anda mızrağının başını düşürdü ve Joffrey'nin sancağını zırhlı yelek giyen bir adamın göğsüne sapladı, sancak direği kırılmadan önce adamın ayakları yerden kesilmişti. Tyrion'ın önünde, pelerininde çiçek çemberinin içinden burnunu çıkarmış tilki motifi olan bir şövalye vardı. Tyrion'ın aklına gelen ilk şey *Florent* oldu ama *miğfersiz* hemen arkasından koşuyordu. Baltasının, kolunun ve atının bütün ağırlığıyla adamın yüzüne vurdu, kafasının yarısını götürdü. Darbenin etkisi kolunu uyuşturmuştu. *Shagga olsa bana gülerdi*, diye düşündü ilerlerken.

Kalkanına bir mızrak çarptı. Yanlarından geçen her düşmanı devirerek Pod'la yan yana dörtnala koşturuyorlardı. Duvarlardaki adamların tezahüratlarını hayal meyal duydu. Koçbaşı büyük bir gümbürtüyle çamura düştü ve onu taşıyan adamlar kaçmak ya da dövüşmek için dağıldığı anda unutuldu. Tyrion bir okçuyu ezdi, bir mızrakçıyı koltuk altından omzuna kadar biçti, denizatıyla süslenmiş bir miğferi havaya uçurdu. Koçbaşının önüne geldiklerinde kızıl aygır şaha kalktı ama kömür karası aygır engelin üstünden rahatça atladı ve Sör Mandon hızla Tyrion'ın yanından geçti, kar beyazı ipeklere bürünmüş ölüm gibiydi. Kılıcı; kolları ve bacakları kesti, kafaları kırdı, kalkanları parçalara ayırdı... ama birkaç düşman askeri, kalkanları zarar görmemiş hâlde nehrin karşısına geçmeyi başarmıştı.

Tyrion aygırını koçbaşının üstünden atlamaya zorladı. Düşman kaçıyordu. Başını sağa sola çevirdi, arkasına baktı ama Podrick Payne'i göremedi. Bir ok, yanağında kırıldı, göz kapağını bir santimle ıskalamıştı. Ani panik duygusu onu az kalsın atından düşürecekti. *Burada böyle kütük gibi duracaksam göğüs kalkanıma bir hedef çizeyim bari.*

Atını mahmuzlayıp cesetlerin üstünden ve yanından geçti. Karasu Nehri'nin aşağısı ambar gemilerle ve yanan kadırgalarla doluydu. Çılgınateş suyun yüzeyinde yanıyordu hâlâ, altı metrelik alev sütunları döne döne havaya yükseliyordu. Koçbaşıyla kapıya saldıran adamları dağıtmışlardı ama mücadelenin nehir kıyısı boyunca devam ettiğini görüyordu Tyrion. Sör Balon Swann'ın adamları, belki de Lancel'inkiler, yanan gemilerden kıyıya çıkan düşman askerlerini suya geri püskürtmek için uğraşıyordu. "Çamur Kapısı'na gidiyoruz," diye emretti Tyrion.

Sör Mandon bağırdı, *"Çamur Kapısı!"* Ve tekrar at koşturuyorlardı. *"Kral Toprakları!"* diye bağırıyordu adamları. Ve *"Yarımadam! Yarımadam!"* diye. Bunu kimden öğrendiklerini merak etti Tyrion. Çelik seslerinin ve miğferinin altındaki dolgulu başlığın içinden ıstırap dolu çığlıkları, alevlerin aç çıtırtılarını, savaş borularının inlemelerini ve borazanların metalik ötüşlerini duyabiliyordu. Her yerde alevler vardı. *Tanrılar merhamet edin, Tazı'nın korkmasına şaşmamak gerek. Alevlerden korkuyor...*

At büyüklüğünde bir taş kadırgalardan birinin ortasına düştüğünde korkunç bir çatırtı Karasu Nehri boyunca yankılandı. *Bizim kadırgamız mı, onlarınki mi? Geri dönmeliydim,* diye düşündü ilerlerken.

Elindeki balta ağırdı. Arkasındaki bir avuç adam hâlâ onu takip ediyordu, diğerleri ya ölmüş ya da kaçmıştı. Atının başını doğuya doğru tutmak için cebelleşiyordu. Bu büyük savaş atı da alevleri Sandor Clegane'den fazla sevmiyordu ama hayvanı gütmek daha kolaydı.

Nehirden sürünerek çıkıyordu adamlar, kanayan ve yanan adamlar, su kusuyorlardı, yalpalıyorlardı, ölüyorlardı. Birliğini adamların içine sürdü, ayakta duracak kadar gücü kalanlara daha hızlı ve daha temiz bir ölüm götürdü. Savaş, miğferindeki incecik göz oluğuna sığacak büyüklükteydi artık. Cüssesinin iki katından büyük şövalyeler ondan kaçıyordu ya da önünde durup ölüyorlardı. Küçük ve korkak şeyler gibi görünüyorlardı. *"Lannister!"* diye bağırdı kıyıma devam ederken. Kolu, dirseğine kadar kırmızıydı, nehirden yansıyan ışıkla parlıyordu. Atı tekrar şaha kalktığında baltasını yıldızlara doğru salladı ve yıldızların, *"Yarımadam! Yarımadam!"* diye bağırdığını duydu. Tyrion kendini sarhoş hissediyordu.

Savaş humması. Jaime sıkça bahsederdi bundan ama Tyrion kendi başına geleceğini düşünmemişti hiç. Zaman bulanıklaşmış, ağırlaşmış, hatta durmuştu; şimdiki andan başka bir şey kalmayana dek yok olmuştu geçmiş ve gelecek; korku gitmişti, düşünce gitmişti, hatta bedeni gitmişti. "Yaralarını hissetmezsin bile," demişti Jaime. "Zırhının ağırlığıyla ağrıyan sırtını, gözlerinin içine akan teri hissetmezsin. Hissetmeyi bırakırsın, düşünmeyi bırakırsın, sen olmayı bırakırsın; sadece dövüş vardır, sadece düşman, bir adam, sonra bir diğeri, sonra diğeri, sonra diğeri; onların korktuğunu ve yorgun olduğunu bilirsin ama sen ne yorulursun ne de korkarsın. Damarında hayat akar, ölümle sarılmışsındır ama düşmanın kılıcı o kadar ağır hareket eder ki sen kahkahalar atarak aralarında dans edersin." *Savaş humması. Ben yarım bir adamım ve katliamla sarhoşum, öldürebiliyorlarsa öldürsünler beni!*

Denediler. Başka bir mızrakçı ona doğru koştu. Tyrion adamın etrafında çemberler çizerek mızrağın başını kesti, sonra adamın elini, sonra kolunu. Yaysız bir okçu elindeki oku bir bıçakmış gibi tutarak Tyrion'a saldırdı. Savaş atı baldırlarını tekmeleyip adamı yere serdi ve Tyrion havlamaya benzer bir kahkaha attı. Çamura gömülmüş bir sancağın yanından geçti; Stannis'in alevli kalplerinden biri, sancak direğini baltasının tek darbesiyle ikiye ayırdı. Bir şövalye hiç yoktan önüne çıktı, çift elli büyük kılıcını Tyrion'ın kalkanına indirdi, tekrar ve tekrar, başka biri, şövalyenin koluna bir hançer saplayana kadar. Tyrion'ın adamlarından biriydi belki. Görmemişti.

"Teslim oluyorum," diye bağırdı başka bir şövalye nehrin aşağısında. "Teslim oluyorum sör. Size teslim oluyorum. Yemin ediyorum, işte, işte." Adam kara bir su birikintisinin içinde yatıyordu, pullu çelik eldivenini teslimiyetinin göstergesi olarak uzattı. Tyrion eldiveni almak için aşağı eğilmek zorunda kaldı, o sırada başının üstünde bir kavanoz çılgınateş yeşil alevler saçarak patladı. Tyrion ani ışıkla su birikintisinin siyah değil, kırmızı olduğunu gördü, şövalyenin eli hâlâ eldivenin içindeydi. Eldiveni geri attı. Adam umutsuzca, "Teslim oluyorum," diye hıçkırıyordu. Tyrion uzaklaştı.

Silahlı bir asker kızıl aygırın yularını yakalayıp elindeki hançeri Tyrion'ın yüzüne savurdu. Tyrion hançeri savuşturup baltasını adamın ensesine gömdü. Baltayı saplandığı yerden kurtarırken gözünün ucunda bir beyazlık belirdi. Sör Mandon'ı tekrar yanında bulacağını düşünerek döndü ama bu farklı bir beyaz şövalyeydi. Sör Balon Swann aynı beyaz zırhı giyiyordu ama atının koşum takımında Swann Hanedanı'nın siyah ve beyaz kuğuları vardı. *Beyazdan öte benekli bir şövalye*, diye düşündü Tyrion anlamsızca. Sör Balon'ın her bir yanı kanla lekelenmiş ve ise bulanmıştı. Mızrağının ucuyla nehrin aşağısını işaret etti. "Lordum, bakın."

Tyrion, Karasu'ya bakmak için atını çevirdi. Aşağıdaki nehir hâlâ şiddetli ve kapkara akıyordu ama yüzeyi kanla ve alevlerle kaplıydı. Gökyüzü kırmızıydı, turuncuydu ve parlak yeşildi. "Ne?" dedi. Ve sonra gördü.

Çeliğe bürünmüş silahlı askerler, iskeleye çarpmış enkaz hâlindeki bir kadırgadan dışarı tırmanıyordu. *Çok kalabalıklar, nereden geliyorlar?* Dumanın ve alevlerin arasından görebilmek için gözlerini kıstı ve bakışlarıyla adamları takip etti. Orada, uç uca duran yirmi kadırga vardı, belki de daha fazla, saymak zordu. Kürekleri bağlanmıştı, gövdeleri kancalı halatlarla birbirlerine kenetlenmişti, birbirlerinin mahmuzlarına dayanmışlardı, aşağı düşen yelken halatlarının arasında kör düğüm olmuşlardı. Daha küçük iki geminin arasındaki bir ambar gemi havaya uçtu. Enkaz durumundalardı ama birbirlerine öyle yakın duruyorlardı ki bir güverteden diğerine atlayarak Karasu'yu geçmek mümkündü.

Stannis'in en gözü kara adamlarının yüzlercesi tam olarak bunu yapıyordu. Tyrion, aptal bir şövalyenin karşıya geçmeye çalıştığını gördü, adam ürkmüş atını küpeştelerin ve küreklerin üstüne yürütüp, kanla kayganlaşan ve yeşil alevlerle çatırdayan yana yatmış güvertelere atlamaya zorluyordu. *Onlar için kahrolası bir köprü kurduk*, diye düşündü Tyrion dehşetle. Köprünün bazı bölümleri batıyordu, diğer tarafları tutuşmuştu ve bütünü, her an havaya uçacakmış gibi çatırdayıp sallanıyordu ama bu durum askerleri durdurmuyordu. Sör Balon'a, "Bunlar cesur adamlar," dedi Tyrion hayranlıkla. "Gidip onları öldürelim."

Adamlarını gürül gürül yanan ateşlerin, isin ve küllerin arasından geçirip nehir kıyısına götürdü. Atların toynakları uzun taş rıhtımı dövüyordu. Sör Balon hemen arkasındaydı. Sör Mandon da onlara yetişti. Kalkanı perişan bir harabeye dönmüştü. Havada köz ve duman uçuşuyordu. Ve düşman, onların hücumu karşısında kırıldı; kendilerini tekrar suya atıyor, tırmanmak için çabalarken birbirlerini eziyorlardı. Köprünün ayağı yarı batmış bir düşman kadırgasıydı, pruvasına *Ejderfelaketi* yazılmıştı, Tyrion'ın iki rıhtım arasına yerleştirdiği ambar gemilerden biri kadırganın kıç tarafını koparmıştı. Celtigar Hanedanı'nın kırmızı yengeçli armasını taşıyan bir mızrakçı, silahının ucunu Balon Swann'ın atının göğsüne sapladı, şövalye eyerinden düştü. Tyrion atını hızla sürerek mızrakçının kafasını uçurdu ama dizginleri çekmek için geç kalmıştı. Kızıl aygır rıhtımın ucunda ileri fırladı ve parçalanmış küpeştenin üstünden uçarak gürültüyle yere düştü, bilek boyunda suyun içinde çığlıklar atıyordu. Önce savaş baltası döne döne havaya uçan Tyrion havalandı ve güverte yükselip onu ıslak bir tokatla karşıladı.

Devamı çılgınlıktı. Kızıl aygırın bacağı kırılmıştı ve hayvan korkunç çığlıklar atıyordu. Tyrion bir şekilde hançerini çekmeyi başardı ve zavallı yaratığın boğazını kesti. Kan, kızıl bir pınar gibi fışkırıyordu, Tyrion'ın kolları ve göğsü sırılsıklam olmuştu. Tekrar ayağa kalkıp tırabzana doğru yalpaladı ve sonra, suyla örtülü eğri büğrü güvertede dövüşüyordu. Adamlar üstüne geliyordu. Bazısını öldürdü, bazısını yaraladı, bazısı ondan kaçtı ama bitmiyorlardı. Hançerini kaybetti ve kırık bir mızrak kazandı, bunun nasıl olduğunu söyleyemezdi. Mızrağı kavradı, sapladı, küfürler savuruyordu. Adamlar kaçtı, o kovaladı, tırabzanların üstünden atlayarak bir gemiden diğerine geçiyordu. İki beyaz gölgesi hep onunla birlikteydi; Balon Swann ve Mandon Moore, beyaz zırhlarının içinde güzel görünüyorlardı. Velaryon mızrakçıları tarafından bir çemberin içine alınmışlardı, sırt sırta dövüşüyorlardı; dövüşü zarif bir dansa çevirmişlerdi.

Onun cinayetleri sakarca şeylerdi. Sırtı dönük bir adamı böbreğinden bıçakladı, bir diğerini bacağından yakalayıp baş aşağı nehre attı. Oklar tıslayarak başının üstünden geçiyor, zırhına çarpıyordu; bir tanesi göğüs kalkanıyla omzunun arasına saplandı ama Tyrion hissetmedi bile. Gökyüzünden çıplak bir adam düştü ve güverteye çarptı, bedeni; bir kulenin tepesinden aşağı atılan kavun gibi patladı. Adamın kanı Tyrion'ın miğferinin göz oluğuna sıçradı. Taşlar yağmaya başlamıştı, güvertelere çarpıyor, adamları lapaya çeviriyordu. Bütün köprü titredi, ayağının altında zalimce kıvrıldı ve Tyrion yana devrildi.

Nehir miğferinin içine doluyordu. Miğferi çıkarıp attı ve suyun sadece boğazına kadar geldiği yere varana dek yan yatmış güvertede kulaç attı. Bir inilti havayı doldurdu, devasa bir canavarın ölüm çığlığına benziyordu. *Gemi*, diye düşünecek vakit buldu, *gemi parçalanmak üzere*. Kırık kadırgalar parçalanıyordu, köprü parçalanıyordu. Bunu fark eder etmez ani bir *çatırtı* duydu, gök gürültüsü kadar yüksek, güverte sallandı ve Tyrion tekrar suyun içine kaydı.

Eğim çok dikti, bir halata tutunarak kendini santim santim yukarı çekmek zorunda kaldı. Gözünün ucuyla, kadırganın bağlı olduğu ambar geminin nehrin akıntısıyla aşağı doğru sürüklendiğini gördü, adamlar kaçışırken gemi yavaşça dönüyordu. Adamlardan bazıları Stannis'in alevli kalbini taşıyordu, bazıları Joffrey'nin aslanını ve geyiğini, bazıları da diğer armaları ama bunun önemi yokmuş gibi görünüyordu. Nehrin aşağısı ve yukarısı yanıyordu. Tyrion'ın bir yanında ateşli bir mücadele vardı: çırpınan adamlar, denizinin üstündeki parlak sancakların muazzam karmaşası, kurulan ve kırılan kalkan duvarlar, kalabalığı yarıp geçen atlı şövalyeler, toz ve çamur, kan ve duman. Diğer yanında Kızıl Kale dikiliyordu, ateş tükürüyordu. Ama yanlış taraftaydılar. Tyrion bir an için delirdiğini düşündü, Stannis ve kale yer değirmişti. *Stannis kuzey kıyısına nasıl geçti?* Güvertenin dönmekte olduğunu fark etti sonra, bir şekilde o da ters dönmüştü ve kaleyle mücadele taraf değiştirmişti. *Mücadele, hangi mücadele, eğer Stannis karşıya geçmediyse kiminle dövüşüyor?* Bütün bunlardan bir anlam çıkarmak için uğraşamayacak kadar yorgundu Tyrion. Kolu korkunç şekilde ağrıyordu, ovuşturmak için uzandığında oku gördü ve hatırladı. *Bu gemiden çıkmak zorundayım.* Nehrin aşağısında bir ateş duvarından başka bir şey yoktu, gemi enkazı sürüklenmeye başlarsa akıntı onu doğrudan oraya götürecekti.

Mücadelenin gürültüsünün arasından, bir sesin adını bağırdığını duydu. Tyrion da bağırmaya çalıştı. "Buradayım! Buradayım, yardım et!" Sesi öyle zayıftı ki kendisi bile zor duyuyordu. Kendini yukarı çekip tırabzana tutundu. Geminin gövdesi önündeki kadırgaya çarptı ve şiddetle geri tepti, Tyrion neredeyse suya düşüyordu. Bütün gücü nereye gitmişti? Yapabildiği tek şey tutunmaktı.

"LORDUM! ELİMİ TUTUN! TYRION LORDUM!"

İşte, öndeki geminin güvertesinde, gittikçe genişleyen kara girdabın karşısında Sör Mandon Moore duruyordu, elini uzatmıştı. Sarı ve yeşil alevler beyaz zırhının üstünde parlıyordu, pullu çelik eldiveni kanla yapış yapış olmuştu ama Tyrion hiç düşünmeden elini uzattı, kollarının daha uzun olmasını dilerdi. Parmak uçları sonunda birbirine değdiğinde bir şey onu paniğe sürükledi... Sör Mandon *sol* elini uzatıyordu, neden...

Bu yüzden mi geri çekilmişti, yoksa kılıcı mı görmüştü? Bunu asla bilemeyecekti. Kılıcın ucu gözlerinin tam altını yardı. Önce soğuk ve sert dokunuşu, ardından acının alevini hissetti. Başı sert bir tokat yemiş gibi dönüyordu. Soğuk suyun darbesi ikinci tokattı ve ilkinden daha sarsıcıydı. Tutunacak bir şey aradı, suya gömülürse geri çıkamayacağını biliyordu. Eli bir şekilde kırık bir okun kıymıklı ucunu buldu. Umutsuz bir âşık gibi küreğe sarıldı, kendini santim santim yukarı çekti. Gözleri su doluydu, ağzı kan doluydu, başı korkunç şekilde zonkluyordu. *Tanrılar, bana güverteye ulaşacak kuvvet verin*... Başka hiçbir şey yoktu; sadece kürek, su, güverte.

Sonunda yana yuvarlandı ve soluk soluğa, tükenmiş hâlde sırtüstü uzandı. Yeşil ve turuncu alev topları, başının üstünde uçuyordu, yıldızların arasında çizgiler bırakıyordu. Sör Mandon görüşünü kapatmadan önce, manzaranın ne kadar güzel olduğunu düşünecek bir an bulmuştu Tyrion. Şövalye beyaz çelikten bir gölgeydi, miğferinin ardındaki gözleri kapkara ışıldıyordu. Tyrion bir bez bebek kadar güçlüydü ancak. Sör Mandon kılıcının ucunu boğazının çukuruna dayadı ve kabzayı iki eliyle birden kavradı.

Ve aniden sola doğru yalpaladı, tırabzana doğru sendeledi. Ahşap yarıldı ve Sör Mandon bir çığlık atarak suyun içinde kayboldu. Sadece bir an sonra gövdeler tekrar birbirine çarpıyordu, öyle şiddetliydi ki güvertenin sıçradığını sandı Tyrion. Sonra, biri yanında diz çöktü. "Jaime?" diye bir hırıltı çıktı boğazından, ağzını dolduran kanla boğulacaktı neredeyse. Ağabeyinden başka kim kurtarırdı onu?

"Kımıldamayın lordum, kötü yaralanmışsınız." *Bir erkek çocuğunun sesi, çok anlamsız*, diye düşündü Tyrion. Neredeyse Pod'un sesi gibiydi.

SANSA

Sör Lancel Lannister kraliçeye mücadelenin kaybedildiğini söylediğinde kraliçe elindeki boş şarap kadehini çevirdi ve, "Kardeşime söyleyin sör," dedi. Sesi mesafeliydi, sanki bu haberin onun için hiçbir önemi yoktu.

"Kardeşiniz muhtemelen öldü." Sör Lancel'in pelerini omzunun altından akan kanla ıslanmıştı. Salona girdiği andaki görüntüsü konuklarının bazılarının çığlık atmasına sebep olmuştu. "Gemi köprüsü parçalandığında orada olduğunu düşünüyoruz. Büyük ihtimalle Sör Mandon da gitti. Tazı'yı bulamıyoruz. Tanrılar kahretsin Cersei, Joffrey'yi *neden* kaleye getirttin? Yüzlerce altın pelerinli mızraklarını bırakıp kaçıyor. Kralın ayrıldığını gördüklerinde bütün şevklerini kaybettiler. Karasu enkazlarla, alevlerle ve cesetlerle dolu ama dayanabilirdik, eğer..."

Osney Karakazan şövalyeyi itip öne çıktı. "Şu anda nehrin her iki kıyısında da mücadele var Majesteleri. Stannis'in bazı lordları birbirleriyle savaşıyor olabilir, kimse emin değil, orada büyük bir karmaşa var. Tazı gitti, nereye, kimse bilmiyor, Sör Balon şehrin içine çekildi. Nehir kıyısı onların. Tekrar Kral Kapısı'na dayandılar. Ve Sör Lancel haklı, adamlarınız duvarları terk ediyor ve kendi kumandanlarına saldırıyorlar. Ayaktakımı, Demir Kapı'da ve Tanrı Kapısı'nda yığıldı, dışarı çıkmak için dövüşüyorlar. Bit Çukuru'nda sarhoş isyanı var."

Tanrılar merhamet edin, diye düşündü Sansa, *işte oluyor. Joffrey'nin kafası uçacak ve benimki de öyle*. Gözleri Sör Ilyn'i aradı ama Kral Adaleti ortalıkta görünmüyordu. *Ama onu hissedebiliyorum. Yakınlarda bir yerde. Ondan kaçamayacağım, kafamı kesecek*.

Kraliçe tuhaf bir sakinlikle Osney'nin ağabeyi Osfryd'e döndü. "Köprüyü kaldırın ve kapıları sürgüleyin. Benim iznim olmadan Maegor'a giriş ve Maegor'dan çıkış yapılmayacak."

"Dua etmeye giden kadınlar ne olacak?"

"Benim sunduğum güvenliği bırakıp gitmeyi tercih ettiler. Bırakın dua etsinler, belki tanrılar onları savunur. Oğlum nerede?"

"Kalenin kapı kulübesinde. Okçuları komuta etmek istedi. Kalenin dışında uluyan isyancılar var ve yarısı altın pelerinli, Çamur Kapısı'ndan ayrıldığımızda kralımızla birlikte gelenler."

"Kralı Maegor'a getirin, *şimdi*."

"Hayır!" Lancel o kadar öfkeliydi ki alçak sesle konuşmayı unutmuştu. Bağırdığında insanların kafası onlara döndü. "Çamur Kapısı'nı geri alacağız. Bırak olduğu yerde kalsın, o *kral*..."

"O benim oğlum." Cersei Lannister ayağa kalktı. "Sen de bir Lannister olduğunu iddia ediyorsan kuzenim, kanıtla. Osfryd, neden burada dikiliyorsun? *Şimdi*, bugün demek."

Osfryd Karakazan kardeşiyle birlikte aceleyle salondan çıktı. Konukların çoğu da kapılara yönelmişti. Kadınlardan bazıları ağlıyor, bazıları dua ediyordu. Diğerleri masalarda oturmaya devam ediyor ve biraz daha şarap istiyordu. "Cersei," diye yalvardı Sör Lancel, "eğer kale düşerse Joffrey öldürülecek zaten, bunu biliyorsun. Bırak kalsın, onu yanımdan ayırmayacağım, yemin ederim..."

"Yolumdan çekil." Cersei eliyle şövalyenin yarasına vurdu. Kraliçe odadan çıkarken Lancel acıyla inledi, neredeyse bayılıyordu. Cersei, Sansa'nın yüzüne bile bakmamıştı. *Beni unuttu. Sör Ilyn beni öldürecek ve kraliçe hiç umursamayacak.*

"Ah, tanrılar," diye feryat etti yaşlı bir kadın. "Kaybettik, mücadeleyi kaybettik, kraliçe kaçıyor." Pek çok çocuk ağlıyordu. *Korkunun kokusunu alabiliyorlar*. Sansa yüksek masada tek başına buldu kendini. Burada mı kalmalıydı yoksa kraliçenin peşinden koşup hayatı için yalvarmalı mıydı?

Neden ayağa kalktığını bilmiyordu ama kalkmıştı. "Korkmayın," dedi insanlara, yüksek sesle. "Kraliçe köprüyü kaldırttı. Şehirdeki en güvenli yer burası. Kalın duvarlar var, hendek, kazıklar..."

"Neler oluyor?" diye sordu bir kadın talepkâr bir tonla. Sansa uzaktan tanıyordu kadını, önemsiz bir lordun karısıydı. "Osney kraliçeye ne söyledi? Kral yaralandı mı, şehir düştü mü?"

"Söyleyin bize," diye bağırdı bir başkası. Bir kadın babasını sordu, bir diğeri oğlunu.

Sansa sessizlik sağlamak için elini kaldırdı. "Joffrey kaleye geri döndü. Yaralı değil. Mücadele devam ediyor, bütün bildiğim bu. Kraliçe birazdan geri dönecek." Son söylediği yalandı ama insanları sakinleştirmesi gerekiyordu. Mutfağın kapısında bekleyen soytarıları gördü. "Ay Oğlan, bizi güldür."

Ay Oğlan takla atıp bir masanın üstüne çıktı. Dört tane şarap kadehi alıp havada döndürmeye başladı. Kadehlerden biri habire düşüp kafasına çarpıyordu. Salonda birkaç tedirgin kahkaha yankılandı. Sansa, Sör Lancel'in yanına gidip diz çöktü. Kraliçenin vurduğu yaradan taze kan akıyordu. "Çılgınlık," diye mırıldandı şövalye. "Tanrılar, İblis haklıydı, haklıydı..."

"Ona yardım edin," diye emretti Sansa uşaklardan ikisine. Biri ona baktı ve elindeki sürahi ve her şeyle birlikte kaçtı. Öbür hizmetkârlar da salonu terk ediyordu ama Sansa'nın yapabileceği bir şey yoktu. Sansa ve diğer uşak, birlikte şövalyeyi ayağa kaldırdılar. "Onu Üstat Frenken'e götür." Lancel *onlardan* biriydi ama Sansa onun ölmesini dilemeye zorlayamıyordu kendini. *Yumuşak, zayıf ve aptalım, tam da Joffrey'nin söylediği gibi. Onu öldürmem gerekirdi, ona yardım etmem değil.*

Meşaleler tükenmeye başlamıştı, birkaç tanesi titreyerek söndü. Kimse yenilerini getirmeye niyetlenmedi. Cersei geri dönmedi. Bütün gözler diğer soytarının üzerindeyken Sör Dontos yüksek masaya geldi. "Odanıza geri dönün tatlı Jonquil," diye fısıldadı. "Kendinizi içeri kilitleyin, orada daha güvende olursunuz. Mücadele sona erdiğinde sizin için geleceğim."

Biri benim için gelecek, diye düşündü Sansa, *ama gelen sen mi olacaksın yoksa Sör Ilyn mi?* Çılgın bir an boyunca Dontos'a onu koruması için yalvarmayı düşündü. Bir zamanlar Dontos da şövalyeydi, kılıç eğitimi almış, zayıfları korumak için yemin etmişti. *Hayır. Adamın ne gücü var ne de kabiliyeti. Onu da öldürmüş olurum sadece.* Tek isteği koşarak kaçmakken Kraliçenin Balo Salonu'ndan ağır ağır yürüyerek çıkmak Sansa'nın bütün gücünü almıştı. Ama merdivenlere vardığında, soluksuz kalıp başı dönene kadar *koştu*. Merdivenlerde muhafızlardan biriyle çarpıştı. Mücevherlerle süslenmiş bir şarap kadehi ve iki gümüş şamdan sarıldıkları kırmızı pelerinden dökülüp basamaklara çarparak aşağı düştü.

Muhafız aceleyle peşlerinden koşturdu; ganimetlerini almaya çalışmayacağını anladığında Sansa'yı boş vermişti.

Yatak odası zifiri karanlıktı. Sansa kapıyı sürgüledi ve karanlıkta el yordamıyla pencereye gitti. Perdeleri açtığında nefesi boğazında tıkandı.

Güney seması yanardöner renklerle doluydu: Aşağıda yanan büyük ateşlerin yansıması. Uğursuz yeşil dalgalar bulutların karnında hareket ediyordu ve turuncu ışık gölleri gökyüzüne yayılmıştı. Sıradan alevlerin kırmızıları ve sarıları, çılgınateşin zümrütleriyle ve yeşimleriyle savaşıyordu. Renkler parıldıyor, bir an sonra ölecek olan kısa ömürlü bir gölge ordusu doğurup sönüyordu. Yeşil şafaklar göz açıp kapayana dek turuncu akşamlara dönüşüyordu. Havanın kendisi *yanık* kokuyordu, ateşte unutulan çorba dolu bir kazanın dibi tuttuğunda çıkan koku gibi. Havada uçuşan közler bir ateşböceği sürüsüne benziyordu.

Sansa pencereden ayrıldı, güvenli yatağına doğru geriledi. *Uyuyacağım*, dedi kendine, *uyandığımda yeni bir gün doğacak ve gökyüzü tekrar mavi olacak. Mücadele bitecek ve biri gelip yaşayıp yaşamayacağımı söyleyecek bana*. "Leydi," diye hıçkırdı hafifçe, öldüğünde kurduyla tekrar buluşup buluşmayacağını merak ederek.

Sonra, arkasında bir şey hareket etti ve karanlığın içinden bir el çıkıp bileğini yakaladı.

Sansa çığlık atmak için ağzını açtı ama başka bir el yüzüne kapandı, boğuluyordu. Adamın parmakları nasırlı ve sertti, kanla yapış yapıştı. "Küçük kuş. Geleceğini biliyordum." Sarhoş bir gıcırtıydı sesi.

Dışarıda, zümrüt ışıktan bir mızrak döne döne yıldızlara yükseldi, oda yeşil bir parıltıyla doldu. Sansa bir an için gördü adamı, tamamen siyah ve yeşildi. Yüzündeki kan, zift kadar karaydı. Gözleri bir köpeğinkiler gibi parlıyordu. Sonra ışık yok oldu ve adam lekeli beyaz pelerinin içindeki kocaman bir gölgeye dönüştü.

"Bağırırsan seni öldürürüm. Bana inan." Elini Sansa'nın ağzından çekti. Sansa nefes nefeseydi. Tazı, yatağın başındaki komodinin üstüne bir şarap sürahisi koymuştu. Büyük bir yudum aldı. "Kimin kazandığını öğrenmek istemiyor musun küçük kuş?"

"Kim?" dedi Sansa, adama karşı gelmeye korkuyordu.

Tazı güldü. "Sadece kimin kaybettiğini biliyorum. Ben."

Daha önce bu kadar sarhoş görmemiştim onu. Yatağımda uyuyordu. Burada ne işi var? "Ne kaybettiniz?"

"Her şeyi." Yüzünün yanık yarısı kurumuş kandan bir maskeyle örtülmüştü. "Kahrolası cüce. Onu yıllar önce öldürmeliydim."

"Öldüğünü söylüyorlar."

"Ölmüş mü? Hayır. Kahretsin. Onun ölmesini istemiyorum." Boş sürahiyi kenara fırlattı. "Onun *yanmasını* istiyorum. Eğer tanrılar merhametliyse onu yakarlar ama ben görmeyeceğim. Gidiyorum."

"Gitmek mi?" Kurtulmak için debelendi ama adamın parmakları demir gibiydi.

"Küçük kuş duyduğu her şeyi tekrar ediyor. Evet, *gidiyorum*."

"Nereye gideceksiniz?"

"Buradan uzağa. Alevlerden uzağa. Demir Kapı'dan çıkacağım sanırım. Kuzeye bir yere gideceğim, herhangi bir yere."

"Dışarı çıkamazsınız," dedi Sansa. "Kraliçe, Maegor'ı kapattı, şehir kapıları da kapalı."

"Benim için değil. Benim beyaz pelerinim var. Ve bir de *bu*." Kılıcının kabzasına vurdu. "Beni durdurmaya çalışan adam ölü adamdır. Tabii tutuşmadıysa." Acı bir şekilde güldü.

"Buraya neden geldiniz?"

"Bana bir şarkı sözün vardı küçük kuş, unuttun mu?"

Adamın ne demek istediğini anlamamıştı. Şimdi şarkı söyleyemezdi ona, burada, gökyüzü alevlerle doluyken ve yüzlerce, binlerce adam ölürken. "Söyleyemem," dedi. "Bırakın, beni korkutuyorsunuz."

"Seni her şey korkutuyor. Bana bak. Bana *bak*."

Kan, yaralarının en kötülerini örtmüştü ama gözleri beyazdı, kocamandı ve dehşetle doluydu. Ağzının yanık köşesi seğirdi ve tekrar seğirdi. Sansa adamın kokusunu duyabiliyordu: ekşi ve tatlı şarap, bayat kusmuk ve hepsini bastıran leş kokulu kan, kan, kan.

“Seni koruyabilirdim,” diye hırladı. “Hepsi korkuyor benden. Bir daha kimse incitemezdi seni, onları öldürürdüm.” Sansa’yı kendine çekti, bir an için adamın onu öpeceğini düşündü Sansa. Karşı koyamayacağı kadar güçlüydü. Bir an önce bitmesini isteyerek gözlerini kapadı ama hiçbir şey olmadı. “Hâlâ bakmaya dayanamıyorsun, değil mi?” dediğini duydu Tazı’nın. Adam kolunu sertçe büktü. “O şarkıyı istiyorum. Florin ve Jonquil demiştin.” Hançeri dışarıdaydı, Sansa’nın boğazında duruyordu. “Söyle küçük kuş. Küçük hayatın için söyle.”

Sansa’nın boğazı kurumuştu ve korkuyla sıkışıyordu. Bildiği her şarkıyı unutmuştu. *Lütfen beni öldürme*, diye bağırmak istedi, *lütfen yapma*. Tekrar gözlerini kapayacakken hatırladı. Florian ve Jonquil’in şarkısı değildi ama şarkıydı. Kendi sesi incecik ve titrek geldi kulağına.

Şefkatli Anne, merhamet pınarı,
Koru savaştan oğullarımızı,
Okları al ellerinden ve kılıçları,
Görsünler daha güzel yarınları.

Şefkatli Anne, kadındaki kuvvet,
Kızlarımıza bu kavgada yardım et,
Dinsin gazap ve uysallaşsın hiddet,
Hepimize daha iyi yollar öğret.

Diğer kıtaları unutmuştu. Şarkı bittiğinde adamın onu öldüreceğinden korktu ama Tazı bir süre sonra hançerini Sansa’nın boynundan çekti, hiç konuşmadı.

Sansa tuhaf bir duyguyla elini kaldırıp parmaklarıyla adamın yanağına dokundu. Oda onu göremeyeceği kadar karanlıktı ama kanın yapışkanlığını hissedebiliyordu ve kan olmayan bir ıslaklığı. “Küçük kuş,” dedi adam bir kez daha. Sonra kalktı. Sansa kumaşın yırtıldığını duydu ve ardından, uzaklaşan adımların daha yumuşak sesini.

Epey zaman sonra yataktan kalktığında yalnızdı. Tazı’nın pelerinini yerde buldu, sıkıca burulmuştu; beyaz yün, kan ve ateşle lekelenmişti. Gökyüzü daha karanlıktı artık, yıldızların arasında dans eden birkaç yeşil hayalet vardı sadece. Soğuk bir rüzgâr esiyordu, pencereler çarpıyordu. Sansa üşüdü. Yırtık pelerini açıp sırtına altı ve kambur hâlde yere oturdu, titriyordu.

Orada ne kadar kaldığını bilmiyordu ama bir zaman sonra şehrin karşı tarafından gelen çan sesini duydu. Pes, bronz bir gümlemeydi bu, her çalışta biraz daha hızlanıyordu. Sansa ikinci çanı ve sonra üçüncüsünü duyduğunda ne anlama geldiklerini merak etti. Çan sesleri, tepelerden ve çukurlardan, sokaklardan ve kulelerden Kral Toprakları'nın dört bir yanına sesleniyordu. Pelerini bir kenara fırlatıp pencereye koştu.

Şafağın ilk solgun işareti doğudaydı ve Kızıl Kale'nin çanları da çalıyordu şimdi. Yüce Baelor Septi'nin kristal kulelerinden akan kabarık ses nehrine katılıyordu çınlamalar. Çanların Kral Robert öldüğünde çaldığını hatırladı ama bu farklıydı, ağır ve kederli ölüm vuruşları değildi bunlar, neşeli bir gök gürültüsüne benziyorlardı. Caddelerde bağıran adamların seslerini de duyabiliyordu Sansa, bunlar sadece tezahürat olabilirdi.

Haberleri Sör Dontos getirdi. Odanın açık kapısından içeri girdi, gevşek kollarını Sansa'ya doladı ve onu havaya kaldırıp döndürdü. Öyle tutarsızca haykırıyordu ki adamın söylediği tek kelimeyi anlayamıyordu Sansa. Tıpkı Tazı gibi sarhoştu adam ama mutlu, dans ettiren bir sarhoşluktu onunkisi. Dontos sonunda yere bıraktığında Sansa'nın başı dönüyordu. "Ne?" Yatak direğine tutundu. "Ne oldu? Anlat!"

"Bitti! Bitti! Şehir kurtuldu. Lord Stannis öldü, Lord Stannis kaçtı, kimse bilmiyor, kimse umursamıyor, ordusu dağıldı, tehlike bitti. Katledildi, dağıtıldı, ezildi diyorlar. Ah, o parlak sancaklar. Sancaklar Jonquil, sancaklar! Şarabın var mı? Bugün içmeliyiz, evet. Anlamıyor musun? Bu güvende olduğun anlamına geliyor."

"Neler olduğunu anlat bana!" Sansa adamı sarstı.

Sör Dontos güldü ve bir ayağının üstünden diğerine sıçradı, neredeyse düşüyordu. "Nehir yanarken küllerin arasından çıkıp gelmişler. Nehir. Stannis boğazına kadar nehrin içindeymiş ve onu arkadan yakalamışlar. Ah, tekrar bir şövalye olmak, mücadelenin bir parçası olmak! Stannis'in adamlarının neredeyse dövüşmediğini söylüyorlar. Bazıları kaçmış ama çoğu diz çöküp taraf değiştirmiş, Lord Renly için bağırıyorlarmış! Stannis bunu duyduğunda neler düşünmüştür kimbilir. Osney Karakazan'dan duydum, o da Sör Osmund'dan duymuş. Sör Balon geri döndü ve onun adamları da aynı şeyi söylüyor, altın pelerinliler de. Başardık tatlım! Gül Yolu'ndan ve nehir kıyısından gelmişler, Stannis'in yaktığı arazilerden geçmişler, küller çizmelerinin altında uçuşmuş ve zırhlarını griye boyamış ama ah! *Sancaklar* parlaktı mutlaka, altın gül, altın aslan ve diğerleri, Marbrand'ın ve Rowan'ın ağaçları, Tarly'nin avcısı, Redwyne'ın üzümleri ve Leydi Oakheart'ın yaprağı. Batılı adamların hepsi, Yüksek Bahçe'nin ve Casterly Kayası'nın bütün kuvveti! Stannis'in ordusunun sağ kanadını nehrin kuzeyinde bizzat Lord Tywin almış, Randyll Tarly merkezi komuta ediyormuş, Mace Tyrell de solu ama savaşı öncü kuvvet kazanmış. Bir kabağa saplanan mızrak gibi Stannis'e saplanmışlar, adamlar çelik giymiş şeytanlar gibi uluyormuş. Ve öncü kuvveti kim komuta ediyormuş biliyor musun? Biliyor musun? Biliyor musun? *Biliyor musun*?"

"Robb mu?" Bu çok büyük bir umuttu ama...

"*Lord Renly*'ymiş! Yeşil zırhının içindeki Lord Renly! Miğferinin altın boynuzlarında alevler parlayan Lord Renly! Elinde uzun mızrağıyla Lord Renly! Sör Guyard Morringen'ı teke tek bir dövüşte kendi elleriyle öldürmüş, on kadar büyük şövalyeyi de. Renly'ymiş. Renly, Renly! Ah! Sancaklar, Sansa tatlım. Ah! Şövalye olmak!"

DAENERYS

Irri; küçük incilerle süslü, ince dokumalı fildişi ipekten Qarth tarzında dikilmiş elbiseyi getirdiğinde, Dany bir kâse soğuk karides ve hurma çorbasından oluşan kahvaltısını yiyordu. "Götür," dedi. "Rıhtımlar şık kıyafetler giyilecek yerler değil."

Süt Adamlar onun bir vahşi olduğunu düşünüyordu, o da buna uygun giyinecekti. Ahırlara giderken rengi solmuş kum ipeği bir pantolon ve hasırdan örülmüş sandaletler giydi. Küçük göğüsleri, boyalı bir Dothrak yeleğinin altında özgürce sallanıyordu ve madalyonlu kemerinden hilal ay şeklinde bir hançer sarkıyordu. Jhiqui, Dany'nin saçlarını Dothrak tarzında ördü ve örgünün ucuna gümüş bir zil taktı. Zil hafifçe çınladığında, "Ben hiç zafer kazanmadım," demeye çalıştı Dany hizmetçisine.

Jhiqui aynı fikirde değildi. "*Maegi*'leri toz saraylarının içinde yaktınız ve ruhlarını cehenneme gönderdiniz."

Drogon'un zaferiydi, benim değil, demek istedi ama dilini tuttu. Saçlarındaki birkaç çan, Dothraklar'ın ona daha çok saygı duymasını sağlardı. Dany gümüş kısrağına binerken ve atının sonraki her adımında çınladı ama ne Sör Jorah ne de kansüvarileri zil hakkında bir şey söyledi. Yokluğunda insanlarını ve ejderhalarını koruması için Rakharo'yu görevlendirmişti. Jhogo ve Aggo onunla birlikte limana gelecekti.

Mermer sarayları ve mis kokulu bahçeleri arkalarında bıraktılar ve mütevazı tuğla evlerin penceresiz duvarlarının caddelere dönük olduğu, şehrin daha fakir yerlerine gittiler. Ortalıkta çok az at ve deve vardı ve hiç tahtırevan görünmüyordu ama sokaklar çocuklarla, dilencilerle ve kum rengi sıska köpeklerle doluydu. *Kim olduğumu biliyorlar ve beni sevmiyorlar.* Ona bakan gözlerden anlayabiliyordu Dany.

Sör Jorah, Dany'yi tahtırevanın içine kapatmak ve ipek perdelerin arkasında gizlemek istemişti fakat o bunu reddetmişti. Saten minderlerin üstüne uzanarak ve öküzlerin onu oraya buraya taşımasına izin vererek yeterince zaman geçirmişti. Atının sırtındayken bir yere varacakmış gibi hissediyordu en azından.

Limanı aramak bir tercih değildi. Yine kaçıyordu. Bütün hayatı uzun bir kaçıştı zaten. Annesinin rahminde başlamıştı kaçmaya ve asla durmamıştı. Gece karanlığında Viserys'le birlikte kaç kez sinsice yollara düşmüşlerdi, İşgalci'nin bıçağından sadece bir adım önde? Ama ya kaçacaktı ya ölecekti. Xaro, Pyat Pree'nin, sağ kalan büyücüleri Dany'ye zarar vermek için bir araya topladığını öğrenmişti.

Dany bunu duyduğunda gülmüştü. "Büyücülerin, güçleri ve kabiliyetleri onları terk ettikten sonra bile böbürlenmeye devam eden yaşlı ve çelimsiz askerlere benzediğini söyleyen sen değil miydin?"

Xaro huzursuz görünüyordu. "O zaman öyleydi. Ama şimdi? O kadar emin değilim. Gece Yürüyen Uratthon'ın evinde cam mumlar yandığı söyleniyor, yüzlerce yıldır yanmayan mumlar. Gehane Bahçesi'nde hayalet otları büyüyor. Büyücüler Yolu'ndaki penceresiz evlerin arasında mesajlar taşıyan gölge kaplumbağalar görüldü ve şehirdeki bütün fareler kendi kuyruklarını yiyor. Mathos Mallarawan'ın karısı bir büyücünün güve kemiriği dolu elbisesiyle alay etmişti bir zamanlar, kadın çıldırdı ve şimdi hiç elbise giymiyor. Yeni yıkanmış ipekler bile teninde binlerce böcek yürüyormuş gibi hissettiriyor. Ve Göz Yiyenler'den Kör Sybassion tekrar görmeye başlamış. Köleleri yemin ediyor. İnsan meraklanıyor." İç geçirdi. "Qarth'ta tuhaf bir zaman yaşanıyor. Ve tuhaf zamanlar ticaret için iyi değildir. Bunu söylemek beni ölümüne üzüyor ama Qarth'ı bir an önce terk etmeniz en iyisi." Güven vermek istercesine Dany'nin parmaklarını okşadı. "Ama tek başınıza gitmek zorunda değilsiniz. Siz Toz Sarayı'nda karanlık imgeler gördünüz ama Xaro daha parlak şeyler düşledi. Bir yatakta yattığınızı gördüm, mutluydunuz, göğsünüzde ikimizin bebeği vardı. Benimle birlikte Yeşim Denizi'ne açılın ve rüyayı gerçek yapalım! Çok geç değil. Bana bir erkek evlat verin benim neşe dolu tatlı şarkım!"

Bir ejderha demek istiyorsun. "Seninle evlenmeyeceğim Xaro."

Xaro'nun yüzü soğudu. "Gidin o hâlde."

"Ama nereye?"

"Buradan uzakta bir yere."

Zamanı gelmişti belki de. *Khalasar*'ındaki insanlar, kızıl toprakların verdiği hasarı onarma fırsatını memnuniyetle karşılamıştı ama dinlenip tıknazlaştıkça asileşmeye başlamışlardı. Dothraklar aynı yerde uzun süre kalamazdı. Onlar savaşçı insanlardı, şehirler için yaratılmamışlardı. Belki de şehrin rahatlığıyla ve güzelliğiyle baştan çıkarak Qarth'ta gereğinden fazla oyalanmıştı Dany. Vereceğinden fazlasını vadeden bir şehirdi bu ve Ölümsüzler Sarayı dumanlar ve alevler içinde çöktüğünden beri Dany'ye hoş davranmıyordu. Qarthlılar bir gece içinde ejderhaların *tehlikeli* yaratıklar olduğunu hatırlamıştı. Dany'ye hediyeler vermek için birbirleriyle yarışmıyorlardı artık. Tam aksine, Turmalin Kardeşliği açıkça sınır dışı edilmesini istemişti ve Kadim Baharatçılar Loncası, ölümünü. Xaro'nun bütün yapabildiği On Üçler'in onlara katılmasını engellemekti.

Ama nereye gideceğim? Sör Jorah uzak doğuya yolculuk etmelerini önermişti, Yedi Krallık'taki düşmanlarının uzağına. Kansüvarileri büyük çim denizlerine geri dönmek istiyordu, bu, kızıl topraklarla tekrar yüzleşmek demek olsa bile. Dany, ejderhaları büyüyüp güçlenene kadar Vaes Tolorro'ya yerleşme fikriyle oyalıyordu kendini. Ama kalbi şüphelerle doluydu. Bunların hepsinin hata olacağını hissediyordu bir şekilde... ve nereye gideceğine karar verse bile, oraya nasıl gideceği rahatsız edici bir soru olarak kalıyordu.

Xaro Xhoan Daxos ona yardım etmeyecekti, bunu biliyordu artık. Bütün bağlılık yeminlerine rağmen kendi oyununu oynuyordu o, Pyat Pree'den çok farklı değildi. Dany'ye şehri terk etmesini söylediği gece, Dany son bir iyilik için yalvarmıştı ona. "Bir ordu mu?" diye sordu Xaro. "Bir kazan altın mı? Belki de bir kadırga?"

Dany kızardı. Dilenmekten nefret diyordu. "Bir gemi, evet."

Xaro'nun gözleri burnundaki mücevherler kadar parlak ışıldadı. "Ben bir tacirim *Khaleesi*. Belki bundan böyle vermek yerine değiş tokuştan söz etmeliyiz. Bir ejderhanız karşılığında donanmamdaki en iyi gemilerden onuna sahip olabilirsiniz. Bütün yapmanız gereken o tatlı kelimeyi söylemek."

"Hayır," dedi Dany.

"Kahretsin," diye hıçkırdı Xaro, "bahsettiğim kelime bu değildi."

"Bir anneden, çocuklarından birini satmasını ister miydin?"

"Neden olmasın? İstediği zaman daha fazlasını yapabilir. Anneler her gün çocuklarını satıyor."

"Ejderhaların Anası satmaz."

"Yirmi gemi için bile mi?"

"Yüz gemi için bile."

Xaro dudaklarını sarkıttı. "Yüz gemim yok. Ama sizin üç ejderhanız var. Birini bana verin, bütün iyiliklerim için. İkisi hâlâ sizin olur ve otuz gemi."

Otuz gemi, Batıdiyar'ın kıyılarına küçük bir ordu çıkarmaya yeterdi. *Ama benim küçük bir ordum yok.* "Kaç gemiye sahipsin Xaro?"

"Seksen üç. Zevk mavnam hariç."

"Peki, On Üçler'deki arkadaşların?"

"Hepimizin gemilerini toplarsak, belki bin."

"Baharatçılar ve Turmalin Kardeşliği?"

"Onların fındık kabuğundan gemilerinin bir kıymeti yok."

"Olsun," dedi Dany. "Söyle."

"Baharatçılar, bin iki yüz ya da bin üç yüz. Kardeşlik sekiz yüzden fazla değil."

"Peki; Asshaililer, Braavoslular, Yaz Adalılar, Ibbenlılar ve büyük tuzlu denizde yelken açan bütün insanlar, onların kaç gemisi var? Hepsi?"

"Çok, çok fazla," dedi Xaro rahatsız bir şekilde. "Bunun ne önemi var?"

"Dünyadaki üç canlı ejderhadan birine fiyat biçmeye çalışıyorum." Dany tatlılıkla gülümsedi. "Dünyadaki bütün gemilerin üçte biri adil olur sanırım."

Xaro'nun gözyaşları, mücevher hızmalı burnunun iki yanından yanaklarına aktı. "Toz Sarayı'na girmemeniz için uyarmadım mı sizi? İşte tam olarak bundan korkuyordum. Büyücülerin fısıltıları sizi Mallarawan'ın karısı kadar deli etti. Dünyadaki bütün gemilerin üçte biri? Peh. Peh, derim. Peh."

Dany o günden beri görmemişti adamı. Xaro'nun kâhyası, Dany'ye mesajlar getiriyordu, her biri bir öncekinde daha soğuk. Dany evini terk etmeliydi. Onu ve insanlarını beslemekten bıkmıştı. Dany'nin kötü niyetlerle kabul ettiği hediyelerin iade edilmesini istiyordu. Dany'nin tek tesellisi, en azından adamla evlenmeyecek kadar mantıklı davranmış olmasıydı.

Büyücüler üç ihanet göreceğimi fısıldadı... Biri kanda, biri altında, biri aşkta. İlk hain Mirri Maz Duur'du şüphesiz, insanlarının intikamını almak için Khal Drogo'yu ve doğmamış oğullarını öldürmüştü. Pyat Pree ve Xaro Xhoan Daxos ikinci ve üçüncü olabilir miydi? Sanmıyordu. Pyat Pree'nin yaptığı şey altın için değildi ve Xaro onu asla gerçekten sevmemişti.

Kasvetli taş ambarların arasından geçerlerken caddeler boşalmaya başlamıştı. Aggo önünde at sürüyordu ve Jhogo arkasında, Sör Jorah Mormont yanındaydı. Örgüsündeki zil hafifçe çınladı ve Dany kendini Toz Sarayı'nı düşünürken buldu yine; dilin, kırılan bir dişin bıraktığı boşluğa gitmesi gibi bir şeydi bu. *Üçün çocuğu*, demişlerdi ona, *ölümün kızı, yalanların katili, alevlerin gelini.* Çok üç vardı. Üç ateş, sürülecek üç at, üç ihanet. "Ejderhanın üç başı var," dedi iç geçirerek. "Bunun ne anlama geldiğini biliyor musunuz Sör Jorah?"

"Majesteleri? Targaryen Hanedanı'nın arması üç başlı bir ejderhadır, siyah üstünde kırmızı."

"Bunu biliyorum. Ama üç başlı bir ejderha yok."

"Üç baş, Aegon ve kız kardeşleriydi."

"Visenya ve Rhaenys," diye hatırladı Dany. "Ben Aegon ve Rhaenys'ten geliyorum, oğulları Aenys ve torunları Jaehaerys vasıtasıyla."

"Mavi dudaklar sadece yalan konuşur, Xaro böyle söylememiş miydi size? Büyücülerin fısıltılarını neden bu kadar çok umursuyorsunuz? Bütün istedikleri teninizdeki canı çekip almaktı, bunu biliyorsunuz artık."

"Belki," dedi Dany tereddütle. "Ama gördüğüm şeyler..."

"Bir geminin pruvasındaki ölü adam, mavi bir gül, cesetlerin ziyafet masası... Bunların ne anlamı var *Khaleesi*? Oyuncu ejderhası, demiştiniz. Oyuncu ejderhası nedir tanrılar aşkına?"

"Bezden bir ejderha, bir direğin ucuna konulur," diye açıkladı Dany. "Oyuncular güldürülerinde kullanır, kahramanların dövüşmesi için."

Sör Jorah kaşlarını çattı.

Dany konuyu kapatamıyordu. "*Onunki buz ve ateşin şarkısı*, dedi ağabeyim. Ağabeyim olduğundan eminim. Viserys değil, Rhaegar. Gümüş telli bir arpı vardı."

Sör Jorah'ın gözlerinin arasındaki çizgi derinleşti, kaşları birbirine değiyordu. "Prens Rhaegar öyle bir arp çalıyordu," diye kabul etti. "Onu gördünüz mü?"

Dany başıyla onayladı. "Bir kadın yatakta yatıyordu, göğsünde bir bebek vardı. Ağabeyim, bebeğin vadedilen prens olduğunu ve ona Aegon adını verdiğini söyledi kadına."

"Prens Aegon, Rhaegar'ın Dornelu Elia'dan doğma veliahtıydı," dedi Sör Jorah. "Ama Aegon vadedilen prens olsa bile, Lannisterlar onun kafasını duvara vurarak kırdığında o vaat de kırıldı."

"Hatırlıyorum," dedi Dany hüzünle. "Rhaegar'ın kızını da öldürdüler, küçük prensesi. Adı Rhaenys'ti, Aegon'ın kardeşi gibi. Visenya yoktu ama ejderhanın üç başı olduğunu söyledi. Buz ve ateşin şarkısı nedir?"

"Daha önce duyduğum bir şarkı değil."

"Büyücülere bazı cevaplar bulmak için gitmiştim ama yüzlerce yeni soruyla bıraktılar beni."

Caddeler yine insanlarla dolmuştu. "Yol açın," diye bağırdı Aggo, Jhogo kuşkuyla havayı kokluyordu. "Kokusunu alabiliyorum *Khaleesi*," diye seslendi. "Zehirli su." Dothraklar denize ve denizin üstündeki hiçbir şeye güvenmezdi. Atların içemediği sularla işleri olsun istemezlerdi. *Öğrenecekler*, diye karar verdi Dany. *Ben Khal Drogo'yla birlikte onların deniziyle yüzleştim. Şimdi onlar benim denizimle yüzleşecekler.*

Qarth, dünyanın en büyük limanlarından biriydi. Korunaklı rıhtımı; renklerin, seslerin ve ilginç kokuların cümbüşü gibiydi. Caddelere yan yana dizilmiş şaraphaneler, ambarlar ve kumarhaneler; ucuz genelevler ve tuhaf tanrıların tapınaklarıyla dip dibeydi. Yankesiciler, katiller, falcılar ve sarraflar her tür kalabalığın arasına karışmıştı. Su kıyısı, alışverişin gece ve gündüz devam ettiği muazzam bir pazar yeriydi. Nereden geldiklerini sormazsan buradaki malları gerçek değerlerinin çok altında bir fiyata satın alabilirdin. İyice kamburlaşmış yaşlı kadınlar, omuzlarına astıkları seramik ibriklerle aromalı sular ve keçi sütü satıyordu. Elli farklı milletten denizciler tezgâhların arasında dolaşıyor, baharatlı içkiler içip tuhaf dillerde birbirleriyle şakalaşıyordu. Hava tuz ve kızarmış balık, sıcak zift ve bal, yağ ve döl kokuyordu.

Aggo balla kızartılmış fare şiş için küçük bir çocuğa bir bakır ödedi ve yola devam ederlerken yedi. Jhogo bir avuç dolusu beyaz kiraz aldı. Başka bir yerde güzel beyaz hançerler satılıyordu, kurutulmuş mürekkep balıkları ve işlenmiş akikler, bakire sütünden ve akşam gölgesinden hazırlanmış çok güçlü bir iksir ve hatta şüpheli bir şekilde, boyanmış taşlar gibi görünen ejderha yumurtaları.

On Üçler için ayrılmış uzun taş rıhtımları geçerken Xaro'nun süslü gemisi *Varmallion Öpücüğü*'nden indirilen safran, buhur ve karabiber dolu sandıkları gördü Dany. Şarap fıçıları, ekşi yaprak balyaları ve çizgili hayvan postları iskele tahtasından yuvarlanarak, akşam dalgalarıyla denize açılacak olan *Azure Gelini*'ne yükleniyordu. Daha ileride, Baharatçılar'ın kadırgası *Şems Alazı*'nın çevresinde insanlar toplanmıştı, köleler için fiyat veriyorlardı. Köle satın alınacak en ucuz yerin gemiler olduğu iyi bilinirdi ve kadırganın direklerinde dalgalanan sancaklar *Şems Alazı*'nın Astapor'daki Köle Körfezi'nden geldiğini bildiriyordu.

Dany; On Üçler'den, Turmalin Kardeşliği'nden ya da Kadim Baharatçılar Loncası'ndan yardım alamayacağını biliyordu. Gümüş atını onlara ait iskelelerin, rıhtımların, ambarların millerce uzağına sürdü ve at nalı şeklindeki limanın; Yaz Adaları'ndan, Batıdiyar'dan ve Özgür Şehirler'den gelen gemilerin demir atmalarına izin verilen en uç noktasına gitti.

Bir kumar çukurunun yanında atından indi. Bağrışan denizcilerin oluşturduğu bir çemberin ortasında dev bir kertenkele, kızıl bir köpeği parçalara ayırıyordu. "Aggo, Jhogo; Sör Jorah ve ben kaptanlarla konuşurken atlara sahip çıkın."

"Emredersiniz *Khaleesi*. Siz giderken bakacağız."

Tekrar Valyria dilinde konuşan insanlar duymak güzel, hatta Ortak Dil'de, diye düşündü Dany ilk gemiye yaklaşırlarken. Denizciler, liman işçileri ve tacirler, Dany'ye yol veriyordu; Dothrak kıyafetleri giymiş, yanında bir şövalyeyle birlikte yürüyen, gümüş saçlı, genç ve ince kızdan ne anlam çıkaracaklarını bilemiyorlardı. Sör Jorah havanın sıcaklığına rağmen örgü zırhının üstüne yeşil yün pelerinini giymişti. Göğsüne Mormontlar'ın siyah ayısı işliydi.

Ama gemilerine ihtiyaç duydukları bu adamların karşısında, ne Dany'nin güzelliği ne de şövalyenin cüssesi ve kuvveti işe yarardı.

"Yüz Dothraklı, bütün atları, bu şövalye, kendiniz ve üç *ejderha* için geçiş istiyorsunuz?" dedi *Şevkli Dost* isimli büyük gökenin kaptanı, kahkahalar atarak uzaklaşmadan önce. *Borazancı*'nın güvertesindeki bir Lysli'ye, Yedi Krallık Kraliçesi Daenerys Fırtınadadoğan olduğunu söylediğinde adam ölü gözleriyle bakıp, "Evet. Ve ben de Lord Tywin Lannister'ım, her gece altın sıçıyorum," dedi. Myr kadırgası *İpek Ruh*'un hamule başı, ejderhaların denizde çok tehlikeli olacağını söyledi; kazayla üfledikleri alevli bir nefes geminin halatlarını tutuşturabilirdi. *Lord Faro'nun Göbeği*'nin sahibi ejderhaları göze alıyordu ama Dothraklar'ı değil. "Bu tanrısız vahşileri *Göbek*'ime sokmam. Yapmam." *Civa* ve *Boztazı* isimli kardeş gemilerin kaptanları olan iki kardeş cana yakın görünüyorlardı ve onları birer kadeh Arbor kırmızısı içmek için kamaralarına davet ettiler. Adamlar o kadar nazikti ki Dany bir süre için umutlandı ama sonunda istedikleri fiyat Dany'yi aşıyordu, Xaro'yu bile aşabilirdi. *Çimdikkıçlı Petto* ve *Erikgözlü Bakire,* Dany'nin ihtiyacı için küçüktü. *Bravo*, Yeşim Denizi'ne açılacaktı ve *Yargıç Manolo* denize açılacak kadar dayanıklı görünmüyordu.

Bir sonraki rıhtıma doğru giderlerken Sör Jorah elini Dany'nin beline koydu. "Majesteleri. Takip ediliyorsunuz. Hayır, dönmeyin." Dany'yi, pirinçten yapılmış eşyalar satan bir tezgâhın önüne götürdü. "Bu çok asil bir işçilik kraliçem," dedi yüksek sesle, Dany'nin daha iyi bakabilmesi için elindeki pirinç tepsiyi yukarı kaldırdı. "Güneşte nasıl parladığına bir bakın."

Pirinç çok iyi cilalanmıştı. Dany tepside kendi yüzünü görebiliyordu... ve Sör Jorah tepsiyi sağa doğru çevirdiğinde Dany arkasını da gördü. "Esmer, şişman bir adam ve bastonlu, yaşlı bir adam görüyorum. Hangisi?"

"İkisi de," dedi Sör Jorah. "*Civa*'dan ayrıldığımızdan beri bizi takip ediyorlar."

Pirincin üstündeki hareler yabancıların görüntüsünü tuhaf şekillere sokuyordu, adamlardan biri uzun ve cılız görünüyordu, diğeri son derece kısa ve geniş. "Bu, en mükemmel pirinçtir büyük leydi," diye bağırdı satıcı. "Güneş kadar parlak! Ve Ejderhaların Anası için sadece otuz sikke."

Tepsi üç sikkeden fazla etmezdi. "Muhafızlarım nerede?" diye bağırdı Dany. "Bu adam beni soymaya çalışıyor!" Sesini Sör Jorah için alçaltarak Ortak Dil'de konuştu. "Bana zarar vermeye niyetli olmayabilirler. Erkekler zamanın başlangıcından beri kadınlara bakar, belki hepsi budur."

Pirinç satıcısı fısıltıların üstünde durmadı. "Otuz? Otuz mu dedim? Ne aptalım. Fiyatı yirmi sikkedir."

"Bu tezgâhtaki bütün pirinçler yirmi sikke etmez," dedi Dany tepsideki yansımaları incelerken. Yaşlı adamda Batıdiyarlı görüntüsü vardı, kahverengi derili adam yüz otuz kiloya yakın olmalıydı. *İşgalci, beni öldüren adama lordluk vereceğini söyledi ve bu iki adam evlerinden çok uzaktalar. Büyücülerin yaratıkları olabilirler mi, beni gafil avlamaya mı çalışıyorlar?*

"On, *Khaleesi*, çok güzel olduğunuz için. Onu ayna yerine kullanın. Böyle bir güzelliği sadece bu kadar kaliteli bir pirinç yakalayabilir."

"İnsan gübresi taşımak için kullanılabilir. Eğer bunu çöpe atarsan oradan alabilirim ama eğilmek zorunda kalmazsam. Ama bunun için *sikke ödemek*?" Dany tepsiyi adamın eline tuşturdu. "Solucanlar burnundan girip beynini yemiş."

"Sekiz sikke," diye bağırdı adam. "Karılarım beni dövüp aptal diyecek ama sizin karşınızda çaresiz bir çocuğa dönüşüyorum. Yapmayın, bu tepsi sekiz sikkeden fazla eder."

"Xaro Xhoan Daxos beni altın tabaklardan besliyorken değersiz bir pirinç tepsiyi ne yapayım?" Dany ilerlemek için arkasını döndüğünde yabancıları şöyle bir süzdü. Esmer adam tepsideki yansıması kadar genişti, kel kafası parlıyordu ve yanakları bir hadımınkiler gibi pürüzsüzdü. Ter lekeleriyle dolu, sarı ipekten bel kuşağında bir *arakh* asılıydı. Kuşağının üstündeki bedeni, giydiği demir düğmeli ve manasız bir şekilde dar yelek dışında çıplaktı. Ağaç gövdesi kalınlığındaki kolları, geniş göğsü ve kocaman göbeği, fındık rengi teninde solgun görünen eski yara izleriyle doluydu.

Diğer adam, boyasız yünden yapılmış bir yolculuk pelerini giyiyordu. Başlığı arkaya atılmıştı. Uzun, beyaz saçları omuzlarına dökülüyordu ve ipeksi beyaz sakalları yüzünün yarısını örtüyordu. *Bana zarar vermek istiyorlarsa sadece aptallar gözlerini böyle açık açık üstüme dikerdi.* Buna rağmen, Aggo'yla Jhogo'nun yanına dönmek daha ihtiyatlı olacaktı. Sör Jorah onu tezgâhtan uzaklaştırırken, "Yaşlı adamın kılıcı yok," dedi Dany, Ortak Dil'de konuşarak.

Pirinç satıcısı hoplaya hoplaya önlerine geldi. "Beş sikke, beş sikkeye sizin olur, bu size kısmetmiş."

"Sert ağaçtan yapılmış bir baston da herhangi bir gürz gibi kafatası kırabilir," dedi Sör Jorah.

"Dört! Bu tepsiyi istediğinizi biliyorum." Satıcı önlerinde dans ediyordu, tepsiyi yüzlerine doğru uzatırken geri geri koşuyordu.

"Takip ediyorlar mı?"

"Şunu biraz yukarı kaldır," dedi şövalye, satıcıya. "Evet. Yaşlı adam çömlek tezgâhında oyalanıyormuş gibi yapıyor ama esmer olan sizden başka bir şeye bakmıyor."

"İki sikke! İki! İki!" Satıcı geri geri koşmaktan nefes nefese kalmıştı.

"Kendini öldürmeden önce şuna sikke verin," dedi Dany, Sör Jorah'a, kocaman pirinç bir tepsiyi ne yapacağını düşünerek. Sör Jorah kesesine uzanırken Dany geri döndü, bu farsa bir son vermeye niyetliydi. Ejderhanın kanı, pazar boyunca yaşlı bir adam ve şişman bir hadım tarafından güdülmeyecekti.

Önüne bir Qarthlı çıktı. "Ejderhaların Anası, sizin için." Diz çöktü ve elindeki mücevher kutusunu Dany'ye uzattı.

Dany kutuyu neredeyse gayriihtiyari aldı. Kutu, ahşap oymaydı, sedefli kapağına yeşim ve alaca akik kakılmıştı. "Çok cömertsiniz." Kutuyu açtı. İçinde, zümrüt ve akikten kesilmiş bir hapböceği vardı. *Güzel*, diye düşündü. *Yolculuk için ödeme yapmamıza yardımcı olur bu*. Dany elini kutunun içine uzatırken, "Çok üzgünüm," dedi adam ama Dany hayal meyal duymuştu.

Hapböceği tıslayarak açıldı.

Dany, kapkara ve kötücül bir surat gördü, neredeyse insana benziyordu. Ve ucundan zehir damlayan kavisli bir kuyruk... Sonra, kutu parçalara ayrılıp elinden fırladı, yuvarlandı. Ani bir acı parmaklarını büktü. Dany haykırıp eliyle parmaklarını tutarken pirinç satıcısı tiz bir feryat kopardı, bir kadın çığlık attı. Qarthlı bağırıyor, insanları kenara itiyordu. Sör Jorah koşarak yanına geldi ve Dany dizlerinin üstüne düştü. Tekrar *tıs*lamayı duydu. Yaşlı adam bastonun ucunu yere vurdu. Aggo, bir yumurta satıcısının önünden atını sürerek geldi ve eyerinden aşağı atladı. Jhogo'nun kamçısı şakladı. Sör Jorah pirinç tepsiyle hadımın kafasına vurdu. Denizciler, fahişeler ve satıcılar bağrışarak kaçışıyordu.

"Majesteleri, binlerce kez özür dilerim." Yaşlı adam eğildi. "Böcek öldü. Elinizi kırdım mı?"

Dany irkildi, parmaklarını kapadı. "Sanmıyorum."

"Onu öldürmek zorundaydım," diyerek konuşmaya başladı adam ama cümlesini bitiremeden kansüvarileri tepesine bindi. Aggo bastonu tekmeleyip uzağa fırlattı. Jhogo adamı omuzlarından yakalayıp dizleri üstüne çökmeye zorladı ve hançerini adamın boğazına dayadı. "*Khaleesi*, size saldırdığını gördük. Kanının rengini görmek ister misiniz?"

"Onu bırak." Dany ayaklarının üstüne kalktı. "Bastonunun ucuna bak kanımın kanı." Hadım, Sör Jorah'ı itti. Uzunkılıç ve *arakh* pırıltılarla kınlarından çıkarken Dany iki adamın arasına girdi. "Silahlarınızı bırakın! Durun!"

"Majesteleri?" Sör Jorah kılıcını sadece bir santim indirmişti. "Bu adamlar size saldırdı."

"Beni savunuyorlardı." Dany, acıyı parmaklarından uzaklaştırmak için elini salladı. "Diğer adamdı, Qarthlı." Etrafına baktı ama adam gitmişti. "Üzgün Adamlar'dan biriydi. Bana verdiği mücevher kutusunun içinde bir mantikor vardı. Bu yaşlı adam kutuya vurup elimden düşürdü." Pirinç satıcısı hâlâ yerde yuvarlanıyordu. Adamın yanına gidip ayağa kalkmasına yardım etti. "Böcek seni soktu mu?"

"Hayır, iyi leydim," dedi titreyerek, "soksaydı ölürdüm. Ama bana dokundu, *ıyyk*, kutudan düştüğünde koluma kondu." Adam altını pisletmişti, Dany gördü ve şaşırmadı.

Satıcıya bir gümüş verip gönderdi ve beyaz sakallı yaşlı adama döndü. "Hayatımı borçlu olduğum kişi kimdir?"

"Bana hiçbir şey borçlu değilsiniz Majesteleri. İsmim Arstan ama buraya gelmek için yaptığımız yolculukta Belwas bana Beyazsakal adını taktı." Jhogo serbest bırakmıştı ama yaşlı adam hâlâ tek dizinin üstündeydi. Aggo aldığı bastonun ucuna baktı. Dothrak dilinde küfür etti. Bir kayaya sürterek mantikordan geriye kalanları temizlediği bastonu sahibine geri verdi.

"Peki, Belwas kim?" diye sordu Dany.

Kahverengi, iri hadım *arakh*'ını kınına sokarak öne çıktı. "Ben Belwas. Meereen'in dövüş meydanlarında Güçlü Belwas derler bana. Hiç kaybetmediğim için." Yara izleriyle dolu göbeğine vurdu. "Öldürmeden önce, her adamın beni bir kez kesmesine izin veririm. İzleri sayarsanız Güçlü Belwas'ın kaç kişiyi katlettiğini öğrenirsiniz."

Dany'nin izleri saymasına gerek yoktu; çok vardı, tek bakışta görülebiliyordu. "Peki, neden buradasınız Güçlü Belwas?"

"Meereen'den Qohor'a satıldım, sonra Pentos'a, saçlarında şekerli bir koku olan şişman adama. Güçlü Belwas'ı tekrar denizin karşısına gönderen o adamdır ve ona hizmet etmesi için Beyazsakal'ı."

Saçlarında şekerli bir koku olan şişman adam... "Illyrio?" dedi Dany. "Sizi Yargıç Illyrio mu gönderdi?"

"Evet, Majesteleri," diye yanıtladı yaşlı Beyazsakal. "Yargıç, kendisi gelmek yerine bizi gönderdiği için affınızı rica ediyor. Kendisi gençliğindeki gibi at süremiyor artık ve deniz yolculuğu midesini rahatsız ediyor." Yaşlı adam daha önce Özgür Şehirler'in Valyria dilinde konuşuyordu ama şimdi Ortak Dil'e geçmişti. "Eğer sizi endişelendirdiysek özür dileriz. Doğruyu söylemem gerekirse, emin olamadık. Daha farklı birini bekliyorduk, daha..."

"Kraliçe gibi?" Dany güldü. Yanında ejderhaları yoktu ve giysilerinin kraliçelere yakışır olduğu söylenemezdi. "Ortak Dil'i çok iyi konuşuyorsun Arstan. Batıdiyarlı mısın?"

"Evet. Dorne Hudutları'nda doğdum Majesteleri. Bir delikanlıyken Lord Swann'ın maiyetinde yaverlik yaptım." Uzun bastonunu dimdik yanında tuttu, sancağa ihtiyacı olan bir direk gibi görünüyordu baston. "Şimdi Belwas'ın yaveriyim."

"Bu iş için biraz yaşlı sayılmaz mısın?" Sör Jorah adamları omzuyla itip Dany'nin yanına gelmişti, pirinç tepsiyi tuhaf bir şekilde koltuk altında taşıyordu. Belwas'ın kafası pirinci epey eğmişti.

"Efendime hizmet edemeyecek kadar yaşlı değilim Lord Mormont."

"Beni de tanıyorsun."

"Sizi birkaç kez dövüşürken görmüştüm. Lannis Limanı'nda, Kral Katili'ni az kalsın atından düşürecekken ve Pyke'ta. Hatırlamıyor musunuz Lord Mormont?"

Sör Jorah kaşlarını çattı. "Yüzün tanıdık geliyor ama Lannis Limanı'nda yüzlerce adam vardı ve Pyke'ta binlerce. Ayrıca artık lord değilim. Ayı Adaları benden alındı. Ama şövalyeyim."

"Kraliçe Muhafızları'nın şövalyesi." Dany adamın kolunu tuttu. "Aynı zamanda iyi dostum ve danışmanım." Arstan'ın yüzünü inceledi. Adamda izzet vardı, Dany'nin sevdiği sessiz bir kuvvet. "Ayağa kalk Arstan Beyazsakal. Hoş geldin Güçlü Belwas. Sör Jorah'ı tanıyorsunuz. Ko Aggo ve Ko Jhogo benim kanımın kanıdır. Benimle kızıl toprakları geçtiler ve ejderhalarımın doğumuna şahit oldular."

"At oğlanları." Belwas dişlerini göstererek sırıttı. "Belwas dövüş çukurlarında bir sürü at oğlanı öldürdü. Ölürken çınlıyorlar."

Aggo'nun eli *arakh*'ına gitti. "Aggo daha önce kahverengi şişman bir adam öldürmedi. Belwas ilk olacak."

"Silahını kaldır kanımın kanı," dedi Dany. "Bu adam bana hizmet etmeye geldi. Belwas, insanlarıma saygı göstereceksin yoksa arzu ettiğinden çok daha önce ve şimdikinden çok daha fazla yarayla hizmetimden ayrılırsın."

Dev adamın geniş, kahverengi suratındaki eksik dişli gülümseme, yerini çatık kaşlı bir akıl karışıklığına bırakarak kayboldu. Görünüşe göre insanlar Belwas'ı sık sık tehdit etmiyordu, hele kendi cüssesinin üçte biri kadar kızlar hiç...

Dany, azarlamasının yarattığı rahatsızlık hissini biraz azaltabilmek için adama gülümsedi. "Şimdi, bana söyleyin, Sizi Pentos'tan buraya onca yola gönderdiğine göre, Yargıç Illyrio benden ne istiyor?"

"Ejderhaları istiyor," dedi Belwas huysuzca. "Sizi bulmamız ve Pentos'a geri götürmemiz söylendi bize. Yedi Krallık'ın size ihtiyacı var. İşgalci Robert öldü ve diyar kanıyor. Pentos'tan yelken açtığımızda topraklarda dört kral vardı ve hiç adalet yoktu."

İçinde sevinç çiçeklenmişti ama Dany yüzüne yansıtmadı. "Üç ejderham var," dedi, "ve *khalasar*'ımda yüzden fazla insan, bütün eşyaları ve atlarıyla birlikte."

"Sorun değil," dedi Belwas. "Hepsini alacağız. Şişman adam, gümüş saçlı kraliçesi için üç gemi kiraladı."

"Öyle Majesteleri," dedi Arstan Beyazsakal. "Büyük göke *Saduleon*, rıhtımın ucuna bağlandı. *Yazgüneşi* ve *Muzip Foso* isimli kadırgalar da dalgakıranın arkasında demir attı."

Ejderhanın üç başı var, diye düşündü Dany merakla. "İnsanlarıma bir an önce yola çıkmak için hazırlanmalarını söylemeliyim. Ama beni eve götürecek gemiler farklı isimler taşımalı."

"Nasıl arzu ederseniz," dedi Arstan. "Hangi isimleri tercih edersiniz?"

"*Vhagar*," dedi Daenerys. "*Meraxes*. Ve *Balerion*. Bu isimleri gemilerin gövdelerinin bir metre yukarısına altın harflerle yazın Arstan. Gemileri gören her adamın, ejderhaların döndüğünü öğrenmesini istiyorum."

ARYA

Kafalar, çürümeyi yavaşlatmak için katrana batırılmıştı. Arya her sabah, Roose Bolton'ın su çanağını doldurmak için kuyuya giderken onların önünden geçmek zorunda kalıyordu. Dışarı bakıyorlardı, bu yüzden yüzlerini hiç görmemişti ama içlerinden birinin Joffrey olduğunu düşünmek hoşuna gidiyordu. Onun yakışıklı yüzünün katrana bulandığında nasıl görüneceğini hayal etmeye çalıştı. *Bir karga olsaydım, kafasına konar, o aptal, dolgun dudaklarını gagalardım.*

Kafaların ziyaretçisi eksik olmuyordu. Leş kargaları gürültülü bir zalimlikle kapı kulübesinin etrafında dönüp duruyor ve siperlerin üstünde gözler için kavga ediyorlardı. Bağırarak birbirlerini gaklıyor, bir nöbetçi ne zaman siperlerdeki yürüme yolundan geçse havalanıyorlardı. Zaman zaman üstadın kuzgunları da ziyafete katılıyordu, geniş siyah kanatlarını açarak kuşluktan iniyorlardı. Kuzgunlar geldiğinde kargalar dağılıyordu, büyük kuşların gittiği anda geri dönmek üzere.

Kuzgunlar, Üstat Tothmure'u hatırlıyor mudur? diye merak etti Arya. *Onun için üzülüyorlar mıdır? Ona gakladıklarında neden cevap vermediğini merak ediyorlar mıdır?* Belki de ölüler, canlıların duyamayacağı gizli bir dilde konuşuyordu kuşlarla.

Tothmure, Harrenhal'un düştüğü gece Casterly Kayası'na ve Kral Toprakları'na kuş yolladığı için baltaya gitmişti; Kâhya Harra, Leydi Whent'in maiyetine onlara hizmet etmelerini söylediği için; kale kâhyası, hazine odasının anahtarını Lord Tywin'e verdiği için. Aşçının canı bağışlanmıştı (bazıları gelincik çorbasını yaptığı için olduğunu söylüyordu) ama sevimli Pia ve Lannister askerlerinin yatağını paylaşan diğer kadınlar için karar verilmişti... İsteyen adamların özgürce kullanması için, çırılçıplak ve tıraş edilmiş bir hâlde orta avludaki ayı kafesinin yanına bırakılmışlardı.

Arya o sabah kuyuya giderken Freyler'in üç silahlı askeri kullanıyordu kadınları. Arya bakmamaya çalıştı ama adamların kahkahalarını duyabiliyordu. Kova, suyla dolduğunda çok ağır oluyordu. Kâhya Amabel kolundan yakaladığında Arya kovayı Kralateşi'ne götürüyordu. Amabel'in bacaklarının üzerine su döküldü. "Bunu bilerek yaptın," diye cırladı kadın.

"Ne istiyorsun?" Arya kadının elinden kurtulmak için kıvranıyordu. Amabel, Harra'nın kafasının kesildiği günden beri yarı delirmiş hâldeydi.

"Şunu görüyor musun?" Avlunun karşısındaki Pia'yı gösterdi. "Kuzeyli adamlar düştüğünde o kızın yerinde sen olacaksın."

"*Bırak* beni." Kurtulmaya çalıştı ama Amabel parmaklarını daha da sıktı.

"O adam da *düşecek*, Harrenhal eninde sonunda hepsini dibe çeker. Lord Tywin savaşı kazandı, bütün kuvvetiyle birlikte buraya dönecek ve ihanet edenleri cezalandırma sırası onun olacak. Senin yaptıklarını öğrenmeyeceğini düşünme sakın!" Yaşlı kadın güldü. "Seni ben bile becerebilirim. Harra'nın eski bir süpürgesi vardı. Onu senin için saklayacağım. Sapı çatlak ve kıymıklı..."

Arya kovayı salladı, suyun ağırlığı yüzünden kova elinde döndü ve istediği gibi Amabel'in kafasına çarpmadı ama üstü başı sırılsıklam olan kadının onu serbest bırakmasını sağladı. "Bana bir daha *sakın* dokunma," diye bağırdı Arya. "Yoksa seni *öldürürüm*. Benden *uzak* dur."

Üzerinden sular damlayan kadın işaretparmağını Arya'nın tuniğinin önündeki derisi yüzülmüş adama batırdı. "Göğsündeki bu kanlı adam sayesinde güvende olduğunu sanıyorsun ama değilsin! Lannisterlar geliyor. Buraya vardıklarında neler olacak göreceksin."

Kovadaki suyun dörtte üçü yere dökülmüştü, Arya tekrar kuyuya gitti. *Bu söylediklerini Lord Bolton'a anlatsam, daha akşam olmadan kafası Harra'nınkinin yanına asılır*, diye düşündü kovayı yukarı çekerken. Ama anlatmazdı.

Bir keresinde, siperlerde şimdikinin yarısı kadar kafa varken, Arya'yı onlara bakarken yakalamıştı Gendry. "Marifetinle gurur mu duyuyorsun?" diye sordu.

Gendry kızgındı çünkü Lucan'ı seviyordu. Arya bunu biliyordu ama Gendry'nin tavrı adil değildi yine de. "Çelikkanca

Walton'ın marifetiydi," diye savundu kendini. "Ve Oyuncular'ın, Lord Bolton'ın."

"Bizi kim onlara verdi peki? Sen ve gelincik çorban."

Arya delikanlının koluna vurdu. "Sadece sıcak çorbaydı. Sen de Sör Amory'den nefret ediyordun."

"Bu sürüden daha çok nefret ediyorum. Sör Amory lordu için savaşıyordu ama Oyuncular sadece paralı askerler ve dönekler. Yarısından çoğu Ortak Dil'i konuşamıyor bile. Rahip Utt küçük oğlanlardan hoşlanıyor, Qyburn kara büyü yapıyor ve dostun Isırgan insan *yiyor.*"

En kötüsü; Arya, Gendry'nin haksız olduğunu bile söyleyemezdi. Harrenhal'a yiyecek temin etmek için yapılan yağmaların çoğu Cesur Dostlar'ın işiydi ve Roose Bolton, Lannisterlar'ı yok etme görevini de onlara vermişti. Vargo Hoat, mümkün olduğunca fazla kasabayı basabilmek için adamlarını dört gruba ayırmıştı. En büyük grubu kendisi komuta ediyordu ve diğerlerini en güvendiği kumandanların emrine vermişti. Rorge, Lord Vargo'nun hainleri bulma yöntemine gülüyordu. Vargo'nun bütün yaptığı, Lord Tywin'in sancağı altındayken gittiği kasabaları tekrar ziyaret edip o zamanlar kendisine yardım edenleri yakalamaktı. Çoğu, Lannister gümüşleriyle satın alınmıştı, bu yüzden Oyuncular çoğu zaman sikke dolu torbalarla geri dönüyordu, kafa dolu sepetlerin yanı sıra. "İşte size bir bilmece!" diye bağırıyordu Shagwell. "Eğer Lord Bolton'ın keçisi, Lannisterlar'ın keçisini besleyen adamları yerse, kaç keçi kalır?"

"Bir," demişti Arya, Shagwell bilmeceyi ona sorduğunda.

"İşte, keçi kadar akıllı bir gelincik!" diye kıkırdamıştı soytarı.

Rorge ve Isırgan en az diğerleri kadar kötüydü. Lord Bolton'ın garnizonla birlikte yemek yediği zamanlarda Arya onları diğer adamların arasında görüyordu. Isırgan bozuk peynir gibi kokuyordu, bu yüzden Cesur Dostlar adamı masanın en sonuna; kendi kendine homurdanıp tıslayabileceği, etini dişleriyle ve elleriyle parçalayabileceği bir yere oturtuyordu. Ne zaman yanından geçse Arya'yı kokluyordu adam ama Arya'yı asıl korkutan Rorge'du. Rorge, Sadık Urswyck'in yanında oturuyordu ve Arya kendi işleriyle meşgul olurken Rorge'un gözlerinin üzerinde gezindiğini hissedebiliyordu.

Jaqen H'ghar'la birlikte Dar Deniz'in karşısına gitmiş olmayı diliyordu bazen. Jaqen'ın verdiği aptal sikkeyi hâlâ saklıyordu; kenarları küflenmiş, metelikten daha büyük olmayan bir demir parçası. Bir yüzünde Arya'nın okuyamadığı tuhaf kelimeler yazıyordu. Diğer yüzünde bir adamın başı vardı ama o kadar çok aşınmıştı ki hatları silinmişti. *Jaqen bu sikkenin çok kıymetli olduğunu söyledi ama büyük ihtimalle bu da bir yalandı. Tıpkı adı, hatta suratı gibi.* Bunu düşünmek Arya'yı o kadar sinirlendiriyordu ki bir keresinde sikkeyi atmıştı ama bir saat sonra kendini kötü hissetmiş ve hiçbir değeri olmamasına rağmen gidip onu tekrar bulmuştu.

Elindeki kovanın ağırlığıyla cebelleşerek Akantaş Avlusu'ndan geçerken sikkeyi düşünüyordu. "Nan," diye bağırdı bir ses. "O kovayı bırak ve gelip bana yardım et."

Elmar Frey, Arya'dan daha büyük değildi ve yaşına göre kısaydı. Kum dolu bir fıçıyı avlunun engebeli zemininde yuvarlıyordu, yorgunluktan yüzü kızarmıştı. Arya çocuğa yardım etmeye gitti. Birlikte, fıçıyı önce duvara kadar yuvarladılar, sonra da geriye ve en sonunda da düzelttiler.

Elmar fıçının kapağını levyeyle açıp içindeki örgü zırhı çıkarırken Arya kımıldayan kumların seslerini duyabiliyordu. "Sence yeterince temiz olmuş mu?" Elmar, Roose Bolton'ın yaveri olduğu için lordun zırhını temiz ve parlak tutmak onun göreviydi.

"Kumu silkelemen gerek. Birkaç pas lekesi var hâlâ. Gördün mü?" Parmağıyla gösterdi. "Tekrar temizlesen iyi olur."

"Sen temizle." Elmar, yardıma ihtiyaç duyduğunda arkadaşça davranabilirdi ama işi bittikten sonra kendisinin bir yaver, Arya'nınsa sadece hizmetçi bir kız olduğunu hatırlardı hep. Geçit Lordu'nun oğlu olduğunu söyleyip böbürlenmekten hoşlanıyordu; bir yeğen, bir piç ya da bir torun değildi, öz oğuldu ve bu yüzden bir prensesle evlenecekti.

Çocuğun kıymetli prensesi Arya'nın umurunda değildi ve ondan emir almaktan hoşlanmıyordu. "Lordumun çanağı için su götürmek zorundayım. Odasında sülükleniyor. Sıradan, siyah sülükler değil, iri ve beyaz olanlardan."

Elmar'ın gözleri haşlanmış yumurta gibi büyüdü. Sülükler

onu dehşete düşüyordu, özellikle de kanla dolana kadar jöle gibi görünen beyaz sülükler. "Unutmuşum, bu kadar ağır bir fıçıyı itemeyecek kadar sıskasın."

"Unutmuşum, aptalsın." Arya kovasını aldı. "Belki senin de sülüklenmen gerekiyordur. Boğaz'da domuzlar kadar büyük sülükler var." Çocuğu fıçıyla birlikte bırakıp gitti.

Lordun yatak odası kalabalıktı. Bütün kardeşleri, üvey kardeşleri ve kuzenleriyle birlikte bir düzine Frey'in yanı sıra, baldır zırhı ve örgü zırh giyen suratsız Walton'la Qyburn da odadaydı. Roose Bolton çırılçıplak yatağa uzanmıştı. Sülükler, adamın kollarının ve bacaklarının içine, solgun göğsüne yapışmıştı, uzun ve şeffaf yaratıklar kan emdikçe pembeleşiyordu. Bolton, Arya'yı umursadığından fazla umursamıyordu onları.

Arya su çanağını doldururken, "Lord Tywin'in bizi burada, Harrenhal'da kıstırmasına izin vermemeliyiz," diyordu Sör Aenys Frey. Eğri büğrü elleri ve sulu, kırmızı gözleri vardı. Gri ve kambur bir deve benziyordu. Harrenhal'a bin beş yüz kılıç getirmişti ama kendi kardeşlerini bile komuta etmekten acizmiş gibi görünüyordu sık sık. "Kale o kadar büyük ki tutabilmek için bir ordu gerekir ve kuşatılırsak bir orduyu *besleyemeyiz*. Yeterince erzak bulma şansımız da yok; topraklar küle döndü, kasabaları kurtlar aldı, hasat yandı ya da çalındı. Sonbahar tepemizde ama ne ambarlarda ne de tarlalarda yiyecek var. Yağmalardan ele geçirdiklerimizle besleniyoruz ve Lannisterlar bunu yapmamızı da engellerse, bir ay içinde fareleri ve ayakkabı derilerini yemek zorunda kalırız."

"Burada kuşatılmaya niyetim yok." Roose Bolton'ın sesi o kadar hafifti ki adamlar onu duyabilmek için öne eğilmek zorunda kalıyordu. Lordun odasında tuhaf bir sessizlik vardı her zaman.

"O hâlde ne yapıyoruz?" diye sordu Sör Jared Frey; zayıf, hafifçe kelleşmiş, çiçek bozuğu bir adamdı. "Edmure Tully, Lord Tywin'le açık arazide savaşmayı düşünecek kadar zafer sarhoşu mu yoksa?"

Savaşırsa onu yener, diye düşündü Arya. *Onları tıpkı Kızıl Çatal'da ezdiği gibi ezer, görürsünüz.* Kimsenin dikkatini çekmeden gidip Qyburn'un yanında durdu.

"Lord Tywin buradan fersahlarca uzakta," dedi Bolton sakince. "Kral Toprakları'nda halletmesi gereken pek çok meselesi var. Bir süre daha Harrenhal'a yürüyemez."

Ser Aenys başını inatla salladı. "Siz, Lannisterlar'ı bizim kadar tanımıyorsunuz lordum. Kral Stannis de Lord Tywin'in fersahlarca uzakta olduğunu düşündü ve bu bitirdi onu."

Sülükler kanıyla beslenirken belli belirsiz gülümsedi yataktaki solgun adam. "Ben bitirilecek bir adam değilim sör."

"Nehirova bütün kuvvetini bir araya getirse ve Genç Kurt batıdan dönse bile, Lord Tywin'in üzerimize yollayacağı adamların sayısına denk olmayı nasıl umabiliriz? Yeşil Çatal'da komuta ettiği kuvvetin kat kat fazlasıyla gelecek buraya. Yüksek Bahçe, Joffrey'nin tarafına geçti, hatırlatırım!"

"Unutmadım."

"Bir zamanlar Lord Tywin'in tutsağı oldum," dedi Sör Hosteen; kare suratlı iri yarı adamın Freyler'in en güçlüsü olduğu söyleniyordu. "Lannisterlar'ın konukseverliğini tekrar tatmaya istekli değilim."

Anne tarafından Frey olan Sör Harys Haigh heyecanlı bir şekilde başıyla onayladı. "Lord Tywin, Stannis Baratheon gibi tecrübeli bir adamı bozguna uğrattıysa, bizim çocuk kralımızın onun karşısında ne şansı olur?" Destek bulabilmek için kardeşlerine ve kuzenlerine baktı, çoğu onaylar şekilde mırıldandı.

"Biri bunu söylemeye cesaret etmeli," dedi Sör Hosteen. "Bu savaşı kaybettik. Kral Robb, bunu görmeye zorlanmalı."

Roose Bolton solgun gözleriyle adamı inceledi. "Majesteleri, Lannisterlar'la yüzleştiği her mücadeleyi kazandı."

"Kuzeyi kaybetti," diye ısrar etti Hosteen Frey. "*Kışyarı*'nı kaybetti! Kardeşleri öldü..."

Arya bir an için nasıl nefes alındığı unuttu. *Ölü? Bran ve Rickon öldü mü? Ne demek istiyor? Kışyarı derken ne demek istedi? Joffrey, Kışyarı'nı asla alamaz, asla, Robb buna izin vermez.* Sonra, Robb'un Kışyarı'nda olmadığını hatırladı. Uzakta, batıdaydı o. Ve Bran sakattı, Rickon dört yaşındaydı. Sessiz ve sakin durabilmek için bütün gücünü kullanması gerekti, Syrio'dan öğrendiği gibi, bir eşya gibi öylece durmak için. Gözlerinin yaşlarla dolduğunu hissetti ve o yaşları geri gönderdi. *Bu doğru değil, doğru olamaz, bir Lannister yalanı sadece.*

"Stannis kazansaydı her şey farklı olabilirdi," dedi Ronel Nehir kederle. Lord Walder'ın piçlerinden biriydi.

"Stannis kaybetti," dedi Sör Hosteen sertçe. "Tersini dilemek bunu değiştirmez. Kral Robb, Lannisterlar'la barış yapmalı. Tacını çıkarıp diz çökmeli, bundan hoşlansa da hoşlanmasa da."

"Peki, bunu kim söyleyecek ona?" Roose Bolton gülümsedi. "Böyle zorlu bir zamanda bu kadar cesur kardeşlere sahip olmak iyi bir şey. Söylediklerinizi düşüneceğim."

Gülümsemesi, konuşmanın bittiği anlamına geliyordu. Freyler nazikçe selam verip dışarı çıktılar, odada sadece Qyburn, Çelikkanca Walton ve Arya kaldı. Lord Bolton, Arya'yı yanına çağırdı. "Kâfi derecede kanadım. Nan, sülükleri çıkarabilirsin."

"Hemen lordum." Lord Bolton'a bir şeyi iki kez söyletmemek en iyisiydi. Arya, Sör Hosteen'in Kışyarı'yla ilgili söylediği şeyleri sormak istedi ama cesaret edemedi. *Elmar'a sorarım*, diye düşündü. *Elmar bana anlatır.* Sülükleri dikkatlice lordun bedeninden çıkarırken hayvanlar, Arya'nın elinde ağır ağır kıvranıyordu. Solgun bedenleri yumuşaktı ve kanla şişmişti. *Onlar sadece sülük*, diye hatırlattı kendine. *Ellerimi kapatırsam parmaklarımın arasında ezilirler.*

"Leydi karınızdan bir mektup var." Qyburn kolunun içinden bir parşömen çıkardı. Üstat cübbesi giymesine rağmen boynunda zincir yoktu; ruh çağırma seansları yaptığı için zincirinin geri alındığı söyleniyordu.

"Okuyabilirsin," dedi Bolton.

Leydi Walda hemen hemen her gün İkizler'den yazıyordu ama bütün mektuplar aynıydı. "Sabah, öğlen ve akşam sizin için dua ediyorum tatlı lordum," yazıyordu, "ve tekrar yatağımı paylaşacağınız âna kadar günleri sayıyorum. Bir an önce bana dönün. Sevgili Domeric'inizin yerini dolduracak ve sizden sonra Dehşet Kalesi'ni yönetecek öz oğullar vereceğim size." Bir beşikte yatan tombul ve pembe bir bebek hayal etti Arya, tombul ve pembe sülüklerle kaplanmış.

Yumuşak ve tüysüz vücudunu silmesi için Lord Bolton'a nemli bir havlu verdi. "Ben de bir mektup göndereceğim," dedi Bolton bir zamanlar üstat olan adama.

"Leydi Walda'ya mı?"

"Sör Helman Tallhart'a."

İki gün önce Sör Helman'dan bir süvari gelmişti. Tallhart adamları, Darryler'in kalesini almıştı, kısa bir kuşatmanın ardından Lannister garnizonunun teslimiyetini kabul etmişlerdi.

"Tutsakları kılıçtan geçirmesini ve kaleyi ateşe vermesini söyle, kralın emriyle. Daha sonra kuvvetini Robett Glover'la birleştirsin ve doğuya, Gölgeli Vadi'ye doğru gitsin. Savaşın dokunmadığı zengin topraklar. Buraların tadına bakmalarının zamanı geldi. Glover bir kale kaybetti ve Tallhart bir oğul. Bırakalım intikamlarını Gölgeli Vadi'den alsınlar."

"Mektubu mühürlemeniz için hazırlayacağım lordum."

Arya, Darryler'in kalesinin yanacağını duyduğu için memnundu. Joffrey'yle kavga ettikten sonra Arya'yı oraya götürmüşlerdi. Kraliçe, Lord Eddard'ı Sansa'nın kurdunu öldürmeye orada mecbur etmişti. *Yanmayı hak ediyor.* Robett Glover ve Sör Helman Tallhart'ın Harrenhal'a dönmesini de isterdi aslında; kaleden çok çabuk ayrılmışlardı, Arya küçük sırrıyla ilgili onlara güvenip güvenemeyeceğine karar veremeden gitmişlerdi.

Qyburn, kapitone yeleğini giymesine yardım ederken, "Bugün avlanacağım," diye duyurdu Roose Bolton.

"Güvenli olur mu lordum?" diye sordu Qyburn. "Rahip Utt'un adamları daha üç gün önce kurtların saldırısına uğradı. Hayvanlar doğrudan kampın içine girmiş, ateşten en fazla beş metre uzakta durmuşlar, iki at öldürmüşler."

"Kurtları avlamak niyetindeyim. Ulumaları yüzünden geceleri neredeyse hiç uyumuyorum." Bolton kemerine eğilip kılıç ve hançer askısını ayarladı. "Ulu kurtların, bir zamanlar insanlardan ya da mamutlardan hiç korkmadan, yüzden fazla hayvandan oluşan büyük sürülerle kuzeyde dolaştığı söylenir. Ama bu çok uzun zaman önceydi ve başka bir topraktaydı. Sıradan kurtların güneyde böyle cesurca dolaştığını görmek tuhaf."

"Korkunç zamanlar, korkunç şeyler doğurur lordum."

Bolton, gülümseme olabilecek bir hareketle dişlerini gösterdi. "Bunlar o kadar korkunç zamanlar mı üstat?"

"Yaz bitti ve diyarda dört kral var."

"Bir kral korkunç olabilir ama dördü?" Omuz silkti. "Nan, kürk cübbem." Arya cübbeyi getirdi. "Döndüğümde odam temiz ve düzenli olsun," dedi Bolton, Arya cübbenin yakasını bağlarken. "Ve Leydi Walda'nın mektubuyla ilgilen."

"Emredersiniz lordum."

Lord ve üstat, Arya'ya gözlerinin ucuyla bile bakmadan odadan çıktılar. Adamlar gittiğinde Arya mektubu alıp şömineye attı, alevleri canlandırmak için kütükleri ateş demiriyle çevirdi. Kıvrılıp kararan ve sonunda tutuşan parşömeni izledi. *Lannisterlar, Bran'ı ve Rickon'u incittiyse Robb herkesi öldürür. O asla diz çökmez, asla, asla, asla. O kimseden korkmaz.* Küller bacaya doğru yükseldi. Arya ateşin yanında çömelmişti, sıcak gözyaşlarından dokunmuş bir duvağın ardından alevleri izliyordu. *Eğer Kışyarı gerçekten gittiyse benim evim burası mı artık? Hâlâ Arya mıyım ben, yoksa hizmetçi kız Nan miyim yalnızca? Sonsuza kadar, sonsuza, sonsuza, sonsuza?*

Sonraki birkaç saati lordun yatak odasıyla ilgilenerek geçirdi. Eski hasırları çıkarıp yerlerine temiz, mis kokulu olanları serdi, şöminede yeni bir ateş yaktı, çarşafları değiştirip kuştüyü yatağı kabarttı, lazımlıkları tuvalet çukuruna boşaltıp temizledi, bir kucak dolusu kirli kıyafeti çamaşırcı kadınlara götürdü ve mutfaktan bir kâse taze sonbahar armudu getirdi. Yatak odasıyla işi bitince yarım kat aşağıdaki büyük çalışma odasına indi, küçük bir kalenin salonu kadar geniş, cereyanlı bir odaydı. Mumlar köklerine kadar erimişti, Arya yenileriyle değiştirdi. Pencerelerin altında, lordun mektuplarını yazdığı büyük meşe masa vardı. Arya kitapları düzenledi, mumları değiştirdi; tüy kalemleri, mürekkepleri ve mühür mumlarını sıraya koydu.

Kâğıtların üstüne, geniş ve yırtık pırtık bir koyun derisi atılmıştı. Renkler dikkatini çekince Arya deriyi açmaya başladı: nehirlerin ve göllerin mavisi, kalelerin ve şehirlerin işaretlendiği kırmızı noktalar, ormanların yeşili. ÜÇ DİŞLİ MIZRAK ARAZİLERİ, diyordu haritanın altındaki süslü yazı. Harita,

Boğaz'dan Karasu Nehri'ne kadar olan her şeyi gösteriyordu. *Büyük gölün tepesinde Harrenhal var*, diye fark etti, *ama Nehirova nerede?* Sonra gördü. *Çok uzakta değil...*

İşlerini bitirdiğinde öğlen vakti geçmemişti henüz, Arya tanrı korusuna gitti. Lord Bolton'ın kadeh taşıyıcısı olduğundan beri, görevleri Weese'in ya da Pembegöz'ün yanında çalıştığı zamanlardakinden daha hafifti, gerçi bir uşak gibi giyinmesi ve hiç istemediği kadar çok yıkama işi yapması gerekiyordu. Lordun avdan dönmesi saatler sürecekti, yani iğne işiyle uğraşmak için biraz zamanı vardı.

Kırık süpürge sopasının kıymıklı ucu yemyeşil ve yapış yapış olana kadar huş yapraklarına saldırdı. "Sör Gregor," diye nefes aldı. "Dunsen, Polliver, Tatlı Raff." Döndü, zıpladı, parmaklarının ucunda dengede durdu, orayı burayı hedef aldı, kozalakları havaya uçurdu. "Vadeci," dedi bir kez, "Tazı," dedi sonra. "Sör Ilyn, Sör Meryn, Kraliçe Cersei." Bir meşe ağacının gövdesi önüne dikildi, kılıcının ucunu gövdeye saplamak için hamle yaptı, "Joffrey, Joffrey, Joffrey," diye homurdanarak. Kolları ve bacakları güneş ışığıyla ve yaprakların gölgesiyle beneklenmişti. Durduğunda teni terle kaplıydı. Sağ ayağının topuğu sıyrıldığı yerden kanıyordu, yürek ağacının önünde tek ayak üstünde durup selam vererek kılıcını kaldırdı. "*Valar morghulis*," dedi kuzeyin eski tanrılarına. Kelimeleri söylediğinde duyduğu tınıyı seviyordu.

Hamamlara gitmek için avludan geçerken, kuşluğa doğru döne döne alçalan bir kuzgun gördü ve nereden geldiğini, ne mesaj getirdiğini merak etti. *Robb'dan olabilir, Bran ve Rickon hakkındaki haberlerin doğru olmadığını söylemek için gelmiştir.* Umutla dudağını ısırdı. *Kanatlarım olsaydı Kışyarı'na uçar kendim görürdüm. Ve eğer doğruysa sadece uzağa uçardım, ayı ve parlak yıldızları geçer, Yaşlı Dadı'nın hikâyelerindeki şeyleri görürdüm; ejderhaları, deniz canavarlarını ve Braavos Titanı'nı. Ve belki, canım istemedikçe geri dönmezdim.*

Av kafilesi dokuz ölü kurtla birlikte akşam vaktine yakın geri döndü. Kurtlardan yedisi yetişkindi; vahşi ve güçlü, gri kahverengi iri canavarlardı. Dudakları, ölürken gösterdikleri uzun sarı dişlerin üstüne çekilmişti. Ama diğer ikisi küçük yavrulardı sadece. Lord Bolton hayvanların derisinin yüzülmesini ve yatağı için battaniye yapılmasını emretti. "Yavru kurtların tüyleri hâlâ yumuşak," dedi adamlarından biri. "Sıcak tutan güzel bir çift eldiven olur."

Bolton kapı kulübesinin kulelerinde dalgalanan sancaklara baktı. "Starklar'ın bize hatırlattığı gibi, kış geliyor. Yaptırın." Arya'yı gördüğünde, "Nan, bir sürahi baharatlı sıcak şarap istiyorum. Ormanda üşüdüm. Şarap soğumasın. Bu akşam yalnız yiyeceğim. Arpa ekmeği, yağ ve yabandomuzu."

"Hemen lordum." Söylenecek en iyi şey her zaman buydu.

Arya mutfağa girdiğinde Al Turta yulaflı kek pişiriyordu. Diğer üç aşçı, balık ayıklıyordu; ızgaracı adam, alevlerin üstünde bir domuz çeviriyordu. "Lordum akşam yemeğini istiyor ve yanında baharatlı sıcak şarap," dedi Arya. "Soğuk olmasını istemiyor." Aşçılardan biri ellerini yıkadı, bir kazan aldı. Kazanın içini yoğun, tatlı kırmızıyla doldurdu. Al Turta'ya, şarap ısınırken içine baharatları ufalaması söylenmişti. Arya yardım etmek için çocuğun yanına gitti.

"Kendim yapabilirim," dedi Turta terslenerek. "Şarabın nasıl baharatlandığını senden öğrenecek değilim."

O da benden nefret ediyor ya da benden korkuyor. Geri çekildi, kızgın değil üzgündü. Yemek hazır olduğunda aşçı yemeğin üstünü gümüş bir kapakla örttü ve şarap sürahisini soğumaması için kalın bir havluyla sardı. Dışarıda akşam çöküyordu. Kargalar, bir kralın etrafındaki nedimler gibi duvardaki başların etrafında dolanıyordu. Muhafızlardan biri Kralateşi'nin kapısında bekliyordu. "Umarım gelincik çorbası değildir bu," diye şaka yaptı.

Arya içeri girdiğinde Roose Bolton şöminenin yanına oturmuş deri ciltli kalın bir kitabı okuyordu. "Birkaç mum yak," diye emretti sayfayı çevirirken. "Burası karanlık olmaya başladı."

Yemeği lordun yanına bıraktı ve kendisine emredileni yaptı. Oda titrek ışıklarla ve karanfil kokusuyla doldu. Bolton parmaklarıyla birkaç sayfa daha çevirdi, sonra kitabı kapattı ve dikkatlice alevlerin arasına yerleştirdi. Alevlerin kitabı yutmasını seyretti, solgun gözleri ışığı yansıtıyordu. Eski ve kuru deri ıslık çalarak tutuştu, sarı sayfalar kıvrılarak yanmaya başladı, bir hayalet tarafından okunuyorlardı sanki. "Bu gece sana daha fazla ihtiyacım olmayacak," dedi lord, Arya'nın yüzüne hiç bakmadan.

Bir fare kadar sessizce gitmeliydi ama bir şey onu durdurdu. "Lordum," dedi, "Harrenhal'dan ayrılırken beni de alacak mısınız?"

Lord, Arya'ya bakmak için döndü, yemeği az önce onunla konuşmuş gibi bir ifade vardı yüzünde.

"Bana soru sorman için izin verdim mi Nan?"

"Hayır lordum." Gözlerini yere indirdi.

"O hâlde konuşmamalıydın, öyle değil mi?"

"Evet lordum."

Adam bir an için eğleniyormuş gibi göründü. "Sana bu seferlik cevap vereceğim. Kuzeye döndüğümde kaleyi Lord Vargo'ya bırakacağım. Sen burada, onunla birlikte kalacaksın."

"Ama ben..." diye başladı Arya.

Lord, Arya'nın cümlesini kesti. "Hizmetkârlar tarafından sorgulanmak gibi bir alışkanlığım yok Nan. Yoksa dilini mi kesmeliyim?"

Başka bir adamın bir köpeğe vurması kadar kolayca yapardı bunu, Arya biliyordu.

"Hayır lordum."

"O hâlde git. Bu saygısızlığını unutacağım."

Arya gitti ama yatağına değil. Avlunun karanlığına çıktığında kapıdaki muhafız başını sallayıp, "Fırtına geliyor. Havayı koklayabiliyor musun?" dedi. Rüzgâr sert esiyordu. Kafalardan oluşan sıranın yanındaki duvarların üstüne yerleştirilmiş meşalelerin alevleri savruluyordu. Tanrı korusuna giderken, bir zamanlar Weese'in korkusuyla yaşadığı İnleyen Kule'nin önünden geçti. Harrenhal düştüğünden beri kule Freyler'indi. Arya bir pencereden süzülen öfkeli sesleri duyabiliyordu, bir sürü adam aynı anda konuşup tartışıyordu. Elmar, dışarıdaki basamaklarda tek başına oturuyordu.

"Sorun nedir?" diye sordu Arya, çocuğun yanağından akan yaşları görünce.

"Prensesim," diye hıçkırdı Elmar. "Aenys onurumuza leke

sürüldüğünü söylüyor. İkizler'den bir kuzgun geldi. Lord babam başka biriyle evlenmem gerektiğini söylüyor ya da rahip olacakmışım."

Aptal bir prenses, diye düşündü Arya, *arkasından ağlanacak bir şey değil*. "Erkek kardeşlerim ölmüş olabilir," diye itiraf etti.

Elmar aşağılayan gözlerle Arya'ya baktı. "Bir hizmetçi kızın kardeşleri kimsenin umurunda değildir."

Arya çocuğa vurmamak için zor tutuyordu kendini. "Umarım prensesin ölür," dedi ve çocuk onu yakalayamadan kaçtı.

Tanrı korusunda, kılıcını bıraktığı yerde buldu ve yürek ağacına götürdü. Orada diz çöktü. Kırmızı yapraklar hışırdadı. Kırmızı gözler Arya'nın içine saplandı. *Tanrıların gözleri*. "Bana ne yapmam gerektiğini söyleyin tanrılar," diye dua etti.

Uzunca bir süre rüzgârdan, sudan ve dalların tıkırtısından başka ses yoktu. Ve sonra, çok, çok uzaktan; tanrı korusunun, tekinsiz kulelerin ve Harrenhal'un kalın duvarlarının ötesinden yalnız bir kurdun uluması duyuldu. Arya'nın tüyleri ürperdi ve bir an için başının döndüğünü hissetti. Sonra, belli belirsiz, babasının sesini duyar gibi oldu. "Kış geldiğinde ve kar düştüğünde yalnız kurt ölür ama sürü yaşamaya devam eder," dedi ses.

Arya, "Ama sürü yok," diye fısıldadı büvet ağacına. Bran ve Rickon ölmüştü. Sansa, Lannisterlar'ın elindeydi. Jon, Sur'daydı. "Ben, ben bile değilim artık, ben Nan'im."

"Sen Kışyarı'nın Arya'sısın, kuzeyin kızısın. Güçlü olabileceğini söylemiştin bana. Senin damarlarında kurt kanı akıyor."

"Kurt kanı," Arya şimdi hatırlıyordu. "Robb kadar güçlü olabilirim. Olacağımı söyledim." Derin bir nefes aldı, sonra süpürge sapını iki eliyle birden kaldırıp dizine indirdi. Sopa büyük bir çatırtıyla kırıldı, parçalarını kenara fırlattı Arya. *Ben bir ulu kurdum ve tahta dişlerle işim kalmadı.*

O gece dar yatağında, kaşıntı veren samanların üstünde, yaşayanların ve ölülerin fısıltılı tartışmalarını dinleyerek ayın doğmasını bekledi. Güvendiği tek ses onlardı artık. Kendi nefesinin sesini duyabiliyordu, kurtları da; koca bir sürü olmuşlardı şimdi. *Tanrı korusunda duyduğum kurttan çok daha yakındalar*, diye düşündü Arya. *Bana sesleniyorlar.*

Sonunda battaniyenin altından çıktı, üstüne bir tunik geçirdi ve çıplak ayaklarıyla merdivenlerden indi. Roose Bolton tedbirli bir adamdı ve Kralateşi'nin girişi gece gündüz korunuyordu, bu yüzden dar bir kiler penceresinden dışarı çıkmak zorunda kaldı. Avlu sakindi, büyük kale tekinsiz rüyalarda kaybolmuştu. Yukarıda, İnleyen Kule'de ağladı rüzgâr.

Dökümhaneye gittiğinde ateşlerin sönmüş, kapıların kapatılıp sürgülenmiş olduğunu gördü. Daha önce bir kez yaptığı gibi pencereden içeri süzüldü. Gendry, bir yatağı diğer iki demirci çırağıyla paylaşıyordu. Gözleri, yatağın ucundaki delikanlının Gendry olduğundan emin olacak kadar karanlığa alışana dek, çömelmiş hâlde tavan arasında uzunca bir süre bekledi. Daha sonra elini Gendry'nin ağzına kapatıp onu çimdikledi. Gendry gözlerini açtı. Çok derin uyumuyor olmalıydı. "*Lütfen*," diye fısıldadı Arya. Elini delikanlının ağzından çekip parmağıyla gösterdi.

Bir an, Gendry'nin anlamadığını düşündü ama sonra delikanlı battaniyenin altından çıktı. Çırılçıplak bir hâlde odanın karşısına gidip üzerine yün bir tunik geçirdi ve Arya'nın peşinden tavan arasından aşağı indi. Uyuyan çıraklar kıpırdamamıştı. "Yine ne istiyorsun?" diye sordu Gendry alçak, öfkeli bir sesle.

"Bir kılıç."

"Karaparmak bütün bıçakları kilit altında tutuyor, bunu sana yüz defa söyledim. Lord Sülük için mi?"

"Benim için. Kilidi çekicinle kır."

"Ellerimi kırarlar," diye homurdandı Gendry. "Ya da daha kötüsünü yaparlar."

"Benimle birlikte kaçarsan yapamazlar."

"Kaç ve seni yakalayıp öldürsünler."

"Sana daha beterini yapacaklar. Lord Bolton, Harrenhal'u Kanlı Oyuncular'a veriyor, bana söyledi."

Gendry gözlerine düşen siyah saçlarını geri itti. "Yani?"

Arya korkusuzca delikanlının yüzüne baktı. "Yani, Vargo Hoat lord olduğunda, kaçmalarını engellemek için bütün hizmetkârların ayaklarını kesecek. Demircilerin de."

"Bu sadece bir hikâye," dedi Gendry küçümseyerek.

"Hayır, bu doğru. Lord Vargo'nun kendi ağzıyla söylediğini duydum," diye yalan söyledi Arya. "Herkesin tek ayağını kesecek. Sol ayaklarını. Mutfağa gidip Al Turta'yı uyandır, sen ne söylersen yapar o. Ekmeğe, yulaflı keklere ya da öyle bir şeylere ihtiyacımız olacak. Sen kılıçları al, ben atları halledeceğim. Doğu duvarındaki yan kapıda buluşalım, Hayalet Kulesi'nin arkasında. Oraya kimse uğramaz."

"O kapıyı biliyorum. Nöbetçiler var, diğerlerinde de olduğu gibi."

"Yani? Kılıçları unutmayacaksın değil mi?"

"Geleceğimi söylemedim."

"Söylemedin. Ama gelirsen kılıçları unutmazsın değil mi?"

Gendry kaşlarını çattı. "Hayır," dedi sonunda. "Unutmam sanırım."

Arya geldiği yoldan Kralateşi'ne döndü ve etrafı dinleyerek sarmal merdivenleri tırmandı. Hücresine vardığında tamamen soyundu ve dikkatlice giyindi; iki kat iç çamaşırı, sıcak çoraplar ve en temiz tuniği. Lord Bolton'ın üniformasıydı, göğsüne onun arması işlenmişti: Dehşet Kalesi'nin derisi yüzülmüş adamı. Ayakkabılarını bağladı, sıska omuzlarının üstüne yün bir cübbe aldı ve yakasını boğazının altında birleştirdi. Bir gölge kadar sessiz hareket ederek merdivenlere döndü. Lordun çalışma odasının dışında bir an durup dinledi, sessizlikten başka bir şey duymayınca kapıyı yavaşça açtı.

Koyun derisi, masanın üstünde, Lord Bolton'ın akşam yemeğinden kalanların yanındaydı. Arya haritayı sıkıca dürüp kemerine sıkıştırdı. Lord, hançerini de masada bırakmıştı, Arya onu da aldı, Gendry cesaretini kaybeder de gelmezse işe yarardı.

Karanlık ahıra girdiğinde bir at hafifçe kişnedi. Seyislerin hepsi uykudaydı. Birini ayağının ucuyla dürtüp uyandırdı. "Eh? Ne?"

"Lord Bolton eyerli ve yularlı üç at istiyor."

Ahırda çalışan çocuk, derisi yüzülmüş adama bakıyordu hâlâ. Ne anlama geldiğini biliyordu. "Üç mü dedin?"

"Bir, iki, üç. Av atları. Hızlı ve dengeli." Atların eyerlerini ve yularlarını takarken çocuğa yardım etti, böylece oğlan diğerlerini uyandırmak zorunda kalmayacaktı. O gittikten sonra çocuğa zarar vermemelerini diledi ama vereceklerini biliyordu.

Atları kalenin içinden geçirmek işin en zor kısmıydı. Mümkün olduğunca, perde duvarların gölgesinde kalmaya çalıştı. Siperlerde yürüyen nöbetçilerin onu görebilmek için dimdik aşağı bakması gerekiyordu böylece. *Baksalar ne çıkar? Ben lordumun kadeh taşıyıcısıyım.* Soğuk ve rutubetli bir sonbahar gecesiydi. Bulutlar yıldızları gizleyerek batıdan geliyordu ve İnleyen Kule rüzgârın her esişinde yas dolu çığlıklar atıyordu. *Yağmur kokuyor.* Yağmurun, kaçışları için iyi mi kötü mü olacağını bilmiyordu Arya.

Tanrı korusunun duvarının üstünde yürüyen beyaz gri kediden başka kimse onu görmedi, o da kimseyi. Kedi durup Arya'ya tısladı; Kızıl Kale, babası ve Syrio Forel'le ilgili anıları uyandırdı. Arya, "İsteseydim seni yakalayabilirdim," dedi kediye, "ama gitmek zorundayım kedi." Kedi tekrar tıslayıp kaçtı.

Hayalet Kulesi, Harrenhal'un beş muazzam kulesinin en harap olanıydı. Üç yüzyıldır yalnızca farelerin dua etmeye gittiği yıkık septten kalanların arkasında karanlık ve viran bir hâlde dikiliyordu. Gelip gelmeyeceklerini merak ederek Gendry ve Al Turta'yı orada bekledi. Çok uzun zamandır bekliyormuş gibi hissediyordu. Bulutlar son yıldızları da yutmuştu, atlar taşların arasında büyüyen otları kemiriyordu. Arya kendini meşgul etmek için hançeri bileyliyordu, Syrio'nun öğrettiği gibi uzun, düzgün darbelerle. Çıkan ses onu sakinleştiriyordu.

Geldiklerini görmeden önce seslerini duydu. Al Turta nefes nefeseydi, karanlıkta tökezleyip bileğini burktuğunda Harrenhal'un yarısını uyandırmaya yetecek kadar yüksek sesle küfür etti. Gendry daha sessizdi ama taşıdığı kılıçlar her adımında birbirine çarpıyordu. "Buradayım." Arya ayağa kalktı. "Sessiz olun yoksa sizi duyacaklar."

İki delikanlı devrilmiş taşların üstünde yürüyerek Arya'ya doğru ilerledi. Gendry'nin pelerininin altında yağlanmış örgü zırh olduğunu gördü Arya. Al Turta'nın yuvarlak, kırmızı yüzü bir başlığın altına gizlenmişti. Sağ elinden ekmek dolu bir çuval sarkıyordu, sol kolunun altında bir tekerlek peynir taşıyordu. "Yan kapıda bir nöbetçi var," dedi Gendry sessizce. "Olacağını söylemiştim sana."

"Siz burada atlarla kalın," dedi Arya. "Ben ondan kurtulacağım, çağırdığımda hemen gelin."

Gendry başıyla onayladı. Al Turta, "Gelmemizi istediğinde baykuş gibi öt," dedi.

"Ben baykuş değilim," dedi Arya. "Ben bir kurdum. Ulurum."

Hayalet Kulesi'nin gölgelerinden tek başına çıktı. Korkusunun önüne geçmek istiyormuşçasına hızlı yürüyordu ve Syrio Forel hemen yanındaydı sanki. Ve Yoren, Jaqen H'ghar, Jon Kar. Gendry'nin getirdiği kılıcı almamıştı, henüz değil. Bu iş için hançer daha iyiydi; usta işi ve keskindi. Yan kapı, Harrenhal'un kapılarının en önemsiziydi. Ağır meşeden yapılmış ve demir çivilerle güçlendirilmiş dar kapı, bir savunma kulesinin altındaki duvarın köşesine yerleştirilmişti. Kapıyı yalnızca bir adam koruyordu ama Arya kulede de nöbetçiler olduğunu biliyordu. Ne olursa olsun bir gölge kadar sessiz hareket etmeliydi. *Seslenmemeli.* Yağmur çiselemeye başlamıştı. Bir damlanın alnına düşüp burnundan aşağı ağır ağır süzüldüğünü hissetti.

Saklanmak için gayret göstermek yerine nöbetçiye açıkça yaklaştı, onu Lord Bolton göndermiş gibi. Nöbetçi, Arya'nın gelişini izledi, bir hizmetçiyi gecenin bu saatinde neyin buraya getirdiğini merak ediyordu. Arya yaklaştığında nöbetçinin kuzeyli adamlardan biri olduğunu gördü, çok uzun ve zayıftı, eski püskü bir kürk cübbeye sarınmıştı. Bu kötüydü. Bir Frey'i ya da Cesur Dostlar'dan birini kandırabilirdi ama Dehşet Kalesi'nin adamları bütün hayatları boyunca Roose Bolton'a hizmet etmişlerdi ve onu Arya'dan çok daha iyi tanıyorlardı. *Ona Arya Stark olduğumu söyleyip kenara çekilmesini emretsem...* Hayır, buna cesaret edemezdi. Adam bir kuzeyliydi ama Kışyarı'ndan değildi. O, Roose Bolton'a bağlıydı.

Nöbetçinin yanına vardığında, göğsündeki derisi yüzülmüş adamın görünmesi için cübbesinin yakasını açtı. "Beni Lord Bolton gönderdi."

"Bu saatte? Ne için?"

Arya, adamın kürkünün altındaki çeliğin pırıltısını görebiliyordu ve hançerin ucunu örgü zırhın içine sokabilecek kadar güçlü olup olmadığını bilmiyordu. *Boğazı, boğazına sokmalıyım ama çok uzun, asla yetişemem*. Bir an için ne cevap vereceğini bilemedi. Bir an için küçük bir kız olmuştu yine, korkuyordu ve yüzüne düşen yağmur gözyaşlarına benziyordu.

"Bütün muhafızlarına birer gümüş vermemi söyledi, iyi hizmetleri için." Kelimeler hiç yoktan çıkıp gelmiş gibiydi.

"Gümüş mü dedin?" Arya'ya inanmamıştı ama inanmak *istiyordu*. "Ver o zaman."

Arya'nın parmakları tuniğinin altına gitti ve Jaqen'ın verdiği sikkeyi buldu. Demir, bu karanlıkta mat gümüşle karıştırılabilirdi. Sikkeyi dışarı çıkardı... ve parmaklarının arasından yere düşmesine izin verdi.

Nöbetçi, Arya'ya sessizce küfrederek, sikkeyi yerden almak için tek dizinin üstüne çöktü, boynu Arya'nın tam önündeydi işte. Arya hançerini çekip adamın boğazını kesti, yaz ipeği kadar yumuşak bir hareketle. Fışkıran sıcak kan, Arya'nın ellerini kapladı. Adam bağırmaya çalıştı ama ağzı kanla doluydu.

Adam ölürken, *"Valar morghulis,"* diye fısıldadı Arya.

Nöbetçi hareketsiz kalınca Arya sikkeyi yerden aldı. Harrenhal'un duvarlarının dışında bir kurt uludu, yüksek sesle ve uzunca. Arya sürgüyü kaldırdı, kenara attı ve ağır meşe kapıyı çekip açtı. Al Turta ve Gendry atlarla birlikte geldiklerinde yağmur şiddetli yağıyordu. "Onu *öldürdün*!" dedi Al Turta soluksuz bir hâlde.

"Ne yapacağımı düşünmüştün?" Elleri kanla yapış yapıştı ve kan kokusu kısrağını huzursuz ediyordu. *Sorun değil*, diye düşündü eyerine binerken. *Yağmur ellerimi temizleyecek*.

SANSA

Taht odası; mücevherlerden, kürklerden ve parlak kumaşlardan oluşan bir denizdi. Lordlar ve leydiler salonun arkalarını doldurmuştu, yüksek pencerelerin altında duruyor, rıhtımdaki balıkçı karıları gibi itişiyorlardı.

Joffrey'nin sarayının sakinleri, birbirlerini gölgede bırakmak için yarışıyordu bugün. Jalabhar Xho tüylere bürünmüştü. Kuştüyü kıyafeti öyle şahane ve abartılıydı ki adam her an havalanacakmış gibi görünüyordu. Yüce Rahip başını her hareket ettirdiğinde, kristal tacı havaya gökkuşakları gönderiyordu. Konsey masasındaki Kraliçe Cersei altın rengi kumaştan dikilmiş kırmızı astarlı elbisesinin içinde pırıldıyordu. Kraliçenin yanında oturan Varys leylak rengi sırmalı ipeklere bürünmüştü; yüzünde heyecanlı ve yapmacık bir gülümseme vardı. Ay Oğlan ve Sör Dontos, bir ilkbahar sabahı kadar temiz, yeni soytarı kıyafetlerini giymişlerdi. Turkuaz rengi ipek ve kürkten dikilmiş, birbirinin aynı elbiseler giyen Leydi Tanda ve kızları bile hoş görünüyordu. Lord Gyles, kenarları altın dantelli, kırmızı ipek mendilinin ucuna öksürüyordu. Kral Joffrey herkesin üstünde, Demir Taht'ın bıçaklarının ve dikenli tellerinin arasında oturuyordu. Kızıl ipekler içindeydi, siyah gömleği yakut düğmelerle süslenmişti, başında ağır altın tacı vardı.

Sansa; şövalyelerden, yaverlerden ve zengin şehir halkından oluşan kalabalığın arasında zar zor ilerleyip sekiliğin önüne vardığında, borazanlar Lord Tywin Lannister'ın gelişini duyurdu.

Lord Tywin savaş atını salon boyunca sürüp Demir Taht'ın önünde eyerinden indi. Sansa daha önce böyle bir zırh görmemişti; iyice cilalanmış kırmızı çelik, altın oymalarla süslenmişti. Eklem pulları güneş şeklindeydi, miğferini süsleyen aslanın gözleri yakuttandı. Her iki omzundaki dişi aslanlar, altın kumaştan yapılmış ağır pelerinini zırhına tutturuyordu. Pelerin öyle uzundu ki, katları savaş atının bacaklarına döküyordu. Atın zırhı bile yaldızlıydı, sırtındaki örtü, Lannister aslanıyla süslenmiş kırmızı ipekten dikilmişti.

Casterly Kayası Lordu öyle etkileyici bir görüntü sergiliyordu ki savaş atının tahtın tam önüne pislemesi büyük şaşkınlık yarattı. Joffrey, büyükbabasını kucaklamak ve onu Şehrin Halaskârı ilan etmek için tahttan indiğinde dikkatlice pisliğin etrafından dolaştı. Sansa gergin bir gülümsemeyi saklamak için ağzını eliyle örttü.

Joff, abartılı bir gösteriyle büyükbabasından şehrin yönetimini devralmasını istedi ve Lord Tywin bu sorumluluğu ağır başlılıkla kabul etti, "Majesteleri reşit olana kadar." Daha sonra, yaverler Lord Tywin'in zırhını çıkardı ve Joff, El zincirini büyükbabasının boynuna taktı. Savaş atı salondan çıkarılıp, hediyesi yerden temizlendiğinde Cersei törenin devam etmesi için başıyla işaret verdi.

Büyük meşe kapılardan içeri giren kahramanların her biri, pirinç borazanların çığlıklarıyla karşılandı. Çığırtkan herkesin duyabilmesi için kahramanın adını ve yaptığı yiğitliği duyurdu; asil leydiler ve soylu şövalyeler, horoz dövüşü izleyen katiller gibi şehvetle tezahürat yaptılar. Onur yeri Mace Tyrell'e verilmişti; Yüksek Bahçe Lordu, bir zamanlar çok güçlüyken yağ bağlamıştı adam ama hâlâ yakışıklıydı. Lordu, oğulları takip ediyordu; Sör Loras ve ağabeyi Sör Garlan. Üçü bir örnek giyinmişti, samur kürkle süslenmiş yeşil kadifeler içindeydiler.

Kral onları karşılamak için tahttan bir kez daha indi, büyük bir onurdu bu. Her birinin boynuna, yumuşak altından oyulmuş güllerden oluşan zincirler taktı; zincirlerin ucunda sallanan yuvarlak levhaların üstünde, yakutla işlenmiş Lannister aslanı vardı. "Aslanı tahkim eden güller, diyarı tahkim eden Yüksek Bahçe'nin kudretine," diye duyurdu Joffrey. "Eğer benden istediğiniz bir lütuf varsa söyleyin ve sizin olsun."

İşte başlıyor, diye düşündü Sansa.

"Majesteleri," dedi Sör Loras, "Kral Muhafızları'nda size hizmet etme onuru için yalvarıyorum, sizi düşmanlarınıza karşı korumak için."

Joffrey, Çiçek Şövalyesi'ni ayağa kaldırdı ve alnından öptü. "Senindir kardeşim."

Lord Tyrell başını eğdi. "Majesteleri'ne hizmet etmekten daha büyük bir mutluluk yok. Kraliyet konseyinize katılacak kadar değerli olduğum farz edilirse benden daha sadık ve esaslı biri olmadığını göreceksiniz."

Joff, elini Lord Tyrell'in omzuna koydu ve ayağa kalktığında adamı öptü. "Arzunuz yerine getirildi."

Sör Garlan Tyrell, Sör Loras'tan beş yaş büyüktü ve kendisinden daha ünlü kardeşinin daha uzun ve sakallı hâliydi. Göğsü daha geniş, kolları daha kalındı. Yüzü, yeterince hoş olmasına rağmen Sör Loras'ın göz kamaştırıcı güzelliğinden yoksundu. Kral yaklaştığında, "Majesteleri," dedi Sör Garlan, "bakire bir kız kardeşim var, Margaery, hanedanımızın neşesi. Kendisi, sizin de bildiğiniz gibi Renly Baratheon'la evliydi ama Lord Renly evliliğin gereğini yerine getiremeden savaşa gitti, kız kardeşimin masumiyeti bozulmadı. Margaery; zekânız, cesaretiniz ve kahramanlıklarınızla ilgili hikâyeleri duydu ve sizi uzaktan sevmeye başladı. Onu çağırtmanız, elini tutmanız ve hanedanınızı sonsuza kadar benim hanedanımla evlendirmeniz için size yalvarıyorum."

Kral Joffrey şaşırmış gibi yaptı. "Sör Garlan, kız kardeşinizin güzelliği bütün Yedi Krallık'ta dillere destandır ama ben bir başkasıyla nişanlıyım. Bir kral verdiği sözü tutmalı."

Kraliçe Cersei eteklerini hışırdatarak ayağa kalktı. "Majesteleri, küçük konseyinizin kararı şudur ki vatan hainliği yüzünden başı kesilmiş bir adamın kızıyla, şu anda bile tahta açık açık ihanet etmekle meşgul bir asinin kardeşiyle evlenmeniz ne uygun olacaktır ne de akıllıca. Efendimiz, danışmanlarınız size yalvarıyor, diyarın iyiliği için Sansa Stark'tan vazgeçin. Leydi Margaery sizin için çok daha uygun bir kraliçe olacaktır."

Salondaki leydiler ve lordlar eğitimli bir köpek sürüsü gibi memnuniyetlerini bağırarak ifade etmeye başladılar. "*Margaery*," diye bağırdılar. "Bize Margaery'yi verin! Hain kraliçe istemiyoruz! Tyrell! Tyrell!"

Joffrey elini kaldırdı. "İnsanlarımın arzusuna göre davranmak isterim anne ama kutsal bir yemin ettim."

Yüce Rahip öne çıktı. "Majesteleri, tanrılar nişanlılığı kutsal kabul eder lâkin babanız Kral Robert bu anlaşmayı, Kışyarı Starkları hainliklerini göstermeden evvel yaptı. Starklar'ın diyara karşı işledikleri suçlar, sizi verdiğiniz bütün sözlerden azat eder. İnanç'ın kurallarına göre Sansa Stark'la aranızda geçerli bir evlilik sözleşmesi yoktur."

Salonu bir ses fırtınası doldurdu ve, "*Margaery, Margaery,*" diye bağıran çığlıklar etrafı sardı. Sansa öne eğildi, elleri sekiliğin tırabzanını sıkı sıkı kavramıştı. Birazdan ne olacağını biliyordu ama Joffrey'nin söyleyebileceği şeylerden endişeleniyordu, onu şimdi, bütün krallığı buna bağlıyken bile bırakmayacağından korkuyordu. Yine Yüce Baelor Septi'nin mermer merdivenlerindeymiş gibi hissetti kendini; babası için merhamet dilendiği prensin bu arzuyu yerine getirmesini beklerken ve prensin bunu yapmak yerine, Sör Ilyn Payne'e babasının başını kesme emri verdiğini duyarken. *Lütfen*, diye dua etti gayretle, *söylesin, söylesin*.

Lord Tywin torununa bakıyordu. Joff asık suratla lorda baktı, ağırlığını bir ayağından diğerine verdi ve Sör Garlan'ın ayağa kalkmasına yardım etti. "Tanrılar merhametli. Kalbimin sesini dinlemek için özgürüm. Kardeşinizle evleneceğim sör, bunu memnuniyetle yapacağım." Salon tezahüratlarla çınlarken Sör Garlan'ın sakallı yanağını öptü.

Sansa'nın başı dönüyordu. *Özgürüm*. Üzerine dikilmiş bakışları hissedebiliyordu. *Gülümsememeliyim*, diye hatırlattı kendine. Kraliçe onu uyarmıştı; içinde ne hissederse hissetsin, insanlara gösterdiği yüzü perişan görünmeliydi. "Oğlumun aşağılanmasına izin vermeyeceğim," demişti Cersei. "Beni anlıyor musun?"

"Evet. Ama kraliçe olmayacaksam bana ne olacak?"

"Bu konunun düşünülmesi gerek. Şimdilik bizim vesayetimizde burada kalacaksın."

"Eve gitmek istiyorum."

Kraliçe bundan rahatsız olmuştu. "Şimdiye kadar öğrenmiş olman gerekirdi, hiçbirimiz istediğimiz şeylere sahip olamıyoruz."

Ben oldum, diye düşündü Sansa. *Joffrey'den kurtuldum. Onu öpmek, bekâretimi ona vermek, onun çocuğunu doğurmak zorunda kalmayacağım. Bütün bunlar Margaery Tyrell'in olsun, zavallı kız.*

Tezahüratlar dindiğinde Yüksek Bahçe Lordu konsey masasına oturmuştu ve oğulları pencerelerin altında bekleyen diğer şövalyelere ve küçük lordlara katılmıştı. Karasu Savaşı'nın diğer kahramanları ödüllerini almak üzere tahtın önüne çağırılırken Sansa ümitsiz ve terk edilmiş görünmeye çalışıyordu. Arbor Lordu Paxter Redwyne, ikiz oğulları Dehşet ve Salya'nın arasında koridoru yürüdü, eski bir mücadele sırasında alınmış bir yara yüzünden topallıyordu. Onların arkasından kar beyazı takımının göğsünde altın iplikle işlenmiş bir ağaç olan Mathis Rowan; mücevher kakmalı kınının içindeki büyük kılıcı sırtında taşıyan, uzun ve kel Lord Randyll Tarly; tıknaz yapılı, kelleşmeye başlamış ve kısa sakallı Sör Kevan Lannister; bakır kızılı saçları omuzlarına dökülen Sör Addam Marbrand; batılı büyük lordlar Lydden, Crakehall ve Brax geliyordu.

Onlardan sonra, mücadele sırasında fark edilmeyi başaran alt tabaka doğumlu dört adam geldi: Lord Bryce Caron'ı teke tek bir dövüşte katleden tek gözlü Sör Philip Foote; Fossowayler'in elli silahlı askerinin arasından geçmeyi başararak, kırmızı elmadan Sör Bryan'ı ve Sör Edwyd'i öldüren, yeşil elmadan Sör Jon'u esir alan ve bu sayede Lothor Elmayiyen lakabını kazanan hürsüvari Lothor Brune; efendisini devrilen atının altından kurtarıp bir düzine saldırgana karşı savunan, Sör Harys'in hizmetindeki silahlı asker Willit; henüz on dört yaşında olmasına rağmen iki şövalye öldürüp bir şövalyeyi yaralayan ve ikisini de esir alan yaver Josmyn Peckledon. Willit bir tahtırevanda taşınıyordu, yaraları o kadar ağırdı.

Sör Kevan, ağabeyi Lord Tywin'in yanına oturdu. Çığırtkanlar bütün kahramanların gösterdiği yiğitlikleri anlatmayı bitirince ayağa kalktı. "Majesteleri, bu iyi adamların yiğitliklerinden ötürü ödüllendirilmesini arzu ediyor. Sör Philip bundan böyle Foote Hanedanı Lordu olacaktır ve Caron Hanedanı'nın bütün toprakları, hakları ve gelirleri kendisine verilecektir. Lothor Brune şövalyelik unvanına layık görülmüştür ve savaşın sonunda kendisine nehir topraklarında bir kale ve arazi tahsis edilecektir. Josmyn Peckledon'a bir kılıç, bir zırh, kraliyet ahırlarından seçeceği bir savaş atı ve uygun yaşa gelir gelmez şövalyelik unvanı verilecektir. Ve son olarak, İyi Adam Willit gümüş saplı bir mızrakla, yeni dökülmüş bir örgü zırhla ve siperlikli bir miğferle ödüllendirilecektir. Daha sonra, Willit'in oğulları Casterly Kayası'nda Lannisterlar'ın hizmetine alınacaktır; büyük oğlu yaver ve küçük oğlu uşak olarak. İyi ve sadık bir şekilde hizmet ettikleri takdirde şövalyeliğe terfi yolları açıktır. Majesteleri emretti, Kral Eli ve küçük konsey onayladı."

Daha sonra kralın savaş gemileri *Prens Aemon, Nehir Oku* ve *Savaşyeli*'nin kaptanları onurlandırıldı. *İnayet, İpek Leydisi, Mızrak* ve *Koçbaşı*'ndan subaylara da ödüller verildi. Sansa'nın anlayabildiği kadarıyla, asıl başarıları nehrin üstünde gerçekleşen bir mücadeleden sağ çıkmalarıydı, az kişinin böbürlenebileceği bir marifet. Alev Kehanetçisi Hallyne ve Simyacılar Loncası'nın ustaları da kralın teşekkürlerini aldı. Hallyne lordluğa terfi ettirilmişti ama adama bu unvanla birlikte araziler ve bir kale verilmediğini fark etti Sansa, yani simyacı, Varys'ten daha *gerçek* bir lord olmayacaktı. En dikkat çekici lordluk unvanı Sör Lancel Lannister'a bahşedilendi. Joffrey onu, Darry Hanedanı'nın arazileriyle, kalesiyle ve bütün haklarıyla ödüllendirdi. Lord Darry'nin son oğlu nehir topraklarındaki mücadele sırasında yok olmuştu, "piç bir kuzen haricinde, Darry kanından gelen meşru bir vâris bırakmayarak."

Sör Lancel yeni unvanını kabul etmek için ortaya çıkmadı; yaralarının tek koluna, hatta hayatına mal olabileceği söyleniyordu. Başına aldığı korkunç bir kesikten ötürü İblis'in de ölmek üzere olduğu konuşuluyordu.

Çığırtkan, "*Lord Petyr Baelish*," diye bağırdığında Serçeparmak öne çıktı, gül ve erik renklerinin tonlarına bürünmüştü. Pelerininin üstünde alaykuşu desenleri vardı. Demir Taht'ın önünde diz çökerken adamın gülümsediğini görebiliyordu Sansa. *Çok memnun görünüyor*. Serçeparmak'ın savaş sırasında kahramanca bir şey yaptığını duymamıştı ama görünüşe göre o da diğerleri gibi ödüllendirilecekti.

Sör Kevan tekrar ayağa kalktı. "Majesteleri, sadık danışmanı Petyr Baelish'in diyara ve kraliyete sunduğu yüksek hizmetlerden ötürü ödüllendirilmesini arzu ediyor. Bilinsin ki Harrenhal, bütün arazileri ve gelirleriyle birlikte Lord Baelish'e verilmiştir, bundan böyle makamı orası olacaktır ve kendisi Üç Dişli Mızrak'ın Azam Lordu olarak hükmedecektir. Bu unvan sonsuza kadar Petyr Baelish'e, oğullarına ve torunlarına aittir. Üç Dişli Mızrak'ın bütün lordları, gerçek efendileri olarak kendisine bağlılık yemini edeceklerdir. Majesteleri emretti, Kral Eli ve küçük konsey onayladı."

Dizinin üstünde duran Serçeparmak gözlerini Kral Joffrey'ye kaldırdı. "Minnettarım Majesteleri. Sanırım, birkaç oğul ve torun edinmek için bir şeyler yapmam gerecek."

Joffrey güldü, bütün salon da onunla birlikte. *Üç Dişli Mızrak'ın Azam Lordu*, diye düşündü Sansa *ve aynı zamanda Harrenhal Lordu*. Bunların Serçeparmak'ı neden bu kadar mutlu ettiğini anlamıyordu; bu onurlar, Alev Kehanetçisi Hallyne'e verilen unvan kadar boştu. Harrenhal lanetliydi, bunu herkes biliyordu ve şu anda kale Lannisterlar'ın elinde bile değildi. Ayrıca, Üç Dişli Mızrak lordları Nehirova'ya, Tully Hanedanı'na ve Kuzey Kralı'na bağlıydı; Serçeparmak'ı asla efendileri olarak kabul etmezlerdi. *Mecbur bırakılmazlarsa. Ağabeyim, dayım ve büyükbabam devrilip öldürülmezlerse*. Bu düşünce Sansa'yı endişelendirdi ama aptallık ettiğini söyledi kendine. *Robb her seferinde onları yendi. Gerekirse Lord Baelish'i de yener.*

O gün, altı yüzden fazla kişi şövalye ilan edilmişti. Bütün gece boyunca Yüce Baelor Septi'nde nöbet tutmuş ve bu sabah, tevazularını kanıtlamak için şehri boydan boya çıplak ayakla geçmişlerdi. Şimdiyse, boyanmamış yünden yapılmış düz elbiselerinin içinde sırayla öne çıkıyor, Kral Muhafızları'ndan şövalyelik unvanlarını alıyorlardı. Tören uzun sürüyordu çünkü Beyaz Kılıçlar'ın Yeminli Kardeşler'inden sadece üçü unvan vermek için oradaydı. Mandon Moore mücadelede kaybolmuştu. Tazı ortadan yok olmuştu. Aerys Oakheart, Prenses Myrcella'yla birlikte Dorne'daydı ve Jaime Lannister, Robb'un tutsağıydı. Yani Kral Muhafızları; Balon Swann, Meryn Trant ve Osmund Karakazan'dan ibaretti. Adamlar unvanlarını aldıktan sonra kemerlerini bağlıyor ve pencerelerin altında bekliyorlardı. Şehirdeki yürüyüş yüzünden bazılarının ayakları kanıyordu ama hepsi de başları dik ve gururlu duruyormuş gibi görünüyordu Sansa'ya.

Bütün yeni şövalyelere *sör*lükleri verildiğinde salondakiler sabırsızlıkla kıpırdanmaya başlamıştı ve hiçbiri Joffrey'den daha sabırsız değildi. Sekilikte oturanlardan bazıları sessizce sıvışmaya başlamıştı ama zemindekiler kapana kısılmıştı, kralın izni olmadan salondan ayrılamıyorlardı. Demir Taht'ın üstündeki Joffrey'nin durmadan kıpırdanmasından bu izni seve seve vereceği anlaşılıyordu ama günün işleri bitmekten çok uzaktı henüz. Şimdi sikkenin diğer yüzü çevrilmişti; salona tutsaklar getiriliyordu.

Bu grubun içinde de büyük lordlar ve soylu şövalyeler vardı: Yaşlı ve aksi Lord Celtigar, nam-ı diğer Kırmızı Yengeç; Sör İyi Bonifer, Celtigar'dan bile yaşlı Lord Estermont, bütün salon boyunca kırık ayağıyla yürüyen ama yardım kabul etmeyen Lord Varner, kolu sol dirseğinden kopan gri yüzlü Sör Mark Mullendore, Akbaba Tüneği'nden Kırmızı Ronnet, Yağmur Ormanı'ndan Sör Dermot, Lord Willum ve oğulları Josua ve Elyas, Sör Jon Fossoway, Sör Timon, nam-ı diğer Keskindil, Akıntıtaşı piçi Aurane, Lord Staedmon, nam-ı diğer Meteliksever ve yüzlercesi.

Mücadele sırasında taraf değiştirenlerin yapması gereken tek şey Joffrey'ye bağlılık yemini etmekti ama acı son gelene kadar Stannis için savaşanlar konuşmak zorundaydı. Kaderlerini ağızlarından çıkacak kelimeler belirleyecekti. Eğer ihanetlerinin bağışlanması için yalvarır ve bundan böyle sadakatle hizmet edeceklerine dair söz verirlerse Joffrey onları tekrar kral barışının altına alacak, arazilerini ve haklarını iade edecekti. Buna rağmen meydan okuyan bir avuç adam vardı. "Bu işin bittiği hayaline kapılma evlat," diye uyardı biri, bir Florent'in piç oğluydu. "Işık Tanrısı, Stannis'i koruyor, şimdi ve daima. Onun saati geldiğinde bütün kılıçların ve bütün entrikaların bile seni kurtaramayacak."

"*Senin* saatin şimdi geldi." Joffrey, Sör Ilyn Payne'i çağırdı ve adamı dışarı çıkarıp kafasını kesmesini emretti. Ama adam dışarı çıkarılır çıkarılmaz, pelerininin göğsüne alevli bir kalp işlenmiş vakur yüzlü bir şövalye bağırdı, "Stannis gerçek kraldır. Demir Taht'ta bir canavar oturuyor, ensestten doğmuş bir zelil!"

"Sessiz ol," diye kükredi Sör Kevan Lannister.

Şövalye tam tersine sesini yükseltti. "Diyarın kalbini yiyen kara bir solucandır Joffrey! Onun babası karanlıktır ve annesi ölüm. Hepinizi çürütmeden önce yok edin onu! Hepsini yok edin, fahişe kraliçeyi ve solucan kralı, aşağılık cüceyi ve muhbir örümceği, sahte çiçekleri. Kendinizi kurtarın!" Altın pelerinlilerden biri adamı yere serdi ama şövalye bağırmaya devam ediyordu. "Temizleyen ateş gelecek! Kral Stannis dönecek!"

Joffrey ayağa zıpladı. "Kral *benim*! Onu öldürün! Onu şimdi öldürün! Emrediyorum." Elini aşağı indirdi, öfkeli ve ani bir hareketti... ve kolu tahtın keskin dişlerinden birine değince acıyla çığlık attı. Gömleğin kızıl ipeği, yeni kralın kanını emerken kırmızının daha koyu bir tonuna boyanıyordu. "*Anne!*" diye inledi kral.

Bütün gözler kralın üstündeyken, yerde yatan adam bir şekilde altın pelerinlilerden birinin mızrağını kaptı ve ona tutunarak ayağa kalktı. "Taht onu inkâr ediyor!" diye bağırdı. "*O kral değil!*"

Cersei tahta doğru koşuyordu ama Lord Tywin bir kaya kadar hareketsiz kaldı. Sadece tek parmağını kaldırdı ve Sör Meryn Trant kılıcını çekip öne çıktı. Son, hızlı ve zalimane idi. Altın pelerinliler şövalyeyi kollarından yakaladı. Sör Meryn uzunkılıcının ucunu göğsüne saplarken, "O kral değil!" diye bir kez daha bağırdı şövalye.

Joff, annesinin kollarının arasına yığıldı. Üç üstat aceleyle yanlarına gidip Joffrey'yi kral kapısından dışarı çıkardılar. Sonra herkes aynı anda konuşmaya başladı. Altın pelerinliler ölü adamı yerde sürüklerken, cesedi taş zeminde parlak kan izleri bırakıyordu. Varys kulağına bir şeyler fısıldarken Lord Baelish sakalıyla oynuyordu. *Bizi gönderecekler mi artık?* diye merak etti Sansa. Bir grup tutsak hâlâ bekliyordu ama yemin etmek için mi, lanet okumak için mi olduğunu kim bilebilirdi?

Lord Tywin ayağa kalktı. "Devam edelim," dedi, mırıltıları kesen net ve güçlü bir sesle. "İhanetlerinin bağışlanmasını isteyenler konuşabilir. Başka saçmalık olmayacak." Demir Taht'a doğru gitti ve bir basamağa oturdu, yerden en fazla bir metre yüksekteydi.

Oturum sona erdiğinde, pencerelerden içeri giren ışık solmaya başlamıştı. Sansa sekilikten inerken bitkinlikten topallıyormuş gibi hissediyordu. Joffrey'nin kolunun ne kadar kötü kesildiğini merak etti. *Demir Taht'ın, üstünde oturmak için yaratılmamışlara zalim davrandığı söylenir.*

Odasının güvenli duvarlarının arasına girdiğinde bir yastığı yüzüne kapattı ve sevinç çığlığını boğdu. *Ah, merhametli tanrılar, yaptı, herkesin önünde benden vazgeçti.* Akşam yemeğini getiren hizmetçi kızı neredeyse öpecekti. Yemekte sıcak ekmek ve taze yağ vardı, koyu et çorbası, horoz ve havuç, ballı şeftali. *Yemeklerin tadı bile daha güzel,* diye düşündü.

Karanlık çöktüğünde bir pelerinin altına gizlenip tanrı korusuna gitti. Beyaz zırhının içindeki Sör Osmund Karakazan köprüde nöbet tutuyordu. Sansa adama selam verirken sesinin mümkün olduğunca perişan çıkması için çabaladı. Tamamıyla ikna edici davrandığından emin olamadı çünkü şövalye Sansa'ya yan yan bakıyordu.

Dontos yapraklı ay ışığında bekliyordu. "Neden öyle üzgün suratlısın?" diye sordu Sansa neşeyle. "Sen de oradaydın, duydun. Joffrey benden vazgeçti, benimle işi bitti, beni..."

Dontos, Sansa'nın elini tuttu. "Ah Jonquil, benim zavallı Jonquil'im, anlamıyorsun. İşi bitti mi? Daha yeni başlıyor."

Sansa'nın kalbi durdu. "Ne demek istiyorsun?"

"Kraliçe gitmene asla izin vermeyecek, asla. Sen çok kıymetli bir rehinesin. Ve Joffrey... Tatlım, o hâlâ kral. Eğer seni yatağına almak isterse alır ama bu sefer rahmine ektiği tohumlar öz oğullar değil, piçler olur."

"*Hayır,*" dedi Sansa şaşkınlıkla. "O beni bıraktı, o..."

Sör Dontos, Sansa'nın kulağına ıslak bir öpücük kondurdu. "Cesur ol. Seni evine götüreceğime dair yemin etmiştim ve artık yapabilirim. Gün belirlendi."

"Ne zaman?" diye sordu Sansa. "Ne zaman gideceğiz?"

"Joffrey'nin düğün gecesinde. Ziyafetten sonra. Bütün gerekli ayarlamalar yapıldı. O gece Kızıl Kale'ye yabancılar doluşacak. Konseyin yarısı sarhoş olacak ve diğerleri Joffrey'nin gelinle yatmasına yardım edecek. Sen bir süre için unutulacaksın ve karmaşa bizim dostumuz olacak."

"Düğün bir aydan önce değil. Margaery Tyrell, Yüksek Bahçe'de. Onu yeni çağırttılar."

"Çok uzun zamandır bekliyorsun, biraz daha sabret. Bak, sana bir şey getirdim." Sör Dontos kesesini karıştırarak çıkardığı gümüşi bir örümcek ağını kalın parmaklarının arasından sarkıttı.

İncecik gümüş liflerden yapılmış bir saç filesiydi, teller o kadar ince ve narindi ki Sansa fileyi eline aldığında bir nefesten daha ağır değilmiş gibi hissetti. İki telin kesiştiği her noktaya küçük mücevherler konulmuştu, koyu renk taşlar ay ışığını içiyordu. "Bunlar ne taşı?"

"Asshai'den gelen ametistler. Çok ender rastlanan bir tür, gün ışığında koyu mor parlar."

"Çok güzel," dedi Sansa, *benim bir gemiye ihtiyacım var, bir saç filesine değil*, diye düşünürken.

"Bildiğinden daha güzel tatlı çocuğum. Bu gördüğün bir sihir. Bu, adalet. Bu, babanın intikamı." Dontos eğilip Sansa'yı tekrar öptü. "Bu, *evin*."

THEON

Duvarların dışında ilk keşif süvarileri görüldüğünde Üstat Luwin geldi. "Lord prensim," dedi, "teslim olmalısınız."

Hizmetçilerin getirdiği yulaflı kek, bal ve kan sosisinden oluşan kahvaltı tepsisine baktı Theon. Yine uykusuz geçirdiği gece sinirlerini germişti ve yemeğin görüntüsü midesini bulandırıyordu. "Amcamdan cevap yok mu?"

"Yok," dedi üstat. "Pyke'taki babanızdan da."

"Daha çok kuş yolla."

"İşe yaramaz. Kuşlar onlara varana kadar..."

"*Yolla!*" Yemek tepsisini bir vuruşta kenara fırlattı, üstündeki battaniyeyi atıp Ned Stark'ın yatağından çıplak ve öfkeli bir hâlde kalktı. "Yoksa ölmemi mi istiyorsun? Mesele bu mu Luwin? Şimdi gerçekler."

Küçük, yaşlı adam korkmuyordu. "Üstatlar hizmet eder."

"Evet. Ama kime?"

"Diyara," dedi Üstat Luwin, "ve Kışyarı'na. Theon, bir zamanlar sana sayıları ve harfleri öğrettim, tarihi ve savaş sanatını. Ve öğrenmek isteseydin daha fazlasını da öğretebilirdim. Sana karşı büyük bir sevgi duyduğumu söylemeyeceğim, hayır, ama senden nefret de edemem. Etsem bile, içtiğim ant sebebiyle Kışyarı senin elinde olduğu sürece sana tavsiye vermekle yükümlüyüm. Ve şimdi sana *teslim olmanı* tavsiye ediyorum."

Theon yerdeki nemli pelerini eğilerek aldı, silkeledi ve omuzlarına serdi. *Bir ateş, bir ateş lazım ve temiz kıyafetler. Wex nerede? Mezarıma kirli kıyafetler içinde girmeyeceğim.*

"Burayı elinde tutma umudun yok," diye devam etti üstat. "Lord babanın yardım göndermeye niyeti olsaydı şimdiye kadar yapardı bunu. Onu asıl ilgilendiren yer, Boğaz. Kuzey için dövüşülecek mücadele, Moat Cailin'in yıkıntılarının ortasında gerçekleşecek."

"Olabilir," dedi Theon. "Ama Kışyarı benim elimde olduğu sürece Sör Rodrik ve Starklar'ın sancak beyleri güneye yürüyüp amcama arkadan saldıramazlar." *Savaş sanatında senin düşündü-*

ğün kadar acemi değilim yaşlı adam. "Gerekirse, bir yıllık kuşatmaya dayanacak kadar yiyeceğim var."

"Kuşatma olmayacak. Merdivenleri kurmak ve iplerin ucuna kanca takmak için bir iki gün harcayacaklar belki. Ama sonra, aynı anda yüzlerce noktadan duvarlarını aşacaklar. Kuleyi bir süre tutabilirsin ama kale bir saat içinde düşecek. En iyisi kapıları açman ve..."

"...*merhamet* için yalvarmam mı? Bana ne çeşit bir merhamet göstereceklerini biliyorum."

"Bir yol var."

"Ben demirdoğumluyum," diye hatırlattı Theon. "Benim kendi yolum var. Bana ne seçenek bıraktılar? Hayır, cevap verme. Senden yeterince *tavsiye* duydum. Git ve emrettiğim gibi kuşları yolla, Lorren'a onu görmek istediğimi söyle. Wex'i de. Zırhımın temizlenmesini ve garnizonumun avluda toplanmasını istiyorum."

Bir an için üstadın ona karşı geleceğini düşündü. Ama sonunda Luwin hafifçe eğildi. "Nasıl emrederseniz."

Acınacak kadar küçük bir kalabalık oluşturdular; demiradamlar az, avlu büyüktü. "Kuzeyliler akşam olmadan tepemize binecekler," dedi Theon adamlarına. "Sör Rodrik Cassel ve onun çağrısına yanıt veren bütün lordlar. Onlardan kaçmayacağım. Bu kaleyi aldım ve elimde tutmaya niyetliyim, Kışyarı prensi olarak yaşamaya ya da ölmeye. Ama hiç kimseye benimle birlikte ölmesini emretmeyeceğim. Sör Rodrik'in ana kuvveti buraya ulaşmadan önce kaleden ayrılırsanız kurtulma şansınız olabilir." Uzunkılıcını kınından çıkardı ve yere bir çizgi çizdi. "Kalacak ve savaşacak olanlar, öne çıkın."

Kimse konuşmadı. Adamlar zırhlarının, kürklerinin ve kaynatılmış derilerinin içinde taştan yapılmışçasına hareketsiz duruyorlardı. Birkaçı aralarında bakıştı. Urzen kıpırdandı. Dykk Harlaw boğazını temizleyip tükürdü. Rüzgârın parmağı, Endehar'ın uzun, güzel saçlarının arasından geçti.

Theon boğuluyormuş gibi hissediyordu. *Neden şaşırdım ki?* diye düşündü umutsuzca. Babası ondan vazgeçmişti, amcaları, ablası, hatta o sefil yaratık Leş bile. Adamları neden onlardan daha sadık olacaktı? Söylenecek bir şey yoktu, yapılacak bir şey yoktu. Gri duvarların ve beyaz gökyüzünün altında öylece durabilirdi sadece, elinde kılıcı, beklerdi, beklerdi...

Çizgiyi geçen ilk kişi Wex oldu. Üç hızlı adım ve Theon'un yanındaydı. Omuzları düşmüştü. Çocuğun hareketiyle utanan Kara Lorren onu takip etti. Yüzü asıktı. "Başka?" dedi Theon. Kırmızı Rolfe öne çıktı. Kromm. Werlag. Tymor ve kardeşleri. Bela Ulf. Koyunhırsızı Harrag. Dört Harlaw ve iki Botley. Balina Kenned sonuncuydu. Toplamda on yedi adam.

Urzen, yerinden kımıldamayanların arasındaydı. Stygg ve Asha'nın Derinorman Kalesi'nden getirdiği on adamın hepsi. "Gidin o hâlde," dedi Theon. "Ablama koşun. Sizi sıcak bir şekilde karşılayacağından şüphem yok."

Stygg utanmış gibi görünecek nezakete sahipti en azından. Diğerleri tek kelime etmeden gitti. Theon, kalan on yedi adama döndü. "Duvarlara dönün. Tanrılar sağ kalmamıza izin verirse her birinizi hatırlayacağım."

Diğerleri giderken Kara Lorren kaldı. "Kale ahalisi dövüş başlar başlamaz karşımızda yer alacak."

"Bunu biliyorum. Ne yapmamı istiyorsun?"

"İşlerini bitirin," dedi Lorren. "Hepsinin."

Theon başını salladı. "İlmik hazır mı?"

"Hazır. Kullanacak mısınız?"

"Daha iyi bir yol biliyor musun?"

"Evet. Baltamı alıp köprünün üstünde duracağım. Gelip beni denesinler. Teker teker, ikişer ikişer, üçer üçer, hiç fark etmez. Ben nefes alırken kimse o hendekten geçmeyecek."

Ölmeye niyetli, diye düşündü Theon. *İstediği şey zafer değil, şarkılara layık bir son*. "İlmiği kullanacağız."

"Nasıl isterseniz," diye karşılık verdi Lorren, gözlerinde küçümseme vardı.

Wex, Theon'un mücadele için giyinmesine yardım etti. Siyah pelerininin ve altın rengi gömleğinin altında iyice yağlanmış örgü zırh ve onun da altında kaynatılmış deri vardı. Zırhını giyip silahlarını kuşanınca, doğu ve güney duvarlarının birleştiği köşedeki gözcü kulesine tırmanıp felaketine baktı. Kuzeyli adamlar kaleyi çember içine almak için yayılıyorlardı. Sayılarını tahmin etmek güçtü. En az bin kişi, belki de bunun iki katı. *On yedi adama karşı.* Mancınıklar ve akrepler getirmişlerdi. Theon, Kral Yolu'nda gümbürdeyen bir kuşatma kulesi göremedi ama Kurt Ormanı'nda istedikleri kadar kule kurmalarına yetecek ağaç vardı.

Üstat Luwin'in Myr mercekli tüpünden bakıp adamların sancaklarını inceledi Theon. Baktığı her yerde Cerwynler'in savaş baltası dalgalanıyordu, Tallhartlar'ın ağacı da vardı ve Beyaz Liman'ın balıkadamı. Flintler'in ve Karstarklar'ın sancakları daha azdı. Orada burada Hornwoodlar'ın yabangeyiğini bile gördü. *Ama Gloverlar yok, Asha onların işini bitirdi. Dehşet Kalesi'nden Boltonlar, Sur'un gölgesinden çıkıp aşağı inen Umberlar da yok.* Onlara ihtiyaç da yoktu gerçi. Kısa zaman sonra, Cley Cerwyn denen delikanlı uzun bir direğin ucunda dalgalanan barış sancağıyla birlikte kale kapısının önünde belirdi ve Sör Rodrik'in Dönek Theon'la görüşme talep ettiğini duyurdu.

Dönek. Bu isim safra kadar acıydı. Babasının dargemilerini Lannis Limanı'nın üstüne yüzdürmek için Pyke'a gitmişti o, hatırladı. "Birazdan çıkacağım," diye bağırdı aşağıya. "Tek başıma."

Kara Lorren itiraz etti. "Kanı sadece kan temizler," dedi. "Şövalyeler diğer şövalyelerle ateşkes yapabilir ama kanun kaçağı kabul ettikleri adamlarla uğraşırken onurları o kadar da umurlarında olmaz."

Theon parladı. "Ben Kışyarı Prensi'yim ve Demir Adaları'nın vârisiyim. Şimdi gidip kızı bul ve sana söylediğim şeyi yap."

Kara Lorren öldürücü gözlerle Theon'a baktı. "Tamam. Prens."

O da bana karşı döndü, diye fark etti Theon. Son zamanlarda Kışyarı'nın taşları bile ona karşıydı. *Ölürsem dostsuz ve terk edilmiş bir adam olarak öleceğim*. Bu durumda, yaşamaktan başka ne seçeneği vardı?

Başında tacıyla kapı kulübesine doğru at sürdü. Bir kadın kuyudan su çekiyordu ve aşçı Gage mutfak kapısındaydı. Nefretlerini, kasvetli bakışlarının ve bir taş kadar ifadesiz yüzlerinin arkasına saklamışlardı ama Theon hissedebiliyordu.

Köprü aşağı indirilirken soğuk rüzgâr hendek boyunca iç çekti. Rüzgârın dokunuşu Theon'u titretti. *Soğuk, başka bir şey değil*, dedi kendine. *Cesur bir adam bile titreyebilir*. Atını rüzgârın üstüne sürdü, yivli kapının altından, köprünün üstünden geçti. Dış kapılar onun için açıldı. Duvarların dibinden geçerken çocukların kendisini izlediğini hissedebiliyordu, bir zamanlar gözlerinin olduğu boş çukurlardan.

Sör Rodrik alaca atının sırtında pazar yerinde bekliyordu. Rodrik'in hemen yanındaki genç Cley Cerwyn'in taşıdığı direğin ucunda Starklar'ın ulu kurdu dalgalanıyordu. Meydanda yalnızdılar ama Theon etraftaki evlerin çatılarına tünemiş okçuları, sağ tarafındaki mızrakçıları ve sol tarafında, Manderly Hanedanı'nın mızraklı balıkadamının altında sıralanmış atlı şövalyeleri görebiliyordu. *Her biri ölmemi istiyor*. Birlikte içki içtiği delikanlılardı bazıları, birlikte zar oynadığı, hatta birlikte zamparalık yaptığı... ama ellerine düşerse bunlar onu kurtaramazdı.

"Sör Rodrik." Theon dizginleri çekti. "Birer düşman olarak karşılaşmak zorunda kalmamız beni derinden üzüyor."

"Benim üzüntümse, seni asmadan önce biraz beklemek zorunda olmamdan kaynaklanıyor." Yaşlı şövalye çamurlu zemine tükürdü.

"Dönek Theon."

"Ben Pykelı bir Greyjoy'um," diye hatırlattı Theon. "Babamın beni sardığı kundağın üstünde bir deniz canavarı vardı, bir ulu kurt değil."

"On yıl boyunca Starklar'ın vesayetindeydin."

"Rehine ve tutsaktım derim ben ona."

"Belki de Eddard Stark bir zindan duvarına zincirlemeliydi seni. Ama bunun yerine kendi oğullarıyla birlikte büyüttü, katlettiğin o tatlı çocuklarla birlikte ve ben seni savaş sanatında eğittim, asla ölmeyecek utancımdır bu."

"Buraya bir görüşme için geldim, hakaretlerini dinlemek için değil. Ne söyleyeceksen söyle ihtiyar. Benden ne istiyorsun?"

"İki şey," diye yanıt verdi yaşlı adam, "Kışyarı'nı ve canını. Adamlarına kapıları açmalarını ve silahlarını bırakmalarını emret. Çocuk katili olmayanlar gitmekte özgür ama sen Kral Robb'un adaleti için tutulacaksın. Dua et de kral döndüğünde tanrılar sana acısın."

"Robb, Kışyarı'nı bir daha göremeyecek," dedi Theon. "Moat Cailin'de kırılacak, on binlerce yıldır her güneyli ordunun kırıldığı gibi. Kuzey artık bize ait sör."

"Sadece üç kaleyi tutuyorsun," diye karşılık verdi Sör Rodrik. "Ve ben bu kaleyi geri alacağım, Dönek."

Theon bunu duymazdan geldi. "İşte *benim* şartlarım. Dağılmak için akşama kadar vaktiniz var. Kralları olarak Balon Greyjoy'a ve Kışyarı Prensi olarak bana bağlılık yemini edenlerin haklarına ve mallarına dokunulmayacak, onlar zarar görmeyecekler. Bize meydan okuyanlar yok edilecek."

Genç Cerwyn duyduklarına inanamıyormuş gibi görünüyordu. "Çıldırdın mı Greyjoy?"

Sör Rodrik başını salladı. "Sadece kibirli, delikanlı. Theon'un kendisiyle ilgili abartılı fikirleri vardı her zaman." Yaşlı adam parmağını Theon'a doğrulttu. "Senin gibilerle uğraşmak için Robb'un Boğaz'dan dönmesini beklemek zorunda olduğunu düşünme bile. Yanımda iki bine yakın adam var... ve hikâyeler doğruysa senin elliden fazla adamın yok."

Gerçekte on yedi. Theon kendini gülümsemeye zorladı. "Adamlardan daha iyi bir şeyim var." Ve yumruğunu havaya kaldırdı: Kara Lorren'ın görmek için beklediği işaret.

Kışyarı'nın duvarları Theon'un arkasındaydı ama Sör Rodrik'in yüzü duvarlara dönüktü, görmemesi mümkün değildi. Theon yaşlı adamın yüzünü seyretti. Beyaz sakallarının altındaki çenesi titremeye başladığında Sör Rodrik'in ne gördüğünü biliyordu. *Şaşırmadı,* diye düşündü üzülerek, *ama korku orada.*

"Bu namertlik," dedi Sör Rodrik. "Bir çocuğu bu şekilde kullanmak... Bu rezillik."

"Ah, biliyorum," dedi Theon. "Tadına baktığım bir yemek bu, yoksa unuttunuz mu? Başka isyanlar çıkarmayacağından emin olmak için beni babamın evinden aldığınızda on yaşındaydım."

"Aynı şey değil!"

Theon'un yüzü umursamazdı. "Benim boynuma geçirilen ilmik kendirden yapılmamıştı, doğru. Ama ben öyle hissediyordum. İlmik boğuyordu Sör Rodrik. Zalimce boğuyordu." Bunu şimdiye kadar tam anlamıyla fark etmemişti ama kelimeler ağzından çıktığı anda gerçekliğini gördü.

"Sana hiç zarar verilmedi."

"Ve Beth'inize de zarar verilmeyecek, bana..."

Sör Rodrik, Theon'un cümlesini bitirmesini beklemedi. "*Yılan*," diye bağırdı şövalye, beyaz sakallarının arkasındaki yüzü öfkeyle kızarmıştı. "Sana adamlarını kurtarman ve bir zerre onurla ölmen için bir şans verdim Dönek. Ama bir çocuk katilinden bunu bekleyemeyeceğimi bilmeliydim." Eli kılıcının kabzasına gitti. "Seni burada öldürüp yalanlarına ve kandırmacalarına bir son vermeliyim. Tanrılar biliyor ki bunu yapmalıyım."

Theon titrek ve yaşlı bir adamdan korkmuyordu ama çatılardaki okçular ve sıralanmış şövalyeler başka bir meseleydi. Eğer kılıçlar kınlarından çıkarsa kaleye geri dönme ihtimali çok azla hiç arasındaydı. "Yeminini boz ve beni öldür. Ve küçük Beth'i bir ipin ucunda sallanırken seyret."

Sör Rodrik'in parmak eklemleri bembeyaz kesilmişti ama bir an sonra elini kılıcın kabzasından çekti. "Doğrusu, yeterince uzun yaşadım."

"Buna itiraz edemem sör. Şartlarımı kabul ediyor musunuz?"

"Leydi Catelyn'e ve Stark Hanedanı'na karşı sorumluluklarım var."

"Ya kendi hanedanınıza? Beth soyunuzun sonuncusu."

Yaşlı şövalye atının sırtında dimdik oturdu. "Kızımın yerine kendimi öneriyorum. Onu serbest bırak ve rehine olarak beni al. Kışyarı'nın kale kumandanı bir çocuktan çok daha değerlidir."

"Benim için değil." *Yiğitçe bir davranış ihtiyar ama ben o kadar büyük bir aptal değilim.* "Bahse girerim ki Lord Manderly ve Leobald Tallhart için de değil." *Senin zavallı, yaşlı postun onlar için herhangi bir adamınkinden daha kıymetli değil.* "Hayır, kızı tutacağım... ve güvende tutacağım, emirlerimi yerine getirdiğiniz sürece. Hayatı sizin ellerinizde."

"Tanrılar merhamet edin. Theon, bunu nasıl yapabilirsin? Saldırmak zorunda olduğumu biliyorsun, *yemin* ettim..."

"Bu ordu, güneş batarken hâlâ kapımın önünde olursa Beth asılacak," dedi Theon. "Sabahın ilk ışıklarında bir rehine daha onun peşinden mezara girecek ve güneş batarken bir rehine daha. Ordu buradan gidene kadar, her gün doğumu ve batımı ölüm anlamına gelecek. Rehine sıkıntısı çekmiyorum." Bir cevap duymak için beklemedi, Gülümseyen'i çevirip kaleye doğru sürdü. Önce ağır ağır gitti ama arkasındaki okçuları düşününce hızlandı. Kazıklara geçirilmiş küçük kafalar onu izliyorlardı, her metrede biraz daha büyüyorlardı; aralarında küçük Beth Cassel duruyordu, boynuna yağlı ip geçirilmişti, ağlıyordu. Atını mahmuzlayıp dörtnala kaldırdı. Gülümseyen'in nalları köprünün üstünde gümlüyordu, davul gibi.

Avluda eyerinden inip dizginleri Wex'e uzattı. "Bu onları durdurabilir," dedi Kara Lorren'a. "Gün batarken anlayacağız. O zamana kadar kızı içeri al ve güvenli bir yerde tut." Deri, çelik ve yün katmanlarının altında ter içinde kalmıştı. "Bir kadeh şarap istiyorum. Bir fıçı şarap daha da iyi olur."

Ned Stark'ın yatak odasındaki şömine yakılmıştı. Theon ateşin başına oturup kalenin mahzeninden getirilen yoğun kırmızıyı kadehine doldurdu. Ruh hâli kadar ekşi bir şaraptı. *Saldıracaklar*, diye düşündü alevlere bakarken. *Sör Rodrik kızını seviyor ama o hâlâ kale kumandanı ve her şeyden öte bir şövalye*. Boynuna ip geçirilen kişi Theon ve dışarıdaki orduyu komuta eden adam Lord Balon olsaydı, saldırıyı haber veren savaş boruları çoktan ötmüş olurdu, bundan emindi. Theon, Sör Rodrik demirdoğumlu olmadığı için tanrılara şükretmeliydi. Yeşil toprakların erkekleri daha yumuşak bir malzemeden yapılmıştı ama yeterince yumuşak davranacaklarından emin olamıyordu.

Yaşlı adam her şeye rağmen kaleye saldırmaya karar verirse Kışyarı düşerdi; Theon bu konuda hayallere kapılmıyordu. On yedi adam, kendi sayılarının üç, dört ya da beş katını öldürebilirdi ama sonunda ezilirdi.

Theon, şarap kadehinin kenarından alevlere baktı, bütün bunların ne kadar adaletsiz olduğunu düşünüyordu. "Fısıltılı Orman'da Robb Stark'ın yanında at sürdüm," diye mırıldandı. O gece korkmuştu ama şimdiki gibi değildi. Etrafında dostların varken girdiğin mücadele başkaydı, tek başına ve küçümsenerek yok edileceğin mücadele başka. *Merhamet*, diye düşündü umutsuzca.

Aradığı teselliyi şarapta bulamayınca Wex'ten yayını istedi ve eski iç avluya gitti. Orada durdu, kolları ağrıyıp parmakları kanayana kadar ok üstüne ok fırlattı, yeni bir tura başlarken okları hedeflerden toplamak için duruyordu sadece. *Bu yayla Bran'ın hayatını kurtardım*, diye hatırlattı kendine. *Keşke kendimi, canımı da kurtarabilseydim*. Kuyunun yanına kadınlar geldi ama fazla oyalanmadılar, Theon'un yüzünde gördükleri şey her neyse çabucak uzaklaşmalarına sebep olmuştu.

Yıkık kule, Theon'un arkasındaydı, çok uzun zaman önceki bir yangının harabeye çevirdiği üst katların zirvesi dikenli bir taca benziyordu. Güneş hareket ettikçe kulenin gölgesi de hareket etti, yavaş yavaş uzuyordu, Theon Greyjoy'a uzanan siyah bir kol gibi. *Eğer kızı asarsam kuzeyli adamlar hiç vakit kaybetmeden saldırır*, diye düşündü oku serbest bırakırken. *Eğer kızı asmazsam tehditlerimin boş olduğunu anlarlar*. Yaya bir ok daha taktı. *Çıkış yolu yok. Hiç.*

"Senin kadar iyi yüz okçun olsaydı kaleyi elinde tutma şansın olurdu," dedi yumuşak bir ses.

Theon döndü, Üstat Luwin arkasındaydı. "Uzaklaş," dedi Theon. "Yeterince tavsiye aldım."

"Ya hayat? Yeterince yaşadınız mı lord prensim?"

Theon yayını kaldırdı. "Bir kelime daha edersen bu oku kalbine gömerim."

"Yapmazsınız."

Theon, gri kaz tüylerini yanağına çekerek yayı gerdi. "Bahse girmek ister misin?"

"Ben senin son umudunum Theon."

Benim hiç umudum yok, diye düşündü Theon. Ama yayı bir santim aşağı indirip, "Kaçmayacağım," dedi.

"Kaçmaktan bahsetmiyorum. Siyahları kuşan."

"Gece Nöbetçileri?" Theon yayı yavaşça saldı ve okun ucunu yere doğrulttu.

"Sör Rodrik bütün hayatı boyunca Stark Hanedanı'na hizmet etti ve Stark Hanedanı her zaman Nöbet'in dostu oldu. Seni geri çevirmeyecektir. Kapıları aç ve silahını bırak, onun şartlarını kabul et, siyahları kuşanmana müsaade etmek *zorunda*."

Gece Nöbetçileri'nin kardeşi. Ne tacı ne oğlu ne de kadını olacağı anlamına geliyordu bu... ama hayat anlamına da geliyordu, onurlu bir hayat. Ned Stark'ın öz kardeşi Nöbet'i seçmişti ve

Jon Kar da öyle.

Bir sürü siyah kıyafetim var, deniz canavarlarını yırtarsam elbet. Atım bile siyah. Nöbet'te yükselebilirim... Baş korucu, hatta Lord Kumandan. O kanlı adalar Asha'nın olsun, en az onun kadar kasvetliler zaten. Eğer Doğugözcüsü'nde hizmet verirsem kendi gemimin kumandanı bile olabilirim ve Sur'un ötesinde ava çıkabilirim. Kadınlara gelince, hangi yabanıl kadın yatağında bir prens olsun istemez? Yüzünden hafif bir gülümseme geçti. *Siyah bir pelerin değiştirilemez. En iyi adamlardan biri...*

"PRENS THEON!" Ani çığlık gündüz düşünü parçalara ayırdı. Kromm avlunun karşısından koşarak geliyordu. "Kuzeyli adamlar..."

Theon ani bir dehşet duygusuyla sarsıldı. "Saldırıyorlar mı?"

Üstat Luwin, Theon'u kolundan yakaladı. "Hâlâ vaktin var. Barış sancağını çek..."

"Dövüşüyorlar," dedi Kromm aceleyle. "Daha fazla adam geldi, yüzlercesi, önce onlara katılır gibi yaptılar. Ama şimdi tepelerine bindiler!"

"Asha mı?" Sonunda kardeşini kurtarmaya mı gelmişti?

Ama Kromm başını iki yana salladı. "Hayır. Bunlar *kuzeyli* derim ben. Sancaklarında kanlı bir adam var."

Dehşet Kalesi'nin derisi yüzülmüş adamı. Leş'in, yakalanmadan önce Bolton'ın piçine hizmet ettiğini hatırladı Theon. Leş gibi sefil bir yaratığın Boltonlar'ı taraf değiştirmeye ikna ettiğine inanmak zordu ama başka bir mantıklı açıklama da yoktu. "Kendim göreceğim," dedi.

Üstat Luwin onu takip etti. Siperlere vardıklarında, kale kapılarının dışındaki pazar meydanının ölü adamlarla ve ölmek üzere olan atlarla dolu olduğunu gördüler. Bir savaş hattı görmedi Theon, kılıçlardan ve sancaklardan oluşan bir karışıklık vardı sadece. Bağrışmalar ve çığlıklar soğuk sonbahar havasında çınlıyordu. Sör Rodrik'in adamları daha kalabalıktı ama Dehşet Kalesi'nin adamları daha iyi komuta ediliyordu, düşmanı gafil avlıyorlardı. Saldırıyor, geri çekiliyor, tekrar saldırıyorlardı. Kendilerinden daha büyük olan kuvvet, evlerin arasında durum almaya çalıştığında hücum ediyor, onları kanlı parçalara ayırıyorlardı. Sakatlanan atların korkunç inlemelerinin arasından, meşe kalkanlara inen demir baltaların sesini duyuyordu Theon. Hanın yandığını gördü.

Kara Lorren yanına geldi ve bir süre sessizce durdu. Güneş batıda alçalmıştı, arazileri ve evleri parlak kırmızıya boyuyordu. Acı dolu titrek bir çığlık duvarları aştı ve yanan evlerin ötesinden bir savaş borusu duyuldu. Yaralı bir adamın kendini yerde sürüdüğünü gördü Theon, pazar meydanının ortasındaki kuyuya ulaşmaya çalışırken kanını toprağa bulaştırıyordu. Kuyuya varamadan öldü. Deri bir yelek ve koni şekilli bir yarım miğfer giyiyordu ama hangi tarafta dövüştüğünü belli eden bir arma yoktu üzerinde.

Kargalar, akşam yıldızlarıyla birlikte mavi tozda geldiler. "Dothraklar; yıldızların, kahraman ölülerin ruhları olduğuna inanır," dedi Theon. Uzun zaman önce Üstat Luwin söylemişti bunu.

"Dothraklar?"

"Dar Deniz'in karşısındaki at efendileri."

"Ah, onlar." Kara Lorren sakallarının altından homurdandı. "Vahşiler pek çok aptalca şeye inanır."

Hava karardıkça ve duman etrafa yayıldıkça aşağıda olup bitenleri görmek zorlamıştı ama çelik sesleri gittikçe azalıp yok olmuştu. Çığlıklar ve savaş boruları yerlerini iniltilere ve yürek parçalayan feryatlara bırakmıştı. Sonunda bir grup atlı dumanların arasından çıktı. Liderleri siyah zırhlı bir şövalyeydi. Yuvarlak miğferi kasvetli bir kırmızıyla parıldıyordu ve omuzlarından soluk pembe bir pelerin dökülüyordu. Anakapının önünde dizginlerini çekti ve adamlarından biri kalenin açılması için bağırdı.

"Dost musun, düşman mı?" dedi Kara Lorren.

"Bir düşman böylesine güzel bir armağan getirir miydi?" Kırmızı Miğfer elini salladı ve kapının önüne üç ceset bırakıldı. Duvarın üstündeki adamlar yüzlerini görebilsin diye meşaleler cesetleri aydınlattı.

"Yaşlı kale kumandanı," dedi Kara Lorren.

"Leobald Tallhart ve Cley Cerwyn'le birlikte." Çocuk lordun gözüne bir ok saplanmıştı ve Sör Rodrik'in sol kolu dirseğinden kopmuştu. Üstat Luwin sözsüz bir dehşet çığlığı attı ve dizlerinin üstüne düştü.

"Büyük domuz Manderly, Beyaz Liman'dan ayrılamayacak kadar ödlek olmasaydı onu da getirirdik," diye bağırdı Kırmızı Miğfer.

Kurtuldum, diye düşündü Theon. Öyleyse neden bu kadar boş hissediyordu kendini? Bu bir zaferdi, tatlı bir zafer, uğruna dua ettiği bir başarı. Üstat Luwin'e baktı. *Teslim olmaya ve siyahları kuşanmaya ne kadar yaklaştığımı düşününce...*

"Dostlarımız için kapıları açın." Belki bu gece, rüyalarının getirebileceği şeylerin korkusu olmadan uyuyabilirdi Theon.

Dehşet Kalesi'nin adamları hendeği geçip iç kapıdan kaleye girdiler. Theon onlarla buluşmak için Kara Lorren ve Üstat Luwin'le birlikte avluya indi. Birkaç mızrağın ucundan soluk renkli flamalar sarkıyordu ama adamların çoğu savaş baltası ya da uzunkılıç taşıyordu, kalkanlar parçalanmıştı. "Kaç adam kaybettiniz?" diye sordu Theon, Kırmızı Miğfer atından inerken.

"Yirmi ya da otuz." Meşalenin ışığı adamın miğfer siperinin çentilmiş minesinden yansıdı. Miğferi ve boyun zırhı, insan yüzü ve omuzları şeklinde dövülmüştü. Derisiz ve kanlı, ağzı sessiz bir ıstırap çığlığıyla açılmış.

"Sör Rodrik'in bir adama karşılık beş adamı vardı."

"Evet ama bizi dost sanıyordu. Yaygın bir hata. Yaşlı aptal bana elini uzattığında kolunun yarısını aldım. Sonra yüzümü görmesine izin verdim." Adam, miğferini iki eliyle birden başından çıkarıp kolunun altına aldı.

"Leş," dedi Theon huzursuzca. *Bir hizmetkâr böyle bir zırha nasıl sahip oldu?*

Adam güldü. "Sefil herif öldü." Theon'a yaklaştı. "Kızın suçu. Eğer o kadar uzağa koşmasaydı sefil herifin atı sakatlanmazdı ve biz de kaçabilirdik. Bayırdan süvarilerin geldiğini görünce kendi atımı ona verdim. O sırada kızla işim bitmişti, vücut soğumadan önce o da sırasını savmak istedi. Onu kızın üstünden çekip almak zorunda kaldım ve kendi kıyafetlerimi eline tutuşturdum: dana derisi çizmeler, kadife bir takım, gümüş işlemeli kılıç kemeri ve hatta samur kürklü pelerinim. Dehşet Kalesi'ne git, dedim ona, bulabildiğin bütün yardımı getir. Atımı al, hızlı koşucudur. Ve işte, bana babamın verdiği yüzüğü tak, seni benim gönderdiğimi anlasınlar. Beni sorgulamaması gerektiğini gayet iyi biliyordu.

Sırtına bir ok saplandığında, ben kendimi kızın pisliğine bulamış, adamın perişan giysilerini giymiştim bile. Beni bütün bunlara rağmen asabilirlerdi ama görebildiğim tek seçenek buydu." Elinin tersiyle ağzını sildi. "Ve şimdi tatlı prensim, bana bir kadın söz verilmişti, iki yüz adam getirirsem. Ben bunun üç katını getirdim, üstelik deneyimsiz oğlanlar ya da çiftçiler değil, babamın garnizonu."

Theon söz vermişti. Bu geri çekilmek için uygun bir zaman değildi. *Ona olan borcunu öde ve onunla daha sonra ilgilen*. "Harrag," dedi, "barınağa git ve Palla'yı dostumuz...?"

"Ramsay." Dolgun dudaklarında gülümseme vardı ama solgun gözleri gülmüyordu. "Sevgili karım kendi parmaklarını yemeden önce bana Kar derdi ama ben Bolton'ı tercih ediyorum." Gülümsemesi ekşidi. "Üstün hizmetimi barınakta çalışan bir kızla ödüllendiriyorsunuz demek, uygun olan bu mudur?"

Sesinde Theon'un hoşlanmadığı bir ton vardı, Dehşet Kalesi adamlarının gözlerindeki küstah bakıştan da hoşlanmamıştı. "Söz verilen şey oydu."

"Köpek boku kokuyor. Kötü kokulardan bıktım. Onun yerine sizin yatağınızı ısıtan kızı alacağım sanırım. Adı neydi? Kayra?"

"Çıldırdın mı?" dedi Theon öfkeyle. "Seni..."

Piçin elinin tersi Theon'un yüzüne indi ve yanağı pullu çeliğin altında mide bulandırıcı bir kırılma sesiyle parçalandı. Dünya kıpkırmızı bir acı çığlığının içinde kayboldu.

Theon, bir süre sonra gözlerini açtığında kendini yerde buldu. Karnının üstüne yuvarlanıp bir ağız dolusu kan yuttu. *Kapıları kapatın!* diye bağırmaya çalıştı ama çok geçti. Dehşet Kalesi'nin adamları Kırmızı Rolfe'u ve Kenned'i öldürmüştü, örgü zırhlardan ve kılıçlardan oluşan bir nehrin içinde diğer adamları da boğuluyordu. Theon'un kulaklarında çınlama, etrafında dehşet vardı. Büyük Salon'a doğru koşmaya çalışan Ulf'un karnına bir ok saplandığını gördü. Üstat Luwin; savaş atının sırtındaki bir şövalye, mızrağını omuzlarının arasına saplamadan ve sonra geri dönüp üstünden geçmeden önce Theon'a ulaşmaya çalışıyordu. Başka bir adam, elindeki meşaleyi başının üstünde birkaç kez hızla döndürdükten sonra ahırın saman kaplı çatısına fırlattı. "*Freyler'i bana bırakın*," diye bağırıyordu piç, alevler gürleyerek yükselirken. "*Geri kalanları yakın. Her şeyi yakın.*"

Theon Greyjoy'un gördüğü son şey Gülümseyen'di; yanan ahırdan çıkıyordu, yelesi alev almıştı, şahlanıyordu, çığlıklar atıyordu...

TYRION

Çatlak bir tavan vardı rüyasında. Kan, dışkı ve yanık et kokuları. Hava keskin dumanla doluydu. Etrafındaki adamlar inliyordu ve zaman zaman acıyla kalınlaşmış bir çığlık havayı deliyordu. Hareket etmeye çalıştığında yattığı yere pislediğini fark etti. Havadaki duman gözlerini sulandırdı. *Ağlıyor muyum?* Babasının görmesine izin vermemeliydi. Casterly Kayası'ndan bir Lannister'dı o. *Bir aslan, bir aslan olmalıyım, aslan gibi yaşa, aslan gibi öl.* Ama canı çok acıyordu. İnlemeye bile gücü yoktu, kendi pisliğinin içinde yatıp gözlerini kapadı. Yakınlarda biri, ağır ve tekdüze bir sesle tanrılara küfrediyordu. Tyrion sövgüleri dinledi ve ölüp ölmediğini merak etti. Bir süre sonra oda kayboldu.

Kendini şehrin dışında buldu, renksiz bir dünyada yürüyordu. Kuzgunlar, geniş siyah kanatlarıyla gri gökyüzünde süzülüyordu. Tyrion nereye ayak bassa, leş kargaları öfkeli bulutlar hâlinde ziyafetlerinin üstünden havalanıyordu. Beyaz larvalar siyah cesetleri kemiriyordu. Kurtlar griydi, sessiz rahibeler de öyle; ölenlerin kemiklerinden etlerini sıyırıyorlardı. Turnuva alanı cesetlerle doluydu. Güneş, sıcak ve beyaz bir sikkeydi; batık gemilerin kömüre dönmüş kemiklerinin etrafında köpüren gri nehrin sularında parıldıyordu. Ölülerin cenaze ateşlerinden, kara dumanlar ve beyaz küller yükseliyordu. *Benim marifetim,* diye düşündü Tyrion Lannister. *Benim emrimle öldüler.*

Dünyada hiç ses yoktu önce ama bir süre sonra ölülerin yumuşak ve korkunç seslerini duymaya başladı. Ağladılar, inlediler, acılarının bitmesi için yalvardılar, yardım istediler, annelerini çağırdılar. Tyrion annesini hiç tanımamıştı. O Shae'i istedi ama Shae orada değildi. Hatırlamaya çalışarak gri gölgelerin ortasında tek başına yürüdü.

Sessiz rahibeler ölü adamların zırhlarını ve kıyafetlerini çıkarıyordu. Katledilenlerin pelerinlerindeki parlak boyalar silinmişti. Beyazın ve grinin tonlarını giyinmiş ölülerin kanları siyah ve kabukluydu. Adamların çıplak bedenlerinin, ellerinden ve ayaklarından tutulup taşınarak, dostlarına katılmak üzere cenaze ateşlerine atılışını izledi Tyrion. Çelik ve kumaş, iki büyük siyah at tarafından çekilen beyaz bir arabanın arkasına fırlatılıyordu.

Çok fazla ölü, çok, çok fazla. Cesetleri gevşekti, yüzleri sarkmıştı ya da katılaşmıştı, gazla şişmişti, tanınmayacak hâldeydiler, neredeyse insan değildiler. Sessiz rahibelerin çıkardığı kıyafetleri siyah kalplerle, gri aslanlarla, ölü çiçeklerle ve solgun, hayaletimsi geyiklerle süslenmişti. Zırhları göçmüş, yarılmıştı. Örgü zırhları kopmuş, kırılmış, kesilmişti. *Onları neden öldürdüm?* Bir zamanlar biliyordu ama her nasılsa unutmuştu.

Sessiz rahibelerden birine sorabilirdi ama konuşmaya çalıştığında ağzı olmadığını fark etti. Bu keşif onu dehşete düşürdü. Bir ağzı olmadan nasıl yaşayabilirdi? Koşmaya başladı. Şehir fazla uzak değildi. Şehrin içinde güvende olacaktı, bütün bu ölülerden uzakta. Ölülerin yanı değildi onun yeri. Ağzı yoktu ama hâlâ canlı bir adamdı o. *Hayır, bir aslan, bir aslan, canlı bir aslan.* Ama şehir duvarlarına vardığında kapılar kapalıydı.

Tekrar uyandığında hava karanlıktı. Önce hiçbir şey göremedi ama bir süre sonra bir yatağın belli belirsiz hatları çıktı ortaya. Perdeler kapalıydı ama oymalı yatak direklerinin şeklini ve kafasının üstündeki kadife cibinliğin drapelerini görebiliyordu. Altında, kuştüyü bir yatağın teslim alan yumuşaklığı vardı ve başı kaz tüyü bir yastığın üstündeydi. *Benim yatağım, kendi yatağımdayım, kendi odamdayım.*

Cibinliğin içi sıcaktı, üstünü örten battaniyelerin ve kürk yığınının altında terliyordu. *Ateş*, diye düşündü sersemlemiş bir hâlde. Kendini çok zayıf hissediyordu, elini kaldırmaya çalıştığında bıçak gibi bir sancı hissetti. Pes etti. Kafasının kocaman olduğunu hissediyordu, yatak kadar büyük, yastıktan kaldıramayacağı kadar ağır. Vücudunu neredeyse hiç hissedemiyordu. *Buraya nasıl geldim?* Hatırlamaya çalıştı. Mücadele, yanıp sönen görüntüler hâlinde geldi. Nehirdeki arbede, çelik eldivenini sunan şövalye, gemilerden oluşan köprü...

Sör Mandon. Ölü ve boş gözleri, uzanan eli, beyaz mineli göğüs kalkanında parıldayan yeşil ateşi gördü. Korku, soğuk ve şiddetli bir akıntıyla çöktü üstüne; örtülerin altında idrar torbasının boşaldığını hissetti. Bir ağzı olsaydı çığlık atardı. *Hayır, rüyaydı*, diye düşündü, başı zonkluyordu. *Yardım edin, biri bana yardım etsin. Jaime, Shae, anne, biri... Tysha...*

Kimse duymadı. Kimse gelmedi. Karanlıkta tek başına, sidik kokulu bir uykuya daldı. Ablasının, yatağının başında durduğunu gördü rüyasında, yanında lord babaları vardı, babanın kaşları çatılmıştı. Bu bir rüya olmalıydı çünkü Lord Tywin binlerce fersah uzaktaydı, batıda Robb Stark'la savaşıyordu. Diğerleri de gelip gitti. Varys ona bakıp içini çekti ama Serçeparmak şakalar yaptı. *Seni kahrolası hain piç*, diye düşündü Tyrion kinle. *Seni Acı Köprü'ye gönderdik ama geri dönmedin.* Gelenlerin birbirleriyle konuştuğunu duyabiliyordu bazen ama kelimeleri anlayamıyordu. Sesleri kulaklarında vızıldıyordu, kalın keçelerin arasında boğulmuş arılar gibi.

Savaşı kazanıp kazanmadıklarını sormak istedi. *Kazanmış olmalıyız, aksi takdirde kazığa geçirilmiş bir kafadan ibaret olurdum. Yaşıyorsam, kazanmışız demektir.* Onu neyin daha fazla mutlu ettiğinden emin değildi: Zafer ya da zafer kazandıklarını anlayabilmiş olması. Yavaş da olsa geri geliyordu zekâsı. Bu iyiydi. Zekâsı bütün servetiydi.

Bir dahaki uyanışında perdeler açıktı ve Podrick Payne elinde bir mumla başında bekliyordu. Tyrion gözlerini açınca koştu çocuk. *Hayır, gitme, bana yardım et, yardım*, diye seslenmek istedi ama bütün yapabildiği hafifçe inlemekti. *Ağzım yok*. Tek elini yüzüne götürdü, her hareketi acı doluydu, el yordamıyla bir şeyler anlamaya çalışıyordu. Et, dudak ve diş olması gereken yerlerde katılaşmış kumaş buluyordu parmakları. *Keten*. Yüzünün alt yarısı sıkıca sargılanmıştı; nefes almak ve beslenmek için delikler açılmış alçı bir maske.

Kısa süre sonra Pod tekrar ortaya çıktı. Bu defa yanında bir yabancı vardı, zincirli ve cübbeli bir üstat. "Lordum, hiç kımıldamamalısınız," diye mırıldandı adam. "Vahim yaralarınız var. Kendinize büyük zarar verirsiniz. Susadınız mı?"

Tyrion tuhaf bir şekilde başını salladı. Üstat, ağzının üstündeki deliğe bakır bir huni yerleştirip boğazına ağır ağır bir sıvı akıttı. Tyrion yuttu, neredeyse hiç tat almadan. Sıvının haşhaş sütü olduğunu geç fark etti. Üstat huniyi ağzından çektiğinde Tyrion döne döne uykuya düşmeye başlamıştı bile.

Bu defa bir ziyafetteydi rüyasında, bir büyük salonda, zafer ziyafetinde. Bir yüksek masada, yüksek koltukta oturuyordu. İnsanlar kadehlerini kaldırıp onu bir kahramanmış gibi selamlıyorlardı. Marillion oradaydı; Ay Dağları'nda onlarla birlikte yolculuk eden şarkıcı. Ahşap arpını çalıyor, İblis'in cesaret dolu kahramanlıklarının şarkısını söylüyordu. Lord Tywin bile memnun bir şekilde gülümsüyordu. Şarkı bittiğinde Jaime ayağa kalktı, Tyrion'a diz çökmesini emretti ve altın kılıcıyla önce sağ, sonra sol omuza dokundu, Tyrion bir şövalye olarak ayağa kalktı. Ona sarılmak için bekleyen Shae'in elini tuttu. Kız gülüyor, şakalar yapıyor, ona Lannister devi diyordu.

Karanlıkta, soğuk bir odaya açıldı gözleri. Perdeler yine çekilmişti. Bir şeyler yanlıştı, tersti ama ne olduğunu anlayamıyordu. Yine yalnızdı. Battaniyeleri itip oturmaya çalıştı ama ağrı öyle şiddetliydi ki nefes nefese yığıldı. Yüzü en küçük sıkıntısıydı. Sağ tarafında korkunç bir ağrı vardı ve ne zaman kolunu kaldırmaya çalışsa göğsüne bıçak gibi bir sancı saplanıyordu. *Bana neler oldu?* Hatırlamaya çalıştıkça mücadele bile bir rüya gibi görünüyordu. *Düşündüğümden çok daha ağır yaralanmışım. Sör Mandon...*

Hatırladığı şey onu korkuttu ama Tyrion o âna tutunmak için zorladı kendini. Hatırayı kafasının içinde çevirdi, iyice baktı. *Beni öldürmeye çalıştı, hata yok. Bu kısmı rüya değildi. Beni ikiye ayıracaktı eğer Pod... Pod nerede?*

Dişlerini sıkarak cibinliğin püsküllerini tuttu ve çekti. Yatağın kubbesinden kurtulan kadife kumaşın yarısı Tyrion'ın üstüne, yarısı yere döküldü. Bu kadar küçük bir gayret bile sersemlemesine yetmişti. Bütün çıplak duvarlar, karanlık gölgeler ve tek sıra dar pencerelerle birlikte oda dönüyordu. Kendisine ait bir sandık gördü, kıyafetlerinden bir yığın, hasarlı zırhı. *Bu benim odam değil,* diye fark etti. *Burası El Kulesi bile değil.* Biri yerini değiştirmişti. Kızgın bağrışı, ağzından boğuk bir inilti olarak çıktı. *Beni ölmem için buraya taşımışlar*, diye düşündü mücadele etmekten vazgeçip gözlerini bir kez daha kaparken. Oda rutubetli ve soğuktu ve Tyrion yanıyordu.

Rüyasında daha iyi bir yer gördü, Gün Batımı Denizi'nin kıyısında küçük, rahat bir kulübe. Duvarları yamuk ve çatlaktı, zemini sertleştirilmiş topraktan yapılmıştı ama Tyrion hep sıcaklık hissederdi orada, ateş söndüğünde bile. *Eskiden benimle dalga geçerdi bu yüzden*, diye anımsadı. *Ateşi beslemek hiç aklıma gelmezdi çünkü bu hizmetkârların yapacağı bir işti.* "Bizim hizmetkârlarımız yok," diye hatırlatırdı bana, "Ben varım, ben senin hizmetkârınım," derdim ben, "Tembel bir hizmetkâr, Casterly Kayası'nda tembel hizmetkârlara ne yapıyorlar lordum?" derdi o, "Onları öpüyorlar," derdim. Bu her zaman güldürürdü onu. "Hayır, öpmezler. Bahse girerim ki döverler," derdi, "Hayır öperler, işte böyle," diye ısrar ederdim ben. Nasıl yaptıklarını gösterirdim. "Önce parmaklarını öperler, her birini, sonra bileklerini, kollarının içini. Sonra komik kulaklarını öperler, bütün hizmetkârların komik kulakları vardır. Gülme! Onların yanaklarını öperler, sonra hafif kemerli burunlarını, işte, aynen böyle, ardından güzel alınlarını öperler ve saçlarını ve dudaklarını... mımm... ağızlarını... böyle..."

Saatlerce öpüşürlerdi ve bütün günlerini yatakta tembellik ederek, dalgaların sesini dinleyerek, birbirlerine dokunarak geçirirlerdi. Vücudu Tyrion için bir harikalar diyarıydı ve o da Tyrion'da güzellik buluyormuş gibi görünüyordu. Bazen şarkılar söylüyordu Tyrion'a. *Yaz kadar güzel bir kız sevdim, saçlarında güneş ışığı.* "Seni seviyorum Tyrion," diye fısıldardı kulağına gece uykuya dalmadan önce. "Dudaklarını seviyorum, sesini seviyorum, bana söylediğin kelimeleri ve bana şefkatle davranışını. Yüzünü seviyorum."

"*Yüzü mü?*"

"Evet. Evet. Ellerini seviyorum ve bana dokunuşunu. Kamışını, kamışını seviyorum, içime girişini."

"O da sizi seviyor leydim."

"Adını söylemeyi seviyorum. Tyrion Lannister. Benim adımla uyuşuyor. Lannister değil, ilk adın. Tyrion ve Tysha. Tysha ve Tyrion. Tyrion. Lordum Tyrion..."

Yalanlar, diye düşündü Tyrion, *hepsi sahte, hepsi altın için, Jaime'nin fahişesi, Jaime'nin hediyesi, yalanların leydisi.* Tysha'nın yüzü yavaş yavaş yok oldu, gözyaşından bir duvağın arkasında çözüldü ama o gittikten sonra bile zayıf, uzak sesini duyabiliyordu Tyrion, adını söylüyordu. "...lordum, beni duyabiliyor musun? Lordum? Tyrion? Lordum?"

Haşhaş sütüyle bulanıklaşmış bir uyku sisinin arasından, üzerine eğilen pembe, yumuşak bir yüz gördü. Yırtık cibinlikli, rutubetli odadaydı yine ve gördüğü yüz yanlıştı, kız değildi, fazla yuvarlak ve kahverengi sakallı bir yüz. "Susadınız mı lordum? Sütünüz bende, tatlı sütünüz. Karşı koymamalısınız, hayır, hareket etmeye çalışmayın, dinlenmeye ihtiyacınız var." Pembe ve nemli ellerinden birinde huni vardı, diğerinde matara.

Adam daha da eğilince Tyrion'ın parmakları adamın zincirini yakaladı, çekti. Üstat matarayı düşürdü, haşhaş sütü battaniyenin üstüne döküldü. Halkalar üstadın şişman boğazına batana kadar zinciri burdu Tyrion. "*Daha fazla yok*," dedi boğuk bir sesle, sesi o kadar pürüzlüydü ki konuştuğundan emin bile değildi. Ama konuşmuş olmalıydı çünkü üstat boğulur gibi cevap verdi. "Bırakın, lütfen lordum... Süte ihtiyacınız var, ağrınız... Zincir, yapmayın, bırakın, hayır..."

Tyrion zinciri bıraktığında pembe yüz morarmaya başlamıştı. Üstat geriledi, ciğerlerini havayla dolduruyordu. Kızarmış boğazında, zincirin battığı yerde derin, beyaz izler vardı. Gözleri de beyazdı. Tyrion elini yüzüne götürdü ve maskenin üstünde hareket ettirdi, tekrar ve tekrar.

"Siz... sargıların çıkarılmasını istiyorsunuz, öyle mi?" dedi üstat sonunda. "Ama çıkaramam... Bu... hiç akıllıca olmaz lordum. Henüz iyileşmediniz, kraliçe..."

Ablasından bahsedildiğini duymak Tyrion'ı inletti. *Sen de onun adamlarından biri misin?* Parmağını üstada doğrulttu ve sonra elini yumruk hâline getirdi. Ezen, boğan, tehdit eden bir yumruk, bu aptal kendine emredileni yapmazsa.

Şükürler olsun ki üstat anlamıştı. "Ben... Ben emrinizi yerine getireceğim, elbette, ama bu yanlış, yaralarınız..."

"*Yap*." Bu sefer daha yüksek bir sesle.

Adam reverans yaparak odadan çıktı ve birkaç dakika sonra testere dişli uzun bir bıçak, bir çanak su, bir yığın yumuşak bez ve mataralarla birlikte geri döndü. Tyrion kendini birkaç santim geri itmeyi başarmıştı, yatakta yarı oturur hâldeydi. Üstat, bıçağın ucunu çenesinin altına, alçının üstüne koyduğunda Tyrion'a hiç kımıldamamasını söyledi. *Eli hafifçe kaysa Cersei benden kurtulur*, diye düşündü. Boğazının sadece bir santim yukarısındaki testerenin katılaşmış keteni biçtiğini hissedebiliyordu.

Neyse ki bu pembe ve yumuşak adam Cersei'nin cesur köpeklerinden biri değildi. Bir süre sonra yanaklarındaki serin havayı hissetti Tyrion. Ağrı da vardı ama umursamamak için elinden gelenin en iyisini yaptı. Üstat, merhem yüzünden hâlâ kıtır kıtır olan sargıları çıkardı. "Şimdi kıpırdamadan durun, yarayı yıkamalıyım." Adamın dokunuşu nazikti, su ılık ve rahatlatıcıydı. *Yara*, diye düşündü Tyrion, gözlerinin hemen altına indiği anlaşılan parlak gümüşü hatırladı aniden. Bir bez parçasını, içine çeşitli bitkiler katılmış şaraba batırırken, "Bu biraz yakabilir," diye uyardı üstat. Biraz yakmaktan çok daha fazlasını yaptı. Tyrion'ın yüzüne ateşten bir çizgi çizdi ve burnunun üstüne korlaşmış bir süngü batırdı. Tyrion parmaklarını çarşafa geçirdi, soluksuz kaldı ama bir şekilde çığlık atmamayı başardı. Üstat, yaşlı bir tavuk gibi gıdaklıyordu. "Maskeyi etler kaynayana kadar yüzünüzde bırakmak daha akıllıca olurdu lordum. Yine de temiz görünüyor, güzel, güzel. Sizi o kilerde ölülerin ve ölmek üzere olanların arasında bulduğumuzda yaralarınız çok pisti. Bir kaburganız kırıktı, şüphesiz siz de hissediyorsunuz, bir mızrak darbesiyle ya da düşerken kırılmış olabilir, söylemesi zor. Ve kolunuzun omzunuzla birleştiği yere bir ok isabet etmiş. Kangren belirtileri gösteriyordu, bir süre için kolunuzu kaybedeceğinizden endişelendim ama yarayı kaynamış şarap ve sürfeyle tedavi ettik, şimdi temizce iyileşiyormuş gibi görünüyor..."

"İsim," dedi Tyrion nefesini tutarken. "*İsim*."

Üstat gözlerini kırpıştırdı. "Siz Tyrion Lannister'sınız lordum. Kraliçenin kardeşi. Mücadeleyi hatırlıyor musunuz? Kafa yaralanmaları bazen..."

"*Senin* adın." Boğazı kuruydu, dili kelimeleri şekillendirmeyi unutmuştu.

"Ben Üstat Ballabar."

"Ballabar," diye tekrarladı Tyrion. "Getir. Ayna."

"Lordum," dedi üstat, "tavsiye etmem... Bu akıllıca olmaz... Yaralarınız..."

"*Getir*," diyebildi. Ağzı gergin ve ağrılıydı, bir yumruk dudağını yarmış gibi. "Ve içki. *Şarap*. Haşhaş değil."

Üstat kıpkırmızı kesilmiş yüzüyle ayağa kalktı ve aceleyle gitti. Bir sürahi amber rengi şarap ve altın çerçeveli bir aynayla geri döndü. Yatağın kenarına oturdu, yarım kadeh şarap doldurup Tyrion'ın şişmiş dudaklarına götürdü. Şarap boğazından serince aktı ama tadını neredeyse hiç alamamıştı Tyrion. "*Daha*," dedi kadeh boşaldığında. Üstat Ballabar kadehi tekrar doldurdu. İkinci kadehin sonunda, kendini aynaya bakacak kadar güçlü hissediyordu Tyrion Lannister.

Aynayı çevirdi ve gülmesi mi, ağlaması mı gerektiğine karar veremedi. Yüzündeki yarık uzun ve yamuktu, sol gözünün hemen altında başlıyor, çenesinin sağ tarafında bitiyordu. Burnunun dörtte üçü ve dudağının bir parçası gitmişti. Biri parçalanmış etleri kedi bağırsağıyla dikmişti, acemice atılmış dikişler, yarı iyileşmiş kırmızı etin üstündeydi hâlâ. Aynayı kenara fırlatırken, "*Sevimli*," diye hırladı.

Şimdi hatırlıyordu. Gemi köprüsü, Sör Mandon Moore, bir el, yüzüne inen kılıç. *Eğer geri çekilmeseydim o kılıç kafamın tepesini uçurabilirdi*. Jaime, Sör Mandon'ın Kral Muhafızları'ndaki en tehlikeli adam olduğunu söylerdi her zaman çünkü adamın bir sonraki adımının ne olacağını yüzünden anlamak imkânsızdı. *Onların hiçbirine asla güvenmemeliydim*. Sör Meryn ve Sör Boros'un Cersei'ye ait olduğunu biliyordu, daha sonra Sör Osmund da onlara eklenmişti ama Tyrion, diğerlerinin onurlarını tamamen kaybetmediğine inandırmıştı kendini. *Cersei, benim savaştan dönmememi sağlamak için ona altın vermiştir. Yoksa neden yapsın bunu? Bildiğim kadarıyla ben Sör Mandon'a hiçbir zarar vermedim*. Yüzüne dokundu, kalın parmaklarıyla görkemli yarasını yokladı. *Tatlı ablamdan bir hediye daha*.

Üstat, havalanmak üzere olan bir kaz gibi yatağın yanında duruyordu. "Lordum, orada, orada bir yara izi kalması muhtemel..."

"*Muhtemel?*" Kahkahası acı dolu bir irkilmeye dönüştü. Bir yara izi kalacaktı elbette. Burnunun kısa zaman sonra tekrar çıkacağı da yoktu. Yüzü hiçbir zaman bakmaya kıyamayacak kadar güzel olmamıştı ne de olsa. "Öğret, oynamamak, bana, baltalarla." Sırıtışı gergindi. "Nerde, biz? Neresi, bu yer?" Konuşmak canını yakıyordu ama Tyrion çok uzun zamandır sessizdi.

"Ah, Maegor Hisarı'ndasınız lordum. Kraliçenin Balo Salonu'nun üstündeki bir odadasınız. Majesteleri yakınında olmanızı istedi, sizinle bizzat ilgilenebilmek için."

Bahse girerim istemiştir. "Götürün," diye emretti Tyrion. "Benim yatağım. Benim odam." *Etrafımda kendi adamlarımın ve kendi üstadımın olacağı yere, güvenebileceğim tek kişi bulabilirsem.*

"Sizin odanız... Lordum, bu mümkün değil. Kral Eli sizin eski dairenize yerleşti."

"Kral Eli. *Benim.*" Konuşmaya çalışmaktan yorgun düşmeye başlamıştı ve duyduğu şey aklını karıştırmıştı.

Üstat Ballabar huzursuz görünüyordu. "Hayır lordum, ben... Yaralanmıştınız, ölmek üzereydiniz. O görevi lord babanız üstlendi artık. Lord Tywin..."

"*Burada?*"

"Mücadele gecesinden beri. Lord Tywin hepimizi kurtardı. Sıradan insanlar bizi Lord Renly'nin hayaletinin kurtardığını söylüyor ama akıllı adamlar daha iyi bilir. Kurtarıcılarımız babanız ve Lord Tyrell'di, Çiçek Şövalyesi ve Lord Serçeparmak'la birlikte. Küllerin arasından çıktılar ve işgalci Stannis'i arkadan yakaladılar. Büyük bir zaferdi. Ve şimdi Lord Tywin, Majesteleri'nin diyara çeki düzen vermesine yardım etmek için Kral Eli Kulesi'ne yerleşti, tanrılara şükürler olsun."

"Şükürler olsun," diye tekrarladı Tyrion ruhsuz bir sesle. Kahrolası babası *ve* kahrolası Serçeparmak ve *Renly'nin hayaleti?* "Bana... " *Kimi istiyorum?* Pembe Ballabar'dan Shae'i getirmesini isteyemezdi. Kimi çağırtabilirdi, kime güvenebilirdi? Varys? Bronn? Sör Jacelyn? "...yaverimi çağır," diye bitirdi cümlesini. "Pod. Payne." *Gemi köprüsündeki Pod'du, hayatımı o delikanlı kurtardı.*

"Çocuğu mu? Tuhaf çocuk?"

"Tuhaf çocuk. Podrick. Payne. Onu *çağır.*"

"Nasıl isterseniz lordum." Üstat Ballabar başını sallayıp aceleyle dışarı çıktı. Tyrion bütün gücünün içinden akıp gittiğini hissediyordu beklerken. Kaç zamandır orada öylece uyuduğunu merak etti. *Cersei sonsuza dek uyumamı istiyor ama ben o kadar söz dinlemeyeceğim.*

Podrick Payne bir fare kadar ürkek bir şekilde odaya girdi. "Lordum?" Sürünerek yatağa yaklaştı. *Bir mücadele sırasında o kadar cesur olan bir delikanlı, bir hasta odasında nasıl böyle korkaklaşır?* diye merak etti Tyrion. "Sizin yanınızda kalmak istedim ama üstat beni gönderdi."

"*Onu* gönder. Beni dinle. Konuşmak zor. Rüya şarabı lazım. Haşhaş sütü değil. *Rüya şarabı*. Frenken'e git. *Frenken*, Ballabar olmaz. Yaparken bak. Şarabı. Buraya getir." Pod gözünün ucuyla Tyrion'ın yüzüne baktı ve hemen bakışlarını kaçırdı. *Onu bu yüzden suçlayamam.* "İstiyorum," diye devam etti Tyrion, "kendi muhafızım. Bronn. Bronn nerede?"

"Onu şövalye yaptılar."

Kaş çatmak bile canını yakıyordu. "Onu bul. Getir."

"Emredersiniz lordum. Bronn."

Tyrion delikanlının bileğini yakaladı. "Sör Mandon?"

Çocuk irkildi. "Bb-en asla onu ö-ö-ö-ö..."

"*Öldü* mü? Emin misin? *Öldü* mü?"

Pod ayaklarını yere sürüdü, utanmıştı. "Boğuldu."

"Güzel. Bir şey söyleme. Onunla ilgili. Benimle. *Hiçbir şey.*"

Yaveri odadan ayrılırken Tyrion'ın son gücü de gitmişti. Uzanıp gözlerini kapadı. Belki rüyasında Tysha'yı görürdü yine. *Yüzümü şimdi de sever miydi acaba?* diye düşündü acıyla.

JON

Qhorin Yarımel ateş için biraz çalı bulmasını söylediğinde, sonlarının yakın olduğunu biliyordu Jon.

Ölü bir ağacın gövdesindeki çıplak dalları keserken, *kısacık bir zaman için olsa bile tekrar sıcaklık hissetmek güzel olacak*, dedi kendine. Hayalet, arka ayaklarının üstüne oturmuş, her zamanki sessizliğiyle onu izliyordu. *Öldüğüm zaman, Bran düştüğünde Yaz'ın uluduğu gibi uluyacak mı benim için?* diye merak etti. *Tüylüköpek, Kışyarı'nda ve Boz Rüzgâr'la Nymeria her neredelerse, uluyacaklar mı?*

Güneş bir dağın arkasında batarken, ay bir başka dağın arkasından doğuyordu. Jon, sonunda incecik bir duman çıkana kadar, çakmak taşıyla hançerini birbirine sürttü. Ağaç kabuklarının ve kuru çam iğnelerinin üstünden ilk titrek alevler yükselmeye başladığında Qhorin, Jon'un yanına geldi. "Düğün gecesindeki bir bakire kadar utangaç," dedi büyük korucu yumuşak bir sesle. "Ve o kadar güzel. Bir ateşin ne kadar güzel olabileceğini unutuyor insan bazen."

Bakirelerden ve düğün gecelerinden bahsederken görmeyi umacağın bir adam değildi Yarımel. Jon'un bildiği kadarıyla bütün hayatını Nöbet'te geçirmişti. *Bir kızı sevdi mi hiç, ya da bir düğünü oldu mu?* Soramazdı. Ateşi yelledi. Alevler çıtırdamaya başladığında ellerini ısıtmak için eldivenlerini çıkardı, iç geçirdi. Bir öpücüğün bile kendisini bu kadar iyi hissettiremeyeceğini düşündü. Isı, parmaklarından bedenine erimiş yağ gibi yayılıyordu.

Yarımel, yere oturup ateşin yanında bağdaş kurdu. Titrek ışık yüzünün sert hatlarına vuruyordu. Çığlık Geçidi'nden kaçıp Ayazdiş'in mavi gri vahşiliğine dönen beş korucudan ikisi kalmıştı sadece.

Jon, Yaver Dalbridge'in yabanılları geçitte tutabileceğini ummuştu önce. Ama çok uzaktan gelen boru sesi duyulduğunda içlerindeki her adam yaverin öldüğünü biliyordu artık. Daha sonra, mavi gri kanatlarıyla akşam karanlığında süzülen bir kartal gördüler. Taşyılanı, yayını kaldırdı ama daha germeye fırsat kalmadan kartal menzilden çıktı. Ebben tükürdü, varglar ve derideğiştirenlerle ilgili homurdandı.

Ertesi gün kartalı iki kere daha gördüler ve dağlarda yankılanan av borularını duydular. Her seferinde biraz daha yüksek, biraz daha yakındı sesler. Karanlık çöktüğünde Yarımel, Ebben'a hem kendi atını hem de yaverinkini alıp geldikleri yoldan doğuya dönmesini ve bütün hızıyla Mormont'a gitmesini söyledi. Geri kalanlar takipçileri şaşırtacaktı. "Jon'u gönder," diye ısrar etti Ebben. "O da benim kadar hızlı at sürebilir."

"Jon'un başka bir görevi olacak."

"O hâlâ çocuk sayılır."

"Hayır," dedi Qhorin. "O, Gece Nöbetçileri'nin bir adamı."

Ebben ay yükseldiğinde ayrıldı. Taşyılanı, kısa bir süre onunla birlikte doğuya doğru gitti ve izlerini örtmek için aynı yolu geri döndü. Kalan üç kişi güneybatıya doğru yola koyuldular.

Bundan sonra, günler ve geceler birbirine karıştı. Eyerlerinin üstünde uyudular ve sadece atlarını doyurup su içirmeye yetecek kadar durakladılar. Çıplak kayaları, eski kar yığınlarını, karanlık çam ormanlarını, buzlu bayırları ve ismi olmayan sığ nehirleri geçtiler. Qhorin ya da Taşyılanı, izlerini silmek için aynı yolları iki kez geçiyordu bazen ama beyhude bir çabaydı bu. İzleniyorlardı. Uçsuz bucaksız gökyüzünde bir lekeden farksız, her sabah ve her akşam tepelerin arasında süzülen kartalı görüyorlardı.

Karla kaplı iki tepenin arasındaki alçak bir bayırdan geçerken, kükreyerek ininden çıkan gölge kedisini gördüler. Canavar, on metre uzaklarında bile değildi, sıskaydı, açlıktan kırılmak üzereydi ama kokusu Taşyılanı'nın atını ürküttü. Hayvan şahlanıp koşmaya başladı. Korucunun sakinleştirmesine fırsat kalmadan dik bir eğimde tökezleyip devrilen atın bacağı kırılmıştı.

Hayalet, o gün karnını iyice doyurdu. Qhorin, kısrağın kanını yulaflarına karıştırmaları için koruculara ısrar etti, bunun güç vereceğini söyledi. Kan kokan yulafın tadı Jon'u neredeyse boğuyordu ama kendini yutmak için zorladı. Her biri, yol boyunca çiğnemek için hayvanın leşinden birer düzine et şeridi kesti ve gerisini gölge kedilerine bıraktı.

İki kişinin aynı ata binmesi söz konusu değildi. Taşyılanı, orada kalıp takipçileri beklemeyi ve geldiklerinde onları şaşırtmayı teklif etti. Belki cehenneme giderken birkaçını yanında götürebilirdi. Qhorin reddetti. "Eğer Gece Nöbetçileri'nde Ayazdiş'i tek başına ve yayan geçebilecek bir adam varsa o, sensin kardeşim. Bir at, dağların çevresini dolaşmak zorunda kalır ama sen tırmanırsın. Yumruk'a git. Mormont'a Jon'un gördüklerini anlat ve nasıl gördüğünü. Eski güçlerin uyandığını söyle ona; devlerin, vargların ve daha beterlerinin. Ağaçların yine gözleri olduğunu söyle."

Taşyılanı kar kaplı bir bayırın ardında kaybolurken, *hiç şansı yok*, diye düşündü Jon, sonsuz beyazlığın üstünde sürünen kara bir böcek gibi görünüyordu adam.

Ondan sonraki günlerde, her gece bir öncekinden daha soğuk ve daha yalnızdı sanki. Hayalet, sürekli yanlarında değildi ama onlardan çok da uzaklaşmıyordu asla. Ayrı olsalar bile kurdun yakınlığını hissediyordu Jon. Bunun için müteşekkirdi. Yarımel'in en hoşsohbet adam olduğu söylenemezdi. Qhorin'in gri, uzun saç örgüsü atının her adımında yavaşça sallanıyordu. Saatlerce hiç konuşmadan yol alıyorlardı çoğunlukla. Atların taşlara sürtünen nallarından ve tepelerin arasında hiç durmadan esen rüzgârın ağıtından başka bir şey duymuyorlardı. Jon'un uykularında rüya yoktu artık; ne kurtları ne kardeşlerini ne de başka bir şeyi görüyordu. *Burada rüyalar bile yaşayamıyor*, dedi kendine.

"Kılıcın keskin mi Jon Kar?" diye sordu Qhorin Yarımel ateşin karşısından.

"Benim kılıcım Valyria çeliğinden. Yaşlı Ayı'nın hediyesi."

"Yemininin sözlerini hatırlıyor musun?"

"Evet." Unutulacak kelimeler değildi onlar. Bir kere söylendiklerinde geri alınamazlardı. Hayatını sonsuza kadar değiştirirlerdi.

"Şimdi onları benimle birlikte tekrar söyle Jon Kar."

"Nasıl isterseniz." Sesleri yükselen ayın altında tek oldu, Hayalet dinledi ve dağlar onlara şahitlik etti. "Gece çöküyor ve son nefesime kadar sürecek nöbetim başlıyor. Evlenmeyeceğim. Mülk edinmeyeceğim. Baba olmayacağım. Hiç taç takmayacak, zafer kazanmayacağım. Nöbette yaşayacak, nöbette öleceğim. Ben karanlıktaki kılıç, duvardaki gözcüyüm. Ben soğukta yanan ateş, şafak vaktindeki ışığım. Ben uyurları uyandıran nida, diyar halkını koruyan kalkanım. Bu gece ve gelecek tüm gecelerde, hayatımı ve onurumu Gece Nöbetçileri'ne adıyorum."

Bitirdiklerinde, alevlerin hafif çıtırtısından ve rüzgârın iç çekişinden başka ses yoktu. Jon yanık parmaklarını kapatıp açtı. Aklındaki kelimelere sıkı sıkı tutunmuştu. Vakti geldiğinde cesurca ölecek güce sahip olmak için babasının tanrılarına dua etti. Az kalmıştı. Atların bütün gücü tükenmişti artık. Qhorin'in atının bir gün daha dayanamayacağından endişeliydi Jon.

Alevler küçülmüş, sıcaklık kaybolmaya başlamıştı. "Ateş birazdan sönecek," dedi Qhorin, "ama Sur düşerse bütün ateşler söner."

Jon'un buna karşılık söyleyebileceği hiçbir şey yoktu. Başıyla onayladı.

"Onlardan hâlâ kaçabiliriz," dedi korucu. "Ya da kaçamayız."

"Ölmekten korkmuyorum ben." Yarım bir yalandı.

"O kadar kolay olmayabilir Jon."

Jon anlamamıştı. "Ne demek istiyorsunuz?"

"Yakalanırsak teslim olmak zorundasın."

"Teslim?" İnanmayan bir ifadeyle gözlerini kırpıştırdı. Yabanıllar, karga dedikleri adamları tutsak olarak almazdı. Onları öldürürlerdi, sadece... "Yemin bozanların canını bağışlarlar. Onlara katılanların, Mance Rayder gibi."

"Ve senin gibi."

"Hayır." Başını iki yana salladı. "Asla yapmam."

"Yapacaksın. Sana emrediyorum."

"*Emir?* Ama..."

"Diyar güvende olduğu sürece onurumuzun canımızdan fazla kıymeti yoktur. Sen Gece Nöbetçileri'nin adamı mısın?"

"Evet. Ama..."

"*Ama* yok, Jon Kar. Öyle misin, değil misin?"

Jon dimdik oturdu. "Öyleyim."

"O zaman beni dinle. Yakalanırsak onların tarafına geçeceksin, esir aldığın yabanıl kızın ısrar ettiği gibi. Pelerinini kesmeni, babanın mezarı üstüne yemin etmeni, kardeşlerine ve Lord Kumandan'a küfretmeni isteyebilirler senden. Ne isterlerse istesinler geri adım atmamalısın. Sana ne emrederlerse yap... ama kalbinde, kim olduğunu unutma. Onlarla birlikte at sür, yemek ye, dövüş, ne kadar gerekirse o kadar zaman. Ve *gözle*."

"Neyi?" diye sordu Jon.

"Keşke bilseydim," dedi Qhorin. "Kurdun, Sütnehri'nin vadisinde onların kazılarını gördü. O kadar uzak ve kasvetli bir yerde ne arıyorlardı? Aradıklarını buldular mı? Lord Mormont'a ve kardeşlerine dönmeden önce bunları öğrenmelisin. Sana verdiğim görev budur Jon Kar."

"Dediğiniz gibi yapacağım," dedi Jon gönülsüzce, "ama... onlara söyleyeceksiniz, değil mi? En azından Yaşlı Ayı'ya? Yeminimi asla bozmadığımı söyleyeceksiniz."

Qhorin Yarımel ateşin karşısından Jon'a baktı, gözleri gölge havuzlarının içinde kaybolmuştu. "Onu bir dahaki görüşümde. Söz veriyorum." Ateşi gösterdi. "Daha fazla dal. Ateşin parlak ve sıcak olmasını istiyorum."

Jon dal kesmek için kalktı, ateşe atmadan önce tüm dalları ikiye ayırıyordu. Ağaç uzun zamandır ölüydü ama ateşin içinde tekrar canlanıyormuş gibi görünüyordu. Dalların içindeki ateşli dansçılar; sarı, kırmızı ve turuncu parlak elbiseleriyle dönüp kıvrılmak için uyanıyordu.

"Yeterli," dedi Qhorin. "Şimdi gidelim."

"Gitmek?" Alevlerin ötesi karanlıktı ve gece soğuktu. "Nereye?"

"Geriye." Qhorin bir kez daha bitkin atının sırtına çıkmıştı. "Ateş onları çekecek, umarım. Gel kardeşim."

Jon eldivenlerini giyip başlığını taktı. Atlar bile ateşin yanından ayrılmaya gönülsüz gibiydi. Güneş çoktan batmıştı ve önlerinde uzanan tehlikeli zemini aydınlatmak için yarımayın soğuk ve gümüşi ışığı vardı sadece. Qhorin'in aklından neler geçtiğini bilmiyordu Jon ama bir şans vardı belki de. Öyle olmasını umuyordu. *Yemin bozan rolü oynamak istemiyorum, iyi bir amaç uğruna olsa bile.*

Dikkatlice gittiler, bir insanın ve bir atın hareket edebileceği en sessiz şekilde. Dağların arasından çıkan küçük ve buzlu derenin aktığı dar boğazın ağzına dönene kadar kendi ayak izlerini takip ettiler. Jon dereyi hatırladı. Güneş batmadan önce atlarına burada su içirmişlerdi.

"Su donuyor," dedi Qhorin yana dönerken, "donmasaydı dere yatağında ilerleyebilirdik. Ama buzu kırarsak görürler. Yamaçlara yakın dur. Yarım mil ileride bizi saklayabilecek bir mağara var." Atını boğazın içine doğru sürdü. Jon uzaktaki ateşe özlem dolu gözlerle son bir kez baktı ve korucunun peşinden gitti.

Onlar ilerledikçe yamaçlar birbirine yaklaştı. Ay ışığıyla aydınlanan dereyi kaynağına doğru takip ettiler. Derenin taşlı kıyıları buz tutmuştu ama sert ve ince tabakanın altından akan suyun sesini duyabiliyordu Jon.

Yamacın bir bölümünün çöktüğü yerde, büyük bir kaya yığını yollarını kapadı ama sağlam ayaklı küçük atlar kayaların arasından ilerlemeyi başardı. Önlerindeki duvarlar keskin bir biçimde birbirlerinin üstüne kapanıyordu, dere onları yüksek bir çavlanın ayağına götürdü. Hava sisle doluydu, büyük ve soğuk bir canavarın soluğu gibi. Yukarıdan akan sular ay ışığında gümüşi parlıyordu. Jon umutsuzlukla etrafa baktı. *Çıkış yok*. Yamaca tırmanabilirlerdi ama atları bırakmak zorunda kalırlardı. Yayan hâlde uzun süre dayanabileceklerini sanmıyordu.

"Şimdi, hızlıca," diye emir verdi Yarımel. Küçük atın sırtındaki büyük adam, buzla kayganlaşmış taşların üstünde koşup su perdesinin içine daldı ve gözden kayboldu. Tekrar ortaya çıkmayınca Jon atını mahmuzladı ve adamın peşinden gitti. Küçük at geri çekilmemek için elinden geleni yapmıştı. Yukarıdan düşen su, donmuş yumruklarıyla yüzlerine vuruyordu ve ilk soğuk darbe Jon'un nefesini kesmişti.

Sonra perdeyi geçti; sırılsıklamdı, titriyordu ama geçmişti.

Kayadaki yarık; bir adam ve bir atın zar zor geçebileceği kadar genişti ancak ama yarıktan sonra duvarlar açıldı ve zemin yumuşak kuma dönüştü. Jon, su zerreciklerinin sakalında donduğunu hissedebiliyordu. Hayalet, öfkeli bir telaşla çavlanın içinden geçti, tüylerindeki su damlalarını silkti, şüpheyle karanlığı kokladı ve tek bacağını kayalık duvara doğru kaldırdı. Qhorin atından inmişti, Jon da öyle yaptı. "Burada böyle bir yer olduğunu biliyor muydunuz?"

"Senin yaşlarındayken, bir kardeşin, bir gölge kedisinin peşinde bu şelalelerden geçtiğini duymuştum." Atının eyerini, gemini ve yularını çıkardı, parmaklarını hayvanın kabarık yelesinin arasından geçirdi. "Dağın kalbinden geçen bir yol var. Şafak söktüğünde bizi hâlâ bulamamış olurlarsa ilerleyeceğiz. İlk nöbet benim kardeşim." Qhorin kuma oturdu, sırtını duvara dayadı, mağaranın karanlığında belli belirsiz siyah bir gölgeden ibaretti. Yere çarpan suyun gümbürtülerinin arasından, deriye sürtünen çeliğin sesini duydu Jon, Qhorin kılıcını çekti demekti bu.

Islak pelerinini çıkardı ama mağara daha fazlasını çıkaramayacağı kadar rutubetli ve soğuktu. Hayalet, yanına uzandı ve kıvrılıp uyumadan önce eldivenini yaladı. Jon, hayvanın sıcaklığı için şükrediyordu. Dışarıdaki ateşin hâlâ yanıp yanmadığını merak etti. *Sur düşerse bütün ateşler söner.* Ay ışığı su perdesinin arasından süzülüyor, kumun üstüne solgun şeritler çiziyordu ama bir süre sonra o da yok oldu ve mağara karanlığa gömüldü.

Sonunda uyku geldi ve kâbuslarını da getirdi. Kalelerin yandığını ve huzursuz ölülerin mezarlarından kalktığını gördü Jon. Qhorin onu uyandırdığında hava hâlâ karanlıktı. Qhorin uyudu, Jon sırtını duvara dayayıp oturdu, suyun sesini dinleyip şafağı bekledi.

Gün söktüğünde ikisi de yarım düzine et şeridi çiğneyip bir kez daha atlarını eyerlediler ve siyah pelerinlerini omuzlarına aldılar. Yarımel, nöbeti boyunca altı meşale yapmıştı, eyer heybesinde taşıdığı yağı, kuru yosun tomarlarına emdirmişti. İlk meşaleyi yaktı ve solgun ışığı önünde tutarak karanlığa devam eden yolu aydınlattı. Jon atlarla birlikte korucuyu takip etti. Taşlı patika kıvrıldı, döndü, önce aşağı, sonra yukarı, sonra daha dik bir şekilde yine aşağı. Yol bazı yerlerde öyle daralıyordu ki atları oradan geçebileceklerine ikna etmek mücadeleye dönüşüyordu. *Dışarı çıktığımızda izimizi kaybettirmiş olacağız*, dedi Jon kendine. *Kartallar bile kalın taşların içini göremez. İzimizi kaybettireceğiz, bütün hızımızla Yumruk'a doğru at süreceğiz ve bütün öğrendiklerimizi Yaşlı Ayı'ya anlatacağız.*

Ama saatler sonra tekrar gün ışığına çıktıklarında kartal onları bekliyordu, yamacın otuz metre yukarısındaki ölü bir ağaca tünemişti. Hayalet, taşları yerinden oynatarak kartalın peşinden gitti ama kuş kanatlarını çırpıp havalandı.

Qhorin kartalın uçuşunu izlerken çenesini sıktı. "Burası direnmek için iyi bir yer," dedi. "Mağaranın ağzı bizi yukarıya karşı koruyor ve dağın içinden geçmedikleri sürece bizi arkadan kıstıramazlar. Kılıcın keskin mi Jon Kar?"

"Evet," dedi Jon.

"Atları doyuralım. Bize cesurca hizmet ettiler, zavallı canavarlar."

Jon, kalan son yulafını atına yedirdi ve hayvanın yelesini okşadı. Hayalet, huzursuzca kayaların arasında dolanıyordu. Jon eldivenlerini iyice çekti ve yanık parmaklarını esnetti. *Ben diyar halkını koruyan kalkanım.*

Dağların arasında bir av borusu yankılandı ve bir an sonra tazıların havlaması duyuldu. "Birazdan yanımızda olacaklar," dedi Qhorin. "Kurdunu elinin altında tut."

"Hayalet, buraya," diye seslendi Jon. Ulu kurt gönülsüzce Jon'un yanına gitti, kuyruğu dikilmişti.

Yabanıllar, en fazla yarım mil uzaktaki bayırın üstünden kontrolden çıkmış bir şekilde geldiler. Tazıları önlerinde koşuyordu; kanlarında kurt olan, gri kahverengi gözlü canavarlar. Hayalet dişlerini gösterdi, tüyleri kabarmıştı. "Sakin," diye mırıldandı Jon. "Bekle." Başının üstünde kanatların hışırtısını duydu. Kartal, bir kayanın çıkıntısına kondu ve bir zafer çığlığı attı.

Avcılar temkinli bir şekilde yaklaştılar, belki de oklardan korkuyorlardı. Jon on dört kişi saydı, sekiz köpekle birlikte. Geniş ve yuvarlak kalkanları, örgü hasırın üstüne gerilmiş deriden yapılmıştı, üzerlerine kafatasları boyanmıştı. Hemen hemen yarısı, yüzlerini ahşap ya da kaynatılmış deriden yapılmış basit miğferlerin arkasına saklamıştı. Her iki kanattaki okçular, oklarını ahşap ve kemik yaylarına geçirip germişti ama henüz salmamışlardı. Diğerleri, mızraklarla ve tokmaklarla silahlanmış gibi görünüyordu. Birinin elinde çentilmiş bir taş balta vardı. Ölü koruculardan aldıkları ya da yağmalar sırasında ele geçirdikleri yarım yamalak zırhları giymişlerdi. Yabanıllar madencilik ya da demircilik yapmıyordu; Sur'un ötesinde çok az demir ustası ve daha az dökümhane vardı.

Qhorin uzunkılıcını çekti. Sağ elinin yarısını kaybettikten sonra kendi kendine sol elle dövüşmeyi öğretmesi, Yarımel efsanesinin bir parçasıydı; şimdi, eskiden olmadığı kadar iyi kılıç kullandığı söyleniyordu. Jon, büyük korucuyla omuz omuza durdu ve Uzunpençe'yi kınından çıkardı. Havanın soğuğuna rağmen ter gözlerini yakıyordu.

Avcılar mağaranın yaklaşık on metre altında durdular. Liderleri tek başına yaklaştı; bindiği hayvan, engebeli yamaçta gayet sağlam yürümesinden dolayı attan çok, keçi gibi görünüyordu. Adam ve bineği yaklaşırken Jon tıkırtıları duydu; her ikisi de kemik zırh giymişti. İnek kemikleri, koyun kemikleri, keçilerin, öküzlerin ve geyiklerin kemikleri, tüylü mamutların devasa kemikleri... ve insan kemikleri.

"Çıngıraklı," diye seslendi Qhorin, buz gibi bir nezaketle.

"Kargalar için Kemik Lordu." Atlının miğferi bir devin kırık kafatasından yapılmıştı ve kaynatılmış derisinin kollarının üstüne boydan boya ayı pençeleri dikilmişti.

Qhorin güldü. "Ben lord görmüyorum. Sadece tavuk kemikleri giyinmiş bir köpek, hareket ettikçe çıngırdıyor."

Yabanıl öfkeyle tısladı, bineği geriledi. Gerçekten *çıngırdadı*, Jon duyabiliyordu. Kemikler yan yana gevşekçe dikilmişti, bu yüzden adam ne zaman hareket etse birbirlerine çarpıp ses çıkarıyorlardı. "Yakında senin kemiklerini çıngırdatacağım Yarımel. Derilerini kaynatıp kemiklerinden sıyıracağım ve kaburgalarından zırh yelek yapacağım. Dişlerini söküp fal bakmak için kullanacağım. Kafatasından yulaf lapası yiyeceğim."

"Kemiklerimi istiyorsan gel de al."

Çıngıraklı bunu yapmaya istekli görünmüyordu. Adamlarının kalabalığı, kara kardeşlerin konumlandığı yerdeki kayaların çevrelediği dar alanda pek bir şey ifade etmiyordu; yabanılların onları mağaranın dışına çıkarması için, yukarı her seferde iki kişi göndermeleri gerekiyordu. Ama Çıngıraklı'nın beraberindekilerden biri, atının sırtında adamın yanına geldi, *mızrak karısı* denen savaşçı kadınlardandı. "Biz, ikiye karşı on dördüz. Kurda karşı sekiz köpek," dedi. "Kaçın ya da savaşın, bizimsiniz."

"Göster onlara," dedi Çıngıraklı.

Kadın kan lekeleriyle dolu bir çuvala uzandı ve içinden bir av yadigârı çıkardı. Ebben'ın kafası yumurta kadar keldi, bu yüzden kafayı kulağından tutmuş sallıyordu kadın. "Cesurca öldü," dedi.

"Ama öldü," dedi Çıngıraklı, "siz de öleceksiniz." Savaş baltasını aldı, başının üstünde çevirdi. İyi çelikten yapılmıştı, her iki kenarında da şeytani bir pırıltı vardı; Ebben silahlarını ihmal eden bir adam değildi. Diğer yabanıllar alaycı bağrışmalarla öne çıkarak Çıngıraklı'nın yanında toplandı. Birkaçı alay etmek için Jon'u seçmişti. "Bu senin kurdun mu çocuk?" dedi sıska bir genç, gürzünü çıkarırken. "Güneş batmadan önce benim cübbem olacak." Sıranın öbür tarafındaki bir başka mızrak karısı perişan hâldeki kürklerini açıp beyaz ve ağır göğüslerini gösterdi. "Bu bebek annesini mi istiyor? Gel de şunları biraz em evlat." Köpekler de havlıyordu.

"Bizi utandırıp bir saçmalık yapmamızı sağlamaya çalışıyorlar." Qhorin uzun uzun Jon'a baktı. "Aldığın emri unutma."

"Kargaları kızartmamız gerekecek galiba," diye bağırdı Çıngıraklı diğer sesleri bastırarak. "Tüylerini yolun!"

"*Hayır!*" diye bağırdı Jon yaycılar oklarını salamadan. "Teslim oluyoruz."

"Piç kanının ödlek olduğuna dair uyarmışlardı beni," dedi Qhorin soğuk bir sesle. "Görüyorum ki öyleymiş. Yeni efendilerine koş korkak."

Yüzü kızararak Çıngıraklı'nın at sırtında beklediği bayıra indi Jon. Yabanıl, miğferindeki göz deliklerinden Jon'a baktı, "Özgür insanların korkaklara ihtiyacı yok," dedi.

"O korkak değil." Okçulardan biri koyun derisinden dikilmiş miğferini çıkarıp kızıl saçlarını salladı. "Bu, benim canımı bağışlayan Kışyarı piçi, bırakın yaşasın."

Jon'un gözleri Ygritte'le buluştu. Tek kelime etmedi.

"Bırakın ölsün," diye ısrar etti Çıngıraklı. "Kara karga hilekâr bir kuştur. Ona güvenmiyorum."

Kartal, başlarının üstündeki kayada kanatlarını çırptı ve öfkeli bir çığlıkla havayı kesti.

"Kuş senden nefret ediyor Jon Kar," dedi Ygritte. "Haklı, sen onu öldürmeden önce bir erkekti."

"Bilmiyordum," dedi Jon dürüstçe, geçitte katlettiği adamın yüzünü hatırlamaya çalışarak. "Mance'in beni alacağını söylemiştin."

"Ve alacak," dedi Ygritte.

"Mance burada değil," dedi Çıngıraklı. "Ragwyle, deş şunu."

Yaşlı mızrak karısı gözlerini kıstı, "Karga, özgür insanlara katılmak istiyorsa cesaretini göstersin ve dürüstlüğünü kanıtlasın," dedi.

"Ne derseniz yaparım." Kelimeler ağzından zor çıktı ama söyledi Jon.

Çıngıraklı kahkaha atarken kemik zırhı çıngırdıyordu. "O hâlde Yarımel'i öldür piç."

"Sanki yapabilirmiş gibi," dedi Qhorin. "*Dön*, Kar. Ve öl."

Hemen sonra Qhorin'in kılıcı, Jon'un üstüne iniyordu. Jon darbeyi engellemek için Uzunpençe'yi kaldırmayı bir şekilde başardı. Darbenin şiddeti piç kılıcını neredeyse yere düşürüyordu, Jon geriye sendeledi. *Ne isterlerse istesinler geri adım atmamalısın*. Kılıcını iki eliyle kavradı, kendi darbesini indirecek kadar hızlı davranmıştı ama Qhorin onu alay eder bir rahatlıkla savuşturdu. Siyah pelerinleri uçuşurken öne ve arkaya hareket ettiler: Gencin çabukluğu, Qhorin'in solak darbelerinin kuvvetine karşı. Yarımel'in uzunkılıcı aynı anda her yerdeydi sanki, önce bir yandan iniyordu, sonra diğer yandan, Jon'u istediği yere itiyordu, dengesini kaybettiriyordu. Jon kollarının uyuştuğunu hissediyordu.

Qhorin, Hayalet'in çenesi baldırına kenetlendiği anda bile ayakta durmayı başardı. Ama tam ona döndüğünde, açıklık oradaydı. Jon durum aldı ve kılıcını savurdu. Korucu geriye çekiliyordu ve bir an için Jon'un darbesi adama dokunmamış gibi göründü. Sonra, iri adamın boğazında, kırmızı gözyaşlarından bir sicim belirdi, yakut bir kolye kadar parlaktı, ardından kan fışkırdı ve Qhorin Yarımel düştü.

Hayalet'in burnu kıpkırmızıydı ama piç kılıcının sadece ucu lekelenmişti, yarım santimi. Jon, ulu kurdu çekti ve tek koluyla hayvanın boynuna sarıldı. Gözlerindeki ışık solmaya başlayan Qhorin, "...keskin," dedi kesik parmaklarını kaldırarak. Sonra eli düştü, gitmişti.

Biliyordu, diye düşündü Jon uyuşmuş gibi. *Benden ne isteyeceklerini biliyordu*. Samwell Tarly'yi düşündü sonra, Grenn'i,

Efkârlı Edd'i, Kara Kale'deki Pyp'i ve Kurbağa'yı. Bran'ı, Rickon'u ve Robb'u kaybettiği gibi onları da mı kaybetmişti? O şimdi kimdi? Neydi?

"Kaldırın şunu." Kaba eller Jon'u ayağa kaldırdı. Jon direnmedi. "Bir adın var mı?"

Ygritte onun yerine cevap verdi. "Adı Jon Kar. Eddard Stark'ın kanından, Kışyarı'ndan."

Ragwyle güldü. "Kimin aklına gelirdi? Qhorin Yarımel küçük bir lordun darbesiyle öldü."

"Deşin şunu." Konuşan, hâlâ atının sırtında oturan Çıngıraklı'ydı. Kartal, adama doğru uçtu ve çığlık atarak kemik miğferin tepesine kondu.

"Teslim oldu," diye hatırlattı Ygritte.

"Evet. Ve kardeşini katletti," dedi paslı bir miğfer takmış kısa boylu bir adam.

Çıngıraklı yaklaştı, kemikler birbirine çarpıyordu. "Onun işini kurdu yaptı. Hile vardı. Yarımel'i ben öldürmeliydim."

"Bunu yapmaya ne kadar hevesli olduğunu hepimiz gördük," diye alay etti Ragwyle.

"O bir varg," dedi Kemik Lordu, "ve bir karga. Ondan hoşlanmıyorum."

"Bir varg olabilir," dedi Ygritte, "ama bizi korkutmadı." Diğerleri onaylar şekilde bağrıştılar. Çıngıraklı'nın, sararmış kafatasındaki göz deliklerinin arkasından bakan gözleri habisti ama isteksizce teslim oldu. *Bu insanlar gerçekten özgür*, diye düşündü Jon.

Qhorin Yarımel'i düştüğü yerde, çam iğnelerinden, çalılardan ve kırık dallardan hazırladıkları cenaze ateşinde yaktılar. Dallardan bazıları hâlâ yeşildi, ağır ağır ve duman çıkararak yanıyordu. Koyu mavi gökyüzüne kara sütunlar yükseliyordu. Çıngıraklı, kömürleşen kemikleri istedi daha sonra, diğerleri korucunun eşyaları için zar attı. Pelerinini Ygritte kazandı.

"Çığlık Geçidi'nden mi döneceğiz?" diye sordu Jon, kıza. O dağlarla tekrar yüzleşebileceğinden ya da atının o yoldan sağ çıkabileceğinden emin değildi.

"Hayır," dedi kız. "Arkamızda hiçbir şey yok." Jon'a bakışı hüzünlüydü. "Mance, Sütnehri'ne indi bile, Sur'a yürüyor."

BRAN

Gri karlar gibi düşüyordu küller.

Kuru çam iğnelerine ve kahverengi yapraklara basarak ormanın kenarına, çamların seyreldiği yere doğru yürüdü. Açık arazilerin ötesinde, alevlere karşı çırılçıplak duran büyük yapıları görebiliyordu. Kan ve yanık et kokan rüzgâr sıcak esiyordu. Koku öyle keskindi ki ağzından salya akmaya başlamıştı.

Ama bir koku onları kendine çekerken, diğer kokular uzak durmaları için uyarıyordu. Yükselen dumanı kokladı. *İnsanlar, çok fazla insan, atlar ve ateş, ateş, ateş.* Başka hiçbir koku bu kadar tehlikeli değildi, demirin sert ve soğuk kokusu bile; insan pençesinin ve sert derinin hülasası. Küller ve duman gözlerini bulanıklaştırıyordu. Kuyruğu bir ateş nehrinden vücut bulan, kanatlı ve kocaman bir yılan gördü gökyüzünde. Hırladı ama yılan gitmişti. Tepelerin arkasındaki yüksek alevler yıldızları yiyordu.

Ateş bütün gece boyunca çıtırdadı. Bir kez, ayağının altındaki toprağı sarsan bir gümbürtü ve çöküş sesi duydu. Köpekler havlayıp inledi, atlar dehşet dolu çığlıklar attı. Uluma sesleri geceyi titretti; insan sürüsünün ulumaları, korku dolu feryatlar ve vahşi haykırışlar, kahkahalar ve çığlıklar. Hiçbir canavar insanlar kadar gürültülü değildi. Kulaklarını dikip dinledi, kardeşi duyduğu her sese hırlıyordu. Çam kokulu rüzgâr, külleri ve közleri gökyüzüne savururken ağaçların altında yürüdüler. Alevler zamanla küçüldü ve sonunda yok oldu. O sabah güneş gri ve dumanlı doğdu.

Ancak o zaman ayrıldı ağaçlardan, ağır adımlarla araziyi geçti. Kardeşi onunla birlikte yürüdü, kanın ve ölümün kokusuna çekiliyordu. İnsanların ağaçlardan, otlardan ve çamurdan yaptığı inlerin arasında sessizce adım attılar. Pek çoğu yanmış ve pek çoğu yıkılmıştı; diğerleri eskiden olduğu gibi duruyordu. Ne canlı insan gördüler ne de kokusunu aldılar. Kargalar bedenlerin üstünü örtmüştü, o ve kardeşi yanlarından geçerken çığlık atarak havalanıyorlardı. Vahşi köpekler onları gördüklerinde sessizce kenara çekiliyordu.

Büyük, gri uçurumların altında, bir at haykırarak ölüyordu, kırık bacağının üstüne kalkmaya çalışıyor, düştüğünde çığlıklar atıyordu. Kardeşi atın çevresinde döndü ve sonra boğazını parçaladı. At güçsüzce tekmeler atıp gözlerini yuvarladı. Leşe yaklaştığında kardeşi ona hırladı ve kulaklarını geri yatırdı, ön pençesiyle saldırıp bacağını ısırdı. Ölü atın yanında; otların, toprağın ve küllerin ortasında dövüştüler. Kardeşi sonunda kuyruğunu indirerek teslim oldu ve yana yuvarlandı. Atın boğazından bir ısırık daha aldı, doymuştu, kardeşinin yemesine izin verdi ve siyah kürkündeki kanı yaladı.

Kara yer onu kendine çekiyordu: Bütün insanların kör olduğu fısıltılı ev. Soğuk parmakların ona dokunduğunu hissedebiliyordu. Taş kokusu burnundaydı. Çekime karşı koymaya çalıştı. Karanlığı sevmiyordu. O bir kurttu. Avcıydı, iz sürendi, katildi. O, kardeşleriyle birlikte derin ormanlara aitti, yıldızların altında özgürce koşmalıydı. Arka ayaklarının üstüne oturdu, başını kaldırdı ve uludu. *Gitmeyeceğim*, diye bağırdı. *Ben bir kurdum, gitmeyeceğim*. Ama karanlık koyulaştı, gözlerini ve burnunu doldurdu, kulaklarını tıkadı; ne görüyor, ne duyuyor, ne kokluyor, ne de kaçabiliyordu. Gri uçurumlar gitmişti, ölü at gitmişti, kardeşi gitmişti; her şey siyahtı, hareketsizdi, siyahtı, soğuktu, siyahtı, ölüydü, siyahtı...

"*Bran*," diye fısıldadı bir ses hafifçe. "*Bran, geri dön. Şimdi geri dön, Bran, Bran...*"

Üçüncü gözünü kapadı ve diğer ikisini açtı, kör olanları. Bu karanlık yerde bütün insanlar kördü. Ama biri onu tutuyordu. Ona sarılan kolları, yakınındaki bedenin sıcaklığını hissediyordu. Hodor'un kendi kendine şarkı mırıldandığını duyabiliyordu, "Hodor, hodor, hodor."

"Bran?" Bu Meera'nın sesiydi. "Çırpınıyordun, korkunç sesler çıkarıyordun. Ne gördün?"

"Kışyarı." Dili ağzının içinde kalınlaşmış gibiydi, tuhaftı. *Bir gün geri döndüğümde konuşmayı unutmuş olacağım*. "Kışyarı'nı gördüm. Yanıyordu. At kokusu vardı ve çelik ve kan. Herkesi öldürdüler Meera."

Kızın elini yüzünde hissetti, saçlarını geri itiyordu. "Ter içinde kaldın," dedi Meera. "Su ister misin?"

"Su," dedi. Meera dudaklarına bir matara götürdü ve Bran hızla içmeye başladı. Su ağzının kenarlarından akıyordu. Geri döndüğünde çok susamış oluyordu hep. Ve aç. Ölü atı hatırladı, ağzındaki kan tadını, sabah havasına karışan yanık et kokusunu. "Ne kadar zaman oldu?"

"Üç gün," dedi Jojen. Çocuk çok sessiz adımlarla gelmiş olmalıydı ya da hep oradaydı; bu kör ve karanlık dünyada bilemezdi Bran. "Senin için endişelendik."

"Yaz'la birlikteydim," dedi Bran.

"Çok uzun. Açlıktan öleceksin. Meera boğazına su damlattı, ağzına bal sürdük ama yeterli değil."

"Yedim," dedi Bran. "Bir geyik avladık ve onu çalmaya kalkışan bir ağaç kedisini kovaladık." Kedi kahverengiydi, ulu kurtların yarısı kadardı ama cesurdu. Hayvanın miske benzer kokusunu ve bir meşe ağacının dalından onlara kükreyişini hatırladı.

"Kurt yedi," dedi Jojen. "Sen değil. Dikkatli ol Bran. Kim olduğunu unutma."

Bran kim olduğunu gayet iyi hatırlıyordu: Çocuk Bran, Kırık Bran. *Daha iyisi Canavar Bran*. Yaz rüyalarını, kurt rüyalarını görmek istemesinin şaşılacak bir yanı var mıydı? Ne zaman istese Yaz'a ulaşabiliyordu ve bir seferinde Hayalet'e bile ulaşmış, Jon'la konuşmuştu. Belki de sadece düşlemişti bunu. Jojen'in onu neden sürekli geri çağırdığını anlamıyordu. Oturur hâle gelmek için kollarının gücünü kullandı. "Gördüklerimi Osha'ya anlatmalıyım. Burada mı? Nereye gitti?"

Yabanıl kadın cevap verdi. "Hiçbir yere lordum, karanlıkta yeterince sakarlık ettim." Taşa sürünen ayak sesleri duydu, başını sese doğru çevirdi ama hiçbir şey görmedi. Kadını koklayabileceğini düşündü ama emin değildi. Hepsi birbirinin aynı kokuyordu ve Bran'da Yaz'ın burnu yoktu, ayırt edemiyordu. "Dün gece bir kralın ayağına işedim," diye devam etti Osha. "Belki de sabahtı kimbilir. Uyuyordum ama şimdi uyanığım." Hepsi çok fazla uyuyordu, sadece Bran değil. Yapacak başka bir şey yoktu. Uyu, ye, tekrar uyu, bazen biraz konuşuyorlardı... ama çok değil ve sadece fısıltıyla, güvende olmak için. Hiç konuşmasalar Osha daha mutlu olurdu ama Rickon'u sessiz tutmak, Hodor'un kendi kendine, "Hodor, hodor, hodor," diye mırıldanmasına engel olmak mümkün değildi.

"Osha," dedi Bran, "Kışyarı'nı gördüm. Yanıyordu." Sol tarafında Rickon'un hafifçe nefes alıp verdiğini duyuyordu.

"Bir rüya," dedi Osha.

"Bir kurt rüyası," dedi Bran. "*Kokladım* da. Hiçbir şey ateş ya da kan gibi kokmaz."

"Kimin kanı?"

"İnsanların, atların, köpeklerin, herkesin. Gidip bakmalıyız."

"Bu cılız derimden başka derim yok," dedi Osha. "O kalamar prensi beni yakalarsa derimi kamçıyla yüzer."

Meera'nın eli karanlıkta Bran'ın elini buldu. "Korkuyorsan ben gelirim."

Bran, deriyi yoklayan parmakları duydu, sonra çakmak taşına sürtülen çeliğin sesi geldi. Sonra bir daha. Bir kıvılcım çıktı, tutuştu. Osha hafifçe üfledi. Uzun ve solgun bir alev uyandı, parmaklarının ucunda yükselen bir kız gibi yukarı uzandı. Osha'nın yüzü alevin üstünde yüzüyordu. Kadın bir meşalenin başıyla aleve dokundu. Fitil, dünyayı turuncu bir parlaklıkla doldurarak yanmaya başladığında Bran gözlerini kısmak zorunda kaldı. Işık, Rickon'u uyandırmıştı; çocuk esneyerek oturdu.

Gölgeler hareket edince ölüler de uyanmış gibi göründü bir an. Lyanna ve Brandon, babaları Lord Rickard Stark, onun babası Lord Edwyle, Lord Willam ve kardeşi Zalim Artos, Lord Donnor, Lord Beron ve Lord Rodwell, tek gözlü Lord Jonnel, Lord Barth ve Lord Brandon, Ejderha Şövalyesi'yle dövüşen Lord Cregan. Ayaklarının dibindeki kurtlarıyla beraber taştan tahtlarında oturuyorlardı. Bedenlerindeki sıcaklık uçup gittiğinde geldikleri yerdi burası; burası ölülerin karanlık salonuydu, yaşayanların adımlamaktan korktuğu koridor.

Lord Eddard Stark'ı bekleyen boş lahdin ağzında, lordun granit benzerinin altında; ekmek, su ve kurutulmuş etten oluşan küçük hazinelerinin başında toplanmıştı altı kaçak. "Çok az kaldı," diye mırıldandı Osha erzaklarına bakarken. "Bu yakınlarda yukarı çıkıp yiyecek çalmalıyım, yoksa Hodor'u yemek zorunda kalırız."

"Hodor," dedi Hodor kadına, sırıtarak.

"Yukarıda gündüz mü, gece mi acaba?" diye merak etti Osha. "Artık takip edemiyorum."

"Gündüz," dedi Bran, "ama duman yüzünden karanlık."

"Lordum emin mi?"

Kırık vücudunu hiç kıpırdatmıyordu ama hareket edebiliyormuş gibi dışarı çıktı ve artık çift görüyordu. İşte; Meera, Jojen, Hodor ve meşaleyi tutan Osha oradaydı. Çift sıralı yüksek sütunlar ve onların arkasındaki ölü lordlar karanlığın içine doğru uzayıp gidiyordu.... ama duman yüzünden grileşmiş Kışyarı'nı da görüyordu. Büyük meşe kapılar kömürleşmiş, devrilmişti. Açılır kapanır köprünün kalasları kırılmıştı; köprü bir zincir düğümün içine düşmüştü. Hendekte bedenler yüzüyordu. Cesetler karga adalarına dönüşmüştü.

"Eminim," dedi Bran.

Osha bir an düşündü. "O zaman gidip bakacağım. Sizler yanımdan ayrılmayın. Meera, Bran'ın sepetini al."

"Eve mi gidiyoruz?" diye sordu Rickon heyecanla. "Atımı istiyorum. Elmalı kek, yağ ve bal istiyorum. Tüylüköpek'i de. Tüylüköpek'in yanına mı gidiyoruz?"

"Evet," diye söz verdi Bran, "ama sessiz olmalısın."

Meera, sepeti Hodor'un sırtına bağladı ve işe yaramaz bacaklarını deliklere sokarak Bran'ın sepete girmesine yardım etti. Bran'ın karnında tuhaf bir his vardı. Onları yukarıda neyin beklediğini biliyordu ama korkusunu azaltmıyordu bu. Dönüp son bir kez babasına baktı, Lord Eddard'ın gözlerinde hüzün varmış gibi geldi Bran'a, gitmelerini istemiyordu sanki. *Mecburuz*, diye düşündü. *Vakit geldi.*

Osha'nın bir elinde uzun meşe mızrağı, diğer elinde meşale vardı. Sırtından çıplak bir kılıç sarkıyordu; Mikken'ın mührünü taşıyan son kılıçlardan biriydi. Lord Eddard'ın lahdi için dövmüştü onu, ruhu huzurlu olsun diye. Ama Mikken ölmüştü ve cephaneliğin kapısında demiradamlar vardı, iyi çeliğe karşı koymak zordu; bu mezar soygunculuğu demek olsa bile. Meera, Lord Rickard'ın kılıcını istemişti, ağırlığından şikâyetçiydi gerçi. Brandon adaşınınkini almıştı; hiç tanımadığı amcası için yapılan kılıcı. Bir dövüş sırasında pek faydalı olamayacağını biliyordu ama çeliğe dokunmak kendini iyi hissettiriyordu.

Ama bu bir oyundu sadece, Bran biliyordu.

Ayak sesleri karanlık mahzen mezarda yankılandı. Arkalarındaki gölgeler babasını yutarken, önlerindeki gölgeler diğer heykelleri göstermek için geri çekiliyordu; önemsiz lordlar değildi bunlar, eski Kuzey Kralları'ydı. Alınlarında taştan taçlar vardı. Torrhen Stark, Diz Çöken Kral. Bahar Kralı Edwyn. Theon Stark, Aç Kurt. Yangın Brandon ve Gemici Brandon. Jorah ve Jonos. Habis Brandon. Ay Kralı Walton. Damat Edderion. Eyron. Tatlı Benjen. Acı Benjen. Kral Edrick Karsakal. Yüzleri sert ve güçlüydü. Bazıları gerçekten korkunç şeyler yapmıştı ama hepsi Stark'tı. Bran onların bütün hikâyelerini biliyordu. Mahzen mezardan hiçbir zaman korkmamıştı; bu mezar, evinin ve kendi varlığının bir parçasıydı. Bir gün kendisinin de burada yatacağını her zaman biliyordu.

Ama şimdi o kadar emin değildi. *Yukarı çıkarsam aşağı geri dönebilecek miyim? Öldüğümde nereye gideceğim?*

"Bekleyin," dedi Osha, yeryüzüne çıkan ve daha eski kralların hâlâ karanlık tahtlarında oturduğu alt katlara inen sarmal merdivenlerin başına geldiğinde. Meşaleyi Meera'ya verdi. "Yukarı el yordamıyla çıkacağım." Bir süre kadının yumuşak ayak seslerini duydular ama sesler gittikçe azaldı ve sonunda tamamen yok oldu. "Hodor," dedi Hodor endişeyle.

Bran defalarca, karanlıkta saklanmaktan ne kadar nefret ettiğini, güneşi tekrar görmeyi ne çok istediğini, atını yağmurun ve rüzgârın üstüne sürmeyi nasıl özlediğini söylemişti kendine. Ama şimdi vakit gelmişti ve Bran korkuyordu. Karanlıkta kendini güvende hissediyordu; yüzünün önündeki kendi elini sen bile bulamıyorken, düşmanların da seni bulamayacağına inanmak kolaydı. Ve taş lordlar ona cesaret veriyordu. Onları göremediği zamanlarda bile orada olduklarını biliyordu Bran.

Tekrar bir ses duyduklarında aradan çok uzun vakit geçmiş gibiydi. Bran, Osha'ya bir şey olduğundan korkmaya başlamıştı. Rickon huzursuzca kıpırdanıp duruyordu. "Eve *gitmek istiyorum!*" dedi bağırarak. Hodor başını oynatıp, "Hodor," dedi. Sonra yine ayak seslerini duydular, giderek yükseliyordu ses.

Bir süre sonra Osha göründü. "Bir şey kapıyı tutuyor. Hareket ettiremiyorum."

"Hodor her şeyi hareket ettirebilir," dedi Bran.

Osha tartan gözlerle dev adama baktı. "Belki işe yarar. Gel o zaman."

Basamaklar dardı, tek sıra hâlinde tırmanmak zorundaydılar. Osha önden gitti. Hodor arkasındaydı, Bran kafasını tavana çarpmamak için başını iyice aşağı eğdi. Meera meşaleyle onları takip ediyordu. En arkada Jojen vardı, Rickon'un elini tutuyordu. Döne döne tırmandılar, yukarı ve daha yukarı. Bran dumanın kokusunu alabildiğini düşündü, belki de sadece meşalenin kokusuydu.

Mahzen mezarın kapısı demir ağacından yapılmıştı. Eski ve ağırdı, yere doğru eğimliydi. Kapıya bir kerede sadece tek kişi yaklaşabilirdi. Osha vardığında bir kez daha açmayı denedi ama Bran kapının kımıldamadığını görüyordu. "Bırak Hodor denesin."

Önce, sıkışmaması için Bran'ı sepetten çıkarmak zorunda kaldılar. Osha ve Meera yer değiştirirken Meera basamağa, Bran'ın yanına çömeldi ve korumak istermiş gibi kolunu omzuna doladı. "Hodor, kapıyı aç," dedi Bran.

Dev adam iki elini birden kapının üstüne koydu ve homurdanarak itti. "Hodor?" Ahşabı yumrukladı ama kapı titremekten başka bir şey yapmadı. "Hodor."

"Sırtını kullan," dedi Bran. "Ve bacaklarını."

Hodor döndü, sırtını kapıya dayayıp itti. Tekrar. Tekrar. "Hodor!" Bir ayağını daha yüksek bir basamağa koydu, eğimli kapının altında iki büklümdü. Kaldırmayı denedi. Kapı bu defa çatırdadı. "*Hodor!*" Diğer ayağını da basamağa koydu, bacaklarını ayırdı, kapıya yüklendi, doğruldu. Yüzü kıpkırmızı kesilmişti, sırtındaki ağırlığı yukarı itmeye çalışırken boynundaki bağlar dışarı fırlamıştı, Bran görüyordu. "*Hodor hodor hodor hodor hodor HODOR!*" Dışarıdan mat bir gümbürtü geldi. Sonra kapı aniden bir parça yukarı kalktı ve Bran'ın yüzüne gün ışığı vurdu. Bir an için körleşti Bran. Hodor tekrar kapıya yüklendi ve yuvarlanan bir kayanın sesi duyuldu, yol açılmıştı. Osha mızrağını boşluktan geçirdi, ardından kendisi dışarı kaydı. Rickon, Osha'nın arkasından gitmek için Meera'nın bacaklarının arasından geçti. Hodor kapıyı ardına kadar itip yeryüzüne çıktı. Son birkaç basamakta Bran'ı Reedler taşımak zorunda kaldı.

Gökyüzü griydi, dumanlar döne döne gökyüzüne yükseliyordu. İlk Kule'nin gölgesinde durdular ya da ondan geriye kalanların gölgesinde. Kulenin bütün bir yanı göçmüştü, taşlar ve kırık gargoyleler avluya saçılmıştı. *Benim düştüğüm yere düşmüşler*, diye düşündü Bran yaratık heykellerini gördüğünde. Gargoylelerden bazıları öyle küçük parçalara ayrılmıştı ki Bran nasıl hayatta kalabildiğini merak etti. Kargalar, devrilen taşların altında kalan bir cesedi gagalıyordu. Yüzüstü yatan adamın kim olduğunu söyleyemezdi Bran.

İlk Kule yüzyıllardır kullanılmıyordu ve şimdi her zamankinden fazla haraptı. Bütün katları ve kolonları yanmıştı. Yıkılan duvarların içinden odaları, hatta tuvaletleri görebiliyorlardı. Ama arkadaki yıkık kule ayaktaydı, eskiden olduğu kadar yanıktı. Jojen Reed duman yüzünden öksürüyordu. "*Beni eve götür!*" dedi Rickon talepkâr bir sesle. "*Eve gitmek istiyorum!*" Hodor ağır ağır yürüyerek çemberler çiziyordu. "Hodor," diye inledi hafifçe. Enkazın ve ölümün ortasında birbirlerine yanaştılar.

"Bir ejderhayı uyandırmaya yetecek kadar gürültü yaptık," dedi Osha, "ama kimse gelmedi. Kale yanmış, ölü, tıpkı Bran'ın rüyasında gördüğü gibi. En iyisi..." Arkalarından gelen bir ses Osha'yı susturdu. Osha aynı anda mızrağıyla birlikte arkaya döndü.

Kırık kulenin arkasından çıkan iki güçlü şekil, yıkıntıların arasında ilerlemeye başladı. Rickon mutlulukla bağırdı, "*Tüylü!*" ve siyah ulu kurt zıplayarak Rickon'a doğru koştu. Yaz, daha ağır yaklaştı, başını Bran'ın koluna sürttü, yüzünü yaladı.

"Gitmeliyiz," dedi Jojen. "Bunca ölüm, Yaz ve Tüylüköpek'ten başka kurtlar da getirir ve hepsi dört ayaklı olmaz."

"Evet, yakında gideceğiz," diye onayladı Osha, "ama yiyeceğe ihtiyacımız var ve bütün bunların içinden sağ kurtulmuş insanlar olabilir. Birbirinizden ayrılmayın. Meera, kalkanını yukarıda tut ve arkamızı kolla."

Kalenin etrafını dolaşmak bütün sabahlarını aldı. Büyük granit duvarlar duruyordu, bazı yerleri kararmıştı ama bunun dışında hasarları yoktu. Fakat duvarların içi yıkımdan ve ölümden ibaretti. Büyük Salon'un kapıları kömürleşmişti ve için için yanıyordu. Salonun kirişleri çökmüş, bütün tavan yere inmişti. Cam bahçelerin yeşil ve sarı pencereleri parçalara ayrılmıştı. Ağaçlar, meyveler ve çiçekler sökülmüş, açıkta ölüme terk edilmişlerdi. Ahşap ve sazdan yapılmış ahırlardan geriye küllerden, közlerden ve ölü atlardan başka bir şey kalmamıştı. Bran, Dansçı'yı düşündü, ağlamak istedi. Kütüphane Kulesi'nin arkasında dumanlı bir göl vardı, gölün içindeki çatlaktan kaynar su fışkırıyordu. Çan Kulesi'yle kuşluğu birbirine bağlayan köprü avluya düşmüştü. Üstat Luwin'in küçük, yuvarlak kulesi de yoktu artık. Büyük Kule'nin zemin katındaki dar bir kiler penceresinden kızıl bir pırıltı görünüyordu ve ikinci bir yangın ambarlardan birini hâlâ yakıyordu.

Osha, tüten dumanların içinde ilerlerken hafifçe sesleniyordu ama kimse cevap vermiyordu. Bir cesetle uğraşan bir köpek gördüler ama hayvan, ulu kurtların kokusunu alınca hızla uzaklaştı; diğer köpekler barınakta katledilmişti. Üstadın kuzgunları cesetlerin bazılarına nezaket ziyaretinde bulunurken, kırık kulenin kargaları da diğer ölülerle ilgileniyordu. Bran Tıfıl Tym'i tanıdı, yüzünün yarısı bir baltayla biçilmiş olmasına rağmen. Leydi Catelyn'in küle dönmüş septinin önünde, kömürleşmiş bir ceset, simsiyah yumruklarını yüzünün önüne kaldırmış hâlde oturuyordu, kendisine yanaşmaya cesaret edecekleri yumruklamaya hazırlanmıştı sanki. "Eğer tanrılar adaletliyse," dedi Osha öfkeli bir sesle, "bunu yapanları Ötekiler alır."

"Bunu yapan Theon'du," dedi Bran kederle.

"Hayır. Bak." Osha mızrağının ucuyla avlunun karşısını gösterdi. "Bu, Theon'un demiradamlarından biri. Şuraya bak. Greyjoy'un savaş atı değil mi o? Bedenine ok saplanmış olan, siyah at, gördün mü?" Kaşlarını çatarak ölülerin arasında yürüdü. "İşte, Kara Lorren." Adam öyle kötü bıçaklanıp kesilmişti ki, sakalı kahverengimsi bir kırmızıydı şimdi. "Yanında birkaç kişiyi götürmüş." Osha başka bir ölüyü ayağıyla yuvarladı. "Üstünde arma var. Kıpkırmızı bir adam."

"Dehşet Kalesi'nin derisi yüzülmüş adamı," dedi Bran.

Yaz, uludu ve hızla koşmaya başladı.

"Tanrı korusu." Meera Reed ulu kurdun arkasından koştu, kalkanı ve kurbağa mızrağı elindeydi. Diğerleri de devrik taşların ve dumanın arasından yürüyerek kızın peşine düştü. Hava, ağaçların altında daha tatlıydı. Korunun kenarındaki çam ağaçları kavrulmuştu ama içerilerdeki nemli toprak ve yeşil ağaçlar alevlerin üstesinden gelmişti. "Canlı ağaçlarda kudret vardır," dedi Jojen Reed, Bran'ın aklından geçenleri biliyormuş gibi, "Ateş kadar şiddetli bir kudret."

Büvet ağacının gölgesindeki siyah gölün kenarında, Üstat Luwin yüzüstü yatıyordu. Yerdeki ıslak yaprakların üstünde kan izleri vardı; üstat, ağaçların arasından gölün kenarına kadar sürünmüştü. Yaz, yaşlı adamın yanında durdu, Bran önce üstadın öldüğünü düşündü ama Meera boğazına dokunduğunda adam inledi. "Hodor?" dedi Hodor kederle.

Luwin'i yavaşça sırtüstü döndürdüler. Gözleri ve saçları griydi, bir zamanlar cübbesi de griydi ama şimdi kan yüzünden daha koyuydular. "Bran," dedi üstat hafifçe, Hodor'un sırtındaki çocuğu gördüğünde. "Ve Rickon." Gülümsedi. "Tanrılar merhametli. Biliyordum..."

"Biliyor muydunuz?" diye sordu Bran şaşkınlıkla.

"Bacaklar, anlamıştım... Kıyafetler üstüne olmuştu ama bacak kasları... Zavallı çocuk..." Öksürdü, ağzından kan geldi. "Yok oldunuz... ormanda.... ama nasıl?"

"Hiç gitmedik," dedi Bran. "Aslında sadece ormanın kenarına kadar gittik ve aynı yoldan geri döndük. Kurtları iz bırakmaları için gönderdim, biz babamın lahdinde saklandık."

"Mahzen mezar," diye kıkırdadı Luwin, dudağının kenarında kan köpürdü. Hareket etmeye çalıştığında acıyla inledi.

Bran'ın gözleri yaşlarla doldu. Bir insan yaralandığında onu üstada götürürdün ama üstadın yaraladığında ne yapabilirdin ki?

"Onu taşımak için bir sedye yapmamız gerek," dedi Osha.

"İşe yaramaz," dedi Luwin. "Ben ölüyorum kadın."

"*Ölemezsin*," dedi Rickon öfkeyle. "*Hayır, ölemezsin*." Rickon'un yanındaki Tüylüköpek dişlerini gösterip hırladı.

Üstat gülümsedi. "Sessiz ol çocuk. Ben senden çok yaşlıyım, istediğim gibi... ölebilirim."

"Hodor, aşağı," dedi Bran. Hodor üstadın yanında dizlerinin üzerine çöktü.

"Dinle," dedi üstat, Osha'ya. "Prensler... Robb'un veliahtları... birlikte... olmamalı... Anladın mı?"

Yabanıl kadın mızrağına yaslandı. "Evet. Ayrı yerlerde olmaları daha güvenli. Ama onları nereye götüreceğim? Cerwynler'e götürebileceğimi düşünmüştüm."

Üstat Luwin başını iki yana salladı, bu çabanın adama neye mal olduğu kolayca anlaşılıyordu. "Cerwyn'in oğlu öldü. Sör Rodrik, Leobald Tallhart, Leydi Hornwood... hepsi katledildi. Derinorman düştü, Moat Cailin de. Yakında Torrhen Kalesi de düşer. Demiradamlar, Taşlı Kıyı'da. Bolton'ın piçi doğuda."

"O zaman nereye?"

"Beyaz Liman... Umberlar... Bilmiyorum... Savaş her yerde... Komşular birbirlerine karşı savaşıyor ve kış geliyor... Bu saçmalık, kara ve çılgın bir saçmalık..." Üstat Luwin uzandı ve Bran'ın kolunu tuttu. Yaşlı adamın parmakları umutsuz bir güçle kapandı. "Şimdi güçlü olmalısın. *Güçlü.*"

"Olacağım," dedi Bran ama zordu. *Sör Rodrik öldürülmüş, Üstat Luwin ölüyor, herkes, herkes...*

"Güzel," dedi üstat. "İyi bir çocuksun... Babanın oğlusun Bran. Şimdi *gidin.*"

Osha, büvet ağacına ve solgun gövdesine oyulmuş kırmızı yüze baktı. "Ve seni tanrılara mı bırakalım?"

"Su..." Üstat yutkundu. "Biraz su istiyorum... Bir iyilik daha. Eğer yaparsan..."

"Tamam," dedi Osha, Meera'ya döndü. "Çocukları götür."

Jojen ve Meera, Rickon'u aralarına alıp korunun dışına doğru yürümeye başladılar. Hodor onları takip etti. Ağaçların arasından geçerlerken dallar Bran'ın yüzüne çarpıyordu, yapraklar gözyaşlarını sildi. Osha birkaç dakika sonra avluda onlara katıldı. Üstat Luwin'le ilgili hiçbir şey söylemedi. "Hodor, Bran'la kalmalı; onun bacakları olmalı," dedi yabanıl kadın sertçe. "Rickon'u ben alacağım."

"Biz Bran'la gideceğiz," dedi Jojen Reed.

"Ben de öyle düşünmüştüm," dedi Osha. "Sanırım Doğu Kapısı'nı deneyeceğim ve Kral Yolu'nu takip edeceğim."

"Biz Avcı Kapısı'ndan çıkacağız," dedi Meera.

"Hodor," dedi Hodor.

Önce mutfaklarda durdular. Osha, hâlâ yenebilecek durumda olan yanık ekmek somunları ve hatta kızarmış bir ördek buldu, bulduklarını ikiye ayırdı. Meera bir çömlek bal ve bir çuval elmayı topraktan çıkardı. Avluda vedalaştılar. Rickon hıçkırarak Hodor'un bacağına yapıştı; Osha mızrağının sapıyla çocuğa vurmak zorunda kaldı. Rickon, ancak o zaman, aceleyle kadını takip etmeye başladı. Tüylüköpek peşlerinden gidiyordu. Ulu kurdun kuyruğunun Kırık Kule'nin arkasında kayboluşu, Bran'ın onlara dair gördüğü son şeydi.

Avcı Kapısı denen demirden yapılma yivli kapı, ısı yüzünden öyle kötü bükülmüştü ki otuz santimden daha yukarı kalkmıyordu. Kapının kazıklarının arasından sürünerek, teker teker dışarı çıktılar.

"Bozsu Gözcüsü'ne, Lord babanıza mı gideceğiz?" diye sordu Bran duvarların arasındaki köprüden geçerken.

Meera sorunun cevabı için kardeşine baktı. "Bizim yolumuz kuzeyde," dedi Jojen.

Bran, tanrı korusunun kenarında, bütün hayatı demek olan kaleye son bir kez bakmak için sepetinde döndü. Duman demetleri, gri gökyüzüne yükseliyordu hâlâ ama soğuk bir sonbahar akşamında Kışyarı'nın bacalarından tütenden fazlası değildi. Okçu pencereleri isle kararmıştı. Perde duvarın orasında burasında eksik korkuluklar ve çatlaklar vardı ama bu mesafeden önemsiz görünüyorlardı. Duvarların ötesinde, kalelerin ve kulelerin tepeleri asırlardır durdukları gibi duruyorlardı; kalenin yakıldığını, yağmalandığını anlamak zordu. *Taşlar güçlü*, dedi Bran kendine, *ağaçların kökleri çok derine iniyor ve Kış Kralları yeraltında tahtlarında oturuyor*. Bunlar var olduğu sürece Kışyarı var olacaktı. Ölmemişti, sadece kırıktı. *Benim gibi*, diye düşündü Bran. *Ben de ölmedim*.

EKLER

KRALLAR VE MAİYETLERİ

DEMİR TAHT'TAKİ KRAL

JOFFREY BARATHEON, Hanedanından Bu İsimle Anılan İlk Kral, on üç yaşında, Kral I. Robert Baratheon'ın ve Lannister Hanedanı'ndan Kraliçe Cersei'nin büyük oğulları,

-annesi, KRALİÇE CERSEI, Vekil Kraliçe ve Diyar'ın Koruyucusu

-kız kardeşi, PRENSES MYRCELLA, dokuz yaşında,

-erkek kardeşi, PRENS TOMMEN, sekiz yaşında, Demir Taht'ın veliahtı,

-amcaları:

- -STANNIS BARATHEON, Ejderha Kayası Lordu, kendini Kral I. Stannis ilan etti,
- -RENLY BARATHEON, Fırtına Burnu Lordu, kendini Kral I. Renly ilan etti,

-dayıları:

- -SÖR JAIME LANNISTER, Kral Katili, Kral Muhafızları Lord Kumandanı, Nehirova'da tutsak,
- -TYRION LANNISTER, vekil Kral Eli,
  - -Tyrion'ın yaveri, PODRICK PAYNE,
  - -Tyrion'ın muhafızları ve yeminli kılıçları
    - -BRONN, paralı asker, saçları ve kalbi kara,
    - -DOLF OĞLU SHAGGA, Taş Kargalar'dan,
    - -TIMETT OĞLU TIMETT, Yanık Adamlar'dan,
    - -CHEYK KIZI CHELLA, Kara Kulaklar'dan,
    - -CALOR OĞLU CRAWN, Ay Kardeşleri'nden,

-Tyrion'ın metresi, SHAE, kamp takipçisi, on sekiz yaşında,

-küçük konseyi:

-YÜCE ÜSTAT PYCELLE,

-LORD PETYR BAELISH, nam-ı diğer SERÇEPARMAK, hazine başı,

-LORD JANOS SLYNT, Kral Toprakları Şehir Muhafızları Kumandanı («altın pelerinliler»),

-VARYS, hadım, nam-ı diğer ÖRÜMCEK, muhbir başı,

-Kral Muhafızları:

-SÖR JAIME LANNISTER, nam-ı diğer Kral Katili, Lord Kumandan, Nehirova'da tutsak,

-SANDOR CLEGANE, nam-ı diğer TAZI,

-SÖR BOROS BLOUNT,

-SÖR MERYN TRANT,

-SÖR ARYS OAKHEART,

-SÖR PRESTON GREENFIELD,

-SÖR MANDON MOORE,

-maiyeti ve hizmetkârları:

-SÖR ILYN PAYNE, Kral Adaleti, cellat,

-VYLARR, Lannister muhafızlarının kumandanı, («kırmızı pelerinliler»),

-SÖR LANCEL LANNISTER, Kral Robert'ın eski yaveri, yakın zamanda şövalye ilan edildi,

-TYREK LANNISTER, Kral Robert'ın eski yaveri,

-SÖR ARON SANTAGAR, silah ustası,

-SÖR BALON SWANN, Taşmiğfer'den Lord Gulian Swann'ın ikinci oğlu,

-LEYDİ ERMESANDE HAYFORD, bebek,

-SÖR DONTOS HOLLARD, nam-ı diğer KIRMIZI, ayyaş,

-JALABHAR XHO, Yaz Adaları'ndan, sürgün bir prens,

-AY OĞLAN, saray soytarısı,

-LEYDİ TANDA STOKEWORTH,
-FALYSE, büyük kızı,
-LOLLYS, küçük kızı, otuz üç yaşında bir bakire,
-LORD GYLES ROSBY,
-SÖR HORAS REDWYNE ve ikiz kardeşi SÖR HOBBER REDWYNE, Arbor Lordu'nun oğulları,
-Kral Toprakları ahalisi:
-Şehir Muhafızları («altın pelerinliler»):
-JANOS SLYNT, Harrenhal Lordu, Lord Kumandan,
-MORROS, büyük oğlu ve vârisi,
-ALLAR DEEM, Slynt'in başçavuşu,
-SÖR JACELYN BYWATER, nam-ı diğer DEMİR YUMRUK, Nehir Kapısı Kumandanı,
-ALEV KEHANETÇİSİ HALLYNE, Simyacılar Loncası'ndan bir Bilge,
-CHATAYA, pahalı bir genelevin sahibesi,
-ALAYAYA, DANCY, MAREI, kızlarından bazıları,
-TOBHO MOTT, zırh ustası,
-SALLOREON, zırh ustası,
-DEMİRGÖBEK, demirci,
-LOTHAR BRUNE, hürsüvari,
-SÖR OSMUND KARAKAZAN, kötü şöhretli, vasıfsız bir şövalye,
-OSFRYD ve OSNEY KARAKAZAN, kardeşleri,
-SYMON GÜMÜŞDİL, şarkıcı.

Kral Joffrey'nin sancağında Baratheonlar'ın altın zemin üstündeki siyah, taçlı erkek geyiği ve Lannisterlar'ın kırmızı zemin üstündeki altın aslanı vardır; dövüşürler.

DAR DENİZ'DEKİ KRAL

STANNIS BARATHEON, Hanedanından Bu İsimle Anılan İlk Kral, Kral Robert'ın büyük erkek kardeşi, eski Ejderha Kayası Lordu, Lord Steffon Baratheon'ın ve Estermont Hanedanı'ndan Leydi Cassana'nın ikinci oğulları,

-karısı, Florent Hanedanı'ndan LEYDİ SELYSE,

-SHIREEN, tek çocukları, on yaşında, kız,

-dayısı ve kuzenleri:

-SÖR LOMAS ESTERMONT, dayısı,

-oğlu, SÖR ANDREW ESTERMONT, kuzeni,

-konseyi ve hizmetkârları:

-ÜSTAT CRESSEN, şifacı ve danışman, yaşlı biradam,

-ÜSTAT PYLOS, Üstat Cressen'in genç halefi,

-RAHİP BARRE,

-SÖR AXELL FLORENT, Ejderha Kayası'nın kale kumandanı, Kraliçe Selyse'in amcası,

-YAMALI YÜZ, yarım akıllı bir soytarı,

-ASSHAI'DEN LEYDİ MELISANDRE, nam-ı diğer KIRMIZI KADIN, Ateşin Kalbi, R'hllor'un rahibesi,

-SÖR DAVOS SEAWORTH, nam-ı diğer SOĞAN ŞÖVALYESİ ve bazen KISAEL, eski kaçakçı, *Kara Hayat*'ın kaptanı,

-karısı, MARYA, bir marangozun kızı,

-yedi oğlu:

-DALE, *Hortlak*'ın kaptanı,

-ALLARD, *Leydi Marya*'nın kaptanı,

-MATTHOS, *Kara Hayat*'ın ikinci kaptanı,

-MARIC, *Hiddet*'in kürekçi başı,

-DEVAN, Kral Stannis'in yaveri,
-STANNIS, dokuz yaşında,
-STEFFON, altı yaşında,
-BRYEN FARRING, Kral Stannis'in yaveri,
-lord sancak beyleri ve yeminli kılıçları;
-ARDRIAN CELTIGAR, Pençe Adası Lordu, yaşlı bir adam,
-MONFORD VELARYON, Dalgalar Lordu ve Akıntıtaşı Efendisi,
-DURAM BAR EMMON, Keskinburun Lordu, on dört yaşında,
-GUNCER SUNGLASS, Tatlıliman Seleni Lordu,
-SÖR HUBARD RAMBTON,
-SALLADHOR SAAN, Özgür Şehir Lys'ten, Dar Deniz Prensi,
-MYRLİ MOROSH, paralı amiral.

Kral Stannis'in sancağında Işık Tanrısı'nın alevli kalbi vardır: Parlak sarı zemin üstünde, turuncu alevlerle çevrelenmiş kırmızı bir kalp. Kalbin içine Baratheon Hanedanı'nın taçlı siyah erkek geyiği resmedilmiştir.

YÜKSEK BAHÇE'DEKİ KRAL

RENLY BARATHEON, Hanedanından Bu İsimle Anılan İlk Kral, Kral Robert'ın küçük erkek kardeşi, eski Fırtına Burnu Lordu, Lord Steffon Baratheon'ın ve Estermont Hanedanı'ndan Leydi Cassana'nın üçüncü oğulları,
-yeni karısı, Tyrell Hanedanı'ndan LEYDİ MARGAERY, on beş yaşında,
-dayısı ve kuzenleri:
-SÖR ELDON ESTERMONT, dayısı,

-Sör Eldon'ın oğlu, SÖR AEMON ESTERMONT, kuzeni,

-Sör Aemon'ın oğlu, SÖR ALYN ESTERMONT,

-lord sancak beyleri:

-MACE TYRELL, Yüksek Bahçe Lordu ve Kral Eli,

-RANDYLL TARLY, Boynuz Tepe Lordu,

-MATHIS ROWAN, Altınbahçe Lordu,

-BRYCE CARON, Hudutlar Lordu,

-SHYRA ERROL, Haystack Kalesi Leydisi,

-ARWYN OAKHEART, Eski Meşe Leydisi,

-ALESTER FLORENT, Parlaksu Kalesi Lordu,

-TARTHLI LORD SELWYN, nam-ı diğer AKŞAMYILDIZI,

-LEYTON HIGHTOWER, Eski Şehir Sözcüsü, Liman Lordu,

-LORD STEFFON VARNER,

-Gökkuşağı Muhafızları:

-SÖR LORAS TYRELL, Çiçek Şövalyesi, Lord Kumandan,

-LORD BRYCE CARON, Turuncu,

-SÖR GUYARD MORRIGEN, Yeşil,

-SÖR PARMEN CRANE, Mor,

-SÖR ROBAR ROYCE, Kırmızı,

-SÖR EMMON CUY, Sarı,

-TARTHLI BRIENNE, Mavi, nam-ı diğer BRIENNE GÜZELLİK, Lord Selwyn Akşamyıldızı'nın kızı,

-şövalyeleri ve yeminli kılıçları:

-SÖR CORTNAY PENROSE, Fırtına Burnu'nun kale kumandanı,

-Sör Cortnay'in muhafızı, EDRIC FIRTINA, Kral Robert'ın, Florent Hanedanı'ndan Leydi Delena'dan doğma gayrimeşru oğlu,

-SÖR DONNEL SWANN, Taşmiğfer vârisi,
-SÖR JON FOSSOWAY, Fossowayler'in yeşil elmasından,
-SÖR BRYAN FOSSOWAY, SÖR TANTON FOSSOWAY ve SÖR EDWYD FOSSOWAY, Fossowayler'in kırmızı elmasından,
-YEŞİLHAVUZLAR'dan SÖR COLEN,
-SÖR MARK MULLENDORE,
-KIRMIZI RONNET, Akbaba Tüneği Şövalyesi,

-maiyeti:
-ÜSTAT JURNE, danışman, şifacı, hoca.

Kral Renly'nin sancağında, Fırtına Burnu'ndan Baratheon Hanedanı'nın altın zemin üstünde taçlı siyah erkek geyiği vardır. Aynı sancağı ağabeyi Kral Robert da dalgalandırmıştır.

KUZEY'DEKİ KRAL

ROBB STARK, Kışyarı Lordu ve Kuzey Kralı, Kışyarı Lordu Eddard Stark'ın ve Tully Hanedanı'ndan Leydi Catelyn'in ilk oğulları, on beş yaşında,
-ulu kurdu, BOZ RÜZGÂR,
-annesi, Tully Hanedanı'ndan LEYDİ CATELYN,
-kardeşleri:
-PRENSES SANSA, on iki yaşında,
-Sansa'nın ulu kurdu {LEYDİ}, Darry Kalesi'nde öldürüldü,
-PRENSES ARYA, on yaşında,
-Arya'nın ulu kurdu NYMERIA, bir yıldır kayıp,
-PRENS BRANDON, kısaca Bran olarak anılır, Kışyarı ve Kuzey veliahtı, sekiz yaşında,
-Bran'ın ulu kurdu, YAZ,
-PRENS RICKON, dört yaşında,
-Rickon'un ulu kurdu, TÜYLÜKÖPEK,

-üvey kardeşi, JON KAR, on beş yaşında, gayrimeşru, Gece Nöbetçileri'nin adamı,
-amcaları, dayısı ve teyzesi:
- {BRANDON STARK}, amcası, Lord Eddard'ın ağabeyi, Kral II. Aerys Targaryen'ın emriyle öldürüldü,
-BENJEN STARK, amcası, Lord Eddard'ın kardeşi, Gece Nöbetçileri'nin adamı, Sur'un ötesinde kayboldu,
-LYSA ARRYN, teyzesi, Leydi Catelyn'in kardeşi, {Lord Arryn}'ın dul karısı, Kartal Yuvası Leydisi,
-SÖR EDMURE TULLY, dayısı, Leydi Catelyn'in kardeşi, Nehirova vârisi,
-SÖR BRYNDEN TULLY, nam-ı diğer KARABALIK, Leydi Catelyn'in amcası,
-yeminli kılıçları ve savaş arkadaşları:
-THEON GREYJOY, Lord Eddard'ın vesayetinde, Pyke ve Demir Adaları'nın vârisi,
-HALLIS MOLLEN, Kışyarı'nın muhafız başı,
-JACKS, QUENT, SHADD, Mollen'ın komutasındaki muhafızlar,
-SÖR WENDEL MANDERLY, Beyaz Liman Lordu'nun ikinci oğlu,
-PATREK MALLISTER, Denizgözcüsü vârisi,
-DACEY MORMONT, Leydi Maege'in büyük kızı, Ayı Adası vârisi,
-JON UMBER, nam-ı diğer KÜÇÜK JON,
-ROBIN FLINT, SÖR PERWYN FREY, LUCAS BLACKWOOD,
-yaveri, OLYVAR FREY, on sekiz yaşında,
-Nehirova'daki maiyeti:
-ÜSTAT VYMAN, danışman, şifacı, hoca,
-SÖR DESMOND GRELL, silah ustası,
-SÖR ROBIN RYGER, muhafız başı,
-UTHERYDES WAYN, Nehirova kâhyası,
-KAFİYECİ RYMUND, şarkıcı,

-Kışyarı'ndaki maiyeti:

- -ÜSTAT LUWIN, danışman, şifacı, hoca,
- -SÖR RODRIK CASSEL, silah ustası,
    - -BETH, küçük kızı,
- -WALDER FREY, nam-ı diğer BÜYÜK WALDER, Leydi Catelyn'in vesayetinde, sekiz yaşında,
- -WALDER FREY, nam-ı diğer KÜÇÜK WALDER, Leydi Catelyn'in vesayetinde, sekiz yaşında,
- -RAHİP CHAYLE, kale septinin ve kütüphanesinin sorumlusu,
- -JOSETH, seyis başı,
    - -BANDY ve SHYRA, ikiz kızları,
- -FARLEN, barınak başı,
    - -PALLA, barınakta çalışan bir kız,
- -YAŞLI DADI, hikâye anlatıcı, eski sütanne, çok yaşlı,
    - -HODOR, büyük-büyük torunu, yarım akıllı bir seyis,
- -GAGE, aşçı,
    - -ŞALGAM, bulaşıkçı kız, hizmetçi,
    - -OSHA, Kurt Ormanı'nda yakalanan bir yabanıl kadın, mutfakta köle,
- -MIKKEN, demirci ve zırh ustası,
- -SAMANKAFA, ŞAKACI, TIFIL TYM, BİRAGÖBEK, muhafızlar,
- -CALON ve TOM, muhafızların çocukları,

-lord sancak beyleri ve kumandanları:

-(Robb'la birlikte Nehirova'da olanlar)

- -JON UMBER, nam-ı diğer İRİ JON,
- -RICKARD KARSTARK, Karhold Lordu,
- -GALBART GLOVER, Derinorman Kalesi'nden,
- -MAEGE MORMONT, Ayı Adası Leydisi,
- -SÖR STEVRON FREY, Lord Walder Frey'in en büyük oğlu ve İkizler vârisi,

-Sör Stevron'un büyük oğlu,
SÖR RYMAN FREY,
-Sör Ryman'ın oğlu,
KARA WALDER FREY,
-MARTYN NEHİR, Lord Walder Frey'in gayrimeşru oğlu,
-(Roose Bolton'ın ordusuyla birlikte İkizler'de olanlar)
-ROOSE BOLTON, Dehşet Kalesi Lordu, kuzey ordusunun büyük bölümünü komuta ediyor,
-ROBETT GLOVER, Derinorman Kalesi'nden,
-WALDER FREY, Geçit Lordu,
-SÖR HELMAN TALLHART, Torrhen Kalesi'nden,
-SÖR AENYS FREY,
-(Lord Tywin tarafından esir alınanlar)
-LORD MEDGER CERWYN,
-HARRION KARSTARK, Lord Rickard'ın sağ kalan tek oğlu,
-SÖR WYLIS MANDERLY, Beyaz Liman vârisi,
-SÖR JARED FREY, SÖR HOSTEEN FREY, SÖR DANWELL FREY ve piç kardeşleri RONEL NEHİR,
-(arazide ya da kalelerinde olanlar)
-LYMAN DARRY, erkek çocuk, sekiz yaşında,
-SHELLA WHENT, Harrenhal Leydisi, Lord Tywin Lannister tarafından kalesinden çıkarıldı,
-JASON MALLISTER, Denizgözcüsü Lordu,
-JONOS BRACKEN, Taş Çit Lordu,
-TYTOS BLACKWOOD, Kuzgunağaç Kalesi Lordu,
-LORD KARYL VANCE,
-SÖR MARQ PIPER,
-SÖR HALMON PAEGE,
-kuzeydeki sancak beyleri ve kale kumandanları:

-WYMAN MANDERLY, Beyaz Liman Lordu,
-HOWLAND REED, Bozsu Gözcüsü'nden, adalı,

-Howland'ın kızı MEERA, on beş yaşında,

-Howland'ın oğlu JOJEN, on üç yaşında,

-LEYDİ DONELLA HORNWOOD, dul, yaslı bir anne,
-CLEY CERWYN, Lord Medger'ın vârisi, erkek çocuk, on dört yaşında,
-LEOBALD TALLHART, Sör Helman'ın kardeşi, Torrhen Kalesi'nin kale kumandanı,

-Leobald'ın karısı, Hornwood Hanedanı'ndan BERENA,

-Leobald'ın oğlu, BRANDON, on dört yaşında,

-Leobald'ın oğlu, BEREN, on yaşında,

-Sör Helman'ın oğlu, BENFRED, Torrhen Kalesi vârisi,

-Sör Helman'ın kızı, EDDARA, dokuz yaşında,

-LEYDİ SYBELLE, Robett Glover'ın karısı, kocasının yokluğunda Derinorman Kalesi'ni yönetiyor,

-Robett'in oğlu, GAWEN, üç yaşında, Derinorman vârisi,

-Robett'in kızı, ERENA, bebek, bir yaşında,

-LARENCE KAR, Lord Hornwood'un gayrimeşru oğlu, Galbert Glover'ın vesayetinde, on iki yaşında,

-MORS KARGAYEMİ ve HOTHER FAHİŞEFELAKETİ, Umber Hanedanı'ndan, İri Jon'un amcaları,

-LEYDİ LYESSA FLINT, Robin'in annesi,
-ONDREW LOCKE, Eskikale Lordu,
yaşlı bir adam.

Kuzey Kralı'nın sancağı binlerce yıldır hep aynı kalmıştır: Kışyarı Starkları'nın buz beyazı zemin üstünde koşan gri ulu kurdu.

DENİZİN KARŞISINDAKİ KRALİÇE

DAENERYS TARGARYEN, nam-ı diğer Daenerys Fırtınadadoğan, Ateş Geçirmez, Ejderhaların Anası, Dothrak *Khaleesi*'si, Hanedanından Bu İsimle Anılan İlk Kraliçe, Kral II. Targaryen'ın ve karısı/kardeşi Kraliçe Rhaella'nın sağ kalan tek çocuğu, dul, on dört yaşında,

-yeni doğan ejderhaları, DROGON, VISERION, RHAEGAL,
-ağabeyleri:
- {RHAEGAR}, Ejderha Kayası Prensi ve Demir Taht'ın veliahtı, Üç Dişli Mızrak'ta Kral Robert tarafından katledildi,
- {RHAENYS}, Rhaegar'ın, Dornelu Elia'dan doğma kızı, Kral Toprakları'nın İşgali sırasında katledildi,
- {AEGON}, Rhaegar'ın, Dornelu Elia'dan doğma oğlu, Kral Toprakları'nın İşgali sırasında katledildi,
- {VISERYS}, Kendine Kral Viserys derdi, Hanedanından Bu İsimle Anılan Üçüncü Kral, nam-ı diğer Yalvaran Kral, Vaes Dothrak'ta, Khal Drogo'nun eliyle katledildi,

-kocası, {DROGO}, Dothrak *Khal*'ı, iyileşmeyen yarası yüzünden öldü,
- {RHAEGO}, Daenerys'in ve Khal Drogo'nun ölü doğan oğulları, ana rahminde Mirri Maz Duur tarafından katledildi,

-Kraliçe Muhafızları :
-SÖR JORAH MORMONT, sürgündeki şövalye, eski Ayı Adası Lordu,
-JHOGO, *ko* ve kansüvarisi, kamçı,
-AGGO, *ko* ve kansüvarisi, yay,
-RAKHARO, *ko* ve kansüvarisi, *arakh*,
-hizmetçileri,
-IRRI, Dothraklı bir kız,
-JHIQUI, Dothraklı bir kız,
-DOREAH, Lysli bir köle, eski fahişe,
-üç takipçisi,
-XARO XHOAN DAXOS, Qarthlı bir tacir prens,
-PYAT PREE, Qarthlı bir büyücü,
-QUAITHE, Asshai'den maskeli bir gölge bağcısı,
-ILLYRIO MOPATIS, Özgür Şehir Pentos'tan bir yargıç. Daenerys'in Khal Drogo'yla evliliğini ayarladı ve Viserys'i Demir Taht'a oturtmak için komplo düzenledi.

Targaryenlar'ın sancağı; Yedi Krallık'ı fetheden, hanedanı kuran ve mağlup düşmanlarının kılıcından Demir Taht'ı yaptıran Fatih Aegon'ın sancağıdır: Siyah zemin üstünde üç başlı kırmızı bir ejderha.

BÜYÜK VE KÜÇÜK DİĞER HANEDANLAR

ARRYN HANEDANI

Arryn Hanedanı, savaşın başlangıcında, savaş hâlindeki iddia sahiplerinin hiçbirinin müttefiki olmadı. Kuvvetini, Kartal Yuvası'nı ve Arryn Vadisi'ni korumak üzere geride tuttu. Arryn Hanedanı'nın arması, gök mavisi zemin üstünde ay ve şahindir. Arryn Hanedanı'nın sözü: *Onur Kadar Yüksek*.

ROBERT ARRYN, Kartal Yuvası Lordu, Vadi'nin Savunucusu, sekiz yaşında, hasta bir çocuk,

-annesi, Tully Hanedanı'ndan LEYDİ LYSA, merhum Kral Eli {Lord Jon Arryn}'ın üçüncü karısı ve dulu, Leydi Catelyn'in kardeşi,

-maiyeti:

-ÜSTAT COLEMON, danışman, şifacı ve hoca,

-SÖR MARWYN BELMORE, baş muhafız,

-LORD NESTOR ROYCE, Vadi Baş Vekilharcı,

-Lord Nestor'ın oğlu, SÖR ALBAR,

-MYA TAŞ, hizmetindeki gayrimeşru bir kız çocuğu, Kral Robert'ın kızı,

-MORD, zalim bir zindancı,

-MARILLION, genç bir şarkıcı,

-lord sancak beyleri, talipleri ve hizmetkârları:

-LORD YOHN ROYCE, nam-ı diğer BRONZ YOHN,

-Lord Yohn'un büyük oğlu, SÖR ANDAR,

-Lord Yohn'un ikinci oğlu, SÖR ROBAR, Kral Renly'nin hizmetinde, Gökkuşağı Muhafızları'nın Kırmızı Robar'ı,

-Lord Yohn'un küçük oğlu, {SÖR WAYMAR}, Gece Nöbetçileri'nin adamı, Sur'un ötesinde kayboldu,

-LORD NESTOR ROYCE, Lord Yohn'un kardeşi, Vadi Baş Vekilharcı,

-Lord Nestor'ın oğlu ve vârisi, SÖR ALBAR,

-Lord Nestor'ın kızı, MYRANDA,

-SÖR LYN CORBRAY, Leydi Lysa'nın talibi,

-MYCHEL REDFORT, yaveri,

-LEYDİ ANYA WAYNWOOD,

-Leydi Anya'nın büyük oğlu ve vârisi, SÖR MORTON, Leydi Lysa'nın talibi,
-Leydi Anya'nın ikinci oğlu, SÖR DONNEL, Kapı Şövalyesi,
-EON HUNTER, Uzunyay Kalesi Lordu, yaşlı bir adam, Leydi Lysa'nın talibi.

FLORENT HANEDANI

Parlaksu Kalesi'nin Florentler'i, Yüksek Bahçe'nin yeminli sancak beyleridir ve Tyrelller'i takip ederek Kral Renly'nin tarafında yer almışlardır. Bununla birlikte, Stannis'in kraliçesi Selyse bir Florent'tir ve kraliçenin amcası Ejderha Kayası'nın kale kumandanıdır. Bu münasebetle Florentler'in bir ayağı da diğer karargâhtadır. Florent Hanedanı'nın arması, bir çiçek çemberinin içindeki tilki başıdır.

ALESTER FLORENT, Parlaksu Kalesi Lordu,
-karısı, Crane Hanedanı'ndan LEYDİ MELARA,
-çocukları:
-ALEKYNE, Parlaksu vârisi,
-MELESSA, Lord Randyll Tarly'yle evli,
-RHEA, Lord Leyton Hightower'la evli,
-kardeşleri:
-SÖR AXELL, Ejderha Kayası Kale Kumandanı,
-{SÖR RYAM}, attan düşerek öldü,
-Sör Ryam'ın kızı, KRALİÇE SELYSE, Kral Stannis'le evli,
-Sör Ryam'ın büyük oğlu ve vârisi, SÖR IMRY,
-Sör Ryam'ın ikinci oğlu, SÖR ERREN,
-SÖR COLIN,
-Colin'in kızı, DELENA, SÖR HOSMAN NORCROSS'la evli,

-Delena'nın oğlu, EDRIC FIRTINA, Kral Robert'ın gayrimeşru oğlu,
-Delena'nın oğlu, ALESTER NORCROSS,
-Delena'nın oğlu, RENLY NORCROSS,
-Colin'in oğlu, ÜSTAT OMER, Eski Meşe'nin hizmetinde,
-Colin'in oğlu, MERRELL, Arbor'da yaver,
-kız kardeşi, RYLENNE, Sör Rycherd Crane'le evli.

FREY HANEDANI

Kuvvetli, varlıklı ve kalabalık Freyler, Tully Hanedanı'nın sancak beyleridir ve kılıçları Nehirova'ya hizmet etmek için ant içmiştir fakat görevlerini yerine getirmek hususunda her zaman sebatkâr davranmamışlardır. Robert Baratheon, Üç Dişli Mızrak'ta Rhaegar Targaryen'la karşılaştığında, Freyler ancak mücadelenin sonunda ortaya çıkmıştır. Bu hadiseden sonra Lord Hoster Tully, Lord Walder'a, "ölüp de gelmedi" anlamında "Merhum Lord Frey" adını takmıştır. Robb Stark, savaşın bitiminde Lord Frey'in kızlarından ya da torunlarından biriyle evlenmeyi kabul ettikten sonra, Lord Frey, Kuzey Kralı'nın davasına destek vermeyi kabul etmiştir. Lord Walder'ın doksan bir yaşında olduğu bilinir ama yakın zamanda kendinden yetmiş yaş küçük bir kızla sekizinci evliliğini yapmıştır. Yedi Krallık'ta, pantolonunun içinden bir ordu çıkarabilecek tek lord olduğu söylenir.

WALDER FREY, Geçit Lordu
-ilk karısından, {Royce Hanedanı'ndan LEYDİ PERRA}:
-SÖR STEVRON, İkizler vârisi,
-karısı, {Corenna Swann, hastalıktan öldü},

-Stevron'un büyük oğlu,
SÖR RYMAN,
-Ryman'ın oğlu, EDWYN,
Janyce Hunter'la evli,
-Edwyn'in kızı,
WALDA, sekiz yaşında,
-Ryman'ın oğlu, WALDER,
nam-ı diğer KARA WALDER,
-Ryman'ın oğlu, PETYR,
nam-ı diğer SİVİLCELİ
PETYR,
-karısı Mylenda Caron,
-Petyr'ın kızı, PERRA,
beş yaşında,
-karısı, {Jeyne Lydden, attan düşerek
öldü},
-Stevron'un oğlu, AEGON, yarım
akıllı, nam-ı diğer ÇINGIRAK,
-Stevron'un kızı, {MAEGELLE,
doğum sırasında öldü,}
-kocası, Sör Dafyn Vance,
-Maegelle'in kızı,
MARIANNE,
-Maegelle'in oğlu,
WALDER VANCE, yaver,
-Maegelle'in oğlu, PATREK
VANCE,
-karısı, {Marsella Waynwood, doğum
sırasında öldü},
-Stevron'un oğlu, WALTON, Deana
Hardyng'le evli,
-Walton'ın oğlu, STEFFON,
nam-ı diğer ŞEKER,
-Walton'ın kızı, WALDA,
nam-ı diğer GÜZEL WALDA,
-Walton'ın oğlu, BRYAN,
yaver,

-SÖR EMMON, Lannister Hanedanı'ndan Genna'yla evli,

-Emmon'ın oğlu, SÖR CLEOS, Jeyne Darry'yle evli,

-Cleos'un oğlu, TYWIN, on bir yaşında, yaver,

-Cleos'un oğlu, WILLEM, Külizi'nde uşak,

-Emmon'ın oğlu, SÖR LYONEL, Melesa Crakehall'la evli,

-Emmon'ın oğlu, TION, Nehirova'da tutsak bir yaver,

-Emmon'ın oğlu, WALDER, nam-ı diğer KIRMIZI WALDER, Casterly Kayası'nda uşak,

-SÖR AENYS, doğum sırasında ölen {Tyana Wylde} ile evliydi,

-Aenys'in oğlu, AEGON KANLIDOĞAN, bir haydut,

-Aenys'in oğlu, RHAEGAR, Jeyne Beesbury'yle evli.

-Rhaegar'ın oğlu, ROBERT, on üç yaşında,

-Rhaegar'ın kızı, WALDA, nam-ı diğer BEYAZ WALDA, on yaşında,

-Rhaegar'ın oğlu, JONOS, sekiz yaşında,

-PERRIANE, Sör Leslyn Haigh'le evli,

-Perriane'in oğlu, SÖR HARYS HAIGH,

-Harys'in oğlu, WALDER HAIGH, dört yaşında,

-Perriane'in oğlu, SÖR DONNEL HAIGH,

-Perriane'nin oğlu, ALYN HAIGH, yaver,

-ikinci karısından, {Swann Hanedanı'ndan LEYDİ CYRENNA}:

-SÖR JARED, büyük oğulları, {Alys Frey} ile evliydi,

-Jared'in oğlu, SÖR TYTOS, Zhoe Blanetree'yle evli,

-Tytos'un oğlu, ZACHERY, on iki yaşında, Eski Şehir Septi'nde eğitim alıyor,

-Tytos'un kızı, ZIA, on dört yaşında,

-Jared'in kızı, KYRA, Sör Garse Goodbrook'la evli,

-Kyra'nın oğlu, WALDER GOODBROOK, dokuz yaşında,

-Kyra'nın kızı JEYNE GOODBROOK, altı yaşında,

-RAHİP LUCEON, Kral Toprakları'ndaki Yüce Baelor Septi'nde görevli,

-üçüncü karısından, {Crakehall Hanedanı'ndan LEYDİ AMAREI}:

-SÖR HOSTEEN, büyük oğulları, Bellena Hawick'le evli,

-Hosteen'in oğlu, SÖR ARWOOD, Ryella Royce'la evli,

-Arwood'un kızı, RYELLA, beş yaşında,

-Arwood'un ikiz oğulları, ANDROW ve ALYN, üç yaşındalar,

-LEYDİ LYTHENE, Lord Lucias Vypren'le evli,

-Lythene'in kızı, ELYANA, Sör Jon Wylde'la evli,

-Elyana'nın oğlu, RICKARD WYLDE, dört yaşında,

-Lythene'in oğlu, SÖR DAMON VYPREN,

-SYMOND, Braavoslu Betharios'la evli,

-Symond'un oğlu, ALESANDER, şarkıcı,

-Symond'un kızı, ALYX, on yedi yaşında,

-Symond'un oğlu, BRADAMAR, on yaşında, Braavos'ta, Oro Tendyris isimli tacirin vesayetinde,

-SÖR DANWELL, Wynafrei Whent'le evli,

-{Çok sayıda düşük ve ölü doğum},

-MERRETT, Mariya Darry'yle evli,

-Merrett'in kızı, AMEREI, kısaca AMI diye anılır, on altı yaşında bir dul, Mavi Çatal'dan {Sör Pate} ile evliydi,

-Merrett'in kızı, WALDA, nam-ı diğer ŞİŞKO WALDA, on beş yaşında,

-Merrett'in kızı, MARISSA, on üç yaşında,

-Merrett'in oğlu, WALDER, nam-ı diğer KÜÇÜK WALDER, sekiz yaşında, Kışyarı'nda, Leydi Catelyn'in vesayetinde,

-{SÖR GEREMY, boğuldu}, Carolei Waynwood'la evliydi,

-Geremy'nin oğlu, SANDOR, on iki yaşında, Donnel Waynwood'un yaveri,

-Geremy'nin kızı, CYNTHEA, dokuz yaşında, Leydi Anya Waynwood'un vesayetinde,

-SÖR RAYMUND, Beony Beesbury'yle evli,

-Raymund'un oğlu, ROBERT, on altı yaşında, Eski Şehir'deki Hisar'da eğitim alıyor,

-Raymund'un oğlu MALWYN,
on beş yaşında, Lysli bir simyacının çırağı,
-Raymund'un ikiz kızları SERRA ve SARRA, on dört yaşındalar,
-Raymund'un kızı CERSEI,
altı yaşında, nam-ı diğer KÜÇÜK ARI,

-dördüncü karısından, {Blackwood Hanedanı'ndan LEYDİ ALYSSA}:

-LOTHAR, büyük oğulları, nam-ı diğer TOPAL LOTHAR, Leonella Lefford'la evli,
-Lothar'ın kızı, TYSANE, yedi yaşında,
-Lothar'ın kızı, WALDA, dört yaşında,
-Lothar'ın kızı, EMBERLEI,
iki yaşında,

-SÖR JAMMOS, Sallei Paege'le evli,
-Jammos'un oğlu, WALDER, nam-ı diğer BÜYÜK WALDER, Kışyarı'nda, Leydi Catelyn'in vesayetinde,
-Jammos'un ikiz oğulları, DICKON ve MATHIS, beş yaşındalar,

-SÖR WHALEN, Sylwa Paege'le evli,
-Whalen'ın oğlu, HOSTER,
on iki yaşında, Sör Damon Paege'in yaveri,
-Whalen'ın kızı, MERIANNE, kısaca MERRY diye anılır, on bir yaşında,

-LEYDİ MORYA, Sör Flement Brax'le evli,
-Morya'nın oğlu, ROBERT BRAX,
dokuz yaşında, Casterly Kayası'nda uşak olarak vesayet altında,
-Morya'nın oğlu, WALDER BRAX,
altı yaşında,
-Morya'nın oğlu, JON BRAX,
üç yaşında,

-TYTA, nam-ı diğer BAKİRE TYTA, yirmi dokuz yaşında,

-beşinci karısından, {Whent Hanedanı'ndan LEYDİ SARYA}:

-çocukları olmadı,

-altıncı karısından, {Rosby Hanedanı'ndan LEYDİ BETHANY}:

-SÖR PERWYN, büyük oğulları,

-SÖR BENFREY, Jyanna Frey'le evli, kuzeni,

-Benfrey'nin kızı, DELLA, nam-ı diğer SAĞIR DELLA, üç yaşında,

-Benfrey'nin oğlu, OSMUND, iki yaşında,

-ÜSTAT WILLAMEN, Uzunyay Kalesi'nde görevli,

-OLYVAR, Robb Stark'ın hizmetinde yaver,

-ROSLIN, on altı yaşında, kız,

-yedinci karısından, {Farring Hanedanı'ndan LEYDİ ANNARA}:

-ARWYN, on dört yaşında, kız,

-WENDEL, büyük oğulları, on üç yaşında, Denizgözcüsü'nde uşak olarak vesayet altında,

-COLMAR, İnanç'a söz verildi, on bir yaşında,

-WALTYR, kısaca TYR diye anılır, on yaşında,

-ELMAR, Arya Stark'la nişanlı, dokuz yaşında,

-SHIREI, altı yaşında, kız,

-sekizinci karısı, Erenford Hanedanı'ndan LEYDİ JOYEUSE,

-Henüz çocukları olmadı,

-Lord Walder'ın muhtelif annelerden doğma çocukları,

-WALDER NEHİR, nam-ı diğer PİÇ WALDER,

-Piç Walder'ın oğlu, SÖR AEMON NEHİR,

-Piç Walder'ın kızı, WALDA NEHİR

-ÜSTAT MELWYS, Rosby'de hizmetli,

-JEYNE NEHİR, MARTYN NEHİR, RYGER NEHİR, RONEL NEHİR, MELLARA NEHİR, diğerleri.

GREYJOY HANEDANI

Demir Adaları Lordu Balon Greyjoy, zamanında Demir Taht'a karşı girişilen bir ayaklanmanın liderliğini yapmış, Kral Robert ve Lord Eddard Stark tarafından bozguna uğratılmıştır. Kışyarı'nda büyüyen oğlu Theon, Robb Stark'ın destekçilerinden ve yakın dostlarından biri olmasına rağmen, kuzeyliler nehir topraklarına karşı yürüyüşe geçtiklerinde Lord Balon onlara katılmamıştır.

Greyjoy Hanedanı'nın arması, siyah zemin üstünde altın bir deniz canavarıdır. Greyjoy Hanedanı'na ait söz: *Biz Tohum Ekmeyiz.*

BALON GREYJOY, Demir Adaları Lordu, Tuz ve Kaya'nın Kralı, Deniz Rüzgârı'nın Oğlu, Pyke'ın Orak Lordu, *Dev Denizcanavarı*'nın kaptanı,

-karısı, Harlaw Hanedanı'ndan LEYDİ ALANNYS,

-çocukları:

-{RODRİK}, Greyjoy İsyanı sırasında Denizgözcüsü'nde katledildi,

-{MARON}, Greyjoy İsyanı sırasında Pyke'ta katledildi,

-ASHA, *Kara Rüzgâr*'ın kaptanı,

-THEON, Kışyarı'nda, Lord Eddard'ın muhafızı,

-erkek kardeşleri:

-EURON, nam-ı diğer KARGAGÖZ, *Sükûnet*'in kaptanı, haydut, korsan ve yağmacı,

-VICTARION, Demir Donanma'nın Lord Kaptan'ı, *Demir Zafer*'in sahibi,

-AERON, nam-ı diğer BUHARSAÇLI, Boğulmuş Tanrı'nın rahibi,

-Pyke'taki maiyeti:

-DAGMER, nam-ı diğer YARIKÇENE, silah ustası, *Köpükiçen*'in kaptanı,

-ÜSTAT WENDAMYR, şifacı ve danışman,

-HELYA, kale kâhyası,

-Lord Limanı ahalisi:

-SIGRIN, gemi ustası,

-lord sancak beyleri:

-LORD BOTLEY, Lord Limanı'ndan,

-LORD WYNCH, Demir Yuva'dan

-LORD HARLAW, Harlaw'dan,

-STONEHOUSE, Eski Wyk'ten,

-DRUMM, Eski Wyk'ten,

-GOODBROTHER, Eski Wyk'ten,

- GOODBROTHER, Büyük Wyk'ten,

-SPARR, Büyük Wyk'ten,

-LORD BLACKTYDE, Blacktyde'dan,

-LORD SALTCLIFFE, Saltcliffe'ten,

-LORD SUNDERLY, Saltcliffe'ten.

LANNISTER HANEDANI

Casterly Kayası'nın Lannisterlar'ı, Kral Joffrey'nin Demir Taht'a dair iddiasının baş destekçileridir. Lannister Hanedanı'nın arması, kırmızı zemin üstünde altın bir aslandır. Lannister Hanedanı'nın sözü: *Beni kükrerken duyun*!

TYWIN LANNISTER, Casterly Kayası Lordu, Batı Muhafızı, Lannis Limanı Kalkanı ve Kral Eli, Harrenhal'daki Lannister ordusunu komuta ediyor,

-karısı, {LEYDİ JOANNA}, kuzeni, doğum sırasında öldü,

-çocukları:

-SÖR JAIME, nam-ı diğer KRAL KATİLİ, Doğu Muhafızı, Kral Muhafızları Lord Kumandanı, Kraliçe Cersei'nin ikizi,

-KRALİÇE CERSEI, Kral Robert'ın dulu, Jaime'nin ikizi, Vekil Kraliçe ve Diyar'ın Koruyucusu,

-TYRION, nam-ı diğer İBLİS, cüce,

-kardeşleri:

-SÖR KEVAN, büyük erkek kardeşi,

-Sör Kevan'ın karısı, Swyft Hanedanı'ndan DORNA,

-Leydi Dorna'nın babası, SÖR HARYS SWYFT,

-çocukları:

-SÖR LANCEL, Kral Robert'ın eski yaveri, kralın ölümünden sonra şövalye ilan edildi,

-WILLEM, Martyn'in ikizi, yaver, Fısıltılı Orman'da esir alındı,

-MARTYN, Willem'in ikizi, yaver,

-JANEI, kız, iki yaşında,

-GENNA, kız kardeşi, Sör Emmon Frey'le evli,

-Genna'nın oğlu, SÖR CLEOS FREY, Fısıltılı Orman'da esir alındı,

-Genna'nın oğlu, TION FREY, yaver, Fısıltılı Orman'da esir alındı,

-{SÖR TYGETT}, ikinci erkek kardeşi, çiçek hastalığından öldü,

-Tygett'in dulu, Marbrand Hanedanı'ndan DARLESSA,

-Tygett'in oğlu, TYREK, kral yaveri,

-{GERION}, küçük erkek kardeşi, denizde kayboldu,

-Gerion'ın gayrimeşru kızı JOY, on bir yaşında,

-kuzeni, SÖR STAFFORD LANNISTER, merhum Leydi Joanna'nın kardeşi,

-Sör Stafford'ın kızları, CERENNA ve MYRIELLE,

-Sör Stafford'ın oğlu, SÖR DAVEN,

-lord sancak beyleri, kaptanları ve kumandanları:

-SÖR ADDAM MARBRAND, Külizi vârisi, Lord Tywin'in keşif ve gözcü süvarilerinin kumandanı,

-SÖR GREGOR CLEGANE, Yürüyen Dağ,

-POLLIVER, CHISWYCK, TATLI RAFF, DUNSEN ve VADECİ, emrindeki askerler,

-LORD LEO LEFFORD,

-SÖR AMORY LORCH, baskıncı birliklerin kumandanı,

-LEWYS LYDDEN, Derin İn Lordu,

-GAWEN WESTERLING, Sarpkaya Lordu, Fısıltılı Orman'da esir alındı, Denizgözcüsü'nde tutuluyor,

-SÖR ROBERT BRAX ve kardeşi SÖR FLEMENT BRAX,

-SÖR FORLEY PRESTER, Altın Diş'ten,

-VARGO HOAT, Özgür Şehir Qohor'dan, Cesur Dostlar isimli paralı asker birliğinin kumandanı,

-ÜSTAT CREYLEN, danışmanı.

MARTELL HANEDANI

Dorne, Demir Taht'a bağlılık yemini eden Yedi Krallık'ın sonuncusudur. Kanları, gelenekleri ve tarihleri, Dornelular'ı diğer krallıklardan ayırır. Savaş patlak verdiğinde, Dorne Prensi sessizliğini korudu ve taraf tutmadı.

Martell Hanedanı'nın arması, altın mızrak saplanmış kızıl güneştir. Martell Hanedanı'nın sözü: *Eğilmez, Bükülmez, Kırılmaz.*

DORAN NYMEROS MARTELL, Güneş Mızrağı Lordu, Dorne Prensi,

-karısı, Özgür Şehir Norvos'tan MELLARIO,
-çocukları:
-PRENSES ARIENNE, büyük kızları, Güneş Mızrağı vârisi,
-PRENS QUENTYN, büyük oğulları,
-PRENS TRYSTANE, küçük oğulları,
-kardeşleri:
-kız kardeşi, {PRENSES ELIA},
Prens Rhaegar Targaryen'ın karısı,
Kral Toprakları'nın İşgali sırasında katledildi,
-Elia'nın kızı, {PRENSES RHAENYS}, Kral Toprakları'nın İşgali sırasında katledildi,
-Elia'nın oğlu, {PRENS AEGON}, bebek, Kral Toprakları'nın İşgali sırasında katledildi,
-erkek kardeşi, PRENS OBERYN, Kızıl Kobra,
-maiyeti:
-AREO HOTAH, Norvoslu bir paralı asker, baş muhafız,
-ÜSTAT CALEOTTE, danışman, şifacı ve hoca,
-EDRIC DAYNE, Kayanyıldız Lordu,

Güneş Mızrağı'na bağlılık yemini etmiş büyük hanedanlar; Jordayne, Santagar, Allyrion, Toland, Yronwood, Wyl, Fowler, Dayne'dir.

TYRELL HANEDANI

Yüksek Bahçe'nin Lord Tyrell'i, kızı Margaery'nin Renly'yle yaptığı evliliğin ardından, Kral Renly'nin destekçisi olacağını duyurmuş ve önemli sancak beylerini onun davasına katmıştır. Tyrell Hanedanı'nın arması, çimen yeşili zemin üstünde altın bir güldür. Tyrell Hanedanı'nın sözü: *Güçlenerek Büyür*.

MACE TYRELL, Yüksek Bahçe Lordu, Güney Muhafızı,

Dorne Hudutları'nın Savunucusu, Menzil Yüksek Mareşali ve Kral Eli,

-karısı, Eski Şehir'in Hightower Hanedanı'ndan LEYDİ ALERIE,

-çocukları:

-WILLAS, büyük oğlu, Yüksek Bahçe vârisi,

-SÖR GARLAN, ikinci oğulları,

-SÖR LORAS, Çiçek Şövalyesi, küçük oğulları, Gökkuşağı Muhafızları Lord Kumandanı,

-MARGAERY, kızları, on beş yaşında, yakın zamanda Kral Renly'yle evlendi,

-dul annesi, Redwyne Hanedanı'ndan LEYDİ OLENA, nam-ı diğer DİKEN KRALİÇESİ

-kız kardeşleri:

-MINA, Arbor Lordu Paxter Redwyne'la evli,

-çocukları:

- SÖR HORAS REDWYNE, Hobber'ın ikizi, DEHŞET adıyla alaya alınır,

-SÖR HOBBER REDWYNE, Horas'ın ikizi, SALYA adıyla alaya alınır,

-DESMERA REDWYNE, kız, on beş yaşında,

-JANNA, Sör Jon Fossoway'le evli,

-amcaları:

-GARTH, nam-ı diğer KOCAMAN, Yüksek Bahçe'nin Lord Vekilharcı,

-Garth'ın gayrimeşru oğulları, GARSE ve GARRETT ÇİÇEK,

-SÖR MORYN, Eski Şehir'in Şehir Muhafızları Lord Kumandanı,

-ÜSTAT GORMON, Hisar hocası,

-maiyeti:

-ÜSTAT LOMYS, danışman, şifacı ve hoca,

-IGON VYRWEL, baş muhafız,

-SÖR VORTIMER CRANE, silah ustası,

-YAĞTOPARI, soytarı ve şakacı, olağanüstü şişman.

GECE NÖBETÇİLERİ'NİN ADAMLARI

Gece Nöbetçileri diyarı korur ve hiçbir iç savaşta ya da taht mücadelesinde yer almayacağına dair yemin etmiştir. Geleneksel olarak, isyan zamanlarında, bütün krallara saygı duyar fakat hiçbirinin emrine girmez.

Kara Kale

JEOR MORMONT, Gece Nöbetçileri Lord Kumandanı, nam-ı diğer, YAŞLI AYI,

-yaveri ve kâhyası, JON KAR, Kışyarı piçi, nam-ı diğer LORD KAR,

-Jon'un ulu kurdu HAYALET,

-ÜSTAT AEMON (TARGARYEN), danışman ve şifacı,

-SAMWELL TARLY ve CLYDAS, kâhyaları,

-BENJEN STARK, Baş Korucu, Sur'un ötesinde kayboldu,

-THOREN SMALLWOOD, rütbeli korucu,

-JARMEN BUCKWELL, rütbeli korucu,

-SÖR OTTYN WYTHERS, SÖR ALADALE WYNCH, GRENN, PYPAR, MATTHAR, ELRON, LARK nam-ı diğer KIZ KARDEŞLİ, korucular,

-OTHELL YARWYCK, Mimar Başı,

-HALDER, ALBETT, inşaatçılar,

-BOWEN MARSH, Lord Kâhya,

-CHETT, kâhya ve köpek eğitmeni

-EDDISON TOLLETT, nam-ı diğer EFKÂRLI EDD, aksi bir yaver,

-RAHİP CELLADAR, sarhoş bir sofu,

-SÖR ENDREW TARTH, silah ustası,

-Kara Kale'nin kardeşleri:

-DONAL NOYE, zırh ustası, demirci, tek kollu,
-ÜÇ PARMAK HOBB, aşçı,
-JEREN, RAST, CUGEN, henüz eğitimdeki acemiler,
-CONWY, GUEREN, «gezgin kargalar», Sur için öksüz çocuk ve suçlu toplayan alımcılar,
-YOREN, «gezgin kargalar»ın başı,
-PRAED, KESİK JACK, WOTH, REYSEN, QYLE, Sur için toplanan yeni acemiler,
-KOSS, GERREN, DOBBER, KURZ, RORGE, ISIRGAN, JAQEN H'GHAR, Sur için toplanan suçlular,
-LOMMY YEŞİLEL, GENDRY, TARBER, AL TURTA, ARRY, Sur için toplanan öksüz çocuklar.

Kıyıdaki Doğugözcüsü

COTTER TURNA, Kumandan, Doğugözcüsü,
-SÖR ALLISER THORNE, silah ustası,
-Doğugözcüsü'nün kardeşleri:
-DAREON, kâhya ve şarkıcı.

Gölge Kule

SÖR DENYS MALLISTER, Kumandan, Gölge Kule,
-QHORIN, nam-ı diğer YARIMEL, rütbeli korucu,
-DALBRIDGE, eski yaver, rütbeli korucu,
-EBBEN, TAŞYILANI, korucular.

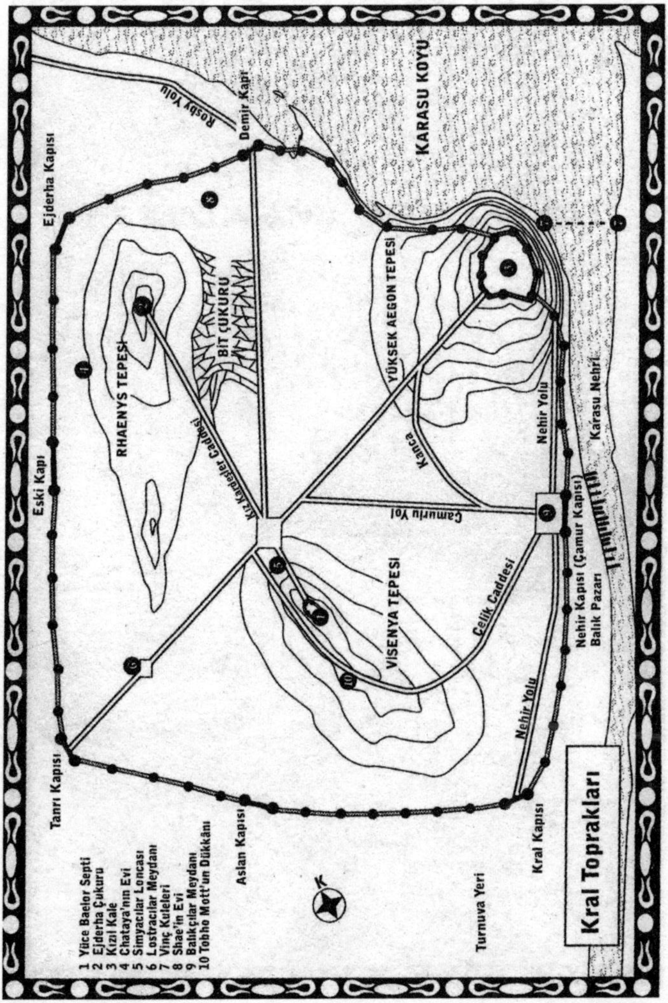
Kral Toprakları
1 Yüce Baelor Septi
2 Ejderha Çukuru
3 Kızıl Kale
4 Chataya'nın Evi
5 Simyacılar Loncası
6 Lostracılar Meydanı
7 Vinç Kuleleri
8 Shae'in Evi
9 Balıkçılar Meydanı
10 Tobho Mott'un Dükkânı
K
Tanrı Kapısı
Eski Kapı
Ejderha Kapısı
Rosby Yolu
Demir Kapı
KARASU KOYU
RHAENYS TEPESİ
BİT ÇUKURU
YÜKSEK AEGON TEPESİ
Kızıl Kaldırımlar Caddesi
Kanca
Çamurlu Yol
VISENYA TEPESİ
Çelik Caddesi
Nehir Yolu
Nehir Yolu
Karasu Nehri
Nehir Kapısı (Çamur Kapısı)
Balık Pazarı
Aslan Kapısı
Kral Kapısı
Turnuva Yeri

KUZEY
DONUK
KIYI
Buz Koyu
Ayı Adası
Deniz Ejderi Burnu
Derinorman Kalesi
Ayazdiş
Tekinsiz Orman
Sur
Gölge Kule
Kara Kale
Kıyıdaki Doğugözcüsü
Fok Körfezi
Skagos
Son Nehir
Karhold
Kurt Ormanı
Dehşet Kalesi
K
Kışyarı
Taşlı Kıyı
Torrhen Kalesi
Kral Yolu
Beyaz Bıçak
HENDEK MEZARLAR
DERELER
Beyaz Liman
Dulkadın Gözcüsü
TUZLUMIZRAK
Moat Cailin
ATEŞSU KOYU
Kumtaşı Parmağı
BOĞAZ
ISIRIK
Deniz Canavarı Burnu
Kumtaşı Uçurumu
Bozsu Gözcüsü
Üç Kız Kardeş
Parmaklar
Demir Adaları
İkizler
Eski Wyk
Kartal Burnu
Denizgözcüsü
DEMİRADAM KOYU
Yeşil Çatal
Kartal Yuvası
ARRYN VADİSİ
Kanlı Kapı
Büyük Wyk
Pyke
Mavi Çatal
Kızıl Çatal
Nehirova

GÜNEY
Üç Kız Kardeş
Parmaklar
Kral Yolu
Demir Adaları
Eski Wyk
Kartal Burnu
Yeşil Çatal
Denizgözcüsü
DEMİRADAM KOYU
Pyke
Büyük Wyk
Mavi Çatal
ARRYN VADİSİ
Kartal Yuvası
Kanlı Kapı
Martı Kasabası
Üç Dişli Mızrak
Kızıl Çatal
Tökeztaş
Nehirova
YENGEÇ KOYU
Güzel Ada
Harrenhal
Yüzler Adası
Kıral Yolu
Kırıkpençe Burnu
Bakire Havuzu
Altın Diş
Kızıl Çatal
Tanrı Gözü
Gölgeli Vadi
Ejderha Kayası
KANAL
Casterly Kayası
Lannis Limanı
Kral Toprakları
Rosby
Massey Kancası
Altınyol
Karasu Nehri
KARASU KOYU
MENZİL
Kral Ormanı
Ağırsu
Sahil Yolu
K
Tarth
Gülyolu
Acı Köprü
Mander
Fırtına Burnu
GEMİKIRAN KOYU
Yüksek Bahçe
Dorne Hudutları
Yağmur Ormanı
Gazap Burnu
DORNE DENİZİ
Eski Şehir
Kayanyıldız
DORNE
Kırık Kol
Güneş Mızrağı
Arbor